Michael Degen

Blondi

Michael Degen

Blondi

Roman

Claassen

Der Claassen Verlag ist ein Unternehmen
der Econ Ullstein List Verlag GmbH & Co. KG

ISBN 3-546-00315-2

Lektorat: Krista Maria Schädlich

Gesetzt aus der Horley old style bei
Franzis print und media GmbH, München
Druck und Bindung: GGP Media, Pößneck

Wir leben ewig.« Mit diesem Lied hatte man uns den Tod immer wieder schmackhaft zu machen versucht.

Wer lebt schon ewig, frage ich mich. Leben wir etwa ewig, die wir am schärfsten von allen unseren Mitmenschen und mit äußerster Brutalität auf das ewige Sterben hingewiesen werden?

Es ist doch ein ewiges Sterben, denn was wir das Leben nennen, ist im Grunde ein extrem knapper Zeitraum, der Geburts- und Todesstunde miteinander verbindet. Ein in die Länge gezogener Sterbevorgang, der nur darum nicht in unsägliche Langeweile mündet, weil die Hoffnung auf eine Wiedergeburt unser Interesse wachhält. Und das einzig Tröstliche scheint mir dabei zu sein, dass die wahllose Hand des Todes keinen noch so winzigen Erinnerungsfetzen übrig lässt, wenn sie uns über die Stirn fährt.

Was, frage ich Sie, kann die Identität des Menschen am gründlichsten verändern? Ich sage bewusst »verändern«, nicht etwa auslöschen. Natürlich käme auch dieser Begriff in Betracht, käme dem hiesigen Verständnis vom Lebensende am nächsten. Denn keine Maske, kein Namenswechsel, kein Unter- oder Abtauchen in andere Gesellschaftsschichten verändert so endgültig wie der Tod. Sie haben richtig gelesen. Ich halte an dem Begriff Veränderung fest. Und meine Erfahrung gibt mir die Berechtigung dazu. Es ist nahezu lächerlich von irgendwelchen tunnelartigen Gewölben oder gar Röhren zu berichten, an deren Ende das so sattsam bekannte weiße Licht erscheint. Was, oder wer auch immer damit gemeint sein mag.

Nichts davon ereignet sich auch nur annähernd in diesem Augenblick. Es könnte sich höchstens um Wunschvorstellungen eines vom Zerfall bedrohten Hirnes handeln. Oder diese Vorspiegelungen entspringen dem Trostbedürfnis einer von Todesangst gequälten Seele. Ich kann Ihnen versichern, dass mir diese Schilderungen in keinem Moment widerfahren sind.

Meine Erlebnisse im Augenblick des Hinscheidens waren da eher ganz profaner Natur. Abgesehen von der erheblichen Furcht, die man durch die tödliche Bedrohung von seiten der Mitmenschen erlebt. Solange das Bewusstsein noch imstande ist zu registrieren, ist das eigentliche Absterben vielmehr eine Art Hinwegdämmern in eine nebelige, nicht ganz sauber riechende Umgebung, die einen zunehmend träger, bleigewichtiger, uninteressierter werden lässt und sich urplötzlich zu einem schwarzen Nadelöhr verengt, in das man hineingesogen wird. Ich kann mir nicht vorstellen, dass es so grundverschiedene Enderlebnisse geben sollte. Selbst bei extrem entgegengesetzten Todesanlässen.

Ich könnte Ihnen selbstverständlich angst machen, den Augenblick des Ablebens als endgültig hinstellen, (wobei mir diese Lösung als die am weitaus erstrebenswerteste erschiene) etwa: den Donnerschlag des Herzaussetzens, das letzte brennende Aufbäumen der Physis und die abrupt einsetzende Schwärze des Nichts, hervorgerufen durch das Abbrechen der Hirnfunktionen. Nichts von alledem. Glauben Sie mir, alles geht viel gewohnter zu. Nichts, was Ihnen danach geschieht, kommt Ihnen unbekannt vor. Ganz im Gegenteil.

Die Wiedersehensfreude wird nur dadurch relativiert, dass Ihnen allzu Bekanntes in einem völlig verfremdeten Licht entgegentritt. Ihnen zu schildern, dass die Sonne jetzt eine fast mondähnliche Lichtschwäche produziert, der Mond wiederum seinen Umfang erstaunlich vergrößert hat, oder der Himmel permanent seine Farbe verändert, von violett-gelblich bis ins giftige Grün, hat mit dem eigentlichen Kernerlebnis nichts zu tun. All das normalisiert sich mit der Zeit, passt sich auch wieder vergangenen Erscheinungsformen an. Das zutiefst Unangenehme, ja Erschreckende am Sterbevorgang ist die Unentrinnbarkeit der eigenen Existenz, die Sie nun, meist in völlig anderen Daseinsformen ertragen müssen.

Abgesehen von einem langsamen, fast schmerzenden Ziehen in den Rückenwirbeln, bleiben Ihnen physische Quälereien erspart. Es sei denn, Sie wehren sich allzu heftig gegen das nun einmal Unabänderliche.

Was mich so überraschte, war das so ganz und gar Vertraute bei doch so einschneidender Veränderung.

»Ach«, dachte ich, »nun fängt der ganze Unsinn wieder von vorne an.«

Erst später wurden mir die Unterschiede zwischen dem Jenseitigen und dem Diesseitigen klarer.

»Nur«, fragte ich mich, »jenseits oder diesseits wovon?«

Mit der Zeit gewöhnte ich mich daran, dass, beispielsweise, die Zeitkontinuität aufgehoben schien und somit auch Ursachen und Wirkungen durcheinander gerieten, etwa, indem sie in umgekehrter Folge auftraten. Das gravierendste, erschütterndste Erlebnis, war die Implantation des eigenen Ego in eine zutiefst fremde, primitive und etwas widerliche Lebensform. Primitiv insofern, als sie mir bis dahin nur der äußeren Erscheinung nach bekannt war.

In meinem ganzen früheren Dasein wäre ich nie auf den Gedanken gekommen, mich in die Beschaffenheit eines so niederen Geschöpfes wie etwa den Hund zu versetzen.

Aber zurück zu einer meiner Todesursachen, an der ich bisher nicht zu rühren wagte. Ich bitte um Verständnis, dass ich erst einmal auf eine kurze Zeit davor zurückgreifen möchte, da das eigentliche Hinscheiden, bei allen, dem Sterben unterworfenen Geschöpfen, ein und dasselbe Gesicht zeigt, die Todesursachen aber mitunter die extremsten Gegensätze aufweisen.

Ich wurde als sogenannte Aussiedlerin auf ziemlich fragwürdige Weise in die östlichen Landstriche unseres Großreiches abgeschoben und sollte, nach einem kühlen Empfang der dortigen Verwaltungsbehörden einer eingehenden, äußerst ruppigen Waschung unterworfen werden. Nun es war notwendig, uns dieser Prozedur zu unterziehen, da wir fast eine Woche unterwegs waren und die Eisenbahnabteile, meist unreinlich und mangelhaft belüftet, keinerlei Möglichkeiten für die tägliche Körperhygiene boten. Hinzu kam, dass wegen der meist ausgebuchten Züge lediglich Stehplätze zur Verfügung standen. Eine Platzausnutzung von mindestens einhundertundfünfzig Prozent war vorgeschrieben. Das dichte Aneinandergedrängtsein hatte natürlich zur Folge, dass die Bewegung des einen vom anderen aufgenommen wurde und für alle übrigen Insassen des Waggons überraschende Probleme mit sich brachte. Mitreisende, die beispielsweise vor Erschöpfung eingeschlafen waren, sahen sich durch das Kratzen am Schienbein eines Passagiers an der gegenüberliegenden Wand aus dem Schlaf gerissen und drückten ihren Unmut durch aggressive Gegenbewegungen aus. Es gab Augenblicke, in denen solche Zornesausbrüche undisziplinierter Mitfahrer die Wagen fast zum Schlingern brachten. Einige konnten auch ihre Notdurft bis zu den, zugegebenermaßen seltenen Fahrtunterbrechungen, nicht zurückhalten und sorgten so für weitere Belästigung.

Endlich kamen wir aber doch ans Ziel. Und als die Plomben beseitigt, die Abteiltüren zurückgeschoben waren, empfing uns eine kühle und überaus wohltuende Nachtluft. Auf dem Bahnsteig standen große, gutgewachsene junge Leute in prachtvollen Uniformen, die uns mit eindeutigen Gesten aufforderten, den Zug zu verlassen. Wir lechzten geradezu danach, dem Folge zu leisten und hätten viel geschwinder sein können, wären nicht so viele unserer Mitfahrer an den doch beschwerlichen Bedingungen unserer Reise zugrunde gegangen. Letztendlich gelang es aber, sie vor uns her zu schieben und auf den Perron fallen zu lassen.

Dann standen wir da und atmeten die Luft ein.

»Welch eine Luft«, dachte ich, »Welch eine Luft!«

Als mich ein hocheleganter Offizier mit einer Rotkreuzbinde am Arm und einer Reitgerte leicht berührte, kam ich wieder zur Besinnung.

»Kommen Sie aus der Reichshauptstadt?«, fragte er mich.

»Ja«, sagte ich, »ja. Wir waren eine Woche unterwegs.«

»Danach habe ich Sie nicht gefragt«, wies er mich zurecht. »Ich möchte wissen, ob Sie diesen barbarischen Luftangriff mit ansehen mussten.«

»Den durften wir mehr hören als sehen«, antwortete ich. »Wir waren zu dieser Zeit schon in den Zügen untergebracht und ahnten mehr als dass wir sahen, was sich über der Stadt abspielte. Die Luftschlitze im Abteil ließen nur einen äußerst kleinen Ausschnitt auf den stark geröteten Himmel zu.«

»Die Zahl der Opfer soll in die Tausende gehen«, sagte er mit bekümmerter Miene. »Ist das nicht schrecklich?« Er zeigte mit seiner Gerte nach links. »Gehen Sie dort hinüber. Sie werden eine Erfrischung nötig haben.«

Nachdem wir die Kleider abgelegt hatten, waren wir doch sehr froh, aus der unangenehm werdenden Kälte in die warmen und eigenartig riechenden Duschräume zu kommen. Der Platzmangel war diesmal nicht so schwer zu ertragen, da wir einander wärmen konnten und hofften, nicht wieder derart lange ausharren zu müssen. Die Reise schien ja nun ans Ende gekommen zu sein.

Als die Türen sich fast lautlos hinter uns schlossen, und das spärliche Licht erlosch, ahnte ich, dass wir sie endgültig hinter uns hatten. Das wilde Aufschreien konnte da gar nicht helfen. Lächerlich, denn wozu hätte es noch taugen sollen?

Einzig, das »sich Fügen« in ein unabänderliches Schicksal konnte das Todeserlebnis erträglich machen. Meine verzweifelten Übungen, eine gewisse Gleichgültigkeit zu erzielen, ließen meinen Leib zusammenfallen, und nun hing ich zwischen den klebrigen Körpern, die sich dem Sterben auf fatale Weise widersetzten. Nicht nur, dass sie unverständliche Gebete hinausschrieen, der männliche Teil meiner Nachbarn drängte sich mit eregierten Penissen an mich und jemand versuchte, hebräisch Gott anflehend, zwischen meine Beine zu gelangen, um in einer Art obskurem Todeskampf einen allerletzten Koitus zu ergattern. Sie traktierten mich mit unsäglich schmerzhaften Schlägen oder Tritten, verfluchten mich gleichzeitig mit ordinärsten jiddischen Schimpfwörtern, und ich hoffte nur, so schnell wie möglich unter die Füße dieser ostjüdischen Barbaren zu geraten, die ja letztendlich keinen kleinen Anteil an diesem unserem furchtbaren Ende trugen.

Blitzartig schossen mir noch einmal all die Bilder durch den Kopf, die ich bei unserer Ankunft wahrgenommen hatte. Auf dem gegenüberliegenden Gleis war ein Zug aus der entgegengesetzten Richtung eingefahren. Die Türen standen offen, die jungen Uniformierten trieben kaftantragende Männer mit blutig rasierten Schädeln und Gesichtern vor sich her, deren fremdartiger, nur allzu bekannter Geruch bis zu mir herüberdrang. Ich sah keine Frauen, nur diese rabenschwarzen Männer mit ihren blutigweißen Köpfen.

Eigentlich waren sie mir bestens bekannt, trugen allerdings zu der Zeit noch ihre dichten Bärte, und ihre Köpfe waren mit reizvoll geformten, pelzbesetzten Hüten bedeckt. Bedienstete hatten uns Kinder einige Male zu großen Einkäufen vor allem an Freitagvormittagen mitgenommen. Zu den exotisch anmutenden Vierteln, in denen diese Menschen sich niedergelassen hatten, um ihre Geschäfte zu betreiben. Die Dienstboten wurden von unseren Eltern angehalten, die Einkäufe zum Sabbath ausschließlich bei diesen Leuten zu tätigen, von denen sie stets mit großem Mitgefühl und einer fast unmerklichen Verachtung in der Stimme sprachen.

Sie würden doch so tapfer um ihre Existenz ringen und hätten schwerste Anpassungsprobleme mit dem hiesigen Kulturstandard, dem sie noch nach Generationen nicht gewachsen sein würden. Man müsse sie daher unterstützen, da sie ja letzten Endes Glaubensgenossen seien, obwohl sie doch besser in ihrer Heimat geblieben wären. Denn der Schaden, den sie durch ihr fremdartiges Aussehen und ihre aufdringliche Geschäftstüchtigkeit anrichteten, wäre enorm und fiele auch auf uns zurück. Sie glaubten in ein Paradies zu gelangen und müssen sich mit der Tatsache abfinden, hier stets als »underdogs« angesehen zu werden, pflegte mein Vater zu sagen.

Ich, als noch nicht Schulpflichtige, konnte diese abenteuerlichen Ausflüge an der Hand unseres Dienstmädchens ganz unbefangen genießen. Die Bäcker und die Fleischer waren vor allem unsere Ziele, aber manchmal schlenderten wir über Stunden durch die Gassen und ließen uns von den vielfältigen, bunten und billigen Angeboten überraschen. Das Dienstmädchen jauchzte vor Vergnügen und kam in einen fast krankhaften Kaufrausch. Sie liebte diese Menschen mit ihrem scheußlichen und schwer verständlichen Deutsch, wie sie mit großem Charme ihre Waren anpriesen. In diesem Kauderwelsch sollte eine ernstzunehmende Literatur entwickelt worden sein? Jedenfalls hatte das mein Vater anerkennend behauptet.

Die Einkäufe aber waren lustig, die Leute und ihr fremdartiger Geruch nicht unsympathisch, und die Waren, die wir erstanden, oft von allerbester Qualität. Besonders die Beigel und die Würste waren eine Delikatesse für unsere nicht allzu verwöhnten preußischen Gaumen.

Ich, die ich eine ausnehmend schlechte Esserin war, kaute auf dem Heimweg genüsslich an den Leckereien herum. Die Metzger hatten mir die knoblauchgetränkten niedlichen Würste und die Bäckersfrauen die Beigel zugesteckt. Ich freute mich jedes Mal auf die Freitage, an denen ich unser Dienstmädchen wieder begleiten durfte.

Diese Menschen taten, wenn auch vielleicht unabsichtlich, alles, um meine Qualen zu steigern. Der eigenartige

Geruch, den ich schon während unseres Eintritts wahrgenommen hatte und der jetzt verstärkt auf uns einwirkte, löste einen kaum zu beschreibenden Todestanz aus. Ich wurde buchstäblich hochgehoben und gleichzeitig so zusammengedrückt, dass ich das Splittern meines Brustkorbes hören konnte und meine Erstickungsanfälle vorerst nicht von diesem einströmenden Bittermandelgeruch herrührten.

Die völlige Dunkelheit ging allmählich in ein dämmriges Licht über, das durch Öffnungen in der Decke entstand, und ich nahm Schatten wahr, die sich an den Wänden bewegten und auf hin- und herlaufende Menschen auf dem Dach schließen ließen. Unsere Leute schienen zu einem unentwirrbaren Knäuel zu verschmelzen, das sich gegen die Mauern presste, sich hochriss, um die Decke zu erreichen und wieder in sich zusammenfiel. Das wiederholte sich unzählige Male mit einer so wütenden, so bestialischen Verbissenheit und Lautlosigkeit, dass ich unwillkürlich an ein grausiges und hochartifizielles Ballett erinnert wurde. Oder die bösartigen Gase hatten unsere Stimmbänder gelähmt, bevor sie uns endgültig den Garaus machten.

Wahrscheinlich hatten aber Schockwirkung und Schläge auf den Kopf mein Gehör zerstört, denn ich sah nur weit aufgerissene Münder, die zu einem einheitlichen Gesichtsausdruck zusammenflossen. Die Menschen um mich herum versuchten, an den Wänden hochzukriechen, sich in die Leiber der anderen zu krallen, sie als Steigmöglichkeit zu benutzen oder am Boden umherzukriechen, auf den sich schon etliche zum Sterben niedergelegt hatten.

Ich saß mit einem Mal relativ bequem in einer der Ecken des Raumes und kämpfte mit den Schmerzen. Versuchte vorsichtig Atem zu holen, und das hielt mich notgedrungen länger am Leben als die meisten anderen. Trotz zunehmender Empfindungsträgheit nahm meine Wahrnehmung zu, und ich dachte: »Mein Gott, warum lassen sie denn nicht los? Warum klammern sie sich so verzweifelt an dieses höllische Dasein?«

Fast hätte ich gelacht, hätte ich nicht fürchten müssen, die dadurch entstehenden Qualen könnten die trägen Nebel in meinem Hirn verscheuchen und die Sicht auf dieses infernalische Szenario wieder deutlicher werden lassen. So dämmerte ich langsam in meiner Ecke dahin, bekam sogar noch mit, dass die Luken oben geschlossen wurden und erneut vollständige Dunkelheit eintrat.

Ab und zu spürte ich noch Bewegung neben mir, und nach einer Weile wurden die Türen geöffnet.

»Jetzt werden sie alle die aussondern, die dieses Inferno überlebt hatten«, dachte ich. »Diesen standhaften und willensstarken Menschen werden sie eine respektvolle Lebenschance geben.«

Aber dann sah ich, wie sie die ersten Körper auf die Karren warfen.

»Großer Gott, sie können ja nichts anderes tun, als uns verbrennen. Sie haben gar keine Wahl. Nein«, dachte ich, »nein, es ist genug.«

Ich nahm meine ganze restliche Kraft zusammen und tat einen tiefen Atemzug.

Kein Laut. Nur mein Röcheln höre ich, mein Suchen nach kalter, klarer Luft. Oh, Herr, sag doch wenigstens, dass Du die Luft erfunden hast und dass ich sie nicht mehr verdiene, dass ich Abschaum bin, Gottes heiliger Irrtum. Nichts? Aber das sage ich dir, wenn Du Dich an meiner Röchelei weidest, dann möchte ich, dass Du nie warst und bist, dass wir schäbigen Zufallsexistenzen Dich erdacht, DICH erschaffen haben. Unser Produkt! Tunnel, weißes Licht. Röhren, nichts als Röhren. Immer enger, immer stinkender. Verwesung, Wiederverarbeitung. Herr, mein Gott! Dein Name ist Zufall! Zu! Fall! Fall!

Was hatte ich doch für natürlich blondes Haar! Wenige Tage vor meiner Abreise in die östliche Dunkelheit konnte ich noch kein einziges graues Haar an mir entdekken. Fast meine ganze Verwandtschaft hatte mein nordisch geprägtes Aussehen bewundert. »Du bist ja ein Kuckucksei«, taten sie scherzhaft entrüstet wenn sie meiner ansichtig wurden. »Wie kommt so etwas in unsere altehrwürdige Familie?«

Harli darli, dinga dassa,
Bim, bam, bum.
Draußen wird es ständig nasser,
Bim, bam, bum.
An die Fenster sieht man's klopfen,
Riesengroße, blut'ge Tropfen,
Bim, bam, bum.

Das war ein Kinderlied. Das haben wir auf der Straße gesungen, während wir Hopse oder etwas Ähnliches spielten. Oder waren das die Anderen? Die Braunen, die uns damit aufziehen wollten?

Ich weiß schon, die Adrenalinstöße benebeln Hirn und Seele, lassen die Scharfsicht erlahmen. Sie sind die Sanftmacher, die Traumvortäuscher, die alles zum guten Ende bringen sollen. Aber funktioniert das auch immer? Gibt es nicht doch Pannen? In Millionen Fällen die eine, einzige, die alles durcheinander wirbelt?

»Ich möchte Dir nicht zu nahe treten, mein Herr, aber

wenn man sich so in Deinem Machtbereich umsieht, die Karambolagen betrachtet, die ganze Welten zusammenstürzen lassen, ist es Dir dann nicht peinlich, diese blödsinnigen Zufälle, oder meinetwegen auch Fehler, in Deiner Produktion, von Deinen Geschöpfen wahrgenommen zu sehen? Und waren wir Dir nicht einst am nächsten? Ist Dir das ehemalige Zeichen brennender Zuneigung nun lästig, Du erinnerst Dich – damals hinter dem Dornbusch?

Nie wäre mir in den Sinn gekommen, ich könnte anders sein, mich in einer anderen Gemeinschaft heimisch fühlen als in der meiner Nachbarn. Wir gehören alle zu einem Volk und sollten zumindest in Krisenzeiten zusammenhalten. Glaubt man denn, mir meine Nationalität aberkennen zu können, indem man mir meinen Pass abnimmt oder ihn ungültig macht?

Gleichzeitig ist doch aber dieser Tod nur eine unwesentliche Unterbrechung. So verstehe ich jedenfalls meine augenblickliche Situation. Und die Angst vor der Willkür einer mir noch unbekannten Existenz macht mich immer panischer. Nichts passt mehr zu meiner gewohnten Wahrnehmung.«

Willst also alle Nachkommen Deines Augenzeugen vernichten, weil Du ihre Aussagen und schmierige Anhänglichkeit fürchtest.

»Der Gott, der Eisen wachsen ließ,
Den Nietzsche einen ›Niemand‹ hieß«,

sang ich vor mich hin. Ich bitte um Verzeihung für meine schändliche Aggressivität und wenn ich Deine Antworten, mein Herr, nicht heraushören kann, da der ohrenbetäubende Lärm dieses gottverdammten Wirbels oder Strudels Deine Stimme völlig untergehen lässt. Oder passt Dir meine allzu intime Anrede nicht? Empfindest Du sie als respektlos?

Warum hältst Du Deine Antwort zurück? Ist es Dir nicht im Grunde zuwider, einen Dialog mit niederen Lebewesen zu führen. Ängstigt Dich mein ständiges Nachfragen, meine von Dir so empfundene Unverschämtheit?

»Ich höre und ich sehe nicht.
Und bin schon ein erlosch'nes Licht«,

sang ich weiter. Wären wir zu dritt geblieben, damals, am Anfang unserer Beziehung, als wir noch Adam und Eva waren, es wäre Dir lieber gewesen, nicht wahr? Dann hättest Du aber Stab und Loch weglassen müssen, denn was geschaffen wurde, soll auch gebraucht werden.

Jetzt hast Du uns auf dem Hals. Dein Paradies war doch eine jämmerliche Pleite. Wir haben uns vermehrt wie die Kaninchen.

Das war doch gar nicht in Deinem Sinne, oder?

Du bist wahrscheinlich nur ein Versager, oder?

Auch in Deinen eigenen Augen, oder?

Wie rede ich denn mit Dir? Nun, es gibt andere, die Dich noch viel respektloser behandelt haben.

»Der Gott, der Eisen wachsen ließ,
Den Nietzsche einen Trottel hieß!«

Und wenn Du mich bis zum Erbrechen würgst, so kannst Du mich doch nicht zum Schweigen bringen. Du hast Deinen Freund Moses irgendwo in der Wüste verbuddelt, wo ihn kein Mensch finden konnte, und doch hat ihn die Nachwelt kennengelernt. Deinen Liebling David hast Du wegen eines kleinen Ausrutschers elend zugrunde gehen lassen, obwohl er Dich sein Leben lang nur angesungen hat. Deinen Salomo, den Du mit unendlicher Intelligenz gesegnet, hast Du gerade wegen dieser Intelligenz am Ende verdammt, nur, weil er Dich mit Hilfe seiner Weisheit ein wenig anzweifelte und sich zur Sicherheit nach anderen Autoritäten umsah …

He, wo bleibst Du?

Nimm mir doch diese grauenhafte Quälerei ab! Du musst doch meine Stimme hören, auch wenn ich nicht mehr rufen kann! Wo bleibst Du, Herr Jehova? Bist Du abwesend? Verreist? Untergegangen? Du bist einfach nicht mehr da, das ist es. Warst Du es jemals? Jetzt könntest Du doch etwas sagen.

Ich bin doch schon hinüber, denke ich.

Der Tod ist vulgär, entzieht dem Körper jeden Charme, wirft den Schädel nach hinten, mit weitgeöffnetem Mund, der verzweifelt nach dem letzten Atemzug gerungen hat. Eine grausame, entmenschte Erschöpfung breitet sich über das Gesicht. So bin ich, so bleibe ich. Bis ich einsinke, verroste. Nein, die Geschosse, die in mich eindringen, verrosten. Sie machen sich einen Spaß daraus, uns den Gnadenschuß genau ins Hirn zu plazieren. Aber ich spüre ihn nicht. Nichts kann mich mehr erreichen.

Die Bosheit nicht! Die Freude am Töten nicht! Und wenn diese bittere Atemnot nicht wäre, könntet ihr mich alle am Arsch lecken! Wie rede ich denn? Hat mich das mein so gewählt formulierender Vater gelehrt? Diese Gossensprache?«

Aber wohin hat ihn seine noble Ausdrucksweise gebracht? Hat sie ihm geholfen? Nackt, wie er war, zwischen lauter brutalen, stinkenden und unförmigen Leibern?

Ich glaube, mein Vater hätte sich noch wegen einer hinkenden Formulierung mit der ihn füsilierenden schwarzen Garde angelegt, wenn er nicht auf diese anonyme Weise eingeschläfert worden wäre.

»Machst du jetzt ein Sterbchen?«, hatte er mich einmal gefragt, als ich eine harmlose Grippe bekam, »machst du ein Sterbchen?«

»Ja, Vater, ich mache jetzt ein Sterbchen, ein ganz langes Sterbchen.«

Immer noch ließ mich eine rätselhafte Unruhe nicht zum endgültigen Stillstand kommen. Das Eintauchen in die grenzenlose Dunkelheit schien sich nicht einstellen zu wollen. Doch dann war es soweit.

»Jetzt ist der Augenblick der Wahrheit gekommen«, dachte ich, während die undurchdringliche Schwärze immer beängstigender auf mich zuraste. »Jetzt wird es sich zeigen, das Unendliche, das Unaufgeklärte, das nie zu Lösende.« Langsam wich die Finsternis einer grauen, silbrigen Luftlosigkeit. Die Leichtigkeit, mit der ich dahin zu fliegen schien, war einem absoluten Wohlbefinden nicht unähnlich. Ja, mehr noch! Endlich genoss ich die vollkommene Schwerelosigkeit, nach der ich mich so gesehnt hatte.

Keine Augen mehr haben und doch sehen können! Keine Ohren und doch feinste Geräusche, flüchtigstes Summen wahrnehmen können! Lediglich der Geruchssinn schien mir abhanden gekommen zu sein. Ein Sinn, der mir doch stets wichtig war, der den verschiedenen Stationen meines Lebens seinen Stempel aufgedrückt hatte. Hierin, so glaubte ich, musste sich denn doch die endgültige Leblosigkeit meines Zustandes manifestieren.

Gerüche, sagte ich mir, Gerüche machen das Leben aus. Binden einen an die unterschiedlichen Phasen, Altersstufen, Erlebnisse. All das unterbricht das Ende. Das rücksichtslose, mitleidlose, das lebensfeindliche Ende! Ich wünschte mir die Gerüche herbei. Nichts schien mir wichtiger, schwerwiegender, als der feine, Leben spendende Geruchssinn, während ich weiter durch den Raum sauste und die Dunkelheit wieder zunahm.

»Kann ich nicht riechen, so will ich auch nichts sehen«, trotzte ich, nichts hören. Aber sei es, dass es nicht mehr in meiner Macht stand, die Eindrücke abzuwehren, oder, dass ich einfach noch nicht über die Wahl der Mittel verfügte, um mich dieser neuen Umgebung anzupassen und in ihr meinen Willen durchzusetzen, ich konnte mich dieser beschwörenden Stimme nicht entziehen.

»Was für ein Missverständnis! Was für ein elendes Missverständnis«, rief sie. »Ein Missverständnis, das gar nicht hätte aufkommen dürfen. Ich bitte vielmals um Verzeihung. Gerade dir gegenüber hätte ich meinen unbändigen Zorn zähmen müssen.«

Ach, ja, dachte ich. Das sagt sich so einfach! Praktischer wäre es gewesen, sich zur rechten Zeit zu besinnen. »Bist Du es denn wirklich«, fragte ich. Der »ER«, der »WIR«, der »IHM«, der Unaussprechliche? den wir jahrtausendelang ohne wirklichen Nutzen angebetet haben? dessen Name uns die Lippen verbrennt?«

»O ja, das könnte ich sein. Aber im Moment sehe ich mich eher als kleinen erschöpften Juden, dem noch nicht so ganz wohl ist nach all den Strapazen, denen er bis vor kurzem ausgesetzt war. Denn ich habe euch nie verlassen.«

»Ich glaube Dir nicht«, sagte ich und fühlte gleichzeitig, wie meine Atemnot mich immer hellsichtiger werden ließ.

»Nun ja, vielleicht ist mir bei dir ein Fehler unterlaufen, ein Fehler in den Genen, wie ihr das nennen würdet.« Er nickte. »Sonst hättest du mich nicht so wahrnehmen können. Lass es dir aber wenigstens zu deinem Trost gesagt sein, dass alle Unannehmlichkeiten, die du auf deinen Schultern trägst, auch die meinen sind.«

»Das tröstet mich ganz und gar nicht«, erwiderte ich erbost. »Wenn Du diese Unannehmlichkeiten, wie Du sie nennst, auf Dich nehmen willst, so ist das Deine Sache. Ich finde diese Qualen – das ist meine Bezeichnung dafür – absolut unnötig. Und es erscheint mir taktlos, ausgerechnet in diesem Augenblick von Missverständnissen zu sprechen, da mir gerade die letzten Reste meines Lebens verlorengehen.«

»Zugegeben. Eine mehr oder weniger schwierige Situation, in der du dich befindest. Aber ich denke, du hast schon Schlimmeres überstanden, nicht wahr?« Die Stimme klang plötzlich etwas ungemütlicher. »Nimm das Leben und alles, was damit zusammenhängt, nicht so wichtig. Dann lässt du auch eher los, und deine Qualen verflüchtigen sich, das verspreche ich dir.«

»Wenn sich das so leicht machen ließe – nichts lieber als das!«

»Ich bin so tief in eurer Schuld, dass ich alles unternehmen werde, um eure Existenz nicht nur so gut wie möglich zu erhalten, sondern auch zu erleichtern. Aber auch ich möchte aus diesen anstrengenden Tagen endlich einmal heraus und bitte euch inständigst, meine Entschuldigungen zu akzeptieren. Mir hängt das nämlich langsam zum Halse heraus. Was kann ich denn dafür, wenn mich einige Propheten falsch interpretiert haben? Es mag an ihrem alternden Gehör oder an ihrer Unfähigkeit, zuzuhören gelegen haben, aber ich will nicht mehr damit konfrontiert werden. Du kennst mich noch nicht in meinem Zorn. Glaube mir, du würdest nichts mehr zu lachen haben!«

»Lache ich denn?«, fragte ich.

»Jetzt nimm dich zusammen«, fauchte er los. »Selbst, wenn dir das Gas die Lungen zerfetzt, so hast du noch lange nicht das Recht, dich in dieser Weise gegen mich zu betragen. Schweige und höre, was ich dir und deinesgleichen immer wieder herunterbeten musste. Ja, ich hatte damals vergessen, euch über die Konsequenzen des Auserwähltseins aufzuklären. Darüber hinaus hatte ich euch maßlos überschätzt. Glaubte euch durch eure nahezu vierhundertjährige ägyptische Knechtschaft weise geworden. Aber es hat noch annähernd tausend Jahre gedauert, bis ihr wenigstens eurem blödsinnigen Nationalismus entsagtet und euch auf das Wesentliche konzentrieren konntet.«

»Auf Dich«, unterbrach ich ihn.

»Deine Auffassungsgabe wächst von Minute zu Minute«, erwiderte er. »Nie hatte ich vor, euch zu einer Nation werden zu lassen. Es war von Anfang an ausgemacht, dass ihr die Menschheit mit dem Gottesgedanken infizieren solltet. Darin, nur darin bestand eure Auserwähltheit. Jede andere Entwicklung wäre doch allzu profan und keineswegs geheimnisvoll gewesen. Ein Wandervolk wart ihr, und das solltet ihr auch bleiben. Was hättet ihr mir als selbstgefällige, dickbäuchige Nation nützen können? Über den ganzen Erdball solltet ihr euch verteilen und mit meiner Lehre und meinen Gesetzen Menschen zu Menschen werden lassen. Ihr wart so ein höflicher Familienclan. Ihr hattet Manieren und schient enorm entwicklungsfähig zu sein. Ich hatte gar nicht vor, eure Zahl in die Milliardenhöhe zu treiben. Ein paar Millionen über die Welt verstreut, das hätte genügt.«

»Mit wem hattest Du das denn ausgemacht«, fragte ich.

»Immerhin mit Leuten wie Abraham, Isaak, Jakob, oder Moses, die sich am Ende ihres Lebens noch einmal darüber klarwurden und für ihre Nachkommen die Weichen stellten.«

»Das bedeutet mir überhaupt nichts.« Ich wurde immer frecher. »Warum muss ich das als Nachkomme akzeptieren? Du solltest Dich endlich einmal zu einem Gott der Meinungsfreiheit wandeln. Auch wir Nachgeborenen haben ein Recht auf ein eigenes Schicksal.«

»Schön. Ich gebe zu, auch deine eben erwähnten Vorfahren waren nicht sehr erbaut über das, was ich ihnen offenbart hatte. Sie hätten sich auch lieber als Väter eines großen Volkes auf alteingesessenem Grund und Boden gesehen. Ein Volk ohne besonderes Geheimnis, eines Tages ebenso vergangen und verschwunden wie so viele andere Völker. Würde dir das mehr Spaß gemacht haben? Nein, für meine Zwecke wäre ein kleines aufgewecktes Völkchen gerade gut genug gewesen. Und was machtet ihr statt dessen? Ein Reich hattet ihr gegründet. Mit festen Grenzen, die ihr mit ermüdenden Kämpfen immer von Neuem sichern musstet. Könige wolltet ihr haben. Meine Propheten waren euch nicht repräsentativ genug. Nichtsdestotrotz hing ich an euch. Doch eines Tages war es genug, und ich rief euch eure wahre Aufgabe in Erinnerung. Von da an lief alles schief. Nicht eure kleinen Rückfälle in die Barbarei waren schuld an unserer Entfremdung, sondern euer stets wachsendes Unverständnis für eure Aufgabe. Ihr hingt zwar wie die Kletten an mir, konntet aber nicht erwachsen werden. Statt euch über die ganze Welt zu verbreiten, hattet ihr euch abgekapselt, die Türen zu eurer Gotteserkenntnis den anderen vor der Nase zugeschlagen, weil euch meine Lehre allein gehören sollte. Und bis zum heutigen Tag steht ihr wie die Zerberusse vor mir und meinen Gesetzen. Das konnte ich mir nicht bieten lassen. Dennoch, diese vernichtende Wut habt ihr nicht verdient. Ich werde alles tun, um euch wieder wehrhafter zu machen. Lasst diesen hündischen Gehorsam gegen mich und eure zahllosen Peiniger. Das erleichtert gar nichts. Und mich macht ihr auch nicht glücklicher. Dir jedoch habe ich ein besonderes Schicksal zugedacht.«

Ausgerechnet jetzt ging seine Stimme in ein Flüstern über. »Es wird dich nicht trauriger machen, als du schon bist, aber vielleicht einsichtiger.«

Er wurde immer unverständlicher. »Dein Fehler ist mein Geschenk an dich.« Dann hörte ich nur noch: »Zurück zu den Wurzeln. Merke dir: zurück zu den Wurzeln!«

Aus dem Dunkel hob es sich. Noch unerkannt, noch geheimnisvoll, konturlos, vor immer heller werdendem Hintergrund, aber doch bedrohlich in seiner düsteren Trauer. Und dann riss es auf. Ich hätte nicht mehr sagen können, mit welchen Sinnen ich aufnahm, was da auf mich einstürzte. Mit nie gekannter Intensität preschte es auf mich los, rief, zappelte, schrie, stöhnte, klagte.

»Ein Höllenhimmel«, rief ich erschrocken. »Nein, ein Judenhimmel! Der Judenhimmel! So sieht er nun wirklich aus!«

In dieser unendlichen Weite hingen die Planeten wie Schneebälle und zwischen ihnen, mit ihren lehmverschmutzten Kaftanen, ihren kahlgeschorenen blutigen Köpfen, sie, so wie sie in die Grube gefahren waren. Sie riefen mir schmerzvoll klingende Worte zu, die ich nicht verstehen konnte. Ich glaubte sie so weit entfernt und hätte sie doch fast berühren können. Sie griffen nach mir, wollten mich aufhalten, als müssten sie mich dringend warnen. Nur mit Mühe und einer Art sportiver Raffinesse entging ich ihrer schmutzigen Schäbigkeit.

»Tot seid ihr«, rief ich. »Tot. Eure Geruchlosigkeit verrät euch! Ihr wollt mir in den Weg treten, mich abhalten von dem, was mir bestimmt ist!«

»Nichts ist dir bestimmt«, schrien sie auf einmal sehr verständlich in ihrem jiddischen Kauderwelsch. »Nur du bestimmst hier, was dir bestimmt ist. Zurück zu deinen Urmüttern? Weißt du, worauf du dich einlässt? Wenn du überhaupt ankommst. Aber solltest du das Ziel erreichen, das noch nie erreicht worden ist, was dann? Dann verschwindest du ins Nichts. Ins absolute Nichts! Ist das erstrebenswert? Kannst du dir das Nichts vorstellen? Das Unsagbare? Das Unbegreifbare? Das Nichts, in dem nichts mehr ist als das Nichts. Und im Nichts wieder ein Nichts. Ein immer kleineres, ein immer nichtigeres Nichts, aus dem es kein Wiederauftauchen gibt. Die Weite, in die du dich so schnell entfernst, ist eine trügerische, wie auch deine Geschwindigkeit eine trügerische ist. Du bist es, die am Ort hängt, und wir sind es, die an dir vorbeifliegen. Wenn wir dich erst fallen lassen, bist du ausgelöscht, in alle Ewigkeit. Du wirst doch unsere Nationalhymne nicht vergessen haben? Singe mit, damit du dich zu uns bekennst.«

»Wir leben ewig«, sangen sie mit einem verzweifelten Grinsen, »wir leben ewig!« Plötzlich brachen sie ab und fingen herzzerreißend an zu lachen.

»Warum lachen sie?«, fragte ich mich. »Warum sind sie auf einmal so heiter?«

Ihr Lachen ging in ein kindisches Gekicher über. Die weißen, blutverschmierten Gesichter barsten fast vor unterdrücktem Gelächter. Lachten sie über mich, überlegte ich, während ich mich weiter treiben ließ und mitten durch sie hindurchsauste. Sollte ich gewarnt werden? Vor etwas Bevorstehendem, das ich nicht sehen, nicht vorhersehen konnte? Ihr Singen und ihr Lachen wurde wilder, verwandelte sich in boshafte Wortfetzen. Sie versuchten, mich aus der Bahn zu schieben, indem sie sich gegenseitig anstießen, um so ins Pendeln zu kommen.

»Was«, so riefen sie, »suchst du im Vergangenen? Hier sind wir, hier! In uns siehst du die Früchte unserer Vergangenheit, in uns die Erfahrung unseres Volkes, das Ergebnis unserer Sünden. Angefangen vom Goldenen Kalb, bis hin zur Missachtung unserer Schriften. Kennst du diese Vergangenheit nicht? Willst du dich ihr noch einmal aussetzen, dich hinein katapultieren lassen in dieses erbärmliche Schicksal?«

Ein geradezu alttestamentarisches Gelächter schüttelte sie und verstärkte ihre hysterische Beweglichkeit. Ihre Münder wuchsen zu riesigen Löchern, schienen mit einem Mal die ganze Gesichtsfläche einzunehmen, und ihre Stimmen gingen in ein unangenehmes Summen über.

»Sie weinen ja«, dachte ich, während ich mich von ihnen entfernte und mich einer riesigen weißen Scheibe näherte. Das Summen verstärkte sich, wurde melodiöser und melodiöser. Ein alter Kanon, sagte ich mir. Synagogengesänge. Damit wollen sie mich fangen! Mit ihren sentimentalen Sterbe- und Gotterhörungsgesängen.

»Um wen trauert ihr?«, fragte ich.

Ihr Gelächter wurde ohrenbetäubend.

»Ihr seid es, ihr habt um das Goldene Kalb getanzt«, schrie ich wütend. »Ihr habt den Propheten nicht zugehört, als sie euch vor Seiner ewigen Verfolgung warnten. Ihr wollt nicht begreifen, dass Er keine Gnade kennt und dass ihr es nur eurer polnisch-jüdischen Geschicklichkeit zu verdanken habt, wenn ihr hier noch halbtot herumbaumelt!«

Sie kreischten vor Lachen, schienen dank ihrer enormen Elastizität in die Höhe und in die Tiefe wachsen zu können. »Eine kleine deutsche Jüdin ist sie, eine Jeckete. Aber der große Führer hat ihr gezeigt, dass Jude Jude ist. Ob polnisch oder deutsch. Für den großen Führer gab es da keinen Unterschied. Jude bleibt Jude.«

Sie fingen an, das Wort »Jude« hinauszujodeln und versuchten mit ihrem gewalttätigen Gelächter, meine Gedanken zu blockieren.

»Du unreifes, kindliches Totengewächs! Verbrennen wirst du in diesem endlosen Licht vor dir. Schere dich nur dorthin. Bete es an. Nie wirst du aufhören, dieses verbrennende Licht zu scheuen. Dein Lernen ist das Lernen eines Tieres, das wieder und wieder gegen die Wand läuft, weil es das unüberwindliche Hindernis nicht begreifen kann!«

Plötzlich wuchs die Entfernung zwischen ihnen und mir so, dass ich sie nicht mehr verstehen konnte. Ihre Beweglichkeit erstarrte, ihre Silhouetten schrumpften zu kleinen schwarzen Punkten. Die Schneebälle schmolzen im gleißenden Licht, das mich umgab, und verschwanden in langen, silbrigen Fäden aus meinem Blick.

»Was für eine erbarmungslose Beleuchtung«, dachte ich. Dennoch! So aufgenommen zu werden in eine alles überstrahlende, überwältigende Gleichgültigkeit! Baden zu dürfen in dieser kühlen Lichtquelle! Einer bedürfnislosen Ruhe entgegenstreben, die nichts mehr weiß von all den quälenden Hirnkrämpfen einer weit zurückliegenden Vergangenheit.

Nichts würde ich dagegen eintauschen wollen, wären

da nicht die seltsamen und doch so bekannten Gesichter gewesen, die auftauchten, markanter wurden und sich rasch wieder verflüchtigten, wenn ich sie gerade zu erkennen glaubte. Tierhafte, zuweilen beängstigend klare Gebilde, die ausdrucksvoll zu reden anfingen, ohne auch nur einen einzigen Gesichtsmuskel zu bewegen und dennoch überdeutlich zu vernehmen waren.

Obwohl ich ihre Sprache nicht verstand, schienen sie sich mir vorzustellen, mir eindringlich klarmachen zu wollen, mit wem ich es zu tun hatte, aber ich konnte die Mitteilungen einfach nicht entziffern. Ab und zu verschwanden sie, tauchten unter mir oder über mir wieder auf, besprachen sich untereinander, wobei ich den Eindruck gewann, dass ich der Grund ihrer Aufregung war.

Einige Male schienen sie hinter einer riesigen Wasserwelle zu verschwinden, wieder näher kommen zu wollen. Mit verzweifelten Schwimmbewegungen machten sie Anstalten, die Wassermauer zu durchstoßen, und obwohl von ihnen nichts Bedrohliches ausging, fingen sie an, mich zu beunruhigen.

Ihr bei allem doch erkennbares zivilisiertes Getue ging mir mächtig auf die Nerven. Am liebsten wäre ich zu meinen hängenden Juden zurückgeflohen, aber ich musste erkennen, dass ich meinem Wollen keine Tat folgen lassen konnte. Eine mir unerklärliche Schubkraft drängte mich in die verschiedensten Richtungen, ließ aber meine Verfolger mit der gleichen Geschwindigkeit und Ziellosigkeit sich bewegen. Nur diese fließende Mauer schützte mich vor ihnen. Dennoch wurde das Gefühl, dass sie dieses Hindernis bald überwinden würden, immer beklemmender.

Ich versuchte, mich zu beschleunigen, doch hilflos einem anderen Willen unterworfen, trieb ich dahin, ohne mich verbergen zu können. Verfolgt von zwei deutlicher werdenden Erscheinungen. Unverhofft sah ich sie hautnah vor mir – wenn man diesen Begriff dafür noch hätte gebrauchen können. Zwei aneinandergekoppelte Männer.

Zwei Herren von bester Herkunft, hatte ich den Eindruck.

Einen hatte das Schicksal wohl in jüngeren Jahren ereilt, und er erinnerte mich – an wen nur?

Kafka, fragte ich mich, könnte er Kafka sein? Aber nein! Kafkas Augen standen viel enger beisammen. Und bei näherem Hinsehen musste es diesen Herrn noch eher getroffen haben. Hübscher, stellte ich fest. Er ist viel jünger und hübscher als der Herr Kafka, aber vielleicht auch weniger geheimnisvoll, einsilbiger im Ausdruck.

Der ältere Herr neben ihm gab ein ungleich imposanteres Bild ab. Sein ergrautes, bis auf die Schultern reichendes Haar umrahmte ein überaus anziehendes, scharf geschnittenes Gesicht. Die charmant gebogene Nase und die ungewöhnlich hohe Stirn wiesen ihn sofort als einen Geistesarbeiter aus, wenn man der Physiognomie in einem solchen Umfeld überhaupt trauen durfte.

Überraschenderweise nahmen mich beide gar nicht wahr, obwohl ich spürte, dass sie mich durchaus zuhören lassen wollten, ja, dieses Zusammentreffen mit mir richtiggehend herbeigeführt hatten. Vielleicht sogar mit der heimlichen Bitte um eine gerechte Beurteilung.

Jedenfalls gingen sie ziemlich heftig aufeinander los, wobei der Jüngere den aggressiveren Eindruck machte.

»Sie, mein Lieber, mögen ja die Ausnahme darstellen«, hörte ich ihn sagen. »Ihre Poesie hat da einiges losgetreten. Und Ihr Humor, beziehungsweise Ihre ätzend jüdische Ironie hat so manchen zum Lachen gebracht. Aber letzten Endes wissen Sie doch auch, dass Sie Ihrer beschämenden Herkunft nur dadurch entgehen konnten, dass

Sie zum christlichen Glauben übertraten. Das ehrt Sie gewiss, und das nimmt Ihrer rassischen Abstammung einige Schärfe. Im Grunde aber sind Sie doch der geblieben, der Sie immer waren. Ich glaube Ihnen diese Bekehrung einfach nicht.«

»Und Sie tun recht daran, mein Bester. Es lebt und schreibt sich angenehmer im Schutze des klerikalen Knüppels. Ich gebe zu, ein eingefleischter Christ hat es leichter als ein zum Christentum übergelaufener Jude. Aber immerhin lässt sich damit eine frechere Lippe riskieren als mit dem offen zur Schau getragenen Judentum. Und was ist wohl schwerwiegender – der dümmliche Stolz auf die religiöse Abkunft oder meine, zugegeben beißenden, Schriften gegen das Verhalten unserer Obrigkeit?«

»Ich habe es, im Gegensatz zu Ihnen, mit meinem Übertritt zum Christentum ernst gemeint. Ich sah darin die einzige Möglichkeit, mich einer höheren menschlichen Art anzuschließen und mich dem weiblichen Element der Amoral und der Unheiligkeit zu entziehen.«

»Ohweh! Entschuldigen Sie, dass ich Ihre Initialen als Ausruf des Schreckens missbrauche. Es bleibt mir ja nichts anderes übrig angesichts des Schwachsinns, den Sie daherreden. Wie konnte ein talentierter junger Mann, wie Sie es waren, nur so unmögliches Zeug zusammendenken? Warum, so frage ich mich, waren Sie sogar bereit, diesen Unsinn niederzuschreiben? Das grenzt doch an Selbstvernichtung.«

»Das ist Selbstvernichtung, mein Lieber. Ja, lachen Sie nur! Das ist die konsequenteste Art, sich erst geistig und dann physisch auszulöschen. Meine Taufe, so seriös sie auch gemeint war, konnte mich davon nicht entbinden. Ein Irrtum. Ich gebe ihn zu.«

»Ein Irrtum? Das nenne ich nun doch leicht übertrieben!«, rief der Ältere aus. »Sie haben vorgebaut, mein Bester! Wissen Sie, was einer der düstersten Politiker Ihres Jahrhunderts einmal von Ihnen gesagt hat? Sie wären der einzige Jude, der ihm Respekt abgerungen habe, weil er sich das Leben nahm.«

»Ich weiß das alles. Und ich gebe Ihnen meinen Irrtum noch einmal zu. Bin wie Sie überzeugt, dass mich auch das ehrlichste christliche Glaubensbekenntnis nicht vor diesem späteren Vernichtungsfeldzug bewahrt hätte. Nur, war das so überraschend, was da passierte und wie es passierte?«

»Da muss ich schärfstens protestieren!«, rief ich jetzt empört. »Glauben Sie ernsthaft, es sei uns Recht geschehen? Wie wäre Ihnen denn zumute gewesen, wenn Sie auf meine Weise zu Tode gekommen wären? Wären Sie wirklich so hocherhobenen Hauptes und splitterfasernackt in den Tod gegangen? Zusammen mit hunderten anderer Todeskandidaten? Eingepfercht in einen beinahe luftleeren Raum? Sie haben sich doch, soviel ich weiß, ein ehemaliges Zimmer Beethovens für Ihr Ableben ausgewählt. Welch eine pathetische Geste! Hätten Sie das nicht etwas demütiger angehen können?«

»Vergessen Sie nicht, dass er ein tief depressiver junger Mann war, der sich redlich bemühte, dieser seiner Krankheit Herr zu werden«, antwortete mir der Ältere. »Er ist sogar bis nach Italien gereist, um sein Gemüt wieder aufzuhellen.«

»Ihr Spott ist der Spott eines depressiven Juden, der so eklig und gierig am Leben hing, dass er auch seine jahrelange Matratzengruft in Kauf nahm«, gab der Jüngere zurück.

»Sind Sie es wirklich?«, fragte ich und starrte den Älteren bewundernd an.

»Ja«, erwiderte er und wandte sich wieder an den Jüngeren. »Ich versichere Ihnen, selbst meine letzten, nicht sehr erquicklichen Lebensjahre hatten mehr Qualität als dieses graue Dämmerdasein hier, das wohl nie ein Ende finden wird. Und glauben Sie mir, die Matratzengruft wurde mir schließlich doch versüßt durch das Element, das Sie als das dem Manne feindliche, das negativ WEIBLICHE erkannt hatten. Einige meiner besten Texte in dieser Zeit hatte ich der liebenswürdigen Pflege dieses Elements zu verdanken. Ich wäre einmal gespannt, auf welche seltsamen Erfahrungen Sie Ihre ruppigen Ansichten dem weiblichen Geschlecht gegenüber gründen.

Und außerdem: Ihr Abgang von der Weltbühne hat Ihnen den unvorteilhaften Ruf der Unentschlossenheit hinterlassen. Ein Jahr davor noch zu konvertieren und sich dann doch zur endgültigen Flucht zu entschließen, bedeutet ja, dass Sie von dem, was Sie unternommen hatten, nicht sehr überzeugt waren. Oder irre ich mich?«

»Ich war nicht darauf gefasst, was mir da entgegentrat. Glauben Sie mir, ich tat es mit der besten Absicht und sah im Jesusglauben die Reinwaschung von allem Schmutz, den das Judentum verursacht hatte. Wie konnte ich ahnen, dass es so untilgbare Spuren in mir hinterlassen würde?«

»Damit haben Sie sich zwischen zwei einflussreiche Stühle gesetzt«, lachte der Ältere. »Nichts ist unangenehmer, als in die Auseinandersetzung zwischen Vater und Sohn zu geraten – wenn ich Judentum und Christentum einmal so auslegen darf. Und wir haben es hier mit äußerst rachsüchtigem Nachwuchs zu tun. Ich bin wenigstens noch in die etwas mildere Luft des evangelischen Glaubens geflüchtet. Sie aber wollten es offenbar ganz genau wissen und haben sich in die goldbeladenen Arme Roms geworfen. Nein, es hätte Ihnen zur Ehre gereicht, wenn Sie einfach Ihrem Glauben abgeschworen und sich zum Atheismus bekannt hätten. In Ihrem Zeitalter durfte man das wagen, ohne gravierende wirtschaftliche Nachteile zu erleiden. Was hatten Sie sich denn sonst noch vorzuwerfen, außer, dass Sie ein Jude waren?«

»Nichts, gar nichts!« Die Stimme des Jüngeren wurde um eine Spur hysterischer.

»Was mich viel mehr interessiert«, mischte ich mich ein, »sind Sie es nicht, der behauptet hat, in der Hierarchie der Lebewesen kämen die Juden an letzter Stelle? Gleich nach den Hunden?«

»Nein, nicht nach den Hunden«, widersprach der Ältere, »nach den Frauen. Nicht wahr, mein Lieber, nach den Frauen!«

»Man muss manchmal übertreiben, um sich verständlich zu machen«, murmelte der Jüngere.

»Ich bin mir nicht sicher, ob ich Ihnen eine so intime Frage stellen darf. Ich tue es trotzdem. Sind Sie am Ende ein – wie soll ich sagen – ein Gleichgeschlechtlicher? Manche dieser Leute übertragen ja ihre physische Abneigung auf das gesamte weibliche Geschlecht.«

»Ich war nie ein typischer Homosexueller, wenn Sie das meinen«, antwortete der Jüngere. »Ich habe gern einiges ausprobiert und Erfahrungen gesammelt.«

»Für dieses Ende?«

»Ein besseres als das Ihre, gnädige Frau.«

»Das nenne ich aber eine sehr unfertige und unsensible Bemerkung. Ein ›tragisches Ende‹ wäre richtiger gewesen. Im Gegensatz zu dem Ihren war das Ende dieser Dame tragisch.«

»Und wie würden Sie das meine bezeichnen?«, fragte der Jüngere.

»Als lächerlich. Denn Ihr Tod war lächerlich, pathetisch

und kindisch. Seien Sie froh, dass Er Sie auffing und Ihnen die Möglichkeit gibt, einiges an Ihrem Da- oder Dortsein zu verbessern.«

»Darauf kann ich verzichten. Warum, glauben Sie, lässt Er diese Jahrhundertbestie so ungehindert wüten? Und warum ausgerechnet gegen das kleine Judenvolk? Alles bei diesem Kerl ist nachzuvollziehen. Das Machtgelüst, der Blutrausch, meinetwegen auch der Weltherrschafts- und Weltvernichtungswille. Aber Sie werden mir zugeben: All das hat es schon gegeben, wenn auch in kleinerem Ausmaß. Was sich jetzt dort abspielt, diktiert von diesem rasenden, krankhaften Hass, das hat eigentlich kein menschliches Format mehr. Was hätte ihm diese politisch unbedeutende Gemeinschaft denn schon antun können? Im Gegenteil! Mit ein paar wenigen Streicheleien hätte er sie wahrscheinlich zur treuen Gefolgschaft verführt. Nein, dahinter steckt eine viel geübtere Faust, ein viel älterer Hass. Und wenn einer dieses satanische Vieh auf uns losgelassen haben sollte, dann kann nur Er es gewesen sein.«

»Wir Juden müssen den Herrn aber auch unmäßig gelangweilt haben«, wagte ich zu bemerken, »würde er uns sonst auf eine so wegwerfende Art in den Tod schicken?«

»Werfen Sie Ihm nicht vor, was Er nicht begangen haben kann. Es genügt, dass der junge Mann es Ihm ankreidet.«

»Hätte Er es nicht zumindest verhindern können?«

»Womit? Mit Donner und Blitz? Mit erneuter Sintflut? Das hat doch alles nichts geholfen. Der Mensch wollte von einem gewissen Zeitpunkt an seine Unabhängigkeit!«

Das Grinsen des Jüngeren wurde unerträglich. »Das alte Lied vom freien menschlichen Willen!« Er fing an zu lachen. »Als wäre der Mensch jemals mündig geworden. Nennen Sie mir eine Periode in der Menschheitsgeschichte, die nicht von dieser kindischen Totschlägerei geprägt war.«

»Warum hat man ausgerechnet Sie beide aneinandergekoppelt«, fragte ich. »Größere Gegensätze kann ich mir eigentlich nicht vorstellen.«

»Wir sind beide zum Christentum übergetreten, ohne so ganz davon überzeugt gewesen zu sein«, sagte der Ältere und grinste derart unverschämt, dass ich mich hilfesuchend an den Jüngeren wandte. Aber auch er grinste in ähnlicher Manier.

Was bedeutet das, dachte ich. »Machen Sie sich lustig über mich?«, fragte ich.

»Aber nein, aber nein«, antworteten sie wie aus einem Mund.

»Sind Sie überhaupt authentische Erscheinungen?«

»Sie müssen uns ziemlich gründlich gelesen haben«, grinsten sie immer frecher.

»Das ist ja gar nicht wahr«, rief ich. »Sie«, damit zeigte ich auf den Älteren, »habe ich viel gelesen, aber von Ihrem Begleiter habe ich bislang nur gehört. Solche Schriften würden sich auch bei uns zu Hause wie von selbst verboten haben!«

»Das ist schlecht, das ist schlecht«, riefen sie im Chor, »man muss sich nach allen Seiten hin orientieren, jede Meinung begutachten und sich nichts davon aneignen. Nur so ist es möglich, sich eine innere Reinheit zu bewahren, eine blank gescheuerte Leere, in die dann der göttliche Blitz hineinfahren kann.«

Sie wandten sich von mir ab, taten wieder, als sei ich gar nicht mehr vorhanden und diskutierten eindringlich, aber immer unverständlicher weiter, als würden sie sich allmählich von mir – oder ich mich von ihnen – entfernen. Bald drangen nur noch beunruhigende Wortfetzen zu mir herüber – »er kann lediglich ein Instrument ...« – »ad hoc so hervorragend organisiert ...« – »nie ist es in unserer dreitausendjährigen Leidensgeschichte ...« – »wie hieß es doch bei einem dieser Verbrecher? ...« – »wir tun eine schmutzige Arbeit. Heimlich, ohne dafür belohnt zu werden. Das ist wahres Heldentum!«

Ich schrie auf. Wo war ich hingeraten?

»In den Hundehimmel!«, rief es mir nach.

»Nein, in den Weiberhimmel!«

»In den Judenhimmel. In den Himmel der hängenden Juden!«

»In den Nazihimmel, Sie Dummkopf! Es gibt nur einen Himmel, und das ist der Nazihimmel!«

Nun hörte ich sie wieder ganz nah bei mir. »Ziehen Sie weiter! Lassen Sie sich nicht aufhalten. Verwandeln Sie sich, und Sie sollen staunen, zu welchen Ergebnissen Sie kommen werden, wenn Sie erst einmal Ihrer tiefsten Wurzeln ansichtig werden«, hörte ich sie beide noch flüstern, als sie mir schon längst entschwunden waren.

Ich fühlte, wie ich wieder rückwärts in die hinter mir liegende Dunkelheit gezogen wurde, wand mich erneut zwischen den gepeinigten Juden hindurch, die wie an Gummistrikken hingen, kam ihnen schnell näher. Ihnen und ihren immer größer werdenden, pockennarbigen Gesichtern.

Jedesmal, wenn sie aus dem Abgrund auftauchten, schienen sie siedend heißen Kesseln entrissen zu sein. Maßlos erschöpft und verschwitzt, lachten sie mir dennoch voller Qual zu. Ganz unerwartet überkam mich eine wundervolle und besänftigende Gemeinsamkeit mit ihnen. Ein solcher Stolz auch auf diese Verwandten. Wie hatte ich doch ihre polnisch-jüdische Verkommenheit verachtet. Doch nun konnte ich nicht genug von ihnen bekommen.

Je weiter sich der Raum öffnete, desto zärtlicher wurden meine Empfindungen für sie. »Ihr werdet sein wie Sand am Meer«, zitierte ich und klatschte in die Hände.

Auch sie klatschten. Sie jubelten mir mit ohrenbetäubender Lautstärke zu. Mit einer Ekstase, die aus einer mir gänzlich fremden Welt zu kommen schien. Doch dann wurde mir klar, dass dieser höllische Lärm gar nicht von ihnen herrührte.

Mitten zwischen ihnen tauchten sie auf. Die Epauletten an den schwarzbraunen Uniformen glitzerten selbst in dieser trostlosen Dämmerung. Ihr Marschtritt verdrängte jedes andere Geräusch.

Radioansagen hallten aus allen Richtungen.

»Volk ans Gewehr!«, dröhnte es mit der dazugehörigen Pausenmelodie des Reichsrundfunks.

Meine Verwandten hingen immer lebloser zwischen diesen schwarzbraunen Massen, die wie aus einem unerschöpflichen Brunnen hervorquollen, jeden freien Raum unter meinen Brüdern besetzten und ihren bedrohlichen Marschrhythmus derart verstärkten, dass die puppenhaften Verwandten anfingen, sich konvulsivisch im gleichen Rhythmus zu bewegen. Immer lächerlicher wurden ihre Bemühungen, immer wilder schlugen ihre Gummistricke aus.

Ich schrie ihnen zu, sie sollten sich beherrschen, ihrer panischen Demut Einhalt gebieten, und fühlte, wie ich selbst dieser stampfenden Lawine verfiel. Ich war fast sicher, dass mich keiner hören oder gar wahrnehmen konnte.

»Erstaunlich, wie sich die Zeit zwischen dem Leben und dem Sterben hinzieht«, dachte ich.

Die Zeit des Lebens, die Zeit des Sterbens. Verfügen denn nicht beide über die gleiche Schwere? Oder ist es nur die Qual eines Augenblicks, die sich hier zu einer so monströsen Spanne aufbläst?

»Der Sommer ist länger als der Herbst«, habe ich früher manchmal gedacht. »Und der Winter länger als der Frühling.«

War das nicht ein Abzählreim, den die Massen da gerade intonierten?

> »Bruder Kain kam kurz rein,
> legte ›bum‹, Abel um.
> Erster Jud lag im Blut.
> Mein Herr Jesus, war das gut!«

Ich wollte mir die Ohren zuhalten und wusste nicht mehr, wo meine Ohren saßen.

»Hört auf«, wimmerte ich in mich hinein, als ich sah, dass die hängenden Juden mitsangen.

Das Gelächter der Marschierenden wurde immer greller.

»Sie singen mit«, jubelten sie. »Diese Skorpione singen wirklich mit. Sie stecken sich ihren eigenen Stachel in den Arsch! Volk ans Gewehr, Volk ans Gewehr!«

Der Raum war nur noch von dieser braunen Horde erfüllt.

»Sie schlagen Blasen«, rief ich, »riesenhafte Blasen! Ich muss da durch, wenn ich nicht an diesen Gummistricken hängenbleiben soll. Ich darf in diesem Kot nicht ersticken. Das singende Gejammer meiner Landsleute darf mich nicht abhalten. Weg von ihnen! Nur weg!«

Plötzlich wusste ich, wie ich mich ohne die plumpen Bewegungsabläufe entfernen konnte. Mein »Weg, weg!«

musste wohl ein Aufschrei gewesen sein, denn ich stürzte, um nicht zu sagen, purzelte, kopfüber in eine undurchsichtige, grauglänzende Leere. Mein bis dahin noch funktionierendes Gleichgewichtsempfinden schien völlig aufgehoben, und ich jagte, diese ekelerregenden Erscheinungen rasch hinter mir lassend, einem mich offenbar mächtig anziehenden Ziel zu. Immer drängender lockte es mich in diesen silbrigen Dunst, und erneut überkam mich ein tiefes Wohlgefühl.

Mit geradezu atemberaubendem Tempo raste ich einer unbekannten Bestimmung entgegen. Ich versuchte erst gar nicht, mich meiner verlorengegangenen Extremitäten zu bedienen – vorerst jedenfalls nicht –, sondern sah mich wie ein Baby bei seinen ersten Schwimmversuchen übermütig herumplanschen. Ich überschlug mich, rollte einmal mit den Füßen zuerst, dann wieder kopfüber in diesen feinen Nebel hinein.

Keine Übelkeit, kein lästiges Drängen der Blase, keine Atemnot oder sonstiges Gebrechen. Nichts plagte mich mehr. Nur diese bezaubernde Leichtigkeit, diese einmalige Beweglichkeit war da, als hätte ich nie etwas anderes gekannt.

»Zuhause«, dachte ich, »jetzt bin ich endlich zu Hause. Wie wäre es, wenn du dich, einfach um vergleichen zu können, an deine vergangene Physis, wenigstens an deinen kleinen Finger erinnertest! Wie lautet doch das Sprichwort? Wenn es dem Esel zu wohl wird …!«

Ich hatte gerade meine Fingerkuppe im Gedächtnis, da fiel ich im nächsten Augenblick buchstäblich aus mir heraus. Wie ein zu Tode getroffener Vogel stürzte ich in die Senkrechte, krachte mit Vehemenz gegen unsichtbare Gegenstände und fühlte altbekannte Schmerzen wiederkehren. Übelkeit brach in meinen Magen ein, und voller

Schrecken erkannte ich meine nur allzu empfindlichen Gedärme wieder.

»Den Unsinn mit deinem kleinen Finger hättest du lassen sollen«, flüsterte mir eine eindringliche Stimme zu. »Schon der Gedanke an deinen Kopf und an deine Füße hätte unterbleiben sollen. Aber der kleine Finger hat das Fass überlaufen lassen. Lösch das alles aus deinem Hirn und versuch, an eine leere Buchseite zu denken. Kannst du dir eine leere Buchseite vorstellen? Wenn nicht, dann denke dir ein leeres Blatt Papier und zwar so schnell wie möglich, sonst stürzt du immer weiter ab, und vermutlich werde ich dir folgen müssen, wohin ich dir nicht folgen möchte!«

»Wer hat Sie gebeten, mir zu folgen?«, fragte ich.

»Gebeten hat mich keiner. Befohlen hat man es mir«, kam es zurück. »Ohne mir Gründe anzugeben.«

»Und wer ist ›man‹?«

»Der, der alles befiehlt.«

»Kennen Sie Ihn?«

»Aber woher! Er hat eine raffinierte Art, sich zu verbergen und einem gleichzeitig alles mitzuteilen.«

»Er hat Ihnen also mitgeteilt, sich an meine Fersen zu heften. Wie kann ich denn so wichtig für Ihn sein? Wer bin ich denn?«

»Du bist ein Fehler, mein Kind. Ein ganz selten vorkommender Fehler. Ich habe es selbst nicht glauben wollen, bis ich dich hier herumturnen sah. Die Augen meines Geistes sind zwar gelenkig, aber bei deiner Geschwindigkeit können sie nicht mehr lange mithalten.«

»Wollen Sie mir nicht sagen, wer Sie sind? Ich unterhalte mich nicht gern mit Leuten, die nur ihre Stimme preisgeben.«

»Wer weiß schon, wer er ist. Hier weiß man nur, wer

man war und wer man sein wird. Bestenfalls. Jetzt höre erst einmal auf, an deine anrüchigen Gliedmaßen zu denken. So weit sind wir noch lange nicht.« Er schien immer nervöser zu werden. »Vergiss es, vergiss es!« Er schrie fast. »Ich sage es dir noch einmal: Ich will dir nicht folgen müssen, wohin es dich sonst verschlagen würde.«

»Wohin soll es mich denn verschlagen?«

»Jetzt lass endlich los, du närrische dumme Pute, sonst gibt es ein Unglück.«

Seine Stimme überschlug sich und wurde zu einem glühenden Flüstern.

Ich konnte seine Verzweiflung nur allzu gut heraushören.

»Ich kann es nicht!«, rief ich. »Ich weiß, dass ich weder Arme noch Beine habe, aber dennoch fühle ich sie. Davon komme ich nicht los!«

»Man tut es, indem man seine Gedanken ordnet.« Die Stimme wirkte jetzt ruhiger und schien sich direkt hinter meinem Rücken versteckt zu haben. »Wenn du dir nicht einmal ein leeres Blatt Papier vorstellen kannst, was mich sehr wundert, dann richte deine Gedanken auf dein gerade erlebtes Wohlbefinden, auf die glänzende Schwerelosigkeit, die du so mochtest, und höre vor allem auf zu schreien. Das erinnert mich doch sehr an die Judenschule. Der Begriff ist zwar dem irdischen Jargon entnommen, beschreibt aber ziemlich exakt dein albernes Benehmen, mein Kind. Also, reduziere deine Lautstärke und richte deine Gedanken auf das, was dir am meisten Spaß macht.«

Das hätte er mir nicht sagen dürfen. Hatte er nicht bedacht, dass ich allmählich wieder mein profanes fleischliches Gewand übergestülpt bekam? An welchen Spaß denkt man denn schon, wenn all diese irdischen Missliebigkeiten zurückkehren. Meine Phantasie war jedenfalls nicht mehr zu bremsen, und so sank ich nun erst recht auf eine schnell näherkommende, stinkende schwarze Wolke zu.

Von ihm war kein Laut mehr zu hören. Oder war das sein Atem, der immer deutlicher wurde? Nein, meinen Atem hörte ich. Mich selbst. Mich. Und den Wind um mich herum. Diesen bösartigen, kalten Wind, der mir so vieles wieder ins Gedächtnis zurückrief.

»Kälte«, dachte ich, »Kälte. Ich zittere wieder. Ich kann es kaum glauben! Oh, wie unangenehm, wie äußerst unangenehm«, schrie ich, kurz bevor ich aufschlug.

Jedwabne Lutowiskow

Auch der Geruch war unangenehm, oder zumindest fremdartig, als ich mit Mühe die Augenlider aufschlug und in ein im wahrsten Sinne des Wortes merkwürdiges Gesicht starrte. Aus einem schneeweißen Antlitz blickten mich zwei riesige dunkle Augen an. Die Nase war sehr gerade und vielleicht etwas zu kurz geraten. Die untere Gesichtshälfte zierte ein Bart, der für meinen Geschmack ein wenig zu akkurat geschnitten und wie ein hübsch geflochtener grauschwarzer Kranz aussah.

»Die Augenbrauen gefallen mir besonders«, dachte ich. »Wundervoll geschwungene, tiefschwarze Bögen, die seinem Blick eine zusätzliche Faszination gaben.«

Unter einem geschlungenen, zipfelmützigen Turban lugte ein Büschel Haare hervor, und ich flüsterte, ganz gegen meinen Willen: »Was für ein Mann!«

Dabei hatte ich noch gar nicht seine ganze Figur sehen

können. Gar keine Frage; zu diesem Kopf musste einfach ein großer stattlicher Leib gehören.

Er hatte sein Gesicht ganz dicht an das meine herangeschoben und fragte flüsternd, ob ich meiner geistigen Fähigkeiten wieder genügend mächtig wäre, um mir auszumalen, was uns jetzt bevorstünde.

»Oh, mein Gott«, rief ich, »soll das denn wieder von vorn losgehen? Das ganze schreckliche Gewürge?«

Ich versuchte mich aufzurichten, aber er lag auf mir wie ein Brett und rührte sich nicht von der Stelle.

»Was haben Sie vor? Wollen Sie mich etwa missbrauchen?«

»Nichts liegt mir ferner«, antwortete er, »wir werden aber so lange hier liegenbleiben, bis wir sicher sein können, dass uns der Schrecken noch einmal verschont hat.«

»Welchen Schrecken meint er?«, fragte ich mich.

Oh, ich kannte die wütenden sexuellen Ausfälle vom Tode bedrohter Männer zur Genüge, um nicht auch ihm gegenüber berechtigtes Misstrauen zu empfinden.

»Du wirst ganz ruhig bleiben, mein Kind. Wenn wir uns auf diese Weise tot stellen, werden die Horden uns vielleicht unbeachtet lassen.«

»Mein Kind«, wo hatte ich dieses »mein Kind« schon gehört? Es kam mir auf eine grimmig-düstere Weise bekannt vor.

»Vielleicht solltest du einmal dein Gehör anstrengen«, lenkte er mich ab, »meines ist nicht mehr ganz neu. Es hat schon einige Jahrhunderte auf dem Buckel und pfeift auch ein bisschen.«

Ich lachte. »Sie können mit den Ohren pfeifen?«, fragte ich. »Wem ist das heutzutage schon gegeben?«

»Heutzutage? Weißt du denn, wie sich dein ›heutzutage‹ anlässt?«

Er sah mich mit ausdrucksvollen Augen an, und mit einem Mal wusste ich, wo ich dieses glühende Flüstern bereits gehört hatte.

»Ja, da ist es wieder«, rief ich, aber er hielt mir sofort den Mund zu. »Sie waren einer der hängenden Juden! Oder waren Sie vielleicht der Ältere? Nein, der sah ganz anders aus. Oh, jetzt wird es mir klar. Die Stimme waren Sie. Die Flüsterstimme, die mich begleitet hat. Sie haben mich aus diesem fabelhaften Schwebezustand herausgerissen, bloß weil ich versucht hatte, mich an meinen kleinen Finger zu erinnern.«

Er drückte noch stärker auf meinen Mund und wisperte mir ins Ohr, dass mein Erinnerungsvermögen wieder einigermaßen intakt sei.

»Großer Gott.«

Ich versuchte, mich jetzt viel energischer zu befreien, kam aber gegen seine Kraft nicht an.

»Hat es uns wieder auf diese gottverfluchte Erde verschlagen. Habe ich Sie etwa mitgerissen? Das wäre nicht auszudenken! Nicht wieder gutzumachen. Für uns beide.«

»Du hast, mein Kind, du hast. Beruhige dich. Irgendwann hätte es uns sowieso erwischt. Ja, diese gottverfluchte Erde«, wiederholte er. Und wieder sah er mich lange an. »Es scheint wirklich so, als hätte er sich endgültig von diesem leuchtenden blauen Stein abgewandt und sei in ein anderes Universum gewandert, aber Genaueres lässt sich darüber noch nicht sagen.«

Ich hörte gar nicht mehr hin.

»Was für eine fatale Situation«, jammerte ich. »So wohl hatte ich mich gefühlt. So endgültig befreit. Und nun soll das alles noch einmal von vorn anfangen? Das hält ja kein Hund aus!«

»Oh doch!« Er lächelte plötzlich weise. »Ein Hund hält

so manches aus. Aber du irrst dich, wenn du glaubst, dich in deiner so wohl vertrauten Zeit zu befinden. Das hier ist nicht deine geliebte Heimat.«

Er schüttelte traurig den Kopf und beugte sich noch tiefer über mich. »Dieser Ort, zu dem es uns nicht unbedingt hätte verschlagen müssen, heißt Jedwabne. Ein Ort, der noch viel traurige Berühmtheit erlangen wird. Er ist dazu ausersehen, stets die gleichen Schrecken auf einen Teil seiner Einwohner hereinbrechen zu lassen. Man kann ihn gewissermaßen als das Firmenschild der Unmenschlichkeit bezeichnen.«

»Ich höre etwas«, unterbrach ich ihn.

»Wonach klingt es?«, fragte er.

»Nach Pferdegetrappel.«

»Ja, jetzt höre ich es auch. Durch das Pfeifen hindurch.«

Ich hätte über sein Lächeln weinen können und verkroch mich noch tiefer unter ihm.

»Die Jedwabnesen haben Verstärkung aus den umliegenden Dörfern herangeholt. Es sind zu viele Juden, denen sie an den Kragen möchten«, erklärte er leise. »Sie treiben sie zusammen, aber sie sind zu wenige. Sieh hin, da kommen sie bereits. Es gelingt ihnen nicht ganz, sie zusammenzuhalten.«

Aus dem Ort sah ich eine langgezogene Gruppe von Menschen auf uns zukommen. Die Männer gingen voran. Die Frauen versuchten zu ihnen aufzuschließen, doch die schreienden Kinder an ihrer Seite hinderten sie am schnelleren Gehen. Die Frauen wurden am meisten geschlagen.

Erst als einige Männer sich umwandten und stehenblieben, ging man auch auf sie los, schlug sie zusammen oder erstach sie mit Piken, die ich glaubte, einmal in den Museen der Hauptstadt betrachtet zu haben. Immer wieder stach man auf sie ein, während die Nachfolgenden über sie hinwegstrauchelten.

»Wo führt man sie denn hin, in Gottes Namen? Wohin bloß?«

Ich fing heftig an zu schluchzen, und er drückte mich ganz fest an sich.

»Ruhig, ruhig«, sagte er, während er trockenen Auges auf die entsetzliche Szene starrte. »Sie dürfen uns nicht entdecken. Und wenn du meinst, dass das dort im Namen Gottes geschieht, dann bist du sehr dumm und überaus unvorsichtig. Du erinnerst dich doch noch: Gebrauche den Namen Gottes nicht unnütz …«

»Ja, ich erinnere mich. Aber Sie wollen mir doch nicht weismachen, dass wir das alles meinem kleinen Finger zu verdanken haben?«, insistierte ich.

»Er war der Tropfen, der das Fass zum Überlaufen – und so weiter. Schweig endlich still, sonst können wir uns gleich dort einreihen. Unvorhergesehenerweise haben wir es mit Zeitläufen zu tun, in denen wir nichts zu suchen haben.«

Wir konnten sie nun ganz nahe an uns vorbeihasten sehen. Nur wenige Männer waren noch übriggeblieben. Die Frauen schlugen verzweifelt auf ihre Kinder ein, um sie zum Laufen zu bringen, schützten sie aber gleichzeitig vor den unbarmherzigen Schlägen der Bauern.

»Unseren Herrn Jesus habt ihr ans Kreuz genagelt«, schrieen diese. »Ihr seid nicht einmal das Kreuz wert. Ungeziefer seid ihr! Dreck an den Sohlen des Teufels. Und zum Teufel sollt ihr gehen!«

Sie gaben all das in einem fanatischen Singsang von sich und schlugen immer unerbittlicher auf alle ein. Jetzt war auch zu erkennen, was sie vorhatten. Sie trieben den Zug auf eine riesige Scheune zu, die auf einem Hügel stand. Ich mochte mir gar nicht vorstellen, wie eine solche Anzahl von Menschen – es waren immer noch Hunderte – in diese Scheune hineinpassen sollten.

Man schlug immer härter zu, so dass sie froh sein konnten, in der Scheune Schutz zu finden.

»Was werden sie mit ihnen tun?«, flüsterte ich

Stille war eingetreten. Nicht einmal das Weinen der Kinder war mehr zu hören.

»Verbrennen«, flüsterte mein Begleiter.

»Wie bitte?«

»Sie werden sie verbrennen«, wiederholte er laut und starrte mich an. »Sie werden die Scheune anzünden und sie dem Bauern, der sie zur Verfügung gestellt hat, großzügig ersetzen.«

»Und woher wissen Sie das alles?«, fuhr ich ihn an.

»Eine altbewährte, speziell für uns erdachte christliche Hinrichtungsmethode. Das erste Mal ist sie mir in Spanien begegnet.«

Ich sah ihn lange an, und er hielt meinem Blick stand. Sein Äußeres hatte etwas Unwirkliches angenommen, als würde man ihn durch einen Zerrspiegel betrachten. Mal zog es sich in die Länge, dann wieder schien man ihn an beiden Wangen auseinanderziehen zu wollen. Nur seine Augen blieben unberührt davon und blickten mit unendlicher Trauer auf mich herab.

Er schien mir ständig eine Fluchttür öffnen zu wollen, aber ich verstand ihn nicht. War er deshalb hierhergekommen? Wer war er, und was für eine komische Kopfbedeckung trug er denn da? Er sog mich immer tiefer in sich hinein, und plötzlich sah ich sie wieder, die scheußlichen blutverschmierten Juden an ihren Gummistricken, die braunen Horden, die sich zwischen ihnen durchdrängten, mit ihren weit aufgerissenen Mündern – hatte ich aufgeschrieen?

Er presste mich mit ganzer Kraft an sich, und ich schreckte hoch. Aus den Augenwinkeln sah ich die Pferde.

»Wir müssen leider auf das Ende des Spektakels warten. Bis die Horden sich verzogen haben.«

Die Verstärkung zu Pferde war eingetroffen. Jeder der Reiter hatte seine Pechfackel mitgebracht und tauchte sie im Vorbeigaloppieren in eine der bereitgestellten lodernden Tonnen. Während sie unter wildem Gejohle um das Gebäude herumgaloppierten, warfen sie die Fackeln auf das Strohdach und durch die Holzklappen, in die man sonst das Heu hineinstopfte. Fast augenblicklich ging die Scheune in Flammen auf, und die Reiter gaben nicht eher Ruhe, bis auch der letzte Balken zu Asche zerfallen war.

Nur eine pechschwarze Wolke, die sich gegen den dunkelblauen Abendhimmel abhob, hielt sich noch längere Zeit über dem Gelände.

»Glauben Sie, dass so die Wolke ausgesehen haben könnte, die den Israeliten in der Wüste Sinai voranmarschierte?«, fragte ich meinen Begleiter, während wir zusahen, wie sich die müde gewordenen Bauern langsam zurückzogen.

»Ich glaube, wir sollten uns jetzt so rasch wie möglich entfernen«, sagte er. »Wir haben noch einen weiten Weg vor uns.«

Er stand auf, und ich war total überrascht.

»Wie schade«, dachte ich, »dieser Kopf hätte einen weitaus stattlicheren Körper verdient.«

Ich hatte den Eindruck, der schmächtige Leib könne gar nicht imstande sein, diesen gewaltigen Kopf zu tragen. Er war in einen bis an die Knöchel reichenden kaftanartigen Mantel gehüllt, der mit einem schmalen Pelzkragen verziert war. Unterhalb des Halses konnte man ein geknöpftes graues Untergewand erkennen, und seine Schuhe schienen mir recht hochhackig zu sein, als wolle er seinen kleinen Wuchs ein wenig korrigieren.

Ich war enttäuscht und hätte mich im selben Augenblick für meine Gedanken entschuldigen mögen.

»Verstehst du mich nicht? Ich sagte, wir haben noch einen weiten Weg vor uns.«

»Woher wissen Sie, welchen Weg wir einschlagen sollen«, fragte ich missmutig, während ich neben ihm herstapfte. Ich bekam keine Antwort. »Anscheinend wandern wir doch einem Ziel entgegen, das Ihnen bekannt ist.«

Wieder gab er keine Antwort, lief jetzt aber in einem ziemlich flotten Tempo vor mir her, und seine hohen Hacken schienen ihn dabei nicht im geringsten zu behindern.

»Als erstes möchte ich Sie bitten, mir endlich Ihren Namen zu nennen«, rief ich und blieb stehen.

»Und zweitens«, schrie ich ihm hinterher, »sollten Sie mir das Recht einräumen, Sie ordentlich anreden zu dürfen. Das gehört sich so!«

Er blieb stehen.

»Und drittens: Wollen Sie mir nicht verraten, wie Sie uns aus diesem gottverfluchten, oh, Verzeihung, aus dieser übelriechenden Todeskammer herausgebracht haben?«

»Dein Gedächtnis, oder besser, dein Geistesvermögen, fängt an zu schwinden«, sagte er. »Es wird höchste Zeit, mit dem Erinnerungstraining zu beginnen.«

»Das ist doch keine Antwort auf meine Frage.«

»Mein Kind, wir waren nie zur selben Zeit in der Todeskammer. Dort kannst du mich also nicht kennengelernt haben. Ebenso hättest du mich zu keiner anderen Zeit kennenlernen können. Begnüge dich damit, wenn ich dir sage, dass wir noch einen langen Marsch vor uns haben und ihn schleunigst hinter uns bringen müssen.

Andernfalls schläft deine Erinnerung völlig ein, und es wird ein großer Kraftaufwand nötig sein, um dich wieder in den Sattel zu heben.«

Er begann wieder zu laufen und schlug diesmal ein noch rascheres Tempo an. Ich rannte wieder hinter ihm her.

»Was für ein Sattel? Wovon reden Sie? Sie können mich doch nicht so völlig im Ungewissen lassen!«

Er schritt immer schneller aus, so unangestrengt, so leicht, als würde er über dem Boden schweben. Auch ich hatte plötzlich keinerlei Mühe, ihm zu folgen.

»Sagen Sie mir wenigstens Ihren Namen«, bettelte ich. »Das kann Sie doch nicht gefährden, oder?«

Er schwieg erneut.

»Na schön, denken Sie sich irgendeinen Namen aus. Irgendeinen. Ich akzeptiere ihn. Nur rufen können möchte ich nach Ihnen. Zum Beispiel, wenn ich in Not bin.«

Er streckte seine Hand nach mir aus. »Komm, mein Kind, komm. Ich will dir vieles sagen, aber bleib nicht stehen.«

»Nein, nein«, sagte ich und schloss eifrig zu ihm auf.

»Gut, sehr gut. Fühlst du irgendwelche Beschwerden?«

»Aber nein«, rief ich. »Ich staune über mich selbst. In der Schule war ich doch im Dauerlauf miserabel.«

»Schön, wir werden das Tempo nämlich beibehalten müssen, bis wir am Ziel sind, und währenddessen das Denk- und Erinnerungstraining beginnen.«

»Wie heisst du?«, brüllte ich.

Er sah erschrocken zu mir auf.

»Was für eine Stimme«, sagte er anerkennend. Dann fing er an zu lachen. Es war das schönste Lachen, das ich je von einem Menschen vernommen hatte. So rein, so unzweideutig. Nur ein Baby mit Bassstimme hätte ein solches Lachen von sich geben können.

»Hast du Hunger?«, fragte er unvermittelt.

»Nein, ganz und gar nicht.«

»Das ist ein Fortschritt.«

Er nickte nachdenklich. »Ich werde dir einen von meinen ersten Namen nennen, und ich bin neugierig, ob du ihn dir merken kannst. Ich heiße Abu Imran Musa ibn Maimun ibn Abdallah. Na, wie findest du ihn?«

»Ich bin sprachlos.«

»Wieder ein Fortschritt.«

»Das ist ein arabischer Name, wenn ich mich nicht irre.«

»Richtig.«

»Sie sind also Araber?«

»Oh nein. Ich habe nur zeitweise unter Arabern gelebt.« Er zögerte plötzlich. »Wiederhole meinen Namen«, sagte er streng.

»Ich schlage Ihnen einen Kompromiss vor: Ich nenne Sie kurz Abu, das erinnert mich an das hebräische Wort Abba. Wissen Sie, was das heisst?«

»Ja, aber ich bin nicht dein Vater. Hast du dir den Namen nicht merken können?«

»Abu Imran Musa ibn Maimun ibn Abdallah«, murmelte ich vor mich hin.

»Ein großer Fortschritt«, rief er und klatschte beifällig in die Hände.

»Glauben Sie im Ernst, dass ich jedes Mal, wenn ich nach Ihnen rufen will, diesen ganzen Namen herunterbeten werde?«

»Nicht doch«, erwiderte er. »Es war lediglich eine kleine Prüfung.«

»Hatten Sie nicht auch noch einen anderen Namen, den man etwas leichter handhaben könnte?«

»Oh ja, ich hatte viele Namen.«

»Aber wer sind Sie wirklich? Sie verhalten sich so ganz und gar unzeitgemäß. So frömmelnd.«

»Frömmelnd?« Er sah mich erstaunt an.

»Ja, denn meine Frage nach der schwarzen Wolke scheinen Sie völlig ignoriert zu haben.«

»Oh, mir hat dein Bild von der schwarzen Wolke sehr gefallen«, sagte er. »Der Herr, der sich in sein schwärzestes Trauerkleid hüllte, seine Kinder aber dennoch nicht im Stich ließ. Das nahm ich als eine Huldigung für Ihn.«

»Sie irren sich.«

Wieder steigerte er sein Lauftempo.

»Ich habe im Grunde nie an der göttlichen Existenz gezweifelt, sie nur einer sanften Kritik unterziehen wollen. Aber Seine Beziehung zu uns neu zu überdenken, das wird man doch wohl noch dürfen.«

»Das steht dir nicht zu«, widersprach er. »Erinnerst du dich an die hängenden Juden, deren elastische Stricke sie ständig zwischen Himmel und Hölle herumtanzen ließen?«

Ich zögerte. »Ja. Aber es gibt da einige Bilder, die ich sehr verschwommen vor mir sehe.«

»Erinnere dich. Sie verschwanden beinahe unter dir. Du hast sie nur noch als dunkle Punkte wahrnehmen können, aber schon im nächsten Augenblick konntest du ihre Fußsohlen betrachten, während sie lachend über dir zappelten.«

»Ich sah diese schrecklichen schwarzbraunen Horden zwischen ihnen.«

»Das sind deine eigenen Todesphantasien. Du musst filtern, mein Kind.«

»Entweder erinnere ich mich an den Vorgang, oder an die Bilder, aber nie an beides auf einmal.«

»Gut, gut.« Er nickte. »Wenn du das koordinieren

kannst, bist du einen Schritt weiter. Hast du nicht vor kurzem noch an die hängenden Juden gedacht?«

»Ja, aber ich sehe sie nur mit verschwitzten Gesichtern aus der Tiefe heraufkommen. Ihre Fußsohlen kann ich nicht erkennen.«

»Aber du weißt, dass du den Vorgang miterlebt hast, dass du mitten unter ihnen warst?«

»Ja, das mag so gewesen sein«, sagte ich zögernd.

»Siehst du, das sind Glaubensgenossen, mit denen der Herr noch nichts anzufangen weiss. Er lässt sie unentschlossen zwischen Himmel und Erde umherschwingen, weil er noch darüber nachdenkt, ob er sie anerkennen oder abtun soll. Es waren sehr fromme Menschen. Aber nicht alle Frommen sind Seiner kommenden Welt auch würdig.«

»Was soll Ihm denn gefallen, wenn nicht Frömmigkeit?«, fragte ich.

»Frömmigkeit ist nur eine Verbeugung vor der göttlichen Gewalt. Dahinter kann sich Heuchelei verbergen. Denke an das Goldene Kalb, an diesen primitiven Ersatz. Es hat nur vierzig Tage seiner Abwesenheit gebraucht.«

»Meinen Sie, dass er uns das je verziehen hat?«

»Wer weiss?«

»Glauben Sie, dass danach die Wolke so schwarz wurde?«

»Ich glaube, dass dieser erste Moment dem Herrn im Gedächtnis blieb«, erwiderte er, »aber er löste auf keinen Fall diesen bösartigen Vernichtungswillen aus, dem wir seit der Zerstörung des Tempels ausgesetzt sind.«

»Die Zeitspannen zwischen Seinen Attacken auf uns werden immer kürzer und die Technik immer ausgeklügelter«, sagte ich, »aber trotzdem konnten wir Ihm stets entwischen.«

Hatte ich richtig gesehen? Auf seinem Gesicht erschien ein schlitzohriges Lächeln.

»Was macht Sie so fröhlich?«, fragte ich erstaunt.

»Ist es nicht eine Großtat, einer solchen Macht immer wieder zu entkommen? Ich gebe zu, es wird schwieriger. Der letzte Großanschlag war so umfassend organisiert, dass wir ihn nur mit Mühe überleben werden. Wir sollten uns bald eine neue Fluchtmöglichkeit ausdenken.«

»Wir haben doch überhaupt keine Chance, wenn es sich so verhält, wie ich meine.«

»Doch, doch! Es gibt Gesetze. Von Ihm geschaffen. Strukturen, die auch Er nicht durchbrechen kann, wenn Er nicht seine ganze einmalige Schöpfung aufs Spiel setzen will. Es gibt von Urzeiten an Gesetzeslücken, die er, die aber auch wir nutzen können. Glaube mir. Ich spreche aus Erfahrung. Sein Vorteil ist, dass Er sie logischerweise kennt, wir sie aber erst herausfinden müssen. Obwohl ich ja an einigen dieser Vorschriften mitgewirkt habe«, fügte er hinzu.

»Sie?«

»Später, später«, wehrte er ab.

»Aber warum dieser Hass auf uns?«, fragte ich. »Was haben wir Ihm getan, wenn es das Goldene Kalb nicht gewesen ist.«

Er schüttelte den Kopf.

»Hör auf, von Ihm als einem Menschen zu reden. Du sollst dir kein Bild machen. Hat man dir das nicht beigebracht? Er ist ein Vernunftwesen höchster Ordnung, würde ich sagen, um mich noch einmal deiner einfältigen Sprache zu bedienen. Nichts an ihm darfst du dir in irgendeiner Weise stofflich vorstellen. Nie werden wir Ihn erkennen oder Seinen Gedankengängen folgen können. Unsere Aufgabe ist es, Seine Gesetze zu befolgen. Nur dadurch können wir uns Ihm auf eine geziemende Weise nähern. Er ist also weder ein liebender, noch ein rächender Gott. Er hasst infolgedessen auch nicht. Vielleicht verzeiht Er nicht, dass Er sich einem kleinen, versklavten Volk zu erkennen gegeben, dass man Ihn hinter dem Dornbusch hervorgelockt hat, dass ich Seinen Rücken gesehen habe.«

»Sie?«

»Später, später. Wir haben Ihn verführt, in unsere Geschichte einzugreifen. Und ehe Er sich's versah, war Er in all die menschlichen Unmenschlichkeiten hineingezogen worden. Er wurde zum Rache- und Liebesgott zugleich, reagierte zeitweise menschlicher als wir, fragte uns sogar mitunter um Rat. So stellten wir es jedenfalls dar. Er wandelte sich vom Schöpfer zum Erschaffenen, und wir legten Seinem Denken die Fesseln der Empfindungen an. Wir haben Ihn in die Welt gezerrt, haben Ihn hassentstellt und liebebedürftig aussehen lassen. Das hat uns bei den anderen Völkern den Neid und den Titel »Auserwähltes Volk« eingebracht. Weil wir Ihn sichtbar gemacht, Seine Scham entblößt haben. Das verzeiht Er uns nicht. Kein Kalb aus Gold, kein noch so frecher, atheistischer Gedanke, hätte Ihn so beleidigen können.«

Er war jetzt vor lauter Aufregung ins Laufen geraten, und sein Gesicht sah womöglich noch weißer aus als vorher.

»Warum sollten wir das denn ohne Seine Erlaubnis getan haben«, versuchte ich ihn zu beruhigen. »Wir haben ihn nur verehrt und angebetet. Man kann sich Ihm gegenüber auch schlechter verhalten.«

»Weil wir stolz auf unsere Entdeckung waren und sie überall herumgezeigt haben. Wir hätten den einzigen und echten Schöpfer.«

»Aber das ist doch die Wahrheit«, rief ich.

»Wir haben Ihn dem Spott der Unverständigen ausgesetzt und Ihn damit ins volle Licht gestellt. Das kam uns nicht zu. Nebenbei, Seinen Schrecken möchte ich nicht miterlebt haben.«

»Und dass wir Ihm ein Aussehen angedichtet haben, das Er gar nicht hatte, musste Er als äußerste Beleidigung empfinden«, fügte ich hinzu.

»Nicht schlecht, mein Kind, nicht schlecht. Er, der Unbewegte, der Beweger, das stofflose Vernunftwesen, als zweibeiniger, bärtiger Übervater mit dem hocherhobenen Warnfinger?«

Er schüttelte sich und warf die Arme in die Luft.

»Könnte es sich nicht auch so verhalten«, fragte ich, »dass Er uns amüsiert zusieht und unsere Flucht mit Seinem Zeigefinger stoppt. Immer, wenn wir glauben, Ihm entkommen zu sein, drückt Er uns mit Seinem unendlich gütigen Finger in den Sand. Er straft uns. Ständig! Bis ins dritte und vierte Glied. So steht es jedenfalls in der Bibel!«

»Immer wird dieser Satz zitiert. Ja, natürlich, schlechte Taten werden Folgen bis in die dritte oder vierte Generation haben. Ein Verbrecher wird seinen Sohn und seine Enkelkinder belasten. Das gilt nicht allein für uns Juden und zeugt von kluger Einsicht. Denn nur diejenigen Nachkommen, die die Untat erlebt haben, wären betroffen. Die äußerste Grenze wurde beim Urenkel gezogen, der vierten Generation. Das kannst du bis zum heutigen Tag in allen Gesellschaften beobachten. Außerdem wird stets unterschlagen, dass gute Taten bis ins tausendste Glied vergolten werden.«

»Ich bin beeindruckt.«

»Und du bist müde geworden. Ist es nicht so?«

»Vielleicht, ein wenig«, gab ich zu.

»Dann fängt die Erdenschwere dich wieder ein. Wir

müssen uns sputen und unter allen Umständen das Ziel erreichen, bevor es hell wird.«

»Was ist das für ein Ziel?«

»Es ist dein Heimatdorf.«

»Meine Heimat ist die Hauptstadt«, erwiderte ich gereizt.

Er lächelte wieder.

»Ich entsinne mich, dass jemand, völlig aufgelöst vor Freude, wie ein unmündiges Kind herumturnte und dauernd: ›Freiheit, Freiheit – ich bin zu Hause!‹ rief. Hast du das vergessen?«

Er sah mich gespannt an, verringerte aber keineswegs sein Tempo.

»Nein«, sagte ich langsam, »das habe ich nicht vergessen. Aber es kann nur ein Traum gewesen sein. Und auch jetzt träumen wir. Sie in Ihren Siebenmeilenstiefeln und ich in meiner Schläfrigkeit. In Wirklichkeit haben Sie mich aus dem scheußlichen Gashaus herausgeholt und marschieren hier mit mir irgendeinem dunklen Ziel zu.«

»Wir haben gleich die ukrainische Grenze erreicht«, sagte er ungerührt. »Was sind eigentlich Siebenmeilenstiefel?«

»Wenn man mit ihnen einen Schritt macht, hat man sieben Meilen zurückgelegt.«

»Das ist ungewöhnlich.«

»Das ist ein Kindermärchen.«

»Es ist trotzdem ungewöhnlich. So etwas sollte man erfinden. Aber in eurer Zeit hat man genug andere Dinge entwickelt. Wenn ich mich bei meinen ärztlichen Ausübungen nur solcher Instrumente hätte bedienen können, wie ihr sie zu Verfügung habt. Hast du eigentlich den Heine noch gekannt?«

»Wie denn?«

»Du entsinnst dich aber doch noch an euer Zusammentreffen?«

»Ein komischer, alter, kaputter Mann. Mit einer großen Seele.«

»Ein Spötter, oder?«

»Oh ja, er konnte herzhaft spotten. Während der andere, der jüngere Mann, keinen Funken Humor hatte und ständig auf die Weiber und die Juden schimpfte. Ich vergesse ständig seinen Namen.«

»Weininger hieß er.«

»Danke, Abba«, sagte ich.

»Nenne meinen richtigen Namen.«

»Abu Imran Musa ibn Maimun ibn Abdallah.«

»Du hast ein sehr talentiertes Gedächtnis«, sagte er anerkennend, »und wenn du es noch ein wenig aushältst, sind wir am Ziel.«

»Wie lange?«, fragte ich.

»Ein wenig«, sagte er. »Je weiter wir unseren Spaziergang ausdehnen, desto länger werden wir zu üben haben. Aber wie ich sehe, hast du Spaß daran.«

»Ich will wieder nach Hause«, sagte ich.

»Bald, bald mein Kind.«

»Warum bin ich Ihr Kind, wenn Sie nicht mein Vater sind? Hören Sie auf, mich ›mein Kind‹ zu nennen, sonst sage ich nur noch Abba zu Ihnen.«

»Also gut«, versuchte er mich zu besänftigen, »ich werde dich nur noch ›Kind‹ nennen.«

»Und warum fragen Sie mich nicht nach meinem Namen?«

»Ich kenne alle deine Namen«, sagte er sanft.

»Ich habe nur einen Namen, und den sage ich Ihnen nicht, mein lieber Abu Imran Musa ibn Maimun ibn Abdallah!«

Er blieb abrupt stehen. »Setz dich«, sagte er. »Wir sind da.«

Er zeigte auf die Erde und setzte sich. Als ich mich niederbeugte, konnte ich mit meinen Händen weiches, volles Gras spüren. Ich hockte mich neben ihn, und wir warteten. Nach einer Weile begann ich ihn vorsichtig zu beobachten, ihn anzusprechen, aber er blieb stumm.

Er nahm mich überhaupt nicht mehr wahr. In sich versunken horchte er in etwas hinein, das ihn ungewöhnlich zu erregen schien. Ich fasste seinen Arm, beugte mich über ihn und sah ihm ins Gesicht. Ich schüttelte ihn, aus Angst, ihn so plötzlich verlieren zu müssen, wie ich ihn kennengelernt hatte.

»Er fühlt sich wie ein Stein an«, dachte ich. Völlig unerwartet stiegen Bilder in mir auf. Wieder sah ich die blutverschmierten, lachenden Juden, aber nicht an ihren Stricken, sondern einem Güterwagen entsteigen. Ich sah fesche Uniformröcke, die mich so heimatlich anmuteten, und die verzweifelten nackten Männer, die versuchten, mich von hinten zu besteigen.

Zwischen ihnen marschierten die schwarzbraunen Kolonnen mit aufgerissenen Mäulern und betrunkenem Gelächter auf mich zu und an mir vorbei, während der junge Weininger mir auf den Rücken sprang und mit mir fortgaloppieren wollte. Ich schrie auf vor Angst, schlug auf meinen Begleiter ein, um ihn wach zu bekommen, aber er rührte sich nicht, sondern fing an zu sprechen.

Aber nicht zu mir. Es quoll aus ihm heraus, wie Ausfluss, über den er keine Kontrolle mehr hatte. Ich zitterte so stark, dass es mir Mühe machte, den Inhalt seiner Rede mitzubekommen.

»Gott unserer Väter, ich habe den Mystizimus stets verachtet. Ich habe meine Schüler gelehrt, sich streng an Deine Gesetze zu halten und nicht erforschen zu wollen, was ihnen nicht zusteht. Geschweige denn, Dich begreifen oder sich mit Dir vereinigen zu wollen. Ich habe versucht, die billigen Vorstellungen meiner Landsleute von Dir und Deiner Welt zu eliminieren und in ihrer naiven Sprache über Dich zu reden. So weit das möglich war. Ich habe ihnen verschwiegen, dass das Böse gar nicht vorhanden, sondern nur die Abwesenheit des Guten ist. Auf dass sie an Dich glauben konnten. Und ausgerechnet mich hast Du in diese indifferente Zwischenwelt geworfen. Mich, der ich ein Leben damit zugebracht habe, umfangreiche Schriften gegen das unsinnige Mystifizieren zu verfassen.

Ich habe mich stets als ein gehorsamer Gefolgsmann Deiner Gebote erwiesen. Auch bevor Du mich in die jetzige Hülle gezwungen und mich so erbarmungslos in der Wüste hast stehen lassen. Ausgenommen der winzige Ausrutscher. Du erinnerst Dich. Ich habe auf den Felsen eingeschlagen, statt zu ihm zu sprechen. Und dass ich mir erlaubt habe, ein wenig am Islam zu kosten, kann ja auch nicht so schwerwiegend für Dich gewesen sein. Denn er, wie auch das Christentum, sind doch mehr oder weniger nur Varianten unserer Religionsstiftung.

Und dennoch bin ich dieser hündischen Seele beigesellt, die selbst ihren Peinigern noch die Hände leckt. Dieser Missbildung. Diesem schöpferischen Unfall. Ist es das, was sie auf eine Stufe mit uns gestellt hat? Oder erlaubst du dir wieder einen Deiner gleichmacherischen Späße, um mich zu demütigen und all meine mühsam geordneten Theorien über den Haufen zu werfen?«

Er fing an, seinen Oberkörper ins Schaukeln zu bringen, als wolle er einen geheimen Schmerz dämpfen.

Verletzt schlug ich auf ihn ein. Auf seine Arme, seine Brust.

»Über wen reden Sie? Und zu wem? Ich komme um vor Angst, und Sie spielen mir die Eingebung eines begnadeten Propheten vor. Können Sie mich hören? Über wen sprechen Sie? Wer ist da bei Ihnen, den ich nicht sehen kann?«

»Er ist bei uns«, lächelte er abwesend, »und wir sprechen über dich.«

Ich musste mich abwenden, legte mich flach auf den Bauch und verbarg mein Gesicht im Gras.

»Da hilft kein Verstecken wollen«, sprach er weiter. »Du bist die Sensation der unteren Gefilde, obwohl du es auf keine Weise verdient hast. Ein kleiner Eindringling bist du, ein Nebbich, den man ausgerechnet mir aufgezwungen hat.«

»Ich kann nichts von dem verstehen, was Sie da von sich geben«, murmelte ich.

»Irgendwann wirst du verstehen, warum ich dich als einen Nebbich bezeichne, weshalb mir bei deiner hündischen Unterwürfigkeit übel wird. Ich denke da beispielsweise an die feschen Uniformträger, die deine heimatlichen Gefühle erregt haben. Für mich bist du ein kleines, niedliches Nichts, aber für Ihn …?«

»Was bin ich für Ihn«, fragte ich nach einer Pause.

»Wer weiss das schon«, antwortete er. »Vielleicht ein in guter Laune erfundener Spaß.«

»Oh, mein …«, ich brach ab.

»Vorsicht«, sagte er.

»Ich habe es ja begriffen«, erwiderte ich kalt.

Es war inzwischen ziemlich hell geworden, und ich richtete mich auf. Wir saßen mitten auf dem Dorfanger, umgeben von kleinen Holzkaten, die sehr sauber und ordentlich aussahen. Direkt vor einem der Häuser spannte gerade ein Mann sein Pferd vor einen Karren, und ein paar Meter weiter wartete ein Mädchen mit hochgezogenen Schultern und tief gesenktem Kopf auf etwas, das ich nicht erkennen konnte.

»Siehst du das Mädchen dort?«

»Ja, worauf wartet sie?«

»Auf nichts. Sie ist so verängstigt, dass sie sich nicht traut, die Straße zu überqueren, aus Furcht, jemand könne sie angreifen. Sieh ihr ins Gesicht und sage mir, ob sie dir bekannt vorkommt.«

»Wie soll ich das denn anstellen?«, fragte ich, »sie hat ja ihr Kinn auf die Brust gesenkt.«

»Versuche sie auf dich aufmerksam zu machen.«

»Sie scheint mir sehr schreckhaft zu sein«, bemerkte ich. »Vielleicht sollte ich aufstehen und ihr zuwinken, statt hinüberzubrüllen.«

»Tu, was dir richtig erscheint.«

Ich erhob mich und machte ihr Zeichen, zu mir herüberzukommen. Sie reagierte sofort, indem sie in die entgegengesetzte Richtung weglaufen wollte, blieb dann aber doch stehen.

»Sie scheint ja eine ganz ungewöhnliche Furcht zu haben. Für ein Mädchen in ihrem Alter einfach unglaublich.«

Der Mann schlug plötzlich ohne einen Laut von sich zu geben, auf das Pferd ein und lief neben ihm her. Das Mädchen drehte sich langsam in seine Richtung und sah anschließend zu uns herüber. Jetzt konnte ich ihr genau in die Augen sehen und erschrak.

»Wovor erschrickst du?«

»Wo sind wir hier?«, fragte ich zurück.

»Wir befinden uns in der Westukraine und das Dorf heisst Lutowiskow.«

»Warum sind wir hier?«

»Es ist dein Heimatdorf.«

Ich schüttelte den Kopf. »Meine Heimat ist die Hauptstadt.«

»Auch, auch.«

Im Gegensatz zu mir war er jetzt hellwach. Das Mädchen fing an, sich auf mich zuzubewegen, und ich ging ihr entgegen.

»Sieh dich vor«, schrie mir Abu Imran hinterher. »Es ist noch nicht so weit!«

Er war aufgesprungen und starrte das Mädchen mit feucht glänzenden Augen an. Eine fieberhafte Gespanntheit ging von ihm aus. Er machte beinahe den Eindruck, als erwarte er etwas, das ihn mit einer Mischung von Grauen und Sehnsucht erfüllte.

Ich wandte mich wieder dem Mädchen zu. Sie ließ die Augen nicht von mir und kam zu uns heran.

Langsam hob sie ihre Hände zu meinem Gesicht hoch, und ich legte meine auf ihre Hüften. Ihr Rock bestand aus einem Streifen rupfenartigen Stoffs, und ihre dicke Wolljacke kratzte mich am Hals, als sie sich an mich drückte.

»Mutter«, sagte ich, »Mutter«, und fing an zu weinen.

Ich konnte nichts mehr erkennen, spürte nur die Wolljacke überall an meinem Körper und fühlte, wie der Druck, mit dem mich das Mädchen umarmte, immer stärker wurde.

»Es ist nicht deine Mutter«, hörte ich Abu Imran wie aus weiter Ferne rufen. »Das bist du! Du selbst!«

Dann vernahm ich nur noch sein unartikuliertes Schreien.

»Die Augen meiner Mutter«, dachte ich, »sie ziehen mich immer tiefer in sich hinein.«

Große, dunkelblaue Augen und blonde Haarsträhnen, die mir ins Gesicht fielen. Meine Haarsträhnen. Und die

Pferde. Die Pferde kamen schnell näher, es wurde unerträglich laut. Ich schrie auf, versuchte, mir die schwere Wolljacke über den Kopf zu ziehen und rannte in die Richtung, in der ich meinen Begleiter vermutete.

Unvermittelt, wie aus dem Boden gewachsen, stand er vor mir.

»Die Pferde«, sagte ich verwirrt. »Das ist nicht der Weininger, der mit mir fort galoppiert?«

»Nein«, sagte Abu Imran, »das ist nicht der Weininger.« Sein Gesicht war tränenüberströmt. Er versuchte, mich auf den Arm zu nehmen, aber ich war schon zu schwer für ihn.

»Sie zerschlagen die Türen, brechen in die Häuser ein«, flüsterte ich. »Sie zerren sie alle heraus. Sie verbrennen sie nicht, sie zerhacken sie. Meine Mutter und meinen Vater schleppen sie heraus. Das sind doch die gleichen Kosaken, die schon einmal vor drei Jahren da waren. Diesmal haben sie uns wirklich überrascht. Auch jetzt kommen sie auf uns zu, Abu Imran! Sie kommen auf uns zu. Der plumpe Kerl auf seinem Riesengaul. Er hat so was Ekstatisches im Gesicht. Er schlägt mir die Hacke in den Kopf und reitet weiter, lässt mich einfach stehen, mit seiner Hacke in meinem Kopf. Können Sie das begreifen? Wo sind Sie? Sollten Sie nicht mein Beschützer sein? Warum haben Sie das nicht verhindert?«

»Ich durfte es nicht verhindern. Aber du hättest es dir leichter machen können, wenn du nicht so demütig vor ihm in die Knie gegangen wärst. Vielleicht hätte er dir dann nur seinen Kurzspieß in die Brust gerammt. Das hätte dich mit Sicherheit sofort getötet.«

»Und jetzt«, fragte ich, »wie lange soll ich mit dieser Hacke im Kopf herumlaufen? Das sieht doch lächerlich aus und ist furchtbar schmerzhaft.«

»Ich werde dir die Hacke aus dem Kopf ziehen, dann geht es ganz schnell. Aber vorher müssen wir noch etwas klären. Sehr viel Zeit hast du nicht mehr. Irgendwann versagt dein Hirn und damit das Kostbarste: dein Erinnerungsvermögen. Du musst dich mit der behänden Leichtigkeit eines Hochspringers von deiner beschädigten Physis absetzen, dich in die Höhe denken und doch deinen sterbenden Leib im Auge behalten. Es ist keine leichte Sache, seine Haut wie eine Schlange abzustreifen, und in keinem Augenblick das Bewusstsein zu verlieren, das dir von Gott in überreichem Maß verliehen wurde. Antworte mir: Wer bist du?«

»Ich bin die Ethel Rudolf aus Lutowiskow!«

»Und vorher warst du?«

Ich verzog das Gesicht. Er hatte einen Fehler gemacht. Zum ersten Mal hatte er sich geirrt oder war unachtsam geworden, hatte die Zeiten durcheinandergebracht.

»Meinen Sie die Dame aus der Hauptstadt?«, fragte ich sanft und versuchte zu lächeln. »Das war doch später.«

»Genug.« Er kam auf mich zu. »Fürchte dich nicht. Wenn ich jetzt tue, was ich tun muss, wirst du sofort das Bewusstsein verlieren. Als ausgebildeter Arzt werde ich deine Schmerzen so erträglich wie möglich halten.« Damit trat er von hinten an mich heran und zog mir kurzerhand die Hacke aus dem Kopf.

»Abu Imran Musa ibn Maimun ibn Abdallah«, hörte er eine leise frohlockende Stimme rufen.

Überrascht sah er sich um, entdeckte aber niemanden.

»Können Sie immer noch mit den Ohren pfeifen?«

Er sah nach oben. Von einer Terrasse im ersten Stock winkte ihm eine alte, recht aufgeputzt aussehende Dame zu.

»Sie Priester des Jenseitigen sind nicht einmal mehr imstande, Ihre einstige gelehrige Schülerin zu erkennen.«

Vor Aufregung schoss ihm derart das Blut in den Kopf, dass er alles um sich herum nur noch verschwommen wahrnahm und sich auf eine gegenüberliegende kleine Mauer setzte. Er sah einen soliden, gepflegten Ziegelbau vor sich und darüber eine langnasige Alte, die ihm vertraulich zuzwinkerte.

War sie es, die er so endlos verloren geglaubt und deren Verlust ihm Ewigkeiten an Wanderungen eingebracht, ihm den Aufstieg in die höheren Gefilde verwehrt hatte?

»Wohin hast du dich verkrochen, du infames jüdisches Luder?«, rief er aufgebracht. »Weißt du, was du mir angetan hast?«

»Verzeihen Sie«, unterbrach sie ihn und beugte sich mit ihrer schnauzenartigen Nase weit über die Brüstung.

»Wer hat sich denn als erfahrener Arzt ausgegeben, der mir schmerzlos das Beil aus dem Hirn entfernen wollte, obwohl mich die Schmerzen beinahe rascher umbrachten als die tödliche Wunde?

Oh, Abu Imran Musa ibn Maimun ibn Abdallah, ich bin beinahe überzeugt, dass Sie doch ein Araber sind. Die ganze Strecke, vom Ostreich, über Lutowiskow, über das feuerfreudige Spanien bis hin nach Fes und Kairo habe ich Sie gesucht. Ich glaubte, Sie würden einen ähnlichen Weg nehmen. Aber der Herr scheint sich vor mir verborgen zu haben.

So habe ich denn meinen eigenen Weg gewählt, habe nach meinem Feuertod in Cordoba sogar die höheren Gefilde erreicht und mich zum ersten Mal mit den Stofflosen eng verbunden gefühlt, ihre Gedanken auffangen und weitergeben können. Ein himmlisches Vergnügen!

Aber durch einen kleinen Fehler, ich würde sagen, durch eine unwesentliche weibliche Eitelkeit, bin ich wieder zu unseren hängenden Glaubensstreitern zurückgeworfen worden. Diesmal hing auch ich an einem Gummistrick und wurde in die siedendheißen Kessel der christlichen Unterwelt getaucht. Zuerst glaubte ich, mich einer Zwangstaufe unterziehen zu müssen, aber es war wohl nur so eine Art Purgatorium, das mich für den Glauben Jesu vorbereiten sollte.

Man versuchte mir meine jüdische Erstgeburt streitig zu machen. Dennoch blieb ich standhaft, und so entschloss man sich wahrscheinlich, mich wieder im alten Spanien abzusetzen.

Zu meiner großen Genugtuung kam ich dort lange vor der Herrschaft des allerchristlichsten Königreichs an und hatte mit den zu der Zeit herrschenden Mauren weitaus weniger Scherereien. Wie gesagt, bis auf die Flucht vor den islamischen Almohaden nach Fes ließ man uns vorerst in Ruhe. Niemand trachtete mir dort nach dem Leben.

Zwar verlangte man von uns, wir sollten zum Islam übertreten, konfiszierte unser Vermögen und jagte uns wieder einmal aus dem Land, doch das war, angesichts dessen, was ich schon durchgemacht hatte, ein Pappenstiel.

Ja, und Kairo, liebster Abu Imran, war das Paradies. So

weit meine Erinnerung reicht, ist mir nie ein friedlicheres Ableben beschert worden als in dieser Stadt. Selbstverständlich kam es vor, dass man als Jüdin hin und wieder beschimpft wurde. Dann duckte man sich eben weg und bog in eine Nebenstraße ein. Aber alles in allem war ich doch recht glücklich.«

»Und wie hat es dich hierher nach Babylon-Stadt verschlagen?«, fragte er.

»Nun, das ist gar nicht so ungewöhnlich und sollte Ihnen doch ebenso bekannt sein«, lächelte sie ihm zu.

»Ich kam in Jerusalem zur Welt zurück. Als Kind sehr wohlhabender Eltern und hatte wohl eine ganze Zeit, genaugenommen bis zur Tempelzerstörung, mein gut trainiertes, höheres Gedächtnis eingebüßt. Das mag zum großen Teil auch daran gelegen haben, dass mein Jerusalemer Vater meinem Vater in der Hauptstadt so ähnlich war. Auch unsere soziale Stellung erinnerte mich an die Hauptstadt, wenn ich darüber nachdenke.

In meinem fünfzehnten Lebensjahr war es dann wieder so weit. Nachdem man von außen Feuer in die Stadt geworfen hatte, flüchteten wir auf die Straße, weil wir fürchteten, in den Häusern zu verbrennen. Wir sahen zu, wie die Stadtmauer durchbrochen wurde und die Babylonier erschienen. Sie sahen unmöglich aus in ihrer abgetragenen, speckigen Lederkleidung. Warfen mit ihren Speeren nach allem, was sich bewegte. Die Eltern und mein kleiner Bruder wurden sofort durchbohrt. Ich lag flach auf dem Rücken und sah mit offenen Augen in den Himmel. Wie ich es von den Toten her kannte.

Da schob sich ein Gesicht über das meine, und ich blickte in zwei mitleidlose glänzendblaue Augen. Die Oberlippe zierte ein zurechtgestutztes, kleines Bärtchen, und ein Geruch von Moschus wehte mich an.

»Du bist nicht tot, nicht wahr?«, sagte das Gesicht. »Du bist ein hübsches, raffiniertes Mädchen mit einer etwas zu langen Nase. Willst du, dass ich dich ein bisschen durchbohre, oder möchtest du zuschauen, wie wir euren verfluchten Tempel zur Sau machen?«

Ich war starr vor Furcht und brachte keinen Ton heraus. Er hob mich auf und trug mich davon. Ich sah, wie Dutzende schwerbewaffnete Männer ihn sofort umringten. Aber er beachtete sie nicht, sondern ging, ohne dass ihn jemand aufgehalten hätte, mit mir zu unserem Tempelberg. Dort setzte er mich sacht auf den Boden und sah starr auf das schon brennende Gebäude.

»Schön! Damit muss jetzt endlich einmal Schluss sein«, murmelte er, »sonst stehe ich spätestens in zwei Jahren wieder hier.«

Ich beobachtete, wie die Soldaten die Geräte aus dem Tempel trugen: den kostbaren Schaubrottisch, die zehn goldenen Leuchter. Alles wurde achtlos auf einen Haufen geworfen. In sicherer Entfernung der brennenden Mauern. Dann brachen die ersten Dachbalken herunter. Riesige Mauerquader lösten sich und stürzten mit ohrenbetäubendem Lärm zu Boden. Ich konnte den Anblick nicht mehr ertragen und barg mein Gesicht in den Händen.

Sofort zog er sie mir wieder weg. »Du wirst zusehen. Dazu habe ich dich hierher getragen. Auf dass du deinen Enkeln davon erzählen kannst. Vielleicht wird es auch in späterer Zeit niemand mehr wagen, die Macht des babylonischen Königs zu unterschätzen.«

Oh, Gott, ich hatte ihn selbst vor mir. Nebukadnezar. Seine blauen Augen starrten mich an. Unversehens fing sich das Sonnenlicht in seinem goldenen Brustpanzer – oder war es das Feuer des Tempels –, jedenfalls fielen alle um ihn herum auf die Knie. Das ganze Volk auf dem Platz, Gefangene wie Soldaten, warf sich auf den Boden und huldigten dieser höhnischen Gottheit.

»Du auch«, unterbrach er sie.

Ich lag ja schon auf den Knien. Was sollte ich denn machen? Aber wahrscheinlich hätte ich mich aus Angst auch zu Boden fallen lassen.

»Siehst du«, sagte er. »Irgendwann passiert es einem eben einmal. Die Treue darf nicht zu hart auf die Probe gestellt werden.«

»Aber was! Nie würde ich ihn als eine Gottheit angebetet haben.«

»Das sagt sich so leicht«, hielt er dagegen, »doch wenn man, angesichts des drohenden Todes, vergisst, dass das Leben nie endgültig ist, kann man in große Schwierigkeiten geraten.«

»Haben Sie solche Schwierigkeiten gehabt?«, fragte sie und schaute ihn sehr ernsthaft an.

»Ja,« bestätigte er, »und ich bin diesen Schwierigkeiten erlegen, Gott möge mir verzeihen!«

»Sie werden sich doch nicht etwa haben taufen lassen?«

Ihre schreckgeweiteten Augen nahmen sein Geständnis beinahe voraus.

»Ich bin zum Islam übergetreten. Natürlich nur zum Schein«, antwortete er. »Das, nehme ich an, ist auch der Grund, weshalb ich dir als Begleiter zugeordnet war. Auch ich habe die höheren Gefilde einmal verlassen müssen, obwohl ich doch stets ein fast lupenreines Leben führen durfte. Mein eigentlicher Name ist übrigens Moses ben Maimon«.

»Ach«, machte sie.

»Sagt dir der Name etwas? Ich wurde auch Rambam genannt. Das war eine Zusammenziehung meines Titels und meines Namens; Rabbi Moses ben Maimon. Rührt sich noch immer nichts?«

»Ich glaube, schon einmal von Ihnen gehört zu haben, aber beschwören kann ich es nicht«, sagte sie lächelnd.

»Ich war stolz darauf, einer der gefragtesten Ärzte in Kairo gewesen zu sein«, antwortete er. »Gut möglich, dass ich vielleicht einem deiner Verwandten helfen durfte. Oder haben wir uns, trotz paralleler Fluchtwege nicht erkennen können?«

»Mag sein«, sagte sie, »außer – na, vollenden Sie, außer ...?«, sie zwinkerte ihm vertraulich zu und zeigte mit dem Daumen nach oben.

»Nun«, sagte er nach einigem Zögern, »ich will es einmal das jenseitige Vorgebirge nennen.«

»Bravo!« Sie nickte ihm anerkennend zu. »Und wie sind Sie hierher geraten?«

»Ich kam mit der ersten Deportation 597 nach Babel. Die Tempeleinäscherung habe ich Gott sei Dank nicht miterlebt.«

»Sie glücklicher Mensch«, seufzte sie. »Ich habe es nicht nur mit ansehen müssen, sondern gehörte auch zum engeren Kreis des Königs. Abgesehen von Nebu gab es in seinem Tross nicht wenige, die mir ihre Zuneigung ziemlich aufdringlich beweisen wollten, und ich hatte eine ganze Menge zu tun, sie mir vom Leibe zu halten. Wahrscheinlich denken Sie jetzt, dass es mir nicht immer gelungen ist.«

Er nickte bedächtig, aber sie überging es einfach.

»Schließlich verbrachte ich den größten Teil der Reise an der Seite des Königs und durfte mich glücklich schätzen, den langen Marsch der sogenannten zweiten Deportation mit einigem Luxus zu überstehen. Aus der Ferne sah ich oft den Leiden meiner Landsleute zu, die ohne vernünftige Verpflegung und mit lächerlich kurzen Rastpausen dahinstolperten. Die allzu Schwachen wurden rücksichtslos niedergeschlagen und zur Seite geworfen. Dennoch hätte ich so manches darum gegeben, eine von ihnen zu sein und einen anständigen Opfertod zu sterben. Diesen Strapazen wäre ich nicht lange gewachsen gewesen.«

»Und warum hast du dich nicht zu ihnen bekannt?«, fragte er.

Eine geradezu sinnlose Wut auf sie überkam ihn. Er hätte sie steinigen mögen, sagte aber statt dessen: »Das Lager des Nebukadnezar hatte wohl doch mehr Annehmlichkeiten zu bieten.«

»Da mögen Sie Recht haben«. Sie lächelte irritiert. »Nebu war nicht sehr anspruchsvoll und ließ sich nächtelang über seine künftigen Pläne aus. Er wollte Babel zur Welthauptstadt machen, und wie man sieht«, sie zeigte in die Runde, »ist ihm das auch gelungen.«

»Mit Hilfe der Architekten aus Uruk und Ur«, wandte er ein. »Und die Perser haben ihr den letzten Schliff gegeben.«

»Einmal kommt selbst für Männer wie Nebu der letzte Tag«, meinte sie und sah ihn lächelnd an.

Vertraulich beugte sie sich so weit sie konnte zu ihm herunter. »Ausgenommen diejenigen, die Kraft ihres außerordentlichen Gedächtnisses einmal das Tor zum Paradies aufstoßen werden.«

»Kein Geschöpf Gottes wird jemals dieses Tor aufstoßen, so lange es sich so wie du verhält. Im Grunde bist du eine Schande für unser Volk.«

Ihr altes, zerknittertes Gesicht schien noch mehr zusammenzufallen, aber ihre Augen blitzten zornig, als sie nun zu sprechen begann. »Glauben Sie, dass Sie Ihre Sünden noch überblicken können, Sie Heuchler? Meinen Sie, ich hätte nicht von vornherein gewusst, dass Sie, im Gegensatz zu mir, zum Islam übergetreten sind, die weiterhin Gläubigen aber zur strengen Ausübung aller jüdischen Sitten und Gebräuche angehalten haben.

Oh, Moses ben Maimon, mein über alles geliebter Rambam, ich kenne all Ihre philosophischen Schriften. Vom Mischneh Tora, dem Buch der Erkenntnis, über die Dreizehn Wahrheiten bis hin zum Führer der Unschlüssigen. Übrigens, warum haben Sie das meiste in Arabisch geschrieben? Sie beherrschen doch das Hebräische genauso gut, oder?«

»In meinem Schreiben über den Glaubenszwang habe ich sehr klar formuliert, weshalb ein Lippenbekenntnis zu einem fremden Glauben immer besser ist als sich selbst aufzugeben. Der Mensch soll mit den göttlichen Geboten leben, nicht aber durch sie sterben.

Eine verbale Anerkennung des mohammedanischen Propheten hatte nichts zu sagen, wenn man insgeheim weiter dem einzigen Herrn diente. Man wurde ja nicht, wie bei den Christen, genötigt, gegen die göttlichen Gebote zu verstoßen. Also konnte man sich einem solchen milden Zwang auch unterwerfen.

Und warum hätte ich nicht Arabisch schreiben sollen? Durch mein langes Zusammenleben mit maurischen Geistesgrößen, zeitweise waren sie sogar meine Lehrer, beherrschte ich das Arabische eben besser, so wie es dir sicher einmal leichter fiel, dich des Deutschen zu bedienen. Oder solltest du das inzwischen vergessen haben?«

»Ganz sicher nicht. Noch heute zähle ich auf Deutsch, wenn ich Rechnungen zu begleichen habe.«

»Siehst du. Außerdem schrieb ich den Mischneh Tora in Hebräisch.«

»Trotzdem, der Philosoph hat den Menschen vorzuleben, was er vorgedacht hat.«

»Ich bin kein Philosoph, mein Kind.«

Sie lachte. »Mein Kind«, wiederholte sie.

»Nun gut, alte Frau, ist dir das lieber?«

Sie lachte immer lauter.

»Ich bin kein Philosoph. Ich diente lediglich der Wissenschaft des Gesetzes und versuchte, sie mit den naturwissenschaftlichen Erkenntnissen des Aristoteles in Einklang zu bringen. Ganz ist mir das nie gelungen, weil ich mich anscheinend nicht der alles beherrschenden Harmonie des Allmächtigen unterordnen konnte.«

Erschöpft hielt er inne.

Sie bot ihm besorgt an, sich zu ihr hinaufzubegeben, aber er lehnte ab. »Die Distanz zu dir hat ein Gutes«, murmelte er. »Ich kann in aller Ruhe deinem Altern zusehen.«

Sie hatte es dennoch verstanden, denn sie schaute ihn erschrocken an. »Ist es bald wieder so weit?«, fragte sie ängstlich.

»Du wirst einen friedlichen Tod sterben, das verspreche ich dir. Der Weg, den du vor dir hast, ist auf das Genaueste vorgezeichnet und der Spaß, den er sich mit dir erlaubt hat, noch lange nicht zu Ende. Du wirst Ihn in Seiner ganzen Größe kennenlernen. Mich hat er schon lange achtlos zur Seite geschoben. Seit dem Tag, an dem ich Ihm gegen Seinen Willen ins Gesicht zu sehen versuchte, hat Er mich verbannt. Verachtet Er mich. Je demütiger ich mich gegen Ihn verhalte, desto mehr tritt Er mich, wie alle, die meiner Glaubensstiftung anhängen.«

»Verwechseln Sie da nicht etwas?«, fragte sie sanft.

Er zögerte, dann erwiderte er leise, dass ihm dieser Anspruch auf Grund seiner lebenslänglichen Beschäftigung mit der Gesetzesauslegung zukommen sollte. »Vergiss nicht, dass wir ein wundervolles, ein heldenhaftes Volk sind, dass sich über tausende von Jahren Seinem Vernichtungswillen widersetzt hat. Mit meisterhafter Geschicklichkeit und unendlichem Lebenswillen haben wir uns immer wieder, zuweilen nicht ohne trauriges Gelächter, Seinen Anschlägen entziehen können, ohne unsere Liebe zu Ihm jemals aufzugeben. Das hat uns in Wahrheit zum ›auserwählten Volk‹ gemacht.

Die Tatsache, dass ich erst jetzt, während der Wanderungen durch unsere Vergangenheit, beginnen konnte, meine Beziehung zu Ihm besser zu verstehen und meinen Umgang mit Ihm darauf einzustellen, war wohl der Grund, dass ich dich auf deiner Reise zu den Wurzeln deiner Existenz begleiten sollte.

Doch ich warne dich: Die Reise wird sofort abgebrochen, wenn sich die Fehler häufen. Vielleicht war es einigen von uns erlaubt, den Blick in eine andere Welt zu werfen. In die niederen und höheren Gefilde, wie ich sie nennen möchte, aber die wirkliche, Seine Welt, werden wir nie zu sehen bekommen, fürchte ich. Dazu bedarf es anderer Voraussetzungen, als sie bei uns zu finden sind.

Es gibt keine ›kommende Welt‹. Es gibt nur Welten, die parallel nebeneinander herlaufen. In einer davon existiert Er, der Unbewegte, die Vollendung der stofflosen Vernunft, die höchste Instanz, die alles bewegt, sich in allem befindet.

Ach, alte Frau, ich habe versucht, Ihn herunter zu zerren, ich war Ihm schon fast bis in die höchsten Gefilde gefolgt, damals, in der Feuerlohe, hatte bereits die Gefilde der niederen Vernunftwesen, der engelhaften Boten, hinter mir gelassen, da kam der Absturz. Wie sagtest du einmal, ›man stülpte mir mein fleischliches Gewand über‹, eine schöne Beschreibung war das damals.«

»Sie wird erst in Zukunft geschehen«, verbesserte sie ihn. »Aber verzeihen Sie die Unterbrechung, Sie haben eben das schönste Gebet gesprochen, das ich seit langem gehört habe.«

»Es war kein Gebet, alte Frau«, flüsterte er, weil er wusste, dass sie ihn auch so verstehen würde. »Wir müssen die tödliche Beleidigung wieder gutmachen, die wir Ihm mit unseren Sünden angetan haben. Zurück zu unseren Wurzeln, verstehst du? Jeder zu den seinen. Das ist der einzige Weg. Wenn wir sie erreichen, können wir auslöschen, was sich da an grauenhafter Geschichte entwickelt hat, und von vorn beginnen.«

»Und das wird die Aussöhnung mit Ihm bringen, meinen Sie?« Sie hatte Tränen in den Augen, aber sie schüttelte den Kopf. »Sein Gedächtnis werden Sie damit nicht auslöschen.«

»Nein, aber unser Bild von Ihm in uns können wir auslöschen.«

»Sind wir nicht so erschaffen, dass wir stets die gleichen Fehler machen?« Sie schaute ganz verloren zu ihm herunter.

»Du darfst das Erinnerungstraining nicht aufgeben«, sagte er, »das hilft. Wie hast du denn dein Leben hier verbracht? Hat dir dein Nebu dieses Haus geschenkt?«

»Nicht doch. Mit dem Schenken war es nicht weit her bei ihm. Kaum hatten wir Babylon-Stadt erreicht, es muss so Ende 586 gewesen sein, da ließ er mich auch schon fallen. Schade. Ich hatte mich an ihn gewöhnt. Sein Bärtchen war allerliebst, seine etwas zu breiten Hüften flößten mir Vertrauen ein, nur seine Augen konnten einem angst machen. Besonders wenn er seine Potenzschwierigkeiten hatte. Sie sahen wie kleine Eisseen aus. Meist prügelte er dann auf mich ein. Und wissen Sie, was mir in solchen Situationen geholfen hat? Ich dachte an Sie, wie Sie in Lutowiskow auf mir gelegen hatten und mich an sich drückten.

Auch später, als ich eine der berühmtesten Huren auf dem babylonischen Strich war, hat mir das über so manches traurige Erlebnis hinweggeholfen. Was soll ich Ihnen noch groß erzählen? Ich hatte mir ein kleines Vermögen erarbeitet und kaufte mir einen jungen jüdischen Mann aus anständiger Familie. Mit ihm verbrachte ich den größten Teil meines Lebens hier. Er ist vor zwei Jahren gestorben. Alles, was Sie da sehen, habe ich mit in die Ehe gebracht. Aber er hat gut für mich gesorgt, Gott sei seiner Seele gnädig. Seit unserem Hochzeitstag habe ich keinen Finger, geschweige denn etwas anderes mehr rühren müssen.

Jetzt lebe ich so vor mich hin. Allein in diesem viel zu großen Haus. Meine Verwandten, darunter auch meine Kinder, sind unter der neuen persischen Regierung in die alte Heimat zurückgegangen. Sie fordern mich wieder und wieder auf, ihnen zu folgen, aber was soll ich dort? In diesem verödeten Land.

In meinem Alter will man die Bequemlichkeiten, die man gewohnt ist, nicht mehr aufgeben. Ich lasse ihnen Geld zukommen, damit sie Bäume pflanzen, ihre Stadt Jerusalem wieder aufbauen und vielleicht auch den Tempel noch einmal errichten können.

Die Anwesenheit eines älteren Menschen würde sie nur belasten. Finden Sie nicht? Da sind meine finanziellen Zuwendungen weiß Gott wirkungsvoller.«

Ihre zunehmende Unsicherheit schien ihn zu amüsieren.

»Und wie fühlst du dich wirklich?«, fragte er.

»Nun, immerhin gehe ich auf die neunzig zu, und abgesehen von gelegentlichen Ermüdungsanfällen bin ich noch sehr lebendig.«

»Das freut mich«, sagte er langsam.

»Nun ja«, gab sie zu, »ein kleines Geschwür in den Gedärmen macht mir schon etwas zu schaffen, besonders an so heißen Tagen wie diesem, oder wenn ich mich nicht genügend entleeren kann.«

»Ich könnte zu dir hinaufkommen und dich näher anschauen.«

»Das würde mir die Schamröte ins Gesicht treiben«, sagte sie und ihre Augen glänzten.

»Unsinn«, erwiderte er, »in deinem Alter hat man diese Scham zu vergessen.«

Sie machte eine einladende Bewegung, und er kam dem sofort nach. Nachdem er kurz ihren Unterleib abgetastet hatte, sah er sich im Zimmer um. Trotz teuerster Wandverkleidung war es fast spartanisch eingerichtet.

»Ich möchte dir ein Klistier geben, um deine Schmerzen zu lindern. Du hast doch Schmerzen, nicht wahr?«

»Ja«, bestätigte sie und sah ihn mit traurigen Hundeaugen an. Ihr Gesicht verfiel zusehends, und sie drehte den Kopf zur Seite.

»Du hast ein Tod bringendes Geschwür im Leib. Es sitzt direkt am Darmausgang. Ich kann mir nichts Peinigenderes vorstellen.«

»Ich habe gelernt, damit umzugehen.« Sie lächelte ihn an.

»Du musst dir das nicht antun. Ich werde dir die Schmerzen zum größten Teil nehmen können.«

»Wie die mit der Hacke?«

»Wie die mit der Hacke«, wiederholte er.

»Tu, was du für richtig hältst«, sagte sie und zog die Beine an.

Gosen, Ägypten

»He, du, Fräulein Langnase! Ein bisschen musst du dir schon die Hände schmutzig machen.«

Er holte aus und schlug mir mit voller Wucht die Lederpeitsche über den Rücken. Ich schrie und bäumte mich auf, aber der Schmerz ließ nicht nach.

»Noch so ein Schrei, und ich ziehe dir die Peitsche durch's Gesicht.«

Ich ließ mich sofort auf die Knie fallen und suchte nach meinem Steinhammer, den ich vor Schreck auf den Boden hatte fallenlassen. Tränen schossen mir in die Augen, und ich schlug wie wild auf die vor mir liegenden Felsbrocken ein.

»Nur nicht mehr auffallen«, sagte ich mir voller Verzweiflung, »das ist doch der Wachhabende, der einen sofort in die Ziegelbrennerei steckt, wenn man ihm missfällt, oder einen durch das Tor in Richtung der Pyramiden jagt.«

Aus den Augenwinkeln beobachtete ich, wie er sich langsam entfernte und seine Peitsche wahllos und voller Lust besonders auf Frauen heruntersausen ließ.

»Ist es nicht besser, sich gleich in die Brennerei oder gar zu den Schleppern an den Pyramiden einteilen zu lassen? Dann hätte die Qual in kürzester Zeit ein Ende«, dachte ich.

»Wäre dir damit wirklich geholfen?«

Ich schaute nach oben. Über mir, auf eben dem braunen Felsbrocken, von dem der Wachhabende auf mich eingeprügelt hatte, stand ein noch junger Mann und sah mich mit ernsten Augen an. Seinen eleganten, hellen Burnus hatte er fast bis zu den Augen hochgezogen, und am

Ende des Untergewandes lugten ein paar teuer gearbeitete Sandalen hervor.

Ich wandte mich schnell wieder meiner Arbeit zu und beachtete ihn nicht mehr. Mein Rücken brannte wie Feuer, und ich hätte viel für einen Tropfen Wasser gegeben.

»Holt ihr einen Krug Wasser«, hörte ich ihn laut befehlen. Ich schaute wieder zu ihm hinauf und sah, wie zwei seiner Begleiter sich sofort auf den Weg machten, ein dritter aber warnend auf ihn ein sprach.

»Das sollten Sie lieber lassen, Hoheit. Hier haben die Aufseher jede Vollmacht und können sie bis zum Letzten ausnutzen.«

»Er hat sie geschlagen«, antwortete der junge Mann, »er hat sie ohne Not geschlagen.«

»Er darf das. Er kann mit ihnen verfahren, wie es ihm beliebt. Es ist eine kluge Verordnung, denn nur durch größtmögliche Strenge kann man die Hebräer zur Arbeit zwingen.«

»Es ist eine schwachsinnige Verordnung. Jeder weiß, dass ein wohlgenährter, gut behandelter Arbeiter das Dreifache leisten kann. Außerdem ist diese Frau hier unterernährt und kann jeden Augenblick zusammenbrechen.«

»Es gibt genügend andere, die ihre Stelle einnehmen können«, erwiderte sein Begleiter. »Hoheit sollten sich Ihr Mitleid für lohnenderes Menschenmaterial aufsparen.«

»Der Mensch ist kein Material, sondern ein Geschöpf Gottes«, sagte der junge Mann ruhig.

Der Untergebene fing an zu lachen.

»Geh mir sofort aus den Augen. Und wenn du deine Gehilfen triffst, sage ihnen, sie mögen sich beeilen. Auch ich habe Durst.«

Ich hörte, wie sich sein Begleiter entfernte, arbeitete aber verbissen weiter.

»Man wird dir gleich Wasser bringen. Du verstehst doch unsere Sprache?«

Ich gab keinen Ton von mir, und schlug, ohne wirklich hinzusehen, auf die Steine ein.

»Soll ich Hebräisch mit dir sprechen?«

Ich erstarrte. Dann sah ich ihn voll an. Er stand hoch aufgerichtet vor mir. Seinen riesigen Kopf hatte er stolz in den Nacken geworfen, und sein Burnus lag auf dem Boden. Ich betrachtete seinen prächtigen, muskulösen Leib und wagte zögernd, ihm ins Gesicht zu schauen. »Herr«, sagte ich leise, »bitte, gehen Sie. Ich komme schon zurecht. Wenn Sie hier noch lange herumstehen oder mir gar Wasser reichen lassen, werde ich es zu büßen haben.«

»Ich werde dafür sorgen, dass das nicht geschieht.«

Wieder sah er auf mich herunter. »Wie lange arbeitest du schon im Steinbruch?« fragte er nach einiger Zeit.

»Ich bin für meinen Vater eingesprungen, er starb vor wenigen Tagen. Etwa hundert Meter von hier.«

»Wie ist er gestorben?«

Ich schüttelte den Kopf. »Ich darf nicht darüber sprechen.«

»Ich befehle es dir. Mein Wort gilt mehr als die Drohung sämtlicher Aufseher. Los, sprich, wenn du mich nicht wütend machen willst.«

Bei diesen Worten lächelte er mich an und wartete.

»Da gibt es nicht viel zu berichten«, sagte ich leise. »Er strauchelte mit einem Stein in den Händen über die Füße eines Aufsehers, der sich ihm in den Weg gestellt hatte.«

»War das derselbe, der dich vorhin mit der Peitsche bearbeitet hat?« fragte er weiter.

»Ich weiß es nicht. Ich habe ja nicht hinsehen dürfen.«

»Er war dein Vater, und du hast nicht einmal hingesehen? Du hättest ihm doch zu Hilfe eilen müssen.«

»Was hätte ich denn ausrichten können? Sieh mich doch an«, sagte ich.

»Vielleicht wäre dir dann auch jemand zu Hilfe geeilt. Jemand, der unbesiegbar ist«, sagte er gereizt.

»Unbesiegbar sind nur die Ägypter«, erwiderte ich.

»Du mit deinem ekelhaften Hundeblick. Wer soll dir denn helfen, wenn du dir selbst nicht helfen magst? Du willst immer nur sterben, dich in die Geborgenheit des Todes begeben, ins federleichte Schweben kommen, oder?«

Ich schrie auf. Dann sah ich erschrocken in die Richtung, in die der Aufseher sich entfernt hatte. Wie durch Zauberei stand er plötzlich auf dem Hügel, auf dem er meinen Vater erschlagen hatte, und sah zu uns herüber.

»Sie sind es, nicht wahr?«, fragte ich den jungen Mann leise. »Sie sind es. Jetzt haben Sie endlich den passenden Körper zu Ihrem Kopf gefunden«, sagte ich.

Der Wachhabende kam langsam näher und schlug mit dem Peitschenstiel leicht gegen seine muskulösen Schenkel.

»Du wirst dich nie ändern«, flüsterte mir der junge Mann zu. »Du wirst immer wieder diesen devoten Buckel machen. Eigentlich sollte ich dich in dieser Misere stekkenlassen. Verhalte dich still, und sieh ihn nicht an. Er wird gleich bei uns sein.«

»Was haben Sie mit der Hebräerin zu schaffen? Sehen Sie nicht, dass Sie sie von der Arbeit abhalten?«

Er war jetzt herangekommen und baute sich vor dem jungen Mann auf. »Wer sind Sie?«

»Ich bin der, der ich bin«, antwortete er.

»Wenn Sie nicht gleich verschwinden, wird Ihnen Ihre vornehme Kleidung auch nicht helfen.«

Dann wandte er sich mir zu. »Habe ich dich nicht

gewarnt? Du hast mindestens«, er sah zur Sonne hoch, »mindestens eine halbe Stunde verbummelt. Damit schuldest du mir genau 30 Hiebe.«

Er hob seine Peitsche und ließ sie durch die Luft sausen, aber der junge Mann fiel ihm in den Arm.

»Lass meinen Arm los«, schrie der Aufseher und versuchte, sich zu befreien.

Man fing an, auf uns aufmerksam zu werden.

»Wenn du nicht loslässt, ziehe ich dir die Haut ab, du Hundesohn!«

»Versuche es«, sagte der junge Mann und umklammerte das Handgelenk des Aufsehers, der sich mit aller Gewalt befreien wollte, indem er sich gegen seinen Widersacher stemmte. Doch der ließ ihn so plötzlich los, dass er durch seinen eigenen Schwung zu Boden fiel. Jetzt griff sich mein Verteidiger rasch einen Stein und schleuderte ihn mit Macht gegen die Stirn des am Boden Liegenden. Wir sahen beide auf den Aufseher herunter, der mit gebrochenem Blick zu uns hoch starrte.

»Lass uns rasch verschwinden, bevor man hier begreift, was vorgegangen ist. Noch schützt mich meine Kleidung, aber den Totschlag eines Aufsehers hier in Ägypten kann sich nicht einmal ein Mitglied des Königshauses erlauben.«

Er schob mich vor sich her, und wir rutschten mehr, als dass wir gingen, eine lange Geröllhalde hinunter. Dann drückten wir uns durch eine Felsspalte hindurch und standen in einer geräumigen Höhle.

»Von hier aus konnte ich das Lager sehr gut beobachten«, fing er an. »Viele Monate lang habe ich hier gesessen und euren Qualen zugesehen. Meist früh am Morgen. Ohne Begleitung. Siehst du den kleinen Lichteinlass an der gegenüberliegenden Wand? Dort befindet sich eine ähnliche Spalte. Durch sie kannst du bis zu den Pyramiden sehen.«

»Ich will die Pyramiden aber gar nicht sehen. Ihr Anblick ist mir ein Greuel.

Ach, mein geliebter Moses ben Maimon, mein Maimuni, mein Rambam«, ich warf mich ihm in die Arme, »wenn es uns gelänge, hier ein so sattes Leben zu führen, wie ich es einst in Babylon-Stadt genießen durfte. Wir beide. Das wäre eine Entschädigung für alle Qualen. Sprachst du nicht von Zugehörigkeit zum Königshaus? Dann sollte es dir auch nicht schwer fallen, dich dort einzurichten.«

Er hatte behutsam meine Arme von seinem Nacken gelöst und war aufgestanden. Langsam ging er auf die gegenüberliegende Felsspalte zu und lehnte die Stirn gegen den Stein.

»Komm her«, sagte er nach einer Weile. »Ich werde dir nun den Weg zeigen, den du zu gehen hast.«

Ich trat rasch neben ihn und schaute in die Ebene hinunter. Die Abendsonne beschien gerade noch die Spitzen zweier Pyramiden, zu deren Füßen die Hebräer ihrer mörderischen Sklavenarbeit nachgingen. Manchmal brachen die Bretter, auf denen sie die riesigen Steinquader zum Bauplatz trugen, und erschlugen nicht wenige der erschöpften Sklaven.

»Es ist die Hölle. Ich habe unendliches Mitleid mit ihnen.«

»Möchtest du dich ihnen anschließen?«

»Ebenso hättest du mich gleich von dem Wachhabenden erschlagen lassen können. Das hätte dir viele Unannehmlichkeiten erspart. Du hast einen Mord begangen.«

»Ich weiß.«

Er löste sich von der Wand und setzte sich auf den Rand der Felsspalte. »Mein Weg ist hier zu Ende.«

Er summte leise vor sich hin. Als ich mich zu ihm herabbeugte und langsam seinen Kopf in meine Hände nahm, verstand ich die Worte: »Von Moses bis Moses ist keiner wie Moses.«

»Ja, du bist es. Scheinbar hast du deine Wurzeln gefunden. Soll das heißen, dass der Herr dir verziehen hat?«

Er schüttelte den Kopf. »Ich weiß nicht, ob Er einen solchen Begriff überhaupt kennt. Aber sollte Er ihn kennen, so heißt das noch lange nicht, dass ich Ihn um Verzeihung gebeten habe. Ich habe mich Ihm doch nur nähern wollen. Ich wollte ihn besser verstehen, Seine Gesetze so genau wie möglich befolgen. Keiner kam Ihm näher als ich. Doch Er scheint das für eine unerträgliche Zudringlichkeit gehalten zu haben. Nun gut. Ich habe meine Reise beendet.

Deine dagegen führt weiter. Siehst du das Tor hinter der letzten Pyramide, da, wo man gerade begonnen hat, den Grundstein für eine weitere zu legen? Durch dieses Tor musst du hindurch. Dort wartet ein lehrreiches Abenteuer auf dich.«

»Und du kannst deine Meinung nicht ändern? Willst mich allein da hinunterlassen?«

Ich versuchte mit aller Kraft, meine Tränen zurückzuhalten.

»Ich bin am Ziel. Von Moses bis Moses ist keiner wie Moses«, sang er jetzt laut.

Er schien mich völlig vergessen zu haben. Plötzlich griff er nach mir, hob mich über sich hinweg und setzte mich auf den Abhang. Das Letzte, was ich von ihm sah, war sein geöffneter, singender Mund und seine wundervoll geschwungenen Augenbrauen.

Es wurde immer finsterer um mich herum. Die Hebräer hatten ihre Arbeitsstellen verlassen, und eine bedrückende Stille senkte sich auf die Ebene. Seltsam, trotz untergegangener Sonne lief mein Schatten neben mir her – meine lange Nase, meine stoppeligen, nach allen Seiten abstehenden Haare und mein spindeldürrer Leib.

Es war ein großes steinernes Tor, dem ich mich näherte. Mit einem dicken unförmigen Turm, der von innen ein wenig beleuchtet schien. Fast war ich bis unter das weit offene Tor gekommen, da sah ich die Schrift, die sich in schmiedeeisernen Lettern über die ganze Breite des Bogens spannte: »Arbeit macht frei«, entzifferte ich mühsam.

Kuhflug

Ich sah einen Trauerzug hinter mir – gerade als ich mit unwiderstehlichem Sog durch das Tor gezogen wurde. Von einer winterlichen Sonne beschienen, schritt er langsam hinter mir und hielt den Abstand zu mir ein, obwohl ich mich immer rascher bewegte. Ich konnte etwa zwanzig schwarz gekleidete Männer erkennen, die einen roh gezimmerten Sarg trugen.

In größerer Entfernung folgten ihnen Frauen in durchsichtigen weißen Kleidern, die einander schluchzend festhielten. Ab und zu riefen sie mir etwas zu, und obwohl ich sie nicht verstehen konnte, war ich davon überzeugt, dass sie die deutsche Sprache benutzten.

Ich erreichte einen Tunnel, lief durch ihn hindurch, da löste sich einer der Sargträger aus der Gruppe und näherte sich mir mit schnellen Schritten. Er trug einen schwarzen Tuchumhang, der nur seine Stirn frei ließ. Ich fragte ihn, was er von mir wolle. Er lachte. Ich sagte ihm, dass ich ihn nicht sehr sympathisch fände.

»Niemand findet mich sympathisch«, antwortete er.

Plötzlich packte mich Zorn. Ein Anfall, wie ich ihn bei mir noch nicht erlebt hatte. Ich sprang ihm an den Hals und würgte ihn. Er stürzte hin, und ich klammerte mich an ihn. Bohrte wie von Sinnen meine Daumen in seinen weichen Hals. Erst als ich spürte, wie seine Glieder unter dem Tuch schlaff wurden, ließ ich los und stand auf.

Gerade wollte ich ihm seinen Umhang wieder über das Gesicht ziehen, da schlug er die Augen auf.

»Sie müssen doch tot sein«, staunte ich.

Er nickte und lachte gutmütig. »Das bin ich schon lange. Aber Sie doch jetzt auch.«

»Ja, ja«, dachte ich und betrachtete liebevoll meine beiden Vorderhände, ihren weichen Flaum, der sich sogar schon zwischen den Zehen zeigte. Ich leckte über den weichen Flaum.

»Fabelhaft«, dachte ich und legte meinen Kopf zwischen die Vorderhände. »Schön sind sie, wenn auch klein. Fast winzig, und ungelenk.«

Ich kam nicht umhin, meine Hinterläufe – sagte ich Hinterläufe? – als eine Art Schubkraft zu benutzen, um mich nach vorn zu arbeiten. Nach vorn? Aber wohin? Unendliche Ruhe umgab mich. Keine Schreie, keine brünstigen Gebete. Nur diese absolute Stille. Hin und wieder unterbrochen von einem leisen Windstoß, der die riesigen Halme um mich herum leicht schwanken ließ.

Eine so sonnige, so intensiv duftende Umgebung, wie ich sie bisher nie gekannt oder errochen hatte. Klar, luftig und erstaunlich vielfältig.

»Ich werde Tage brauchen, um diese Gerüche alle entziffern zu können«, dachte ich und schob mich weiter vorwärts.

Aber irgend etwas beunruhigte mich bei all dieser Vielfalt. Irgend etwas schien auf meine sehr empfindliche Nase einzuwirken, all diese herrlichen Düfte mit einer vorlauten, aggressiven Bösartigkeit überlagern zu wollen. Trotz aufsteigender Übelkeit schob ich mich langsam an das Zentrum dieser Duftwolke heran.

Jetzt tat sich vor mir eine riesige grüne Fläche auf. Kühe hetzten mit für sie extrem anmutender Geschwindigkeit über das Gelände, das bisher wohl ihre Futterfläche abgegeben hatte. Im Augenblick aber schienen sie kein Auge für die saftigen Gräser zu haben.

Eine elegant gekleidete, launige Gesellschaft stand auf der Weide und ließ die Kühe an sich vorüber hasten. Im allerletzten Augenblick gelang es ihr immer wieder, den panischen Tieren auszuweichen. Fast sah es wie eine sportive Veranstaltung aus, wie eine Verabredung, die man mit den Kühen getroffen hatte.

Die wagemutigen Herren in ihren braunen Uniformen dominierten zwar, aber zwischen ihnen tauchte immer wieder Damenkleidung auf, die so gar nicht in die Landschaft passen wollte.

Hochhackige Schuhe bohrten sich in den Rasen, und Gelächter wurde laut, wenn einem der Fräuleins das Glas aus der Hand fiel – angesichts einer vorbeigaloppierenden Kuh, die ihr mit den Hinterhufen kleine Erdklumpen auf das Kleid schleuderte.

Für all diese Besucher, die zum großen Teil hinter provisorisch errichteten Barrieren dem Spektakel zuschauten – nur die Mutigsten hatten sich auf die Kampffläche gewagt –, musste das monotone Muhen des Rindviehs einen außergewöhnlichen Spaß bedeuten. Mich jedoch schockierte der unendliche Schmerz, die abgrundtiefe Angst, die ich aus den Kuhrufen heraus hörte.

Immer wieder trieb man frische Tiere mit gefesselten Hinterläufen auf die grüne Fläche. Ihr lächerliches Heranhüpfen brachte die Zuschauer in die heiterste Stimmung. Nachdem junge Herren in schwarzen, gutsitzenden Uniformen den Kühen brüchige Äste in den Anus getrieben hatten, zündeten sie diese mit großen Tischfeuerzeugen an, entfesselten die Tiere und brachten sich schnell in Sicherheit.

Viel später erfuhr ich, dass man diese beliebte Veranstaltung den »Kuhflug« nannte und ihn während der Sommermonate mindestens zweimal organisierte. Nur vertrauenswürdige Partei- und Regierungszugehörigkeit wurde dazu gebeten. Ausländische Gäste waren absolut unerwünscht.

Eine unbestimmbare Unruhe überkam mich. Ich versuchte, in die Höhe zu hüpfen, konnte dieses Vibrieren in meinen Läufen aber nicht deuten – hatte ich Läufe gedacht? – und versuchte, mich von diesem beunruhigenden Anblick loszureißen.

Da sah ich ihn. Er stand völlig allein auf dem Feld, die Arme über der Brust verschränkt, und hatte keinen Blick übrig für die an ihm vorbeihastenden Tiere mit ihren brennenden Hinterteilen.

In sich versunken, hätte er nicht einmal ausweichen können. Seine großen blauen, etwas hervorquellenden Augen schauten ausdruckslos über alles hinweg.

Ich beschloss, näher an ihn heranzurobben, ihn ganz aus der Nähe zu beriechen. Dabei hatte meine Wachsamkeit wohl nachgelassen, und das hätte mich beinahe mein neuerworbenes Leben gekostet. Ihn hätte es ebenso schlimm treffen können.

Mit abnormer Geschwindigkeit raste eine riesige schwarze Kuh auf ihn zu. Kein einziger weißer Fleck unterbrach das tiefe Schwarz ihres Fells. Den brennenden Hintern immer wieder in die Höhe werfend, brüllte sie völlig panisch, jedes kultivierte Muhen vergessend. Ich schrie auf und vergaß alle Angst.

Entschlossen rannte ich dem Monster entgegen, um mich zwischen das Vieh und ihn zu werfen, aber mein Schreien ging in ein wildes, piepsiges Bellen über. Vor Scham rannte ich noch schneller, in der Erwartung, jeden Augenblick von dieser dämonischen Bestie zertreten zu werden.

Doch welch eine Genugtuung. Sie stemmte die Vorderfüße in den Boden und drehte ab, den Hintern immer noch in die Luft werfend, da das Feuer sich inzwischen am Geäst entlang bis zu ihrem Fell vorgearbeitet hatte.

Zögernd begann ich, auf den einsamen Mann zuzukriechen. Da lenkte mich schrilles Bravorufen und Händeklatschen ab. Gerade sah ich mich nach den begeistert Applaudierenden um, da wurde ich im Genick gepackt und hochgehoben. Ein Gesicht tauchte dicht vor mir auf. Seltsam flächig, ohne besondere Konturen. Nur die bohrenden, dunkelblauen Augen schienen zu leben. Das kleine Bärtchen hing wie angeklebt unter der fleischigen Nase.

Er verzog keine Miene, während er mich leicht auf dem Rücken und hinter den Ohren kraulte. Übermütig leckte ich über sein Bärtchen und bekam sofort einen groben Schlag auf die Nase.

Vor Schmerz jaulte ich laut auf und versuchte, mich seinem eisernen Griff zu entziehen. Aber er hielt mich von sich und schüttelte mich angewidert.

»Das lässt du in Zukunft, du kleiner Köter«, sagte er leise und sah neugierig meinen vergeblichen Befreiungsversuchen zu.

»Los, beiß doch zu, du kleiner Feigling. Nicht weg wollen, angreifen. Beiß mir in die Hand oder in den Arm. Wehr dich. Wie es sich für einen Deutschen Schäferhund gehört.«

Ich hätte mir eher die Pfoten abgebissen. Andererseits wollte ich ihn auch nicht enttäuschen und knabberte ein wenig an seinem Handgelenk herum.

»Typisch Weibi«, rief er zu den anderen hinüber. »Keinen echten Mumm in den Knochen.« Damit warf er mich in hohem Bogen auf die Wiese und kehrte mir den Rücken zu.

»Ich habe ihm doch das Leben gerettet. Bin dieser hysterischen brennenden Kuh in den Weg gesprungen, und er nennt mich einen Feigling?«

Ich raste ihm hinterher und biss kräftig zu.

Im Zwinger

»Bauchkriech! Speichelleck! Dir werde ich helfen, meine Hosenbeine zu zerfetzen!«

Erneut ein elender Tritt in meine Rippen, der mir das Atmen verleidete. Stunden waren seit meinem Angriff vergangen, und noch immer malträtierte er mich, gab mit zunehmender Bewunderung in der Stimme seine abartigen Befehle, ließ mich platt auf dem Bauch auf ihn zu kriechen, erst seine Stiefel und dann meinen eigenen Schleim vom Boden ablecken.

Sah er noch einen Spritzer auf den Fliesen, fing die

ganze Prozedur von vorne an. Hatte ich seine Stiefel blank und glänzend geleckt, wurde ich zum Dank wieder in die Rippen getreten, oder mit dem Koppelgurt auf die Schnauze geschlagen.

Allmählich hatte ich mir ein raffiniert reduziertes Schnaufen zurechtgelegt, um meine Rippen nicht noch zusätzlich zu quälen. Aber die Schläge mit dem Gurt auf die Nase waren unerträglich.

Blind vor Schmerz und hilfloser Wut schrie ich jedes Mal auf, wenn seine Gürtelschnalle meine zerrissene Nase traf, aber mein Aufjaulen schien ihn nur noch mehr zu reizen. Die Augen traten ihm fast aus den Höhlen und schwebten wie blitzende Glaskugeln über mir. Sein Schweiß tropfte mir auf das Fell, und seine leisen Lustschreie stachelten mich zu noch präziserem Bauchkriechen an.

Ich versuchte mich in den dunklen Steinboden hineinzupressen, schob mich immer aufs Neue winselnd auf ihn zu und war froh, wenn ich durch meine Tränen hindurch seinen Stiefel erkennen konnte, den ich eifrig abzulecken begann. Den anschließenden Tritt nahm ich fast nicht mehr wahr. Aber meine Nase befand sich wenigstens für Augenblicke außerhalb seiner Reichweite.

Dann hörte ich zum ersten Mal den erlösenden Befehl: »In den Zwinger mit ihr! Und dass sie mir ja keiner anrührt! Kein Fressen! Kein Saufen! Das ist einzig und allein meine Aufgabe. Entweder mache ich aus ihr einen strammen deutschen Schäferhund, oder sie krepiert an ihrer eigenen Charakterlosigkeit!«

Jetzt erst sah ich einen ganzen Wald von schwarzen Stiefeln hinter ihm auftauchen, der sich auf mich zu bewegte. Ich wurde im Nacken gepackt, hochgehoben und grob durch eine riesige Gittertür geworfen.

Die Tür krachte ins Schloss, und ich hörte das sich entfernende Geschimpfe meines Peinigers, der sich darüber ausließ, dass man mich so unsanft ins Gefängnis befördert hatte.

Ich kniff die Augen zu und wusste nichts mehr. »Ach Maimon, mein liebster Rambam! Wie habe ich dich nur so missverstehen können«, dachte ich, als ich wieder zu mir kam. »Mein Moses, mein geliebter Abu Imran Musa ibn Maimun ibn Abdallah, jetzt erst begreife ich deine hinterhältige Prophetie, die ich mir in den Tagen unserer Gemeinsamkeit habe anhören müssen. Nun hat also das Hündische in mir endgültig die Oberhand gewonnen. Hättest du mich nicht deutlicher warnen können? Oder hast du nicht dürfen?

Zum Hund bin ich geworden. Auf den Hund bin ich gekommen, wie man so sagt. Nun darf ich mir die Menschenwelt von unten betrachten. Durch all meine unterwürfigen Verfehlungen, angefangen bei meiner Anbetung ägyptischer Stiergötter über den herrlichen Beischlaf mit Nebu bis hin zur Bewunderung der schwarz uniformierten Jünglinge auf der Lagerrampe habe ich immer wieder die gleiche Schuld auf mich geladen und meiner Neigung zur Speichelleckerei in Ekel erregender Weise nachgegeben. Ich hoffe nur, dass mir die Steigerung zur Kotfresserei erspart bleibt, denn das wäre doch die folgerichtige Entwicklung des hündischen Gebarens.

Ach mein Rambam. Und dieser beängstigende Traum, der mich während meiner letzten Ohnmacht heimsuchte? Hast du ihn mir geschickt? Oder ist es wirklich ER gewesen, der mich so furchtbar heimsuchte?

Mit dröhnendem Geschimpfe war er während meiner Ohnmacht über mich hergefallen.

»Dein Hundefell ist doch für mich keine Tarnung«, schrie er. »Dieses widerliche Gesocks, zu dem du immer noch gehörst, das mich in einem fort besudelt, würde schon lange nicht mehr existieren, hättet ihr ›Auserwählten‹ mich nicht ständig mit euren unterwürfigen Gebeten aufgehalten. Erst allmählich bekam ich heraus, dass auch ihr nicht mehr frei wart von diesem unerträglichen Sudelgeruch. Ihr Auserwählten habt mich nun lange genug zu überreden versucht, mit euren Selbstanklagen, mit eurer geschickten Dialektik. Zwei Mal habe ich mich von der rücksichtslosen Ausrottung eures zweibeinigen Gezüchts abhalten lassen. Einmal durch Noah, das andere Mal durch meinen Moses, beide judenstämmig und mir gehorsam, bis auf wenige Ausrutscher. Als ich aber meinen Fehler einsah und ihn rückgängig zu machen beschloss, war es zu spät.

Wie die Kaninchen hattet ihr euch vermehrt und euch über meine schöne blaue Kugel ausgebreitet. Immer lichter wurde ihr wundervolles, grünes Haar. All die leuchtenden, unschuldigen Farben verkamen zu einem staubig-schmutzigen Braun. Ausgerechnet diese Farbe, die ich so hasste und lediglich einer kothaften Ausscheidung gestattete. Wie hätte ich anfangs die Vorliebe meiner Krongeschöpfe für sie auch nur ahnen können?

Kein Platz mehr für meine lachenden Farben! Der Mensch stolzierte umher und glaubte sich mir anzunähern mit seinen rabiaten Erfindungen. Ich stiftete ihn zur Selbstvernichtung an, versuchte, ihn unwiderruflich auszulöschen, schickte ihm Naturkatastrophen auf den Hals – nichts fruchtete. Im Gegenteil.

Kriege, die bis zu hundert Jahren dauerten, ließen trotz allem immer mehr von diesem Ungeziefer heranwachsen. Ich war machtlos gegenüber diesem Ansturm an Fruchtbarkeit. Und Schuld an allem war nur mein Bund mit den Juden. Meine einstmals Auserwählten, hatten durch ständiges Fürbitten erreicht, dass ich mein Ausrottungsvorhaben immer wieder aufschob.

Sie tragen die Schuld an meiner schmerzlichen Niederlage, am Verlust meines kostbaren blauen Juwels. An keinem anderen Planeten hing ich so sehr wie an ihm. Klein, versteckt, zwischen einem Gewirr von Sternen- und Planetengeröll, schwebte er unbeachtet im All, schwang sich tanzend um sich selbst und um seine geliebte Wärmespenderin, glitzerte prachtvoll in seiner blauen Klarheit, bis ihn diese ausbreitende Pest stumpf und verhangen machte.

All das habe ich euch zu verdanken. Euretwegen habe ich es mit offenen Augen zugelassen. In meinem Namen habt ihr diesem ekelhaften Geschwür ›Mehret euch!‹ zugerufen. Eine schlimme, eine unverschämte Entwicklung! Und wenn ihr behauptet, dass ich ja schließlich derjenige war, der euch erschaffen hat, dann rufe ich euch zu: ›Auch ich kann mich irren!‹

Sein Schimpfen ging immer mehr in ein Knurren, ja, schließlich in ein Bellen über. Dazu packte er mich im Nacken und fing an, mich durchzuschütteln. Es schmerzte zwar nicht besonders, aber ich empfand es doch als eine äußerst demütigende Geste und versuchte mit aller Kraft, mich loszureißen. Umsonst!

Der Griff wurde immer brutaler. Seine Hand schien aus messerscharfen Zähnen zu bestehen. Ich schrie, nein, ich heulte auf und versuchte, mich ganz leicht zu machen, durch mein Gewicht den Schmerz erträglicher werden zu lassen.

Plötzlich ließ er mich los, und ich fiel auf den Rücken. Alle Viere abwehrend in die Luft gestreckt, starrte ich ihn an. Blickte in zwei wölfisch gelbe Augen, die abwartend zurückstarrten.

Ein fellüberzogener, langgestreckter Schädel, der in einer pechschwarzen, feucht glänzenden Nase mündete.

»Schön«, dachte ich, »äußerst anziehend und sehr kräftig.«

Er zog seine Mundwinkel hoch, um mir noch einmal sein imponierendes Gebiss zu zeigen.

»Eine nicht ganz ernst zu nehmende Drohgebärde«, dachte ich.

Dann setzte er sich neben mich und starrte mich weiter an. Er schien auf etwas zu warten, das nicht eintreten wollte, denn ab und zu bellte er leise und ungeduldig vor sich hin oder knurrte mit angenehm tiefer Stimme, als wolle er mich zu etwas auffordern.

Völlig verwirrt senkte ich die Augen, ließ aber meine vier Hände vorsichtshalber in der Luft. Man konnte ja nie wissen!

Nein, dieses stattliche Hundeexemplar konnte kein lamentierender Gott sein. Diese recht irdisch aussehende Erscheinung rief mich im wahrsten Sinne des Wortes ins Leben zurück und machte mir blitzartig klar, in welcher Verwandlung ich hier herumlag.

Ich begann so jämmerlich zu jaulen, dass er sich sofort wieder neben mich fallen ließ und anfing, mir das Gesicht abzulecken.

Es nutzte nichts. Todtraurig jaulte ich weiter, wobei mein Gejammer ihm den letzten Nerv zu rauben schien, denn er stimmte in mein Gejaule ein, versuchte, mich in Trauer und Lautstärke sogar zu übertreffen, und so steigerten wir uns in ein ohrenbetäubendes Geheul hinein, an dem wir immer mehr Spaß hatten.

Plötzlich wurde die Gittertür aufgerissen und ein peitschender Knall schreckte uns hoch. Zitternd stand mein Partner da und senkte seinen edlen Kopf tief nach unten. Dieses Prachtexemplar von einem Hund sah nun wie ein erbärmlicher Köter aus.

Seine muskulösen Läufe schienen ihn kaum tragen zu können. Wieder ertönte dieser scharfe, schmerzende Knall, und ich sprang mit einem Satz hinter meinen Partner. Er knickte die Vorderläufe ein, streckte seinen Hintern in die Höhe und schien mich überhaupt nicht mehr wahrzunehmen.

Dann hörte ich wieder die Stimme, die mein Rückenhaar steil nach oben stehen ließ. »Raus!«, brüllte sie.

Dieses vollendete »R«, diese mächtige, rauhe, etwas ordinäre Stimme. Wo hatte ich sie schon gehört?

Mein Partner versuchte, auf dem Bauch an diesem Angst einflößenden Organ vorbeizukriechen.

Da kam sie wieder. Hart und scharf und doch ein wenig teilnahmslos: »Wolf!«

Mein Partner zuckte zusammen und blieb unbeweglich liegen.

»Fuß!«, rief die Stimme und schlug kurz mit dem Peitschenstiel gegen den Stiefel.

Mein Partner robbte an den Stiefel heran und legte seinen Kopf auf den schwarz glänzenden Fuß. »So ist es brav«, sagte die Stimme etwas leiser, und der Peitschenstiel fuhr leicht über den Rücken meines Partners. »Raus!«, befahl die Stimme jetzt noch einmal ganz leise

Mein Partner sprang auf und lief, wie vom Teufel besessen, durch eine große, helle Öffnung am Ende des Raumes. Auch ich versuchte nun, an dem bedrohlichen Stiefel vorbeizukommen. Da wurde ich im Genick gepackt und hochgehoben. Wieder sah ich in diese veilchenblauen hervorquellenden Augen, die mich anstierten.

»Eine Stunde Auslauf, und dann wird trainiert! Aus dir mache ich einen vorbildlichen Köter. Ich glaube, du hast das Zeug dazu. Und wage es nicht, mich zu enttäuschen. Das würde dir schlecht bekommen.«

Jetzt wusste ich wieder, wer mich da am Kragen hielt und mich schüttelte.

»Ein widerlich riechender, unangenehmer Mann«, dachte ich.

Nie werde ich die Qualen vergessen, die er mir zugefügt hatte. Nie werde ich mein Gedächtnis zu einem Hundegedächtnis verkommen lassen. Das kann er schriftlich von mir haben.

Schriftlich? Ich lachte, als ich meine in der Luft hängenden Vorderpfoten besah. Aber es kam nur ein kurzes Bellen dabei heraus. Leider nahm er das als eine neue Provokation und ließ mich brutal auf den harten Boden fallen. Ich raste meinem Partner hinterher. Getrieben von der Furcht, die große, helle Öffnung vor mir könnte sich unvermittelt schließen.

Mit einer Geschwindigkeit, die für mich ein völlig neues Erlebnis war, stürzte ich mich ins hohe Gras und suchte nach meinem Partner.

»Wolf! Wolf!«

Unermüdlich raste ich im Zickzack durch die hohen Halme hindurch, stieß unvermutet an einen hohen Maschendrahtzaun und tat meiner geschundenen Nase sehr weh.

»Nur nicht zurück in diesen schrecklichen Zwinger«, dachte ich und rannte in die entgegengesetzte Richtung.

Mit breit aufgepflanzten Läufen stand er vor mir. »Wolf!«, schrie ich und kroch unter seinen Bauch.

Er knurrte leise, griff mit seinen Zähnen sanft nach meinem Schwanz und zog mich unter sich hervor. Dann sah er mich mit seinen herrlichen Bernsteinaugen an und fuhr mir sachte und ein wenig ungeschickt mit seiner Pfote über meine lädierte Nase.

Ich wälzte mich sofort auf den Rücken, in der Hoffnung, einem bevorstehenden Angriff mit meiner Demutshaltung zuvorkommen zu können. Aber er legte sich flach vor mich hin und begann, meine Nase abzulecken. Instinktiv zuckte ich zurück, doch dann empfand ich es als angenehm.

»Ach«, dachte ich. »Endlich wieder einmal eine positive Empfindung. Ich kann mich nicht entsinnen, Gegenstand einer so fürsorglichen Geste gewesen zu sein.« Sehnsucht nach märchenhafter, vergangener Zärtlichkeit kam in mir hoch.

Ich lag ganz still und genoss seine wohltuende Zungenfertigkeit. »Wie«, dachte ich, »ist denn nun eine Verständigung möglich?«

Hatte man mir schon dieses Hundeleben zugedacht, so hatte ich doch wenigstens Anspruch auf Kontaktfähigkeit. Auf welche Weise auch immer. Wie sollte ich mich bloß mitteilen? Oder bestand die Hundesprache aus nichts anderem als Pfotendruck und schlabbernder Zuneigung? Das wäre doch allzu ärmlich und käme einer langsamen Hinrichtung gleich.

Indem man mir meine menschlichen Denkgewohnheiten belassen hatte, nahm man mir gleichzeitig meine menschlichen Stimmbänder und unterwarf mich der verzweifelten Suche nach unbekannten Ausdrucksmöglichkeiten. Aus einer sprachgewandten Jüdin mit nicht unerheblichem Intelligenzquotienten war eine sprachlose Hundeseele geworden. Und wenn es so gut wie keine Verständigung unter Hunden gab – bis auf die erwähnten physischen Annäherungen –, dann konnte ich nur meinen nächsten Tod herbeisehnen und darauf hoffen, dass er nicht allzu qualvoll sein würde.

»Was für ein altmodisches kleines Mädchen du bist.« Es war, als hätte eine etwas ältliche männliche Stimme zu mir gesprochen. Ich hob ruckartig den Kopf und schaute mich nach der dazu gehörigen Person um, aber ich sah nur Wolf, der wieder hoch aufgerichtet über mir stand und mich mit seinen gelben Augen anstarrte.

»Wozu, glaubst du, haben wir unser Hirn? Etwa um unsere viel zu langen Zungen zu foltern, wenn wir uns untereinander verständigen wollen? Aber du scheinst auf mich zu reagieren. Das entwickelt sich ja mordsmäßig schnell bei dir. Nun, meine ungewöhnliche kleine Hundedame, dann lass dir bloß nicht einfallen, wieder mit deiner Zunge sprechen zu wollen. Das ist nämlich nicht mehr möglich und verkrampft dich nur. Es ist viel unaufwändiger, sich die Gedanken zuzuwerfen, sie einem anderen vielleicht auch mal wegzuschnappen.«

»Wegzuschnappen. Das leuchtet mir ein«, dachte ich.

»Nicht so überheblich. Dazu bedarf es einer Technik, die du noch lange nicht beherrschen wirst. Prinz und ich sind in diesem Zwinger die einzigen, die damit umgehen können.«

»Dann bist du es also, der Wolf, der hier auf mich einredet? Woher kommt dann diese klangvolle Bassstimme, die mir deine Worte erst hörbar macht?«

»Ach Gott ja, das sind noch Rudimente deiner vergangenen Existenz«, meldete sich wieder die Stimme. »Das gibt sich mit der Zeit. Irgendwann wirst du gar nichts mehr hören. Nur noch aufschnappen. Und ich versichere dir, du wirst viel Spaß dabei haben. Die Stimmen, die du jetzt noch hörst, sind deine Assoziation. Du hast uns diese Fähigkeit zugeschanzt. Verbindlichen Dank für dieses Kompliment. Schon bald wirst du das nicht mehr brauchen. Aber bis dahin müssen wir vorsichtig mit dir sein. Diese menschliche Entdeckung der Zungenverständigung war von Anfang an eine obsolete Angelegenheit. Glaubst du etwa, dass der große Gott Jehova sich Moses mit der Zunge verständlich gemacht hat?«

»Oh«, staunte ich, »ich fange an, mich zu Hause zu fühlen.«

»Gib Acht auf deine Spottlust«, meinte Wolf. »Wir Hunde sind zwar nicht für das Herrschen geschaffen, aber unser Intelligenzquotient, besonders der von Prinz und mir, rangiert weit vor dem der Menschen.«

»Prinz?«

»Du wirst ihn noch kennenlernen. Uns hat der Mensch lediglich seine greifenden, geschickten Pfoten voraus. Herr des Himmels, was gäbe ich darum, solche langen Krallen zu haben!«

»Keine Krallen. Das sind Finger.«

»Na schön, Finger. Nenn es, wie du willst. Ich würde sie jedenfalls gern besitzen. Wie sehr könnte ich ihnen dann meine Überlegenheit beweisen!«

»Du übertreibst auf eine sehr charmante Art!« Ich versuchte amüsiert zu lächeln, spürte aber nur meine Lefzen, die sich bis zur Nase hochzogen. Eine scheußliche Grimasse wahrscheinlich. Ich schüttelte mich.

»Grinse nicht«, dachte er. »Du wirst dich noch davon überzeugen können. Jetzt aber erst einmal Vorsicht in der Gegenwart von Menschen. Sie werden zunehmend intelligenter. Ich bin sicher, sie werden irgendwann in nächster Zeit auch Gedanken lesen und sich in ähnlicher Weise verständigen können.«

»Wäre es denn nicht schön, mit ihnen auf diese Weise in Verbindung zu treten?«, dachte ich.

»Deine Naivität fasziniert mich«, warf die ältliche Stimme dazwischen. »Mit ihrem Entwicklungsvorsprung und ihren aggressiven Erfindungen würden sie uns doch keine Minute am Leben lassen. Sie haben sich das Wort ›Ausrottung‹ auf ihre Fahnen geschrieben. Oder kämst du auf den Gedanken, solche monströsen Vernichtungsinstrumente zu erfinden wie zum Beispiel diese Flugbomben? Frage mal einen unserer fliegenden Verwandten, ob er in der Luft auch nur seine Notdurft verrichten würde, wenn er unter sich irgendwelche Wesen herumlaufen sähe.«

»Gibt es denn hier in der Gegend fliegende Hunde?«

»Nein«, Wolf rümpfte kurz seine imposante schwarze Nase. »Prinz meint unsere Brüder im Zoologischen Garten. Er kennt sie auch. Ich wurde einem Bonzen zum Ausgang zugeteilt, und der machte sich den Spaß, mich in die Stadt und in den Tierpark zu schleppen. Vor dem Käfig der fliegenden Verwandten ließ er mich schnuppern, und ich bekam gleich Kontakt zu diesen putzigen Kerlchen. Sie sind ein wenig oberflächlich und schnattern drauf los wie die Entenmäuler, aber dennoch – ihre Optik ist eine andere, weltläufigere als die unsere. Obwohl sie nur in diesem Käfig hin und herflattern und auf unechten Bäumen herumhängen. Was glaubst du, könnten wir mit diesen Fingern anfangen, wenn wir sie hätten?«

»Ihr würdet auch fliegende Monster bauen und sie euch gegenseitig auf die Köpfe werfen«, dachte ich.

»Niemals, niemals!« Wolf wurde immer aufgeregter und fing an, mit eingezogenem Schwanz hin- und herzulaufen. »Dieses makabre Talent fehlt uns völlig. Ich würde nie auf den Gedanken kommen, einem schwächeren Hundegenossen die Kehle durchzubeißen, wenn er sich ergibt. Oder ihm gar Bomben auf den Kopf zu werfen. Bist du da anderer Meinung?«

Er blieb abrupt vor mir stehen und schaute mich misstrauisch an.

»Aber nein, beruhige dich. Ich finde es sehr schön und sehr einleuchtend, was du da sagst. Und vor allem, wie du es sagst.«

Ich sah ihn zärtlich an, aber er reagierte nicht darauf.

»Du machst dich über mich lustig, nicht wahr?« Er drehte sich traurig von mir weg.

»Ich schwöre dir, das lag überhaupt nicht in meiner Absicht. Im Gegenteil. Ich bewundere und akzeptiere diese eure, oder unsere, Veranlagung. Vielleicht hat sie uns der große Gott Jehova absichtlich mitgegeben. Vielleicht hat Er uns die abscheuliche Aggression herausoperiert, um den übrigen Wesen ein Beispiel dafür zu geben, dass man sich auch ohne sie behaupten kann. Ich bin glücklich, dir das sagen zu können, ich meine, dir das zuwerfen oder zuschnappen zu können. Ach, du verwirrst mich jetzt doch sehr. Ich wollte denken …«

»Ich weiß, was du denken willst. Und ich glaube dir. Aber mach dich nicht lustig über mich, denn ich bin sehr stolz auf unsere Gedanken und habe lange genug an ihnen herumgefeilt. Im übrigen, glaube ja nicht, dass dein Schicksal ein so besonderes ist. Fast allen gestört auf die Welt kommenden Menschen droht das gleiche Schicksal. Wir nennen sie die Gäste aus der verbotenen Welt. Man teilt ihnen gewissermaßen eine Art Reinigung durch das Hundeleben zu. Durch ihre Verurteilung zur Sprachlosigkeit werden sie noch einmal auf sich selbst zurückgeworfen. Und diese konzentrierte Selbstbestimmung ermöglicht ihnen nach etwa zwölf bis fünfzehn Jahren einen erneuten Start in eine höhere Lebensform.«

»Du gibst also zu, dass der Mensch eine höhere Lebensform darstellt?«

»Du kannst unseren Gedankengängen einfach nicht folgen, dummes Ding!«, hörte ich die ältliche Stimme murren. »Da du immer nur deine spezielle Erfahrung ins Spiel bringen kannst, kommst du gar nicht auf die Idee, dass es noch andere hochentwickelte Lebensformen gibt. Nimm beispielsweise die Giraffe. Ein Spitzenprodukt der Schöpfung, würde ich denken. Nicht nur wegen ihrer Halsmaße, sondern wegen ihrer höflichen, beinahe kindlich-idealistischen Art, sich zu geben und ihre Umwelt zu betrachten. Deshalb sind sie so gefährdet und uns Raubtieren von vornherein unterlegen.«

»Da haben wir es«, dachte ich, »wieder ein Beweis dafür, dass Gott den Stärkeren die Welt geschenkt hat und uns armen Hunden die faulenden Reste vor die Pfoten wirft.«

Wolf jaulte auf, als hätte ihn ein Tritt getroffen. Dann warf er sich über mich und biss mich sehr schmerzhaft in den Hintern. Ich riss mich los und raste laut bellend vor Schreck und Empörung durch das hohe Gras. Schließlich warf ich mich platt auf den Boden, in der Hoffnung, nicht von ihm gesehen zu werden.

Aber er tauchte sofort wieder über mir auf.

»Du vergisst, dass wir sehr schlechte Augen, aber hoch entwickelte Nasen haben«, hörte ich seine tiefe, klangvolle Stimme. »Wenn du nicht bald deine menschlichen Denkgewohnheiten abschüttelst, wird es dir zwischen uns nicht besonders gutgehen.«

Plötzlich packte er mich im Genick und trug mich ganz dicht an den Zaun heran. Es schien ihn nicht im mindesten anzustrengen, denn er trabte hocherhobenen Hauptes, meine Wenigkeit im Maul, am Zaun entlang. Dann schien er gefunden zu haben, was er gesucht hatte. Er ließ mich fallen und deutete mit seiner ausdrucksvollen Nase auf ein kleines Loch unterhalb des Gitters. »Hier kannst du durch«, grollte er. »Verschwinde, und lass dich nie wieder blicken, wenn du nicht unsere wölfischen Talente kennenlernen willst.«

»Was habe ich denn bloß getan, dass du so außer Rand und Band gerätst? Erst brüstest du dich mit deinem Intelligenzquotienten, und dann drohst du sofort mit der Todesstrafe, wenn man sich kritisch auf dich einlässt.«

»Du hast Recht.« Er beruhigte sich langsam. »Aber ich ertrage es nun mal nicht, wenn man mir eine humane Mentalität unterstellen will.«

»Ich begreife immer noch nicht, inwiefern ich dich und deinesgleichen beleidigt haben sollte.«

»Siehst du, siehst du«, er fing wieder an, unruhig hin- und herzulaufen, »du sprichst von ›euresgleichen‹. Du zählst dich also nicht zu den Hunden, obwohl du ein Fell, vier Pfoten und eine Schnauze hast, die einmal sehr lang und schmal zu werden verspricht.«

»Wäre das hässlich?« Ich ließ vor Schreck einen piepsigen Beller hören.

»Es ist das Schönheitsideal«, dachte er missgelaunt und sah mich nicht an.

»Wenn du Glück hast, wird dein Fell auch nicht dunkler.«

Seine widerwillige Bewunderung für mich schien ihn noch mehr zu ärgern.

»Mach, dass du wegkommst. Und lass dich hier nicht mehr blicken!«

»Wo kommt man denn da hin?«, fragte ich ängstlich.

»In die Welt hinaus. Es gibt herrliche Wälder hier. Berge, Wiesen, eine Menge Füchse und Hasen. Und streunende Hunde werden sofort erschossen.«

Seine hochgezogenen Lefzen deuteten ein unverschämtes Grinsen an.

»Das wirst du mir doch nicht zumuten?«, jammerte ich.

»Wetz deine Pfoten und zieh Leine!«

Er fing an, drohend zu knurren, setzte sich, wie zum Sprung, auf die Hinterhände und ließ seine Zähne leuchten. Ich zwängte mich durch das Schlupfloch und machte, dass ich wegkam.

»Aber wohin bloß?«, dachte ich und raste panisch einen Hang hinunter. »Was für ein missmutiger, schrecklicher Kerl!«, fluchte ich. Wie sollte ich mir denn einen Hasen fangen? Ich war ja kaum größer als er, und womöglich würde er sich noch bei mir festbeißen. Ich wurde immer wütender und rannte wie besessen vorwärts, hatte kein Auge für meine Umgebung und tappte blind in die Falle.

»Wo kommt denn der Köter her?«

Ich stoppte sofort und konnte mein Blut in der Nase pochen hören. Von überall her kamen die Stimmen auf mich zu, schienen mich systematisch einzukreisen. Verzweifelt versuchte ich, zwischen den näherkommenden Stiefeln durchzubrechen, da erwischte mich eine Stiefelspitze direkt unter der Schnauze. Ich wälzte mich sofort auf den Rücken, aber das schien überhaupt keine Wirkung auf meine Verfolger zu haben. Einer der Schwarzuniformierten griff nach meinem Schwanz und schleuderte mich lachend einem anderen zu. Ich wurde aufgefangen und sofort wieder zurückgeworfen. Vor Angst schnappte ich nach den Händen, aber die wichen geschickt aus und fingen mich so auf, dass ich sie nicht erreichen konnte.

Plötzlich schnitt eine helle, scharfe Stimme durch das Lachen meiner Peiniger. »Aufhören!«

Ein korpulenter Herr in brauner Uniform trat dicht an den Mann heran, der mich in Händen hielt. Er betrachtete mich eingehend. Ich fiepte leise, weil er mich genau an der Stelle berührte, an der ich den Tritt empfangen hatte. »Ihr habt ihn verletzt, ihr Vollidioten«, sagte er ruhig. »Das ist der Welpe, den der Führer für seinen Zwinger ausgesucht hat. Tragt ihn sofort zurück.«

Die Hacken wurden zusammengeschlagen, und man machte sich auf den Weg. Ich glaubte, eine endlose Strekke hinter mich gebracht zu haben, aber ehe ich mich versah, stand man schon an der Gittertür, schloss sie auf und setzte mich behutsam auf den Boden.

Der alte Clown

Kaum hatten die Schwarzen die Tür zugeworfen und das Vorhängeschloss eingehängt, verkroch ich mich so schnell es ging in die Ecke, die das Gitter mit der Mauer verband. Völlig nutzlos. Sie kamen aus dem Dunkel hervor, aus allen Richtungen. Umkreisten mich und fingen an, wölfisch zu knurren.

»Wo ist Wolf?«, dachte ich, »wo ist er bloß? Er hätte doch längst wieder im Zwinger sein müssen. Lieber von ihm zerrissen werden als von diesen erbärmlichen Viechern.«

Im nächsten Moment hätte ich mir aufs Maul schlagen können. Wie konnte ich nur so schnell die hündischen Kommunikationsmöglichkeiten vergessen? Aber es war schon zu spät. Sie knurrten leise und bedrohlich, sprangen ans Gitter und versetzten mich durch dieses widerliche Geräusch noch mehr in Panik.

»Ich bin der Hund des Führers«, bellte ich in meiner Verzweiflung. »Ich bin der Hund des Führers!«

Sofort trat Stille ein. Einige der Hunde, die sich an das

Gitter geworfen hatten, ließen sich auf den Boden fallen, so nahe, dass sie mich fast berühren konnten, und sahen mich an. Tierische Ausdruckslosigkeit und trübe, scheinbar demütige Augen, die keinerlei Emotionen mehr erkennen ließen.

Die Stille lastete auf uns allen. In den dunkleren Ecken schien nach einer Weile Unruhe aufzukommen, brach aber nach einem kurzen, ruhefordernden Knurren sofort wieder ab. Das blicklose Starren dieser ausgewachsenen Bestien um mich herum wunderte mich immer mehr. Neben ihnen kam ich mir hilflos und winzig vor, und doch schienen sie vor mir zu knien und mir unterwürfig Referenz zu erweisen.

War ich das, der sie sich so abstoßend hündisch unterwarfen, oder hatte mein angstvolles Berufen auf den Führer ihnen in dieser ekelerregenden Weise das Kreuz gebrochen?

Ich war perplex. Nach geraumer Zeit ging mir diese Bewegungslosigkeit auf die Nerven, und ich richtete mich auf. Wieder wurde unruhiges Scharren hörbar und fast gleichzeitig durch kurzes herrisches Knurren zur Ordnung gerufen. Ich versuchte, das Dunkel in den hinteren beiden Ecken zu durchdringen. Mit meinen ehemaligen Augen hätte mir dieses Halbdunkel gewiss keine Schwierigkeiten bereitet, aber hier und jetzt konnte ich mich nur auf meine Nase verlassen.

Langsam stieg ein Geruch vor mir auf, der mir bekannt war und der mich früher einmal belästigt hatte, jetzt aber fast heimische Gefühle aufkommen ließ. War das nicht der Dunst, der alte Männer begleitete?

»Ein schon etwas modrig anmutender Grabgeruch«, pflegte einer meiner Väter zu sagen, wenn wir solchen Leuten begegneten.

»Immer noch besser, dieses modrige Fluidum mit sich herumzutragen, als mit 39 Jahren frisch riechend in die Grube zu fahren«, dachte ich und beobachtete einen riesigen Schatten, der an den Wänden entlang auf mich zukroch.

Ich wich sofort zurück, doch der Schatten wuchs und verfolgte mich, schien mich aufsaugen zu wollen. Diesmal warf ich mich an das Gitter und versuchte mich durch die Stäbe zu zwängen. Aber so winzig ich war, diese Stäbe standen zu dicht beieinander. Ich begann leise zu jammern, setzte meine erfolgreichen hohen Töne ein, die mich, wie ich glaubte, schon einige Male gerettet hatten, stand steil aufgerichtet, mit den Vorderpfoten am Gitter und erwartete jeden Augenblick, von einer dieser blondschwarzen Bestien zerrissen zu werden. Da wurde ich leicht und feucht in den Hintern gestupst und fiel sofort in mich zusammen.

Sicherheitshalber wälzte ich mich auch gleich auf den Rücken und streckte alle Viere in die Luft. Die Wand wagte ich gar nicht anzusehen, aus Furcht, der Schatten könnte bis in den Himmel gewachsen sein. Das schürfende Geräusch neben mir hatte ich vor lauter Angst gar nicht wahrgenommen, da legte sich ein schwarzgrauer Kopf neben den meinen und starrte mich an.

»Nimm deine Beine herunter«, hörte ich die mir bekannte ältliche Stimme denken. »Der Schatten, der dir solche Furcht eingejagt hat, ist doch nur der meine. Hast du schon vergessen, dass jedes Wesen einen Schatten hat?«

»Nein, das habe ich nicht«, protestierte ich zögernd. »Es ist mir nur nicht eingefallen.«

Immer noch versuchte meine Zunge die Worte zu formen, schlabberte zwischen meinen Zähnen herum, kitzelte mich am Gaumen und fiel mir fortwährend aus dem

Mund. In meiner Wut verfing sie sich schließlich in meinen Zähnen, und ich tat mir furchtbar weh.

»Hör mit diesen Verrenkungen auf. Ich verstehe dich doch auch so«, vernahm ich den Hund in seiner ruhigen Art neben mir. »Vergiss diese Art von Verständigung. Du wirst dir am Ende noch die Zunge abbeißen. Sie ist das wichtigste und vielseitigste Organ, das wir haben. Das wirst du früh genug erkennen.«

Ich lag jetzt ganz ruhig neben ihm, hatte meine Beine heruntergenommen, und wir sahen uns eine Weile still an. Ich erkannte nicht nur seine Umrisse – sie waren riesig –, sondern langsam wurde für mich auch die Farbe seines Fells sichtbar. Es musste früher einmal pechschwarz gewesen sein. Jetzt durchzogen es silbergraue Fäden, und seine Lefzen waren weiß umrandet.

»Eine Clownsmaske«, dachte ich, da zog er auch schon seine Lefzen hoch und schien mich anzugrinsen.

»Gib Acht«, sagte er, »du sprichst, wenn du denkst. Vergiss es nicht, sonst könntest du Schaden nehmen.«

»Wie soll man denn so etwas lernen?«, fragte ich deprimiert. »Wenn die Gedanken kommen, dann kommen sie. Es steht doch nicht in unserer Macht, sie zu steuern oder gar zu löschen.«

»Doch, doch«, antwortete er. »Man kann alles lernen. Man muss es sogar, und zwar umgehend. Noch ehe sie auftauchen. Wenn nicht, gerät man in existenzielle Schwierigkeiten. Der Mensch hat es natürlich leichter. Er braucht nur nicht auszusprechen, was er denkt. Und nichts verrät ihn. Andererseits macht ihn das auch lügenhafter. Das scheint mir der Grund, weshalb sich der menschliche Charakter in seiner langen Entwicklung so katastrophal verbogen hat.«

»Du bist ein kluger Hund«, dachte ich anerkennend.

»Aber nein«, er schüttelte sich ein wenig geniert. »Ich habe nur eine ähnliche Entwicklung genommen wie du. Selbstverständlich kann ich keine so abgrundschwarze Vergangenheit aufweisen. Dennoch, was ich so alles erlebt und überlebt habe, reicht mir vollkommen. Mein Name ist Prinz. Ich habe vergessen, mich vorzustellen. Vielleicht erzähle ich dir später einmal von meiner zweihundertjährigen Geschichte, falls wir uns besser kennenlernen sollten.«

»Verzeih mir bitte, wenn ich meine Neugier immer noch nicht bezähmen kann, aber woher kennst du eigentlich meine schwarze Vergangenheit?«, fragte ich stumm.

»Du hast sie mir ständig erzählt, nachdem du hier hineingeworfen wurdest. Nach den Prügeln, die du bezogen hast, scheinst du Alpträume gehabt zu haben.«

»Und das hast du alles mitanhören müssen?«

»Logischerweise.«

»Entsetzlich!«

»Man muss nach vorn schauen und seine gegenwärtige Existenz bedingungslos akzeptieren, dann erträgt man es schon. Ich bin übrigens der einzige, außer dir, mit dieser ungewöhnlichen Hirnfunktion. Bei den anderen Vierbeinern hier vermag ich nichts dergleichen zu erkennen und kann sie infolgedessen auch nicht einordnen. Man kann sie am ehesten nach ihrer Lernfähigkeit beurteilen. Je schwerfälliger, desto hündischer ihr Stammbaum.«

»Und Wolf?«

»Er ist auf jeden Fall einer, der nicht weiß, wer er ist. Seine vagen Erinnerungen sind so nebulös und verschwommen, dass man auch nach ellenlangen Sitzungen nicht erkennen kann, woher er kommt. Das scheint ihm und allen um ihn herum schwer erträglich. Und so manches Mal haben wir schon erwogen, ihn endgültig zu erlösen. Aber sein bedauernswertes Erlebnis mit dem Großmächtigen hat uns immer wieder mitleidig gestimmt und uns davon abgehalten.«

»Wer ist der Großmächtige?«, fragte ich.

»Der, von dem du deine Prügel bezogen hast«, antwortete er.

»Du hast auf einmal einen ganz hündischen Blick«, dachte ich, während ich unmerklich retirierte.

»Bleib liegen. Wir werden uns später über ihn unterhalten. Aber eigentlich solltest du dich an ihn erinnern.«

»Oh, ja, jetzt schon. Jetzt, wo du ihn so kaltschnäuzig erwähnst. Aber erzähle mir von der Auseinandersetzung zwischen Wolf und dem Großmächtigen. Es war doch eine?«

»Richtig. Es war sogar eine ganz erhebliche. Und Wolf hat dabei auf nachhaltige Weise Schaden genommen. Ist dir bekannt, wie er zu seinem Namen gekommen ist?«

»Nein, natürlich nicht.«

»Nun gut, ich nehme aber an, dass du immer noch halbwegs mit der jüngsten menschlichen Geschichte vertraut bist.«

»Ich denke schon. Obwohl mir mein Hundehirn zeitweise größere Probleme bereitet, als ich erwartet habe.«

»Was hattest du denn erwartet?«

Die Augen des alten Hundes wurden immer heller und wacher.

»Nicht jeden Millimeter meines menschlichen Hirns permanent verteidigen zu müssen«, antwortete ich. »Ich darf gar nicht darüber nachdenken, wie lange ich dieser Anstrengung noch gewachsen bin.«

»Nun, Wolf jedenfalls war der Name, den der Großmächtige früher selber einmal trug. In seiner Kampfzeit ließ er sich liebend gern so nennen. Natürlich nur von ihm sehr nahestehenden Menschen. Als Wolf zur Welt kam, war er sofort der erklärte Liebling des Herrn, und er taufte ihn auf seinen Namen. Eine fast nicht zu überbietende Auszeichnung.

Wolf wurde verwöhnt wie keiner sonst im Zwinger. Er bekam Freigänge, so viel er wollte. Wurde sogar vor lauter Zuneigung falsch gefüttert und fraß sich einen Wanst an. Doch eines Tages kam die Dressur. Der Großmächtige persönlich trainierte ihn. Und er machte es gar nicht schlecht. Wolf wurde auf den Mann abgerichtet. Er durfte sogar an die Kehle der Feinde springen. Allerdings war es ihm verboten zuzubeißen. Das durfte erst nach einem speziellen zweiten Befehl geschehen. Und den kannte nur der Großmächtige.«

»Durftest du denn zusehen?«, fragte ich.

»Keiner durfte zusehen. Während meines Trainings war das auch verboten.«

»Du wurdest auch abgerichtet?«

»Ich dachte, ich überlebe es nicht.«

»Wie hat man dir das antun können. In deinem Alter. Ich meine, bitte verzeih mir, aber ich würde dich zumindest als einen älteren Herrn bezeichnen. Oder täusche ich mich da?«

»Du liegst absolut richtig. Ich bin Jahrgang 1930.«

Wieder liefen über sein Fell diese merkwürdigen nervösen Zuckungen.

»Wie alt bist du eigentlich?«

»Oh, da fragst du mich zuviel. Ich schätze, dass ich gerade einmal sechs Wochen auf der Welt bin.«

»Das kann nicht sein.«

Wieder dieses nervöse Zucken, als ob er Fliegen auf seinem Fell verjagen wollte. »Deinem Wuchs nach zu urteilen, hast du mindestens ein halbes Jahr auf dem Buckel, wenn nicht mehr. Ach Mädchen«, er verzog seine Lefzen zu einem spöttischen Grinsen, »jetzt vergiss aber mal dein allzu menschliches Zeitgefühl und pass dich dem schnellebigeren Hunderhythmus an. Ich habe mir anfangs immer damit geholfen, dass ich mir die verschiedenen Planetenbahnen um die Sonne vorstellte. Je enger der Kreis, desto kürzer die Jahre, und je kürzer die Jahre, desto rascher der Verschleiß an Energie. Einmal durch die aufgeregten Umdrehungen und zweitens durch die Hitze. Man brennt zwar viel schneller weg, hat aber auch die viel intensiveren Erfahrungen.

›In der Kürze liegt die Würze‹, lautet ein menschliches Sprichwort. Das scheint mir die passende Beschreibung für das Hundeleben zu sein.«

»Du bist ein erstaunlicher Hund«, schmeichelte ich ihm.

»Nicht der Rede wert. Ich habe nur versucht, mir bei den wichtigeren Dingen eine gewisse Erinnerungsstabilität zu erhalten. Aber zurück zu dir. Du kennst doch sicher den Vergleich zwischen Hunde- und Menschenjahren?«

»Ja, ich glaube. Gab es nicht das Verhältnis sieben zu eins?«

»Sehr richtig. Deinen Angaben zufolge glaubst du, sechs Menschenwochen auf dem Buckel zu haben, was schon deshalb nicht sein kann, weil du mit einem sechswöchigen Menschenverstand zu solch einem Kontakt, wie wir ihn jetzt pflegen, nicht fähig wärst. Das gibst du doch zu, oder?«

»Oh, nein, du vergisst, dass ich zwar meinen menschlichen Zeitrhythmus bewahrt, meine hündische Physis aber durchaus zur Kenntnis genommen habe. Und wenn mich nicht alles täuscht, beginne ich auch schon, mich an diese seltsame Existenz zu gewöhnen.«

»Wie auch immer, auf alle Fälle scheinst du fast schon ein ausgewachsenes Hundemädchen zu sein, wenn deine Erinnerungen an den sechswöchigen Aufenthalt stimmen sollten. Nach menschlichem Ermessen natürlich.«

»Natürlich.«

»Wir waren bei meinem Jahrgang stehengeblieben, nicht wahr?«

Zum Einverständnis fiepte ich leise.

»Ja, am Anfang war ich ein sehr begehrter Hund. Ich wich dem Großmächtigen nicht von der Seite.« Er schwieg und starrte vor sich hin.

»Wenn Hunde weinen könnten«, dachte ich, »würden sie dabei so aussehen.«

»Du irrst, ich weine nicht. Ich hatte nur eine sentimentale Anwandlung. Wie gesagt, ich war bei seinen Stadtwanderungen häufig an seiner Seite. Manchmal machten wir Fußmärsche von bis zu zwanzig Kilometern. Ich kannte fast jedes Schaufenster im Münchner Stadtkern, steckte dabei auch mein Revier ab und hatte so manches Problem mit anderen Vierbeinern. Besonders mit einem Airdaleterrier kam ich nicht zurecht. Diese kampflustige Bestie versuchte mich von den schönsten Schaufenstern wegzubeißen, an denen ich meine Zeichen gesetzt hatte. Aber der Großmächtige verteidigte mich jedes Mal. Einmal versetzte er meinem Erzfeind einen derartigen Tritt in die Flanken, dass er tagelang nicht mehr laufen konnte und sein geschwollener Fuß bandagiert werden musste.

Dem Terrier schien das aber nicht viel ausgemacht zu haben. Ich glaubte, dass ihm vom Großmächtigen zumindest die Rippen eingetreten worden waren. Aber nachdem wir wieder unsere Märsche aufnahmen, begegnete er uns quietschvergnügt fast an derselben Stelle und fing sofort Streit an.

Inzwischen war ich jedoch ein Stück gewachsen, Brust und Rückgrat hatten zugelegt und mein Gebiss machte einen imponierenden Eindruck, denn kaum zog ich ein bisschen die Lefzen hoch, warf er sich nach hinten und verschwand ohne jeden Protest.«

»Deinem Schatten nach zu urteilen, bist du doch immer noch recht ansehnlich.«

»Ein Schatten meiner selbst, solltest du besser denken. In meinen besten Jahren hättest du mich sehen sollen, und deine Läufigkeit hätte das ganze Jahr über angehalten.«

»Ach«, dachte ich, »du alter Angeber. Verflucht!« Ich presste sofort den Unterkiefer auf den Boden, aber es war schon heraus. Daraufhin legte ich beide Pfoten auf die Schnauze, zum Zeichen, dass es mir leidtat. Er ignorierte das völlig.

»Eines Tages war es zu Ende mit unserer Freundschaft«, fuhr er fort. »Der Großmächtige nahm mich mit in ein Café und wies mir einen Platz unter dem Tisch an. Bald sah ich lauter schwarze Stiefel um mich herum, außer dem einen einzigen braunen Paar.

Langschäftig waren sie und weich. Hatten eher das Aussehen von ledernen Kniestrümpfen und rochen absolut gemein. Nun, das hätte ich noch ertragen, aber dass sie mich fortwährend traten und versuchten, mir die Vorderpfoten abzuquetschen, das hielt ich auf Dauer nicht aus. Ich konnte meine Stellung verändern, so viel ich wollte, er erwischte mich stets von neuem. Als er sich nach einer Weile herunterbeugte, um sich zu überzeugen, dass seine Tritte Wirkung gezeigt hatten, quoll ein wüster Geruch aus seinem Mund.

»Hoffmann, lassen Sie den Hund in Ruhe und trinken Sie lieber einen Kaffee«, hörte ich meinen Herrn sagen, aber da war es schon zu spät, ich biss ihn einfach in die Nase. Ich schwöre dir, ich habe nur leicht zugebissen, nicht zu sehr. Ich hatte ja gelernt, solche Bisse wohl zu dosieren. Doch er schrie wie ein Besessener, schien über mir einen wahren Veitstanz zu vollführen, und ich sah seine ekligen Stiefel sich stolpernd dem Ausgang zubewegen.

Offenbar wurde er jedoch von meinem Herrn aufgehalten, der ihn wieder auf seinen Stuhl drückte und nach einem Arzt rief. Dann zog er mich unter dem Tisch hervor und drosch mit seiner Lederpeitsche, die er stets bei sich trug, auf mich ein. Vor allen Leuten, stell dir das vor. Es waren ja außer seinen Kumpanen auch noch andere Besucher im Café.

Er konnte hart zuschlagen, aber nichts demütigte mich mehr als diese öffentliche Züchtigung. Er schlug so lange, bis er völlig erschöpft und schweißüberströmt auf seinen Sitz fiel. Ich lag ganz still da, bewegte mich nicht, und ich glaube sogar, dass ich eine Zeitlang zu atmen aufhörte.

Trotzdem bekam ich die außergewöhnliche Stille mit, die eingetreten war. Nichts rührte sich. Nicht einmal der Großmächtige, oder dieser Hoffmann, der sich, wie sich später herausstellte, den Spitznamen ›Reichstrunkenbold‹ eingehandelt hatte. Ich spürte nach einer Weile, wie der Großmächtige mich leicht mit dem Peitschenstiel anstieß und hörte, wie er den eintreffenden Arzt bat, auch nach mir zu sehen. Schließlich wurde ich irgendwann auf die Rückbank eines Autos geworfen und in einen Hundezwinger gekarrt.

Glaube mir, mein gebrochener Kiefer und meine

kaputten Rippen fühlte ich kaum in der ersten Zeit. Aber die Demütigung vergaß ich nie. Gewiss, es dauerte eine ganze Weile, bis ich wieder feste Nahrung zu mir nehmen konnte. Mein Brustkorb war so zerschmettert worden, dass ich noch nach Jahren auf langen Strecken in grausame Atemnot geriet und mich schwer nach Luft ringend auf den Boden legen musste. Aber diese Demütigung!

Ich wurde auch nicht mehr zum Training zugelassen. Wäre auch gar nicht mehr fähig dazu gewesen. Nie mehr durfte ich seine Stadtwohnung betreten, in der ich mich so wohlgefühlt hatte, nie mehr die breite Treppe hinaufhasten und mich von ihm anspornen lassen, obwohl mir diese Stufen, so bequem sie auch waren, mit der Zeit mächtig zu schaffen gemacht hatten. Vor allem im Hinterteil.

Nun, jedenfalls ließ er mich wenigstens leben. Andere kranke oder alte Hunde brachte er eigenhändig um. Er ließ niemand anderen diese Tätigkeit verrichten. ›Meine Hunde werden von mir erlöst‹, pflegte er zu sagen. ›Für die Endlösung der Zweibeiner habe ich mein Personal.‹

Soweit kann ich mich nicht beklagen. Der Umzug hierher tat mir gut. Ich genoss die bessere Luft. Manchmal. Und hatte immer ausreichend zu essen. Doch diese Demütigung! Diese gemeine, unüberwindliche Demütigung!

Ich denke manchmal, wenn ich nur nicht überlebt hätte. Doch man soll nicht undankbar sein!«

Ich dachte, wenn ich jetzt losweine, reize ich ihn vielleicht oder kränke ihn zusätzlich.

Doch dann sah ich, dass ihm die Tränen hinunterliefen, über die Lefzen tropften und von seiner langen Zunge schnell und beschämt aufgeleckt wurden.

»Auch Hunde können das«, vernahm ich ihn, »wenn

sie nur lange genug gedemütigt werden. Entschuldige bitte mein Geschwafel, aber du wolltest etwas über Wolf erfahren? Bist du wirklich so verliebt in ihn?«

»Aber was. Wie kann ich denn für einen Hund Gefühle entwickeln? Ich bin doch …«

»… ein Hund«, vollendete er.

Wir sahen uns lange und traurig an.

»Wolf war in gewisser Weise mein Schüler. Als Welpe durfte er täglich meinem Training zusehen. Er war sozusagen der Vorzeigewelpe des Großmächtigen. Schlich sich geschickt und allerliebst in die Herzen seiner Umgebung. Ob Vier- oder Zweibeiner, alle waren entzückt von ihm. Nur eines tat er nicht. Er versuchte nie, mich zu hintergehen oder auszutricksen. Sobald mich der Großmächtige zum Training befahl, blieb er liegen, bis er ausdrücklich aufgefordert wurde, uns zu begleiten.

Anfangs irritierte mich seine Gegenwart ein wenig, weil ausgerechnet dieser Winzling einen solchen Vorzug genoss, aber mit der Zeit verstand ich, weshalb der Großmächtige ihn schon so früh heranzog. Wolf war ein sehr gelehriger Schüler und fing bald an, mich auf die putzigste Weise nachzuäffen. Die Zweibeiner bogen sich vor Lachen, wenn er versuchte, eine der hohen Hürden zu überspringen und dabei mit voller Wucht gegen die Holzwand prallte. Aber obwohl er ziemlich hart auf den Rücken fiel, kam er sofort wieder auf die Beine und versuchte es von neuem.

Das tat er mindestens drei oder vier Mal, angespornt von der begeisterten Gefolgschaft des Großmächtigen. Schließlich brachte er seinen kleinen sehnigen Körper tatsächlich über die Barriere und kroch erschöpft, aber glücklich auf den Großmächtigen zu. Natürlich wurde er von Arm zu Arm gereicht, robust gestreichelt und getätschelt, wie es in der Umgebung des Großmächtigen üblich war.

Der Großmächtige selbst nannte ihn stolz und leuchtenden Auges einen germanischen Schäferhund und richtete an seine Umgebung die fordernde Bitte, ihn nicht weibisch zu verwöhnen, sondern ihm höchstens einmal den Hintern zu tätscheln. Dann nahm er ihn auf den Arm und setzte ihn neben sich auf den Boden.

»Prinz«, rief er, »das ist dein gelehriger Schüler und Nachfolger. Wollte Gott, ich könnte für mich einen ähnlichen erkennen«, rief er seiner Mannschaft zu und fixierte sie mit seinen drohenden blauen Augen. »Unter euch jedenfalls sehe ich keinen.«

Damit wandte er ihnen den Rücken zu und marschierte davon. Danach wurde mir Wolf entzogen, und ich sah ihn erst hier auf dem Berg wieder. Bei unserem Auslauf auf dem sogenannten Hundehang, den du schon kennengelernt hast. Als ich am unteren Waldrand ankam, wo der Maschendrahtzaun den weiteren Auslauf versperrt, sah ich ihn plötzlich vor mir stehen. Auf der anderen Seite des Zauns. Ich erkannte ihn sofort, obwohl er sich so bravourös verändert hatte. Vor mir stand ein ruhiges, großes Tier mit wundervoll gezeichnetem Rückenfell, honigfarbenem Brustlatz und sah mich still aus seinen wölfisch gelben Augen an.

Ich versuchte sofort, Kontakt zu ihm aufzunehmen, aber er reagierte nicht. Ließ nur ein leises, freundliches Knurren hören und wandte sich ab. Gott sei Dank blieb es nicht bei dieser ersten Begegnung. Schon wenige Tage später wurde ich, zur großen Gaudi vieler schwarz und braun gewandeter Zweibeiner, zum Training herangezogen. Während mein Wolf seine gewaltigen Sprünge vorführte, mit denen er sogar Barrieren, die den Pferden zugedacht waren, bewältigte, wurde ich mit lauten Zurufen und Handschlägen aufgefordert, es ihm gleich zu tun.

Ich wusste, dass ich daran scheitern würde. Ahnte auch, welch neues Maß an Demütigung mir bevorstand. Dennoch tat ich es. Kannst du mir sagen, warum?«

Ich sah ihn nur ruhig an. »So könnte auch Wolf ihn angesehen haben«, dachte ich.

Dieses Mal ging er nicht auf mein Denken ein. Nur sein nervöses Fellzucken machte mir klar, dass es bei ihm angekommen war.

»Ich sprang wie eine wütende, hirnlose Bulldogge auf die Barriere zu, doch das Höchste, das ich zu erreichen vermochte, war die obere Latte, an der ich mich so verletzte, dass ich mit blutendem Kopf liegenblieb. Vorher war ich ein paar Mal unter ihr durch gesprungen und hatte dafür nur höhnisches Gelächter geerntet.

Plötzlich stand der Großmächtige neben mir und stieß mich leicht mit der Stiefelspitze in die Seite. ›Er lebt, scheint sich aber stark verletzt zu haben. Ich möchte nicht, dass ein Tierarzt gerufen wird. Sollte er sich nicht von seinen Verletzungen erholen, werde ich ihm persönlich den Fangschuss geben. So, wie es meine Hunde verdienen. Er war einmal ein großes, herrliches Tier, und ich verbiete euch, ihn auszulachen. Viel eher solltet ihr euch einen ebensolchen Heldentod wünschen. Ich werde euch noch genügend Gelegenheit dazu geben.‹

Unter meinen rasenden Schmerzen dachte ich nur eines: ›Und wenn ich mich nur dazu erhole, um dir keine Chance zu geben, mir in den Kopf zu schießen. Ich rapple mich schon wieder auf.‹

Ich versuchte, wieder auf die Beine zu kommen, aber mein Hinterteil war wie gelähmt. Ich fühlte es überhaupt nicht mehr. Mir war, als hätte ich es verloren. Wie aus dem Boden gewachsen stand plötzlich Wolf vor mir, leckte mir kurz über die Nase, schob seinen Kopf unter meinen Bauch und stemmte mich hoch. Zitternd stand ich da. Aber ich stand.

›Wolf!‹, brüllte der Großmächtige.

Sofort kroch Wolf auf ihn zu und blieb vor ihm liegen.

›Ich bestimme, was mit ihm geschieht! Hast du mich verstanden? Ohne meinen Befehl passiert hier gar nichts. Und jetzt sieh zu, wie du deinen Kameraden nach Hause bringst.‹

Damit gab er ihm einen leichten Klaps auf sein Hinterteil und wies auf mich.«

»Das ist doch aber …«

»Ja, bitte? Was dachtest du?«

»Das ist doch jedenfalls eine ganz außergewöhnliche Reaktion für einen Hund.«

»Ich würde eher denken, dass solche Hilfeleistungen bei den Zweibeinern immer spärlicher werden. Für einen Hund sind solche Aktionen beinahe alltäglich, wenn sie gefordert werden.«

»Glaubst du also, dass der Canismus ethisch weitaus höher zu bewerten ist als der Humanismus?«

Er nickte.

»Du bist wirklich ein kluger, ja, darf ich überhaupt noch ›Hund‹ denken?«

»Oh ja, oh ja«, antwortete er. »Wir haben unsere Existenz zu Recht erhalten. Und speziell unser beider Aufgabe ist es, noch in den niedrigsten Wesen das Licht des Höchsten Herrn anzuzünden. Ich darf mit Stolz behaupten, dass es mir wenigstens schon einmal gelungen ist. Ich konnte Wolf zu einem durch und durch canesischen Leben bekehren. Nur, leider hat er dieser Belehrung auch seine tiefste Niederlage zu verdanken.«

»Wie das?«

»Nun, das will ich dir erzählen. Als er mich mit großer Mühe in den Zwinger zurückgeleitet hatte, wobei er darauf achten musste, mich nicht allzu sehr zu unterstützen, um mich nicht total krank erscheinen zu lassen, denn wir wurden noch eine Strecke lang scharf beobachtet, pflegte er mich hingebungsvoll.

Wann immer er seine Trainingspflichten erfüllt hatte und glaubte, abkömmlich zu sein, schlich er sich zu mir. Brachte mir die feinsten Leckerbissen aus des Großmächtigen privatem Schlachthaus und rückte damit meiner Appetitlosigkeit zu Leibe. Natürlich fraß er auf, was ich noch nicht zu verschlingen imstande war, denn, wie ich später erfuhr, hatte er es nicht immer auf legalem Wege ergattern können.

So oft er sich nachts freimachen konnte, legte er sich neben mich, so dass mein verletzter Brustkorb während des Schlafs abgestützt war. Das hatte zur Folge, dass ich mich nach einer kurzen Zeit wieder aufrecht bewegen konnte. Seine Position schien uns allen im Zwinger allmächtig zu sein. Er konnte nach Belieben über alle entscheiden, hatte Zutritt zu fast allen Räumen der unteren Etage und war, wenn er nur eifrig seinen absoluten Gehorsam gegen den Großmächtigen zeigte, verhältnismäßig gleichberechtigt. Für einen Hund eine unglaubliche Karriere.

Und nun stell dir mein Entsetzen vor, als er eines Nachmittags zu mir hineingeworfen wurde. Buchstäblich hineingeworfen. Man hatte ihm die Vorderläufe mit den Hinterläufen zusammengebunden, ihm das Rückenfell wegrasiert, so dass er wie ein räudiger Köter aussah, und ihm die Haut wohl auch noch mit heißem Wasser abgebrüht, denn sie sah krebsrot aus und war voller Blasen.«

»O mein Gott«, dachte ich, »wie kommt mir das alles bekannt vor.«

»Das zu berichten wirst du noch Zeit genug haben. Darf ich fortfahren?«

»Selbstverständlich. Bitte entschuldige, aber ich habe noch keine Erfahrung mit dieser gedankenbeherrschenden Technik.«

»Das werde ich dir noch beibringen. Darf ich also?«

»Ja, ja, fahr nur fort.«

»Nachdem ich ihn zur Ruhe gebracht hatte, erzählte er mir, erst stockend, doch allmählich immer flüssiger, folgende Geschichte:

Am Morgen des besagten Tages griff ihn sich Sekretär Martin hinter dem Hundehaus im angrenzenden Wäldchen, seinem Lieblingsgelände, leinte ihn an und brachte ihn vor das Haus, wo ihn der Großmächtige schon erwartete. Er nahm Martin die Leine ab und führte Wolf in das obere Stockwerk, das er vorher noch nie betreten hatte.

Widerwillig ließ er sich die Treppe hinaufzerren, denn bis dahin war dieses Terrain für ihn absolut tabu gewesen. Der Großmächtige fing leise an zu schimpfen, begriff dann aber scheinbar, dass Wolf einem einmal gegebenen Befehl nicht so leicht entsagen konnte. Beruhigend sprach er auf ihn ein und führte ihn bis vor eine Tür. Er befahl ihm die Sitzposition und wandte sich an den inzwischen herangekommenen Martin.

›Ich werde den Hund zum Professor hineinlassen. Ich kann den Kerl nicht ausstehen. Er mag ja ein genialer Spezialist der Atemwege sein und sich als Operateur in unseren Lungenbläschen zurechtfinden wie keiner sonst, aber seine Arroganz ist mir unerträglich. Sie erinnert mich an die jüdisch durchsetzte Ärzteschaft der Vergangenheit in der Hauptstadt. Während einer Wahlreise, die mich auch dahin führte, machten mir meine Bronchien auf fatale Weise zu schaffen. Ich glaubte nicht mehr reden zu können, und beinahe hätte meine restliche Wahltournee ins Wasser fallen müssen, da kam mir ein ähnlich arroganter Lump zu Hilfe.‹

›Hat er Ihnen denn helfen können, mein Führer‹, fragte Martin.

›Und ob er das tat‹, antwortete der Großmächtige, ›aber sein jüdisch intellektuelles Gebaren erregte derartige Übelkeit in mir, dass ich, bei guter Stimme zwar, eine miserable Rede hielt und beinahe einhellig ausgepfiffen wurde. Können Sie sich das vorstellen? Während der ganzen Ansprache sah ich dieses süffisante Lächeln vor mir, mit dem er mich behandelt hatte. Und mit diesem Professor geht es mir ähnlich.‹

›Er hat aber keinen Tropfen jüdischen Blutes in sich. Arier erster Güte, wie er selbst bei unseren peniblen Reinlichkeitsvorschriften selten anzutreffen ist‹, sagte Martin eifrig.

›Woher wissen Sie das?‹

›Würde ich ihn sonst zu Ihnen vorgelassen haben, mein Führer?‹, sagte Martin und legte beschwörend die Hand auf seine Brust.

›Jedenfalls glauben alle diese studierten Fachidioten, dass sie der restlichen Welt überlegen sind‹, fuhr der Großmächtige fort. ›Vielleicht habe ich ja Glück, und er hilft mir, obwohl er kein Jude ist.‹

›Unsere Leute haben schon weit mehr auf dem Kasten als damals,‹ sagte Martin.

›Als damals?‹ der Großmächtige zog ein wenig die linke Augenbraue hoch.

›Ich meine mit damals die Zeit, als sie von der jüdischen Oberschicht so rücksichtslos unterdrückt wurden‹, beeilte sich Martin zu versichern. ›Sie wurden quasi im Stande intellektuellen Analphabetentums gehalten.‹

›Das mag ja zutreffen. Aber bei einigen unserer alten Kämpfer hätte ich mir schon auch so ein gestandenes Analphabetentum gewünscht.‹ Der Großmächtige legte die Hand auf die Türklinke. ›Ein tüchtiger Arzt sollte sich auf alle Fälle in allen Lagen zurechtfinden. Bei meinem Wolf wird ihm das gar nicht so leicht fallen, wenn ich ihm gewisse Befehle erteile, nicht wahr, mein Hundi?‹

Der Großmächtige tätschelte ihm leicht den Hals und Wolf knurrte zustimmend.

›Wissen möchte ich, wie lange ein so ungewöhnlicher Chirurg seine Nerven im Zaum halten kann, denn viel Bewegungsfreiheit wird ihm der gute Wolf nicht lassen.‹

Er schlug sich auf den Schenkel, und Sekretär Martin begann zu kichern. Vorsichtig machte er den Großmächtigen auf die Tatsache aufmerksam, dass der Professor hier warte, um ihn, den Führer, eingehend untersuchen zu können und daraufhin vielleicht die Lust verlieren könnte, dies zu tun. Auf der anderen Seite wäre eine solche eingehende Untersuchung aber lebensnotwendig. Nicht nur für ihn, den Führer, sondern für das gesamte deutsche Volk, das in einer so existentiellen Auseinandersetzung mit der übrigen Welt seine ganze Kraft und vor allem den Führer brauche.

›Sie haben schon recht‹, erwiderte der Großmächtige, ›aber glauben Sie wirklich, er würde mir einen Korb geben? Und selbst wenn er den Versuch machte, glauben Sie, ich würde mir das gefallen lassen? Er wird das Haus nicht verlassen, bevor er seine Pflichten mir gegenüber erfüllt hat. Punktum. Was Sie betrifft, so rühren Sie sich nicht von dieser Tür weg und achten auf jedes Geräusch, das aus dem Salon dringt. Sollte es kitzlig werden, haben Sie umgehend einzugreifen. Es darf ihm nichts Gravierendes geschehen, aber ein paar kleine Schrammen oder Bisse könnten nicht schaden. Haben Sie mich verstanden?‹

Der Großmächtige schien plötzlich all seine gute Laune verloren zu haben. Seine trübe gewordenen Augen fingen an zu funkeln. Er beugte sich zu Wolf hinunter und flüsterte ihm etwas zu. Sofort spitzte er die Ohren.

Der Großmächtige drückte langsam die Türklinke hinunter und öffnete lautlos einen Spalt breit die Tür. Wolf zwängte sich mit behender Energie hindurch und verschwand in das angrenzende Zimmer.«

»Hat Wolf dir die Losung verraten?«, fragte ich neugierig.

»Nie«, antwortete Prinz. »Wolf weiß, dass er ein Geheimnisträger allererster Güte ist. Er würde sich hüten.«

Ich sah ihm förmlich an, dass er flunkerte. Und so, wie ich den Großmächtigen kennengelernt hatte, machte er sich bestimmt nicht die Mühe, etwas zu erfinden, solange das Bewährte einwandfrei zu funktionieren schien. Sicher hatte Prinz in seiner Jugend ebenfalls die Losung eingebläut bekommen, und ich musste eine günstige Gelegenheit abwarten, um sie ihm zu entlocken. Überhaupt. Woher verstand Wolf die Zweibeiner so gut?

»Das ist meine Schule«, belehrte mich Prinz.

»Der Großmächtige hatte also die Tür nur so weit geöffnet, dass Wolf sich hindurchzwängen konnte und schloss sie auch sofort wieder hinter ihm«, fuhr Prinz in seiner Erzählung fort. »Der Professor soll sich in geradezu fahrlässiger Haltung in einem Fauteuil geräkelt und wahrscheinlich eine Zigarette angezündet haben, denn nach

Wolfs Bericht schien sich bösartiger Dampf aus seinem Munde zu wälzen und den armen Wolf zu bedrohen.

Wolf sprang mit lautem Geknurre auf ihn zu und fletschte kampfbereit die Zähne. Dann, als er merkte, dass ihm der Rauch nicht viel anhaben konnte, stemmte er seine Vorderpfoten auf die Knie des Professors und näherte sich bedrohlich der professoralen Nase.

Bedächtig bog dieser seinen Kopf bis an die Rückenlehne zurück und betrachtete in aller Ruhe Wolfs Vorderpfoten. Kannst du dir vorstellen, wie das unseren Wolf irritierte? Jedenfalls sprang er voller Wut auf den glühenden Punkt zu und schnappte ihn dem Professor geschickt aus dem Mundwinkel weg, wo die Zigarette in lässiger Arroganz immer noch hing.

›Ich habe mir das feurige Ding mit der Zunge geradewegs in den oberen Gaumen hineingequetscht‹, erzählte er mir.

Sofort ließ er sich auf den Teppich fallen, spuckte das Teufelszeug aus und muss gottserbärmlich gejault haben. Um des brennenden Schmerzes in seinem Maul Herr zu werden, steckte er sich sogar eine Vorderpfote hinein. Es half nichts. Der Professor fing leise an zu lachen.

›Du hast vollkommen recht‹, nickte er. ›Als Spezialist der Atemwege sollte man mit gutem Beispiel vorangehen und das Rauchen unterlassen!‹

Damit beugte er sich hinunter, nahm vorsichtig die ausgespuckte Zigarette vom Teppich und legte sie auf den Aschenbecher.

›Wir wollen doch dem guten Onkel Adolf nicht das Haus unter dem Hintern anzünden, oder? So, und jetzt öffne mal deine Schlabberschnute, damit ich dir einen Salbeibonbon hineinwerfen kann. Den habe ich immer bei mir. Wegen der Atemwege, verstehst du?‹

›Ich konnte seinen grundgütigen Augen einfach nicht widerstehen‹, berichtete Wolf. ›Er hatte ebenso blaue Augen wie der Großmächtige, aber ihnen fehlte der Stahl im Blick. Man fühlte sich fortwährend von ihnen gestreichelt.‹

Nun, Wolf konnte es einfach nicht fassen, dass ein so undämonisches Wesen eine derartig lähmende Gewalt über ihn bekommen hatte. Er blickte auf die sich langsam nähernden Hände des Professors, versuchte noch einmal gefährlich zu knurren und ließ sich letztendlich geduldig das Gebiss auseinanderziehen. Während der Professor liebevoll auf ihn einredete, kaute Wolf mit immer größer werdendem Wohlbehagen auf seinem Bonbon herum.«

»Hat der Professor ihn wirklich Onkel Adolf genannt«, fragte ich dazwischen.

»Wolf behauptet es. Er selbst wäre nie auf diesen Namen gekommen. Das übersteigt seine intellektuellen Fähigkeiten. Findest du das sehr respektlos?«

»Ich finde es lustig«, antwortete ich. »Auf alle Fälle hat der Name nicht diesen überstrengen Geruch eurer bisherigen Bezeichnung.«

»Er verdient es aber, ›Großmächtiger‹ genannt zu werden, sagte Prinz leise, »das wirst du noch erfahren.«

»Hattest du ihm denn nicht beigebracht, jedes Geschöpf ernst zu nehmen? Kein Lebewesen kann so missraten sein, dass es nicht auch einen guten Kern in sich trüge, hast du mir erst kürzlich noch versichert. Man sollte also, ehe man sich verteidigt, prüfen, ob eine Verteidigung denn auch nötig sei.«

»Ja, das waren meine Gedanken. Und wenn auch das Ganze für Wolf letzten Endes miserabel ausging, bin ich noch heute von seinem hervorragenden Verhalten überzeugt. Als erste Hundeseele praktizierte er, was ich mir mühevoll und mit lästigem Zeitaufwand zusammengedacht hatte.

Um es kurz zu machen: Wolf lag zu Füßen des Professors, ließ sich hinter den Ohren kraulen und war völlig mit der Welt und sich im Einklang, als der Großmächtige hereinstürzte.

›Was haben Sie mit meinem Lieblingshund gemacht‹, schrie er wie von Sinnen. ›Sie haben ihn verhext, Sie haben ihn zerbrochen, seinen teuren nordischen Hundecharakter vernichtet! Wissen Sie, wieviel Mühe es mich gekostet hat, ihn aufzubauen?‹

›Mein Führer‹, warf der Professor dazwischen, ›ich habe lediglich versucht, ihm eine Zigarette aus dem Maul …‹

Aber der Großmächtige schnitt ihm das Wort ab. ›Was reden Sie da für unsinniges Zeug zusammen?‹, schrie er noch aufgebrachter. ›Wollten Sie ihm etwa das Rauchen beibringen?‹

Die Verwirrung des Professors nahm immer mehr zu. ›Der Hund hat sich doch sehr friedlich verhalten‹, protestierte er schließlich leise.

›Das ist es ja eben!‹ Des Großmächtigen Stimme überschlug sich. ›Mir wird übel, wenn ich dieses 'friedlich' nur höre. Übrigens fällt mir auf, dass Sie dieses Wort auf unterschwellige und sehr provozierende Weise aussprechen. Glauben Sie, dass Sie kraft Ihrer Fähigkeiten davor gefeit sind, in ein gewisses Erziehungslager eingewiesen zu werden? Gehen Sie mir aus den Augen, und nehmen Sie diesen widerlichen Köter mit. Aber halten Sie sich in den nächsten Tagen zur Verfügung. Es könnte sein, dass sich mein Husten verschlimmert.‹

Plötzlich packte er Wolf am Halsband und schleuderte ihn gegen die Tür. Wolf war so starr vor Schreck, dass er völlig vergaß aufzujaulen. Der Großmächtige riss die Tür auf und schrie nach draußen: ›Bindet ihm die Läufe zusammen und schmeißt ihn in den Zwinger. Dort mögen ihm seine Hundsgenossen die Leviten lesen. Was endgültig mit ihm geschieht, entscheide ich später! Und von Ihnen, wandte er sich noch einmal an den Professor, werde ich einen gehörigen Schadenersatz verlangen. Mein Finanzhof wird Ihnen die gesamte Ausbildungszeit dieses Viehs in Rechnung stellen.‹ Damit schlug er die Tür hinter sich zu.

Das Ende ist dir ja bekannt«, sagte Prinz. »Wolf durfte seitdem das Zwingergelände nicht mehr verlassen. Allerdings benutzte er des öfteren dieses Schlupfloch, das du schon kennst und das ich für ihn gegraben habe. Er wäre eingegangen, hätte er den kleinen Ausweg nicht gehabt, denn die Sehnsucht nach seiner ereignisreichen Vergangenheit setzte ihm stärker und stärker zu. Du wirst seine Depressionen noch kennenlernen. Wenn er sich dann in die dunkelste Ecke zurückzieht, versuche nicht, ihn aufzuheitern. Er könnte sich in eine Bestie verwandeln.

Wie auch immer, meine Gute, ich warne dich vor dem morgigen Tag. Ich bin überzeugt, es wird dein erster Trainingstag sein, und ich nehme an, man wird die Szene ähnlich gestalten wie einst zwischen Wolf und mir. Ich stelle mir vor, dass diesmal Wolf meinen Platz einnehmen wird und du den seinen. Versuche nicht gleich, den Himmel einzureißen. Was dir nicht gelingt, gelingt dir eben nicht. Man wird dich vielleicht ein wenig trietzen, dich gar etwas verdreschen, aber das darf dich nicht aus der Ruhe bringen. Denk daran, dass du ein Schäferhundmädchen bist. Das ist ein Bonus.

Und versuche auf keinen Fall, den Ehrgeiz des zuschauenden Wolf zu reizen. Ich weiß nicht, wie es mit seiner

Kondition bestellt ist. Es könnte sein, dass er sich von Fehlversuchen nicht mehr erholt. Auch würdest du ihm nicht die Stütze sein können, die er einst für mich gewesen ist. Bleib also bescheiden, und lass dich lieber ein bisschen auslachen. Man wird dir dein Versagen so sehr nicht übelnehmen.«

Prinz sah mich eindringlich und voller Wehmut an.

Was konnte ich ihm darauf erwidern? Dass mein Ehrgeiz vielleicht doch nicht die empfohlene Zurückhaltung beachten würde? Dass die Erwartung so vieler, zum Spott aufgelegter Zuschauer meine Selbstüberschätzung bis ins Grenzenlose steigern könnte?

»Genau das, genau das solltest du vermeiden«, antwortete Prinz und zog seine Lefzen zu einem leichten Lächeln hoch. »Andernfalls gäbe es ein Unglück, dem ihr beide, du und Wolf, nicht gewachsen wäret.«

»Wann wirst du mir eigentlich verraten, wie ich mich vor dieser lästigen Gedankenleserei schützen kann?«, protestierte ich. »Es ist doch sehr bedenklich, dass für kultivierte Geschöpfe, wie wir Hunde es sind, der Intimbereich eines jeden von uns eine so nebensächliche Rolle spielen soll. Ich werde das Denken bald verlernen, wenn meine Furcht vor dieser hinterhältigen Abhöranlage in unseren Köpfen nicht bald ein Ende hat.«

»Beruhige dich«, antwortete Prinz, »Erstens besitzt nicht jeder Hund diese Fähigkeit, und zweitens gelingt es nur selten einem von uns, seinen Radius über mehr als zwanzig Meter auszudehnen. Wolf beispielsweise schafft knapp die Zehnmeter-Hürde. Und er gilt schon als sehr talentiert.«

»Aber du«, fragte ich, »was ist mit dir?«

»Nun ja, ich habe mich in den Jahren meiner Verbannung mit einem gewissen Training beschäftigt.«

»Und wie weit bist du gekommen?«, drängte ich. »Dein

Radius erstreckt sich doch sicher über das ganze Gelände hier, samt Zwinger und Hauptgebäude?«

»Ich würde übertreiben, wenn ich dem zustimmen wollte«, er senkte seinen Kopf und betrachtete demutsvoll seine Vorderpfoten. »Außerdem will ich manches auch gar nicht mitbekommen. Du überschätzt meine Neugierde.«

»Und wie schützt du dich vor dieser Gedankenflut? Ich stelle mir das äußerst unbequem vor, ständig mit fremdem Denken überschüttet zu werden und sich nicht auf sich selbst und die eigenen Gedanken konzentrieren zu können.«

»Sehr richtig«, nickte Prinz. »Und es bedarf einiger Geschicklichkeit und Konzentration, um sich dagegen einen wirkungsvollen Schild aufzubauen.«

»Beispielsweise?«, bohrte ich weiter.

»Beispielsweise flieht man die Reichweite der anderen, wenn man sich auf sich selbst besinnen will.«

»Sehr witzig! Und wie soll man das hier im Zwinger praktizieren, wenn man mit Hunden wie dir zusammen eingesperrt ist?«

»Nun, das ist schon eine etwas kompliziertere Form der Beherrschung.«

»Der Beherrschung wovon?«

»Von Hirnwindungen.«

»Von Hirnwindungen?«

»Richtig.«

»Du witzelst doch nur herum, statt mir eine verständliche Gebrauchsanweisung zu geben.« Ich regte mich immer mehr auf.

»Beruhige dich«, meinte er und wandte mir sein Hinterteil zu.

»Ich will mich nicht beruhigen«, dachte ich immer

intensiver und umkreiste ihn ein paar Mal. Dann baute ich mich vor ihm auf. »Ich will wissen, wie man seinen Hirnwindungen zu jeder Zeit befehlen kann, sich abzuschirmen. Schon der Gedanke daran scheint mir absurd.«

»Nichts ist absurd, wenn man begreift.« Er sah mich ruhig an.

»Was soll man daran begreifen?« Ich wurde immer hysterischer, obwohl ich mich meines Benehmens beinahe schämte.

»Man muss lediglich begreifen, dass das Hirn auch nur ein Muskel ist. Jedenfalls bei uns Vierbeinern.«

»Und dann?«

»Dann muss man lernen, ihn zu benutzen. Ihn wie seine Läufe zu bewegen.«

»Das soll funktionieren?«

Er nickte. »In deiner zweibeinigen Existenz schien dir das angeboren zu sein. Hast du das vergessen? Mit dem Denken setzt du etwas in Bewegung. Hier hingegen musst du den umgekehrten Weg gehen. Du darfst das Denken gar nicht erst zulassen.«

Ich schwieg. »Wie soll man so etwas in die Tat umsetzen?«, dachte ich nach einer Weile. »Welchen Weg müsste man einschlagen, welche Ideen erfinden, die einem solche Fähigkeiten auch nur fassbar machen?«

»Es ist nicht so schwierig, wie es scheint. Anstrengend ist nur das zeitweilige Vergessenmüssen des vergangenen Lebens und der menschlichen Überheblichkeit. Es ist, als ob man sich eine fremde Sprache aneignet. Diese Art des Lernens sollte dir doch noch geläufig sein.«

»Nicht so geläufig, wie du denkst. Manchmal weiß ich gar nicht, wovon du redest«, dachte ich.

»Eines Tages«, erwiderte er, »wirst du dank deiner heutigen Einsicht und mit meiner Hilfe dazu fähig sein. Das kulturelle Niveau des Hundes wird dich noch manches Mal überraschen und dir letzten Endes die weitere Einsicht vermitteln, dass viel Mühe und Demut nötig sein werden, um dich dieses Niveaus würdig zu erweisen.

Für den Anfang gebe ich dir erst einmal eine einfache Denkstütze mit auf den Weg. Lass deine Augen stumpf werden. Konzentriere dich nur auf den Ausdruck deiner Augen, stell ihn dir bildlich vor. Stumpf und staubig. Wie bei einem Toten. Das absorbiert all dein Denken in Sekundenschnelle, lässt es spurlos verschwinden, wenn du die entsprechende Konzentration aufbringst. Ganz besonders wirst du das in Gegenwart des Großmächtigen parat haben müssen. Ich habe ihn in Verdacht, dass er komplizierteste canesische Gedankengänge nachvollziehen kann. Infolgedessen habe ich es in seiner Gegenwart stets vermieden, den meinen freien Lauf zu lassen. Vor allem, wenn sich keine anderen Wesen in unserer Nähe befanden.«

»Und wie bringe ich diese Konzentration auf?«, fragte ich.

»Indem du dich auf den Ausdruck deiner Augen besinnst. Lass mich das nicht noch einmal wiederholen.« Er fing leise an zu knurren.

»Schon gut, schon gut. Ich werde es bald einmal probieren«, versuchte ich ihn zu beruhigen.

»Das reicht nicht!« Sein Knurren nahm nun eine drohende Färbung an. »Augenblicklich musst du es versuchen. Vor dem Einschlafen gelingt es am besten. Also verkriech dich in eine Ecke und halt den Schlaf wenigstens so lange zurück, bis du es einmal probiert hast. Übrigens wirst du bemerken, wie schön dich das entspannt und wie traumlos du schlafen kannst. Du wirst morgen deine ganze Kraft brauchen.«

Am nächsten Morgen glaubte ich, alle meine Knochen zusammensuchen zu müssen. Noch nie hatte ich mich nach einem langen Schlaf so müde und zerschlagen gefühlt. Wie hatte ich mich angestrengt, mir zumindest den Staub auf meinen Augen vorzustellen. Gar nicht zu reden von dem stumpfen Ausdruck, den Prinz mir geschildert hatte. Doch mehr als ein dümmliches Glotzen war dabei nicht herausgekommen. Ich tröstete mich damit, dass das sicher nur Anfangsschwierigkeiten waren, die wohl jeder durchzumachen hatte. Aber so recht wollte ich mir das nicht glauben und schimpfte insgeheim über meine ungeschickten und unkonzentrierten Bemühungen, achtete aber sehr darauf, dass keiner meiner Hundegenossen in der Nähe war.

»Kann man eigentlich auch lauter und leiser denken?«, überlegte ich. »Das wäre doch für den Anfang wenigstens eine Erleichterung, ein Kompromiss.«

»Das kann man ohne weiteres, aber das gehört in eine spätere Phase. Einen Schritt nach dem anderen machen, wie es sich für ein ordentliches Studium gehört.«

»Du schwarzer Teufel!«, dachte ich. »Du liegst neben mir, und ich kann dich im Dunkeln nicht einmal sehen.«

»Du musst deine Augen und weit mehr noch deine Nase schulen. Das ist lebenswichtig. Ich will dir ja keine angst machen, aber wenn du dein leidiges Zweibeinertum nicht wenigstens zeitweise vergisst, wirst du es schwerhaben.«

Prinz hatte sich ganz dicht an mich herangeschoben, und ich konnte seine Augen leuchten sehen. Sie hatten eine eisblaue Farbe. Sehr selten bei Hunden.

»Das ist ja nicht auszuhalten!« Ich fing an, wie verrückt loszubellen. »Deine Lauschangriffe bringen mich um den Verstand! Ich breche hier aus. Und wenn es mich das Leben kostet. Ich breche hier aus!«

»Und wer garantiert dir, dass du beim nächsten Mal nicht wieder eine so dümmliche, hysterische Töle wirst? Wer garantiert dir, dass du nicht in einem stinkenden Kuhdorf zur Welt kommst, von Bauern gedroschen, von Pferdehufen zerschlagen?«

Ich konnte ihn nicht sehr genau sehen, aber er schien seine Lefzen zu einem teuflischen Grinsen hochgezogen zu haben.

»Oder du kommst in der Taiga unter Wölfen zurück. Als Wölfin unter Wölfen.« Sein Grinsen wurde breiter. »Hast du schon einmal von der Taiga gehört?«

Ich bellte weiter, obwohl ich innerlich schon längst ausgebellt hatte.

»Die Taiga ist ein unendliches Land. Im Winter klirrend vor Kälte und ohne die geringste Nahrung. Man muss sie sich bei den Zweibeinern holen. Eines von ihren Schafen oder eine ihrer Kühe reißen. Und wenn das nicht gelingt, sogar einen von ihnen selbst. Du weißt, wie schwierig das ist, nicht wahr?«

Er schmatzte behaglich, während ich immer ängstlicher weiterbellte.

»Jetzt lass doch dieses blödsinnige Bellen, du saudummes Ding!«, knurrte er. »Hier hört ja doch keiner etwas. Kein Hund, kein Mensch. Du brauchst nur zu gehorchen und dich gesittet zu benehmen, dann liegt dir die ganze Umgebung zu Füßen. Und was für eine Umgebung. Schau sie dir einmal genauer an, wenn du Ausgang hast. Wälder, die so abwechslungsreich sind wie nirgendwo auf der Welt.«

Ich unterbrach mein Bellen. »Woher weißt du das?«, wollte ich wissen.

Er war verblüfft.

»Woher weißt du das?«, wiederholte ich.

Er fing an mit einem Hinterlauf seinen Bauch zu kratzen und gab keine Antwort mehr.

»Du hast die ganze Nacht und fast einen halben Tag verschlafen«, sinnierte er nach einer Weile. »Man kann dich jeden Augenblick zum Training holen, und du scheinst nervlich überhaupt nicht darauf vorbereitet zu sein. Dein Glück, dass unser Zwinger zur Zeit leer ist. Die anderen faulenzen draußen im Gelände herum und lassen sich von den Zweibeinern betrachten. Die wiederum halten Ausschau nach dem imposantesten unserer Artgenossen. Vor allem aber selektieren sie für den Großmächtigen. Er soll seinen Spaß beim Training haben. Wie es aussieht, geht der Kelch heute noch einmal an dir vorüber. Der Großmächtige erscheint immer erst gegen Mittag, weil er nachts keine Ruhe findet und genau so in den Tag hineinschläft wie du. Meistens will er einen Welpen mit seinen ersten Versuchen beim Training dabei haben. Zur Aufheiterung!«

»Aber er hat doch befohlen, dass keiner mich ohne seine Erlaubnis anfassen darf.«

»Das ist wahr.« Prinz stand auf und schüttelte sich. »Nun, dann müsste er ja bald selbst hier auftauchen. Es sei denn, er kommt heute überhaupt nicht aus dem Bett.«

»Passiert das manchmal?«, fragte ich.

»O ja.« Prinz stampfte leicht mit den Vorderläufen auf. »Wenn er seine Migräne bekommt, quellen ihm die Augen aus dem Kopf. Und wenn er sich über seinen Krieg ärgert, führt er Veitstänze auf.«

»Er tanzt?«

»Ja.«

»Das hätte ich nicht vermutet.« Ich sprang vor Überraschung an das Gitter und rannte sofort an die gegenüberliegende Wand.

»Warum nicht?«, fragte Prinz und drehte sich im Kreis.

Ich gab keine Antwort. Nach einer Weile wollte ich wissen, ob Prinz schon einmal einem solchen Tanz zugesehen hätte.

Ja, das habe er, aber ich solle mir nicht wünschen, das auch zu erleben. Es sei wie ein Abstieg zur Hölle und ein so schrecklicher Anblick, dass selbst seine engsten Freunde sich nur mühsam zurückhielten, um nicht die Flucht zu ergreifen.

»Allerdings ging es in meinem Beisein damals nicht um seinen heißgeliebten Krieg, sondern um ein sehr negatives Wahlergebnis. Später konnte ich stets vorausahnen, wenn der Furor in ihm hochstieg. Dann verdrückte ich mich immer so gut ich konnte. Entweder in die dunkelste Ecke oder durch eine offenstehende Tür. Einmal bin ich sogar aus dem Fenster gesprungen. Mein Glück war, dass es das obere Stockwerk eines niedrigen Bauernhauses hier in der Gegend war. Ich habe mir nur eine Vorderhand verstaucht und kam schnell wieder auf die Läufe.«

»Auf die Läufe?« Ich zog meine Lefzen in die Höhe so weit ich konnte, um zu zeigen, dass ich lachen wollte.

»So sagt man doch. Was gibt es denn da zu lachen?«

»Willst du mir nicht endlich etwas über deine Vergangenheit erzählen?«, fragte ich. »Ich nehme an, du kannst dich noch daran erinnern.«

»Selbstverständlich«, meinte er eifrig, »aber da gibt es nicht viel zu erzählen. Es war vor etwa dreizehn Jahren. Der Großmächtige liebte diese Gegend schon immer und verbrachte jede freie Minute hier. Die Stadt konnte er nur mühsam ertragen. Selbst seine heimliche Hauptstadt nicht.«

»Du weißt genau, welche Vergangenheit ich meine«, wiederholte ich hartnäckig.

»Ach, mein Kind«, fing er nach einer Weile wieder an. Es ist sehr schwer, ein Geheimnis zu hüten. Besonders, wenn man ein so schwatzhafter alter Kerl ist wie ich.«

Er ließ seinen Kopf bis fast auf den Boden sinken und gab ein tiefes Grunzen von sich. Dann unterbrach er seine melancholische Anwandlung, reckte sich, als wolle er die niedrige Decke erreichen und wirkte aufmunternd und begütigend auf mich ein. Ich solle doch den Menschen nicht als das A und O einer Schöpfung ansehen, die seiner unmaßgeblichen Meinung nach sowieso nicht die beste aller Schöpfungen sei. Gewiss, der Mensch hätte nun einmal seine Langfinger. Wie schlimm müsse es mir ergehen, die ich all das einmal besessen hätte.

»Woher willst du das nun wieder wissen?«, fragte ich.

»Ach, mach mir nichts vor!« Er schüttelte seinen Kopf. »Nimm den umgekehrten Fall. Nimm den Fall eines Vierbeiners, der zu einem Zweibeiner wird. Denk nur mal an unsere lange Zunge und den viel zu kurz geratenen menschlichen Stummel. Unser so herrlich langes Gebilde wäre geschrumpft und müsste sich damit abquälen, Einfälle zu formulieren, die wir bisher in Sekundenschnelle von Hirn zu Hirn transportiert haben. Das wäre so mühevoll, dass einen das blanke Entsetzen überkäme.

Zugegeben, die Langfinger sind uns mechanisch überlegen, aber wofür brauchen sie diese? Und das Sprachorgan? Welch ein Witz, wenn man von der flinken Zunge spricht. Ich könnte mir keine trägere Form vorstellen. Dieses Stummelchen, das ständig überanstrengt ins Schwitzen geriete, wenn es nicht dauernd befeuchtet würde.

Ach, meine kleine Freundin, sei glücklich, das du ein Hundeleben führen darfst, dass du nur ein verhältnismäßig kurzes Leben vor dir hast und hier vielleicht einer Karriere entgegenstrebst, die dir noch manche Sensation bescheren wird. Ich sage dir, der Großmächtige lässt sich wunderbar handhaben, wenn man ihm blindlings gehorcht.«

»Du hast mir meine Frage immer noch nicht beantwortet«, dachte ich grimmig. »Du weichst mir aus. Du weichst mir aus, wenn es um die wesentlichen Dinge geht.«

»Nichts, was du für wesentlich hältst, ist wirklich wichtig. Lerne erst einmal, die Gegenwart zu befriedigen, dann wirst du der Vergangenheit näherkommen, als dir lieb ist. Bis dahin schweige, und genieße deinen ersten schweren Tag.«

Damit drehte er mir wieder sein Hinterteil zu und schlug mir mit dem Schwanz

kurz über das Maul. Ich legte mich ganz flach auf den Boden und versuchte, etwaige herannahende schwarze Stiefelschritte zu hören, aber ich konnte mich nicht konzentrieren. Oder lag es an meinen noch nicht genügend geschulten Ohren, die erst noch die hündische Sensibilität erlernen mussten?

Plötzlich stand er vor mir. Er musste das Gitter so leise hinter sich geschlossen haben, dass nicht einmal Prinz es hatte hören können. Oder doch? Er lag in seiner gewohnten Ecke und tat, als ob er schliefe. Dann schaute ich zu der dunklen Gestalt hinauf, die vor mir stand und sich langsam zu mir niederbeugte.

Ich konnte noch wahrnehmen, dass er diesmal keine Stiefel, sondern eine akkurat gebügelte schwarze Hose trug. Er fasste mich behutsam im Genick und zog mich zu sich empor.

»Na, meine Kleine?«, sagte er mit seiner kehligen Stimme. »Du bist aber ganz schön schwer geworden. Fett angesetzt, nicht wahr? Keine Sorge. Ich verspreche dir, schon bald wirst du kein Gramm zu viel auf deinen Rippen haben.«

Damit ließ er mich los und rief in seinem rauhen Befehlston: »Marsch, hinaus mit dir! Wir werden noch viel Spaß miteinander haben. Sonst gnade dir Gott!«

Ich rannte so schnell ich konnte in die frische Luft und tat einen tiefen Atemzug. »Woran erinnert mich das nur?«, dachte ich, während ich eifrig am Zaun entlanglief, »ich tat einen tiefen Atemzug.«

Rasch legte ich mich auf den Boden, weil eine sonderbare Übelkeit in mir hochstieg.

Zu weiterem Nachdenken kam ich nicht mehr. Ich wurde leicht in den Hintern getreten und sauste in atemberaubendem Tempo durch ein offenes Gatter, den Hügel hinunter. Hinter mir hörte ich sein rauhes Brüllen, das mir unendlich wehtat. Schließlich wurde ich von einer Reihe eng aneinanderstehender schwarzer Stiefel gestoppt. Ich stemmte die Vorderpfoten ins Gras und sah nach oben.

»Nur Köpfe«, dachte ich, »nur dumme, weißhäutige Schweinsköpfe, die ohne Lefzen grinsen können.«

Der Großmächtige war inzwischen herangekommen und stellte sich breitbeinig über mir auf. »Sie ist noch nicht so weit«, sagte er. »Bisher keinerlei Dressur. Sie ist nicht stubenrein, sie hat noch keinen Namen, aber ich werde das jetzt angehen. Habt ihr schon einmal ein so durchgehend helles Fell bei einem unserer Hunde gesehen? Sie ist doch blond wie eine Germanin. Es gibt nur einen einzigen Namen für sie: Sie verdient, Blondi genannt zu werden.«

Jemand schlug vor, mich taufen zu lassen. Aber der Großmächtige wurde gleich ungehalten. »Ich verbitte mir das Wort Taufe. Wir befinden uns nicht in einem christlichen Männerverein. Wann werden diese Fantasieblasen endlich aus euren Hirnen verschwinden?«, rief er.

Nach den überschwenglichen Entschuldigungen des Unglücklichen, die der Großmächtige gelassen hinnahm, brach man mit uns auf. Nun erst konnte ich hinter der Stiefelreihe all die auserwählten Hunde erkennen, die brav auf der Erde hockten und mit leeren Augen demütig vor sich hin starrten. Ausnahmslos gut gewachsene Artgenossen, das musste ich zugeben.

Ich versuchte, zwischen ihnen Wolf zu entdecken, konnte ihn aber vorerst nicht finden. Sollte er etwa schon ausgemustert worden sein? Ehe ich noch weiter darüber nachdenken konnte, wurden wir schon vorwärts getrieben, auf eine Rasenfläche zu, die mir sofort bekannt vorkam.

Ich glaubte, mich orientieren zu müssen, konnte mich aber nur an das alte Haus erinnern, das an ein nebenstehendes großes Gebäude angeklebt schien. Dann wusste ich, wo man uns hintrieb. Ich erkannte die alten Holzbarrieren rund um die riesige Grasfläche, den ausgefransten, von Maulwurfshügeln zerstörten Rasen, auf dem die riesigen Kühe mit ihren brennenden Hinterteilen panisch herumgaloppiert waren.

Hier war ich zum ersten Mal dem Großmächtigen begegnet. Hier hatte ich ihm das Leben gerettet und war von ihm geschlagen worden.

Über das ganze Areal waren kleine und große Oxer verteilt. Lange Lederpeitschen hingen an den Querbalken der Barrieren, und ich ahnte nichts Gutes, als ich mich mit all dem konfrontiert sah.

Unvermutet hörte ich das Wort »Blondi« über den Platz

schallen. Das heisere, bösartige Organ des Großmächtigen fuhr mir in die Knochen. Ich warf mich herum und sauste auf ihn zu.

»Sie hört darauf! Der Hund hört darauf!«, schrie er. Plötzlich bremste ich, als mir klar wurde, welch unverzeihlichen Fehler ich begangen hatte. Wie hatte ich nur auf sein Rufen reagieren können? Es war doch das erste Mal, dass er mich bei meinem Namen rief!

Ich brach seitwärts aus und rannte blindlings auf eine der Barrieren zu. Sofort griff einer der schwarzen Männer in der Nähe zur Peitsche, doch der Großmächtige rief ihm zu, er habe das gefälligst zu lassen, und ich stob bis an die Barriere heran. Dort blieb ich zitternd stehen und wartete. Der Großmächtige kam heran und sprach begütigend auf mich ein. Ich war gar nicht fähig, ihm zuzuhören, so aufgeregt war ich.

Jetzt drückte er mir auch noch das Hinterteil auf den Boden, und ich vernahm zum wiederholten Male das Wort »Sitz!«.

Augenblicklich stellte ich mich wieder auf.

»Sitz!«, wiederholte er und drückte mich wieder auf die Erde.

Ich blieb sitzen.

Die anderen, allen voran der Sekretär, waren inzwischen herangekommen und fingen zögernd an zu klatschen.

»Nichts da!«, fuhr der Großmächtige auf, »hier wird nicht geklatscht. Sie ist doch keine Komödiantin!«

Damit schob er eine Fußspitze zwischen den Boden und mein Hinterteil und gab mir einen leichten Stoß. »Marsch!«, schrie er ohrenbetäubend, und ich machte vor Schreck einen riesigen Satz nach vorn. Ich hatte gar nicht bemerkt, dass ich dabei über den Querbalken der Barriere gesprungen und mit der Schnauze an die Hauswand geprallt war.

»Eine rauhe Mauer!«, schimpfte ich, aber ich hatte mir nicht besonders weh getan. Die ganze Gruppe brach in Gelächter aus. Ich presste mich beleidigt gegen die Hauswand und gab keinen Ton von mir.

»Wenn sie sich verletzt hat, lasse ich die ganze Meute hier erschießen«, sagte der Großmächtige und kam auf mich zu. Er ging in die Hocke und berührte meinen Kopf, kam so nahe, dass ich ihm von der Seite ins Gesicht schauen konnte.

»Er hat einen faulen Zahn in seinem Mund. Der riecht ganz ungehörig. Der stinkt«, dachte ich und erschrak.

Was, wenn er wirklich die Gabe hätte, Gedanken zu lesen? Hatte Prinz nicht behauptet, Menschen könnten das, wenn auch in seltenen Fällen? Jetzt fuhr er sich mit einem Finger in den Mund und fing an, nach der schmerzenden Stelle zu suchen. Dann drückte er kurz seine Hand gegen die Wange und stand auf. Erneut schob er eine Fußspitze zwischen den Boden und meinen Bauch. »Marsch!«, schrie er wieder.

Nun hatte ich mich in der Gewalt. Ich stand ruhig auf und blieb dicht an der Hauswand stehen.

»Marsch!«, wiederholte er schreiend, und ich rannte los, diesmal unter der Barriere hindurch und auf dem riesigen Areal immer im Kreis herum.

»Weiß er, dass ich ihn verstehe?«, fragte ich mich panisch, während ich mein Tempo immer mehr steigerte. »Auf alle Fälle kann er meine Gedanken auffangen. Das ist erwiesen. Ich muss unbedingt noch einmal mit Prinz darüber sprechen. Er hat mir schleunigst beizubringen, wie ich meine Gedanken abtöten kann, wenn ich jemals lebend aus dieser ekelhaften Situation herauskomme.«

»Blondi!«, tönte es erneut.

Ich blieb sofort stehen.

»Sie hört tatsächlich auf ihren Namen!«, rief der Sekretär. »Wie haben Sie das bloß fertiggebracht?«

»Zufall, reiner Zufall«, sagte der Großmächtige und sah mich bewundernd an.

»Einen zweiten Fehler darfst du dir nicht mehr erlauben«, dachte ich, »zumindest darfst du keinem Befehl mehr gehorchen, ohne ihn wenigstens zweimal gehört zu haben.«

»Fuß!«, sagte er ruhig. Ich wich nicht von der Stelle und legte meinen Kopf ein wenig zur Seite. Das hatte mich bei Hunden ehemals sehr gerührt. Es schien mir stets eine fast menschliche Geste gewesen zu sein.

Ihn rührte es nicht. »Fuß!«, wiederholte er und zeigte auf seine Stiefel.

Ich bewegte mich noch immer nicht.

»Du musst es dreimal sagen!«, dachte ich wagemutig und begann, ihn anzufeixen.

»Sie scheint wütend zu werden«, sagte der Sekretär.

»Sie reden Unsinn«, antwortete er, »Fuß!« Er zeigte präzise auf seine Fußspitzen.

Langsam näherte ich mich und blieb etwa einen halben Meter vor ihm stehen.

»Fuß!«, beharrte er ohne jeden Ausdruck im Gesicht.

Ich ging vorsichtig zu seinem linken Stiefel, bis ich die Nasenspitze fast am Schaft hatte.

»Brav!«, lobte er.

Die Gruppe war ganz still geworden. Sogar meine Artgenossen blickten gespannt auf die Szene. Der Großmächtige wartete eine ganze Weile. Die Stille schien unerträglich zu werden.

»Sitz!«

Ich knickte beinahe schon ein, hatte mich aber sofort wieder in der Gewalt.

»Sitz!«, kam es noch einmal.

Ich träumte vor mich hin.

Jetzt wurde er sehr laut. »Sitz!«

Ich saß, und sofort brach ein ohrenbetäubender Lärm los. Die Leute waren nicht zu halten. Jeder versuchte, einen Streifen Fell von mir zu erwischen, den er streicheln konnte, und ich fühlte, wie mich der Großmächtige beobachtete.

Mit seinen stechenden, blauen Augen tastete er jeden Muskel an mir ab. Würde ich in Panik verfallen? Die Flucht ergreifen?

Nichts dergleichen. Plötzlich dachte ich an die stumpfen, leeren Augen, die mir Prinz gestern beschrieben hatte. Waren sie mir doch gelungen? Oder konnte man mir immer noch ins Hirn sehen?

Auf einmal spürte ich, dass noch andere, sehr kritische Blicke, auf mir ruhten. Durch all die Stiefel hindurch sah ich in gelbe Augen. Gleichgültig, wachsam und doch fast feindselig musterten sie mich.

Wolf hatte seinen Kopf platt auf die Erde gelegt.

»Du hast einen feinen Sprung über die Barriere gemacht. Meine Anerkennung«, dachte er.

Ich sah zum Großmächtigen hoch.

»Brav!« sagte der und tätschelte meinen Rücken. Sofort wichen die anderen zurück. »Du scheinst ein kluges Mädchen zu sein, ein richtiger Ausnahmehund. Schaut euch nur das Fell an. Das ist ja nicht zu fassen. Ein kostbares, ein aufgewecktes Tier. Ich habe es ja schon immer gewusst: Hunde sind die besseren Menschen.«

Von nun an holte er mich jeden Morgen persönlich zum Training ab, entgegen seiner sonstigen Gewohnheit ungewöhnlich früh. Stur ging er in der ersten halben Stunde seine Befehle mit mir durch.

»Sitz! Marsch! Sitz! Marsch!« Am zweiten Tag lernte ich, mich auf den Boden zu legen. »Platz!«, hieß der Befehl. Ich blieb meiner eigenen Verordnung treu und tat es erst nach der dritten Wiederholung. Wir verschwendeten unendlich viel Zeit auf dieses stupide Einbläuen seiner Befehle.

Als ich mich am Abend bei Prinz beklagte, rief er mir ins Gedächtnis, dass eine halbe Stunde menschlicher Lebenszeit ja dreieinhalb Stunden für unsere Art bedeute. Daran würde ich mich gewöhnen müssen.

Alles in allem aber fing ich an, mich auf das tägliche Training zu freuen. An manchen Tagen wurde ich schon am frühen Morgen vom Großmächtigen auf die Wiese befohlen und nach den obligatorischen Wiederholungen seiner, mir schon zum Halse heraushängenden Anweisungen, zum Springen angehalten.

Viele aus unserer sprungbegabten Gruppe werden sich gefragt haben, wozu das nötig sein soll. Manche verweigerten sogar das Überspringen der immer höher gebauten Hindernisse und wurden deshalb sofort ausgemustert.

Mir aber machten die Sprünge enormen Spaß. Ich konnte die Sprunggelenke meiner Hinterläufe geradezu wachsen fühlen. Je kräftiger sie wurden, desto stolzer wurde ich auf meinen Körper. Ein bisher unbekanntes Lebensgefühl durchdrang mich, und ich hatte den Eindruck, dass nichts unerreichbar sei.

Wie sehr sollte ich mich getäuscht haben.

Eines frühen Morgens, ich raste wie gewohnt auf meine geliebte Wiese hinaus, kam mir Wolf entgegen. Er ließ sich keine Regung anmerken, sondern trabte ruhig an mir vorbei, ohne ein Zeichen des Erkennens von sich zu geben. Ich sah ihm voller Interesse zu, wie er seine Kreise immer enger um mich zog, ohne mich auch nur eines Blickes zu würdigen.

Gleichzeitig schien er seinen Zuschauern klarmachen zu wollen, dass es ihm nur darum ging, sich warmzulaufen.

Aber ich wusste, was er bezweckte. Mich einschüchtern wollte er, damit ich mich von vornherein auf keinen Wettkampf mit ihm einließ, sondern die Herrlichkeit seiner eleganten Sprünge bewunderte und mich demütig an den Rand des Feldes zurückzog.

Ungeachtet seiner impertinenten Kreisläufe trabte ich in die Mitte des Rasens und setzte mich ungerührt hin. Dann hörte ich die Stimme des Großmächtigen, die nach Wolf rief. Sofort unterbrach dieser seinen Lauf und sprang mit ein paar gekonnten Sätzen zu des Meisters Füßen.

»Brav!«, hörte ich den Großmächtigen sagen. »Aber wer hat dich denn so zugerichtet? Du hast dich ja in ein ganz räudiges Vieh verwandelt. Siehst du, so geht es jedem, der sich der Untreue an mir schuldig macht.«

Er lachte. »Ob dieser Mistköter wohl noch seine Sprünge fertigbringt, nach all den Demütigungen, die er erlitten hat?«, wandte er sich an seine Begleiter. »Ich will die höchste Barriere aufgestellt sehen, die wir zur Verfügung haben. Vielleicht schafft er es ja noch einmal. Wenn nicht …«, er beendete den Satz nicht, sondern streckte seine Hand aus. Dabei sah er Wolf unverwandt an.

Aus der Gruppe wurde ihm sofort eine Pistole in die Hand gedrückt, und zur gleichen Zeit trugen mehrere Männer ein riesiges Hindernis heran. Ich war wie vom Schlag gerührt und sah Wolf entsetzt an. Wusste er, was mit ihm geschehen würde, falls er versagte?

»Bleib du ganz ruhig«, antwortete er mir sofort. »Deine Nervenschwäche kann ich nicht auch noch tragen. Ich ahne, was Onkel Adolf vorhat. Wenn ich es nicht schaffe, kann ich immerhin noch wegrennen, und sollten sie mich dennoch erwischen, werde ich hoffentlich noch die Zeit haben, mich damit abzufinden.«

Ich wäre am liebsten zu ihm hingelaufen, um ihm zumindest mit der Zunge über die Schnauze zu fahren. Was Onkel Adolf – ich kicherte leise in mich hinein, der Name hörte sich doch zu putzig an – davon gehalten hätte, kümmerte mich wenig. Wolf jedoch hatte eine so grimmige Miene aufgesetzt, als wolle er sich jede Sentimentalität von vornherein verbitten.

Ich legte mich also still ins Gras und schaute auf die Männer, die inzwischen die Barriere herausgetragen und aufgestellt hatten.

Der Großmächtige hatte eine Pfeife aus der Tasche gezogen und gab damit ein ohrenbetäubend schrilles Geräusch von sich. Sofort sprang Wolf auf und rannte auf das Hindernis zu. Er schlug so hart mit dem Kopf gegen die Oberlatte, dass er einen Moment lang wie betäubt stehenblieb. Im gleichen Augenblick zog der Großmächtige die Waffe.

Ich schrie Wolf zu, er möge alle Viere in die Hand nehmen, aber er tat etwas, dass ich im nachhinein bewunderte. Er lief an den Anfang der Anlauffläche zurück, als wolle er zu verstehen geben, dass ihm wenigstens noch ein zweiter Versuch gestattet sei. Dort hockte er sich hin und wartete mit halb geschlossenen Augen auf den Entschluss des Großmächtigen.

Der zögerte, senkte nach einer Weile die Waffe und sagte, dass er ihm noch einen Versuch gönne, er sei ja schließlich einmal sein Lieblingshund gewesen. Wieder der Pfiff. Wolf rannte sofort an.

»Diesmal schafft er es«, dachte ich, »wenn er etwas früher abspringt und nicht ganz so steil in die Höhe, dann überwindet er diese widerliche Barriere.«

Er stieß sich ideal vom Boden ab, flog geradezu über das Hindernis hinweg und landete mit eleganter Leichtigkeit auf dem Boden.

»Wundervoll«, dachte ich, »das war der schönste Sprung, den je ein Hund getan hat.«

»Woher weißt du das?«, erwiderte Wolf ruhig, indem er langsam auf den Großmächtigen zukroch. »Da hättest du Prinz mal in seiner besten Zeit sehen sollen.«

Ich war völlig verwirrt vor Bewunderung und sah, wie der Großmächtige die Pistole zurückreichte. Er beugte sich kurz zu Wolf hinunter und tätschelte seinen kahlgeschorenen Rücken.

»Na, zumindest in der Hinsicht scheinst du ja noch halbwegs der Alte zu sein. Er soll seine Gnadenfrist haben!«, rief er der Gruppe zu und wandte sich mir zu: »Platz!«.

Er zeigte neben seinen Stiefel. Ich lief zu ihm hin und warf mich neben Wolf auf die Erde.

»Er verdient die Bezeichnung ›Großmächtiger‹ nicht«, gab ich Wolf zu verstehen. »Für mich ist er jetzt nur noch Onkel Adolf.«

Wolf schob kurz seine Lefzen hoch und bedeutete mir zu schweigen.

»Na, Blondi, was meinst du, sollen wir dich auch dort hinüberhüpfen lassen?«

Ich sah gehorsam zu Onkel Adolf hoch.

»Also, willst du es versuchen?«

Er sah zur Gruppe und setzte ein bissiges Lächeln auf. »Wenn sie es nicht schafft, nehmen wir natürlich ein kleineres Hindernis. Ich will nicht gleich meinen ganzen Hundezwinger ausrotten.«

Er beugte sich zu mir hinunter und legte mir seine Hand auf den Kopf. Sie zitterte. Sie bebte so stark, dass sich das Zittern auf meinen ganzen Körper übertrug. Ich begann, unruhig geworden, mich aufzurichten, aber er drückte mich sofort in meine vorherige Stellung zurück.

»Los«, flüsterte er, »versuch es. Du bist groß genug.«

Ich blieb verständnislos liegen.

»Marsch!«, sagte er jetzt lauter.

Ich sah Wolf an und begann zu bellen.

»Marsch!«, wiederholte Onkel Adolf streng und richtete sich hoch auf.

Ich rannte los. Selbstverständlich in die falsche Richtung. Da ging Onkel Adolf auf die Barriere zu und stellte sich hinter ihr auf. Dann befahl er einem Schwarzuniformierten, mich einzufangen und am Start zu plazieren, was ich willig mit mir geschehen ließ.

Jetzt tippte Onkel Adolf mit seiner kurzen Lederpeitsche ein paar Mal auf die oberste Querlatte. »Marsch!«

Ich sauste auf ihn zu und legte mich brav zu seinen Füßen nieder. In der Gruppe fing man an zu kichern. Onkel Adolf schaute sich böse um, und das Kichern erstarb. Dann befahl er dem Schwarzuniformierten, Wolf und mich gemeinsam an den Start zu bringen und Wolf als ersten springen zu lassen.

Onkel Adolf zog erneut die Pfeife aus der Tasche und gab den unangenehmen Ton von sich. Wolf lief sehr selbstsicher an, sprang mit graziöser Leichtigkeit über die Latte und setzte dicht neben Onkel Adolf auf. Zögernder Beifall aus der Gruppe, und Wolf lief sogleich zu mir zurück.

»Du weißt, was du zu tun hast«, gab er mir zu verstehen. »Stell dich nicht dümmer an als du bist, und lass mich nicht noch einmal da hinübersegeln müssen. Es ist anstrengender als es aussieht.«

»Ich werde mich hüten«, antwortete ich. »Der schießt doch gleich auf alles, was ihm nicht zu Willen ist.«

»Quatsch!«, gab Wolf zurück. »Es muss dir ja nicht gleich beim ersten Mal gelingen. Den guten Willen will er sehen.«

»Na schön, dann will ich es versuchen, wie es sich für eine Anfängerin gehört.«

»Blondi, marsch!«, hörte ich Onkel Adolf rufen.

Ich blieb ungerührt sitzen. Da zog er wieder seine Pfeife. Sofort sauste ich los, unter der Latte hindurch, und wäre Onkel Adolf nicht zurückgewichen, ich hätte ihn frontal erwischt.

In der Gruppe schrie man auf und rannte auf uns zu. Onkel Adolf hob abwehrend die Hand und befahl ihnen, auf ihren Plätzen zu bleiben und mich nicht noch nervöser zu machen.

Wieder legte er seine zitternde Hand auf meinen Kopf, und ich ließ es ruhig über mich ergehen. Erneut führte mich der Schwarzuniformierte an den Startplatz und brachte mich neben Wolf zum Sitzen.

Onkel Adolf tippte kurz mit seiner Peitsche an die Querlatte der Barriere und gab seinen Pfiff von sich. Dieses Mal rannten Wolf und ich zusammen los. Ich sah kurz zu ihm hinüber, erwischte gleichzeitig mit ihm den richtigen Absprung, und wir segelten fast synchron darüber, landeten fast zur selben Zeit und liefen gleich auf Onkel Adolf zu, der vorsichtshalber zur Seite getreten war.

Frenetischer Beifall brach aus, und ein dicker Mann in fantastischer Uniform bemerkte ruhig, dass diese Nummer ja fast zirkusreif gewesen wäre. Onkel Adolf jedenfalls war der Meinung, dass ein zehn Monate alter Hund so etwas vor mir noch nie fertiggebracht hätte. Er beugte sich zu mir herunter, legte zum dritten Mal seine zitternde Hand auf meinen Kopf und flüsterte mir ins Ohr, dass ich, wenn ich weiter so fleißig sei und seiner Dressur brav folgte, zum besten Tier seiner Zucht avancieren würde. Mein Gott, was würde er erst von mir denken, wenn er mitbekäme, dass ich jedes seiner Worte verstand.

Nachdem er festgestellt hatte, dass Wolf und ich augenscheinlich sehr gut harmonierten, brach er die Dressur dieses Tages ab, und wir durften, auf die vor dem Zwinger liegende Wiese geführt, den ganzen Tag dort herumtoben.

Selbstverständlich machten wir uns das Loch im Jägerzaun zunutze und strolchten bis tief in den Wald hinein herum. Niemand bemerkte uns, oder wollte uns bemerken.

Wir hatten wenig Kontakt miteinander, jagten nur vor uns hin und versuchten, unsere Aufregung loszuwerden. Völlig erschöpft und hungrig, gelang es uns ohne Schwierigkeiten, in den Zwinger zurückzufinden und gerade rechtzeitig zur Fütterung dort anzukommen.

Ich ließ Wolf ohne jeden Protest den Vortritt zum Fleischnapf, obwohl ich insgeheim ein chevalereskes Benehmen von ihm erwartet hätte. Er fraß wie ein Wilder und ließ mich erst auf Zuruf von Prinz an den Napf heran. Ich verspeiste voller Genuss und ohne jegliche Hast das herrlich schmeckende Rindfleisch. Das hatte man zur Feier des Tages so reichlich zugeteilt, dass ich gesättigt davon abließ und der übrigen Hundemeute den Rest abtrat.

Wolf hatte sich sofort in seine finstere Ecke zurückgezogen, die ihm bereitwilligst von den anderen freigehalten wurde, und plötzlich war mir klar, wie respektvoll man uns beide behandelt hatte. Sie gaben uns nicht nur jeden Platz, den wir beanspruchten, sie hatten uns auch das absolute Vorrecht während der Fütterung eingeräumt.

Prinz legte sich wieder dicht neben mich, und ich konnte die kleinen hellen Punkte über seinen Augen erkennen.

»Das muss ja heute mittag die pure Sensation gewesen sein. Der ganze Zwinger war in heller Aufregung. Ihr sollt wie die Weltmeister gesprungen sein.«

»Nun ja«, gab ich bescheiden zurück, »wir sind ziemlich in Fahrt gekommen. Für mich war Onkel Adolfs Drohung mit der Pistole der endgültige Ansporn.«

»Wie nennst du ihn?«, fragte Prinz entsetzt.

»Die Bezeichnung ›Großmächtiger‹ verdient er in meinen Augen einfach nicht. Wäre Wolf bei seinem zweiten Versuch nicht über das Hindernis gekommen, Onkel Adolf hätte ihn gnadenlos erschossen«, stellte ich fest. »Er ist ein rücksichtsloser, kaltherziger Zweibeiner. Unter einem Großmächtigen stelle ich mir einen weltläufigen, umsichtigen und gnädigen Fürsten vor.«

Nachdem ich mich noch darüber ausgelassen hatte, dass Onkel Adolfs Brutalität etwas ganz und gar Spießiges hatte, drehte ich meinen Kopf zur anderen Seite und versuchte, einzuschlafen.

Aber Prinz ließ mich nicht in Ruhe. Er begann mir klarzumachen, dass die Charaktereigenschaften des Großmächtigen überhaupt keine Rolle spielten. Eines Tages würde mein Denken auch so kräftig geworden sein, dass es bis zu ihm dringen würde. Der Übermut aber, den ich dem Großmächtigen gegenüber an den Tag zu legen begann, würde mich einmal nicht nur meine Stellung, sondern vielleicht sogar mein Leben kosten. Ich hätte doch mit angesehen, wie nahe Wolf, sein einstmals erklärter Liebling, am Verenden vorbeigesprungen sei, und solle mir das zu Herzen nehmen. Er hätte Angst um mich.

Ich hörte den jammernden und greisenhaften Vorwürfen zu und fragte mich, bevor ich endgültig einschlief, ob Onkel Adolf wirklich meine Gedanken abhören konnte, wenn er sich nur richtig konzentrierte.

»Das bereitet mir viel mehr Sorgen«, dachte ich und begann, mich über die Vorhaltungen von prinzlicher Seite zu amüsieren. Wahrscheinlich würde er gar nicht auf die Idee kommen, dass es die Gedanken eines Hundes sind. Ganz sicher wäre da von seiner Seite auch eine gehörige Portion Konzentration nötig. Und die stand ihm gewiss nur selten zur Verfügung.

Ich nahm mir vor, Prinz morgen um den Aufbau eines Schutzschildes zu bitten. So lange würde ich mich eben dazu zwingen müssen, nichts, aber auch gar nichts, in Onkel Adolfs Gegenwart zu denken.

Mit diesem festen Vorsatz beruhigte ich mich langsam und schlief endlich ein.

Tischgespräch

Kein Zweifel, Onkel Adolf hatte sich in mich verliebt. Seit meinem Doppelsprung mit Wolf holte er mich jeden Tag persönlich aus dem Zwinger ab, der jetzt nicht mehr versperrt werden durfte. Ganze Tage streunte ich in der Gegend herum. Und obwohl Prinz mich neuerlich darauf aufmerksam machte, dass es höchst gefährlich sei, den ersten Sperrkreis zu verlassen, lief ich in den hügeligen Wald hinein, auf der Suche nach Hasen oder entlaufenen Hühnern, die ich dann heimlich und mit großem Geschick in den Zwinger schmuggelte, wo ich sie als Zubrot mit meinen Artgenossen teilte. Prinz schimpfte und knurrte ganze Tiraden herunter, beteiligte sich aber am Ende mit gutem Appetit an diesen illegalen Mahlzeiten.

Meist holte mich Onkel Adolf an den späten Vormittagen ab, ließ mich sämtliche eingebläuten Befehle absolvieren, um mich dann hin und wieder einer Gästegruppe, meist hochgestellte Persönlichkeiten, zu präsentieren.

Ich hatte über eine ganze Reihe von Hindernissen zu springen, deren unterschiedliche Höhe und Breite mich oft zur Verzweiflung brachten, und zog dann zuweilen auch Wolf hinzu, mit dem ich den Doppelsprung über den höchsten, den sogenannten Pferdeoxer, vorzuzeigen hatte.

Mit der Zeit steigerten wir unsere Synchronität derart, dass die Gäste immer wieder nach unserer »Zirkusnummer« verlangten. Wolf knurrte jedes Mal, wenn er herbeigeholt wurde, sprang dann aber mit unnachahmlicher Eleganz und größter Rücksicht auf mich, so dass man uns bald das »charmante Achtbeinemonster« nannte.

Vor allem eine redegewandte, nicht ganz junge Dame klatschte mir demonstrativ Beifall zu und wandte sich stets mit überschwenglichen Komplimenten über mich an Onkel Adolf, ihn voller Emphase am Oberarm fassend, was ihn gar nicht zu entzücken schien.

Manchmal kam sie auch in Begleitung eines kleinen, dunkelhaarigen Herrn, der kurioserweise zwei verschieden geformte Schuhe trug, und deshalb zu einer gewissen unregelmäßigen Schrittweise gezwungen war. Warum er das wohl tat?

Trotzdem bewegte er sich sehr schnell und elegant, konnte sich fast wie ein Kreisel auf dem Absatz drehen und setzte seine Worte, wenn er sich einmal in Gegenwart Onkel Adolfs zu produzieren wagte, sehr überlegt, mit hohler Stimme und übertriebener Demut.

Auch er gab seine Kommentare über unsere Anstrengungen ab. Etwa in der Art, dass Hunde ja schließlich immer Hunde blieben, aber wenn man das berücksichtige, könne man doch erstaunliche Dressurergebnisse erzielen.

Wolf ließ sich nur ungern von ihm streicheln, wandte ihm demonstrativ sein Hinterteil zu, wenn er schon nicht weglaufen durfte. Mir verursachte er keine so unangenehmen Gefühle. Doch einer in der Gruppe, der auch öfter als alle anderen Gäste auftauchte, machte mir regelrecht angst.

Ein mittelgroßer, eher schmächtiger, bebrillter Herr, dessen eng zusammenstehende Augen sehr aufmerksam alles beobachteten, was ihnen wert schien, aufgenommen zu werden.

Besonders mich fixierte er öfter mit seinen blitzenden Brillengläsern, und sofort sprang eine düstere, um nicht zu sagen mörderische Stimmung auf mich über, die mir überaus bekannt vorkam und vor der ich fast ruckartig zurückwich.

Ich konnte mich nicht mehr erinnern, woher mir diese unheimlichen, aufdringlichen Empfindungen so geläufig waren. Jedes Mal, wenn ich sie zu ergründen suchte, zogen sie wie eine unendlich traurige und giftige Melodie durch mich hindurch. Immer wieder stachelten diese bebrillten Augen unbegreifliche Ängste in mir an, schienen sie wie finstere Tücher über mich zu werfen und mich tagelang wie gelähmt zurückzulassen.

Ich spulte mechanisch meine Übungen ab, übersprang alle Hindernisse mit einer Lieblosigkeit, die selbst Wolf zu vorwurfsvollem Bellen brachte und zog mich so rasch wie möglich in eine der dunkelsten Ecken unseres Zwingers zurück.

War dieser schwarz uniformierte Mann nicht anwesend, fühlte ich mich ganz in meinem Element. Keine Barriere war mir zu schwierig, obwohl sie boshafterweise immer enger hintereinander aufgestellt wurden, um die Anlaufstrecke zu verkürzen.

Lediglich das »Stöckchen apportieren« ging mir auf die Nerven. Es kam mir so dümmlich, so lästig und auch so unsportlich vor. Außerdem wurden die »Stöckchen« immer größer und schwerer. Wenn ich mir vorstellte, wie albern ich aussehen musste, wenn ich mit diesen Ästen im Maul zu meinem Herrn herantrabte, um sie ihm gehorsam zu Füßen zu legen, überkam mich sogleich wieder Schwermut.

Die Gäste aber, besonders die weiblichen, konnten sich vor Entzücken kaum lassen und bewunderten meinen überaus intelligenten, ja, menschlichen Ausdruck, mit dem ich gerade dieses Apportieren absolvierte. Danach kam ich mit echten Schamgefühlen in den Zwinger zurück, und Prinz hatte einiges zu tun, um mich wieder aufzurichten.

Sonst aber waren diese Stunden, besonders wenn ich sie mit Onkel Adolf allein verbrachte, eine wundervolle Ertüchtigung, und ich fühlte, wie mein Leib zunehmend stählerner und mächtiger wurde. Vom Körperbau her ließen sich fast keine Unterschiede mehr zu Wolf feststellen. Lediglich unsere Farben konnte man gegensätzlicher nicht erfinden.

Sein schwarzer, noch ein wenig kahler Rücken, sein brauner Brustansatz und seine allerliebsten gelben Pfoten hatten etwas sehr Anziehendes für mich. Wenn er sein Aussehen mit ein klein wenig mehr Charme bestätigt hätte, wäre mir eine liebevolle Freundschaft zwischen uns nicht ganz undenkbar gewesen. So aber, unwirsch, wie er sich stets gab, stieß er mich ab und überließ mich seinem alten Kumpan und Lehrer Prinz.

Und Onkel Adolf? Er konnte mir gar nicht genug heimliche Liebesbeweise andeuten. Mir hatten es meine Mitbewohner im Zwinger zu verdanken, dass die Käfigtür nicht wieder versperrt wurde. Unser Auslaufgelände, stets peinlich sauber gehalten, auch, nachdem wir so überreichlich gefressen hatten, wurde erheblich erweitert, und mir speziell wurden meine heimlichen Spazierläufe nun auch offiziell gestattet.

Ich konnte mich ungeniert im ersten und zweiten Sperrbezirk bewegen, ja, bis in die nahen Berge hineinlaufen, wenn ich nur pünktlich zur Dressur wieder erschien und keinen anderen Artgenossen auf die Pirsch mitnahm. Einmal jedoch, als ich Wolf unaufgefordert als meinen Begleiter duldete, wurde Onkel Adolf ziemlich ungehalten, und am nächsten Morgen war das Zwingergitter nach langer Zeit wieder verschlossen.

Das erste Mal, dass ich zu den Tischgesprächen zugelassen wurde, verdankte ich einer meiner Höchstleistungen. Onkel Adolf hatte mir beigebracht, dass der Hals des Menschen ein überaus sensibles Ding sei und sich sehr gut zu unverhofften, lebensbedrohlichen Angriffen eigne.

Ich hatte nun auch das Wort kennengelernt, das Prinz mir unter keinen Umständen verraten wollte. Natürlich gab es zwei dieser unsäglichen Worte, und Onkel Adolf brachte sie mir mit allem Nachdruck bei. »Saufetz« hieß das eine, »Judenfetz« das andere.

Er hatte seinen Spaß daran, wenn ich nach seinem Ruf »Saufetz« auf einen Nachrichtenfahrer zusprang und ihm an die Kehle fuhr. Der Mann hat sicher Todesängste ausgestanden, aber keiner meiner Zähne hatte auch nur seine Haut gestreift.

Anders verhielt es sich mit dem Wort »Judenfetz«. Onkel Adolf probierte es ziemlich am Ende meiner ersten

Dressurstufe aus. Gewissermaßen als Krönung. Zu diesem Zwecke ließ er mich auf der nur allzu bekannten Kuhwiese auf ein Kalb los, das man ins Geviert getrieben hatte. Bei allen bisherigen Übungen waren wir allein gewesen. Nun aber kam Onkel Adolf zu meinem Leidwesen in Begleitung des bebrillten Herrn, mit dem er sich angeregt und flüsternd unterhielt.

Ich trabte derweil im Gelände herum, umlief nervös das Kalb, das meinen Bewegungen langsam zu folgen versuchte und unternahm die verrücktesten Sprünge, um dem quälenden Einfluss des Bebrillten zu entkommen.

Da hörte ich ganz überraschend das Wort »Judenfetz«. Es drang leise, aber sehr eindringlich zu mir herüber. Onkel Adolf stand in einer ganz ungewohnten Haltung da. Vornübergebeugt und überaus gespannt blickte er abwechselnd auf das Kalb und mich.

Ich stand wie vom Donner gerührt. Meinte er das ernst? Aber ich hatte gelernt, diesem Befehl unabdingbar Folge zu leisten. Ich sah noch einmal zu den schwarzen Schatten, die jetzt im Gegenlicht standen, hinüber und unverhofft blitzten die verhassten Brillengläser auf, als wollten sie mir ein Zeichen geben. Ich konnte den zynisch verzogenen Mund ahnen, das fliehende Kinn, und sprang.

Ich sah diese Fratze vor mir und biss mich in der Kehle des Kälbchens fest. Voller Wut riss ich an seinem Fell, an den Sehnen, arbeitete mich zu den Schlagadern durch und ließ dem Tier nicht einmal mehr die Zeit, seinen Todesschrei auszustoßen. Es drehte sich im Kreis, so dass ich meinen riesigen schwarzen Schatten an seinem Hals hin und her schwanken sah, dann brach es in die Knie und der Blutstrom versiegte allmählich.

Erschöpft hatte ich mich zur Seite gewälzt, um nicht

von dem Kadaver erdrückt zu werden und blieb regungslos liegen. Blitzartig und völlig unhündisch kam mir die Erkenntnis: Ich hatte einen Mord begangen. Ich wollte dieses Tier weder fressen, noch ihm überhaupt etwas antun. Ich hatte auf Befehl und ohne Notwendigkeit getötet. Und ich fragte mich, wessen Gedanken mir da momentan durch das Hirn schossen. Dann schloss sich der Himmel wieder, und ich sah die beiden Gestalten auf mich zu kommen.

»Brav!«, flüsterte Onkel Adolf mir ins Ohr. »Sehr brav!«

Ich starrte nur auf die überaus blank gewienerten Stiefel des zweiten Mannes, die mir in dieser Umgebung ziemlich unpassend erschienen. Ich erhob mich, schnupperte kurz an dem toten Kalb und setzte mich in einiger Entfernung auf den Boden.

»Sie hat es geschochten«, sagte der Bebrillte mit seiner unpersönlichen Stimme. »Sie hat das Kalb nach jüdischem Ritus geschlachtet. Ein bemerkenswerter Hund.«

Wie schon erwähnt, wurde ich nach Dressur und anschließendem Spaziergang zur Mittagstafel mitgenommen, hatte unter dem Tisch Platz zu nehmen und hörte nach einer Weile, wie Onkel Adolf während der Mahlzeit zu reden begann. Am Anfang völlig unverständlich für mich. Ich lag ganz flach auf dem Boden und versuchte, trotz meiner Aufregung, diesem Wortbrei eine Struktur abzugewinnen. Aber es gelang mir erst nach längerer Zeit, seiner Rede zu folgen.

»Nachdem ich nun die Wiederaufnahme unserer Gespräche bei Tisch eingeläutet und die längere Unterbrechung plausibel begründet zu haben glaube«, sagte Onkel Adolf, »möchte ich Ihnen versichern, dass mir in Ihrem Kreis das Essen weitaus angenehmer schmeckt als in den Hauptquartieren ›Wolfsschanze‹ oder gar ›Werwolf‹. Diese ewig nörgelnden, arroganten Militärs, die mir fortwährend ihr eigenes Versagen in die Schuhe schieben wollen, hängen mir zum Hals heraus. Sie sprechen von bevorstehenden Verlusten, die sie noch gar nicht voraussehen konnten, zeigen geheucheltes Mitleid mit dem einfachen Landser, der ihnen schon immer piepegal ist und versuchen, mir mit ihrer Verlogenheit das Heft aus der Hand zu nehmen.

›So, wie sie fressen, sollen sie auch kämpfen‹, habe ich erwidert. ›Das ist das Schicksal des Soldaten. Das Sterben wird immer mit eingerechnet.‹

Ich hätte diese verlogene Offiziersbande sofort erschießen lassen sollen. Statt dessen laufen sie immer noch frei herum und füllen irgendwelche Druckposten aus. Mein einziger Fehler ist, so lange mit ihrem Hinauswurf gewartet zu haben. Nun hat mir der Russe meine schöne Ukraine, mein Weißrussland weggenommen, steht schon fast vor den Toren von Warschau. Das musste ja so kommen. Und wenn wir ihn da noch länger stehenlassen, wird sich Europa in einer Weise verändern, wie ich es für mein Teil nicht vorausberechnet habe.

Man komme mir nicht mit einer Nervenkrise des Heeres. Höchstens könnte man von der Krise einiger feiger Offiziere sprechen, die ihre Hosen gestrichen voll haben. Haben wir eine solche Nervenkrise nicht schon vor Moskau erlebt, meine Herren?«

Meine Aufmerksamkeit wurde zunehmend abgelenkt durch das, was sich hier unten abspielte. Ich sah, wie sich Beine übereinander legten, wie andere sich so unter die Sitzfläche zurückzogen, dass ich nur noch die angespannten Oberschenkel wahrnehmen konnte. Wieder andere tippten lautlos nach irgendwelchen imaginären

Rhythmen auf den Boden oder verschlangen sich, wie mir schien, zu unauflösbaren Knoten, um sich dann, überraschend und wie ertappt, ebenfalls zu überkreuzen.

Lediglich zwei Paar Stiefel standen völlig bewegungslos und diszipliniert nebeneinander unter dem Tisch, die Unterschenkel im rechten Winkel zum Oberschenkel. Ein schwarzes und ein braunes Paar. Die übermäßig blank gewichsten erkannte ich sofort wieder. Aber wem gehörten die braunen, die sich weich und schmiegsam wie Strümpfe um zwei flaschenartig geformte Waden legten? Woher kannte ich sie? Sollten das etwa die Stampfer sein, die Prinz vor so langer Zeit seine Karriere gekostet hatten?

Nein, das war auf keinen Fall anzunehmen. Doch dann überlegte ich, dass es durchaus möglich sein könne, da ja das Lebensjahr eines Menschen, erheblich länger zählte.

Während nun das schwarze Paar Stiefel korrekt nebeneinander stand, machten die braunen einen eher schlaffen, hängenden Eindruck auf mich.

»Wenn sie keinen Boden unter den Sohlen hätten, könnte ich sie baumeln sehen«, dachte ich, und war sogleich versucht, sie in Bewegung zu setzen. Außerdem rochen sie angenehm und wirkten sehr sympathisch auf mich.

Langsam kroch ich auf diese samtbraunen Gebilde zu, streckte die Nase vor und bekam einen mächtigen Tritt in die Schnauze. Ich jaulte auf und zog mich auf meinen ursprünglichen Platz zurück.

»Blondi!«, hörte ich die drohende Stimme Onkel Adolfs.

Ich schniefte nur noch ein bisschen und versuchte, mich völlig ruhig zu verhalten, aber plötzlich sah ich Onkel Adolfs Kopf neben mir auftauchen. Ich legte vorsichtig die Zunge auf meine Nase und begann, sie zu kühlen.

Sofort war sein Kopf wieder verschwunden.

»Wer hat meinen Hund getreten?«, rief er laut.

Keine Antwort. Es war totenstill. Alle Füße verharrten in der jeweiligen Stellung. Nur die Oberschenkel der braunen Stiefel zitterten leise.

»Wer hat Blondi unter dem Tisch getreten?«, brüllte Onkel Adolf jetzt voller Wut.

Ja, da war er wieder, der Großmächtige. Ich gab vorsichtshalber noch einen klagenden Piepston von mir, und Onkel Adolf schlug auf den Tisch, dass das Geschirr klirrte.

»Ruhe, Blondi! Also, meine Herren Parteigenossen, es wird doch wohl keiner zu feige sein, um sich zu seiner Tat zu bekennen. Heraus damit. Ich werde ihn schon leben lassen.«

Langsam machte sich zögerndes Gelächter breit.

»Nein, meine Herren. Ich spaße nicht. Ich brauche ein Geständnis.«

»Es könnte sein, dass es mir passiert ist.« Die farblose Stimme versetzte mich sofort in Panik.

»Nein, dachte ich. Das war nicht er. Seine Stiefel standen absolut reglos. Ich hatte sie ständig im Blick, während ich auf die braunen zukroch. Es können nur die braunen gewesen sein. Diese Stiefel, die so angenehm aussehen, haben enorm harte Spitzen, als ob man mit einer Stahlkante auf die Nase geschlagen wird.«

Onkel Adolf schien einen langen Augenblick nachzudenken. Dann wehrte er ab.

»Nein, Reichsführer. Es ist äußerst nobel von Ihnen, die Schuld auf sich nehmen zu wollen, aber damit wäre mir nicht gedient.«

»Hoffmann, Sie Trunkenbold«, rief er spöttisch, »machen Sie sich ehrlich und tragen es wie ein Mann, dass ich Sie ohne Widerspruch von der Tafel weise.«

Die braunen Stiefel schienen wahre Veitstänze aufzuführen. Ich sah, wie sie den Stuhl zurückschoben und nach Halt auf dem Boden tasteten. Ihre Hacken schlugen zusammen und mit einem leise gemurmelten »Mein Führer!« entfernten sie sich unsicheren Schrittes.

Onkel Adolfs Hand fuhr unter den Tisch und tätschelte kurz meinen Kopf. Dann setzte er seinen Vortrag fort.

Erste Lichter der Vergangenheit

In den Zwinger zurückgekehrt, beklagte ich mich bei Prinz über meine Anfangsschwierigkeiten, einem Zweibeinergespräch zu folgen, als er mich über die Inhalte der Tischreden aushorchen wollte.

»Zu Beginn hörte es sich wie ein breiiges Gemurmel an, dem ich keinerlei Sinn abgewinnen konnte. Ab und zu von Brüllauten und unappetitlichem Gekreisch unterbrochen, klang es wie barbarisches Urgestammel. Abstoßend und beängstigend zugleich. Dann allmählich konnte ich Wörter voneinander unterscheiden, später auch ganze Sätze. Und noch einige Zeit später begriff ich auch Inhalte. Unzusammenhängendes Gedankengut erst, aber doch fortschreitend verständlicher werdend. Warum war ich nicht imstande, dem von Anfang an mit der gebührenden Selbstverständlichkeit zu folgen, wie ich es gegen Ende vermochte? Es entgeht einem so manches.«

Prinz erklärte mir, dass die geistige Entwicklung eines Vierbeiners nach spätestens zwei Jahren ihren Gipfelpunkt erreicht hat. Danach würde er in die mentale Finsternis zurückgestoßen und nur wenigen Artgenossen gelänge es, sich einmal erworbene Fähigkeiten in etwa zu erhalten. Bei den Zweibeinern liefe diese Antiklimax sehr viel ruhiger und allmählicher ab.

Man müsse sich damit abfinden oder sich mit aller Kraft dem viel zu frühen Verfall widersetzen. Beispielsweise, in dem man sich verzweifelt und zu jeder Tageszeit an Rudimente von Fähigkeiten klammere, an die man sich aus vergangenen Existenzen noch erinnern könne.

Ich fragte ihn, ob sich auch ihm dieses Problem stelle, oder ihm wenigstens bekannt sei.

Er sah mich überrascht an. »Keineswegs«, meinte er. »Ich bin nur einigen unserer Art begegnet, bei denen man auf derartige Fähigkeiten schließen kann.«

»Und das soll ich dir glauben?«, fragte ich.

»Das kannst du halten, wie du willst«, antwortete er abweisend. »Nach deinen Alpträumen zu urteilen, hast du eine ziemlich schlimme Vergangenheit hinter dir, die dir auch jetzt noch zu schaffen macht und in die ich nicht hineingezogen werden möchte. Respektiere das bitte.«

»Aber ich kenne diese Vergangenheit doch gar nicht, in die ich dich angeblich hineinziehen will. Wenn ich sie einmal kannte, dann versichere ich dir, dass ich täglich, ja fast stündlich, an Erinnerungsvermögen einbüße und mich ständig mit diesen unzusammenhängenden Bilderfetzen herumplagen muss. Mir scheint sogar, dass dir meine Vergangenheit geläufiger ist als mir.«

»Welch ein Unsinn!« Er zog seine grauen Lefzen zu einem fatalen Grinsen hoch. »Ich habe nur deinen ungeordneten Alptraumausscheidungen beiwohnen müssen, und ich versichere dir, das war kein Spaß.«

»Erzähl es mir«, drang ich in ihn, »erzähl mir von diesen Ausscheidungen. Das ist es doch, was ich von dir hören will.«

»Verschone mich damit«, er wandte mir sein Hinterteil zu. »So viel abscheuliche Unglaubwürdigkeiten kann selbst das raffinierteste Humangehirn nicht ausbrüten. Entweder habe ich es mit einer gezielten Raffinesse deinerseits oder mit krankhaften Fantasiegebilden zu tun, die man dir vorspiegelte.«

Er warf sich herum und starrte mir unhöflich ins Gesicht. »Ich bin noch dabei, es herauszufinden.«

»Aber um Himmels Willen, merkst du denn nicht, auf welche Folter du mich spannst?«

Ich war so aufgeregt, dass ich unwillkürlich meine Zunge zu Hilfe nahm und prompt in sie hineinbiss. Ich jaulte wie besessen und warf mich wütend gegen die Wand, da der Schmerz nicht nachließ.

Sofort trabte Prinz mir hinterher und kauerte sich neben mich auf den Boden.

Aber bevor er noch den kleinsten beruhigenden Gedanken loswerden konnte, knurrte ich ihn giftig an. Ich knurrte so zornig, so wutentbrannt, dass er zurücksprang und sich wie ein geprügelter Hund ins Halbdunkel zurückzog.

»Mit welchem Recht konnte ich ihn einen ›geprügelten Hund‹ nennen?«, dachte ich verzweifelt. »Und woher diese plötzliche Lust, ihm an die Kehle zu gehen?«

Ich versuchte, mich zu beruhigen indem ich meinen Kopf mit aller Macht auf den Boden drückte. Vergebens. Ich sah statt dessen die Kehle des allerliebsten Kälbchens vor mir, das ich in blindem Gehorsam zerfleischt hatte.

Leise begann ich zu weinen. Ich jaulte nicht mehr, ich weinte. Ich weinte so gotterbärmlich, so voller Scham und Wut gegen mich selbst, dass ich mich sofort dem armen Kälbchen hätte nachschicken mögen.

»Aber welcher Quadrupede brächte das schon fertig?«,

dachte ich und schreckte hoch. »Ja, könnte überhaupt solche Gedanken entwickeln?«

»Nur Zweibeiner sind dazu fähig«, hörte ich Prinz hinter mir.

So diskret, so taktvoll, als dächte er vor sich hin. Ganz mit sich selbst und seiner Innenwelt beschäftigt.

»Vielleicht sollte man diese Zweibeiner in ihrer Vernichtungswut sogar bestärken«, dachte er, »sie immer von neuem ermutigen, bis sie ihren Selbsthass endgültig befriedigt haben und uns mit ihren absurden Befehlen ein für alle Mal verschonen.«

Ich lauschte atemlos.

»Und was wäre die Konsequenz?«, fragte ich.

»Die kannst du dir doch jetzt schon denken, oder nicht?«

Ich hatte mich langsam zu ihm hingewendet und sah ihm in die Augen. Sie waren ganz durchsichtig, ganz tief geworden. Voller Angst kroch ich zurück, versuchte, mich von diesen Augen loszureißen. Umsonst. Sie schienen immer näherzukommen, ohne dass Prinz sich bewegte, verfolgten mich auch, nachdem ich in die dunkelste Ecke gekrochen war und meine Augen ganz fest zukniff.

»Das funktioniert nicht mehr, Blondi«, hörte ich Prinz von neuem denken, »dem bist du von nun an ausgeliefert. Deine unbezähmbare Neugier hat dich zurückgestoßen in eine Welt, die dir nie angenehm war. Du wirst das schon noch herausfinden. Lass mich nur noch eines wissen: Wer ist der Mann mit diesem überlangen Namen? Erinnerst du dich noch an diesen Namen? Im Schlaf hast du ihn immer wieder erwähnt. Sehr klangvoll, sehr fremdartig, sehr vornehm. Er spukt ständig in meinem Hirn herum, wie eine Melodie, an die man sich so gern erinnern möchte.«

»Seine Augen«, dachte ich, »seine Augen locken mich

irgendwohin. Ihnen folgen wäre der reine Selbstmord. Abu Imran Musa ibn Maimun ibn Abdallah«, hörte ich mich wie mit einer tiefen Bassstimme denken.

»Richtig«, bestätigte Prinz, »sehr korrekt, ja, fast akzentfrei gedacht. Siehst du, Blondi, jetzt wird es schon heller um dich herum. Arbeite dich immer tiefer hinein, und du wirst einiges hervorholen, dass deiner angeborenen Wehmut einen Sinn geben könnte.«

Wieder fing ich an zu weinen. So stumm, so herzzerreißend, dass ich Wolf gar nicht wahrnahm, der sich nun auf seine gerade, männliche Weise einmischte.

»Gib jetzt endliche Ruhe, du sabbernder Graupelz!«, fuhr er Prinz an. »Lass dein humanesisches Getue, sonst werde ich dir auf gut canesisch beibringen, wie man sich einer Dame gegenüber zu benehmen hat.«

Das klang ziemlich grob, schien mir aber nicht ganz ernst gemeint zu sein.

»Achte nicht mehr auf ihn«, wandte sich Wolf an mich, »er ist ein alter Bluffer und treibt die seltsamsten Spielchen mit unsereinem. Im Grunde ist er ein guter, schlitzohriger Angeber, der niemandem weh tun kann.«

Wolf war jetzt nah an mich herangerückt und tat mir so unsagbar wohl, dass ich mich ganz dicht an ihn kuschelte. Am liebsten wäre ich in ihn hineingekrochen, aber da streifte mein Blick wieder diese unermüdlich leuchtenden Augen, und ich fing von neuem an zu zittern.

»Nur nicht mehr denken«, versuchte ich mich zu beruhigen. »Kein Problem kann absolut unüberwindlich sein. Ich werde mich schon irgendwie zurechtfinden.«

»Gute Gedanken bewirken gutes Einschlafen«, stimmte Wolf mir zu und leckte mir tröstlich über die Augen.

Zweites Tischgespräch

Diesmal holte mich Onkel Adolf ziemlich früh am Morgen ab. Mit ungewöhnlicher Aufmerksamkeit verfolgte er meine Übungen und monierte jede Kleinigkeit. Wenn er mit seiner Lederpeitsche bösartig in die Luft schlug, hatte ich mich platt auf den Boden zu werfen und mich absolut still zu verhalten, bis er leise durch die Lippen pfiff und die atemlose Stille wieder aufhob.

Konnte ich auch nur ein fast unmerkliches Zucken in den Läufen nicht verhindern, setzte er sofort wieder seine Peitsche in Bewegung und ließ mich zur Strafe endlos im Stillstand verharren, bis ich gelernt hatte, auch den kleinsten Muskel unter Kontrolle zu halten. Und obwohl mich die Reglosigkeit fast ohnmächtig werden ließ, hielt ich diese Torturen im Laufe der Zeit immer länger durch, ja, provozierte ihn zu erneutem Peitschenpfiff, indem ich ein leises Zittern über mein Rückenfell gehen ließ, oder, falls Onkel Adolf das nicht wahrgenommen hatte, mit dem Hinterlauf hochfuhr.

Als Folge dieses Nerventrainings steigerte ich die Zeit meiner Reglosigkeit, und Onkel Adolf, dem diese Übung die wichtigste und liebste zu sein schien, berichtete überaus stolz und beredt von meinen Talenten. Zuweilen riss ihn die Bewunderung so sehr hin, dass er, ganz gegen seine sonstige Gewohnheit, schon während des Essens seinem Enthusiasmus freien Lauf ließ.

»Was glauben Sie«, fing er meist seine Reden an, »hat dieses ungewöhnliche Tier heute wieder fertiggebracht? Obwohl ich ihr nur ihr gewohntes Zeichen zum Stillhalten gegeben hatte, suchte sie sich mit rasanter Geschwindigkeit einen Platz hinter einem Erdhügel, pflanzte sich dort wie ein mit Fell bezogenes Brett hin, bis ich ihr das Entwarnungszeichen gegeben hatte. Ein guter Landser bei Feindeinwirkung hätte sich nicht geschickter verhalten können. Wenn ich ihr noch den Befehl ›Deckung‹ beigebracht habe, wird sie wohl einen Grad der Vollkommenheit erreicht haben, der selbst bei deutschen Elitemenschen einzigartig ist. Vielleicht wird sie einmal beispielhaft für alle Hundezüchter im Reich werden.«

Dabei fuhr er mir mit seinen überaus gelenkigen Zehen über das Fell, nachdem er sich vorher geradezu artistisch gleichzeitig Schuhe und Socken von den Füßen gezogen hatte. Triumphierend blickte ich mich zwischen all den anderen Stiefeln um und sah, wie sie sich krampfhaft langsam ineinander wanden, als wollten sie ein drangvolles Urinieren verhindern. Oder sie stellten sich allzu korrekt und, wie ich fand, heuchlerisch nahe aneinander, um dadurch auf ihre mustergültige Disziplin aufmerksam zu machen.

Langsam begann ich, die einzelnen Paare zu unterscheiden, und fing an, ihnen die verschiedenen Oberleiber zuzuordnen. Das war meine Hauptbeschäftigung während der überlangen Monologe Onkel Adolfs. Und äußerst kurzweilig. Jede Nuance eines Widerspruchs, den sie über Tisch nicht auszusprechen wagten, kam unter dem Tisch für mich zum Vorschein.

Später lernte ich auch, ihre Gedanken aufzufangen, und nach einiger Zeit hatte ich Mühe, den Reden Onkel Adolfs zu folgen, denn der Lärm all ihrer Widersprüche und Zustimmungen steigerte sich zu einer Kakophonie, die schließlich damit endete, dass man, beifallsüchtig die Hände gegeneinander schlagend, auseinanderging.

Diese Tischgespräche konnten sich über Stunden hinziehen, aber sie wurden allmählich zu den interessantesten meines langen Hundetages.

Da war das unruhige Stampfen der Leute, die scheinbar ihre Zeit verschwendet sahen. Ihre grün-grauen Schenkel konnte ich sehr bald den aktiven und verantwortlichen Militärs zuordnen. Da waren die schwarzbehosten Stiefel, die sich meist still und unauffällig verhielten und zwischen ihnen dieses auffallend glänzend gewichste Paar, das mir jedes Mal von neuem großes Unbehagen einflößte und von dem ich meinen Blick so schnell wie möglich losriss.

Oft plazierten sie sich dicht neben Onkel Adolfs Schuhen mit den leicht überhängenden Socken, denen ein nicht unangenehmer Modergeruch entstieg, und ich fragte mich, was diese beiden Paare wohl miteinander gemein hatten.

Am meisten aber amüsierten mich die dicken braunen Lederstrümpfe. Sie bewegten sich eigenartig und spaßig, waren fast ballettös zu nennen, man durfte ihnen nur nicht zu nahekommen. Besonders grotesk verhielten sie sich kurz nach dem Essen, wenn es, wie so oft, viel Vegetarisches zu verdauen gab. Sie tanzten wie Fledermäuse umeinander und warteten sehnsüchtig darauf, dass Onkel Adolfs Reden durch lauten Beifall unterbrochen wurden. Dann vernahm ich ein leises und langgezogenes Furzen, das dem ledrigen Tanzpaar sofort einige Ruhe und Entspannung brachte.

Der Geruch, obwohl ziemlich intensiv, wurde oben scheinbar ignoriert. Lediglich Onkel Adolfs überaus gelenkige Zehen fuhren nervös durch mein Fell und rissen an meinen Rückenhaaren. Doch das war leicht zu verkraften, angesichts des großen Vergnügens, das ich bei all dem empfand.

Hin und wieder konnte ich es mir nicht versagen, einen Blick auf das überaus glänzende Paar zu riskieren, aber es blieb gefasst und unbeeindruckt.

Langsam setzte sich Onkel Adolfs Rede wieder bei mir durch.

»Spätestens 1953 muss ich den Krieg beendet haben. Dann ist meine Zeit nahezu um, denn den Rest meines Lebens will ich damit verbringen, meine Lieblingsstadt Linz umzugestalten, sie zur Reichshauptstadt und damit zur Hauptstadt der Welt zu machen. Die jetzige Hauptstadt war nie die meine. Sie kann ruhig im Bombenhagel zugrunde gehen. Das unauslöschliche, unsterbliche Denkmal setze ich mir und der Bewegung in meiner Stadt Linz. In ihr werde ich die neue Reichshalle mit einer alles überragenden Kuppel bauen lassen. Ich selbst werde sie entwerfen. Natürlich werden Sie mir dabei zur Hand gehen, Lieber.« Er trat einem neben ihm befindlichen Bein leicht auf den Fuß. »Wir werden gemeinsam diesen ungeheuren und einmaligen Bau als Siegeszeichen eines weltumfassenden, gewonnenen Krieges errichten, vor dem sich unsere Feinde noch in den nächsten Jahrhunderten demütig verbeugen werden. Denken Sie an dieses Ziel, meine Herren Parteigenossen, und lassen Sie sich gesagt sein, dass ich jedem, egal, wer es sei, in den Hintern treten, ihn notfalls eigenhändig erschießen werde, der sich mir gewollt oder ungewollt in den Weg stellt.«

Die graugrün behosten Beine schienen in einige Unruhe zu kommen, denn ihre bis dahin scheinbare Gelassenheit ging in ein leichtes Scharren über.

»Das verspreche ich Ihnen mit einem heiligen Schwur. Keiner meiner Feinde im Inneren des Reiches, keiner dieser erbärmlichen Feiglinge wird den Krieg überleben. Zumindest solange ich am Leben bin. Nehmen Sie sich das zu Herzen, meine Herren Generäle. Und das möglichst, bevor Sie von neuem in Ihr ewiges Gejammer wegen der großen Verluste fallen.

Was ist denn ein Soldat anderes als der Einsatz in einem riskanten und gefährlichen Spiel? Sie hätten doch wissen sollen, dass mit mir keine harmlosen Manöverchen zu machen sind. Ich habe es von Anfang an ernstgemeint. Ihr Versäumnis, mich eingehend studiert zu haben, dürfen Sie weder mir noch der Bewegung anlasten.

Also reißen Sie sich zusammen, und halten Sie die Front mit eisernem Willen, bis wir eine gebührende Antwort auf die Blutsauferei unserer Feinde gefunden haben.«

Plötzlich hörte ich ganz deutlich die stumme Frage, wie man wohl dem blutsaufenden Feind Einhalt gebieten könne. Sie schien aus den Reihen der Militärs zu kommen, denn eines der Stiefelpaare presste sich so eng aneinander, dass man das Leder seufzen hörte.

»Eine gute Frage«, dachte ich, »womit will man tatsächlich dem Blutsaufen der Zweibeiner Einhalt gebieten? Denn wenn sie erst einmal in Schwung sind …!«

Ich schreckte hoch. Während ich noch an dieser Frage herumkaute, war eine ganz besondere, um nicht zu sagen, bedrohliche Stille eingetreten.

Dann holte Onkel Adolf aus.

»Was berechtigt Sie zu dieser Frage, Herr Generalfeldmarschall?«, sagte er mit leise zitternder Stimme. Das Stiefelpaar presste sich womöglich noch enger zusammen, nahm aber keine devote Haltung an.

»Ich habe nichts gesagt, mein Führer«, vernahm ich eine ziemlich helle, leicht quäkende Stimme.

»Aber gedacht, gedacht haben Sie!«, schrie Onkel Adolf völlig außer sich. »Sie glauben, wir haben nichts mehr in der Hinterhand.«

»Hinterhand? Haben denn Zweibeiner Hinterhände?«, fragte ich mich.

»Ich verbitte mir Ihren Spott!«, hörte ich Onkel Adolf weiter brüllen. »Das garantiere ich Ihnen: Wenn wir erst einmal unsere letzten Trümpfe zum Einsatz bringen, werden selbst solche hartgesottenen Militärs wie Sie die Fassung verlieren. Oder glauben Sie etwa, ich würde davor zurückschrecken, die neue Wunderwaffe einzusetzen, nur, weil ich internationale Verwüstungen ungeahnten Ausmaßes fürchten müsste?«

»Wenn Sie von der A9, der sogenannten Interglobalrakete sprechen, so möchte ich Sie doch respektvoll davon in Kenntnis setzen, dass weder sie noch die Uraniumbombe in der nächsten Zeit einsatzfähig sein werden. Wir konnten bisher noch nicht einmal Prototypen dieser Waffen fertigstellen. Deshalb rate ich ...«

»Sie haben mir nichts zu raten«, unterbrach ihn Onkel Adolf laut. »Sie sind ja gar nicht fähig, meinen Gedankengängen zu folgen.«

Er griff nach seinen Schuhen und versuchte mit zunehmender Nervosität gleichzeitig in sie und die Socken zu fahren.

»Also ich würde mir den Rat anhören«, dachte ich und lauschte auf die nun eintretende Stille, während Onkel Adolf immer noch nach seinen in den Schuhen verschwundenen Socken herumsuchte. Dann sagte er, diesmal mit dem Kopf unter dem Tisch, während er mich ansah: »Nun reden Sie schon. Welchen Rat meinen Sie, mir unbedingt geben zu müssen?«

Das Gescharre unter Tisch wurde immer heftiger, und Onkel Adolf, überrascht und erstaunt, schien seine Freude daran zu haben. Mit Ausnahme des überaus glänzenden kam nun kein Paar mehr zur Ruhe.

»Wie lange muss ich Sie noch dazu auffordern?«, schrie Onkel Adolf und fuhr mir mit seiner zitternden Hand in die Lefzen.

»Nun ja«, ließ sich die quäkende Stimme vernehmen, »bis es denn so weit sein könnte, ich meine, bis zu einer endgültigen Einsatzbereitschaft dieser Vernichtungswaffen, sollten wir weise genug sein und uns zu einer weiteren Frontverkürzung entschließen.«

»Wie weit wollen Sie denn die Front noch verkürzen?«, unterbrach ihn wütend Onkel Adolf. »Bis der Russe an der Oder steht?«

»Nein, mein Führer, bis wir eine Front haben, die wir auch mit Aussicht auf Erfolg verteidigen können.«

»Wo glauben Sie denn, diese Front aufbauen zu können? Reden Sie doch nicht um den heißen Brei herum, sondern schlagen Sie einen endgültigen Standort vor.«

Onkel Adolf hatte jetzt seine Socken über die Füße gezogen, und sein Gesicht verschwand wieder.

»Das weiß ich selbst noch nicht. Man müsste das Vordringen der Feinde noch vor unseren Landesgrenzen zum Stehen bringen, um weiteren Schaden von der Heimat abzuwenden. Vielleicht könnte man eine Linie von der polnischen Ostsee bis zu unseren Verbündeten in Ungarn etablieren.«

Onkel Adolfs Stimme wurde immer höhnischer. »Sie wollen eine Front von der Ostsee über Polen und die feindselige Tschechei hinweg bis zur ungarischen Grenze etablieren? Wobei Sie die unwegsamen Karpaten und Beskiden, in denen es von Partisanen nur so wimmelt, noch gar nicht erwähnt haben. Das nennen Sie eine erfolgversprechende Frontbegradigung? Statt einer Gegenoffensive, die uns wieder in die Reihe bringt, die uns vielleicht sogar eine echte Frontverkürzung verschafft, schlagen Sie einen

Rückzug auf unwegsames Gelände vor, in dem wir uns gleich zweier Feinde zu erwehren hätten. Noch dazu säße einer davon in unserem Rücken!«

»Den haben wir so oder so, mein Führer«, unterbrach ihn die nun auch erregter werdende Stimme über Tische.

»Sie haben mich zu früh unterbrochen«, schrie Onkel Adolf mit äußerster Wut, »Sie, der Sie stets die preußische Disziplin im Munde führen, schneiden Ihrem obersten Heerführer das Wort ab? Wollen Sie mich zu einem Idioten abstempeln, der nicht mehr weiß, was er tut?«

Die plötzliche Reglosigkeit unter Tisch ließ mich ahnen, was sich da oben abspielte.

»Antworten Sie!«

Mit einem Mal rührten sich zum allerersten Mal die überaus Glänzenden. Es war wie eine Sensation für mich. Sie bewegten sich nur ganz leicht, indem sie fast unmerklich die Hacken anhoben. Ich starrte fasziniert zu ihnen hin.

Was mochte sie so aus der Fassung gebracht haben?

»Nein«, hörte ich die nun zögerlich gewordene quäkende Stimme. »Nein, ich halte Sie keineswegs für etwas Derartiges, mein Führer. Ich versuche nur, eine möglichst vorteilhafte Lösung für unsere prekäre Situation im Osten zu finden, um sie Ihnen, mein Führer, vorschlagen zu können.«

»Das nennen Sie einen vorteilhaften Vorschlag? Das kommt ja der Akzeptanz einer Niederlage gleich. Ich will in Ihrem Fall das Wort ›Verrat‹ nicht in den Mund nehmen. Sie haben sich bisher als ein Soldat von solidem Können gezeigt, von vorbildlicher Disziplin und von Gehorsam, dem nur eines fehlte: der Mut zum genialen Wagnis.

Dafür konnten Sie nichts, und ich habe mich, in Ermangelung eines talentierteren Soldaten für diesen Posten, in Ihrem Fall damit abfinden müssen. Auch wenn die Presse der Feinde Sie als den herausragenden Heerführer in der deutschen Generalität bezeichnet.«

»Dafür können Sie mich nicht verantwortlich machen, mein Führer.«

»Sie unterbrechen mich ja schon wieder«, schrie Onkel Adolf. »Was Sie mir heute, in diesem Augenblick vorzuschlagen gewagt haben, grenzt, um es einmal milde auszudrücken, an Defätismus, und das werde ich mir von Ihnen nicht bieten lassen. Es ist daher mein unabänderlicher Entschluss, Sie sofort und mit allen Konsequenzen, Ihres Postens zu entheben und in den Ruhestand zu entlassen. Beglückwünschen Sie sich, dass ich Ihnen keine härteren Maßregeln androhe, und verlassen Sie unverzüglich den Raum.«

Die darauf folgende Stille war selbst für Hundeohren erschreckend. Dann wurde ein Stuhl an der gegenüberliegenden Tischseite zurückgeschoben, und das Paar Stiefel schlug die Hacken zusammen. Ich blickte auf die überaus Glänzenden und erschrak, über die plötzliche Beweglichkeit ihrer Stiefelspitzen.

Sie schienen mit ihrem rhythmischen Klopfen einer Melodie zu folgen, die mir bekannt vorkam.

Während sich der ungehorsame Besitzer des Stiefelpaares entfernte, war es Onkel Adolf endlich gelungen, in seine Schuhe zu schlüpfen.

»Es tut mir leid, meine Herren, dass ich einen verdienten Soldaten der Wehrmacht in dieser Weise abkanzeln musste, aber Sie werden mir zugeben, dass ich mir Provokationen solcher Art nicht gefallen lassen kann«, sagte er abschließend und stand auf.

»Ich möchte es einmal so formulieren, mein Führer«, hörte ich da die glanzlose, unpersönliche Stimme über mir, »Ihre Sanftmut und Ihre Hochachtung vor den Verdiensten dieses Mannes in allen Ehren, aber diese Entlassung ist in meinen Augen schon geraume Zeit überfällig. Der Mann hat Sie mehr als genug in allen Ihren unkonventionellen Planungen behindert. Zum Schaden unseres Volkes und unserer militärischen Unternehmungen.«

»Danke, Heinrich, zu Ihren Verdiensten gehört es, mich stets richtig beraten zu haben. Ich gebe Ihnen den Auftrag, mir einen neuen Generalfeldmarschall zu besorgen. Einen, der meinen Intuitionen einigermaßen folgen kann. Auch Sie, meine Herren, nehme ich in die Pflicht. Vielleicht schlagen Sie dem Reichsführer ein paar Ihrer Kameraden vor, die Sie für geeignet halten. Und jetzt, ab in die Wolfsschanze. Um vier Uhr früh ist Aufbruch.«

Mit einem herrischen »Blondi, Marsch!« und einem leichten Tritt in meine Weichen setzte er sich in Bewegung.

Ich lief vor ihm her, während hinter mir etwa ein Dutzend Hacken zusammenschlugen. Die Tür wurde aufgerissen, und wie gewohnt lief ich den langen Flur hinunter, sprang die Stufen hinab und setzte mich am Treppenabsatz auf den Boden.

»Brav, mein Hunderl, brav«, sagte er, als er bei mir angekommen war. »Beim nächsten Mal nehmen wir dich mit.«

Dann wandte er sich an die schwarze Wache. »Passt mir gut auf sie auf. Und lasst sie ihre üblichen Ausläufe machen. Je mehr, desto besser. Aber keine Übungen. Auch keine, die sie beherrscht.«

Damit öffnete er die Tür zu seinem Salon und schlug sie hinter sich zu.

»Er hat mich einfach sitzenlassen. Ich, die ich sonst überall mit hineindarf, bin ausgesperrt.«

Ich versuchte, den Kopf auf meine Vorderpfoten zu legen, um nachdenken zu können, aber in dem Augenblick sah ich die überaus Glänzenden direkt vor mich hintreten. Langsam schaute ich nach oben und in die undurchsichtigen Gläser, die mich auf eine warnende Weise anblinkten.

Ich sprang hoch und bellte wie verrückt. Sofort wollte sich die schwarze Wache zwischen ihn und mich drängen, aber er ließ es nicht zu. Endlich beugte er sich vorsichtig zu mir hinunter.

»Wer wird denn hier so grundlos böse werden?«, flüsterte er. »Das gehört sich doch nicht für eine deutsche Schäferhündin. Du bist doch ein deutscher Schäferhund, nicht wahr?«

Er fuhr mir ganz leicht mit der behandschuhten Hand über den Rücken, und obwohl sich mir sämtliche Nackenhaare sträubten, blieb ich wie angenagelt stehen.

In den Zwinger zurückgebracht, äußerte ich mich Prinz gegenüber erstaunt über meine Kenntnisse der menschlichen Sprache.

»Woran mag das liegen?«, fragte ich ihn. »Hat das in irgendeiner Weise mit meinem Vorleben zu tun, von dem du immer sprichst?«

»Flunkere nicht«, entgegnete Prinz, »mir scheint, du weißt mehr über deine unzähligen Vergangenheiten, als du momentan zugeben willst.«

»Warum sollte ich dir etwas verschweigen wollen?«, fragte ich ihn.

»Das kannst nur du dir beantworten«, meinte er. »Glaubst du, hier gäbe es auch nur einen, der nicht wenigstens ein Vorleben aufzuweisen hätte? Ich sage dir, jedes Wesen, und sei es auch das dümmste, schmackhafteste Huhn, hat schon einmal eine Existenz hinter sich gebracht.« Er zog die Lefzen auf seine unnachahmliche Weise hoch.

»Warum solltest also ausgerechnet du als eine absolute Neugeburt auf diesem Erdenrund erscheinen? Und das auch noch als Hund, als ein hochentwickeltes, komplexes Lebewesen, das viel vergangene Lebenserfahrung braucht, um sich zu einem solchen existenziellen Höhepunkt zu steigern. Das wäre anomal, untypisch, würde eine schöpferische Sprunghaftigkeit andeuten, die ich mir einfach nicht vorstellen kann.

Besonders bei deinen übergroßen Sympathien für die Zweibeiner, speziell für zwiespältige Figuren unter ihnen.«

»Das ist eine glatte Unterstellung«, antwortete ich. »Wer, beispielsweise, weigert sich denn, deinen Großmächtigen anzuerkennen? Ich muss mir sogar von dir vorwerfen lassen, ihn respektlos Onkel Adolf zu nennen. Ist das nicht so? Im Gegensatz zu dir, der du ja schon ins Schlottern kommst, wenn er sich nur in der Nähe des Zwingers zeigt.«

Ich hörte Wolf in seiner dunklen Ecke zustimmend knurren und versuchte mir vorzustellen, welcher Ausdruck jetzt wohl in seinen wunderschönen gelben Augen zu finden wäre.

»Deine typisch weibliche Frechheit, dein Übermut, wird dich noch einmal in die Hölle bringen«, knurrte Prinz. »Ich rede jetzt nicht etwa von deiner Respektlosigkeit mir gegenüber, sondern von der verharmlosenden Einschätzung all der Zweibeiner, die um dich herumwieseln.

Darin erkenne ich etwas typisch Mosaisches, ein Verhalten, das nur ganz besonderen Zweibeinern eigen ist, weil sie glauben, den Schöpfer allzeit hinter sich zu haben und deshalb immer wieder auf die Schnauze fallen, um es einmal canesisch auszudrücken.«

»Ich weiß nicht, woran du dabei denkst«, gab ich zurück. »Ich finde, dass du mich maßlos überschätzt. Und dass du in mir ein typisch mosaisches Verhalten zu entdecken glaubst, beweist mir, wie wenig du mich kennst. Ich weiß überhaupt nicht, wie du mich mit solchen Zweibeinern in Verbindung bringen kannst und welches ›besondere Verhalten‹ du meinst. Das müsstest du mir zuerst einmal erklären.«

»Wie naiv du dich gibst, wie scheinheilig.« Prinz schien sich immer mehr darin zu verbeißen. »Du ahnst also gar nicht, dass dir diese typisch intellektuelle Denkweise förmlich aus dem Fell dampft?«

»Mir dampft überhaupt nichts aus dem Fell. Ich scheine dich zu Halluziationen zu animieren.«

Wolf schien in seiner Ecke vor unterdrückter Heiterkeit zu platzen.

»Siehst du, das meine ich«, erregte sich Prinz. »Diese impertinente Frechheit. Dieses intellektuelle Herumschwafeln, nur, weil sie glauben, den Schöpfer erfunden zu haben.«

»Den Schöpfer kann man doch gar nicht erfinden. Er war doch schon immer da«, antwortete ich.

»Ach, du bestätigst mit jedem Wort mehr, dass ich dich richtig einzuschätzen weiß. Selbstverständlich war Er schon immer da, aber sie wollten der ganzen Welt weismachen, dass sie ihn entdeckt haben.«

»Von denen würde ich gern mehr erfahren«, meinte ich. »Sie scheinen ja eine bemerkenswerte Spezies zu sein. Hat denn vor ihnen keiner irgendwann mal den Schöpfer erwähnt?«

»So weit ich mich erinnern kann, gab es da einige Varianten.«

»Aber nichts besonders Plausibles, meinst du?«

»So kann man es ausdrücken.«

Prinz wurde zusehends nachdenklicher. »Danach hat es dann noch ein paar erfolgreiche Spielarten gegeben, aber wenn man an ihnen kratzte, kam stets das mosaische Gottesgesicht zum Vorschein.«

»Und wie bringst du diese ›Mosaisten‹ oder wie du sie immer nennen magst, mit mir in Verbindung?«

»Deine Träume«, meinte er, »deine Träume könnten so viel darüber erzählen. Leider drückten sie sich in einer mir völlig unbekannten Weise aus. Ich konnte nur Bilder aufschnappen. Riesige, grauenvolle Bilder, die aus einem dicken, schwarzen Nebel heraus Gestalt annahmen und sich wieder verflüchtigten, so bald man sich ihnen nähern wollte.«

»Wie hast du dich ihnen denn genähert?«, fragte ich gespannt.

»Ich bin mir nicht sicher, ob ich mich ihnen genähert habe, oder sie mich in sich hineingezogen haben.«

»Beschreib mir diese Bilder. Ich bitte dich inständig.«

»Ich sage dir doch, sie verschwanden, bevor sie sich endgültig ausgeformt hatten. Nur den einen Namen habe ich behalten. Der Name stand wie eine Schrift über all dem.«

»Nenn mir den Namen.«

Er sah mich überrascht an. »Du hast ihn mir doch genannt. Erinnerst du dich nicht?«

Ich schüttelte den Kopf und bat ihn: »Wiederhole den Namen für mich.«

Ich fühlte, wie sich ein unbekannter Schmerz in mir ausbreitete. Regelrechte Furcht überkam mich, und trotzdem wiederholte ich, »den Namen bitte«.

»Abu Imran Musa ibn Maimun ibn Abdallah.

Und wieder klang es so, als würde sich eine tiefe Bassstimme höflich vorstellen.

Auslauf

Am nächsten Morgen wusste ich überhaupt nicht, wo ich mich lassen sollte. Kein Stundenplan musste eingehalten werden, weder Dressur, noch Tischgespräche fanden statt. Die Welt um mich herum hatte sich total verändert, denn nun hielt Sekretär Martin die Fäden in der Hand.

Er trieb uns Hunde auf den Vorplatz hinaus, ließ jeden von uns über seine vorgehaltene Rute springen und hielt erst damit inne, als ihn ein riesiger, weiß Uniformierter darauf aufmerksam machte, dass auch Wolf und ich mit von der Partie waren, die es ja zu schonen galt. Laut ausdrücklichem Führerbefehl, wie er sich ausdrückte. Er ließ es sich nicht nehmen, uns eigenhändig aus dem gesamten Rudel herauszufischen und uns in die umliegenden Waldungen zu entlassen. Wir durchquerten den zweiten und dritten Sperrkreis und waren im angrenzenden Wald verschwunden, noch ehe er uns zurückpfeifen konnte.

»Wer ist denn dieser lustige Speckberg, der uns da zu Hilfe geeilt ist?«, fragte ich.

Wolf blieb abrupt stehen und sah mich aus seinen bildschönen Augen an: »Das ist kein lustiger Speckberg. Der kann gemeingefährlich werden. Er ist übrigens der Organisator des ›Kuhflugs‹, eines ganz und gar bösartigen Spiels. Dabei steckt man einmal im Jahr dem Rindvieh brennende Zweige in die Hintern.«

»Oh, ja, ich erinnere mich. Das Spiel hat mich ordentlich in Rage gebracht, und damals bin ich Onkel Adolf zum ersten Mal begegnet.«

»Na also. Dann weißt du ja, wovon ich rede. Nimm dich in acht vor ihm. Er sieht nur so harmlos aus. Das macht das Fett. Es wirkt wie eine Tarnung. Gerechterweise muss ich aber hinzufügen, dass er nicht der Erfinder dieser widerlichen Veranstaltung ist.«

»Sondern?«

»Der mit den Fenstern vor den Augen«, antwortete Wolf. »Hast du schon einmal seine Augen sehen können?«

Wieder überkam mich diese unbegreifliche Übelkeit, und ich musste mich für einen Augenblick hinsetzen. Wolf blieb vor mir stehen. In seinem, für ihn ganz ungewöhnlichen Eifer, hatte er völlig übersehen, in welchem Zustand ich mich befand.

»Er jedenfalls hat diesen ›Kuhflug‹ erfunden und ihm auch den Namen gegeben.«

»Das ist zynisch«, dachte ich mühsam und legte mich ganz flach auf den Boden.

»Was ist zynisch?«, fragte Wolf und legte sich ebenfalls hin.

»Das bedeutet, dass sich einer heimlich über das Unglück anderer freut und sich auch noch darüber lustig macht.«

Wolf sah mich lange und gelassen an. Dann fragte er freundlich, ob ich mich wirklich nicht an Erlebnisse erinnern könne, die sich vor meinem jetzigen Hundeleben abgespielt hatten.

»Nein.«

Ich begann, lachhaft zu bellen, und konnte mich gar nicht mehr beruhigen.

»Warum glaubst du das auf einmal?«, fragte ich schließlich. »Habe ich wirklich etwas von einem Zweibeiner an mir, dass ihr immer wieder so hartnäckig danach fragt?«

Er nickte sehr bedächtig mit dem Kopf, dann meinte er, es könne tatsächlich etwas von einem Zweibeiner in mir stecken. Denn während er selbst nur mühsam auf ihre Laute und Bewegungen reagieren könne und ihre Verständigung ihm heute noch Schwierigkeiten bereite, machte ich dagegen auf ihn den Eindruck, als würde ich ihre Sprache ganz selbstverständlich begreifen, ja, mich ihrer sogar bedienen können, wenn es mir meine überlange Zunge erlaubte.

Wieder bellte ich vor Vergnügen und gab ihm zu verstehen, dass mich lediglich mein weibliches Einfühlungsvermögen ein bisschen schneller reagieren ließe als er oder vielleicht auch Prinz.

Er sah weg und scharrte nachdenklich mit einem seiner Vorderläufe den Boden auf. Ich wusste sofort, dass ich ihn nicht hatte überzeugen können, und im selben Augenblick wurde mir auch klar, warum.

Ich hatte gelogen. Ich hatte ganz eindeutig gelogen, ohne zu begreifen, inwiefern ich gelogen hatte und aus welchem Grund. Mir war gar nicht bewusst geworden, dass Wolf aufgesprungen und davongetrabt war. Ich lief hinterher, war aber keineswegs erpicht darauf, ihn einzuholen. Doch dann sah ich ihn, dicht an einen Baumstamm gepresst, aufmerksam lauschen.

»Was hat er nur?«, dachte ich, da warf er sich schon herum und knurrte leise.

Ich lief schnell auf ihn zu und stand dicht vor einem ziemlich steilen Abhang, der den Blick auf eine wunderschöne, bemooste Lichtung freigab. Sofort begriff ich, warum Wolf sich plötzlich so seltsam benahm.

Auf dem dicken Moos lag ein Paar Zweibeiner, eng ineinander verkeilt. Ich sah eigentlich nur vier Hinterläufe, die sich mächtig ineinander verbogen. Ein nacktes, muskulöses und völlig unbehaartes Hinterteil reckte sich uns entgegen. Es holte stetig aus und stieß auf etwas nieder, was man aus diesem Blickwinkel nicht erkennen konnte, das sich aber durch langgezogenes Stöhnen bemerkbar machte, so bald der Hintern wieder hinunter stieß.

Ich bedeutete Wolf, etwas näher heranzukriechen und machte mich mit größter Vorsicht auf den Weg. Wolf hielt sich dicht hinter mir. Doch als wir nahe genug heran waren, hörte ich ihn schwer keuchen. Er biss mich leicht in den Schwanz und zerrte an ihm. Die Zweibeiner schienen so vertieft ineinander, dass ihnen ihre Umgebung völlig gleichgültig war. Ich warf mich herum und sah Wolf wütend an.

»Das ist sie«, gab er mir zu verstehen. »Sie liegt da auf dem Boden, und jemand scheint wütend auf sie einzubeißen.«

»Unsinn, gab ich zurück. Zweibeiner beißen nicht aufeinander ein. Sie haben genügend andere Möglichkeiten, um sich weh zu tun.«

Er starrte weiter auf das Knäuel und kaute nachdenklich auf einem Grashalm.

»Wer soll sie denn sein?«, fragte ich.

»Sie ist Onkel Adolfs engste Gespielin. Sie war dauernd um ihn herum, so lange ich noch in seiner Gunst stand. Ich kenne sie genau. Wir sollten ihr helfen.«

»Im Gegenteil. Wir sollten uns zurückziehen. Sie verletzen sich nicht, sie lieben sich nur auf eine ganz verrückte Art. Absolut anomal. Man könnte das gar nicht nachmachen.«

»Meinst du?«, fragte er zweifelnd.

»Sicher, sie würde sich viel lautstärker äußern und wahrscheinlich auch wehren.«

Wir konnten zusehen, wie ihre Bewegungen immer heftiger wurden und ihr Stöhnen immer lauter. Auch der andere Zweibeiner fing an zu keuchen und ein tiefes Stöhnen von sich zu geben. Und jetzt sah ich auch seine schwarze, herunterhängende Hose, die fast seine Stiefel bedeckte.

»Das ist aber nicht Onkel Adolf«, gab ich Wolf zu verstehen.

»Eben«, meinte Wolf und starrte fasziniert auf das weiße Fleischknäuel. Nach einem letzten zweistimmigen Aufschrei fiel der Mann plötzlich in sich zusammen. Nun konnte man auch die zwei Köpfe erkennen, die sich sichtlich erschöpft aneinanderrieben. Das männliche Wesen lag jetzt ganz platt auf der Liebsten von Onkel Adolf.

Wolf schob sich geräuschlos näher an das Paar heran. Doch dann fingen sie an, sich zu unterhalten, und Wolf erstarrte. Sie sprachen sehr leise, und ich konnte nur wenig von dem verstehen, was sie sagten. Deshalb kroch auch ich näher, bis ich neben Wolf zu liegen kam. Eine ganze Weile hörten wir, ohne einen Laut von uns zu geben, zu. Schließlich fragte Wolf, worüber sie sich unterhielten. Er könne vor Aufregung so schnell nicht folgen.

»Sie spricht davon, dass es Sünde sei, was sie hier täten, und dass ihr geliebter Adolf das auf keinen Fall verdient hätte.«

»Und was sagt er?« Wolf wurde immer neugieriger.

»Halt deine Gedanken im Zaum, sonst entgeht mir doch alles, was sie da von sich geben.«

Jetzt hörte ich ihn tatsächlich besser, aber was er da sagte, war nicht sehr fein.

»Er behauptet, es wäre auf dem ganzen Obersalzberg

herum, dass Onkel Adolf nur ein Ei hätte«, übersetzte ich für Wolf.

»Was heißt denn das?«

»Dass er nur einen Hoden hat, Herrgott noch mal! Und dabei grinste er ganz niederträchtig.«

»Und was bedeutet das?«

»Er macht sich darüber lustig, du Dummkopf!«

»Ich bin kein Dummkopf. Du bist nur eine überhebliche Zicke«, erwiderte Wolf und schob sich noch weiter vor.

Ich warnte ihn, noch näher heranzukriechen und meinte, ich könne mir vorstellen, dass die beiden sehr wütend würden, wenn sie uns bemerkten.

»Dann müssen wir eben laufen«, gab Wolf zurück, »schließlich haben wir vier Läufe und die beiden nur zwei.«

Eine ganze Weile hörten wir stumm zu, und ich konnte nichts weiter tun, als von Zeit zu Zeit die Übersetzerin zu spielen.

»Sie sagt, vielleicht könnte man ihm beibringen, sich jetzt offen als eine Art Onkel von ihr zu bekennen. Mehr sei er doch nicht für sie. Obwohl sie anfangs noch einverstanden gewesen sei, ein Verhältnis mit ihm zu haben. Aber eine Frau brauche nun mal auch eine physische Anerkennung. Das gehöre einfach dazu. Doch Adolf habe immer abgewinkt und darauf bestanden, seinem Volk die Treue zu halten. Das könne er doch trotzdem, habe sie ihm erwidert, da würde sie ihm doch niemals ins Gehege kommen, schließlich hätte sie vollstes Verständnis für seine Verpflichtungen dem Reich gegenüber. Aber der Frau gegenüber müsse er eben auch gewisse Verpflichtungen einhalten. Sie hätte ihm dabei sogar enormen Spaß versprochen.«

»Was sagt denn der Mann dazu?«, unterbrach mich Wolf.

»Er grinst wieder unverschämt und fragt sie gerade, ob sie sich nicht vorstellen könne, dass er mehr den gutgewachsenen Jungen aus seiner Garde hinterherliefe. Sie ist ganz empört darüber und schimpft ihn einen ungezogenen Kerl.«

»Aha«, meinte Wolf.

»Du siehst ja, dass sie versucht, ihn wegzustoßen.«

»Nun ja, bei dem Hinterteil.« Wolfs Augen glitzerten immer boshafter. »Und was da zwischen den Hinterläufen herunterhängt, scheint auch nicht von schlechten Eltern zu sein.«

Ich konnte nur mühsam ein animiertes Bellen verhindern. Wir verbargen fast gleichzeitig unsere Köpfe zwischen den Vorderpfoten.

»Was gibt es da vorn denn noch?«, fragte Wolf nach einer Weile.

»Sie beschimpft ihn sehr liebevoll und nennt ihn Hermännchen«, antwortete ich, während ich mir weiterhin mein Bellen verbiss. »Jetzt nennt sie ihn plötzlich »Fegi« oder »Fegelein« und fängt an, ihn zu siezen. Hab Acht, sie will unter ihm hervorkriechen.«

»Aber sie gibt doch weiter Laut.«

»Natürlich«, bestätigte ich, »sie redet ununterbrochen. Macht ihm Vorwürfe, warum er nicht endlich ihre Schwester heirate. Dann würde sich ihrer beider Verhältnis viel harmloser und ungefährlicher gestalten können.«

»Keine dumme Idee.« Wolf zog die Lefzen in die Höhe.

»Er sagt, er hätte nichts dagegen, wenn er damit ein wenig mehr ihre Nähe genießen dürfe. Gegen einen freundlichen Geschlechtsverkehr mit der dann Angetrauten hätte er im Grunde auch nichts einzuwenden, aber die heißen Dinge, die sie beide miteinander trieben, würden bei häufigeren Gelegenheiten zunehmend Kraft kosten. Und was bleibe dann für die Angetraute übrig?«

»Und warum schlägt sie ihm jetzt auf die Hinterbacken?«, fragte Wolf.

»Sie gibt ihm zu verstehen, dass bei seiner Statur und bei seinem Gemächte noch weitaus mehr drin wäre. Außerdem müsse sie sofort gehen, denn wenn man sie beide hier entdecke, würde der Führer ihn in Stücke hauen lassen. Und sie würden sie gleich mit ins Grab legen, sagt er.

Ein unangenehmer Kerl. Ein wüster, schwarzer Bonze.«

»Was war das eben?« Wolf sah mich ganz konsterniert an.

Ich kroch tiefer in den Boden hinein.

»Woher hast du das nur?«, hörte ich ihn weiter. »Du bist schon ein unheimliches Biest.«

Er stand auf. »Wir müssen ihr wirklich helfen«, sagte er, »sie wird ja derart von ihm umklammert, dass sie sich nicht befreien kann.«

Er schlich lautlos auf den Mann zu und steckte ihm seine Schnauze schnüffelnd zwischen die stattlichen Hinterbacken. Mit einem lauten Fluch sprang der Zweibeiner in die Höhe, während sie erstarrt liegenblieb. Nun stand er da. In seiner vollen, haarlosen Größe und fixierte uns. Vorsichtig beugte er sich zu seinen, um die Knöchel hängenden Hosen herunter und zog sie hoch. Plötzlich stampfte er mit dem Fuß auf. Wahrscheinlich, um uns zu erschrecken, aber Wolf zeigte nur kurz seine Zähne und knurrte ihn an.

Ich sah zu ihr herunter. Sie lag völlig verschreckt in der selben Stellung, die sie unter ihm eingenommen hatte. Ich betrachtete ihre offene, glitzernde Spalte, das blonde, dreieckige Fell darüber, die etwas verschwitzte, helle Haut, und die ganze bebende und abstoßende Vergangenheit stürzte für einen Moment auf mich herein.

All meine Geburten, meine Tode, meine wüsten und herrlichen Lebenszeiten dazwischen leuchteten blitzartig vor mir auf, vermischten sich zu einem gewaltigen Schicksal und verschwanden wieder. Ich sah all meine Gesichter an mir vorüberziehen, wie sie sich in den so unterschiedlichen Existenzen zeigten. Angefangen von der Hauptstadt, bis hinunter ins lang vergessene Ägypten.

Wie besessen heulte ich auf und schoss in den Wald hinein. Ganz entfernt hörte ich das heisere Bellen Wolfs, der mir hinterherjagte und mich offenbar zu beruhigen versuchte. Ich lief und lief, versuchte, die grausige Last abzuschütteln, die sich mir bei jeder Biegung von neuem in den Weg stellte. Riesige Buchstaben in lateinischer und hebräischer Schrift krochen auf mich zu, schrumpften immer wieder zu einem einzigen Satz zusammen: »Arbeit macht frei!«

Plötzlich stand ich vor dem riesigen Gebäude mit den überdimensionalen Fensterfronten, die auf einmal so anders aussahen und ganz fremd rochen: »Berghof«. Das war er also.

Mit zitternden Flanken stand ich voller Abscheu vor dieser bösen Pracht. Dann warf ich mich herum und raste zurück in den Wald. In meiner Aufregung hatte ich gar nicht bemerkt, dass Wolf mir gefolgt war und, wie er mir später erzählte, permanent auf mich einzuwirken versucht hatte.

Doch ich war völlig kopflos durch das Gebüsch geflohen. In einem Tempo, das selbst ihm Mühe machte. Außer Atem hatte er sich, während er durch dichtes Gebüsch fegte, über mich geworfen, um mich zur Ruhe zu bringen. In der Weise etwa, dass er mir versicherte, die Zweibeiner seien doch längst über alle Berge, und er könne nicht verstehen, wie mich eine so spaßige Szene in eine solche Panik versetzen könnte.

Ich hatte keine Lust und auch keine Kraft mehr, seine Gedankengänge zu unterbrechen, ließ mir von ihm die Nase ablecken, und als ich mich langsam zu befreien versuchte, stand er plötzlich mit hochgerecktem Glied vor mir. Blutrot und nicht sehr groß, zeigte es mir, was er mit mir zu tun gedachte.

»Ach«, resignierte ich, »wenn schon ein Hundeleben, dann auch mit allem, was dazugehört.«

Wolf schien sehr irritiert zu sein. Er legte mir vorsichtig die Vorderhände auf den Rücken und glitt in mich hinein. Anfangs war ich ziemlich enttäuscht von dieser Prozedur. Mit nichts zu vergleichen, was ich in meinen vorigen Existenzen schon einmal erfahren hatte. Hunde schienen eben nur ein mäßig aufregendes Gefühlsleben oder Nervenkostüm zu haben.

Aber dann kam Wolf in Fahrt. Seine Ausdauer überwältigte mich. Selbst nach mehrmaligem, erheblichem Samenerguss arbeitete er unermüdlich weiter. Sein niedlicher Schwanz knickte nie weg, und sein endloser Appetit auf mich konnte nichts anderes als eine rührende Liebeserklärung bedeuten.

Obwohl sich nichts sehr Aufregendes in mir tat, liebte ich diesen Hund. Ich liebte ihn, wie man einen Hund nun einmal liebt. Das, was er mit mir tat, bedeutete wenig für mich. Ich befand mich nicht in dem Wesen, das er mit seinen Pfoten umklammerte. Aber seine gewaltige Zuneigung und nicht zuletzt der Schutz, mit dem er mich umgab, waren mir unendlich angenehm und lösten liebevolle Dankbarkeit in mir aus.

Als seine Aktivitäten langsam schwächer wurden, dachte ich, er solle nun etwas zur Ruhe kommen, ich würde seine Zuneigung mit aller Freude erwidern, doch man müsse mit den Kräften haushalten. Es sei ja hoffentlich nicht das letzte Mal, dass wir uns in dieser Weise vergnügten. Er sprang sofort herunter und bedankte sich überaus höflich, um mir am Ende liebevoll mit der Zunge über die Schnauze zu fahren.

Im Zwinger zurück verkroch ich mich schleunigst in die dunkelste Ecke, ohne das Fressen auch nur angesehen zu haben. Die anderen Bewohner um mich herum akzeptierten das zu meinem leichten Erstaunen und ließen mich in Ruhe. Wie sollte ich nur meiner tiefen Depression Herr werden?

Prinz, der seine eigenen Geheimnisse zu haben schien, würde mich höchstwahrscheinlich zurückgestoßen haben, wenn ich ihn mit meinen Problemen beunruhigte. Und Wolf? So gutmütig und restlos glücklich. Wie hätte er mir helfen sollen? Ein Tier. Ein herrliches, aufrichtiges Tier. Aber eben doch nur ein Tier.

Auf alles war ich gefasst. Auf jeden noch so bösartigen Tod, jede noch so beschwerliche oder selbst infame Wiedergeburt. Aber zu einem Hund degradiert zu werden? Welch schreckliche Taten musste ich in den Augen des Ewigen begangen haben, dass Er mich so auf den Hund hat kommen lassen? Mein menschliches Bewusstsein war mit aller Macht über mich hereingebrochen.

Ich lag tagelang in meiner Ecke und ging all meine mir gegenwärtigen Existenzen durch. Meine hauptstädtische, meine polnisch-ukrainische, die mittelalterliche, die babylonische, die ägyptische. Nichts, aber auch gar nichts kam mir in den Sinn, das so schwerwiegend sündhaft hätte gewesen sein können, dass es Ihn zu einer solchen Strafe hätte hinreißen müssen.

Selbst in meiner glücklichsten Jerusalemer Zeit, in der ich voller Übermut dahinlebte, als Jüdin unter Juden. Geborgen, gleichberechtigt, mit einer Lebensfreude ausgestattet, die mich zu einigen Unbeherrschtheiten hätte verleiten können, blieb ich im Grunde das gottesfromme wohlerzogene Mädchen, das ich durch all meine schwierigen Existenzen mit mir herumtrug.

Wofür also? Ich grübelte mir das Hirn wund.

Jeden Abend kam Wolf mit einem saftigen Stück Fleisch zu mir herangetrabt, legte es mir stumm vor die Nase und verschwand wieder. Keiner der Zwinger-Insassen wagte es, mir die Nahrung zu stehlen oder gar vor meinen Augen aufzufressen. Nur Wolf durfte das.

An jedem neuen Morgen, nachdem er sich davon überzeugt hatte, dass mein Fleischstück noch unberührt vor mir lag, nahm er es ruhig auf und fraß es selbst. Ob er damit meinen Appetit anregen oder vor den anderen eine geheime Solidarität mit mir demonstrieren wollte – ich kam nicht dahinter, und im Grunde war es mir auch ganz egal.

Nur die Angst, in meinen intimsten Gedanken belauscht zu werden, hielt mich noch in einer gewissen Spannung.

Ab und zu kam auch Prinz, um nach mir zu sehen. Ich blickte ihn nur stumm an und zog ein wenig die Lefzen hoch. Das reichte ihm.

Er zog sich immer mehr von mir zurück. Auch alle anderen Hunde, meine Sonderstellung respektierend, belästigten mich nicht. Selbst ihre Neugier verbargen sie hinter sinnlosem Herumgetobe, um auf sich aufmerksam zu machen. Oder sie ahmten meine typischen Bewegungen nach, schmissen sich gegen das Gitter und rannten auf die Wände zu, um sich im letzten Augenblick hinzuwerfen.

Sie heischten geradezu nach meiner Aufmerksamkeit, versuchten, mir mit allen Mitteln zu imponieren, mich vielleicht auch von meiner unsäglichen Depression zu befreien.

Aber nichts half. Ich drehte meine Nase zur Wand und schloß die Augen. Auffällig war, dass sie mir nicht mehr ihre Gedanken mitteilten, sondern sich durch Gesten verständlich zu machen suchten.

Auch Wolf gab sich verschlossen, sah aber jeden Abend und jeden Morgen nach mir. Entweder, um Nahrung zu bringen oder um sie abzuholen.

Unbeeindruckt von meinem bedenklichen Zustand, ließ er sich nicht aus der Ruhe bringen. Zuweilen blieb er etwas länger vor mir stehen, als wolle er mich auffordern, ihm bei seinen Ausgängen Gesellschaft zu leisten. Doch danach verschwand er wieder und ließ sich bis zum Abend nicht mehr blicken.

Hatte ich auf einmal meine Kommunikationsfähigkeit mit meinen Artgenossen eingebüßt? Sie behandelten mich wie eine Taubstumme. Offensichtlich versuchten sie immer wieder, eine Verbindung zu mir herzustellen, aber es gelang ihnen nicht. Lag es daran, dass ihnen meine Gedanken fremd geworden waren, weil ich mich meiner menschlichen Umgebung zu sehr angenähert hatte? Irgend etwas schien von nun an falsch zu laufen.

Erst als Prinz sich eines Tages von neuem zeigte und mir Mut zu machen versuchte, schien ich die alte Technik wieder in den Griff zu bekommen.

»Warum«, fragte ich ihn, als er sich neben mir breitmachte, »hast du nicht ein Wort darüber verlauten lassen?«

»Wodurch hast du dich so plötzlich entdeckt?«, antwortete er mit einer Gegenfrage.

»Ich habe mich nicht plötzlich entdeckt«, äffte ich ihn nach. »Durch all meine wirren Träume, meine blitzartigen Einfälle, meine anomalen Fähigkeiten, mich mit den Zweibeinern verständigen zu können, und nicht zuletzt durch dein geheimnisvolles Getue bin ich schließlich darauf gestoßen. Die Intitialzündung aber war eine ganz läppische. Sie hatte letztlich weder mit mir, noch mit meinen Vergangenheiten zu tun.«

»Das wird sich noch herausstellen«, gab er mir sanft zu verstehen.

»Was soll mir denn in diesem Zusammenhang noch klarwerden? Ich komme mir wie ein in ein Hundefell eingenähtes Wesen vor. Möchte Bewegungen machen, an denen ich gehindert werde, möchte mich mit einer Zunge ausdrücken, die mir aus dem Maul hängt und werde von Hunden bestiegen, die mir nicht das mindeste Lustgefühl verschaffen können. Lohnt es sich da noch zu leben? Soll ich mir jetzt noch Nahrung zuführen, bloß, um dieses abscheuliche Dasein zu verlängern?«

»Wie hast du doch ehedem um jede Stunde eines lebenswerten Daseins gekämpft. Wie sinnlos hast du dich dem unabänderlichen Schicksal widersetzt. Und jetzt willst du den Löffel abgeben, weil du, wie sagtest du so treffend, in ein Hundefell eingenäht bist? Was ist nur in dich gefahren? Treibt man dich hier etwa in Kammern, die voll giftigem Rauch sind? Lässt man dich vielleicht am ausgestreckten Arm verhungern oder schlägt dir die Zähne aus dem Maul, um sie anderweitig verwerten zu können?

Stell dir doch lieber dieses Fell als eine Tarnung vor. In ihm kannst du dich verbergen, deine Nase unkenntlich machen und so lange überwintern, bis du sie wieder ungefährdet in die Luft strecken kannst.«

»Du bist es also doch?«

Zum ersten Mal seit Tagen richtete ich mich langsam auf.

»Für wen immer du mich halten magst, du irrst in jedem Fall. Mir ist nur deine Lage nicht ganz unbekannt, auch wenn ich aus ihr andere Schlüsse ziehe. Ich fühle mich weder eingenäht noch behindert. Meine Hände sind mir schon lange aus dem Gedächtnis verschwunden. Auf meinen Pfoten, vorn wie hinten, lässt sich viel weicher gehen, und meine Zunge reicht fast überall hin. Ich habe keine Schneuztücher mehr nötig. Ich brauche keine Schuhlöffel und keine Stiefelknechte mehr. Wenn ich die Zweibeiner damit herumhantieren sehe, könnte ich in bellendes Gelächter ausbrechen. Und was das Fell betrifft, so bin ich froh, mir nicht ständig wärmende Kleidung überziehen zu müssen.

Wenn ich dich doch bloß dazu bringen könnte, dich mit deinem jetzigen Zustand abzufinden. Ihn als eine Gnade zu erkennen. Oder würdest du jetzt wirklich lieber in einem Flugzeug sitzen und anderen Lebewesen Bomben auf den Kopf werfen? Möchtest du in lehmigen, stinkenden Gräben hocken und riesige, gepanzerte Fahrzeuge über dich hinwegrollen lassen?

Begnüge dich doch mit deinem, übrigens wunderschönen, Fell. Es ist dein bester Schutz. Es gewinnt dir sogar noch die Liebe derer, die sich sonst nicht genug in anderer Wesen Blut wälzen können.

Denk daran, dass lange Finger nur zum Unfugmachen da sind, dass sprechende Zungen unsagbar viele Lügen verbreiten und dass Zweibeinerhirne ein Ausbund an Bösartigkeit sind.

Bei meinem Hundeleben, ich würde nie mit ihnen tauschen wollen. Denn was macht schon das bisschen Gehorsam aus, vielleicht auch eine gewisse Kultur, die man ihnen entgegenbringen muss, wenn man so dafür belohnt wird. Sich vor solch einem Schicksal in Sicherheit weiß. Nein, ich würde niemals mit ihnen tauschen, würde niemals wie sie die Peitsche schwingen wollen, wenn ich nicht wüsste …«

Er unterbrach sich und drehte seinen Kopf zur Seite.

»Wenn du was nicht wüsstest?«, forderte ich ihn auf.

»Wenn ich nicht wüsste, dass ich dem nicht entgehen kann.« Er wandte mir seinen Blick wieder zu und sah mich mit seinen alten geheimnisvollen Augen an.

Onkel Adolf war wieder zurück. Es hatte einen Riesenlärm gegeben. Eine schier endlose Kette vorfahrender Autos, markige Befehlsstimmen, die von überall herzukommen schienen. Und dann Onkel Adolf, der mit forcierter Jugendlichkeit aus dem Wagen sprang. Ich saß etwas abseits im Gras, von halbhohen Büschen geschützt, und sah, wie er mit raschen Schritten in Richtung Zwinger verschwand. Ich fuhr hoch. Sollte etwa sein erster Gang mir gelten? Ich schlich hinter ihm her, so lautlos ich es vermochte. Als er die halbgeöffnete Tür aufriss, stürzte ihm die ganze Hundemeute entgegen.

Ich sah Wolf vor ihm auftauchen, und selbst Prinz versuchte sich durch das dichte Gedränge zu schieben.

»Blondi!«, rief Onkel Adolf. Dann sah er sich vollständig umringt. Einige Hunde sprangen sogar an ihm hoch. Nur Wolf und Prinz hatten sich bei Nennung meines Namens sofort zurückgezogen.

»Blondi!«, rief Onkel Adolf jetzt lauter. Er sah sich um und trat mir dabei fast auf die Vorderhände.

»Ach, hier bist du.« Er beugte sich zu mir herunter, und mir fiel auf, dass seine Hand stärker zitterte als vor seiner Abreise.

»Mein schönes Hunderl. Freust du dich, dass ich wieder da bin?«

Ich wedelte ein wenig mit dem Schweif, um ihn nicht zu beunruhigen. Er schien nicht in der allerbesten Verfassung zu sein.

»Nicht wahr, wir werden für eine herrliche Aufzucht sorgen. Und du wirst die Stammutter dieser starken Generation sein. Na, was sagst du dazu?«

Er tätschelte mich mit seiner bebenden Hand, die er nicht in der Gewalt hatte, denn er klopfte mir brutal auf den Schädel oder stieß mir seine ungelenken Finger so hart in die Seite, dass ich Mühe hatte, nicht aufzujaulen.

»Du darfst dir auch den stärksten Liebhaber aussuchen. Und ich weiß auch schon, wer dir am besten gefällt. Wenn sein Rückenfell noch ein wenig nachgewachsen ist, wirst du deine helle Freude an ihm haben. Das könnte wirklich ein außergewöhnlicher Wurf werden. Du magst ihn doch, nicht wahr? Und selbst wenn er dir nicht behagt, wirst du dich gefälligst zur Verfügung stellen, sonst setzt es Hiebe, mein braves Hunderl.«

Er richtete sich auf, und ich blieb traurig vor ihm stehen.

»Jetzt reiß dich zusammen. Ich bin ja wieder da. Das nächste Mal, und das wird nicht allzu lange dauern, nehme ich dich mit. Wir werden dort wundervolle Spaziergänge machen, das verspreche ich dir.«

Er sah sich um, als fürchte er Zuhörer, dann verließ er schnell das Zwingergelände und verschwand im Haus. Langsam näherten sich Wolf und Prinz, während die Meute sich ins Gelände verzogen hatte.

»Er sieht nicht besonders gesund aus, dein Onkel Adolf«, meinte Prinz.

Ich sah ihn überrascht an. »Für dich ist er immer noch ›der Großmächtige‹«? verbesserte ich ihn und zog die Lefzen hoch.

Er ließ sich seinen Ärger gleichfalls nicht anmerken. »Seit wann ist er denn wieder da?«

»Eben erst eingetroffen.«

»Und, hatte er Ärger?«, fragte Wolf.

»Ich habe keine Ahnung.«

»Aber er hat sich doch eine Zeitlang mit dir unterhalten. Willst du mir weismachen, du hättest ihn nicht verstanden?« Seine Augen wurden quittegelb.

»Er will eine neue Generation Schäferhunde auf Stapel legen, und uns beide hat er als Gründer auserkoren«, meinte ich begütigend. »Allerdings ist seine Bedingung, dass dein Fell noch ein bisschen nachwächst.«

»Es wächst aber nicht nach. Sie müssen mir irgendwas in die Haut gerieben haben, das den Haarwuchs verhindert. Dieser hinterhältige Zweibeiner weiß ganz genau, was sie mit mir angestellt haben. Ich bin sicher, er hat mir dieses lächerliche Aussehen lebenslänglich verordnet. Er trägt mir heute noch nach, dass ich den Professor als zutraulich empfand.«

»Dein Fell ist doch schon sehr schön nachgewachsen.«

Er verzog sich in seine Ecke, und ich trabte hinterher. »Außerdem, einen kleinen Vorgeschmack hast du dir ja bereits genommen.«

Wolf vergrub seinen Kopf fast unter seine Brust und knurrte leise und lang gezogen in sich hinein. Ich schob mich noch näher an ihn heran, da hörte ich einen warnenden Heulton, und Prinz fing an, sich wie von Sinnen um sich selbst zu drehen.

Ich hätte in diesem alternden Kerl niemals eine solche fast tobsüchtige Energie vermutet. Er bewegte sich so schnell, dass ich gar nicht mehr unterscheiden konnte, was Kopf und was Schwanz war.

»Er geht dir gleich an die Kehle. Ich habe dich gewarnt. Er ist kurz davor. Es wird ein enormes Blutbad geben. Und wenn er dich getötet hat, wird ihn der Großmächtige erschießen.«

Er entwickelte eine solche Intensität, dass ich glaubte, mir würde das Hirn platzen. Ich hatte ihn noch nie in solcher Erregung gesehen.

»Ein verrücktes altes Tier«, dachte ich.

Plötzlich warf sich Prinz mit aller Gewalt gegen die Wand. »Ich bin kein verrücktes altes Tier!«

Danach blieb er erschöpft liegen. Seine Flanken zitterten vor Anstrengung.

Ich sah mich nach Wolf um. Er stand hoch aufgerichtet in seiner Ecke und starrte zu mir hinüber. Dann senkte er sein Hinterteil und setzte zum Sprung an.

»Wolf!«

Sein Knurren steigerte sich zu einem Fauchen. Ich hatte das Gefühl, einer wütenden Raubkatze gegenüberzustehen.

»Wolf!«, wiederholte ich jetzt voller Zorn, »nimm dich zusammen. Sonst werde ich dir zeigen, was ich gelernt habe.«

Er duckte sich noch tiefer und sprang los. Ganz dicht kam er vor mir auf und zog laut, fast hysterisch knurrend, die Lefzen bis zum Anschlag hoch.

»Ein wundervolles Gebiss«, dachte ich, »Onkel Adolf hat Recht. Wir würden ein herrliches Paar zur Aufzucht abgeben.«

Wir starrten uns weiter an. Sehr lange. Wolfs Knurren

schien nicht mehr die rechte Überzeugungskraft zu haben, denn alle Hunde um uns herum, die neugierig herbeigekommen waren, als Prinz lostobte, zogen sich jetzt langsam auf ihre Plätze zurück, und ich sah aus den Augenwinkeln, dass Prinz vorsichtig den Kopf hob.

Immer noch blickte Wolf mich an.

»Wie lange soll ich mich denn noch kampfbereit halten?«, dachte ich. »Das ist unsinnig und anstrengend. Außerdem habe ich dir gar nichts getan, und du spielst hier das rasende Raubtier.«

Sein Starren nahm kein Ende.

»Wolf«, meinte ich. »Ich bin es doch, Blondi!«

Er tat einen kurzen Schnaufer und ließ die Lefzen fallen.

»Na also.« Ich näherte mich ihm und leckte ihm blitzschnell über die Nase. Er hob einen seiner Vorderläufe und knabberte leicht daran herum. Eine Geste, die eine Art Verlegenheit oder Unentschlossenheit anzeigte, wie ich später feststellte.

Ich blieb aber auf der Hut und ließ ihn nicht aus den Augen. Langsam nahm er den Kopf zur Seite und sah zu Prinz hinüber, der den seinen sofort wieder zwischen die Pfoten legte. Nun ging Wolf fast träge zu ihm hin und ließ sich neben ihm nieder. Ohne mich dabei aus den Augen zu lassen.

Wenn ich doch bloß hätte lachen können! Es war so rührend, die beiden so vereint zu sehen. Als wollten sie eine Front gegen mich bilden.

War ich ihnen unheimlich geworden mit meiner fragwürdigen Hundeexistenz? Warfen sie mir im Stillen vor, dass ich mit den Zweibeinern intensiver kommunizierte als mit ihnen? Auf ihre unangezogene, tierhafte Existenz herabsah?

Ich war mir nicht sicher, ob sie meinen momentanen Gedankengängen folgten. Sie gaben jedenfalls keinen Laut von sich und waren augenscheinlich auf der Stelle eingeschlafen.

»Beneidenswerte Naturen«, dachte ich. »Sich nach diesem gefährlichen Wutausbruch so übergangslos beruhigen zu können.«

Wäre es zu Tätlichkeiten gekommen, hätte das für alle hier im Zwinger schreckliche Konsequenzen haben können. Andererseits war mein Verhalten Wolf gegenüber so instinktlos gewesen, dass ich vor lauter Selbstvorwürfen nicht einschlafen konnte.

»Ich werde mich ihnen anpassen müssen. Andernfalls gibt es keine Chance, eine der ihren zu werden«, überlegte ich noch, bevor ich gegen Morgen endlich wegdämmerte.

Drittes Tischgespräch

Unausgeschlafen und völlig unlustig trabte ich am nächsten Morgen neben Onkel Adolf zum Dressurgelände. Nachdem ich das bekannte Programm absolviert hatte, ließ er die Latte so hoch legen, dass es einem Pferd Mühe gemacht hätte, sie zu überwinden. Onkel Adolf stand neben dem Pfosten, zeigte mit seiner kurzen Lederpeitsche auf die Latte und sah mich erwartungsvoll an.

Ich lief fast bis zur Wiesengrenze zurück, um einen möglichst langen Anlauf zu haben, und sah von neuem die Latte an.

»Unmöglich«, dachte ich, »das ist eine typisch Adolfsche Schikane. Er fängt an, ungeduldig zu werden. Also reiß dich zusammen und versuch es einfach!«, befahl ich mir selbst.

Ich sprang einigermaßen richtig ab, gewann auch genügend an Höhe, stieß aber trotzdem voll mit der Schnauze in die Latte hinein.

»Blödes Tier!«, schrie Onkel Adolf und sprang zur Seite. Aber nicht weit genug, denn die Spitze der Latte bohrte sich ihm in den Fuß. Er schrie unartikuliert, fluchte zwischendurch in einem unverständlichen Dialekt und führte einen wahren Veitstanz auf, während ich benommen auf dem Boden lag und glaubte, mir alle Zähne aus dem Maul gebrochen zu haben.

»Was war denn das für eine Latte?«, fragte ich mich und kroch mühsam auf sie zu. Dann sah ich zu Onkel Adolf hinüber, der am Boden hockte und seinen schmerzenden Fuß untersuchte.

»Schade, dass er nicht völlig durchbohrt worden ist«, dachte ich wütend und fuhr vorsichtig mit der Zunge über die Latte.

»Sie ist aus Stahl, oder zumindest aus Metall und ziemlich scharf geschliffen. Sollte ich mir damit die Hinterhände abtrennen, falls ich sie nicht genügend an den Körper gezogen hätte? Vorsicht, er ist allein!«, warnte ich mich. Er sah auf, und wir blickten einander an. Dann senkte ich den Kopf.

»Weg da!«, schrie Onkel Adolf. »Mach, dass du wegkommst!«

Ich kroch schwerfällig von der Latte weg, um ihm zu zeigen, wie sehr ich verletzt war. Inzwischen kam die ganze schwarze Leibgarde heran und bemühte sich um ihn.

»Lasst mich in Ruhe!«, fauchte er sie an, nachdem man ihn aufgerichtet hatte. »Tornow, bringen Sie den Hund hier weg, und sehen Sie nach, was ihm fehlt.« Damit humpelte er ins Haus.

Ich wurde in den Garten vor dem Zwinger gelegt, jemand fasste mir behutsam ins Maul, tastete Zunge und Gebiss ab und sagte zu seinen Begleitern, dass ich scheinbar so weit in Ordnung wäre.

Das glaubte ich auch und wollte schon einen Seufzer der Erleichterung ausstoßen, aber da streifte er mit seinen Fingern meine Nase, und ich heulte gottserbärmlich auf, sprang auf die Beine, aber man hielt mich fest, und nun wurde ich eingehender untersucht.

»Sie scheint einen ziemlichen Schnitt in die Nase abbekommen zu haben, Herr Veterinär«, sagte einer aus der Gruppe, »sie blutet.«

»Das sehe ich auch«, antwortete der Veterinär. Dann erhob er sich und meinte, da könne er nicht viel tun. Bei Hunden heile so etwas von selbst, viel schneller als bei Menschen. Er klopfte mir lachend auf den Rücken. »Nichts Ernstes«, meinte er abschließend, der Führer darf sich entspannen.

Damit ließen sie mich allein. Ich hörte nur, wie sie, während sie sich entfernten, über das Befinden Onkel Adolfs sprachen und überlegten, ob er sich nicht vielleicht ernsthaft verletzt haben könnte.

»Das gebe Gott«, dachte ich. »So ein Schweinehund!« Ich erhob mich und suchte nach einem wuchernden Grasbüschel. »Sich so ein infames Folterinstrument auszudenken.«

Ich tauchte meine Nase kräftig in das kühlende, duftende Gras. »Da steht uns ja noch einiges bevor, Wolf«, dachte ich und sah kurz zum Zwinger hinüber. »Davon werde ich dir eingehend berichten müssen.« Wieder steckte ich die Nase ins Gras. »Aber vielleicht tut Onkel

Adolf die Hinterpfote ja ebenso weh wie mir die Nase. Das wäre schon eine Art Genugtuung und würde meinen Schmerzen den demütigenden Charakter nehmen.«

Zwei Tage lang ließ Onkel Adolf nichts von sich hören. Ich erzählte Wolf von der geschliffenen Stahllatte und schien ihn damit sehr betroffen zu machen.

»Man sollte den Zweibeinern nicht zu viel von unseren Fähigkeiten zeigen. Denn deren Ansprüche wachsen einem mit der Zeit über den Kopf«, mischte Prinz sich ein. »Stets nur das zustande bringen, was sie gerade eben zufriedenstellt. Jede Zugabe von unserer Seite würde sie nur zu unseren Ungunsten verwöhnen. Außerdem wäre das für unsere weniger talentierten Artgenossen hier auf Dauer der sichere Tod. Das Wort ›liquidieren‹ lag ihm, solange ich mit ihm noch auf der Pirsch war, täglich auf den Lippen, und daran wird sich nicht viel geändert haben.«

»In meinem Beisein hat er das noch nie ausgesprochen.«

Wolf dagegen stimmte Prinz zu und meinte, dass auch er dieses Wort schon des öfteren von ihm vernommen habe, sich aber bis zum heutigen Tag nicht darüber im klaren sei, was es damit tatsächlich auf sich hätte.

»Es heißt so viel, wie jemanden abtun. Ihn aus der Welt schaffen«, klärte Prinz ihn auf. »Damit hat der Großmächtige bei zunehmendem Alter wohl immer weniger Skrupel.«

»Oh, da täuschst du dich in ihm«, unterbrach ich. »Er kann sehr liebevoll und besorgt mit einem umgehen. Trotz eigener Hinterhandverletzung hat er immerhin gleichzeitig den Befehl gegeben, sich um mich zu kümmern.«

»Du bist sein Ausstellungsstück«, widerlegte mich

Prinz, »aber das hat ihn trotzdem nicht daran gehindert, diese perfide Latte aufzulegen.«

Wolf pflichtete ihm bei. »Du bist im Begriff, ihm mehr zu vertrauen, als er verdient.«

»Vertraue grundsätzlich keinem Zweibeiner«, setzte Prinz noch hinzu. »Sie sind durch ihre allzu lange Weltherrschaft moralisch vollkommen ausgehöhlt, und nur wenige von ihnen wissen, was echte Zutraulichkeit und Anhänglichkeit bedeutet. Lass sie also nicht allzu nahe an dich heran. Vor allem ihn nicht.«

Als Onkel Adolf am Tag nach diesem kurzen Wortwechsel vor dem Zwinger auftauchte und so tat, als sei nichts geschehen, machten mir Prinzens Worte erst den gebührenden Eindruck.

»Ich werde auf der Hut sein«, bläute ich mir ein. »Jeden Schweifwedler, jede Schräglage des Kopfes werde ich klug dosieren und mir keine ungestümen Spontaneitäten mehr erlauben.«

An diesem Tag konnte ich viele neue Gäste unter Tisch begrüßen. Als erstes fielen mir die teuren schwarzen Stiefeletten auf, die zu dicken weißbehosten Waden hinaufführten. Neben ihnen hatten zwei schlanke, seidenbestrumpfte Beine Platz genommen, deren Füße in hochhackigen Pumps steckten. Ich wandte mich um.

An der rechten Längsseite des Tisches begrüßte ich schweigend die mir bekannten Beine des Doktors mit den verschieden geformten Schuhen, die etwas hilflos über dem Boden baumelten. An des Doktors Seite sah ich schlanke, hellbestrumpfte Damenbeine in hochhackigen, beigefarbenen Schuhen, die ohne Mühe den Boden erreichten und ihn, im Gegensatz zu ihrem Nachbarn, auch mit einigem Selbstbewusstsein nutzten.

War dieses heutige Mittagsmahl zu Ehren der weiblichen Gäste auf dem Berghof angesetzt worden? In der Nähe Onkel Adolfs entdeckte ich noch ein drittes Paar Beine, das in dunklen Strümpfen und ziemlich abgetragenen Schuhen steckte. Es hatte wohl recht ungeniert an seiner Seite Platz genommen, denn Onkel Adolf hielt seine Knie eng zusammengepresst, als fürchte er eine eventuelle Berührung.

Unablässig tauchten hinter den Stühlen sich bewegende Schwarzhosen auf, die wohl die verschiedenen Gänge hereintrugen oder Getränke einschenkten. Routiniert, fast ballettartig, versahen sie ihre Aufgabe, so dass man beinahe Lust bekam, ihre hurtigen, tänzerischen Schritte nachzuahmen und dabei den Duft der Speisen genussvoll in sich einzusaugen. Es juckte mich in allen vier Pfoten, unter dem Tisch hervorzuspringen, doch dann hörte ich plötzlich, während Onkel Adolfs üblicher Vortrag an meinen Ohren vorbeirauschte, eine wahre Sturzflut von Sätzen über mich hereinbrechen.

»Wird da oben offen protestiert?«, fragte ich mich verwundert und versuchte diese Sätze jemandem zuzuordnen, der mir unter dem Tisch für diesen oder jenen Inhalt Hinweise anzuzeigen schien. Etwa durch unwillkürliche Bewegungsabläufe wie bestätigendes rhythmisches Trommeln mit den Fußsohlen oder abwehrendes Aufstellen der Füße, so dass nur noch die Hacken den Boden berührten. Es war nicht leicht, den Wortschwall zu entziffern und den verschiedenen Personen an der Tafel zuzueignen. Aber es war eine überaus spannende Aufgabe, die da überraschend auf mich zugekommen war, zumal mich der wahre Charakter dieser heuchelnden Zweibeiner oft amüsierte, mich, wenn ich nicht achtgab, sogar zu entzücktem Aufjaulen brachte.

Schwierig war nur, das von mir so genannte »doppelte Hinhören«, bei dem ich den endlosen Vorträgen Onkel Adolfs und gleichzeitig den spontanen Einwürfen der Gesellschaft meine ganze Aufmerksamkeit widmen musste. Wann immer mir das gelang, war der Spaß ein absolut ungeteilter.

Erst einmal konzentrierte ich mich also auf Onkel Adolfs Suada. Die Einwürfe, Proteste und Zustimmungen würde ich dann wie nebenbei mitzuverarbeiten haben. Es sollte mir leichter fallen, als ich es mir anfangs hatte vorstellen können.

»Was glauben Sie«, hörte ich Onkel Adolf sagen, »hat mich denn endgültig dazu gebracht, den jüdischen Charakter zu erkennen? Bis dahin war ich den Juden durchaus freundlich gesinnt. Ja, in meiner Wiener Zeit war ich mit einigen sogar befreundet. Ich muss sagen, dass sie sich mir gegenüber sehr kameradschaftlich und großzügig erwiesen haben. Denn es ging mir damals herzlich schlecht. In jeder Beziehung. Und ich war eine Zeitlang auf die Hilfe dieser Leute angewiesen.«

»Wie kamen Sie dann zu Ihrer heutigen Einstellung?« Dieser erste, von mir bewusst aufgenommene Einwurf, kam, so glaubte ich, von der dunkel bestrumpften Dame an seiner Seite. Sie hatte ihre Beine mit großer Energie gegen den Boden gestemmt, um ihrem Mut einen festen Halt zu geben. Wobei mir der Aufwand für einen lediglich gedachten Einwurf doch ein wenig übertrieben schien.

Ich wandte mich wieder Onkel Adolf zu. »Mitunter fragte ich mich, wenn ich damals durch das Wiener Judenviertel spazierte, ob das denn auch Menschen unseres Schlages wären, die da herumwieselten. Aber diese Gedanken verflüchtigten sich schnell, wenn ich auf meine kameradschaftlichen Juden im Männerheim traf. Eines

Tages aber wurden mir auf schmerzliche Weise die Augen geöffnet. Ich war dermaßen in finanzielle Not geraten, dass ich mich gezwungen sah, einen Siegelring meiner Mutter, den sie mir auf dem Totenbett übergeben hatte, zu verkaufen. Einer meiner Judenfreunde hatte mich darauf hingewiesen, dass ich den besten Preis wohl nur bei den Schmuckhändlern in ihrem Viertel erzielen würde.«

»Wie kann man nur den kostbaren Schmuck seiner Mutter, der einem auf dem Totenbett übergeben wurde, so gedankenlos verschachern? Es hätten sich doch sicher noch andere Einnahmequellen erschlossen, wenn er nur gewollt hätte!«

Diesmal kam der Einwurf aus der Richtung des Dicken. Er versuchte ruckartig seine Schenkel übereinanderzuschlagen, was ihm aber angesichts ihres voluminösen Umfangs nicht ganz gelang.

»Vielleicht will er oberhalb des Tisches damit den entspannten Zuhörer darstellen«, dachte ich und konzentrierte mich erneut auf Onkel Adolf.

»Ich ging also zielstrebig auf eines dieser Ramschgeschäfte zu und wurde mit der bekannten schmierigen Höflichkeit empfangen. Nachdem der Kerl den Ring von allen Seiten betrachtet hatte, bot er mir fünf Kronen an. Ich war entsetzt und machte ihn darauf aufmerksam, dass der Ring aus purem Gold sei und ein ziemliches Gewicht habe. Aber er schüttelte nur den Kopf. »Mehr als fünf Kronen ist er für mich nicht wert«, sagte er. »Sie müssen bedenken, dass ich ihn weiterverkaufen muss. Für den Eigengebrauch ist er mir zu altmodisch gearbeitet. Und eine bestimmte Gewinnspanne sollte mir wohl zustehen. Was hatten Sie denn für eine Preisvorstellung?«

Ich antwortete, dass ich mit mindestens fünfzig Kronen gerechnet hätte. Darauf grinste er auf eine ganz infame Weise und gab zu bedenken, dass das doch eine etwas weltfremde Preisvorstellung wäre. Ich könne aber mein Glück gern in einem der umliegenden Geschäfte versuchen. Vielleicht würde ich ja bei einem der Kollegen eine etwas vorteilhaftere Summe bekommen. Ich ging also hinaus und direkt in ein vis à vis gelegenes Geschäft, dessen Besitzer, ein widerwärtiger Mauscheljude, mir nach kurzer Betrachtung des Ringes vier Kronen anbot. Voller Zorn verließ ich diesen Laden, nachdem ich meinen Ring aus einem Korb gefischt hatte, den er dort schon in Erwartung eines guten Geschäftes hineingeworfen hatte. Zurück zum ersten Juden übergab ich ihm resigniert den Ring, und der legte mir noch eine halbe Krone drauf.

Kaum hatte ich das Geschäft verlassen, sah ich, wie der Jude von gegenüber zum ersten stürzte und heftig mit ihm zu diskutieren begann. Ich erkannte sofort, dass sie Compagnons waren und dass der Vis-à-vis-Jude ihm allem Anschein nach Vorwürfe machte, dass er mir noch eine halbe Krone draufgelegt hatte.

Sie stritten ohne jede Scham, direkt vor meinen Augen. Und obwohl sie mich gesehen haben mussten – ich stand nur einige Meter von ihnen entfernt –, nahmen sie mich überhaupt nicht mehr zur Kenntnis.

In diesem Augenblick hätte ich so manches für einen Revolver in der Tasche gegeben. Ich hätte die beiden rücksichtslos erschossen. Ohne mit der Wimper zu zucken. Ganz gleich, was im nachhinein mit mir geschehen wäre.«

»Ein alter Trick«, dachte ich amüsiert. »Warum regt er sich bloß so darüber auf? Der ist mir doch schon im alten Babylon begegnet. Von Nichtjuden, wie ich nachdrücklichst bemerken möchte.« Schon wieder hatte mich die Vergangenheit eingeholt.

»Wie bitte?«, sagte Onkel Adolf. »Hatten Sie etwas zu bemerken, Günsche?«

»Vorsicht«, dachte ich, »er reagiert immer sensibler.«

Der Stuhl neben ihm wurde sofort zurückgeschoben, und das schwarze Stiefelpaar schlug die Hacken zusammen. »Kein Wort, mein Führer!«, erwiderte erschrocken eine junge, sehr männliche Stimme.

»Ich glaube, Sie aber gehört zu haben.« Onkel Adolfs Antwort klang einigermaßen verunsichert.

»Ich kann beeiden, dass der junge Mann hier keinen Laut von sich gegeben hat«, mischte sich nun die unnachahmlich hohle Stimme des kleinen Doktors ein. »Aber ich würde Verständnis dafür haben, wenn ihm ein Ausruf der Empörung herausgerutscht wäre. Denn diese makabre Geschichte könnte man kaum glauben, wenn man nicht wüsste, dass es sich um dieses jüdische Geschmeiß gehandelt hat.«

»Wie weit will ihm dieser kleine Mann eigentlich in den Hintern kriechen? Auf alle Fälle wird ihm sein unförmiger Schuh dabei erhebliche Schwierigkeiten bereiten. Ihm und Onkel Adolf«, konnte ich mich nicht bremsen, und biss mir fast auf die Lefzen, um sie nicht in einem Lachanfall hochschieben zu müssen.

»Zum Donnerwetter!« Onkel Adolf sprang auf. »Das ist doch die Höhe!« Urplötzlich fing er an zu lachen. Er lachte schallend. Mit einem bösartigen Unterton. Dann brach er genauso plötzlich wieder ab. »Entschuldigen Sie, meine Damen«, meinte er, »aber ich hatte da ein Bild vor Augen …«

Er sprach nicht weiter, sondern setzte sich bedächtig hin und griff wohl nach seinem Besteck. Seine Beine zogen sich unter den Stuhl zurück, und das Klappern auf seinem Teller wurde immer intensiver.

Die Gesellschaft um ihn herum schien sich völlig regungslos zu verhalten. Sämtliche Beine hatten eine verkrampfte Ruhestellung eingenommen und über Tisch wagte keiner, auch nur einen Laut von sich zu geben.

Ich nahm an, dass sie ihn zum Teil anstarrten, oder den Blick auf ihre Teller gesenkt hielten.

»Was isst er da bloß?«, dachte ich so leise wie möglich, »Fleischstücke können wohl nicht dabei sein, jedenfalls nicht bei dem, was Onkel Adolf auf dem Teller hat.«

Und doch drang ein flüchtiger Bratendunst bis zu mir herunter. Es roch aber auch irritierend nach fettigen Kartoffeln und Hühnereiern.

»Übrigens«, begann Onkel Adolf von neuem, »bin ich einige Male von meinen jüdischen Kumpels in ihre koscheren Lokale eingeladen worden. Damals war ich noch kein überzeugter Vegetarier, aber das Karottengemüse, das ich dort vorgesetzt bekommen habe, war äußerst schmackhaft. Ich habe mich eingehend nach der Zubereitung dieser Beilage erkundigt, und ich glaube, das Rezept existiert noch heute. Ich müsste es einmal heraussuchen. Vielleicht habe ich es in die Akte ›Wannseekonferenz‹ hineingeschoben, weil der treue Heinrich unbedingt die Machart dieser Karottenspeise wissen wollte. Karotten zieht der Reichsführer jedem anderen Gemüse vor.

Sie sind ein Labsal für die Augen, wurde er nicht müde, zu versichern, und wie wichtig sind die Augen in Zeiten des Krieges. Je schmackhafter die Karotten zubereitet sind, desto öfter kann man sie der Elitetruppe vorsetzen. Außerdem sind sie billig. Man kann sie fast in jedem Boden pflanzen und die Kampfkraft der Truppe könnte durch sie gesteigert werden.

Nachdem er sich aber das Rezept durchgelesen und mir den Konferenzbericht übergeben hatte, schüttelte er enttäuscht den Kopf und gab mir den Zettel mit der Zubereitung zurück.

›Es ist typisch‹, sagte er, ›eine einfache Rübenspeise wird da in ungebührlicher Weise aufgemotzt. Man kocht sie, zerschnitten in kleine Scheiben, nimmt sie nach wenigen Minuten aus dem Wasser, um sie dann in der Pfanne mit Zitronensaft und Zucker kurz anzurösten. Aber woher nehmen wir in diesen Zeiten Zitronen oder Zucker? Vor allen Dingen in solchen Mengen? Nein, dieser unverschämte Luxus, mit dem hier aus einer deutschen Rübe eine lukullische Nebenspeise fabriziert wird, besagt doch alles!‹

Er hat ja recht, mein treuer Heinrich«, sagte Onkel Adolf nachdenklich, »aber der Geschmack bleibt dennoch ein besonderer.«

»Vielleicht sollten Sie den Zettel ja wirklich einmal aus dem Wannseebericht herausfischen«, sagte eine junge weibliche Stimme.

»Das war sie«, dachte ich und erschrak. »Jetzt kein weiterer Gedanke mehr an Wald, Gras und liebliche Lichtung!«

So sehr ich die Erinnerung auch abzuwenden versuchte, die Bilder drangen unaufhaltsam auf mich ein und drehten mir fast den Magen um.

»Nur jetzt nicht an meinen Begleiter denken. Das würde mich zur Denunziantin machen!«

Ich versuchte, meine Augen blind und gleichgültig werden zu lassen, wie Prinz es mir wiederholt anempfohlen hatte, aber es wollte mir nicht gelingen. Immer wieder zogen mich die Bilder in die Szene von damals zurück. Ich sah die gespreizten Beine, die feuchten Schamhaare und bangte davor, diese Vorstellung zu formulieren.

Da hörte ich wieder diese hohe, weiche Stimme. »Es

würde sicher einige Abwechslung auf unserem Speisezettel geben, zumal Sie sich sicher noch an einige andere Köstlichkeiten aus ihrer Küche erinnern würden, nicht wahr?«

»Als angehender Vegetarier hatte ich mich wahrscheinlich in ganz besonderer Weise auf diese Karottenspeise kapriziert und wäre glücklich, wenn sie mir hier einmal vorgesetzt würde«, antwortete Onkel Adolf.

»Aber nicht als Beigabe Ihres Hoppel-Poppel« sagte die Frauenstimme, »das muss doch schon mit einem, anspruchsvolleren Hauptgang kombiniert werden.«

»Was hast du gegen Hoppel-Poppel?«, fragte Onkel Adolf. »Eine vorzügliche Mahlzeit. Und sehr bekömmlich. Ihr mischt natürlich euer Rindfleisch da hinein. Nebenbei, habt ihr denn schon einmal zugesehen, wie diese Viecher ums Leben kommen? Wenn ihnen der Bolzen vor die Stirne kracht und sie in ihrer Bewusstlosigkeit noch so lange brüllen, bis ihnen die Gurgel durchgeschnitten wird und das Blut auf die Erde spritzt?«

Ich sah das hinterhältige Grinsen von Onkel Adolf deutlich vor mir und hätte viel darum gegeben, jetzt in die Gesichter der Tischgesellschaft schauen zu können.

Irgend jemand hatte leise sein Besteck auf den Teller zurückgelegt und war aufgestanden.

»Nanu, Hewel«, meinte Onkel Adolf, »geht es Ihnen nicht gut?«

»Verzeihen Sie, mein Führer. Ich hatte schon während des Frühstücks heute morgen einige Schwierigkeiten mit dem Magen.«

Plötzlich unterbrach er sich, und ich hörte, wie er zu würgen begann.

»Hewel!«, rief Onkel Adolf mit strenger Stimme, »Sie vertreten mich, Sie vertreten das Deutsche Reich im Ausland. Ich erwarte von Ihnen, dass Sie sich Ihre lächerliche Empfindlichkeit abgewöhnen. Und jetzt bringen Sie sich draußen in Ordnung.«

»Jawohl, mein Führer!«

Beinahe im Laufschritt entfernten sich die eleganten graublauen Hosen. Ich sah, wie die Tür leise auf- und wieder zugezogen wurde. Dann trat Ruhe ein, bis auf das kaum wahrnehmbare Kichern, das ich mühelos den hellbestrumpften, hochhackigen Pumps zuordnen konnte.

»Und jetzt esst ihr diese armen Viecher in eurem Hoppel-Poppel«, fuhr Onkel Adolf fort, als sei nichts geschehen.

Die Frauenstimme nahm eine hysterische Färbung an. »Sie, mein Führer, bestehen doch so sehr darauf.«

Ihre Förmlichkeit brachte ihn vollends zum Lachen. »Aber Evchen, mein armes Tschapperl. Deine Abneigung gegen das Hoppel-Poppel ist mir ganz neu. Ich bin überzeugt, wenn du es, so wie für mich zubereitet, essen würdest, bekäme es dir weit besser. Diese braun gebratenen Kartoffelwürfelchen und das viele Rührei dazu. Lass doch einfach nur die Rindswürfel weg!«

»Dann ist es aber doch kein Hoppel-Poppel mehr«, sagte das Tschapperl etwas entspannter, »und außerdem, ob mit oder ohne Fleischwürfel, ich könnte darauf verzichten. Denken Sie doch nur an Ihre österreichische Küche. Wo bitte taucht auf diesen Küchenzetteln irgendwann einmal ein ›Hoppel-Poppel‹ auf?«

»Du irrst, du irrst!«, rief Onkel Adolf. »Im Männerheim gab es fast täglich Hoppel-Poppel, allerdings mit fetten Schweinefleischstücken. Und das Erste, was ich von meinen liebenswürdigen Saujuden lernte, war, diese Stücke an den Rand des Tellers zu schieben und sie auszumustern.«

»Dann haben Sie aber doch so manches von Ihren Herren Saujuden gelernt, mein Führer«, mischte sich eine zweite Frauenstimme ein. »Sollten diese Herren vielleicht, ohne dass es Ihnen damals bewusst geworden wäre, den Grundstein zu Ihrem leidenschaftlichen Vegetariertum gelegt haben?«

Das waren die abgetretenen Halbschuhe neben ihm, die sich da äußerten. Dieser vorgetäuschten Ruhe, mit der sie ihre Sätze über Tische formulierte, widersprachen die vibrierenden Beine, die sich mit einem leichten Hacke-Spitze-Rhythmus abreagierten.

»Das mag schon sein«, erwiderte ruhig Onkel Adolf. »Obwohl ich damals nur einen unüberwindlichen Ekel vor fettem Fleisch verspürte.«

»Sehen Sie«, warf das Tschapperl dazwischen, »das war sicher nur das Arme-Leute-Essen, das Sie dort vorgesetzt bekommen haben. Und ich bin überzeugt davon, dass sie es sich von einer preußischen Garküche abgeguckt hatten.«

»Wie kommst du denn darauf?« fragte Onkel Adolf. »Bei welcher Gelegenheit denn?«

»Ach, die Wiener und die Preußen«, rief das Tschapperl, »die hatten doch ständig Streit miteinander. Oder vielleicht brachte Kaiser Wilhelm sein Hoppel-Poppel zu einem Staatsbesuch in die Hofburg mit. Als Gastgeschenk.«

Das Kichern, besonders das der Frauen, wurde ungenierter und ich sah den mächtigen Bauch der Weißhose in wellenartige Bewegungen geraten.

»Du redet Unsinn, Fräulein Braun«, sagte Onkel Adolf ernst. »Oder finden Sie das wirklich komisch, Reichsmarschall? Immerhin war der Kaiser Staatenlenker des Zweiten Deutschen Reiches, über den sich diese leichtsinnige junge Dame hier lustig macht. Von Ihnen als preußischem Ministerpräsidenten hätte ich da eine seriösere Reaktion erwartet.«

»Das ist mir schon klar, mein Führer«, hörte ich jetzt die tiefe Stimme des Dicken über dem Tisch. »Ich sah nur gerade den Kaiser in der Hofburg mit seinem Hoppel-Poppel auf den Franz-Joseph zumarschieren.«

»Werden Sie nicht albern, mein Lieber. Hier dreht es sich um ein ernsthaftes Gespräch über die österreichische Küche. Um nicht mehr und nicht weniger. Oder wollen wir mit den Damen hier etwa das Politisieren anfangen?«

»Natürlich nicht, mein Führer.«

Wieder trat eine lastende Stille ein. Nach einer Weile hörte ich den kleinen Klumpschuh das Wort ergreifen. Seine Stimme klang triumphierend, fast ekstatisch, als er Onkel Adolf bat, seine Meinung über die österreichische Küche zum besten zu geben.

»Wie kommt es, dass alle Welt ihr so rückhaltlos huldigt, während ich mir beispielsweise so gar nichts aus ihr mache?«

»Aber Herr Minister, die Wiener Mehlspeisen sind weltberühmt«, wagte man zu widersprechen.

»Aber nicht auf eigenem Mist gewachsen«, fuhr Onkel Adolf dazwischen. »Diese fettigen, den Magen ständig überanstrengenden Gerichte, sind doch ein Alptraum und stammen zumeist aus den slawischen Regionen des Kaiserreiches. Nehmen Sie nur den Palatschinken. Ist das etwa eine deutsche Bezeichnung? Oder diese Strudelsorten mit dem vielen Schlagrahm oben drauf. Das konnte ja nur zu einer nationalen Vergiftung führen.

Die Menschen in der Ostmark müssen doch alle erst wieder entschlackt werden. Dieser verweichlichte, schon fett geborene Menschenschlag wird uns noch viel Mühe kosten, bis wir ihn dem drahtigen, germanischen Prachtwuchs angeglichen haben. Und was kommt da nicht noch alles an durchrasstem Fremdvölkischen hinzu. An ihren Speisen sollt ihr sie erkennen, müsste es heißen.

Sehen Sie sich beispielsweise das so genannte Wiener Schnitzel an. Das ist doch von einer geradezu slawischen Hinterhältigkeit geprägt. Da wird ein platt gewalztes Stück Viechsfleisch in einer Mischung aus Eierspeise und Brotkrümeln in die Pfanne geworfen, so dass man den Eindruck hat, ein belegtes Brot zu verspeisen. Ja, dieses hauchdünn zubereitete Vieh, das womöglich über den ganzen Teller reicht, ist fast gar nicht mehr zu spüren. Man funktioniert es zu einem salzigen, knusprigen Kuchen um und lässt sich das auch noch teuer bezahlen. Das ist Betrug! Entweder isst man Fleisch, dann will man es auch als solches auf seinem Teller erkennen. Oder man isst ein belegtes Eierbrot. Dafür gibt es genügend Liebhaber. Es ist diese betrügerische Tarnung, die mich so aufregt, und ich bin sicher, dass all diese Essgewohnheiten der tiefsten Wallachei entstammen.«

»Und die jüdischen Karotten«, dachte ich, »sind die auch Produkte aus dieser Gegend?«

»Wie bitte?« Onkel Adolfs Füße zuckten nervös, als wolle er erneut aufspringen.

Vor Schreck stieß ich ein fast unhörbares Grunzen aus.

Onkel Adolfs Kopf wurde sichtbar. »Was ist los mit dir? Musst du Gassi gehen?«

Ich kauerte mich auf den Boden und legte den Kopf zwischen meine Pfoten. Er strich mir kurz über die Nase und verschwand wieder nach oben.

»Wo war ich stehengeblieben?«, hörte ich ihn fragen.

»Sie sagten: Wie bitte?«, gab der Doktor zur Antwort.

»Ja, ich entsinne mich«, sagte Onkel Adolf nachdenklich.

Plötzlich brach eine Kakophonie von durcheinander wirbelnden Gedanken auf mich ein.

»Hat er Absencen?«, fragte jemand.

»Er wird immer schrulliger. Diese Schnitzel-Philosophie ist ja geradezu grotesk.« Das konnte nur die Dame neben ihm gedacht haben.

»Mein Gott, wenn er jetzt wahnsinnig wird, dann ist der Krieg verloren.« Das war der Doktor. »Genies enden ja oft so.«

Meine Lefzen ließen sich nicht mehr bremsen. Vor boshaftem Gelächter tropfte mir der Schweiß von der Zunge. »Ach Wolf, wenn du das hören könntest.«

Plötzlich wurde mir die atemlose Stille bewusst, die mittlerweile eingetreten war. Nur ein Gedanke schwebte gewissermaßen als Nachzügler durch den Raum. Er musste aus der Gegend des Dicken stammen. Fast glaubte ich, seine tiefe Stimme gehört zu haben.

»Nun hat's ihn erwischt.«

Nichts weiter. Aber ich meinte, Onkel Adolfs Gesicht vor mir zu sehen. Ausdruckslos und leicht glotzend starrte er vor sich hin. Ja, nur so konnte er gerade aussehen. Er hatte den Namen »Wolf« vernommen.

Wer anders als ich hätte diesen Namen gedacht haben können? Er hatte begriffen, konnte es aber noch nicht fassen. Gleich würde er sich zu mir herunterbeugen und mich zu fassen kriegen.

Statt dessen sagte er, dass die jüdischen Karotten wohl eine Ausnahme seien. Und noch manches andere, dem findigen jüdischen Geist Entsprossene, sei von großer Qualität.

»Diese Rasse hat eine Jahrtausende alte Tradition hinter sich und ihre Zähigkeit und ihr Lebenswille hat trotz ihres Alters nie nachgelassen. Sie ist und bleibt unser gefährlichster Feind. Ja, ich möchte behaupten, sie ist uns ebenbürtig. Was bleibt uns also anderes übrig, als diese hinterhältige Spezies mit Stumpf und Stiel auszurotten?

Oft verbergen sie sich hinter minderwertigen Rassen wie beispielsweise den Slawen, oder sie versuchen, mit ihrem raffinierten Finanzgenie ganze Völker und deren Regierungen zu kaufen. Damit können sie Kriege vom Zaun brechen, wie sie diesen Krieg gegen mich vom Zaun gebrochen haben.

Was also macht es aus, wenn wir sie von der Landkarte fegen und ausrotten, was ausgerottet gehört. Wobei es gar keine Rolle spielt, wenn mit ihnen das ganze andere minderwertige Gesocks in die Grube fährt. Ohne Frage hat ihnen die Erfindung ihres einen und einzigen Gottes zeitweise eine Vorrangstellung beschert. Glauben Sie mir, diese Gotterfindung war das gemeingefährlichste Ereignis der abendländischen Geschichte. Die Ausdehnung dieser Gottesideologie durch den Juden Jesus hat eine bis dahin gesunde und heroische Welt in Stücke gerissen.

Und nun stellen Sie sich vor, dass so etwas von einem politisch bedeutungslosen kleinen Land ausging. Von einem Volk, das in seiner lächerlichen Winzigkeit gar nicht ernst genommen wurde.

Ja, meine Damen und Herren, dieser Trick mit dem Jesus, war ein einzigartiger Einfall. Ein typisch jüdischer noch dazu. Denn die vermeintliche Abspaltung der Christenkirche vom Judentum kann doch niemand ernst nehmen, der die geschichtlichen Vorgänge kennt.

Zugegeben, man verfasste ein Neues Testament und stellte das alte erst einmal in die Ecke. Aber das konnte doch einfach nicht funktionieren. Jeder Satz der neuen Legende bezieht sich doch in irgendeiner Form auf das alte Vorbild. Man versuchte sogar, den Stammbaum Jesu auf den alten Judenkönig David zurückzuführen, um ihm eine Art Legitimation zu verschaffen.

Übrigens, das jüdische Original, der unbarmherzige Rachegott, hat mir im Grunde immer mehr imponiert, als die aufgeweichte Fassung christlicher Nächstenliebe, die sämtliche Wangen hinhält, um sich in die Fresse schlagen zu lassen. Was soll man bloß mit einem solchen liebeskranken Herrn anfangen?«

Das halb unterdrückte Lachen der Tischgesellschaft schwoll zu einem gewaltigen Gelächter an. Man schob die Stühle zurück, um sich eine bequemere Haltung zu suchen. Der Bauch des Dicken wurde plötzlich von zwei Händen umfasst, die versuchten, die riesigen Fettmassen zusammenzuhalten.

Sie sahen ekelhaft aus. Auf der krankhaft weißen Haut sprossen einige wenige rötliche Haare von ungewöhnlicher Länge.

»Warum schneidet er sie nicht ab?«, dachte ich. »Diese Scheußlichkeit, die sich zwischen menschlicher Haut und zünftigem Fell nicht entscheiden kann, setzt einem schon zu.«

Ich wandte meinen Blick ab und betrachtete die Puppenbeine des kleinen Doktors. Sie schlenkerten in ihrer Ekstase rücksichtslos unter dem Tisch herum, stießen mit voller Wucht an die Schienbeine seiner Nachbarin, die sich sofort unter ihrem Stuhl in Sicherheit brachten, und fuhren mit großer Verve in die braune Weichledereleganz meines besonderen Freundes.

Ich hörte über Tische ein glucksendes Geräusch, und ein Glas mit rötlicher Feuchtigkeit fiel schmetternd zu Boden. Dicht vor meiner Nase.

Ich begann vorsichtig, die Flüssigkeit zu untersuchen. Sollte das etwa Alkoholisches sein?

Ich hatte schon früh einen ziemlichen Widerwillen gegen den Alkohol entwickelt, fuhr es mir durch den Sinn. Aus welcher meiner Existenzen stieg diese Erinnerung jetzt in mir auf?

Im nächsten Augenblick erschrak ich.

»Lass jeden Gedanken daran fallen, lösche jede Überlegung, die eigene Person betreffend«, befahl ich mir. »Wenn Onkel Adolf sie aufliest, bist du geliefert. So lange sich die Gesellschaft lautstark äußert, ist die Gefahr geringer, scheint die Kommunikation zwischen uns gestört. Aber man kann nie wissen, wie rasch er sensibilisiert wird. Du wirst dich heute Abend mit Prinz darüber auseinandersetzen müssen.«

Anscheinend war Onkel Adolf so sehr von seiner eigenen Redseligkeit überwältigt, dass er nichts um sich herum mehr wahrnahm.

»Der Judengott aber, meine Damen und Herren, der alte Rachegott, hat mich schon, seitdem ich mich mit ihm beschäftige, herausgefordert. Was bedeutet denn schon dieses Rachegebrüll, diese Androhung der Strafe für einen Verbrecher bis ins dritte und vierte Geschlecht seiner Sippe?«

»Die Belohnung für eine gute Tat ahndet er aber bis ins tausendste Geschlecht«, fuhr es mir unversehens heraus.

Fast augenblicklich trat wieder diese tödliche Stille ein. Was ging da über mir bloß vor? Was tat Onkel Adolf? Wie sah er aus, dass man darüber so erschrecken konnte?

Ich hätte mir die Zunge zerbeißen mögen. Zu spät. Die Stille schien überhaupt nicht enden zu wollen. Sämtliche Beine waren in der Bewegung erstarrt, in der die peinigende Lautlosigkeit sie erwischt hatte.

Dann hörte ich Onkel Adolf langsam, wie in Trance, weiterreden.

»Ja«, sagte er leise, »ich werde ihn übertreffen. Denn was ich denke, wird sich denen, die nach mir kommen, einprägen bis ins tausendste Geschlecht. Das ist meine Antwort auf die mosaische Gesetzgebung.

Aber unter uns, meine Herren, sollte es wirklich jemals so etwas wie einen Gott gegeben haben, so hat er längst alle Hoffnungen aufgegeben. Das kann sich vielleicht schon vor dem großen Sündenfall zugetragen haben. Auf alle Fälle haben wir keine übergeordnete Instanz zu fürchten, die uns zur Rechenschaft ziehen könnte.

Wir werden vollenden, was Er uns so schlampig, so ungeordnet, hinterlassen hat. Und kein Mensch wird nach wertlosen Minderheiten schreien, wenn wir mit all der Radikalität vorgehen, die uns von Anfang an ausgezeichnet hat!«

Diesmal blieb ich sprachlos. Oben dagegen setzte ein ungeheurer Applaus ein. Die Tischgesellschaft sprang wie ein Mann auf. Einige Stühle kippten nach hinten, und ein infernalisches Jubelgeschrei erfüllte den Raum.

Kein Wesen auf der Welt konnte sich so lautstark äußern wie diese Zweibeiner. Welches Geschöpf hätte auch so brüllen und gleichzeitig in die Pfoten klatschen können?

»Nein«, fuhr Onkel Adolf träumerisch fort, »die Juden sind schon ein widerliches, zähes und gottbegeistertes Volk. Wenn man ihnen diesen Gott nimmt, wird man sie wohl endgültig erledigt haben.«

»Wie wollen Sie das denn anstellen, mein Führer?«, hörte ich die Frauenstimme in die erneute Stille hinein sagen. »Man kann ihnen das Leben nehmen. Aber ihren Gott? Ja, wenn Sie das zustande brächten. Ich habe kürzlich in Holland einen Zug deportierter Juden beobachtet. Es war entsetzlich, wie diese armen Menschen aussahen. Sie waren sicher sehr schlecht behandelt worden. Ich hörte sie singen: ›Wir leben ewig.‹ Ganz trotzig sangen sie diese Worte. Das machte mir große angst. Ja, sie schienen sehr schlecht behandelt worden zu sein. Wissen Sie das, mein Führer? Und glauben Sie das?«

Ich versuchte, mit meinen Pfoten die Augen zu bedekken, um mich vor der bösartigen Stille zu schützen. Es half nichts. Die Quälerei dauerte endlos.

Plötzlich stand Onkel Adolf auf und lachte, wie ich ihn noch nie hatte lachen hören. So, als ob ein anderer, ein Fremder, aus ihm heraus lachte.

»Frau von Schirach scheint sich ja sehr zu engagieren. Wenn Frauen sich in die Politik einmischen, kann das nur Verstimmung auslösen. Das sollten Sie sich zu Herzen nehmen, gnädige Frau.«

Sein Gesicht tauchte unter dem Tisch auf. »Komm, Blondi!«

Damit verließen wir ohne ein Wort des Abschieds den Raum. Ich versuchte noch, einen Blick auf diese Frau zu werfen, aber sie hatte den Kopf abgewandt. Später hieß es, sie sei, ohne von Onkel Adolf noch einmal empfangen worden zu sein, nach Wien abgereist. Dabei sollte sie Onkel Adolf doch nur ein wenig unterhalten.

Prinzliche Warnung

»Du begibst dich in immer größere Gefahr«, warnte Prinz, nachdem ich ihm von meinem erneuten Abenteuer unter Tische berichtet hatte.

»Es mag ja sein, dass der Großmächtige deine Gedanken nicht orten kann. Noch nicht. Und es mag auch sehr amüsant sein, deine Einfälle in so veränderter Form aus seinem Mund hörbar werden zu lassen. Eines Tages aber wird deine Konzentration nachlassen. Du wirst dich verplappern, und er wird dich mit all seiner Brutalität unter dem Tisch hervorzerren. Was dann mit dir passieren könnte, wäre kaum zu beschreiben.«

»In welcher Weise soll ich mich denn verplappern?«, fragte ich ihn.

»Indem du beispielsweise unbeabsichtigt deinen, Wolfs oder meinen Namen in deine Gedanken einflichtst. Vielleicht sogar von deiner ungeliebten Hundeexistenz sprichst. Wie sagtest du so passend? ›Eingenäht in ein Hundefell.‹ Du erinnerst dich?«

»Und wie kann ich dem dauerhaft entgehen? Du weißt sehr gut, dass ich jedem Führerbefehl bedingungslos gehorchen muss.«

»Sicher, sicher«, meinte Prinz nachdenklich. »Es wird dich einen Aufwand an Konzentration kosten, den du auf Dauer gar nicht aufbringen kannst. Verlass dich einfach auf dein Glück und auf deine nie versagende Wachsamkeit und Kontrolle deiner selbst. Vor allem, und ich wiederhole das hier nachdrücklichst, darfst du keinen Gedanken an die Namen deiner Hundsgenossen verschwenden. Du solltest dir das so einprägen, dass es dir zur zweiten Natur wird. Auf allen anderen Gebieten kannst du dir schon einmal einen Ausrutscher erlauben.«

»Hast du Angst vor Konsequenzen, die dich betreffen könnten?«, fragte ich.

»Ach, mein Mädchen«, antwortete er, »du sprichst einen Verdacht aus, der deiner nicht würdig ist. Was sollte mir schon geschehen? Selbst, wenn man mich zu Brei schlüge, würde ich mich rasch damit abfinden, wieder in irgendeiner Form auf diesem Erdenrund aufzutauchen. Der Tod, das wissen wir doch beide, stößt nur Türen zu neuen Existenzen auf. Das wäre übrigens der einzige Grund, sich vor ihm zu fürchten. Was würde ich darum geben, eine Garantie für ein endgültiges Verlorensein zu erhalten!«

Seine Augen hatten wieder diese durchsichtige, eisblaue Farbe angenommen.

»Wie die Augen Onkel Adolfs«, dachte ich erschrocken.

Prinz schüttelte nur traurig den Kopf. »Eine unwichtige Zufallserscheinung«, gab er mir zu verstehen. »Nichts, was ihn auszeichnet, oder sagen wir besser, ›verurteilt‹, könnte jemals in mir sichtbar werden oder zum aktiven Tragen kommen. Parallelen in Lebensläufen von Lebewesen verschiedener Couleur bedeuten nichts. Es sei denn, sie entsprängen einer gemeinsamen Tradition.«

»Oh, da würde es mich aber doch sehr interessieren, wie sich deine ganz persönliche Meinung darüber anhört«, warf ich ein.

»Plump, meine Liebe, reichlich plump.« Prinz zog verächtlich die linke Lefze hoch. »Ich wiederhole noch einmal: Ich bin nicht der, den du glaubst, in mir sehen zu müssen. Und wenn ich empfindlich wäre, hätte ich sogar das Recht, beleidigt zu sein.«

»Du irrst, du arroganter alter Hund«, fuhr ich ihn wütend an. »Du gleichst niemandem, dem ich irgendwann einmal begegnet sein könnte. Jedenfalls niemandem Bedeutenden.«

Damit drehte ich ihm mein Schwanzende zu und brach die spröde Unterhaltung ab.

Langsam trabte ich zur offenen Zwingertür und versuchte es mit einem entspannenden Spazierlauf durch den ersten Sperrkreis, aber Prinz blieb mir auf den Fersen. Ohne mich nach ihm umzuschauen, ließ ich ihn wissen, dass er mir lästig wäre, doch er kümmerte sich nicht darum, sondern trabte geduldig hinter mir her.

»Was willst du denn noch?« Ich war stehengeblieben und blickte ihn an. »Du willst über gewisse Dinge nicht sprechen und versuchst auf der anderen Seite ständig mich auszuhorchen. Wenn ich dir nicht vertrauenswürdig genug bin, dann lass uns den Kontakt auf das Notwendigste beschränken und uns ansonsten aus dem Weg gehen. Und jetzt möchte ich meinen Abendlauf antreten. Allein.«

Ich warf mich herum und schlug ein ziemliches Tempo an.

»Ich hatte nur vor, mich bei dir zu entschuldigen. Mir ist klar, dass ich ein ziemlich arroganter Esel bin. Aber du brauchst mich doch ebenso sehr wie ich dich.«

»Inwiefern sollte ich dich nötig haben?«

Wieder war ich unnötig grob geworden.

»Meine Ratschläge haben dich doch gewiss vor manch einer prekären Situation bewahrt, das wirst du mir doch zugeben?«

»Gar nichts gebe ich zu. Die meisten Vorsichtsmaßnahmen sind mir ohnedies selbst eingefallen. Plustere dich nicht auf. An mir interessiert dich einzig und allein mein ungewöhnlicher Kontakt zu den Zweibeinern. Und ich frage, weshalb du dir nicht einen eigenen Kontakt zu ihnen aufbauen konntest, da du ja immer wieder geheimnisvoll durchblicken lässt, es könnte sich mit deinem Vorleben ähnlich verhalten wie mit meinem.«

»Ich habe nie durchblicken lassen, dass meine durchlaufenen Existenzen den deinen ähneln könnten. Vielleicht haben wir irgendwann einmal dieselben Zeiten durchlebt. Auf keinen Fall aber sind wir uns in ihnen begegnet. Das könnte ich beschwören, obwohl mir das meiste an deinen durchlaufenen Jahrhunderten absolut fremd ist. Bestimmte Lebenskreise verlässt man nie, trotz aller Wandlungen und Verwandlungen. Nein, was dich auszeichnet und mir so unentbehrlich macht, ist dein enormes Sprachgedächtnis.

Während mir mit der Zeit eine Vielzahl an Wörtern abhanden gekommen waren, und ich oft nur aneinander gereihte Töne vernehme, die die Zweibeiner von sich geben, ihre Gesten mühsam deuten muss, und mir nur ihre ewig wiederholten Befehle einzuprägen hatte, konntest du nach anfänglichen Schwierigkeiten mühelos ihren Unterhaltungen folgen.

Verstehe mich recht: Ich begreife die Philosophie, nach der sie leben, ich entsinne mich ihrer enormen, wenn auch überflüssigen Kultur. Ich bewundere ihre kriegerischen Auseinandersetzungen, ihre raffinierte Waffentechnik, und ich verachte ihre satanische Brutalität. All diese mehr oder weniger wertvollen Errungenschaften sind mir stets geläufig geblieben.

Die Erinnerung an ihre Sprache aber ist mir zeitweise verlorengegangen. Mein akustisches Gedächtnis hat mich aus irgendeinem undefinierbaren Grund im Stich gelassen. Deshalb bist du mir als meine Dolmetscherin so wertvoll geworden. Durch dich nehme ich Teil an den Unterhaltungen bei Tische des Großmächtigen, durch dich kann ich an den aufregenden Ereignissen, sei es während der Dressur oder bei politisch militärischen Entscheidungen, partizipieren, die mich übrigens am meisten interessieren.«

»Mich überhaupt nicht«, unterbrach ich ihn. Wenn es dich aber so sehr beschäftigt, bin ich gern bereit, dir in Zukunft ausführlicher darüber zu berichten.«

»Das wäre sehr liebenswürdig von dir.«

Wir sahen uns lange an. Eine Welle von Sympathie

überschwemmte mich, ließ mich beinahe vor Freude aufheulen.

»Ich bin nicht mehr allein«, dachte ich glücklich.

Ganz gleich, wie seine Herkunft ausgesehen haben mochte, beide konnten wir eine bestimmte Art von Verwandtschaft nicht leugnen. Und irgendwann, dessen war ich gewiss, würde er sein Geheimnis, von dem er hin und wieder in Andeutungen gesprochen hatte, lüften. Ein sehr schwergewichtiges Geheimnis, davon war ich überzeugt.

Die Wolfsschanze

Auf alles wäre ich gefasst gewesen, nur darauf nicht, am nächsten Morgen eine Reise antreten zu müssen. Ich wurde von Tornow, dem Reichshundeführer, in aller Stille aus dem Zwinger gelockt, mit einem hübschen ledernen Halsband geschmückt und zu einer wartenden Autoschlange geführt.

Tornow öffnete die hintere Gittertür eines der Wagen und forderte mich auf, hineinzuspringen. Ich tat so, als verstünde ich ihn nicht, war auch wirklich unausgeschlafen, und starrte in die schmalen Schlitze der Scheinwerfer, die den nachtschwarzen Morgen nur spärlich erleuchteten. Tornow schien die Geduld zu verlieren. Er zog mir kurz und scharf eins über. Ich warf mich herum und knurrte ihn böse an.

»Mach das nicht noch einmal«, dachte ich und duckte mich wie zum Sprung.

Tornow wich langsam zurück. Ohne mich aus den Augen zu lassen, ging er zu einem der vorderen Wagen, der mit laufendem Motor auf das Zeichen zur Abfahrt wartete.

Da hörte ich schon die Stimme Onkel Adolfs. »Blondi!«

Dann tauchte seine Silhouette aus dem Dunkel auf.

»Was ist los, Tornow?«, hörte ich ihn fragen.

»Blondi hat scheinbar Schwierigkeiten, in den Wagen zu springen, mein Führer. Als ich sie ein, zwei Mal aufforderte, wurde sie ziemlich rabiat.«

»Hat sie zugebissen?« In Onkel Adolfs Stimme klang so etwas wie Triumph.

»Nein, natürlich nicht. Aber einen Schrecken hat sie mir schon eingejagt.«

»Dann haben Sie sie bedroht, Sie Esel! Lassen Sie das in Zukunft.«

Er wandte sich mir zu. »Blondi!«

Er zeigte auf die offene Wagentür. »Hinein mit dir. Marsch!«

Ich sprang sofort. Tornow warf die Tür hinter mir zu, und ich begann, bei völliger Dunkelheit, den Raum zu erkunden, war aber nicht darauf gefasst, dass sich der Wagen so bald in Bewegung setzen würde. Ich krachte mit dem Kopf gegen eine Wand und blieb benommen liegen.

»Was hat man mit mir vor?«, fragte ich mich. »Wohin wollen die mich transportieren?«

Panik überkam mich. »Warum nur mich allein? Wenn ich jetzt wenigstens Wolf an meiner Seite hätte!«

Der Wagen schaukelte heftig, stieß mich von einer Seite zur anderen, oder bremste so scharf, dass ich hart nach vorn geworfen wurde. Verschwommene Bilder stiegen vor mir auf, bedrängten mich und schienen den Raum immer enger werden zu lassen. Gerüche, die mir den Schweiß auf die Zunge trieben, faulig, kotig, mit altem Uringestank vermischt.

Ich roch Todesschweiß, versuchte, mich in den Boden zu krallen, wurde aber immer wieder in eine andere Richtung geschleudert.

»Großer Gott, woran erinnert mich das? Wo habe ich diese hilflosen Todesseufzer schon einmal gehört? Wo waren sie, die diese Seufzer ausstießen?«

Ich fing an, leise vor mich hin zu jaulen. Versuchte, mich an Wände zu pressen, die mir keinen Halt gaben und spürte weiche, angespannte Gliedmaßen um mich herum.

»Nur nicht mit ihnen in Berührung kommen. Mich nicht mit ihnen einlassen«, hämmerte ich mir ein. »Ich bin ein Hund. Nichts als ein dummes, panisches Tier, das vor lauter Angst gleich urinieren wird und später von Onkel Adolf deswegen eins übergezogen bekommt.«

»Nein«, vernahm ich Prinz, »du bist ein ins Hundefell eingenähter Zweibeiner, der sich nur zu gern aufrecht auf seinen Hinterläufen bewegen möchte.«

»Ich bin nichts als ein Hund«, wiederholte ich in rasendem Tempo und versuchte damit, gegen das immer lauter werdende Todesröcheln anzugehen.

Ich ließ mein Jaulen zu einem jammervollen, hündischen Heulen anschwellen und erwartete, dass der Wagen sofort halten würde. Dass man kam, um nach mir zu sehen. Aber niemand schien auf mich aufmerksam zu werden.

Staunend und erleichtert stellte ich fest, dass die Geräusche um mich herum nachließen. Überzeugt davon, dass mein Heulen sie vertrieben hatte, ließ ich mich treiben, wehrte mich nicht mehr gegen die ständige Bewegung. Hatte sogar Spaß daran, da ich den Raum als absolut leer erkannt hatte und irgendwann einmal beruhigt einschlafen würde. Wenn nur dieses lästige Rucken und Stoßen nachließe.

»Großer Gott«, dachte ich, »dieses Schütteln bringt mich noch um.«

»Kein Gedanke daran. Deine Zähigkeit ist im ganzen Gelände berühmt. Glaube mir. Ich bin aber im Augenblick sehr beschäftigt. Deine Anrufung kommt also sehr ungelegen. Warte, bis ich mein Spiel hier beendet habe, dann stehe ich dir gern zur Verfügung.«

Da ist er wieder. Endlich.

»Womit spielst Du?«

»Riesige, luftige Seifenblasen. Sie schweben leicht und schillernd daher, stoßen aneinander, zerplatzen und werden von mir sofort ersetzt. Irgendwann gelingt mir dann eine aus einer hervorragenden Substanz. Wächst mit unheimlicher Geschwindigkeit und frisst alles, was sich ihr in den Weg stellt. Gerade in diesem Augenblick schaue ich einer solchen Kreation zu. Begreifst du jetzt, weshalb du mir lästig bist? Wenn sie weiterhin so stabil bleibt, wächst sie sich zu einem Universum aus.«

»Du bläst ein Universum auf und nennst es eine Seifenblase?«

»Wie soll ich mich denn dir gegenüber verständlich machen? Unsere Ansichten über Größenordnungen sind doch grundverschieden. Ich habe schon so viele Universen aufwachsen und verschwinden sehen. Elend zugrundegegangen. Entweder durch bösartige Viren, die durch Überwindung riesiger Räume einen Himmelskörper nach dem anderen ansteckten, oder durch Vergreisung meiner über alles geliebten Lichtspender, die durch ihr Absterben gewaltige Löcher ins Universum gerissen haben. Es gibt so viele, unvorhersehbare Katastrophen, die einen nicht zur Ruhe kommen lassen.

Jetzt aber habe ich ein Universum am Rohr, das sich nicht so leicht zerstören lässt, wie ich glaube. Und wenn mir dann noch ein paar blaue Diamanten gelingen! Man muss eben Geduld haben, Kleine. Viele meiner Universen sind unfruchtbar geblieben. Nach all der Arbeit, die man daran verschwendet hatte, war das eine herbe Enttäuschung. Jetzt segeln sie wie riesige, unbefruchtete Eier in der Unendlichkeit herum und erinnern mich an meine Niederlagen.

Dasjenige, dem du angehörst, hatte doch zumindest einen Diamanten aufzuweisen. Dass ihr im Begriff seid, ihn mir zu verderben, ändert ja nichts an der Tatsache. Gib mir nur noch einen Augenblick Ruhe, dann stehe ich dir, wie gesagt, zur Verfügung.«

»Deine Augenblicke kenne ich mittlerweile«, rief ich. »Es handelt sich hier um Zeiträume, die wir gar nicht nachvollziehen können. Das weißt Du doch. Warum behandelst Du mich so unfair? Es gibt, glaube ich, einen alten, jüdischen Witz …«

»Komm mir jetzt nicht damit«, wurde ich unterbrochen. »Eure Witze sind so weinerlich, so sentimental, dass mir immer gleich die Galle hochsteigt. Mit euren Witzen habt ihr euch stets aus der Affäre gezogen, habt eure Umgebung zu rührseligen Tränen veranlasst und schließlich ihren Hass gegen euch entfacht. Ich jedenfalls habe keineswegs eure Leichen verursacht.«

»Ist es das, worüber Du mit mir sprechen wolltest?«

»Ihr wolltet leiden. Habt euch in die Rolle des Opfers verliebt. Wie viel leichter hattet ihr es doch damit, als sich wehren zu müssen. Natürlich habe ich diesen euren Willen akzeptiert. Ihr wart ja meine erklärten Lieblinge. Und am Anfang hat mir dieses Verhalten auch enorm imponiert. Als ich euch aber, vielleicht zum ersten Mal damals, euren großen Kanon anstimmen hörte, war mir sofort klar, dass ihr um eure eigentliche Bestimmung wusstet, dass ihr das Geheimnis des Todes durchschaut hattet.

Ihr seid kein Risiko eingegangen, wenn ihr in den scheinbar hoffnungslosen Situationen euer ›Wir leben ewig‹ angestimmt habt. Also konnte ich euch noch ruhig eurem Schicksal überlassen, nicht wahr? Übrigens, in einer Beziehung habt ihr euch verspekuliert, natürlich war euch ein ewiges Leben gewiss, nicht aber die äußere Erscheinung. Die konnte sich von Tod zu Tod, von Geburt zu Geburt grundlegend verändern.«

Er fing an, sich zu amüsieren, während er fortfuhr. »Abgesehen vom Überraschungseffekt ist es doch auch sehr spannend, meine unendliche Palette von Erscheinungsformen zu durchleben. Wie könnte man meine Schöpfung intensiver erfahren, als durch diese Einrichtung?«

»Das kann doch nicht Sein Ernst sein«, wimmerte ich leise. »Nur weil wir den Schleier des Todes ein wenig gelüftet haben, darf Er uns doch nicht einer so unsäglichen Szenerie überlassen.«

»Ach, Kleine, viele müssen erst auf den Hund kommen, um sich endlich zu einem wohlgeformten Menschen zu entwickeln. Andere wieder werden auch durch härteste Bedingungen, noch dazu von ihnen selbst bestimmt, nicht zu vollwertigen Hundewesen.«

»Wie kommt das?«, fragte ich bedrückt.

»So genau kann ich dir das gar nicht beantworten. Einerseits gibt es Menschen, die mir auch durch konsequentestes Einhalten meiner Gebote nicht näherkommen. Andererseits kam es schon vor, dass ich mich in ausgesprochene Bösewichte verliebt habe. Denke nur an den so liebenswürdigen Mörder David und auch an den ungeliebten, aber redlichen Hiob.«

»Dann bist Du Allwissender doch genauso abhängig von jenem Unbestimmbaren, das man Sympathie nennt.«

»Aber, aber, die habe ich doch erfunden. An irgend etwas musste auch ich mich zuweilen erfreuen. Auch ich habe das Recht, mich an einer reizvollen Unlogik zu delektieren. Kannst du dir überhaupt vorstellen, welchen Arbeitsbelastungen ich ausgesetzt war? Zur Zeit macht es mir gar keine Schwierigkeiten, meine vielen Universen aufzublasen. Aber am Anfang, als mir noch die Routine fehlte. Denke nur an die Urentstehung. Welch gewaltiger Lungenkraft es bedurfte, um das erste Universum in Gang zu setzen. Diese feurige Initialzündung hat mich beinahe scheitern lassen. Und sieh dir an, was daraus geworden ist. Mit all dem Inhalt, der da kreucht und fleucht.«

»Ich bin hingerissen«, kicherte ich, »und ich bewundere Deine Bibelfestigkeit.«

»Du bewunderst meine Bibelfestigkeit, du Spatz in meiner Hand? Kannst du dir meine Freude vorstellen, wenn ich von deiner Bibelfestigkeit überzeugt sein könnte? A propos, hast du mich schon einmal angebetet? So recht aus tiefstem Herzen? Sag mir die Wahrheit. Du weißt doch, dass ich jede noch so kleine Lüge sofort erkenne.«

»So, dann müsstest Du auch wissen, dass ich Dich mehrere Male – wie sagtest Du so schön pathetisch? – mit dem Herzen angebetet habe. Entsinnst Du Dich der Duschräume mit den bläulichen Düften?«

»Es ist unentschuldbar. Doch da war ich abwesend. Ein anderes, sehr viel reizvolleres Universum beschäftigte mich.«

»Das ist ja die Höhe!«, rief ich. »Du erklärst einfach, dass Du abwesend warst. Soll das heißen, dass Du Dich nicht mehr für uns verantwortlich fühlst?«

»Als ich davon erfuhr, wollte ich es nicht glauben. Weißt du übrigens, dass ich jedes Mal, wenn ich diesem alten, abgetakelten Universum einen Pflichtbesuch abstatte, in Prügeleien hineinplatze, in die ihr verwickelt seid?

Ständig bekommt ihr es auf den Kopf. Woran mag das bloß liegen? Ich habe schon überlegt, ob ich euch nicht einfach zusammenpacke und in ein besseres Universum überführe.

An meiner letzten Arbeit, die ich vorhin schon erwähnte, finde ich großen Gefallen. Es braucht nur alles seine Zeit. Beispielsweise bis die Normaltemperatur eingetreten ist, ohne die solche Schmuckstücke nun einmal nicht lebensfähig sind.

Habt also Geduld und lasst euch den Glauben an das ewige Leben nicht rauben. Denn sobald ihr den verliert, könnt ihr dem Absturz ins ewige Nichts nicht mehr widerstehen und eure Besonderheit, um nicht zu sagen, euer Auserwähltsein, ist perdu.«

»Kannst Du Dir vorstellen, wie schwer es mir fällt, mich in Gestalt eines Hundes an den Glauben zu klammern?«

»Was soll denn daran schwerfallen? Ein Hund hat doch eine viel unkompliziertere Struktur. Wie sollten denn da zweiflerische Grübeleien in ihm wach werden?«

»Und warum musste ausgerechnet ich diese Entwicklung nehmen?«

»Weil du so herzhaft darum gebeten hast, diese Verwandlung zurückzunehmen. Erinnerst du dich? Das war doch dein zweites Gebet, von dem du meintest, dass es so todernst und aufrichtig gemeint gewesen sei. Nicht wahr, Kleine? Aber du sollst wissen, dass ich es aufgegeben habe, mich durch Propheten hörbar zu machen. Was hat das gebracht?

Nein, die Münder der Tiere sprechen eine viel deutlichere und einfachere Sprache. Sie werden in Zukunft mein Sprachrohr sein. Und wenn es dir gelingt, diesen blutgierigen Todesengel von seinem Vorhaben abzubringen, will ich dir noch einmal die Chance geben, zu deinen Urvätern hinabzusteigen und deine ewige Ruhe zu finden.«

»Welch eine Last bürdest Du mir da auf? Wie könnte ich auch nur zu denken wagen, diesen gehörlosen, blinden, besessenen Zweibeiner von seinem Vorhaben abzubringen? Mein unverständliches Bellen, meine viel zu lange Schlabberzunge«, ich fuhr mir mit ihr über die schmerzende Nase und fing, wie, um es noch stärker zu demonstrieren, zu bellen an.

»Blondi!« hörte ich die heisere Stimme meines Herrn, »komm, mein Kindchen, komm! Jetzt steigen wir um.«

Ich fuhr hoch und wollte in den hinteren Teil des Wagens flüchten, aber da hatte er schon mein Halsband ergriffen und zerrte mich hinunter.

»Der Hund ist ja ganz verstört«, hörte ich ihn schimpfen. »Wie seid ihr denn gefahren?«

Eine Leine wurde an mein Halsband gekoppelt, und Onkel Adolf rief nach Tornow. Ich wurde dem Reichshundeführer übergeben und zu einem Waggon mit riesigen, vergitterten Fenstern geführt. Ich stemmte mich mit voller Kraft dagegen, warf mich auf die Erde und fing panisch zu heulen an.

Es half nichts. Drei, vier Mann kamen dem Reichshundeführer zu Hilfe, und man trug mich mehr, als dass ich lief, in den Waggon hinein.

»Was hat denn das Vieh nur?«, brummte Tornow und zerrte ein letztes Mal an meiner Leine.

Ich verkroch mich zitternd in ein mit Decken ausgelegtes Ställchen und schloß die Augen. Ich wollte weder den grauen Tag, noch die Leute sehen, die mich hier hineingetragen hatten.

»Hoffentlich verfalle ich nicht wieder in diese blödsinnigen Träume«, dachte ich, bevor ich erschöpft einschlief.

Der rhythmische Lärm der Räder auf den Schienen schreckte mich immer wieder hoch. Ich hasste diese bösartige, metallische Musik. Ich hatte ja von einem bestimmten Zeitpunkt an mein enormes Gedächtnis zurückerhalten, wobei ich mir bis heute nicht erklären kann, weshalb es mir ausgerechnet bei dieser etwas degoutanten Liebesszene wieder zu Gebote stand. Ich nahm es, unter Schock stehend, hin, aber von da an wurde mir Stück für Stück meiner unendlichen Vergangenheit sichtbar.

Ereignisse tauchten vor mir auf, die ich eine lange Zeit nicht einordnen konnte. Diese erschreckenden Bilder galt es erst einmal zu verarbeiten. In meinen besten Momenten war ich auch fest entschlossen, dieses für einen Vierbeiner fast nicht zu verwirklichende Vorhaben durchzuführen.

Meine Freunde im Zwinger jedoch hinderten mich meistens daran, und die wenigen einsamen Momente, in denen ich mich hätte darauf konzentrieren können, waren mir zu kostbar, um sie mit so peinigenden Bildern zu verschwenden.

Ich wollte mir einfach nicht zugeben, dass ich mich auf einer dauernden Flucht vor ihnen befand. Außerdem schienen mir meine Gespräche mit Prinz, sein stets gegenwärtiges Geheimnis, dem ich mit ständig wachsender Neugier hinter die Schliche zu kommen suchte, oder die liebevolle Freundschaft zu Wolf viel interessanter und lohnender zu sein.

Je mehr ich meinem immer bedrohlicher werdenden Gedächtnis zu entgehen suchte, desto intensiver interessierte ich mich für das Schicksal fremden Lebens, und oft hatte ich den beruhigenden Eindruck, dass ich mich auf Dauer vergessen und ein sorg- vielleicht auch verantwortungsloses Hundeleben zu Ende bringen könnte.

Hier aber, durch den unsäglichen Gesang der Räder, wurde ich blitzartig an den Anfang meines Leidensweges zurückgeworfen. Die Bilder wichen mir nicht mehr von der Seite. Obwohl ich einen halben Waggon zu meiner alleinigen Verfügung hatte – Tornow saß bei schummrigem Licht in der andren Hälfte, die nur durch ein filigranes Gitter von der meinigen getrennt war –, füllte sich der ganze Wagen mit armseligen Kreaturen, die mit stumpfen Mienen einander festhielten, hin und wieder in verzweifelte Gesänge ausbrachen und ebenso unerwartet wieder verstummten.

Ich konnte sie nur dadurch vertreiben, dass ich mir klarmachte, mit Onkel Adolf im gleichen Zug zu verreisen. Ich hätte lachen mögen, denn nun fuhr ich mit ihm, wenn auch sehr viel komfortabler, gen Osten. In einer Bahn, in der die Geister seiner Opfer herumspukten und hoffentlich auch ihm zusetzen würden.

Ich verließ meine Schlafstelle und durchlief unruhig das Abteil. Mich vergewissernd, dass niemand außer Tornow und mir anwesend war. Ich beschnupperte jede Ecke, trabte am Gitter entlang und beobachtete Tornow eine Weile, der am Tisch saß und eine große Flasche vor sich stehen hatte.

»Was ist bloß los mit dir, Hund? Warum verziehst du dich nicht auf deine Decke und schläfst?«

Plötzlich stand er auf, öffnete die leichte Gittertür und kam zu mir herüber. Er überzeugte sich davon, dass mein Trinknapf hoch gefüllt war und sah mich an.

»Sei brav, Blondi, und mach mich nicht nervös!«

Ich starrte ebenfalls zu ihm hin und wedelte kurz mit dem Schwanz.

»Mit dem Schwanz kann jeder wedeln. Ich glaube dir kein Stück. Ich habe noch nie einen so verzogenen Hund kennengelernt. Wenn du meiner wärst, würde ich dir schon die Flötentöne beibringen«, sagte Tornow und wandte sich ab.

Ich wedelte wieder gleichgültig und zog die linke Lefze hoch. Hatte er mein unhöfliches Benehmen dennoch bemerkt?

»Du lässt jetzt dein verrücktes Gerenne und legst dich auf deine Decke«, knurrte Tornow, »sonst muss ich dir eine Spritze verpassen.«

»Versuch's doch!«, dachte ich. »Versuch's nur.«

Wieder begann ich, in alle Ecken zu laufen, schlabberte kurz ein bisschen Wasser und spazierte am Maschendrahtzaun entlang. In meinem unnachahmlichen Laufschritt, den ich mir bei Wolf abgeguckt hatte. Wenn doch wenigstens er da gewesen wäre. Ich langweilte mich entsetzlich und nahm mir vor, Onkel Adolf zu überreden, wenigstens Wolf oder Prinz oder gar beide mitzunehmen, sollten wir noch ein zweites Mal eine solche Reise antreten.

Ich hätte dringend gern erfahren, wohin die Reise gen Osten ging. Ein immer stärker werdendes Angstgefühl beschlich mich. Der Osten war mir nie geheuer gewesen. Jetzt hieß es, schön in der Nähe Onkel Adolfs zu bleiben und nichts zu tun, was ihn zur Wut reizen könnte.

»Jetzt habe ich die Schnauze voll! Du galoppierst ja immer verrückter durch die Gegend.«

Tornow packte mich am Halsband, während in seiner anderen Hand etwas Metallisches aufblitzte. Ehe ich mich versah, hatte er mir die Nadel ins Hinterteil gestoßen.

»Das wird dich zur Ruhe kommen lassen, mein Hundi. Und mich hoffentlich auch.« Damit ging er wieder in sein Abteil und schloss das Gitter hinter sich.

Ich stand mit zitternden Flanken da und sah ihm nach.

»Nie«, dachte ich, »nie werde ich dir diesen Gefallen tun.«

Mit ungeheurer Willensanstrengung drückte ich meine vier Läufe durch und stand zitternd, aber stramm, vor dem Gitter. Jede Bewegung hätte mich zusammenbrechen lassen. Nur die Unbeweglichkeit konnte mich noch eine Weile aufrecht halten.

»Onkel Adolfs Dressur sei's gedankt.«

Ich starrte Tornow an, ohne mit den Augenlidern zu zucken. Er griff nach der Flasche und setzte sie an den Mund. Dann unterbrach er sich und sah zu mir hin.

»Verblödeter Köter«, knurrte er, »sie starrt wie ein Gespenst. Andere Viecher hätten schon längst flachgelegen.«

Er stand auf und kam ans Gittertor. Dicht vor mir blieb er stehen.

»Platz!«, rief er.

Einen winzigen Augenblick lang waren meine Hinterläufe versucht, einzuknicken, doch ich stand ihn durch.

»Ich bin eine Salzsäule«, prägte ich mir ein, »eine hellblonde Salzsäule. Nichts kann mich zu Boden werfen.«

Unentwegt glotzte ich den Reichshundeführer an. Meine Augen fraßen sich förmlich in ihn hinein.

»Ungewöhnlich«, murmelte Tornow, »ganz ungewöhnlich für einen Hund. Wieso kannst du mir so ungeniert in die Augen starren?«

Er wich zurück, setzte sich an seinen Tisch und schüttelte ungläubig den Kopf. Ohne mich aus den Augen zu lassen, setzte er nochmals die Flasche an den Mund.

»Was habe ich dir denn da für eine Spritze gegeben? Statt umzufallen, steht sie da und glotzt mich aus ihren verrückten Augen an. Vielleicht hat sie einen weichen Keks? Ich habe dir einen weichen Keks gespritzt.«

Er hob die Flasche und winkte mit ihr in meine Richtung.

»Prost, Blondi«, sagte er. »Vielleicht bist du ja bald hinüber, und wir haben danach einen Rüden als Favoriten. Du kriegst einfach eine blaue Bohne zwischen die Löffel. Dafür werde ich persönlich sorgen.«

Er setzte die Flasche an und verschluckte sich fast, während er trank. Ich schien in einen Halbschlaf zu versinken, aber nach etlichen Stunden schmerzten mich meine durchgedrückten Läufe derart, dass an einen Tiefschlaf gar nicht zu denken war. Ich saugte mich am Gesicht des Reichshundeführers fest und fühlte, wie langsam die Panik in ihm hochstieg.

Mit ungläubigem Entsetzen starrte er zurück und hockte immer bewegungsloser auf seinem Stuhl. War mein Zustand auf ihn übergesprungen? Hatte er ihn auch zur Salzsäule erstarren lassen?

»Wie lustig«, dachte ich, »wenn wir am Morgen beide in diesem Zustand hinausgetragen würden.«

Irgendwann wurde die Tür zur Seite geschoben, und helles Sonnenlicht drang herein.

»Ist alles in Ordnung, Tornow?«, fragte Onkel Adolf.

»Nicht so ganz, mein Führer. Der Hund steht seit acht Stunden in der gleichen Haltung vor mir und rührt keinen Muskel. Er war nicht dazu zu bewegen, sich in seine Schlafecke zurückzuziehen.«

»Blondi, Platz!«

Sofort gaben meine Läufe nach, und ich ließ mich auf den Boden sinken.

»Was wollen Sie denn, Tornow? Sie ist doch gehorsam wie eh und je. Sie müssen sich einfach mehr um sie kümmern. Sie fremdelt ein bisschen. Hier werden Sie genügend Zeit zur Verfügung haben. Fuß, Blondi!«

Ich erhob mich sehr langsam und stand ein wenig wacklig auf meinen vier Beinen.

»Was hat sie nur?« Onkel Adolf schien nun auch besorgt zu werden.

»Sie hat die ganze Fahrt über in dieser Haltung vor mir gestanden, mein Führer. Da war an Schlaf natürlich nicht zu denken.«

»Bei Ihnen auch nicht?«, fragte Onkel Adolf.

Tornow nickte. »Auch bei mir nicht, mein Führer.«

»Dieses Pflichtbewusstsein rechne ich Ihnen hoch an, Tornow. Ich komme noch darauf zurück. Irgendeine Unruhe hat in der Luft gelegen. Auch ich konnte keinen Schlaf finden. Und wenn ich dann für kurze Zeit einnickte, überfielen mich die Alpträume geradezu. Gespenstisch war das. Ich fühle mich wie zerschlagen.«

Er beugte sich zu mir herunter. »Komm, Blondi«, flüsterte er fast. »Wir wollen hier eine schöne Zeit haben, nicht wahr?«

Er tätschelte mit seiner zitternden Hand meine Rippen.

»Eine widerliche Geste«, dachte ich, »mein ganzer Leib zittert ja mit. Außerdem wird sein Mundgeruch immer stärker. Fast faulig schon.« Ich schüttelte mich, und Onkel Adolf lachte.

»Na, nun wird sie ja wieder. Wenn wir doch auch unsere Sorgen so abschütteln könnten, was, Tornow? Jetzt kommen wieder diese mühsamen Auseinandersetzungen auf mich zu. Und zu guter Letzt liegen die Entscheidungen bei mir. Am Ende trage nur ich die Verantwortung. Wie soll ein Mensch das auf die Dauer aushalten?«

»Wer sagt dir, dass du ein Mensch bist?« Ich schaute ihn an. Blitzartig kam mir die Erkenntnis: Nur, wenn ich mich direkt an ihn wende, hat er die Möglichkeit, meine Gedanken aufzufangen. Meistens. Es sei denn, seine Nerven vibrierten wieder einmal höchst krampfhaft. Dann war ich natürlich vor nichts sicher!

Wieder trat diese nachdenkliche Stille ein. Tornow begann, sich äußerst unwohl zu fühlen, verharrte aber in seiner einmal eingenommenen Stellung. Nur seine Augen wanderten unruhig von Onkel Adolf zu mir und wieder zurück.

»Was für ein unterwürfiger, charakterloser Menschenschlag«, überlegte ich. »Keine Courage, kein Widerspruchsgeist. Die Furcht dampft ihnen aus jeder Pore.«

»Ja«, sagte Onkel Adolf so leise, dass es für Tornow vermutlich nicht zu verstehen war. »Die Last, die mir vom Schicksal auferlegt wurde, ist einem einzelnen Menschen nicht zuzumuten. Ich werde nicht mehr viel Zeit haben, das durchzuführen, was mir aufgetragen wurde. Bin ich jedoch ein höheres Wesen, dann brauche ich mir keine Sorgen über den Ausgang meiner Unternehmungen zu machen. Und auch physisch werde ich es dann wohl besser verkraften, als es im Moment den Anschein hat. Mach, dass du hinaus kommst, Blondi, und erledige dein Geschäft. Hier hast du viel Auslauf und brauchst keine Rücksicht auf gepflegte oberbayerische Landschaften zu nehmen. Die hiesige Mückenplage wird dich auf keinen Fall belästigen.

Tornow, Sie sorgen dafür, dass ihr Geschirr in meinen Bunker gebracht wird.«

Ich sprang mühsam zur Erde und wurde von Onkel Adolfs Gefolge mit großem Hallo empfangen. Ich registrierte auch, dass sich drei Damen darunter gemischt hatten. Zwei ältere und eine blutjunge Frau mit einem seltsam einfältigen, kurznasigen, aber insgesamt sympathischen Gesicht.

»Wie kommt ein so unbedarftes kleines Mädchen in diese Umgebung?«, dachte ich, während ich hinter Onkel Adolf her trottete.

Die massiven Bauten waren so geschickt in die Waldlandschaft gesetzt, dass man sie erst bei näherem Hinsehen gewahr wurde. Ein kleiner Raum schloss sich an den anderen an. Es roch ziemlich muffig, geradezu schmerzhaft ungelüftet. Onkel Adolf befahl, alle Türen und Fenster aufzureißen.

»Das wird nicht gut möglich sein, mein Führer«, widersprach eine der Ordonnanzen. »Erstens aus Sicherheitsgründen und zweitens wegen der Mücken.«

»Wegen der Sicherheitsgründe machen Sie sich mal keine Sorgen«, blaffte Onkel Adolf. »Wer sollte hier wohl unsere Sicherheit antasten? Und die Mücken? Bei unserem letzten Aufenthalt habe ich befohlen, Schnakengitter anzubringen. Ist das nicht befolgt worden?«

»Davon weiß ich nichts, mein Führer. Kein Mensch hat mir etwas über das Anbringen von Schnakengittern mitgeteilt.«

Jetzt sah ich mir die Ordonnanz genauer an. Nein, ich hatte mich nicht geirrt. Die Stimme hatte mich schon aufmerksam werden lassen. Er war es. Der Geliebte der Frau mit der hellen, feucht glitzernden Scham.

»Fegilein, Evchens Beschläfer«, frohlockte ich, »der Liebhaber des ›Tschapperl‹, wie Onkel Adolf sie zärtlich nennt. Das wird vielleicht einige Abwechslung bringen!« Onkel Adolf war wieder nach draußen gegangen und brüllte irgendwelche Untergebenen an, die es gewagt hatten, seinen höchst schwerwiegenden militärischen Befehlen nicht Folge zu leisten.

»Wie soll man denn hier in den Lagebesprechungen wichtige Entscheidungen treffen, wenn man sich ständig wie ein Schuhplattler die Schnaken vom Leib halten muss?«, schrie er aufgebracht.

»Ich habe genug damit zu tun, den Russen auf Distanz zu halten, da kann ich doch von meinen Untergebenen verlangen, dass sie mich vor diesem Ungeziefer schützen!«

Er kam wieder hereingestürmt, ergriff mich am Halsband und zog mich aus dem Vorzimmer in einen größeren, völlig leeren Raum, sah sich kurz um und schritt zu einem angrenzenden Zimmer, dessen Einrichtung aus einer Eisenbettstelle, einem schweren Eichenschrank, einem ebensolchen Tisch und dazugehörigem Stuhl bestand. Er warf seinen Militärmantel auf den Tisch und setzte sich.

»Komm her«, sagte er und nahm meinen Kopf zwischen die Beine. »Hier wirst du es eine Weile aushalten müssen. Für meine Schlafstörungen wird es gut sein, wenn ich dir deinen großen Korb hereinstellen lasse. Dann kannst du mich beruhigen, nicht wahr, mein Hunderl? Und wenn du brav bist, werde ich dir einen stattlichen Rüden aussuchen lassen, an dem du deine Freude haben sollst. Hier gibt es eine feine Zucht, und es müsste mit dem Teufel zugehen, wenn es nicht einen schöneren Liebhaber für dich gäbe als diesen kahlgeschorenen Köter zu Hause. Vielleicht kannst du deinen Wolf für eine Weile vergessen. Das wird dich bereitwilliger für eine erstklassige Aufzucht von Deutschen Schäferhunden machen.

Es ist meine Pflicht, dich mit dem denkbar potentesten Rüden zusammenzuführen. Die rassische Säuberung gilt nicht nur für Menschen. Auch der dazugehörige Hund hat sich der Sauberkeit des Blutes zu unterwerfen.«

Ich entzog ihm meinen Kopf und lief mit gespielter Neugier in das angrenzende unmöblierte Zimmer.

»Nur nicht denken müssen«, hämmerte ich mir ein. »Vor allem, wenn niemand außer ihm in der Nähe ist.«

Außerdem roch es so höllisch, wenn er den Mund auftat. Und seine zittrige Hand machte mich zunehmend aggressiver.

»Großer Gott, lass diesen Kelch an mir vorübergehen. Wenn ich die zukünftigen Nächte hier in einem Raum mit ihm verbringen muss, das werde ich schwerlich ertragen.«

Ich jagte durch den großen Raum von einer Wand zur anderen, und Onkel Adolf, der mittlerweile im Türrahmen lehnte, schaute mir belustigt zu.

»Ein übermütiges Vieh«, dachte er, »weiß vor Kraft nicht, wohin mit sich.«

Später ließ er mich in einen kleinen Garten hinaus, der sich unmittelbar an das bunkerartige Gebäude anschloss.

Eine traurige Gegend. Trotz der Weite und der mächtigen Bäume fiel ich hier anfangs von einer Depression in die andere. Ich gab mir daher größte Mühe, mich abzulenken. Hörte beispielsweise immer genauer in die unausgesprochenen Gedanken Onkel Adolfs hinein, oder trainierte mir die Läufe wund.

Aber auf die Dauer half das alles nichts. Schlimmer. Mit nicht geringem Schrecken nahm ich wahr, dass ich meine schwankenden Stimmungen mit boshaften, um nicht zu sagen, zynischen Aktionen zu kompensieren versuchte.

Onkel Adolfs Gedanken beantwortete ich, soweit sich das ohne Gefahr machen ließ, mit schonungsloser Offenheit. Wobei ich stets darauf achtete, in seiner Terminologie und spezifischen Sprechweise zu bleiben. Seine wachsende Unsicherheit, seine bisweilen stotternde Reaktion gaben mir zumindest ein kleines Gefühl der Genugtuung.

Ansonsten wählte ich mir auch noch andere Opfer aus. Mein dankbarstes Medium blieb nach wie vor Feldwebel Tornow, der Reichshundeführer. Jedes Mal, wenn Onkel Adolf, die Mücken fürchtend, Tornow den Befehl zum Spaziergang mit mir gab, nahm ich irgendwann im Laufe unseres »Frischlufttankens«, wie er das nannte, die Gelegenheit wahr, ihn zu hypnotisieren. Ich lief in harmlosem Trab vor ihm her, und sobald er irgendeinen Befehl gab, »Sitz!« oder »nun pinkle endlich, du dämliches Vieh!«, warf ich mich herum, nahm blitzschnell meine Salzsäulenposition ein und starrte ihm, ohne mit einer Wimper zu zucken, in die Augen.

Darauf geschah jedes Mal das gleiche. Er fuhr zurück, murmelte sein stupides »Ungewöhnlich, sehr ungewöhnlich für einen Hund. Von Rechts wegen darfst du mir doch gar nicht in die Augen sehen.«

Dieser letzte Satz war die einzige Gegenwehr, die er noch zustande brachte. Danach erstarrte auch er, und ich ließ ihn oft bis zu einer Stunde in diesem Zustand verharren. Selbst, wenn ich meine Stellung auflöste, fiel es ihm schwer, sich aus der Hypnose zu befreien.

Oft war ich gezwungen, um ihn herumzulaufen und ihn anzubellen, damit er wieder zu sich selber fand. Später, als er half, meine Trainingsgeräte aufzubauen, eine Leiter, die ich hochklettern sollte, hinaufstieg, um sie auf ihre Standfestigkeit zu überprüfen, raste ich um das Gerät herum, sah ihm in die Augen und machte meine Salzsäule. Sofort reagierte er. Wuchs förmlich mit der Leiter zusammen. Selbst Regenfälle oder vorbeigehende Leute vom Stab konnten ihn nicht aufwecken. Erst mein Bellen brachte ihn wieder zur Besinnung.

Allerdings musste ich mich hüten, es in Gegenwart von Onkel Adolf geschehen zu lassen. Das hätte Tornow seine Stellung kosten können und mich meinen Spaß.

Es gab aber noch ein drittes außergewöhnlich mediales Talent auf dem Gelände, dem ich nach einiger Zeit auf die Spur kam. Unsere Köchin hatte einen jungen Mann mit niedriger SS-Charge zu ihrem Assistenten bestimmt. Ein hübsches, weißhäutiges Bürschchen mit dünnem, hellblondem Haar und einer, wie mit dem Lineal gezogenen, Römernase.

Bei ihm, Rolf Biesterer, hatte ich das Talent sofort gerochen. Er schien fast in mich hineinfallen zu wollen, als ich ihm mit der Nasenspitze auf den Pelz rückte. Auf dem Geheimweg, der von der Führerküche zu Onkel Adolfs Bunker führte, trat ich an ihn heran. Biesterer, dessen Aufgabe es war, die speziell für Onkel Adolf hergestellten Speisen einer Ordonnanz zu übergeben, blieb sofort stehen und lächelte mich an.

»Lass ja nichts fallen«, dachte ich und starrte ihn an.

Sein Lächeln verschwand, und er starrte ernsthaft und gehorsam zurück. Erst, als seine Hand, mit der er das Tablett hielt, zu zittern anfing, machte ich kehrt und verschwand im Gebüsch.

Ich beobachtete, wie er, als ob nichts geschehen wäre, seinen Weg fortsetzte und das Speisetablett der Ordonnanz, die am Bunkereingang auf ihn gewartet hatte, mit einer kurzen Verbeugung übergab.

»Dieser Bursche wird mir meine normale Nahrung garantieren«, beschloss ich.

Onkel Adolf hatte sich nämlich einfallen lassen, mir die gleiche gesunde Ernährung zuzuteilen, die er sich selbst verordnet hatte. Die kräftigen grünen Salate, die Gemüsepfannkuchen, oder der Wirsingkohleintopf setzten mir so zu, dass ich, trotz guten Willens, meinen Napf unberührt ließ, nachdem ein heftiges Furzen, das ich zuerst gar nicht als von mir ausgehend identifizieren wollte, wildes Gelächter um mich herum provoziert hatte.

Zudem hatte sich Onkel Adolf in den Kopf gesetzt, dass ich meine Mahlzeiten zusammen mit ihm und den übrigen Gästen einzunehmen hatte.

»Sie wird sich daran gewöhnen«, meinte er ernst. »Ich will mit ihr eine ganz besondere Rasse hochzüchten. Genügsam, stahlhart und fleischlos. So, wie ich nach dem Endsieg allen Volksgenossen die vegetarische Ernährung befehlen werde. Ungehorsam wird mit Einweisung in ein Lager und überaus harter Arbeit bestraft. Danach wird ihnen jede Speise recht sein.«

»Und was wird mit unserer Viehzucht, mein Führer?«, wagte einer der Gäste einzuwenden.

»Gut gefragt«, lachte Onkel Adolf. »Fremdstämmige können weiterhin ihre Viehkost zu sich nehmen. Unsere Bauern werden in die oberste Gesellschaftsschicht aufrücken. Sie werden das deutsche Markenvieh in alle Welt verkaufen. Denn wir werden nach dem Sieg bestimmen, was und wie in der Welt gegessen wird. Es wird die Pflicht aller Länder sein, die deutsche Produktion jeder anderen vorzuziehen. Erst, wenn sie einen hohen Prozentsatz unserer Produkte abgenommen haben, dürfen sie daran denken, ihre eigenen auf den Markt zu werfen.

Unter uns, meine Herren, wir werden gar nicht so viel produzieren können, wie wir abzusetzen hätten. Aber mit den gewaltigen Ressourcen der Ukraine ...«

»Wenn wir sie je wieder in die Hand bekommen«, vollendete ich, während ich meine Nase tief in das unappetitliche Fressen tauchte.

»Wenn wir sie je wieder in die Hand bekommen«, wiederholte Onkel Adolf melancholisch.

»Mein Führer, kommt Zeit, kommt Rat«, meldete sich eine schneidige Stimme.

»Was wollen Sie damit sagen, Keitel?«, fuhr Onkel Adolf auf. »Sie glauben doch nicht etwa, dass ich den Bolschewiken dieses überaus fruchtbare Land überlasse? Das deutsche Volk hat es verdient, sich diese einmalige Kornkammer einzuverleiben.

Es mag ja in dieser Runde einige Herren geben, die Einwände haben. Sprechen Sie sie aus, meine Herren. Sprechen Sie sie ruhig aus. Sie werden hier eben so viele finden, die für Ihre Einwände nur höhnisches Gelächter übrig haben. Das meine eingeschlossen.

Wie auch immer. Es ist mein unabänderlicher Entschluss, die Ukraine nie mehr aus den Händen zu geben. Und ich werde dafür sorgen, dass es auch in den nächsten tausend Jahren nicht geschieht. Mein Testament wird das unwiderruflich festlegen. Schreiben Sie sich das hinter die Ohren, Keitel, für den Fall, dass Sie jemals zu den Zweiflern überlaufen sollten.«

»Niemals, mein Führer. Ich habe keine Ihrer Maßnahmen je angezweifelt. Und wenn wir zeitweilig eine Frontbegradigung vornehmen mussten, so halte ich das allein Ihrer geschickten Taktik zugute, in der sich ein neuer Abschnitt dieses gewaltigen Kampfes abzeichnet. Und den Sie, mein Führer, mit Sicherheit bewältigen werden.«

Keitel sprang auf und hob sein Wasserglas. »Deutsch ist die Ukraine! Deutsch immerdar!«, rief er und blickte mit leuchtenden blauen Augen seinen Führer an.

»Ein ziemlich einfältiger Mensch, dieser Keitel«, sinnierte ich, während ich ihn mir ansah. »Vielleicht würde der Name Lakaitel besser zu ihm passen.«

In der folgenden, mir nur allzu bekannten Stille, wagte es Keitel nicht, sich wieder zu setzen. Er schaffte es nicht einmal, das Glas zum Munde zu führen, bis Onkel Adolf leise weitersprach.

»Das haben Sie sehr hübsch gesagt, mein Lieber.«

»Lakaitel«, dachte ich und sah ihn voller Erwartung an.

Ein fast boshaftes Schmunzeln huschte über Onkel Adolfs Gesicht.

»Ich merke, dass mein Namensgedächtnis seit einiger Zeit Volten zu schlagen beginnt. Es fängt an, mir Spaß zu machen, die Namen selbst altgedienter Kameraden zu verballhornen. Ich habe eine geradezu diebische Freude daran. Was halten Sie davon, meine Herren?«

Was jetzt an Gedanken im Raum herumschwirrte, sich übereinanderlegte, war einmalig. Obwohl es mein Hirn unsäglich belastete, gelang es mir doch, einiges davon herauszufischen.

»In diesem Zustand ist er bar jeder Verantwortung.«

Oder »Ein gewaltiger Spinner ist er von Anfang an gewesen. Aber damals hat man es für Genie gehalten.«

Oder »Der Mann muss allmählich aus dem Verkehr gezogen werden.«

Einige getrauten sich sogar, ihn gedanklich in aller Offenheit zu verhöhnen.

»Die Ukraine siehst du nie wieder, mein Bester. Eher sieht der Russe nach Berlin hinein.«

Ich floh in den Vorraum und versuchte, ins Freie zu gelangen, aber die Tür war verschlossen. Ich lief zurück und schaute in den vormals leeren Raum, den man zum Speisezimmer umfunktioniert hatte. Mein Napf stand nach wie vor in der Ecke, die Gäste saßen noch regungslos da, aber ihre Gedanken waren verstummt.

Onkel Adolf starrte vor sich hin. Ich schlich lautlos zu meinem Fressnapf und legte mich flach vor ihm auf den Boden.

Trotz meines großen Hungergefühls war mir der Geruch, der aus dem Napf kam, so widerlich, dass ich aufstand und mich neben Onkel Adolf niedersetzte. Er schien mich nicht zu beachten, also legte ich meinen Kopf auf seine Knie und sah ihn unverwandt an.

Plötzlich schreckte er hoch, gab mir einen Klaps und sagte: »Komm, Blondi!«

An der Tür wandte er sich noch einmal um. »Fegelein, sorgen Sie dafür, dass der Raum sofort zur Lagebesprechung vorbereitet wird! In einer halben Stunde will ich beginnen, meine Herren.«

Damit verließen wir den Bunker und machten uns auf den Weg in den nachmittäglichen Wald.

Zarah Leander

Stunden später habe ich zum ersten Mal eine zwei Meter hohe Holzwand übersprungen. Ich machte einen Riesensatz ohne jede Angst, ohne den geringsten Zweifel am Gelingen dieses Hochsprungs. Selbst Onkel Adolf blieb die Sprache weg. Was auch immer er gedacht oder gewünscht haben mag, sein stummes Staunen war viel schmeichelhafter für mich, als dieses stupide »Brav, mein Hunderl, brav!«

Danach legte er eine ziemlich schmale Stange über zwei Holzböcke und forderte mich auf, sie zu besteigen.

Natürlich verstand ich nicht sogleich, und überlegte, ob ich überhaupt verstehen sollte. Auf dieser schmalen Stange zu balancieren traute ich mir auf keinen Fall zu. Selbst ein Zweibeiner würde das kaum fertiggebracht haben.

Zu allem Unglück tauchte auch noch Tornow auf, dessen spießige Seele ich so sehr verachtete.

»Tornow«, fragte Onkel Adolf, »wie bringt man dem Hund bei, über diese Stange zu balancieren?«

»Eigentlich kapieren Hunde nur in ihren ersten Monaten, mein Führer, aber mit ihrer Intelligenz könnte sie das heute noch schaffen. Dazu braucht es viel Geduld.«

»Was glauben Sie, ist nötig, damit sie begreift?«

»Ja«, Tornow kratzte sich verlegen am Hinterkopf, »so genau weiß ich das leider nicht. Das ist eigentlich Sache eines Dompteurs.«

»Das leuchtet mir natürlich ein.«

Onkel Adolfs Ironie schien Tornow gar nicht aufzufallen.

»Man sollte ihr vielleicht die Vorderpfoten auf die Stange legen, mein Führer. Noch besser wäre es allerdings, die Stange am Anfang auf den Boden zu legen.«

»Gute Idee. Tun Sie das«, befahl Onkel Adolf.

Sobald die Stange auf dem Boden lag, beschnupperte ich sie kurz und setzte meine Pfoten vorsichtig darauf. Aus den Augenwinkeln sah ich, wie mich die beiden voller Spannung beobachteten. Langsam setzte ich eine Pfote vor die andere und zog die Hinterläufe behutsam nach. Anfangs rutsche ich ein wenig ab. Aber so schmal war die Stange nun auch wieder nicht. Ich würde gut mit ihr zurechtkommen.

Vier Mal spazierte ich auf ihr hin und zurück, ohne dass mir ein Befehl zugerufen wurde. Dann war mir langweilig, und ich setzte mich neben sie auf den Boden.

»Lassen Sie eine Leiter bringen, Tornow, schnell!«

Der Reichshundeführer verschwand so schnell er konnte und kam nach ein paar Minuten mit einer ziemlich hohen Leiter zurück.

»Lehnen Sie sie an einen der Holzböcke«, befahl Onkel Adolf.

»Das wird sie nicht verstehen, mein Führer«, gab Tornow zu bedenken.

»Tun Sie, was ich Ihnen sage«, zischte Onkel Adolf ungeduldig und stampfte mit dem Fuß auf.

Tornow tat, wie ihm geheißen und schlug zu allem Überfluss die Hacken zusammen.

»Widerlich«, dachte ich. »Kein Hund brächte es fertig, sich so anzubiedern.«

Ich ging ruhig auf die Leiter zu. Was konnte mir schon passieren? Onkel Adolfs blinde Zuneigung würde nur mein canesisches Genie bewundern. Und wenn ich die Balance verlöre, würde er nicht gleich seine Pistole ziehen.

Außerdem war die Stange keine zwei Meter über dem Boden. Die Gefahr hielt sich also in Grenzen. Ich kletterte die Leiter hoch und setzte wiederum sehr vorsichtig die erste Pfote auf die Stange. Plötzlich überkam mich eine so übermütige Sicherheit, dass ich, einen Lauf vor den anderen setzend, den hochgezogenen Schwanz gewissermaßen zur erhöhten Balance nutzend, über die Stange glitt.

Ich war selbst erstaunt, wie leicht mir das fiel. Dann kam mir zu Bewusstsein, dass der Schwanz mir eine enorme Hilfe gewesen sein musste. Nie würde das ein Zweibeiner mit dieser Perfektion und dieser spontanen Leichtigkeit fertig gebracht haben. Ich war so stolz darauf, dass ich, die Leiter betretend, die letzte Sprosse erklomm, mich hoch auf ihr aufrichtete und ein triumphierendes Geheul ausstieß.

»Sie macht Männchen, dieses geniale Vieh macht Männchen«, schrie Onkel Adolf begeistert und klatschte in die Hände. »Haben Sie das gesehen, Tornow? Sie erklettert die oberste Sprosse und macht Männchen!« Er konnte sich gar nicht beruhigen.

Aus allen Bunkeröffnungen schossen Angehörige des Stabes heraus und liefen auf das Trainingsgelände zu.

»Was für ein Hund!«, rief Onkel Adolf und zeigte auf mich. Dann erzählte er aufgeregt, was ich soeben fertig gebracht hatte.

»Tornow, lassen Sie den Hund die Übung wiederholen!« Onkel Adolfs Stimme schnappte fast über.

»Das tut er nur auf Ihren Befehl, mein Führer. Ich denke, es wird genügen, wenn Sie Ihre Lederpeitsche auf die Stange legen.«

Onkel Adolf lief zur anderen Seite hinüber, trat an den zweiten Holzbock heran und legte seine Peitsche auf die Stange.

»Blondi, lauf!«, schrie er.

Ich sprang flink die Leiter herunter und lief auf ihn zu.

»Du verdammtes Vieh, du wirst mich doch jetzt nicht im Stich lassen!«, fuhr er mich an und zerrte mich am Halsband zur Leiter hinüber.

Er peitschte wie wild auf jede Sprosse ein und befahl mir in seiner ungestümen Art, die Leiter nochmals zu erklimmen. Ich tat es blitzschnell und setzte mich auf die oberste Sprosse. Alle schauten atemlos zu.

Wieder lief Onkel Adolf zum gegenüberliegenden Holzbock und hieb mit seinem Peitschenstiel kurz auf die Stange.

»Treib es nicht zu weit«, dachte ich mir, stieg die Leiter bis zur Höhe der Stange hinunter und begann vorsichtig, Pfote nach Pfote, hinüberzubalancieren. Mein

Schwanz steuerte das Gleichgewicht derart, dass ich auch rascher hätte gehen können, aber ich wollte meinen Erfolg auskosten. Kurz vor dem zweiten Holzbock blieb ich stehen, zog alle vier Läufe auf engstem Platz zusammen und drehte mich unendlich langsam in die entgegengesetzte Richtung. Danach lief ich rasch, unter großem Applaus, auf den ersten Holzbock zu, sprang auf die Leiter und erklomm behende die oberste Stufe.

Noch einmal streckte ich mich, nur auf meinen Hinterläufen stehend, so weit wie möglich nach oben und stimmte mein Triumphgeheul an.

Die Reaktion war unbeschreiblich. Viele stürzten auf den Fuß der Leiter zu, allen voran die Damen, stießen unartikulierte Laute des Entzückens aus und bewegten ihre Hände so rasend gegeneinander, dass man hätte meinen können, sie würden sich nie wieder davon erholen.

Mitten unter ihnen entdeckte ich den kleinen Krüppeldoktor. Er fiel mir sofort auf, weil er nicht in den lauten Beifall eingestimmt hatte, sondern nur versonnen vor sich hin nickte.

»Eigenartig.« Er wandte sich Onkel Adolf zu. »Dieses tiefe Heulen hat fast etwas Melodisches. Erraten Sie, woran ich denke, mein Führer?«

Onkel Adolf sah ihn unverwandt an.

»Es erinnert mich an die schönsten Lieder unseres schwedischen Filmstars. Es ist natürlich lächerlich, einen solchen Vergleich ziehen zu wollen …«

»Nein, nein, Doktor«, unterbrach ihn Onkel Adolf, »Sie haben mich da auf einen sehr interessanten Gedanken gebracht. Wenn wir ihre Stimme noch eine weitere Oktave senken könnten, und ihr Geheul noch etwas variieren, wäre die Attraktion komplett.«

»Wie wollen Sie da vorgehen, mein Führer? Die Stimmlage eines Hundes zu verändern, wäre doch nur mit Hilfe eines chirurgischen Eingriffs möglich.«

»Papperlapapp! Sie unterschätzen Blondis Fähigkeiten. Soll ich Ihnen etwas verraten, Doktor? Manchmal habe ich den Eindruck, sie versteht die menschliche Sprache.«

Er blickte zu mir hinauf. Ich saß, ohne mich zu rühren, auf der obersten Leitersprosse und setzte in aller Eile meinen stumpfen, verständnislosen Hundeblick auf.

»Gefährlich«, dachte ich nur noch verschwommen. »Hoffentlich gelingt mir mein staubiger Ausdruck. Andernfalls habe ich mit einer Katastrophe zu rechnen.«

Mit diesen Gedanken versank ich in die Finsternis animalischer Hirnwindungen, während Onkel Adolf weitersprach. Er zog den kleinen Doktor etwas beiseite, so dass ihn die Übrigen nicht mehr hören konnten.

»Sie versteht selbstverständlich keine menschlichen Äußerungen, aber ich kann das Gefühl einfach nicht loswerden, dass sie mich versteht. Mein Stimmtimbre scheint sie besonders hellhörig zu machen, oder mein Tonfall ist ihr in hohem Maße vertraut. Wie auch immer, Sie haben es ja gesehen. Ihr Balancieren auf der Stange war doch nicht auf meinem Mist gewachsen. Zugegeben, sie hat es nicht gleich beim ersten Mal begriffen. Doch schon bei der Wiederholung meines Befehls.«

»Sie haben sie aber mehr oder weniger gestisch dazu aufgefordert, mein Führer.«

»Herrgott, sind Sie wieder pingelig, Doktor. Ich habe doch gleichzeitig ihren Namen gerufen.«

»Selbstverständlich, das hatte ich ganz vergessen. Der Eindruck war so überwältigend, dass ich gar nicht alles aufnehmen konnte.«

»Kurzum«, Onkel Adolf kam fast ins Flüstern, »ich vermute, sie hat den Verstand einer Halbwüchsigen. Ihre überwältigende Liebe zu mir, oder sagen wir besser, ihre außergewöhnliche Anhänglichkeit, lässt sie Dinge begreifen, die von einer tiefen gegenseitigen Beziehung zeugen.« Er verstummte.

»Wovon sprach er da?«, fragte ich mich, während ich meinen blöden Hundeblick beizubehalten versuchte.

Der kleine Doktor sah ihn an, und obwohl er seinem Gesichtsausdruck absolute Neutralität verordnete, waren seine Gedanken nicht zu überhören.

»Der Hund soll sich ja sogar nachts bei ihm aufhalten. Nicht einmal die Braun hat das während ihrer weiß Gott längeren Beziehung erreicht. Wobei ich zu gern wissen möchte, auf welcher Basis sich dieses Verhältnis bewegt. Aber einen Hund zum Favoriten seiner Nächte zu küren, das hätte ich in meinen kühnsten Träumen nicht vermutet. Was geht bloß in unserem großen Führer vor? Will er sich denn keinem Menschen mehr anvertrauen? Gewiss, unsere Lage ist nicht die beste. Der Feind verbeißt sich in jeden Meter guten, europäischen Boden. Im Osten wie im Westen. Aber das ist doch noch lange kein Grund, mit einem Köter eine abartige Beziehung einzugehen. Ihr menschliche Eigenschaften anzudichten und letzten Endes sogar zuzulassen, dass sie uns eines Tages alle wegbeißt und er seine Lagebesprechungen nur mit ihr abhält. Lächerlich! Eines so großen Mannes unwürdig. Man müsste ihn dazu bringen, sie wenigstens aus dem Schlafzimmer zu entfernen.«

»Doktor«, sagte Onkel Adolf laut, »Sie scheinen mich missverstanden zu haben.« Er blickte etwas verlegen in die Runde. »Der Hund bleibt selbstverständlich ein Hund und bedeutet mir nicht mehr, als jeder andere Mensch. Aber die Zarah-Leander-Töne bringe ich ihr bei. Darauf können Sie sich verlassen.«

Ich sah verstohlen auf seine wippenden Füße und nahm den Stolz wahr, der in ihm hoch stieg.

»Worauf ist er denn so stolz?«, fragte ich mich. »Ich werde meine Stimme, wenn nötig, zur Basslage herunterdrücken, und er wird nichts dazu beigetragen haben. Lass ihn ruhig ein bisschen warten. Am liebsten würde ich ihm erst einmal mit einer leichten Begriffsstutzigkeit zu schaffen machen. Außerdem«, ich zog ganz unmerklich die Lefzen hoch, »war Musikalität noch nie meine starke Seite.«

Mit der Zeit ließ Onkel Adolf mich fast nur noch von Feldwebel Tornow spazierenführen. Immer öfter kam es vor, dass mir dabei ein von Hermann Fegelein begleiteter, großer, stämmiger Hund mit einer ziemlich kurzen Schnauze begegnete, der mich sofort mit wilder Überheblichkeit ansprang.

Bei der ersten Begegnung konnte ich kaum standhalten. Sein Angriff kam so überraschend, dass es mich fast von den Pfoten geworfen hätte. Doch ich hatte mich schnell wieder gefasst. Blitzartig wich ich einer zweiten Attacke aus, kam hinter ihm zu stehen und biss ihn sehr kräftig in den Schwanz, und zwar ziemlich oben an der Wurzel. Da, wo es besonders schmerzhaft ist.

Er schrie ganz unhündisch auf, preschte über die Wiese in den Wald hinein, kam wieder herausgelaufen, drehte sich mit ungeheurer Geschwindigkeit um sich selbst und versuchte, die Quelle seines Schmerzes mit den Zähnen zu erreichen, um durch einen nochmaligen Biss seine Pein zu lindern.

Die Erfolglosigkeit seiner Versuche machte ihn immer panischer. Schließlich gab er auf, lief in den Wald zurück und warf sich mit voller Wucht gegen den Stamm eines

Baumes. Sein Jaulen schallte wie eine Alarmsirene über das Gelände.

Nach einer Weile kam er erschöpft auf die Wiese zurück, setzte sich in gebührendem Abstand von mir ins Gras und blickte mich mit gottergebenem Ausdruck an.

Die beiden Zweibeiner hatten der Szene mit fassungslosem Staunen zugesehen und näherten sich auch jetzt nicht.

»Tu das nicht noch einmal«, dachte ich, »sonst mache ich Hundegulasch aus dir.«

»Ich habe verstanden«, antwortete er, »aber erlaube mir wenigstens, dir zu versichern, dass ich lediglich mit dir spielen wollte.«

Ich betrachtete ihn eingehend.

»Ein hässlicher, bulliger Typ«, stellte ich fest, »mit einer Schnauze, die der edlen Form einer Schäferhundnase überhaupt nicht entspricht. Wahrscheinlich ein Mischling. Ein Bastard. Und so etwas wird hier herumgeführt. Das sieht der peniblen Auffassung Onkel Adolfs von der rassischen Sauberkeit so gar nicht ähnlich. Dieses Wesen sieht wie eine Kreuzung aus einem Schäferhund und einer Englischen Bulldogge aus.«

Ich fing wütend zu kläffen an und näherte mich ihm langsam mit bedrohlichem Gestus. Sofort sprang er auf und wetzte voller Furcht in Richtung Waldgrenze davon. Dann warf er sich herum und drückte seinen Hintern ins feuchte Moos, während er mich aufmerksam und ängstlich beobachtete.

»Wie soll das weitergehen?«, fragte er. »Willst du mich so lange durch den Wald hetzen, bis du aufs Neue meine Schwanzwurzel malträtieren kannst? Ich bitte dich hiermit demütigst um Verzeihung und verspreche dir, dich in Zukunft nie wieder mit meiner Gegenwart zu belästigen.«

Er drückte sich erstaunlich elegant aus. Ein wohlerzogener Rüde, schien mir. Mit angenehmen Manieren. Vielleicht kam seine zu kurz geratene Schnauze auch daher, dass er als letzter seines Wurfes seine Mutter verlassen hatte. Oder sein Vorderwelpe hatte sich zu intensiv mit den Hinterhänden abgestoßen und damit seiner missratenen Schnauze die endgültige Form gegeben.

Aber man soll nicht nach dem Äußeren urteilen. Und wenn seine Manieren keine raffinierte Verstellung waren, hätte ich mit der Zeit nichts dagegen, ihn hin und wieder als Gespielen zu benutzen.

Und doch, er würde lange brauchen, um seine Hässlichkeit vergessen zu machen. Wenn ich da an meinen Wolf dachte. Mit seiner langen, aristokratischen Schnauze und seinen gelben Augen. Selbst der greise Prinz mit seinem immer noch stattlichen Wuchs und seinem durchgehend nachtschwarzen Fell war attraktiver.

Langsam bewegten sich die Herren auf uns zu. Fegelein schien sich um das fremde Tier kümmern zu wollen, während Tornow mit gespielter Unbekümmertheit auf mich zukam.

»Warum versteckt er seine Angst und seine Wut nur hinter einem so läppischen Gestus?«, fragte ich mich. »Wenn er könnte, würde er mich liebend gern quälen oder erschießen.«

Ich schien ihm unheimlich zu sein und doch hingen seine Augen voll misstrauischer Bewunderung an mir, wenn er sich nicht von mir beobachtet glaubte. Ich würde mich bald einmal ernsthafter mit ihm auseinandersetzen müssen. Ja, ich sollte ihn sogar aus dem Weg schaffen, wenn es gar nicht mehr anders ging. Vorläufig war er jedoch die einzige Garantie dafür, dass ich jeden Tag zu meinem Ausgang kam.

Onkel Adolf litt von Tag zu Tag mehr unter den Mücken und Schnaken. Führte die kuriosesten Tänze auf und kam oft mit dick verschwollenem Gesicht ins Zimmer, wenn er auch nur von einem Bunker zum anderen spaziert war. Seine Laune verschlechterte sich zusehends. Oft hörte man ihn aus dem zum Konferenzraum umgebauten Speisezimmer wie ein verwundetes Tier herumbrüllen. Wenn er dann, nachdem ihn die vielen Offiziere verlassen hatten, in den Vorraum trat, war ihm die Erschöpfung deutlich anzusehen.

Voller Missmut setzte er sich draußen vor dem Bunker auf eine Bank, die man eilends herbeigeschafft hatte, und achtete nicht einmal auf Mücken und Schnaken, die ihn nach wie vor zerbissen. Nach einem solchen Tag voller übler Laune hatte er sich früh ins Zimmer zurückgezogen und mich in meine Holzkiste vor seinem Bett gedrückt. Er zog die Verdunklungsrollos herunter und begann, sich zu entkleiden.

Sein Schatten geisterte noch einige Zeit im Zimmer herum, dann setzte er sich auf das Bett, um sich die Schuhe auszuziehen und sich der Jacke zu entledigen. Inzwischen hatten sich meine Augen so an die Dunkelheit gewöhnt, dass ich seinen akkuraten Bewegungen immer besser folgen konnte.

Er zog mit Mühe seine schwarze Hose aus, hängte sie über den Arm und legte mit erstaunlicher Präzision Falte auf Falte, die er immer von neuem überprüfte. Dann nahm er sie behutsam mit der anderen Hand vom Arm und hängte sie, nachdem er sie noch einmal glattgestrichen hatte, über die Stuhllehne.

Er befreite sich von seiner Krawatte, entknotete sie, strich sie, so gut es ging, glatt und hängte sie ebenfalls über die Stuhllehne. Dann kam das hell leuchtende

Hemd dran. Er knöpfte es, so weit wie möglich, auf und zog es über den Kopf. Diesmal konnte ich seine Haare zu Berge stehen sehen. Sie standen so steil in die Höhe, dass ich glaubte, ein gewaltiger Schrecken hätte ihn gerade durchzuckt, bis ich an seiner unbewegt missmutigen Miene feststellte, dass ihn überhaupt nichts berührt hatte.

Er hatte sein Haar mit einem Klebemittel fixiert! Jetzt standen die Strähnen wie dunkle Messerspitzen vom Kopf ab und gaben seinem Aussehen etwas Koboldhaftes. Dazu kam seine lange Unterhose, deren unteres Ende noch von langen schwarzen Strümpfen bedeckt war. Sein Unterhemd verbarg die schmächtigen Schultern nicht, und seine breit ausladenden Hüften hatten etwas Feminines.

Er begann, sich sein Unterhemd vom Körper zu ziehen, und hielt nach mir Ausschau. Hatte er meine Blicke gespürt, meine aufmerksame Beobachtung wahrgenommen? Genierte er sich gar vor mir? Er griff jedenfalls sofort nach dem Nachthemd, das man auf dem Bett für ihn bereitgelegt hatte und zog es sich über. Dann erst streifte er Socken und Unterhose herunter, sammelte sie auf und warf sie auf die Sitzfläche des Stuhls.

»Weshalb auf einmal so unordentlich?«, dachte ich. »Warum hat er es auf einmal so eilig, ins Bett zu kommen, nachdem er sich mit seinen Oberkleidern so viel Zeit gelassen hat?«

Er fuhr kurz mit seiner zitternden Hand in die Kiste, um sich zu überzeugen, dass ich anwesend war, dann legte er sich seufzend zurück und begann augenblicklich zu schnarchen.

Aber trotz dieser friedlichen Laute hatte ich das unangenehme Gefühl, dass er hellwach war. Ich wagte nicht, mich zu bewegen, und wartete ab, was da auf mich zukommen würde.

»Ich habe immer gesagt«, hörte ich ihn nach einer Weile vor sich hinmurmeln, »ich habe es immer von neuem wiederholt: Den Sieger fragt keiner nach seinen Untaten. Aber gnade uns Gott, wenn wir diesen Krieg verlieren sollten. Bei dem, was wir auf dem Kerbholz haben, darf ich mir gar nicht ausmalen, was man mit mir anstellen wird. Was meinst du, Blondi? Wird man mich in einem Käfig über den Dächern von Moskau aufhängen? Wie damals, den Jud Süß Oppenheimer in Stuttgart?

Warum habe ich nur immer dieses Bild vor Augen? Die Rache der Juden wird furchtbar sein. Sie sind doch die Erfinder der Rache. Ihr Gott ist ein einziger Rache hechelnder Hund. Sie haben ihn nicht etwa entdeckt. Sie haben ihn erfunden, haben ihn derart zu ihrem Führer hochstilisiert, dass er für die halbe Welt zu einer Realität geworden ist. Nur, wer sagt ihnen, dass sie dadurch schon zu seinem auserkorenen Volk wurden? Zu seinen Lieblingen?

Ich bin davon überzeugt, dass wir Deutschen es weitaus mehr wert wären, kraft unserer hervorstechenden Eigenschaften. Und es ist mein Verdienst, diese Eigenschaften herausgefordert zu haben. Wir stehen gegen eine Welt von Juden mit dem Rücken zur Wand. Vom Westen drängt das amerikanische Judengeschmeiß an unsere Grenzen heran und von Osten das bolschewistisch-jüdische Untermenschentum.

Wir aber werden den längeren Atem haben. Das verspreche ich dir, Blondi. Wenn nicht, dann hat es die germanische Rasse nicht verdient, am Leben zu bleiben. Dann soll sie mit aller Kraft in den Abgrund gestoßen werden, aus dem sie sich nie wieder emporheben mag.

Vielleicht wird eines Tages ein anderes, jüngeres Volk aufstehen, das meinen Ideen bedingungsloser folgen, das mein politisches Testament zur neuen, zur dritten Bibel erheben wird. Es wird die Zeit kommen, da ich diese alten und neuen testamentarischen Lügen mit Stumpf und Stiel ausrotten und endgültig vergessen machen werde.

Erst dann, wenn die menschlichen Hirne frei von den jüdisch infizierten Wahnvorstellungen sind, erst dann werden wir eine gutgewachsene, unsentimentale Gesellschaft heranziehen können, die sich, nach Ausmerzung allen minderwertigen Ungeziefers, frei entfalten kann.«

»Nach nationalsozialistischen Idealen?«, wollte ich wissen.

Gleich darauf hätte ich mir aufs Maul schlagen können.

Onkel Adolf schwieg. Er hatte sich langsam aufgerichtet und horchte angestrengt in die Dunkelheit.

»Nach nationalsozialistischen Idealen«, sprach er weiter. »Es ist, als würde mir ein höheres Wesen Fragen zuflüstern, die ich ablehnen oder beantworten muss. Die Stimmen, die ich zu hören glaube, sind doch nicht etwa die Stimmen eines neu erwachten Gewissens? Das wäre albern und höchst sentimental.«

Er griff, wie um Halt zu suchen, nach der Kiste und bekam mein Ohr zu fassen. Ich jaulte ein bisschen, aber er ließ nicht los.

»Was ist schon dein kleiner Schmerz gegen meine ständig wachsenden Zweifel?«, fragte er. »Wenn ich nur mit dir reden könnte. Mit dir, die du mir am nächsten stehst. Du würdest mir sicher einen Ratschlag geben, der auf vier realen Füßen steht. Und, nicht wahr, mein Hunderl, wir beide werden noch eine Sprache erfinden, mit der wir uns mühelos verständigen können.«

»Jetzt schnappt er über«, dachte ich und versuchte, mein schmerzendes Ohr aus seiner Umklammerung zu befreien.

»Da ist sie wieder, diese ätzende Kritik in meinem Hirn. Aber ich werde ihr nicht nachgeben. Ich werde mich von ihr befreien, indem ich meinen Weg fortsetze und keinen Gedanken mehr daran verschwende.«

»Wenn er nicht sofort aufhört, mein Ohr zu malträtieren, reißt er mir meine Fellmaske vom Gesicht.«

Er zog noch einmal kräftig an meinem Ohr, dann gab er es frei. Ich kauerte erschöpft in meiner Kiste und versuchte, mein Ohr zu kühlen, während er sich wahrscheinlich bequem zurücklehnte und weiter seinen Gedanken nachhing.

»Sollte ich dennoch wider Erwarten das Opfer meiner allzu kühnen Pläne werden, dann erwarte ich von dir, dass du hinter mir stehst. Mit all deiner Kraft und all deiner Intelligenz. Du wirst mich nicht im Stich lassen, denn ich habe dich zu der gemacht, die du heute bist: hart wie Stahl, zäh wie Leder und schnell wie ein Windhund. Du wirst mein Blindenhund sein. Mit einem Rotkreuzschildchen auf dem Rücken wirst du mich durch die feindlichen Linien führen. Ich werde einen hervorragenden Blinden mimen. Meine Feinde sagen mir heute noch nach, dass an mir ein exzellenter Komödiant verlorengegangen ist.

Ein Volksführer, dem diese Gabe fehlt, wird niemals die Straße des Erfolges betreten.«

»Habe ich da Volksverführer verstanden?« Ich staunte selbst über meine zunehmende Frechheit.

»Ich bin der Führer, der einzige Führer, der dieser verhunzten Menschheit noch zu einer Gesundung verhelfen kann. Niemals war ich ein Verführer, wozu sollte ich denn mein Volk verführt haben?«

Onkel Adolf stand fast im Bett und schlug die Fäuste gegen seine Brust. »Niemals ein Verführer, niemals«, brüllte er mit sich überschlagender Stimme.

»Aber eines weiß ich sicher«, sprach er ruhiger werdend weiter, »Selbstkritik zerstört die Persönlichkeit selbst des größten Menschheitsführers. Dagegen muss ich mich wappnen. Mit eiserner Disziplin und größter Willenskraft. Sollten wir trotz dieser Tarnung entdeckt werden, so bleibt mir nichts weiter übrig, als uns die Pistole an die Stirn zu setzen, wobei ich dir notgedrungen den Vortritt lassen muss.«

»Vor allem darfst du nicht vergessen, dir dein lächerliches Bärtchen abzurasieren, sonst wäre die Tarnung nutzlos.«

»Ich höre nicht auf diese bösartigen Stimmen, die mein Bärtchen als lächerlich bezeichnen. Es ist mein unendlich nachgeahmtes Markenzeichen, das der Welt zum gefürchteten Siegesfanal wurde. Napoleons Locke und mein Bärtchen haben, so lange es ein menschliches Gedächtnis gibt, Ewigkeitswert.«

Er lehnte sich zurück, und ich erkannte an seinem prustenden Schnarchen, dass er endlich eingeschlafen war.

Erst zur Mittagszeit des nächsten Tages hatte er sich mühevoll und schlecht gelaunt von seiner Bettstelle erhoben. Die Luft in unserem Schlafraum schien zu stehen. Und die unbequeme Kiste ließ ein Strecken meiner Glieder nicht zu.

Außerdem war es mir erst erlaubt, die Schlafkiste zu verlassen, nachdem er aufgestanden war. An diesem Tag aber hielt ich es nicht länger aus. Kaum sah ich ihn sich im Nachthemd gegen das spärlich eindringende Tageslicht abheben, kletterte ich aus der Kiste und kratzte diskret an der Tür. Ohne einen Laut von sich zu geben, öffnete er sie und schlug sie sofort hinter mir wieder zu. In den Vorraum drang endlich Luft durch fast alle geöffneten Fenster herein.

»Wenn ich jetzt noch an meinen Wassernapf käme, wäre mein Glück vollkommen«, dachte ich.

Da wurde auch schon die Bunkertür geöffnet, und der semmelblonde Rolf Biesterer stand vor mir. In den Händen das Frühstückstablett für Onkel Adolf.

»Komm«, sagte er und zeigte mit dem Kopf auf den Napf, der draußen in der Sonne stand. Er ging etwas in die Knie, um mein Ohr besser zu erreichen, und während ich am Tablett schnupperte, flüsterte er mir ins Ohr, dass er mir neben den Wassernapf ein ordentliches Stück Fleisch hingelegt hätte, das ich aber so schnell wie möglich verschlingen müsse, denn ich wisse ja, dass ich durch ausdrücklichen Führerbefehl auf vegetarische Kost gesetzt sei.

Ich leckte ihm dankbar die Hand und begab mich nach draußen.

Nachdem ich meine Mahlzeit beendet und genügend aus meinem Wassernapf gesoffen hatte, machte ich es mir in der Sonne gemütlich. Sei es nun, dass die vergangene Nacht mich besonders erschöpft oder die Enge der Schlafkiste meine Laune nachhaltig verdüstert hatte, ich war jedenfalls nicht darauf gefasst, mich vom Reichshundeführer so rüde und überfallartig anblaffen zu lassen. Sofort war ich auf den Beinen und ging neben ihm her, die Nase, wie es sich gehörte, auf der Höhe seines Knies.

Er beschimpfte mich mit zunehmender Heftigkeit, wobei er seine Stimme eher noch senkte, nannte mich flüsternd eine fiese Ratte, die seinem Führer die Schlafzimmerluft verpeste, und ließ mich nicht einen Augenblick von seiner Seite. Seine Augen wichen den meinen aus, wann immer ich versuchte, seinem Blick zu begegnen, und ich fragte mich, wann er mir endlich erlauben würde, meine Bedürfnisse zu befriedigen. Schließlich hatte ich die Nacht und einen halben Tag in einem abgedunkelten Zimmer zugebracht, ohne die Chance gehabt zu haben, mich zu erleichtern.

Es gehörte zu seinen Pflichten, mir diese Gelegenheit zu verschaffen. Eine Schande, dass ich darum betteln musste.

»Nein, ich werde nicht darum betteln und wenn die Katastrophe geschieht, wird er sie zu verantworten haben. Überhaupt, was hat er mit mir vor?«

Er schlug die Richtung zum Übungsgelände ein und lief schnurstracks auf die Leiter zu, die immer noch in der Position vom Vortag neben dem Holzbock stand.

»Sitz!«, befahl er mir.

Dann geschah es. Ich erhob mich zur Hälfte, ließ mein Wasser direkt auf seine Stiefel laufen – und setzte mich brav wieder hin.

»Wenn er jetzt noch lange wartet, kommt es schlimmer und dicker.«

Ich zog leicht meine Lefzen hoch und hörte gelassen zu, wie er seine Flüche von sich gab und mich mit den wüstesten Ausdrücken beschimpfte. Nur zu schlagen, das wagte er nicht. Noch nicht. Zwischendurch begann er, seine Stiefelspitzen notdürftig im Gras zu säubern, und als das nicht so ganz gelingen wollte, zog er ein blütenweißes Tuch aus seiner Hosentasche, mit dem er sich erst den Schweiß und dann die Stiefel abwischte.

»Auf!«, befahl er schließlich und schlug mit der Hand auf die unteren Leitersprossen.

»Auf!«, schnauzte er lauter und setzte seinen Fuß auf die unterste Sprosse.

»Los, du verdammter Köter. Hinauf mit dir! Mach Männchen da oben!«

Ich schaute ihn an und rührte mich immer noch nicht. Er sah in die Gegend.

»Ich weiß doch nicht, wen du meinst«, dachte ich und platzte fast vor Vergnügen.

»Entweder, du siehst mich an, oder du dämpfst deinen Ehrgeiz ein bisschen. Möchtest du wirklich mit dem Großmächtigen konkurrieren?«

Mit einem Mal geriet er vollends aus der Fassung. Er stiefelte die Leitersprossen hoch, ging auf dem obersten Brett ein wenig in die Knie, hob die Arme, winkelte sie leicht an und ließ die Hände baumeln. Dazu stieß er ein jämmerliches Geheul aus.

»So machst du das jetzt!«, stieß er hervor, während er die Stellung beibehielt.

Plötzlich horchten wir beide auf ein tierisches Gebrüll, das aus dem Bunker drang. Onkel Adolf schien alles kurz und klein zu schlagen. Ich trabte gemächlich um die Leiter herum und blickte zu Tornow hinauf.

»Lagebesprechung«, sagte er und sah mich an.

Ich ließ ihn in der Stellung verharren und raste wie der Blitz in ein naheliegendes Gebüsch. Als ich zurückkam, hatte er seine Position nicht verändert, und ich starrte zu ihm hoch.

Vor dem Bunker hatte sich mittlerweile die ganze Generalität versammelt. Einige zündeten sich eine Zigarette nach der anderen an. Andere schritten in kurzen, nervösen Gängen die äußeren Bunkerwände ab, um sich sogleich wieder zwischen ihren Kameraden zu verkriechen.

»Onkel Adolf scheint sie ja ganz ordentlich durcheinander gebracht zu haben.«

Ich ließ Tornow nicht aus den Augen. Hielt ihn mit aller Willenskraft in seiner kauernden Stellung fest und nahm mit Erstaunen wahr, dass er sich fast freudig in sein Schicksal fügte.

»Vielleicht waren das die letzten Schimpfkanonaden, die du gegen mich losgelassen hast.«

Ich sah zur Bunkertür, die im selben Augenblick aufgerissen wurde. Die Herren Offiziere spritzten auseinander, und Onkel Adolf erschien mit totenbleichem Gesicht. Obwohl die Herren stramm grüßten, nahm Onkel Adolf sie überhaupt nicht mehr wahr, sondern schritt auf das Übungsgelände zu.

»Was treiben Sie da oben, Tornow?«, sagte er, als er bei uns angelangt war.

Tornow antwortete nicht und fing einfältig zu lächeln an.

»Antworten Sie, Sie alberner Kerl!«, schrie Onkel Adolf, und die Offiziere vor der Bunkertür begannen, aufmerksam zu uns herüberzuschauen.

Ich bellte wie verrückt und sprang um die Leiter herum. Tornow richtete sich langsam auf und nahm Haltung an.

»Was wollen Sie dem Hund beibringen, Sie lächerliche Null? Etwa Männchenmachen auf der obersten Sprosse? Habe ich Ihnen nicht befohlen, jegliches Üben in meiner Abwesenheit zu unterlassen?«

»Ich wollte nur Eingeübtes wiederholen, mein Führer. Hunde, die ein gewisses Alter überschritten haben, brauchen das.«

»Das haben Sie mir zu überlassen, Sie hirnloser Mensch. Ab sofort sind Sie sämtlicher Pflichten entbunden, und ich werde mir überlegen, an welchem Frontabschnitt Sie am dringendsten gebraucht werden. Verlassen Sie auf der Stelle das Gelände.«

Tornow stand immer noch auf der obersten Sprosse und starrte zu mir hinunter. Ich gab seinen Blick ruhig und unbeteiligt zurück, dann lief ich zu Onkel Adolf und ließ mich neben ihm nieder.

Unvermittelt holte Tornow mit den Armen weit aus und sprang, als wolle er in einen See eintauchen, kopfüber zu Boden. Onkel Adolf sah dem unbeeindruckt zu, während seine bebende Hand mich zu streicheln begann.

Der Offizierspulk war schnell herangekommen, und alle blickten auf den bewegungslos liegenden Tornow.

»Benachrichtigen Sie die Sanitäter, und lassen Sie den verrückten Kerl wegschaffen.«

Damit drehte sich Onkel Adolf um, packte mich am Halsband und schritt zu seiner Bank neben der Bunkertür.

»Nun, was hat der dumme Kerl mit dir trainieren wollen, mein Hunderl?«, begann er, nachdem er sich gesetzt hatte. »Als ob ausgerechnet er dir noch etwas hätte beibringen können.«

Er versuchte, freundlich zu lächeln, aber es wurde nur ein gequältes Grinsen daraus.

»Ich aber kann dir jede Menge Kunststücke beibringen. Zum Beispiel das Singen. Es muss doch möglich sein, Hunde zum Singen zu bringen.«

Er sah sich misstrauisch um und vergewisserte sich, dass wir inzwischen allein waren. »Nicht wahr, mein Hunderl, du hast auf der Leiter da oben so schön gesungen. Das hat den Tornow dann verrückt gemacht. Wenn die Generalsbaggage da hinten ganz verschwunden ist und uns nicht mehr zuschauen kann, laufen wir zur Leiter zurück. Dann machst du auf der obersten Sprosse wieder Männchen und singst dein Lied für mich. Recht hattest du, das dem Tornow zu verweigern, aber für mich wirst du jodeln, Hunderl, sonst gnade dir Gott.«

Nachdem er sich noch einmal umgesehen hatte, sprang er plötzlich auf und zog mich ziemlich unsanft auf die Füße.

»Auf geht's«, sagte er forsch und lief im Geschwindschritt zum Übungsgelände zurück.

»Weshalb droht er mir eigentlich ständig mit der Gnade Gottes?«, überlegte ich, während seine zitternde Hand mein Halsband umklammerte und mir fast die Luft abdrückte. »Ist die Gnade Gottes ihm so geläufig oder erwähnt er sie so oft, weil sie für ihn gar nicht existiert? Das würde ich liebend gern noch vor meinem Hundeende herausfinden. Deprimierend wäre es zu erfahren, dass sie auch für mich nicht mehr zur Verfügung stünde.«

Onkel Adolf hielt vor der Leiter, ließ endlich das Halsband los, nachdem er es noch ein letztes Mal scharf angezogen hatte und scheuchte mich bis zur obersten Sprosse hinauf. Dort setzte ich mich brav hin und ließ ihn mein Profil bestaunen. Er hatte aber offensichtlich jetzt keinen Blick dafür.

»Mach Männchen!«, rief er hinauf. »Wirst du wohl Männchen machen?«

Ich schaute traumverloren in die Ferne. Nun schlug er mit dem kurzen Stiel seiner Peitsche brutal auf eine der untersten Leitersprossen. Sofort stand ich kerzengerade auf meinen Hinterhänden und machte den Hals lang.

»Wenn mich Prinz so sehen könnte, in dieser Haltung. Er würde mich kaum noch beneiden.«

»Sing«, hörte ich Onkel Adolf schnauzen.

Es ist manchmal schon beklemmend, ein Vierbeiner zwischen all den Zweibeinern zu sein. Wolf hatte einmal behauptet, ein Hund sei der beste Freund des Menschen. Traf das auch im umgekehrten Fall zu?

Im Augenblick jedenfalls schien das eher einem üblen

Abhängigkeitsverhältnis zu ähneln. Auch kam mir immer deutlicher zu Bewusstsein, dass mein mehr und mehr menschelnder Verstand jede Beziehung in ein zwiespältiges, ja, makabres Licht rückte.

»Nur jetzt keinen Gedanken an mein schizophrenes Dasein verschwenden. Nur ja nicht über meine Beziehung zu Onkel Adolf nachdenken.«

Ich schloss krampfhaft die Augen und versuchte, mir mein autogenes Hundetraining ins Gedächtnis zu rufen, wie es mich Prinz gelehrt hatte: »Augen glasig, staubig, Ausdruck gleich Null, unverbindliche Freundlichkeit.«

Ich stolperte sofort über die Formulierung »Ausdruck gleich Null«. Das hatte Prinz doch völlig anders beschrieben.

»Sing, Blondi!« Onkel Adolf stand jetzt direkt unter mir, hätte aber nicht bis hinauf reichen können. Nicht einmal mit seiner Peitsche.

Ich geriet immer mehr in Panik.

»Nie wieder werde ich mich in die ersehnte Ruhelage versetzen können. Hätte ich nur öfter trainiert, dann wäre mir der Spruch sicher nicht entfallen.«

»Brav machst du dein Männchen, sehr brav«, sagte Onkel Adolf ruhiger. »Wenn du jetzt noch den Heuler fertigbringst, hast du es geschafft.«

Ich versuchte, meinen Hals noch mehr in die Länge zu ziehen, brachte aber keinen Ton heraus, denn hinter Onkel Adolf tauchten zwei Gestalten auf, die ich, da sie im Gegenlicht herankamen, erst nicht erkannte. Doch dann verfing sich das Sonnenlicht in einem der Brillengläser, und augenblicklich begann ich zu heulen.

Mein Krampf löste sich und mündete in einen tiefen Schrei. Ich schrie so ausdauernd, so menschlich, dass beide Gestalten sofort ihren Schritt verhielten. Selbst Onkel Adolf wich erschrocken zurück und prallte beinahe mit dem Rücken an seine Kumpane.

»Sie haben das Tier erschreckt!«, fauchte er leise den kleinen Doktor an. »Und auch Sie, Reichsführer, hätten sich etwas geräuschvoller anmelden können.«

Die beiden erwiderten nichts, sondern starrten mit offenem Mund zu mir nach oben. Auch Onkel Adolf hatte keinen Blick von mir gewandt. Allmählich ließ ich mein Schreien in ein langgezogenes, trauriges Geheul übergehen. Ich legte all meine Sehnsucht nach Wolf, nach Prinz und den gepflegten bayerischen Wiesenmatten hinein. Ja, unverhofft blitzte vor mir ein schneeweißes Gesicht auf. Ich sah die wundervoll geschwungenen Augenbrauen, den übergroßen Kopf und, leider, die fest geschlossenen Augen.

»Sieh mich an«, heulte ich, »mach deine Augen auf.«

Mein trauriger Gesang schwoll wieder an. So gewaltig, dass ich glaubte, einen Orkan auslösen zu können. Meine Kraft und meine Luft schienen nicht nachlassen zu wollen.

»Und jetzt sing das alles eine Oktave tiefer.« Onkel Adolf war unbemerkt ganz dicht an die Leiter herangetreten und schaute steil zu mir nach oben.

»Sehr gut, mein Hundi, sehr gut. Nur eine Oktave tiefer«, flehte er fast.

Ich senkte meinen Kopf und heulte irritiert und nicht mehr ganz bei der Sache weiter. Plötzlich packte mich die Wut.

»Wenn er jetzt ›Saufetz‹ oder gar ›Judenfetz‹ befehlen würde, es wäre um ihn geschehen.«

Aber Onkel Adolf schüttelte erschrocken den Kopf. »Du sollst mir die Zarah Leander machen. Ganz tief.«

Er formte seinen Mund zu einem runden Loch und begann, sehr leise »Ich weiß, es wird einmal ein Wunder geschehen« zu intonieren. Sein lang rollendes Zungen-R kam ihm dabei vorzüglich zustatten. In meiner Wut ließ ich mein unaufhörliches Heulen in ein bedrohliches Knurren übergehen, versäumte aber nicht, darauf zu achten, dass Heulen und Knurren zu einer Einheit verschmolzen.

»Das ist sie doch«, rief der kleine Krüppeldoktor und humpelte heran. »Das ist Zarah Leander, wie sie leibt und lebt.«

Onkel Adolf ließ seinen verklärten Blick nicht von mir. »Ja«, bestätigte er versonnen. »Sie hat den Ton genau getroffen. Aber es hat sie offensichtlich einige Mühe gekostet. Sie scheint enorm erschöpft zu sein.«

Er wandte sich an die überaus Glänzenden. »Dieser Hund, Bruder Heinrich, ist das lebende Beispiel dafür, dass man solchen hochentwickelten Tieren einen gebührenden Platz in unserer existentiellen, kriegerischen Auseinandersetzung einräumen muss. Binden Sie ihnen eine gehörige Portion Sprengstoff oder eine saugefährliche Panzerfaust auf den Leib und, einmal darauf angesetzt, wird ein solcher Hund viel schneller als jeder Landser sein Ziel erreichen. Und nun stellen Sie sich zehntausende von Hunden vor, alle derart abgerichtet. Kein noch so intensives Abwehrfeuer würde sie davon abhalten können, ihre Aufgabe zu erfüllen. Wenn sich auch nur fünfzig Prozent von ihnen zum Feind durchschlagen könnten, wäre die Schlacht so gut wie gewonnen.«

»Genial, mein Führer.« Der kleine Doktor schien sich überschlagen zu wollen. »Das wäre ja eine Wunderwaffe.«

Der Überausglänzende bewegte sich vorsichtig in meine Richtung. »Die Frage ist nur, wie man so schnell eine solche Hundemenge zur Verfügung haben kann! Bedenken Sie, mein Führer, dass das Abrichten einer so gewaltigen Hundearmee seine Zeit braucht.«

»Diese Zeit werden wir uns erkämpfen, Bruder Heinrich. Oder trauen Sie das unserem Heer nicht mehr zu?«

»Ich habe nicht den geringsten Zweifel, nur müssten bis dahin andere Vernichtungswaffen zur Verfügung stehen, mit denen man den Feind in Schach halten kann.«

Der Überausglänzende war jetzt ganz dicht an die Leiter herangetreten und schien alles genau zu beobachten. Ich wagte einen Blick auf seine Brillengläser und versuchte, durch sie hindurch die Augen zu erreichen. Umsonst, er hatte sich so geschickt ins Licht gestellt, dass die Gläser wie eine Schutzblende wirkten.

»Auf alle Fälle sollte man doch einen Zeitplan für Aufzucht und Abrichtung entwerfen«, sagte er.

Onkel Adolf hatte sich umgedreht und schlug langsam den Weg zu seinem Bunker ein.

Während die beiden anderen ihm auf dem Fuße folgten, setzte er ihnen auseinander, was er in dieser Richtung zu tun gedenke. »Schon morgen«, verkündete er, »werde ich ein geeignetes Zuchttier auf Blondi ansetzen. Einen bulligen Kerl, Harras heißt er. Erstklassige Zucht. Blondi hat sich schon ein bisschen mit ihm bekannt gemacht. Schauen wir, was dabei herausspringt.«

Sie hatten sich immer weiter entfernt, ohne mich noch eines Blickes zu würdigen.

Einsam stand ich auf meiner Leiter und sah ihnen voll böser Ahnung nach.

Onkel Adolf fackelte nicht lange. Schon am nächsten Tag hatte Hermann Fegelein Harras fest an der Leine und kam in Begleitung des Überausglänzenden auf mich zu. Onkel

Adolf seinerseits hielt mich wie üblich am Halsband fest und schien gespannt zu beobachten, wie ich reagieren würde. Ich aber sah nur diese spiegelblanken Stiefel, die sich mir näherten. Mit aller Macht versuchte ich mich, ungeachtet des scheußlichen Würgegefühls, loszureißen.

»Blondi«, schrie Onkel Adolf erschrocken und lockerte rasch seinen Griff.

Ich raste, so schnell ich konnte, auf die riesigen Bäume zu, die den Waldrand markierten, sprang mit einem großen Satz über den Maschendrahtzaun, der das Gelände abgrenzte, und verschwand, immer wieder Deckung suchend, im Wald.

Sekunden später schrillten die Alarmsirenen los. Meinetwegen? Ich blickte zum Himmel. Nichts rührte sich da oben. Ich verfluchte meine Unüberlegtheit. Warum immer wieder diese Panik? Was rief der Überausglänzende mit diesen spiegelnden Brillengläsern in mir wach?

»Nur nicht darüber nachdenken«, überredete ich mich. Es wäre ein nicht wiedergutzumachender Fehler, mich auf die Flucht zu begeben. In einem wildfremden Land, das aus nichts anderem als riesigen Bäumen und unendlich langweiligen Grasflächen besteht.

Irgendwann würde ich einmal den Feinden Onkel Adolfs begegnen. Ob diese mich am Leben ließen? Und Onkel Adolf selbst, davon war ich überzeugt, würde mich spätestens am Abend zum streunenden Hund erklären und aus allen Rohren auf mich schießen lassen. Oder er würde mich einfangen und mir als Versuchskaninchen eine Granate zwischen die Hinterhände binden.

Ich trat also wieder aus dem Wald heraus und sah , wie sich eine ganze Reihe von Uniformierten dem Maschendrahtzaun näherten. Hinter ihnen tauchte der äußerst erregte Onkel Adolf auf. Er kam dicht an den Zaun heran und sprach begütigend auf mich ein. Anfangs verstand ich ihn nicht, da ich mich nur auf die vielen Uniformierten konzentriert hatte, doch dann begriff ich, dass er mir Harras schmackhaft zu machen versuchte. Er schilderte ihn als ein gütiges, stämmiges Hunderl, das mir viel Spaß bereiten würde, denn jedem Mädchen sei nun einmal vorgeschrieben, Nachwuchs auf die Welt zu bringen. Ich solle doch nicht so albern sein und mich dagegen zur Wehr setzen. Wieder wich ich zurück, als nun auch der Überausglänzende herankam und mich durch die spiegelnden Gläser eingehend betrachtete.

»Blondi«, schrie Onkel Adolf sofort und richtete sich auf.

»Es hat keinen Sinn«, dachte ich. »Sie werden dich aufstöbern, wohin auch immer du zu verschwinden versuchst. Es sind zu viele. Und so lange du diesen Brillengläsern nicht entgehen kannst, trotze ihnen. Nimm sie nicht wahr. Du stehst unter Onkel Adolfs Schutz. Deine Loyalität ihm gegenüber wird dich vor diesem bebrillten Monster schützen«, redete ich mir ein. »Aber was helfen all diese guten Vorsätze gegen die todtraurigen Melodien, die mich in seiner Gegenwart überfallen? Sie sind es, vor denen ich ständig die Flucht ergreifen möchte. Sie machen, dass sich ein schwarzer Himmel vor die Sonne schiebt, den Bäumen und Gräsern jede Farbe nimmt und ich den Tod geradezu herbeisehne, der mir viel freundlicher erscheint, als dieses erbarmungslose Grauen, das sich mit blaugefrorenen Fingern über die ganze Erde legt.«

»Blondi«, brüllte Onkel Adolf ungehalten.

Ich nahm Anlauf und sprang mit Grazie, wie ich glaube, über den nicht allzu hohen Maschendraht. Dicht vor dem Überausglänzenden kam ich zu Boden, lief ein-, zweimal um beide Herren herum, als sei ich vor Übermut nicht mehr zu bändigen, und legte mich dann an Onkel Adolfs Seite flach auf den Boden.

Er schimpfte ein bisschen, nannte mich eine unartige Köterin, womit er die Soldaten zum Lachen brachte, aber ich spürte seine Rührung heraus. Lediglich der Überausglänzende blieb gelassen. Die Brillengläser beugten sich zu mir herunter und betrachteten mich noch eingehender als zuvor.

»Ein raffiniertes Tier, mein Führer, ein außerordentlich raffiniertes Tier. Ich habe den Großteil meiner Jugend auf dem Lande verbracht, bin einer Menge Hunde über den Weg gelaufen. Sie wissen ja, Bayern ist ein extrem hundefreundliches Land, aber ein solches Tier ist mir noch nicht begegnet. Ich schäme mich fast, dieses Tier als Hund zu bezeichnen.«

»Jetzt lassen Sie aber mal diese maßlosen Übertreibungen, Reichsführer«, Onkel Adolf spielte zwar den Entsetzten, fühlte sich aber mehr als geschmeichelt. Er lächelte etwas einfältig in sich hinein.

»Lassen Sie uns lieber mit der Aufzucht beginnen. Fegelein, schaffen Sie den Harras heran. Wir wollen dem Vorgang mit allem Respekt beiwohnen.«

Fegelein zog den widerstrebenden Harras näher.

»Mein Führer, dem Harras ist ein bisschen die Lust an der Sache vergangen. Bei der ersten Annäherung vorgestern hat ihm Blondi derart schmerzhaft in den Schwanz gebissen, dass er sich wie ein irre gewordener Kreisel im Feld bewegt hat.«

»Im Schwanz kann es doch einem Hund nicht allzu weh tun«, widersprach Onkel Adolf.

»Sie muss ihn direkt an der Wurzel erwischt haben, er heulte jedenfalls wie ein waidwundes Tier und war nicht mehr zu bewegen, sich ihr zu nähern.«

»Das soll er ja auch noch nicht.« Onkel Adolf wurde zusehends missmutiger. »Fuß, Blondi!«

Ich folgte seiner Aufforderung. »Du wirst dich jetzt ganz brav vom Harras begatten lassen«, fuhr er fort. »Wir alle werden bei diesem wichtigen und vielleicht sogar historischen Augenblick in deiner Nähe sein und dir, wenn es sein muss, zur Seite stehen. Aber du wirst verdammt noch mal, tun, was ich dir befehle, sonst gnade dir Gott.«

Schon wieder diese Drohung mit der Gnade Gottes. Welcher Gott würde mir schon eine solche Gnade angedeihen lassen, wenn es darum ging, mich vor dir in Schutz zu nehmen?«

»Du stellst dich jetzt hierher, und der Harras springt drauf. Wenn er fertig ist und alles seinen gehörigen Gang genommen hat, bekommt ihr beide von mir persönlich zwei dicke Buletten und könnt von mir aus den ganzen Abend zusammen herumtoben.«

Fegelein zerrte Harras näher heran, während der mir angstvoll ins Gesicht starrte und misstrauisch meine Zähne betrachtete, die ich, unbemerkt für die anderen, zwei Mal kurz entblößte.

»Du kannst meinetwegen hinaufsteigen, aber wehe, du lässt dich gehen. Mein Bauch und mein erster Wurf gehören Wolf. Nimm das gefälligst zur Kenntnis.«

Erneut zerrte Harras an seiner Leine und versuchte, aus meinem Blickfeld zu gelangen.

»Er scheint ein ziemlich feiger Bursche zu sein«, stellte Onkel Adolf missmutig fest. »Vielleicht hat er Angst vor Weibern oder ist gar impotent?«

»Er ist ein ausgebildeter Springer«, sagte Fegelein grinsend, »er hat schon ausgezeichnete Würfe gezeugt, die alle zu Meldehunden ausgebildet worden sind.«

»Na, dann hinauf mit ihm. Das wird doch wohl möglich sein«, rief Onkel Adolf. Harras wurde von Fegelein und zwei Soldaten gepackt und auf mein Hinterteil gesetzt. Seine Vorderpfoten baumelten hilflos zu meinen beiden Seiten herunter, und ich schüttelte mich vor Ekel.

Ich schüttelte mich so stark, dass er richtiggehend zur Seite und ins Gras flog. Die Gruppe auf dem Gelände bog sich vor Lachen. Selbst Onkel Adolf konnte ein schadenfrohes Grinsen nicht verbergen.

Doch da war der Überausglänzende schon herangetreten. »Mein Führer, das dürfen Sie nicht durchgehen lassen. Keiner meiner Jungen von der Leibstandarte hat sich im Lebensborn geweigert, die ihm zugeführten Mädels zu beschlafen, wenn es um das Wohl des Vaterlandes ging. Da sollte es einem Hund erst recht nicht erlaubt sein.«

Im nächsten Augenblick schlug mir Onkel Adolf mit seiner Peitsche auf die Nase. Es war der gefürchtete Schlag, mit dem ich schon so schmerzhafte Bekanntschaft gemacht hatte. Vor Schreck, Wut und Schmerz heulte ich laut auf. Nie hätte ich erwartet, dass sich so etwas noch einmal wiederholen könnte.

Ich stieß die Nase ins kühle Gras und bekam die Peitsche noch einmal über den Rücken. Voller Wut bäumte ich mich auf, versuchte, aus der Reichweite dieser bösartigen Knute zu kommen, indem ich mein Hinterteil hochhob und rückwärts robbte. Doch da spürte ich schon den Druck des fremden Körpers auf mir.

Harras schien den günstigen Augenblick routiniert genutzt zu haben. Er tat, was er konnte, aber ich merkte ihm an, dass er so schnell wie möglich wieder herunter wollte. Sein Penis fühlte sich ungewöhnlich groß an für einen Hund. Aber welch ein Unterschied im Temperament! Wolf kam mir dagegen in der Erinnerung wie ein

Wirbelsturm vor. Außerdem schmerzte mich meine Nase derart, dass ich an keinerlei Entgegenkommen interessiert war.

Harras schien schon wieder abgesprungen zu sein, denn man applaudierte ihm enthusiastisch und animierte ihn dazu, noch eine Ehrenrunde zu laufen. Einzig Onkel Adolf schien nicht besonders erfreut. Während der Überausglänzende sich abwandte und nervös zu trippeln schien, beugte sich Onkel Adolf zu mir herunter.

»Na, so schlimm war das doch gar nicht.« Er streichelte mich kurz und ein wenig angeekelt, dann rief er Fegelein zu sich heran. »Sie führen den Köter in den Wald und erschießen ihn.«

»Den Harras?«, fragte Fegelein und riss entsetzt die Augen auf.

»Der Hund wird sofort erschossen! Ich erwarte, dass Sie meinen Befehlen bedingungslos gehorchen.«

Fegelein sah hilflos von mir zu Onkel Adolf und dann zu dem Überausglänzenden herüber. »Mein Führer, der Hund hat doch nur seine Pflicht getan.«

»Die Soldaten im Feld etwa nicht? Und auch sie werden über kurz oder lang erschossen.«

Onkel Adolf drehte sich auf dem Absatz um und ging auf seinen Bunker zu, während die Uniformierten stramm grüßten. Ich sah, wie Fegelein dem Harras winkte und ihn wieder an die Leine nahm. Dann ging er mit tief gebeugtem Kopf, den wedelnden Harras an seiner Seite, auf den Wald zu.

Und von neuem kam diese feige Unentschlossenheit in mir hoch. Sollte ich Harras folgen und ihn vor Fegelein warnen? Oder sollte ich meinem Herrn hinterhertraben, der diese tödliche Order gegeben hatte? Ich stellte mir vor, wie ich dem Fegelein den Schneid abkaufte, vor ihm her sprang und ihm meine Verachtung über seinen Kadavergehorsam ins Gesicht bellte.

Gleichzeitig würde ich auch den dümmlichen Harras warnen, der arglos und wedelnd neben seinem Henker einhertrabte. Gerade hatte ich mich entschlossen, noch einmal über den Maschendrahtzaun zu setzen, da hörte ich den Knall.

»Diesmal eine Hilfeleistung verweigert?«, hörte ich eine leise, warnende Stimme. »Der zweite kleine Sündenfall, nicht wahr, Blondi?«

Ich sah Hermann Fegelein aus dem Wald zurückkehren, die Wiese überqueren und in einer Baracke der Wachmannschaften verschwinden. Wie konnte ich ihn so überschätzen? Für mich stellte er bis zu dieser Stunde das hartgesottene, kraftvolle Schlitzohr dar, dem ich bei einem imposanten Beischlaf zugeschaut hatte. Und ging ich richtig in der Annahme, dass Onkel Adolf eifersüchtig auf ihn war? Oder war ich beeinflusst von dem, was sich zwischen der hübschen Eva und ihm abgespielt hatte? Eines aber konnte man nicht übersehen, Onkel Adolf begegnete ihm mit zunehmendem Missmut, schien ihn anscheinend mit solchen sadistischen Befehlen quälen zu wollen.

Andererseits bedurfte ich einer Ablenkung von dem, was mir diese unbestechliche, boshafte Stimme zugeflüstert hatte. Mit welchem Recht zählte man mir da meine Sünden vor. Mir, die ich in jeder Beziehung von höheren Mächten abhängig war? Ich beschloss, auf diese warnenden Signale zu pfeifen und schlich müde zur Bunkertür.

Doch dann traute ich meinen Augen nicht. Auf der Bank, die Onkel Adolf zu seinem Heiligtum erklärt hatte, saß Hermann Fegelein. Neben ihm hatte sich der Überausglänzende breitgemacht. Sie schienen mich beide nicht bemerkt zu haben, denn sie diskutierten flüsternd und mit deutlicher Aufgeregtheit etwas, das sie mehr als nur oberflächlich beschäftigte.

Ich überwand meine Panik, legte mich flach auf den Boden und schloss vorsichtshalber die Augen.

»Er mag mich nicht, Reichsführer. Ich habe das Gefühl, dass er mich beinahe hasst, obwohl ich mich ihm gegenüber noch nie ungehorsam gezeigt habe. Schon bei unserem ersten Zusammentreffen auf dem Obersalzberg ist mir das aufgefallen.«

»Reißen Sie sich zusammen, Gruppenführer«, unterbrach ihn der Überausglänzende. »Der Chef ist in einer schwierigen Lage. Von allen Seiten schlägt der Feind auf uns ein. Im Westen soll er an einigen Stellen schon durchgebrochen sein und unsere Festungen überrollt haben. Ich möchte den sehen, der in dieser Situation seine gute Laune und seine Zuversicht behält.«

»Ich bleibe dabei, Reichsführer, er hegt eine tiefe Abneigung gegen mich. Sie hätten ihn sehen sollen, als er von meinem Heiratsantrag an Gretel Braun erfahren hat. Der blanke Hass sprang ihm aus den Augen. Und ich wiederhole, niemals habe ich mir ihm gegenüber etwas zuschulden kommen lassen. Sämtliche Papiere über meine Person haben ihm vorgelegen. Mein Ariernachweis, von Ihnen Reichsführer, mit einer nachdrücklichen Empfehlung versehen und gegengezeichnet, meine langjährige Zugehörigkeit zu Partei und Schutzstaffel und meine stillen Heldentaten bei Baranovicze, die selbst Kamerad von dem Bach-Zelewski in Erstaunen gesetzt haben.«

»Ich bitte Sie nochmals, sich zu mäßigen und einen anderen Ton anzuschlagen, Fegelein«, sagte der Überausglänzende scharf. »Außerdem halte ich es nicht für empfehlenswert, sich seiner eigenen Heldentaten zu rühmen, zumal sie doch mehr Nervenkraft als Tatkraft erforderten.«

»Und Kaltblütigkeit. Vergessen Sie das nicht, Reichsführer.«

Fegelein wurde immer aufgeregter. »Es war keine Kleinigkeit, diese vielen Weiber in die Sümpfe zu jagen.«

»Mit diesem Befehl habe ich Ihnen doch allen das Schießen auf Frauenspersonen erspart. Ich darf annehmen, Hermann, dass Ihnen die nackten Weiber einigen Spaß bereitet haben.«

»Dennoch mussten wir auf sie schießen, Reichsführer, wie sonst hätten wir sie in die Sümpfe treiben sollen? Aber dieser heutige Befehl vom Chef übertrifft alles, was ich bis dahin auszuführen hatte. Ein absolut unschuldiges Wesen wie diesen Hund erschießen zu müssen. Ich hätte es fast nicht fertiggebracht. Bis zum letzten Augenblick sah er mich noch so treuherzig an und wedelte mit dem Schwanz.«

»Ein Glück, dass die Judenweiber von Baranovice keinen Schwanz zum Wedeln hatten.«

Die dicken Brillengläser funkelten in der Sonne.

»Das sind doch zwei Paar Schuhe«, rief Fegelein. »Hier handelt es sich um eine ahnungslose Kreatur, die nur ihre Pflicht getan hat.«

»Jetzt hören Sie aber auf, Fegelein. Ich dulde es nicht, dass Männer aus meinem engsten Kreis derart sentimental abschweifen. Sie haben nichts anderes zu tun, als Ihren Befehlen zu gehorchen. Ohne nach rechts oder nach links zu blicken. Haben Sie das nicht vor langer Zeit geschworen? Antworten Sie!«

»Jawohl, Reichsführer!«

»Stehen Sie auf, und nehmen Sie Haltung an!«

Fegelein sprang sofort auf und schlug die Hacken zusammen.

»Also, antworten Sie.«

»Jawohl, Reichsführer!«

»Sie dürfen sich wieder setzen.«

»Darf ich mir nur noch eine einzige Frage erlauben?«, flüsterte Fegelein jetzt fast.

»Fragen sind grundsätzlich verboten, das wissen Sie doch.«

»Jawohl, Reichsführer!«

»Bleiben Sie sitzen.« Der Überausglänzende hielt ihn am Arm fest. »Und jetzt fragen Sie.«

»Warum hat er mir befohlen, den Hund zu erschießen?«

»Da scheint sich ein mordsmäßiges Problem aufzutun. Zweifellos spielt Eifersucht eine bedeutende Rolle. Aber auf wen soll unser Führer eifersüchtig sein? Auf Sie? Oder gar auf einen Hund? Könnten Sie sich vorstellen, auf einen Hund eifersüchtig zu sein, der Ihre Hündin gedeckt hat?«

»Noch dazu einer von derselben Rasse, Reichsführer.«

»Das genau ist das Problem.« Der Überausglänzende nickte versonnen. Dann setzte er sich kerzengerade auf. »Der Doktor erzählte mir, dass er die Blondi in der Nacht in seinem Schlafzimmer unterbringt. Haben Sie das auch schon gehört?«

»Jawohl, Reichsführer, er hat von Anfang an eine Schlafkiste für sie hineinstellen lassen.«

»Erstaunlich.« Die Brillengläser funkelten Fegelein an. »Der Führer muss sehr einsam sein. Das kommt davon, wenn man sich allzu intensiv mit diesen verknöcherten Militärs einlässt. Vor allem hier in der Wolfsschanze scheint es ihn übel erwischt zu haben, Fegelein.

Da liegt ja auch seine entzückende Spionin und aalt sich unschuldsvoll in der Sonne.«

Der Überausglänzende hatte nicht zu mir hingesehen, aber Fegelein drehte sich sofort nach mir um.

»Ein unglaubliches Vieh«, meinte er nach einer Weile. »Haben Sie einmal ihren Kunststücken zugesehen? Ihr Drahtseilakt ist bewundernswert. Sie springt über zwei Meter hohe Lattenzäune und ahmt auf Führerbefehl Zarah Leander nach. Ich selbst habe sie noch nie singen hören, aber der Doktor erzählt, man könne, wenn sie gut aufgelegt sei, meinen, die Leander selbst wäre hier in der Schanze und sänge zu Ehren des Führers.«

»Doch, ja«, wurde ihm zugestimmt. »Der Doktor ist ein sehr witziger Mann, und die Ähnlichkeit der Stimmlage ist wirklich erstaunlich. Wie gesagt, ein durch und durch ungewöhnlicher Hund. Haben Sie Blondi schon einmal schlachten sehen, Fegelein?«

»Wie bitte?«

»Ich habe mit ansehen können, wie sie auf besonderen Führerbefehl ein Kalb geschlachtet hat. Sie hat es regelrecht geschochten. Kennen Sie den Begriff? Er bezeichnet den Schlachtvorgang nach jüdischem Ritus.«

»Unglaublich«, meinte Fegelein nach einer Zeit des Nachdenkens.

»Richtig«, stimmte der Überausglänzende ihm bei. »Ich habe den viehischen Vorgang des jüdischen Schächtens in früherer Zeit oft mitansehen müssen. Einige Mitglieder unserer Familie haben dieser koscheren Zubereitung des Fleisches den Vorzug gegeben.

Sie erinnert mich auf geheimnisvolle Weise an einen jungen Juden, der mir in Russland, ich glaube, es war in Minsk, begegnet ist. Man hatte ihn schon mit einer Reihe anderer Juden zum Erschießen aufgestellt, da ließ ich die Aktion unterbrechen. Er war ein lang aufgeschossener, hellblonder Jüngling mit strahlend blauen Augen, der fasziniert und in sich gekehrt in den Graben starrte.

Ich trat zu ihm heran und fragte ihn, ob er überhaupt Jude sei. Er sagte, ja. Ich ließ nicht locker. Ob seine Mutter vielleicht eine Nichtjüdin wäre. Wieder verneinte er. Selbst, wenn nur sein Vater Nichtjude gewesen wäre, hätte ich ihn sofort aus der Reihe entfernt, aber als ich ihn danach fragte, gab er zur Antwort, dass auch sein Vater Volljude sei und neben ihm stehe.

»Nun, wenn das so ist, kann ich Ihnen auch nicht helfen, junger Mann«, sagte ich.

»Und weshalb erinnert Sie dieser Hund hier daran, Reichsführer?«

»Auf welche Gedanken sollte ich wohl sonst kommen, Fegelein, wenn ich diesem prachtvollen blonden Tier, Lieblingshund des Führers, beim Schlachten nach jüdischem Ritus zuschaue? Aber lassen wir das. Gruppenführer Fegelein, ich habe Sie zum Verbindungsoffizier zwischen dem Führer und mir ausgewählt, und ich werde daran festhalten. Sie haben mein volles Vertrauen. Ich verlange jedoch von Ihnen, dass Sie auch das Vertrauen unseres Führers gewinnen. Diese Ihre Position wird in der nächsten Zeit von äußerster Wichtigkeit sein.

Ich denke, ich werde in Zukunft sehr viel an der Westfront sein, um dieses Offizierspack unter Kontrolle zu halten. Der Führer hingegen wird sich noch einige Zeit mit dem Russen beschäftigen müssen, bis unsere neue Waffe zum Einsatz kommen kann. Es ist also eine absolut reibungslose und gut organisierte Verbindung zwischen dem Führer und mir vonnöten.

Außerdem, und das sage ich Ihnen mit dem ausdrücklichen Befehl der Verschwiegenheit, wünsche ich von Ihnen einen jederzeit abrufbaren Bericht über das, was sich in der Umgebung des Führers abspielt. Haben Sie mich verstanden?«

Der Überausglänzende stand unversehens auf den Beinen und Fegelein sprang auf.

»Und, Fegelein, keine falschen Spielchen oder auch nur Gedanken daran. Ich habe mich nach allen Seiten abgesichert, auch bei unserem Führer. Im Falle des Verrats ist es mir ein Leichtes, den Spieß jederzeit zu Ihrem Schaden umzudrehen.«

»Ich habe verstanden Reichsführer.«

»Gut, ich gratuliere Ihnen übrigens zu Ihrer klugen Vermählung. Machen Sie etwas aus Ihrer Stellung als Schwager des Führers. Ich hoffe nur, dass seine Wut inzwischen verraucht ist und sein Spaziergang ihn entspannt hat. Seltsam, dass er allein davongelaufen ist.«

Ich fühlte, wie seine Brillengläser auf mir ruhten. »Und achten Sie besonders auf den Hund, Fegelein.«

Damit verschwand er auf einem schmalen Kiesweg zwischen den Bäumen.

Am nächsten Morgen war Onkel Adolf wie ausgewechselt. Nachdem er mich nachts nicht ins gemeinsame Schlafzimmer gelassen, mich ohne Vorwarnung ausgesperrt hatte – ich ärgerte mich maßlos darüber –, tat er so, als wäre nichts geschehen. Ich sollte nun froh sein, dass er vor guter Laune barst.

Oh, ich hätte ihm die ganze Intrige seiner beiden Kumpane ins Hirn laufen lassen, ihn damit zur Weißglut bringen können, aber es war klüger, einen günstigen Moment abzuwarten.

Onkel Adolf setzte sich auf die Bank und sah mich

nachdenklich an. »Na, wie fühlst du dich, Blondi?«, fragte er, ohne auch nur die geringsten Anstalten zu machen, mich zu streicheln.

»Hat es dir endlich einmal Spaß gemacht, du frigide, dumme Nuss? Eine hündische Seele bleibt eben immer eine hündische Seele. Man lässt sich von jedem besteigen, der gerade zur Verfügung steht. Auch wenn er wie ein urblonder deutscher Schäferhund aussieht. Du riechst nach unreinem Sperma, nach geilem, köterigem Ausfluss.«

Er holte blitzschnell mit seiner kurzen Lederpeitsche aus und drosch sie mir über den Kopf, über den Rücken, auf die Hinterhände. Seine überfallartige Wut schien keine Grenzen zu kennen.

Ich heulte auf und raste über das Wiesengelände auf den Zaun zu.

»Hiergeblieben!«, schrie er mit sich überschlagender Stimme. »Du mieser, läufiger Köter! Ich werde dir den Dreck aus den Eingeweiden treten. Fuß!«, schrie er noch lauter und deutete mit dem Peitschengriff auf seine Schuhe.

Ich robbte demütig auf ihn zu und wäre ihm am liebsten an die Gurgel gegangen.

»Na«, flüsterte er, als ich ihm nahe genug gekommen war, »wirst du jetzt einen anständigen Wurf hinlegen? Wirst du wieder mit Wolf ins Gehege rennen und ihm deinen geilen Hintern anbieten? Du elende Hundehure?«

Seine Hand zitterte so stark, dass er die Peitsche fast nicht mehr halten konnte. Nichtsdestotrotz holte er noch einmal aus und schlug sie mir um die Ohren. Dann ließ er sich erschöpft auf die Bank zurückfallen.

Ich hatte keinen Laut mehr von mir gegeben, sondern starrte ihn mit stumpf-staubigem Blick an.

»Es ist doch ewig das gleiche mit den Weibern. Was hätte ich nicht alles für die Veranlagung meines alten Freundes Röhm gegeben. Der hatte seine Gespielen in seiner Sturmabteilung und konnte jede Nacht mit einem anderen hübschen Bengel zubringen. Kein Bankert hätte ihm untergeschoben, keine Dame hätte ihm Hörner aufsetzen können. Ich muss gestehen, Blondi, ich habe ihn oft beneidet. Und wenn er nicht ein so hirnverbrannter Hornochse gewesen wäre, hätte ich ihn auch am Leben gelassen.

Doch er musste ja jede Unstimmigkeit, sogar jede seiner abartigen Leidenschaften an die große Glocke hängen. Das Volk, das immer gleich Spottlieder parat hat, hörte man auf jedem Tanzboden grölen: »Arsch an die Wand, Röhm kommt ins Land! Tut nicht mehr Not, Röhm ist schon tot!« – Man hat mich sogar indirekt des Mordes an ihm bezichtigt. – Und dieses Lied hat mich bis zu Beginn des Krieges verfolgt. Dann erst schien sich das Volk an andere Sorgen zu gewöhnen.

Und nun bist du es, Hunderl, die mich so maßlos enttäuscht. Hättest du deinen Hintern nicht verschlossen halten können? Selbst wenn ich dich wegen Befehlsverweigerung hätte verprügeln müssen, würdest du mir eine große Freude bereitet haben.

Nun ja, es ist nun einmal nicht geschehen, und es wird lange dauern, bis du wieder in mein Schlafzimmer darfst.«

Er stand auf.

»Marsch! Ins Gelände mit dir. Heute wirst du geschliffen, bis dir die Augen triefen.«

Ich lief los und sprang schon einmal mit Vehemenz über die zwei Meter hohe Bretterhürde. Onkel Adolf, flankiert von zweien seiner Leibgarde, marschierte im Sturmschritt herbei.

»Oberführer«, wandte er sich an den einen der beiden. »Bringen Sie den präparierten Reifen her. Und Sie, Sturmbannführer, legen die Balancierstange auf die Holzböcke. Wenn es soweit ist, rufen Sie die gesamte Generalität auf das Gelände und bitten gleichzeitig den Doktor, den Reichsführer und die Damen vom Sekretariat hierher.

Ich möchte den heutigen Tag nutzen, die Herren etwas aufzulockern. In der Lagebesprechung morgen früh werden sie eine Menge Haare lassen müssen.«

Die beiden Herren verschwanden, und Onkel Adolf packte mich rüde am Halsband. Seine Hand zitterte so stark, dass es mir fast die Luft abschnürte. Ich schnaufte, nieste auf bemitleidenswerte Hundeart, um ihm verständlich zu machen, wie sehr ich litt.

Doch er zerrte mich wie von Sinnen zur Bretterwand und befahl mir barsch, hinüberzuspringen. Ich entfernte mich schleunigst, um Anlauf zu nehmen, in Wahrheit aber, um mich vor seinen mörderischen, unberechenbaren Händen in Sicherheit zu bringen. In meiner Angst sprang ich so hoch, dass ich zwischen der Bretterwand und mir erheblich Luft ließ.

Nachdem ich noch ein bisschen gewürgt hatte und nach Atem rang, sah ich zu ihm hinüber und konnte förmlich die Bewunderung spüren, mit der er mich heimlich betrachtete.

Vielleicht machte ihm auch sein schlechtes Gewissen mir gegenüber zu schaffen, denn er befahl mir etwas sanfter, auf die Leiter und weiter auf den Holzbock zu treten. Mit seiner Peitsche schlug er leicht auf die schmale Stange, und ich balancierte vorsichtig zur anderen Seite hinüber. Auf dem Weg zurück hatte ich meinen Atem nicht mehr in der Gewalt. Das Würgen durch seine Hand schien doch nachhaltiger gewirkt zu haben. Ich verlor das Gleichgewicht und fiel wie ein Stein zu Boden.

Onkel Adolf erstarrte. Vor allem, weil ich so reglos liegenblieb. Ich hatte mir wirklich wehgetan und kam im Augenblick nicht richtig auf die Pfoten.

»Scheinbar habe ich meinen Schwanz nicht richtig eingesetzt«, dachte ich.

Erst als er mir mit scharfer Stimme befahl, erneut den Holzbock zu erklimmen, sprang ich hoch. Nun fühlte ich auch genauer, wo ich mich verletzt hatte. Durch meine linke Hinterhand zuckte es wie ein elektrischer Schlag. Voller Hast und den Schmerz ignorierend, kletterte ich auf den Holzbock und fing auf der schmalen Stange zu balancieren an, obwohl ich noch keine Order dazu bekommen hatte.

Seine Peitsche machte auf halbem Weg einen kleinen Bogen und landete leicht wippend an seinen Hosenbeinen. Ich setzte halbwegs geschickt meinen buschigen Schwanz für das Gleichgewicht ein und konnte zweimal die Lattenlänge überwinden.

Bei der Landung auf dem Boden spürte ich erneut diesen scharfen Schmerz in der Hinterhand. Inzwischen hatten sich auf dem improvisierten Trainingsgelände die Gäste versammelt, und Onkel Adolf begrüßte jeden einzelnen Ankömmling. Den Damen vom Sekretariat küsste er sogar die Hand.

Dann begann er routiniert mit einer kleinen Rede, wobei ich zum ersten Mal bemerkte, dass er seine linke Hand krampfhaft festhielt.

»Ach ja, Onkel Adolf«, dachte ich, während ich ihn schadenfroh betrachtete, »auch Teufel werden nicht jünger.«

Er hatte seinen Hintern etwas ausgestellt und, als wolle er ihn geradezu verstecken, seinen Unterleib extrem zurückgezogen. Das gab seinem Aussehen fast etwas Karikatureskes. Auch mir war dieser Anblick neu, und ich bedauerte beinahe, ihn so lächerlich vor mir zu sehen.

Mit rauher, aber herzlicher Stimme, sprach er über meine ungewöhnlichen Talente und versicherte der ganzen Gesellschaft, dass sie in Kürze einer Vorführung beiwohnen würden, die sich durchaus mit jedem ungewöhnlichen Bühnenereignis vergleichen ließe.

»Blondi hat keine Mühe gescheut, um sich die erstaunlichsten artistischen Fähigkeiten anzueignen«, hörte ich ihn prahlen. »Mir zu Liebe hat sie sogar die typische kreatürliche Scheu vor dem Feuer überwunden. Aber lassen wir ihre einmaligen Talente für sich selbst sprechen.«

Diese peinliche Ankündigung brachte mich in eine unangenehme Lage. Würde meine lädierte Hinterhand überhaupt mitmachen? Und was war das für ein Feuer, von dem Onkel Adolf da sprach? Nie hatte er mit mir etwas in der Richtung eingeübt.

Unversehens ergriff mich ein solches Zittern, dass ich glaubte, jeder müsse mir meine Furcht ansehen. Ich blickte auf die verkrampften Hände von Onkel Adolf.

»Welche Furcht schleppt er mit sich herum?«, fragte ich mich. »Weder muss er über schmale Stangen tanzen, noch über bedrohlich hohe Holzwände springen. Seine Sorgen möchte ich haben.«

Doch jetzt kam der erste Befehl. Ich hinkte zum Anlaufpunkt und versuchte, mich zu konzentrieren.

»Der Absprung und das Aufkommen werden zum Problem werden«, dachte ich. »Am Anfang musst du all deine Kraft in die Hinterhände legen, und nach dem Überqueren mit den Vorderhänden so elastisch wie möglich abfedern.«

Immer noch zitterte ich vor Aufregung, und Onkel Adolf ließ mit seiner zweiten Order auf sich warten. Wollte er die Spannung jetzt schon auf den Höhepunkt treiben?

Ich ließ meine Augen über die Gesellschaft wandern.

Inmitten der eintönigen Uniformierung konnte ich helle, geblümte Sommerkleider erkennen. Erwartungsvolle Mädchengesichter blickten mich an.

»War ich nicht selbst einmal …? Du hörst auf der Stelle damit auf!«, befahl ich mir wütend im Stillen. »Du bist ein Vierbeiner mit glänzendem Fell und langer Schnauzennase. Dort drüben stehen die Zweibeiner in ihrem überheblichen Zweibeinerdasein, mit ihrer Zweibeinerlogik, die mich hier zum Zirkusaffen degradiert, mit ihrer Zweibeinermoral, ihrem Zweibeinerhass und ihrer noch ekelhafteren Zweibeinerfreundlichkeit.

Als unterwürfiger Vierbeiner tue ich nur meine Pflicht und werde mit einem gewaltigen Satz über diese Holzwand setzen. Hörst du mich, Ibn Maimun, ich werde über diese viel zu hohe Holzwand springen.

Ich bin sehr glücklich darüber, vier Beine zu haben. Denn wenn ich mich jetzt zu den Zweibeinern zählen würde, hätte ich ein Problem mit dieser Wand, nicht wahr?«

Ich nickte mir bestätigend zu. Neben mir schien der edle langgezogene Wolfskopf mit den quittegelben Augen aufzutauchen und mich begleiten zu wollen.

»Wir machen den Synchronsprung, Wolf!«, jubelte ich. »Du wirst mir zeigen, wie ich da hinüberkomme, wirst mir mein Vertrauen in meine vier Beine zurückgeben.«

Ich duckte mich bis auf den Boden hinunter, zog mich förmlich in mich zusammen und hörte wie aus weiter Ferne den Führerbefehl. Nie war ich so leicht abgekommen. Nie war das Gefühl des Fliegens stärker als in diesem Moment. Ich kam weit hinter der Wand auf den Boden zurück, federte mit gekonnter Eleganz ab und legte mich zu Füßen der Gesellschaft ins Gras.

Wieder drang der ohrenbetäubende Lärm des Beifalls

an mein Ohr, scharf unterbrochen vom Zuruf Onkel Adolfs, mich sofort an seine Seite zu begeben.

Ich stand langsam auf und schlenderte zu ihm hinüber. Meine etwas steifer werdende Hinterhand machte mir keine allzu großen Sorgen.

»Ich werde die Lähmung schon auf irgendeine Weise zurückdrängen«, beruhigte ich mich und ließ mich von der Menge bewundern. »Zumindest für die Dauer dieser Vorführung. Und bei etwaigen überraschenden neuen Nummern, werde ich meiner tierischen Furcht nicht nachgeben, sondern den Zweibeinerverstand einsetzen. Wenn ich aber den Zweibeinerverstand einsetze, werde ich bald keine Gewalt mehr über meine hündischen Fähigkeiten besitzen«, hörte ich mich weiter nachdenken.

Jawohl, bestätigte ich mir und nahm neben den Hosenbeinen Onkel Adolfs Platz.

Im nächsten Augenblick kam der Befehl für die Leiter, den Holzbock und die Balancierstange.

Ich sprang elegant auf die Stufen, erklomm den Bock, verharrte kurz und sah mich um. Direkt unter mir standen der kleine Krüppeldoktor, Hermann Fegelein und der Überausglänzende. Diesmal hatte er das Licht nicht auf seiner Seite, und ich konnte in seine Augen blicken.

»Kleine, nichtssagende Schweinsaugen«, dachte ich erstaunt.

Ein Geheimnis, das keines war. Und dennoch. Für einen kurzen Moment hörte ich wieder die unendlich traurige Melodie und ihre bedrohliche Begleitung. Ich schwankte, hätte beinahe das Gleichgewicht verloren und hörte den leisen Aufschrei der Damen.

Das flüchtige Lächeln auf dem Gesicht dieses Mannes brachte mich wieder zur Besinnung. Ich stellte meinen

Schwanz steil in die Höhe, was sogleich ein schüchternes Kichern hervorrief und tänzelte unbekümmert über die Stange. Auf der anderen Seite hatten schon Onkel Adolf, Oberführer Rattenhuber und Sturmbannführer Günsche Platz genommen, um mich in Empfang zu nehmen, doch ich zog meine vier Pfoten zusammen so sehr ich nur konnte, machte auf meiner unversehrten Hinterhand eine hoch elegante Kehrtwendung und tänzelte wieder zum Ausgangspunkt zurück.

»Ich entsinne mich eines sehr komischen Pudels in irgendeinem Zirkus, der ebenfalls so etwas fertigbrachte«, hörte ich den kleinen Krüppeldoktor in den enthusiastischen Beifall hinein sagen, »aber von einem Schäferhund sollte man das auf keinen Fall erwarten dürfen.«

»Reden Sie keinen Unsinn, Doktor«, antwortete Onkel Adolf. »Kein Hund der Welt würde das fertigbringen. Noch dazu mit dieser Perfektion.«

Er wandte sich an Rattenhuber und befahl ihm, den Reifen zur Stelle zu schaffen. »Sputen Sie sich, der Hund ist in einer Bombenstimmung, und ich bin neugierig, ob sie den Mut aufbringen wird. Und noch eines«, er drehte sich wieder dem Doktor zu, »Sie vergessen, dass sie mein Hund ist, dass ich sie erzogen und dressiert habe. Es hat mich eine gehörige Portion Energie gekostet, und ich möchte das respektiert wissen. Kommen Sie, Rattenhuber, stellen Sie sich in der Mitte des Feldes auf und setzen Sie den Reifen in Brand.«

Der herbeigeeilte Rattenhuber zog ein Feuerzeug aus der Hosentasche, und kaum wurde die Flamme sichtbar, brannte der Reifen, bis auf einen herausragenden Griff, auch schon lichterloh.

»Halten Sie jetzt den Reifen etwa einen Meter über den Boden und weit von sich«, befahl Onkel Adolf weiter. »Ich weiß noch nicht, ob der Hund Sie mag und deshalb vielleicht verweigert.«

Rattenhuber hielt den Reifen krampfhaft am Griff fest und streckte den Arm so weit wie möglich zur Seite.

»Und jetzt, meine Damen und Herren«, fuhr Onkel Adolf fort, »wird Blondi Ihnen hoffentlich etwas zum besten geben, was sie noch nie geübt, geschweige denn in der Öffentlichkeit gezeigt hat.«

Er beugte sich zu mir herab und flüsterte dicht an meinem Ohr, dass ich durch den Reifen hindurchspringen solle. Er würde dahinterstehen und mir Order geben. Außerdem würde er noch die richtige Höhe andeuten.

Mit forschen Schritten begab er sich an Rattenhuber vorbei in Position und kam etwa eineinhalb Meter hinter dem brennenden Reifen zum Stehen.

»Wie ein feurig eingerahmtes Gemälde«, dachte ich spöttisch und wieder fiel mir die Lächerlichkeit seiner Attitüde auf.

Die anfängliche Panik meiner hündischen Kopflosigkeit überwand ich spielend – dank meiner zwiespältigen Existenz –, und nachdem Onkel Adolf den Startruf gegeben hatte, sprang ich auf seine rechte, erhobene Hand zu. Rattenhuber konnte seinen Arm nicht ganz ruhighalten, deshalb streifte ich mit dem Bauch kurz die Flammen, fühlte in der Erregung zwar keinen Schmerz, bekam dafür aber den hässlichen Geruch von verbranntem Haar in die Nase.

Ich schoss mit einem solchen Schwung durch den Reifen, dass Onkel Adolf die Hand nicht schnell genug zurückziehen konnte. Mit voller Wucht prallte ich gegen seinen Arm und hätte ihn beinahe mitgerissen.

Im Gras landend, kühlte ich meinen angesengten Bauch und fragte mich, mit angstvoller Erwartung, was er noch alles im Schilde führte. Der Applaus war überwältigend, Onkel Adolf verbeugte sich leicht und nahm die Haltung eines Zirkusdirektors an, während Rattenhuber den noch immer glimmenden Reifen forttrug.

Nun umringte uns die Gesellschaft und gab Geräusche vielfältiger Zustimmung von sich. Onkel Adolf kniete vor mir und tätschelte in fast unterwürfiger Haltung meine Vorderhände. Ich dagegen saß hochaufgerichtet da und ließ die albernen Ovationen über mich ergehen.

»Es ist geradezu …« Onkel Adolf suchte krampfhaft nach einem Begriff, um mein Verhalten zu beschreiben, aber der Überausglänzende kam ihm zuvor.

»Meinten Sie unnatürlich, mein Führer?«

»Nun, das gerade nicht.« Onkel Adolf musste lachen. »Mein getreuer Heinrich möchte mich stets übertrumpfen, nicht wahr? Doch Spaß beiseite, er kommt dem, was ich ausdrücken wollte, schon sehr nahe. Und wenn ich auch nicht das Wort ›unnatürlich‹ suchte, so meinte ich zumindest den Begriff ›unglaublich‹ oder ›ungewöhnlich‹. Denn was sollte es an einer solchen Kreatur ›unnatürliches‹ geben?«

»Wenn er mir jetzt nur nicht um den Hals fällt«, dachte ich erschrocken. »Der getreue Heinrich müsste ihn doch augenblicklich wegen rassenschänderischen Verhaltens füsilieren lassen.«

Ich zog amüsiert eine Lefze hoch und sah Onkel Adolf zum ersten Mal auf gleicher Höhe in die Augen.

»Meine Damen und Herren«, sagte er, nachdem wir uns eine Weile angeschaut hatten, »Sie werden nun sicher verstehen, dass mir dieses Tier wie ein Kind ans Herz gewachsen ist.«

Er richtete sich auf und bekam wieder seinen seherischen Blick. »Da mir Vaterfreuden verständlicherweise versagt geblieben sind und diese liebenswürdige Kreatur sich als besonders anhänglich erwiesen hat ...«

»Bietet er mir jetzt die Ehe an?« Nun zog ich beide Lefzen in die Höhe.

»...biete ich ihr jetzt ...« Onkel Adolf sah verwirrt in die Runde.

»Er wird mir doch nicht etwa den Eintritt in die Partei antragen?« Jetzt war ich wirklich erschrocken.

»...biete ich ihr jetzt«, setzte Onkel Adolf zum dritten Mal an, »die Stellung eines Hofhundes des Führers des Deutschen Reiches an, mit der Berechtigung eines Alters- und Ruhebrotes.«

Er brach ab und begann mich verlegen zu streicheln.

Mir war nicht entgangen, was sich derweil zwischen dem kleinen Krüppeldoktor, dem Überausglänzenden und Fegelein abgespielt hatte, und auch die übrige Gesellschaft zeigte sich von der eigenartigen Stimmung des Großmächtigen unangenehm berührt.

Ich konnte beinahe fühlen, wie sich die anfängliche Zuneigung fast aller mir gegenüber ins Gegenteil verkehrte.

»Ein Hund ist ein Hund, ein Köter ein Köter, eine Töle eine Töle«, hörte ich sie denken.

Ich sah Onkel Adolf nicht mehr an, senkte unterwürfig den Kopf und schmiegte mich platt an den Boden. Vielleicht würde diese Art von Unterwerfung genügen. Wenn nicht, bliebe mir nur übrig, alle Viere in die Luft zu strecken.

Dazu kam es nicht mehr. Onkel Adolf brach die Veranstaltung ab und setzte sich in Richtung seines Wohnbunkers in Bewegung. Die höheren Chargen folgten ihm sofort, während die übrigen Offiziere sich im Gelände verteilten.

Nur die Damen blieben in meiner Nähe und begannen mich scheu und respektvoll zu streicheln.

Sollte ich das als eine Art Solidarität begreifen? Onkel Adolf jedenfalls hatte mich wieder stehenlassen. Musste ich die Nacht ein zweites Mal unter der Bank neben dem Bunker verbringen? Nachdem ich ihm solche unbestreitbaren Erfolge eingebracht hatte?

Ich konnte es nicht fassen und war dennoch froh, nicht wieder in dieser allzu engen Kiste übernachten zu müssen. Hier draußen würde ich auch keine überaus stickige Luft zu ertragen haben. Und wenn der kleine Biesterer mir noch etwas zu futtern brächte, könnte ich ganz zufrieden sein.

Also wartete ich das Verschwinden der Damen ab und nahm unter der Bank Platz. Irgendwann würde die Dunkelheit hereinbrechen und die Zeit fürs Abendessen kommen. Wenn dann der Biesterer nicht gerade seinen freien Tag hatte, müsste mit Gottes Hilfe auch für mich etwas abfallen.

Das Attentat

»Berger?«

»Jawohl!«

»Bodenschatz?«

»Jawohl!«

»Brandt?«

»Jawohl!«

»Fegelein?«

»Jawohl!«

»Günsche?«

»Jawohl!«
»Heusinger?«
»Jawohl!«
»Jodl?«
»Jawohl!«
»Keitel?«
»Jawohl!«
»Korten?«
»Jawohl!«
»Scherf?«
»Jawohl!«
»Schmundt?«
»Jawohl!«
»Von John?«
»Jawohl!«
»Von Stauffenberg?«
Keine Antwort.
Ich horchte unwillkürlich auf.

»Claus Schenk Graf von Stauffenberg?«, wiederholte von Below.

»Wo steckt der Mann?«, fragte nun auch Onkel Adolf.

In diesem Moment wurde die Tür aufgerissen, und ein eiliges Paar Stiefel plazierte sich direkt neben den Beinen Onkel Adolfs.

»Ich bitte um Verzeihung, mein Führer, meine Maschine hatte einige Sicherheitsvorkehrungen auf dem Berliner Flughafen abzuwarten.«

Eine merkwürdig geformte Hand stellte eine prall gefüllte Aktentasche unter dem Tisch ab. Onkel Adolf begrüßte ihn kurz und forderte ihn auf, es sich bequem zu machen.

»Weizenegger?«
»Jawohl!«

Ich saß unter dem schweren Eichentisch und schaute auf die öde Stiefellandschaft. Die einzige Abwechslung boten die schwarzen Hosenbeine des Onkel Adolf. Er hatte mich am Abend zuvor doch noch in sein Zimmer geholt, dann aber ungewöhnlich früh in meine Kiste gejagt.

Bevor ich am heutigen Morgen meinen Bedürfnissen nachgehen konnte, wurde ich schon von Biesterer mit einem riesigen Stück Fleisch verwöhnt, das er mir im Vorübereilen hingeworfen hatte.

Ich vergaß sämtliche anderen, dringenden Zwänge und schlang mehr, als dass ich fraß. Um mich herum war alles in hellster Aufregung. Ich schien jedem im Weg zu sein.

Bänke, der riesige Lagetisch und Stühle wurden an mir vorbeigetragen, oder über mich hinweggehoben. Während ich fortgesetzt an dem Fleischbrocken herumwürgte, verfolgte ich mit den Augen die übermäßige Hast. All diese Möbel wurden aus dem Bunker Onkel Adolfs hinaus und in eine etwas entfernter liegende Holzbaracke hineingetragen. Warum wohl? Hatte man nicht mehr genügend Raum am gewohnten Platz schaffen können?

Es tat sich Ungewöhnliches. Und so früh am Tage war es scheinbar auch nicht mehr.

Onkel Adolf, der mich ziemlich unsanft aus der Kiste nach draußen befördert hatte, erschien im kleinen Vorraum und sprach leise, aber heftig, auf einen jungen Mann ein.

»Sie werden, bevor die Lagebesprechung beginnt, alle Anwesenden namentlich, aber ohne Titel oder Dienstgrad aufrufen, von Below. Jeder muss seine Anwesenheit bestätigen. Es werden keine Ausnahmen gemacht. Selbst bei Keitel nicht. Haben Sie mich verstanden?«

»Jawohl, mein Führer.«

»Dann sputen Sie sich. Ich möchte Punkt 12.30 Uhr mit der Lage beginnen.«

Damit war der junge Mann entlassen.

Onkel Adolf trat ins Freie, setzte sich auf die Bank und kraulte mich zerstreut hinter dem Ohr. Seine Nervosität nahm ständig zu und schaffte mir Unbehagen. Ich hätte ohne weiteres auf seine Liebesbezeugungen verzichten können. Plötzlich sprang er auf und rief nach Rattenhuber.

»Das Protokoll der letzten Lagebesprechung, Oberführer, wo ist es?«

»Das hat Adjudant von Below bereits zu seinen Papieren genommen, mein Führer.«

»Ich möchte vor Beginn der Lage noch einen Blick hineinwerfen. Schaffen Sie ihn schnellstens zur Stelle.«

»Zu Befehl, mein Führer.«

Nachdem von Below im Geschwindschritt herbeigeeilt war und Onkel Adolf die Papiere an sich genommen hatte, wurden sie schon von Günsche und von John zur Sitzung in die Baracke abgeholt. Onkel Adolf griff zerstreut nach meinem Halsband, während er mit der anderen Hand das Protokoll hielt. Er ließ mich nicht los und forderte Günsche auf, die Seiten des Schriftstücks umzublättern, bis wir vor der Baracke angelangt waren.

Da saß ich nun also unter dem Tisch und betrachtete die gehorsam aneinandergepressten Stiefelpaare. Was hatte Onkel Adolf bloß veranlasst, mich mitzuzerren? Bisher hatte ich nie den Sitzungen beigewohnt.

Hier wurde weder gegessen noch eine entspannende Unterhaltung gepflegt. Auf langweilige Stunden gefasst, und immer stärker gegen meine drängende Notdurft ankämpfend, begann ich, an der Aktentasche zu schnuppern, die leise Geräusche von sich gab und zwischen den Füßen Onkel Adolfs und dem Stiefelpaar an seiner Seite abgestellt worden war.

Ich fragte mich belustigt, welche Art von Zerstreuung sie für mich bereithielt. Doch dann wurde ich durch die ungehaltene Stimme meines Herrn abgelenkt.

»Selbst mein Hund«, hörte ich ihn wettern, »würde ohne wenn und aber seiner Überzeugung von unserem Endsieg Ausdruck verleihen, fände er nur die Möglichkeit, sie in einer für uns verständlichen Weise zu formulieren. Nicht wahr, Blondi?« Er fuhr mit der Hand unter den Tisch und tätschelte die pralle Tasche, im Glauben, sie sei mein Hinterteil.

»Der Sieg ist unser.«

»Der Sieg ist unser«, bestätigte ich schadenfroh.

»Sind Sie sich dessen eigentlich bewusst?«, wandte er sich wieder an die Generäle, »dass es eine Zeit geben könnte, in der ich meinem Hund stärker vertrauen müsste als der gesamten, mir zur Verfügung stehenden Generalität? Und bilden Sie sich etwa ein, dass ich Milliarden von Mark für eine Wehrmacht ausgebe, um hinterher keinen Gebrauch von ihr zu machen? Als Sie mir kurz nach der Machtergreifung zujubelten, haben Sie gewusst, was Sie in meiner Person erwartete. Nie habe ich mit meiner Meinung hinter dem Berg gehalten.

Der Russe steht vor Warschau und teilweise in Sichtweite der alten Reichsgrenze, und Sie fangen an, sich über die Intoleranz zu mokieren, der wir Nationalsozialisten bedingungslos das Wort reden. Fürchten Sie die Rache der Bolschewiken? Dann hätten Sie den Mut aufbringen sollen, mir in den Arm zu fallen. Begreifen Sie endlich, dass es keine Toleranz geben wird. Dieser Begriff ist eine jüdisch-christliche Erfindung, um den Starken dieser Welt das Recht abzusprechen, sich kompromisslos durchzusetzen.

Wollen Sie etwa einen humanen Krieg führen? Ihr Beruf ist die Ausrottung feindlichen Lebens. Je wirkungsvoller die Waffen, desto mehr zerschossenes Fleisch auf den Schlachtfeldern. Das ist doch üble Heuchelei von Ihnen, meine Herren Generäle! Wem also wollen Sie hier das Wort reden?

Nun, der Russe setzt zum Sprung auf unser Heimatland an. Angeführt vom jüdisch-bolschewistischen Untermenschentum, werden sie jeden Tropfen Blutes unserer Rasse vergießen, das versichere ich Ihnen. In Frankreich sind die jüdisch-plutokratischen Horden ebenfalls mit demselben Ziel auf dem Vormarsch. Und da machen Sie sich Sorgen wegen der Toleranz?

Nichts wird Ihnen Ihr erbärmliches Leben retten, sollten Sie etwa vorhaben, sich dem Feind in die Arme zu werfen. Im Gegensatz zu Ihnen kennt er nicht einmal den Begriff Toleranz. Es gibt keine Toleranz in der Natur. Der Jude hat das begriffen. Dieser ärgste Feind einer sauberen Menschheit kennt unsere Achillesferse genau. Die christliche Nächstenliebe ist seine gefährlichste Waffe.

Gegen sie habe ich die nationalsozialistische Jugend gestählt und immun gemacht. Gegen sie habe ich die erbarmungslose Härte eingesetzt, die uns eines Tages den Dank der ganzen Welt einbringen wird. Mir ist durchaus bekannt, was wir im Generalgouvernement und in den russischen Gebieten angerichtet haben.«

Ich stellte die Ohren auf, und Onkel Adolf verbesserte sich.

»Will sagen«, fuhr er fort, »was wir in die Wege geleitet haben. Und Gnade uns Gott, meine Herren, wenn wir dafür eines Tages zur Rechenschaft gezogen werden sollten.«

»Wer Gott nicht im Kopf hat, den hat Er auch nicht im Kopf«, hörte ich mich denken und löste im nächsten Augenblick eine peinliche Stille aus.

Oder war da jemand anderer zu einem mimischen Protest angetreten?

»Denken Sie ja nicht, dass Sie sich dieser jüdischen Rache entziehen könnten, in dem sie uns Nationalsozialisten dafür die Schuld in die Schuhe schieben. Sie haben wie ich die Wahl zwischen dem totalen Sieg oder der totalen Vernichtung.

Das ist der Blutkitt, der uns unauflöslich verbindet. Sie und das deutsche Volk haben mich gewählt. Sie und das deutsche Volk haben auch mit mir die Verantwortung zu tragen. Erweisen Sie sich als zu schwach, so waren Sie meiner nicht würdig. Und jetzt tragen Sie Sorge dafür, dass dieses Untermenschentum von unseren Grenzen ferngehalten wird.«

Dem stürmischen Applaus widersprachen die Beine fast sämtlicher Anwesenden.

Dann meldete sich eine protestierende Stimme zu Wort.

»Mein Führer, ich glaube, im Namen aller hier zu sprechen, wenn ich Ihnen versichere, dass wir der Treue Ihres geliebten Hundes in nichts nachstehen werden.«

Das konnte niemand anderer als der General Lakaitel sein. Welch treue Hunnen doch Onkel Adolf um sich versammelt hatte.

Inzwischen hatte ich mich geräuschlos an die Aktentasche herangearbeitet und stieß leicht mit der Schnauze an das Leder.

»Dieser Geruch«, dachte ich. Überfallartig schossen Bilder in mein armes Hundehirn.

»Oh«, dachte ich, »ich kann mich nicht nur meiner nahezu unüberschaubaren Vergangenheit entsinnen, ich lerne in diesem Augenblick sogar zu kombinieren. Darum bleibt mir fast das Herz stehen. Diese Tasche riecht nach Tod, nach zerfetzten Gliedern. Hinaus«, dachte ich, »nur hinaus. Ich möchte mich nicht gezwungen sehen, meine Gebeine einzeln in einer grauen Zwischenzone einsammeln zu müssen. Und wer weiß, zu welchem Monster ich danach durch den ewigen Ratschluss wieder zusammengesetzt werde.«

Ich kroch so leise wie möglich auf das schmale Ende des Tisches zu, in dessen Nähe sich die Tür der Baracke befinden musste und hörte hinter mir eine gemurmelte Entschuldigung.

Gleichzeitig wurde der Stuhl neben dem Onkel Adolfs zurückgeschoben, und das verspätete Paar Stiefel hastete ebenfalls zur Tür.

Ich wartete klopfenden Herzens, bis sich die Tür halbwegs geöffnet hatte, sauste wie der Blitz hinaus ins Freie und hoffte nur, dass mich Onkel Adolf nicht bemerkt hatte. Wenn aber doch, dass er wenigstens Verständnis für mein so lange zurückgedrängtes Bedürfnis aufbringen würde.

Nun sah ich auch den Mann, der neben Onkel Adolf gesessen hatte. Seine merkwürdig geformte Hand steckte in einem schwarzen Lederhandschuh, von dem nur drei Fingerlinge besetzt waren.

Er war scheinbar hier draußen erwartet worden, denn beide Männer entfernten sich fast im Laufschritt, wobei der Begleiter erregt auf ihn einsprach und ihn fragte, weshalb er denn nicht länger bei diesem Irren aus Braunau sitzengeblieben wäre.

Gerade wollte ich mich von ihnen weg in Richtung Wald wenden, da geschah es.

Der Lärm war so gewaltig, dass ich glaubte, meine

Ohren wieder einfangen zu müssen. Gleichzeitig spürte ich einen scharfen Schmerz in der Seite und eine riesige Hand, die mich mit aller Macht auf den Boden warf.

Ich vergaß vor Schmerz das Jaulen, kam aber, wenn auch leicht benommen, wieder auf die Beine und sah aus dem Augenwinkel, wie sich die beiden Männer ebenfalls etwas schwerfällig vom Boden lösten.

Dann raste ich los, sprang mit letzter Energie über den Maschendrahtzaun und verschwand im Wald.

Wenn ich eine Chance hatte, dieser satanischen Kraft zu entfliehen, dann bot sie dieser Wald mit seinen riesigen, wundervoll duftenden Bäumen und seinen mächtigen Stämmen.

Das musste wohl die Hölle gewesen sein, die sich da aufgetan hatte. In der unscheinbaren Aktentasche hatte sich eine satanische Gewalt verborgen gehalten, und dieser dreifingrige Mann war demnach der Sendbote der Hölle gewesen, die Onkel Adolf zurückgerufen hatte, in der er jetzt zerfetzt oder zerplatzt schmorte.

Ich zog feixend die Lefzen hoch. In meiner Erinnerung existierte der Teufel eher mit einem unförmigen Fuß. Dreifingerige Hände, die in Fünffingerhandschuhen steckten, waren nie und nimmer sein Markenzeichen gewesen.

Ich versuchte, meine schmerzende Seite zu ignorieren, und legte mich bäuchlings auf den kühlen Moosboden.

»Herrgott«, dachte ich, »wenn es nicht der Sendbote des Satans war, wer sonst könnte einen so erstaunlichen Vertreter in die Nähe Onkel Adolfs geschickt haben?«

Und wer würde mich zu meinen Hundsgenossen ins gesegnete Bayern zurückbringen, wenn der Großmächtige, dem ich mit diesem Titel nun geziemend nachzutrauern gedachte, nicht mehr unter den Zweibeinern weilte?

Wie auch immer, ich musste dem bösartigen Schmerz in meiner Seite ein Ende bereiten, oder, wenn ich mir selbst nicht zu helfen wusste, fremde Hilfe in Anspruch nehmen.

Ich begann, meinen Kopf in Richtung des schmerzenden Herdes zu drehen, den ich ziemlich weit oben in der Nähe der Schulter wähnte, war aber vor lauter Pein, die dieser Versuch mit sich brachte, in Ohnmacht gefallen und kam erst nach einer ganzen Weile wieder zu mir.

Mühsam kroch ich auf den Maschendrahtzaun zu, traute mich aber nicht, noch einmal zum Sprung anzusetzen.

Ich warf meinen Kopf so weit herum, dass ich mit meinen Zähnen ein scharfes Stück von dem Holz zu fassen bekam, das in meiner Seite steckte. Wütend zerrte ich an ihm und fiel fast von neuem in Ohnmacht. Doch plötzlich hatte ich es im Maul und schleuderte es in hohem Bogen von mir weg. Ich spürte die stark blutende Wunde nicht mehr, versuchte zwar, mit der Zunge die Blutung zu stillen, war aber nicht mehr imstande, sie zu erreichen und legte mich seufzend zurück auf das Moos.

Durch den Zaun hindurch hatte ich einen annähernd freien Blick auf das verwüstete Gelände im ersten Sperrkreis. Einige der dickstämmigen Bäume sahen aus wie zersplittertes Gebein. Von der Baracke war nur eine groteske Form übriggeblieben. Das Dach war teilweise ins Innere gefallen. Zerfetzte Teerpappe hing an den Seiten herunter.

Immer wieder brachen Uniformierte aus den glimmenden Seitenwänden hervor, schleppten Leichenteile nach draußen und schichteten sie am Boden ordentlich aufeinander. Ab und zu trugen sie auch ganze Leiber auf Bahren hinaus, wobei von hier aus nicht zu erkennen war, ob es sich um noch lebende Wesen handelte.

Ich spähte, so gut ich konnte und so weit es meine Hundeaugen zuließen, hinüber, um vielleicht einen Blick auf ein schwarzes Hosenteil oder einen perlgrauen Uniformrock zu erhaschen. Aber nichts dergleichen wurde vorbeigetragen.

»Ja, dann muss ich wohl alle Kraft zusammennehmen, wenn ich nicht in dieser friedlichen Einöde zurückgelassen werden möchte.«

Meinen Wolf wollte ich doch unter allen Umständen wiedersehen. Und dem weisen Prinz wollte ich mit meinen sensationellen Erfahrungen imponieren.

Also kroch ich ein kleines Stückchen in den Wald zurück und sah zum Zaun hoch. Wenn mir das gelänge, wäre ich ein Übertier.

»Hinüber!«, befahl ich mir selbst und begann meinen Anlauf. »Denk an die zwei Meter hohe Bretterwand, an Wolf, an unseren gemeinsamen Sprung, der in die Geschichte hündischer Artistik eingegangen ist, und an den unvergesslichen Applaus, mit dem wir nach vollendeter Tat empfangen wurden. Was waren das doch für herrliche oberbayerische Stunden«, sinnierte ich und schaute erstaunt den hinter mir aufragenden Maschendraht an, als hätte mich jemand hinübergehoben.

Ich lag auf einer dicken Grasnabe und hätte nie wieder aufstehen mögen. Eine wunderbare Kühle durchzog meinen Körper. Ich presste meinen Unterkiefer fest auf den Boden und war im selben Augenblick eingeschlafen.

»Der Hund scheint starke Schmerzen zu haben. Und der Blutverlust muss enorm sein.«

»Der Hund heißt Blondi und muss unter allen Umständen durchkommen.«

Das war Onkel Adolfs rauhes Organ.

»Welch ein Unglück im Glück«, träumte ich, obwohl ich mir sicher war, dass es kein Traum sein konnte.

Fast hatte ich den Eindruck, als müsste ich die Augenlider hochstemmen, so schwer fiel es mir, wieder ins Licht zu schauen.

Onkel Adolf stand vor mir und blickte auf mich herunter. Ich sah unendlich langsam an ihm hoch und registrierte, dass sich seine Hosenbeine erheblich verändert hatten. Sie hingen in Streifen an ihm herunter und machten den Eindruck, als hätte er sich ein Baströckchen umgebunden.

Seine käsigen Beine schimmerten wie Alabastersäulchen hindurch. Die Haare standen nach allen Seiten ab, als wäre er etwas gewahr geworden, das ihn zutiefst schokkiert hatte.

»Er sieht aus wie ein Igel. Wie ein bösartig grinsender Igel.«

Sein bittersüßes Lächeln sollte wohl den Eindruck des Mitleidens mit meinen Verletzungen vermitteln. Schwerfällig versuchte ich mich zu erheben, wurde aber sofort vom sich herunterbeugenden Onkel Adolf zurückgedrückt.

»Er scheint einiges abbekommen zu haben«, dachte ich.

Sein Gesicht sah ziemlich zerschunden aus. Er hatte einen Arm zwischen die Uniformknöpfe seines Rockes geschoben und gab Order, mich auf einer Trage in den Konferenzraum seines Wohnbunkers zu bringen.

»Morell, Sie schauen mir am besten gleich mal in die Ohren, ich glaube, mir ist da ein Trommelfell geplatzt, und der Arm hier tut infernalisch weh. Ich nehme an, die schwere Tischplatte hat mir das Schultergelenk ausgekugelt.«

»Ich werde Sie sofort untersuchen«, antwortete ein enorm korpulenter Mann hinter ihm. »Ich schlage vor, Sie ziehen sich so schnell wie möglich in Ihren Schlafraum zurück, mein Führer, damit wir in Ruhe den Schaden besehen können.«

»Sie reden ja, als wollten Sie mir eine Versicherung verkaufen.« Onkel Adolf grinste ihn frech an, und der Herr Morell klatschte fröhlich in die Hände.

»Gott sei Dank, dass Sie Ihren Humor behalten haben.«

»Gehen Sie voraus, Dr. Morell und warten Sie im Wohnbunker auf mich«, sagte Onkel Adolf unvermutet scharf. »Dort werden wir, zusammen mit kompetenteren Leuten, zu reden haben.«

Mich hatte man inzwischen mit aller Vorsicht auf eine Bahre gelegt, und mit Onkel Adolf an meiner Seite wurde ich in den Bunker getragen. Der Blutverlust ließ mich offensichtlich immer wieder einschlafen, denn als ich endlich für eine längere Zeit zu mir kam, lief Onkel Adolf mit neuer Hose, sauberem Uniformrock und frisch gekämmtem Haar im leeren Raum umher.

Ununterbrochen sprechend sah er niemanden an, sondern schaute nur ab und zu in meine Ecke, in der ich immer noch auf der Bahre lag. Es gab weder Sessel, noch andere Sitzgelegenheiten. Die wenigen Zuhörer standen an den Wänden und konnten sich vor Müdigkeit kaum auf den Beinen halten.

Nur mühsam identifizierte ich die fahlen Gesichter. Der dicke Reichsmarschall lehnte in einer Ecke des Raumes, so dass er beide Wände als Stütze in Anspruch nehmen konnte. Lakaitel, ebenfalls lädiert, versuchte in immer kürzeren Zeitabständen, Haltung einzunehmen. Günsche und von John hatten sich nicht einmal umziehen können.

Nur der Reichsführer, flankiert von Fegelein und Rattenhuber, stand frei im Raum. Seine Stiefel glänzten wie eh und je. Aufmerksam beobachtete er jede Bewegung seines Vorgesetzten und schaute missbilligend zu Fegelein, wenn der seine Stellung verändern wollte.

»Was sind das für erbärmliche Feiglinge?«, ließ sich Onkel Adolf vernehmen. »Wenn sie mich wenigstens erschossen, oder sich die Sprengköpfe um den Bauch gebunden hätten. Aber was bringt dieser degenerierte deutsche Adel denn schon fertig? Überaus lästig nur, dass er stets so wichtige Positionen in der Wehrmacht einnimmt. Das muss sofort und radikal geändert werden.

Eines aber hat dieses Attentat unleugbar klargemacht: Ich bin von der Vorsehung ausersehen, meine mir zugedachte Aufgabe zu Ende zu bringen.«

»Das scheint mir auch so«, meinte ich und sah ihn lange an.

Er blickte zurück und schien sein Konzept derart verloren zu haben, dass der dicke Doktor Morell, der in sich zusammengesunken am Boden hockte, hochfuhr und seinen Führer leise und eindringlich bat, sich endlich zur Ruhe zu begeben.

»Unterbrechen Sie mich nicht!«, rief Onkel Adolf und setzte seinen Marsch durch den Raum fort. »Wo war ich stehengeblieben?«

»Sie erwähnten Ihre einmalige und schicksalsträchtige Aufgabe, mein Führer«, erinnerte ihn der Überausglänzende und sah kurz zu mir hinüber.

»Diese meine wunderbare Rettung hat mich endgültig davon überzeugt, dass Gott auf meiner Seite ist.«

Ich sah verstohlen zu dem Überausglänzenden hin. Hatte es irgendeine, wenn auch noch so geringe Reaktion auf die Erwähnung Gottes gegeben? Ich konnte keine erkennen. Und was brachte Onkel Adolf dazu, schon wieder Gott anzurufen? War es denn eine wunderbare Rettung gewesen? Oder war sie nur erfolgt, um ihn für Schlimmeres aufzuheben?

Onkel Adolf hatte seinen Gang unterbrochen, ohne dass ich es bemerkt hatte. Hatte meine Hinfälligkeit die notwendige Aufmerksamkeit in mir schwinden lassen? War ich mir überhaupt noch über die Gefahr im klaren, in die ich mich durch meine sträfliche Lässigkeit begab?

Onkel Adolf stand stumm mit dem Gesicht zur Wand, in einer Haltung, als hätte er sich damit einverstanden erklärt, sich umgehend füsilieren zu lassen.

Jeder der Anwesenden stand plötzlich frei im Raum und ließ die Kinnlade fallen. Selbst Dr. Morell hatte sich ächzend erhoben.

»Sollte er mich doch für Schlimmeres aufgehoben haben«, fuhr Onkel Adolf bewegungslos und mit dumpfer Stimme fort, »so wird es die Welt teuer zu stehen kommen. Ich werde bis zum letzten Atemzug eines jeden meiner Soldaten kämpfen, und wer mich in den eigenen Reihen daran hindern will, den werde ich am Fleischerhaken aufhängen und so langsam krepieren lassen, bis er seinen hundsgemeinen Verrat zur Genüge überdacht hat.«

Ich gab einen kurzen Bellaut von mir, doch niemand achtete auf meinen Protest.

Onkel Adolf hatte zeitweilig seinen Mund so dicht an die Betonwand gebracht, dass man glauben konnte, er wolle sie küssen. Es war, als hörte man einem Fremden zu, als er sein Selbstgespräch fortsetzte.

»Ich, Jude, König, Gott. Das könnte ihm so passen. Nun gut, ich kann das Wort ›Gott‹ vermeiden, wenn es einen in diesem Raum genieren sollte. Sie beispielsweise, mein treuer Heinrich. Ich kenne Ihre Begeisterung für den

Jesuitenorden und seine Kunst der Organisation. Das mag als Vorbild gewisse Berechtigung haben. Und Sie haben es ja ganz passabel umgesetzt. Sollten Sie sich jedoch anderen Tendenzen dieser Gemeinschaft annähern oder gar Ihrem Eliteorden einflüstern wollen, würde ich Sie vierteilen lassen. Das wissen Sie.«

Ich schaute den Überausglänzenden zum ersten Mal voll an. Ein Gedanke Onkel Adolfs, den ich mir nicht einmal als Alptraum hatte vorstellen können, war hier mit einer Ernsthaftigkeit ausgesprochen worden, die mir den Atem nahm.

»Mein Führer«, hob nun der Überausglänzende an, »Sie können mich gewiss einiger Verfehlungen bezichtigen, nicht aber der, ein Anhänger christlicher Glaubensbekenntnisse zu sein. Ich habe lediglich die ausgeklügelte Raffinesse jesuitischer Organisation bewundert und da, wo sie mir von Nutzen sein konnte, für meinen Orden verwendet.«

»Ich sagte ›wenn‹, mein getreuer Heinrich«, unterbrach ihn Onkel Adolf tonlos, »ich meinte, wenn Sie sich dessen schuldig machen sollten.«

Die Luft war zum Schneiden. Selbst dem Überausglänzenden hatte es die Sprache verschlagen. Jeder im Raum hing an dieser schattenhaften Gestalt, die sich nahezu in die Wand zu drücken schien und deren Verhalten sich keiner auch nur im geringsten erklären konnte.

Ich aber wusste sehr genau, was vor sich ging, mit welcher Intensität dieser Mann in sich hineinhorchte, auf der Suche nach dieser rätselhaften Stimme, die er für sein stumpfes Gewissen oder für seinen beginnenden Wahnsinn hielt.

»Ich will diese Schweine hängen sehen. Mit heruntergelassenen Hosen und schäbig baumelnden Genitalien. Sie garantieren mir, dass meine Wünsche erfüllt werden, Reichsführer. Ich habe gehört, dass Sie sich beim Anblick jüdischer Häftlinge, die man mit Dieselgasen vergiftet hatte, am Wegesrand übergeben haben. Das werden Sie sich abgewöhnen müssen.

Sie und Göring machen sich sofort auf den Weg nach Berlin. Übrigens soll der Doktor schon gestern dorthin zurückgekehrt sein und bis jetzt noch kein Wort darüber verloren haben, was hier geschehen ist. Obwohl er zum wiederholten Male und sehr dringend dazu aufgefordert wurde. Finden Sie heraus, warum.«

Damit waren alle entlassen. Kein Wort des Abschieds, keine Respektsbezeugung war zu hören. Nur ich war mit dieser beängstigenden Gestalt zurückgeblieben.

Wir waren allein.

Er stand immer noch mit dem Gesicht zur Wand und überlegte jetzt mit blutunterlaufenem Hirn, wie er mich am besten umbringen könnte.

»Du machst mir nichts vor, Großmächtiger, auch wenn du dein Gesicht versteckst und deine Gedanken zurückhältst, ich lasse mich nicht täuschen.«

Die schwere Tür zum Vorraum war angelehnt geblieben, doch meine Überlegung, ob ich sie mit meinen Pfoten so weit öffnen könnte, um hindurchzuschlüpfen, wurde durch Onkel Adolfs ungestümes Umwenden unterbrochen.

Ich sprang wie von Furien gehetzt von meinem Lager herunter und auf die Tür zu. Doch er war schneller. Mit zwei raschen Schritten hatte er die Tür erreicht und warf sie vor mir zu.

Ich lief zur gegenüberliegenden Wand und kauerte

mich so flach auf den Boden, dass ich so wenig wie möglich Angriffsfläche bot. Was würde er jetzt als erstes unternehmen? So weit ich erkennen konnte, hatte er keine Waffe bei sich und mit bloßen Händen sollte es ihm schwerfallen, mich umzubringen.

Während wir uns beide fassungslos anstarrten, beobachtete ich, wie er sich unendlich vorsichtig von der Tür löste und langsam auf mich zukam.

Ich stieß einen kurzen, aber kräftigen Heuler aus und zog für alle Fälle die Lefzen in einer missglückten Drohgebärde hoch.

»Blondi, was ist los mit dir?«

Er sprach leise auf mich ein, versuchte mich mit seiner Tonlosigkeit zu beruhigen, doch ich drückte mich nur noch enger an den Boden.

»Ich habe dir doch nichts getan. Außerdem ist deine Verletzung so schlimm nicht, dass du dich derart hysterisch gebärden müsstest. Komm, sei mein braves Hunderl und gib Pfötchen.«

Er streckte seine zitternde Hand aus und wartete geduldig, bis ich ihm zögernd mit meiner rechten Pfote entgegenkam.

»Na siehst du«, sagte er jetzt etwas entspannter, »wir wissen schon einiges über diese Verbrecher, und sie werden erbarmungslos bestraft werden für das, was sie uns angetan haben.«

Er streichelte mich mit seinen zittrigen Fingern, so sanft er es vermochte.

»Die Vorsehung geht erstaunlich gnädig mit uns um, mein Hundi.«

Ich ließ meine Pfote in seiner Hand, wagte aber nicht, ihn anzusehen.

»Hat er plötzlich Angst davor, das Wort ›Gott‹ auszusprechen? Hat er deshalb den Allmächtigen umgetauft? Der Großmächtige den Allmächtigen?«

Onkel Adolf zog sich wieder in seine konfuse Innenwelt zurück und bemerkte meine aufkommende Heiterkeit nicht.

»Wer ist es denn nun, der seine Hand so wirkungsvoll über mich hält? Ich finde das Wort Vorsehung einfach treffender. Warum stand gerade um diese Zeit der Besuch des Duce bevor? Und warum hat sich kein anderer Raum für die Lagebesprechung finden können, als ausgerechnet diese Holzbaracke, die dem Druck der Explosion sofort nachgab? Wir wären alle draufgegangen, wenn die Lagebesprechung, wie üblich, in meinem Bunker stattgefunden hätte.

Dann die Vorverlegung des Termins. Man mache mir doch nicht vor, dass dies alles nicht vorherbestimmt gewesen wäre. Das bedeutet, dass mein Weg noch lange nicht zu Ende ist.

Außerdem, welchen Sinn hätte es, wenn dieser Weg in die pure Sinnlosigkeit führen würde? Ob Vorsehung oder Gott, Er hat mein Schicksal vorgezeichnet. Und wenn Er nicht das reine, geistlose Chaos darstellt, muss Er noch Außergewöhnliches mit mir vor haben, oder nicht?«

Er schien mich fragend anzuschauen, und ich schloss sofort die Augen.

»Aber woher kommt dieser ständige Zweifel? Seit einiger Zeit schlage ich mich mit diesem kritischen Gebrechen herum, das mich oft an den Rand des Wahnsinns treibt. Noch während ich aus dem Stegreif eine Rede halten will, meldet sich dieser schizophrene Irrsinn und schlägt mir oft die wirkungsvollsten Argumente aus der Hand.

Irgendwann hat sich jeder genial veranlagte Mensch mit diesem Problem herumzuschlagen. Doch warum trifft es mich gerade zu einer Zeit, in der meine geistigen Energien am stärksten gefordert sind?

Unter uns, mein Hunderl, ich habe keinesfalls damit gerechnet, dass ich auf einen so zähen Gegner wie den Russen treffen würde. Ich habe ihn nie unterschätzt, aber was der in letzter Zeit losgetreten hat, war auf keinen Fall vorauszusehen.«

»Vielleicht wäre der Überfall erfolgreicher gewesen, wenn du nicht so brutal auf die dortige Bevölkerung losgegangen wärst«, ärgerte ich ihn.

Er wurde richtiggehend wütend, sah sich aber gleich darauf verschämt in Richtung Tür um.

»Das sind doch alles nur Juden«, murmelte er fast unhörbar.

»Russische Juden«, gab ich knapp zurück.

»Untermenschen.«

Er nickte nachdenklich vor sich hin. »Ich muss endlich ein Ende mit diesen Selbstgesprächen machen«, sagte er laut. »Der Bruder Heinrich beobachtet mich schon wie ein ... Wie heißt das noch schnell?«

»Schießhund?«

»Wie ein Schießhund. Ein Vorurteil, das nicht mehr aus den Köpfen herauszubekommen ist. Dass man alles Hinterhältige, Gemeine den Hunden anlasten muss.«

»Und den Juden«, ergänzte ich.

Er warf den Kopf ins Genick. Auch ich stellte die Ohren auf. Onkel Adolf schritt zur Tür und öffnete sie ein wenig. Ein entferntes Grollen war plötzlich zu hören. Wir lauschten eine Zeitlang, wobei ich ebenfalls zur Tür lief und meine Nase in den Türspalt steckte.

»Es ist nicht zu leugnen. Diese asiatischen Horden sitzen uns im Nacken. Wir drehen ihnen fast schon gewohnheitsmäßig den Rücken zu.«

Er riss die Tür vollständig auf und verlangte nach Rattenhuber. Dann tat er etwas Erstaunliches: Er steuerte auf die Längswand des Raumes zu, setzte sich auf den Fußboden und lehnte sich zurück. Er schlang seine Arme um die Knie, und obwohl sein linker Arm immer mehr zitterte, bat er den eintretenden Oberführer, sich neben ihn zu setzen.

Starr vor Staunen wagte er nicht, der Bitte Folge zu leisten. Erst als Onkel Adolf seinen Befehlston anwandte, hockte er sich in einiger Distanz zu seinem Herren nieder. Hätte ich doch nur lachen dürfen! Ich kann mich nicht entsinnen, diese rein menschliche Reaktion jemals so entbehrt zu haben. In meinem ganzen bisherigen Hundeleben nicht.

Der eine versuchte, sich eine leutselige Haltung zu geben, und brach, in Folge seiner Zitteranfälle, fast auseinander, während der andere den gewohnten Gehorsam beinahe nicht mehr nachzuvollziehen vermochte und vor lauter Krampf ebenfalls in einen unruhigen Bewegungszwang fiel. Man hätte meinen können, sie zitterten um die Wette.

»Oberführer«, begann Onkel Adolf. »Sie stehen ab heute ausschließlich unter meinem Befehl. Sie sind niemandem sonst, wer immer es auch sei, Rechenschaft schuldig und haben jede meiner Anordnungen pünktlichst durchzuführen. Haben wir uns verstanden?«

Rattenhuber konnte nur stumm und angstvoll nicken.

»Ich verlange von Ihnen eine klare Bestätigung meiner ersten Anordnung.«

»Jawohl, mein Führer«, erklärte Rattenhuber mit belegter Stimme und versuchte, sich zu erheben.

»Bleiben Sie sitzen, und hören Sie mir genau zu. Sie sind in nächster Zeit dazu abkommandiert, kein Auge von unserem Reichsführer zu lassen und mir seine Unternehmungen, Aussprüche und Befehle umgehend mitzuteilen. Nichts, aber auch gar nichts darf Ihnen verlorengehen. Ist das klar?«

»Jawohl, mein Führer.«

»Außerdem rufe ich Ihnen noch einmal ins Gedächtnis, dass Sie Ihren Treueeid ausschließlich auf meine Person abgegeben haben. Alle anderen Schwüre und Versprechungen sind damit hinfällig.«

»Jawohl!«

»Wo bleibt das ›mein Führer‹?« Onkel Adolf sah ihn scharf an.

»Jawohl, mein Führer.«

»Eine meiner Sekretärinnen wird Ihnen einen großzügigen Marschbefehl ausstellen. Und jetzt verlassen Sie uns. Ich möchte mit meinem Hund allein sein.«

Rattenhuber sah mich erschrocken an, schlug die Hacken zusammen und verließ sehr eilig den Raum.

»Hast du seinen Blick gesehen, mein Hundi? Er glaubt sicher, den beginnenden Wahnsinn bei mir wahrgenommen zu haben. Dabei sind Hunde, das weiß doch jedes Kind, die besten Zuhörer.«

Ich hob den Kopf, er fasste mich unter das Kinn und sah mir in die Augen. Umgehend bekam ich meinen stumpfen, staubigen Blick, hielt aber seinen durchdringenden blauen Augen stand.

»Er schaut wie Prinz«, dachte ich und war darüber so erschrocken, dass ich mich ungewohnt rauh aus seinem Griff befreite.

»Aber Hunderl, warum so böse?«

Er stützte sich auf meinen Rücken und stand auf.

»Da gibt es übrigens noch eine Eigenschaft, die ich an dir schätze: Du gibst keine Widerworte.«

Er nahm seine unruhigen Gänge wieder auf.

»Ich habe einmal in einer öffentlichen Rede behauptet, dass wir den Völkern Europas so viel Leid und Zerstörung zugefügt haben und uns nicht wundern müssten, wenn das deutsche Volk im Falle einer Niederlage keine Gnade erwarten könnte. Ich jedenfalls würde keine Träne vergießen, wenn alle Städte der Deutschen in Schutt und Asche gelegt und Männer, Frauen und Kinder in riesiger Anzahl umgebracht würden.

Natürlich geschah das während eines sehr berechtigten Wutausbruchs. Wir gedachten damals, es war der zwanzigste Jahrestag des Marsches auf die Feldherrenhalle, unserer gefallenen Kameraden, und meine Armeen, die mich erfolgreich schützen sollten, bekamen an allen Fronten Prügel. Ich habe diese öffentliche Darstellung meiner Unbeherrschtheit tief bereut, bin aber weiterhin der Meinung, dass dieses deutsche Volk ganz und gar selbst daran schuld wäre, wenn ihm derartiges zustieße.

Kurz nach Ausbruch des Krieges habe ich immer wieder dafür plädiert, den Deutschen die Wahrheit über unsere Siedlungspolitik im Osten zu sagen. Mit der Ausrottungspolitik gegenüber den Juden hätte man überhaupt nicht hinter dem Berg halten sollen. Niemand hätte für sie auch nur einen Finger gekrümmt.

Aber auch den Siedlungsplänen, im Klartext Vertreibung und Ausrottung, hätte man viel ungenierter das Wort reden sollen.«

»Selbst wenn das Kriegsglück sich gänzlich umkehren sollte und den Deutschen mit gleicher Münze heimzahlte, was brächte das schon?«, bohrte ich. »Die geradezu sexuell anmutende Lust an ihrer Selbstzerstörung ist doch ein markanter Zug im Charakter dieses Volkes. Weshalb sich da noch Sorgen machen?«

Wieder blieb er mit dem Gesicht zur Wand sitzen und schien zu überlegen.

Dann drehte er sich rasch um, ohne mich eines Blickes zu würdigen. »Als Kind dieser außergewöhnlichen, riesigen Volksgemeinschaft spreche ich ihr selbstverständlich aus dem Herzen. Wenn ich kühlen Kopfes darüber nachdenke, droht ihm von mir keine Gefahr, aber meine sogenannten Paladine, der kleine Doktor …«

»Oh, er fängt an, meine Sprache zu übernehmen.«

»Wie bitte? Wer ist da draußen?«

Er ging rasch zur Tür und hatte seine Hand schon auf der Klinke.

»Vorsicht, Bombe!«, warnte ich.

Er zuckte zusammen, zog langsam seine Hand zurück und sah sich hilfesuchend im Raum um. Doch plötzlich riss er voller Wut die Tür auf. Ich hatte schnell die Vorderpfoten über die Augen gelegt, aber es geschah nichts. Anscheinend hatte er nur seiner erschrockenen Wache ins Gesicht gestarrt.

Langsam schloss er die Tür und nahm seine unruhigen Gänge wieder auf.

»Wo war ich stehengeblieben?«

»›Der kleine Krüppeldoktor‹«, meinte ich mutig, nahm jedoch vorsichtshalber nicht die Pfoten von den Augen.

»Ach ja, der kleine Krüppeldoktor, wie sieht denn der schon aus? An dem sind doch mindestens zehn Juden verlorengegangen. Weiß der Teufel, mit wieviel Geschick der seinen Stammbaum manipuliert hat. Man müsste seinen Ariernachweis noch einmal gründlich überprüfen lassen. Seine Machtgier ist gemeingefährlich. Und wenn es mir einmal an Zeit mangeln sollte, ihn an der kurzen Leine zu halten …«

»Er hat ein riesiges Maul«, unterbrach ich.

»Er hat ein gefährliches Maul. Seine ganze Sehnsucht besteht darin, sich einmal im Leben ›Führer‹ nennen zu dürfen.« Er grinste und nahm seinen Gang wieder auf.

»Das würde ihm wahrscheinlich noch mehr bedeuten als der Cäsarentitel«, bestätigte ich.

Onkel Adolf lachte trocken und etwas widerwillig auf. Ein ganz und gar seltsamer Anblick. Bisher hatte ich ihn immer nur charmant lächeln sehen. Besonders, wenn Damen in der Nähe waren. Oder seine ebenfalls aufgesetzte Art, sich bei Staatsbesuchen freundlich zu geben. Doch dieses Mal sah ich ihn lachen. Ihn selbst.

»Man stelle sich vor, dieser judäische Zwerg würde mit ›mein Führer‹ angesprochen werden!«

Er fing vor lauter Lachen zu husten an. »Das wäre geradezu Blasphemie«, fügte er mühsam hinzu. »Oder dieser verfressene, drogenverseuchte Fettsack! Wie hat der sich nur den höchsten Orden im ersten Krieg ergattert? Wenn ich mir den in einem Pilotensitz vorstelle.«

»Vielleicht im Sitz eines Stukas«, setzte ich noch eins drauf.

Sein Husten und Keuchen ähnelte fast schon einem Erstickungsanfall. Er lehnte an der Wand und versuchte, seine Bronchien zu beruhigen.

Plötzlich, fast ohne Übergang, setzte er wieder sein majestätisches Führergesicht auf.

»Er hat mir meine kostbare Luftwaffe ruiniert, hat sie blindlings in die englische Abwehr rasen lassen. Schon allein dafür müsste er hängen.«

»Wenn man nur einen genügend starken Strick für ihn fände.« Ich zog zögernd eine Lefze hoch. Wollte ich ihn langsam auf die Fährte bringen? Ich fing an leichtsinnig, ja, nahezu überheblich zu werden.

Sein erneutes Lachen beruhigte mich jedoch. Trotzdem

nahm ich mir vor, meiner Eitelkeit nicht mehr so häufig nachzugeben.

Er lehnte ungewohnt entspannt am Beton und grinste in sich hinein.

»Beide sind im Grunde lächerliche Figuren. Wenn ich ihnen befehle zu morden, morden sie, möchte ich sie als gute Menschen haben, mimen sie für mich sogleich die reinsten Betschwestern. Was hat mich bloß dazu bewogen, diese Schießbudenfiguren zu Propagandisten der germanischen Rasse zu küren? Göring, als er noch die Hälfte wog, konnte man ja noch einigermaßen akzeptieren, aber diesen Doktor? Und unser Ordensbruder? In Nürnberg habe ich mich oft geniert, wenn ich seinen Reden vor meiner Leibstandarte beiwohnen musste. Am Anfang versuchte er, mir dadurch zu imponieren, dass er mich nachahmte. Je länger er aber sprach, desto salbadernder, pfaffenhafter gab er sich. Seine Wewelburg sei ihm ja gegönnt, aber musste er sie unbedingt zu einer Jesuitenschmiede hochstilisieren? Diese Pfaffen in ihren Schutzstaffeluniformen wären ja eigentlich widerlich, wenn sie nicht einen so hübschen, blauäugigen Anblick böten.

Er lässt sie im wahrsten Sinne des Wortes herstellen. Züchtet sie, indem er flachsblonde Mädchen aus allen Gegenden Deutschlands herankarrt, nachdem er ihre arische Abstammung überprüft hat, und legt sie seinen blonden Recken ins Bett.

Was dabei herauskommt, ist einzigartig. Eine Generation von kaltblütigen, stählernen Burschen ist da herangewachsen, die mir wie eiserne Besen mein künftiges Europa säubern. Ohne Frage mein konsequentester Mitarbeiter! Nur, wie sieht dieser Mann aus? Zu klein geraten, weichlich, mit schwammigem Gesicht und fliehendem Kinn, dazu noch kurzsichtig, hüllt er sich in Ledermäntel und glaubt, dadurch martialischer zu wirken. Eigentlich sind sie alle, wie sie da vor mir stehen, absolut unglaubwürdig.«

»Er nicht«, wagte ich zu widersprechen. »Er hat ja auch den meisten Dreck am Stecken.«

Onkel Adolf riss es fast herum. Er starrte die gegenüberliegende Wand an und konnte nicht fassen, was ihm da an verqueren Gedanken unterlaufen war.

»Das ist es, was ihn so unentbehrlich macht. Doch bei ihm kann sich der Blutkitt zum Bumerang entwickeln. Durch die Einbindung seiner Person in die äußerst brutalen Aussiedlungsmethoden glaubte ich, mich ihm gegenüber genügend abgesichert zu haben. Zumal die radikalsten Befehle und Anordnungen stets von ihm unterzeichnet wurden.

Aber was hat er in der Hinterhand? Was macht ihn so selbstbewusst? Zu einem solchen überlegenen Schweiger? Ja, Blondi, wenn mir jemand darauf eine gescheite Antwort geben könnte.«

Onkel Adolf war vor mir stehengeblieben und kraulte selbstvergessen mit seiner Schuhspitze mein Rückenfell.

»Mitunter verunsichert er mich derart, dass ich glaube, vor einem Mann aus einer fremden Welt zu stehen. Im nächsten Augenblick jedoch ist er für mich der gewissenhafte, etwas schwerfällige deutsche Beamte, dem jeder metaphysische Gedanke ein Fremdwort ist.

Der Blutkitt ist zu seiner gefährlichsten Waffe geworden. Oft führt er schon meine Gedanken aus, bevor sie mir überhaupt bewusst werden. Er nennt sie Führerbefehle und gibt Anweisung, sie buchstabengetreu auszuführen. So bindet er mir eine Schweinerei nach der anderen ans Bein.«

Er brach ab und schaute auf mich hinunter.

»Was rede ich denn da? Wer gibt mir denn so hirnverbrannte Formulierungen ein? Bin ich der Katholik oder er?«

Ich verhielt mich ganz bewegungslos, während er sich plötzlich, in mir unverständlichen Gedankenfetzen verlor. Flüche, Beschuldigungen, gegen mir völlig unbekannte Personen, dazwischen angstvolle Anrufungen seiner Mutter, sogar flehendes Beten wechselten einander ab, schoben sich ineinander und vermischten sich zu einem wüsten Denkbrei, dem ich nicht mehr folgen konnte.

Was hatte diesen wortgewaltigen Mann so abrupt zu einem so zaghaften Stotterer werden lassen? Hatte er sein katholisches Gewissen wiedergefunden? Oder neidete er dem Überausglänzenden die furchtlose Durchführung seiner unausgesprochenen Befehle?

»Er ist ein mystisch veranlagter Mensch«, fuhr Onkel Adolf unvermittelt laut fort. »Seine bestialische Naivität speist sich aus dieser Quelle. In mir sieht er den Verkünder einer furchtlosen, von Gott befreiten Welt, der er bis zur absoluten Selbstaufgabe anhängt.«

Nach einer langen Pause fügte er hinzu: »Wehe, wenn ihn dieser Glaube an mich einmal verlässt. Kein noch so starker Blutkitt würde dem gewachsen sein.«

Fassungslos sah ich seinem Zusammenbruch zu. War das noch der selbstbewusste, bramarbasierende Onkel Adolf, der sich hier so erbärmlich offenbarte? Ein zitterndes Stück Fleisch, von einer weißen Gesichtsfläche überragt, auf der ein lächerlich kleines Bärtchen herumzuckte?

Im nächsten Moment war dieses Bild verschwunden, und ein müder, vor sich hinstarrender Mann tauchte wieder auf.

Warum konnte ich meine Vorderpfoten nicht zum Applaus benutzen? Zum ersten Mal empfand ich die ganze Tragik meines Daseins. Keine noch so lautstarke Begeisterung meiner hündischen Ausdrucksmöglichkeiten hätte beschreiben können, was ich beim Anblick dieser Jämmerlichkeit fühlte.

Wer war so gnädig, mich blitzartig erkennen zu lassen, was sich in diesem Zweibeiner wirklich abspielte?

»Bist du es etwa, Maimun, der mir all die Schnurrbärte, Stirnlocken und sonstigen lächerlichen Insignien von Nebukadnezar bis Onkel Adolf in ihrer ganzen Nichtigkeit zeigt?

Für diesen kurzen Augenblick habe ich begriffen. In diesem einzigartigen Moment bin ich erneut zum Menschen geworden. Wenn auch mit Krallen an den Füßen, einer Schlabberzunge und in ein gelbbräunliches Fell verbannt. Es bleibt mir ja nichts anderes übrig, als mich in mein Schicksal zu fügen.

Doch bis zum letzten Atemzug werde ich meine heulende und jaulende Stimme ertönen lassen, um das schreiende Unrecht anzuprangern, das uns allen angetan wird.

Ich flehe dich an, mein Maimun, wenn es in deiner Macht steht, lasse mich in meiner Blindheit verharren, auf dass ich nicht erkennen möge, wer all dieses Jahrtausende alte Unheil über uns verhängt hat. Und gib mir die Kraft, wenn es denn sein muss, in Würde mit dieser Höllenwelt unterzugehen.«

Ich hatte mich mit meinen vorderen Pfoten an der Wand hochgearbeitet und streckte meinen Kopf derart in die Höhe, dass ich mir fast den Nacken ausrenkte.

»Wenn ich mich nur genügend hinaufrecke, wird vielleicht, trotz der Schmerzen, mein Fell von mir abfallen, und ich könnte in meiner geliebten, zweibeinigen Gestalt durch das Lager marschieren. In Begleitung meines Maimun, der Sonne, dem Wind, einem kräftigen Baumstamm und dem Wolf entgegen.«

Enttäuscht fiel ich auf alle Viere zurück und bedachte mit lebendigem Verstand und stummer Zunge meine Lage. Nichts war von meinem Höhenflug übriggeblieben. Auch Onkel Adolf schien sich in Luft aufgelöst zu haben. Die Tür war verschlossen und der todtraurige Raum zu meinem Gefängnis geworden.

Erst spät in der Nacht wurde die schwere Holztür geöffnet, und obwohl meine Wunde noch sehr stark schmerzte, war ich sofort auf den Beinen.

»Was hat man denn mit dir gemacht?«

Rolf Biesterer starrte mich an und ging leicht in die Hocke. »Bist du denn bei dem Feuerwerk dabeigewesen? Dein Pflaster hängt ja wirklich nur noch an einer Ecke. Komm mit. So darf man doch mit dir nicht umgehen.«

Er schob zwei seiner Finger unter mein Halsband und führte mich sachte aus dem Raum. Immer darauf bedacht, mir Schmerzen zu ersparen.

Ich trottete schwerfällig neben ihm her und fragte mich, ob dieser junge, engelhaft aussehende Mann in seiner Uniform vielleicht ebenfalls bei von dem Bach-Zelewski gedient hatte. In Baranovicze. Zusammen mit Fegelein. Er gefiel mir doch so gut in seiner sanften Fürsorglichkeit, mit der er mich jetzt in die Küche führte, sacht auf den Boden drückte und sogleich mit einem Blechkasten herbeieilte.

»So, mein armes Würstchen. Jetzt werden wir dich fachgerecht verarzten.«

Er zog sehr vorsichtig das Pflaster von meiner Haut und betrachtete die Wunde.

»Dich haben sie ja ganz schön zugerichtet. Scheinbar hattest du die halbe Baracke im Fell stecken.«

Er gluckste und nahm eine Schere aus dem Kasten. Im nächsten Augenblick war ich auf den Beinen.

»Keine Angst, Hund, ich schneide dir nicht die Ohren ab, sondern nur ein paar deiner schönen Haare, die deine Wunde verunreinigen könnten.«

Ich dachte an den Rücken von Wolf. Und was würde Onkel Adolf dazu sagen.

Ich hielt trotzdem, wenn auch leise zitternd, still. Unmerklich hatte Rolf die Haare entfernt, eine wohltuend brennende Flüssigkeit über die Wunde gegossen und zwei große Pflaster kreuzweise über die kahle Stelle geklebt.

Dann schnitt er ein enormes Stück Fleisch in Würfel, tat sie in einen Napf und stellte ihn direkt vor mich hin. Ich roch den unangenehmen Geruch von Schweinernem und wandte den Kopf ab.

»Ach so«, rief er, »daran hätte ich natürlich denken sollen.«

Er sprang auf und kam sofort mit einem zweiten Napf voll Wasser zurück. Kaum hatte er ihn hingestellt, fiel ich auch schon darüber her. Ich soff wie eine Verdurstende, hatte den Napf mit atemberaubender Geschwindigkeit leergetrunken und bekam ihn schon nach wenigen Sekunden gefüllt zurück.

Wieder machte ich mich über ihn her und hätte endlos weitersaufen können, ließ aber vom Wasser ab und schnupperte an dem nun gar nicht mehr so verboten riechenden Fleisch herum.

»Armes Tier«, sagte Biesterer. »Hast du dich schon so sehr an die Gemüsebouletten gewöhnt, dass du ein anständiges Stück Fleisch nicht mehr zu schätzen weißt?«

»Wie recht er hat«, stimmte ich zu. »Außerdem ist es

noch vollkommen ungewiss, wann ich das nächste Mal etwas zwischen die Zähne bekomme.«

Ich biss zu und war erstaunt, wie wohlschmeckend und zart es war, wenn man nur die empfindliche Nase aus dem Spiel ließ.

»Was machen Sie da mit meinem Hund?«, hörte ich die unverwechselbare Stimme Onkel Adolfs.

»Ich habe ihn verbunden, mein Führer.«

Dieser Rolf Biesterer imponierte mir ungemein. Nicht im mindesten aufgeregt, berichtete er, dass er mich in heillosem Zustand, mit herunterhängendem, halbzerkautem Pflaster im Konferenzraum gefunden hätte. Die Wunde wäre so stark entzündet gewesen, dass er mich unverzüglich hierher in die Küche gebracht und mich gebührend versorgt hätte. Er, der Führer, könne sich davon überzeugen.

Onkel Adolf, den rechten Arm in einer Schlinge, rührte sich nicht von der Tür weg. »Und was haben Sie ihm da vorgesetzt?«, fragte er.

»Wasser und in Würfel geschnittenes Fleisch. Der Hund wäre nicht imstande gewesen, sich das Fleisch selbst zu zerkleinern.«

Onkel Adolf lief schnell auf mich zu und riss mir den Napf weg.

»Der Hund frisst nur vegetarisch. Bereiten Sie ihm etwas zu, und lassen Sie es in den Waggon schaffen. Um Mitternacht muss er in Rastenburg sein. Sie sind ihr zugeteilt und während des ganzen Transportes für sie verantwortlich. Setzen Sie ihr nie wieder diesen Fraß vor. Haben Sie mich verstanden?«

»Jawohl, mein Führer!«

»Im übrigen kann ich Ihre Sorge um Blondi verstehen. Sie haben lediglich an ihre Genesung gedacht. Sie müssen nur begreifen, dass die vegetarische Ernährung für Sie wie auch für das Tier unverzichtbar ist. Lassen Sie sie jetzt ein wenig an die frische Luft.«

Er machte mir Platz, und sah im fahlen Licht des Mondes totenbleich aus. Wieder drang dieses ferne, bedrohliche Grollen zu uns herüber. Viel deutlicher, als beim letzten Mal.

»Der Russe scheint eine neue Offensive begonnen zu haben. Aber glauben Sie, mir sagt jemand, an welchem Abschnitt er angreift?«

Onkel Adolf murmelte das vor sich hin, und wieder sah ich die Angst in seinen Augen aufflackern. Ich versuchte, in seine Gedanken einzudringen, aber er hielt sie so tief verborgen, dass mir kein Zugang zu ihm möglich war.

Wir horchten lange in die Nacht hinein, die uns die Geräusche sehr viel intensiver erscheinen ließ. Dann wandte sich Onkel Adolf ohne ein weiteres Wort ab und ging mit energischen Schritten auf seinen Lieblingswald zu.

Um Mitternacht waren wir nach kurzer Fahrt im Konvoi in Rastenburg angekommen, und ich wurde in den mir schon bekannten Waggon verfrachtet. Dieses Mal nahm Rolf Biesterer am Tisch des unseligen Tornow Platz.

Nachdem sich der Zug in Bewegung gesetzt hatte, stellte er mir sogleich meine zwei blitzenden Näpfe hin. Ich roch kurz am Gemüseeintopf, befeuchtete im Wassernapf meine Zunge und stieg sofort auf meinen sehr komfortablen Schlafsack.

Welch ein Unterschied zu der kargen Decke, die Tornow für mich bereitgehalten hatte. Mit der Schnauze hatte ich eine kleine Mulde in die Unterlage gedrückt und mich mit meiner wunden Stelle hineingelegt. Schmerzlos und zutiefst erschöpft schlief ich auf der Stelle ein. Selbst die Erinnerung an verblasste Träume konnte mich nicht mehr daran hindern.

»Welch wunderbare italienische Bodenfliesen«, dachte ich und betrachtete den rotbraunen, etwas angerauhten Grund, auf dem ich mit meinem Schlafsack lag.

»Das ist doch eine ganz andere Raumgestaltung als die tristen Betonböden in Onkel Adolfs Bunker.«

Diese Fliesen schienen die Sonne geradezu eingesogen zu haben. Weißglänzende Kacheln lösten sie geschmackvoll ab und führten auf ähnlich gekachelte, stilvolle Seziertische zu, in die zierliche, schmale Blutrinnen eingearbeitet waren.

»Vorsicht«, dachte ich, »diese Tische muss man umgehen, wenn man nicht auf ihnen landen will.«

Doch die Sorge war unbegründet. Das beängstigende Geräusch der rollenden Räder gab mir das Gefühl, in hohem Tempo an ihnen vorbeizufahren, so dass meine Füße sich auf keinen Fall in dieser Tischlandschaft verfangen konnten.

Das grelle Weiß verlor sich langsam, wechselte ins Graue und schließlich in eine tiefschwarz geflieste Ebene.

»Lackkacheln«, vermutete ich, »tief schwarze Lackkacheln. So lange sich noch das Himmelslicht in ihnen spiegelt, sind die Stufen einigermaßen zu erkennen. Doch je tiefer ich steige, desto mehr überrascht mich die Dunkelheit. Ich kann mich jetzt nur noch auf den angeborenen Rhythmus meiner Füße verlassen. Ein winziges Nachlassen der Konzentration, und ich stürze, stürze, stürze.«

»Siehst du, mein Kind«, hörte ich die mir so angenehme Stimme sagen, »das kommt davon, wenn man sich aus purer Neugierde in so prekäre Situationen begibt. Warum gibst du dich nicht endlich mit deinem Hundeleben zufrieden und wartest geduldig das Ende dieser Existenz ab? Schon wieder befindest du dich am Abgrund, und ich werde mich erneut damit abmühen müssen, aus dir eine andere Lebensform zu kreieren. Was glaubst du, wer ich bin?«

»Auf keinen Fall Maimun«, knurrte ich.

»Maimun ist mein Knecht, du dummer Hund. Wer konnte denn ahnen, dass ausgerechnet du unter dem Tisch Platz nehmen würdest? So schön hatte ich alles geplant. Und es hätte nichts schiefgehen können. Dieser Offizier hatte seinen Himmelswanderer goldrichtig plaziert. Dann aber, als ich mich zu diesem einmaligen Ereignis einfand, sah ich dich unter dem Tisch an der bewussten Tasche herumschnuppern. Damit hättest du um ein Haar noch alles verraten. Stell dir vor, der Offizier wäre mutiger gewesen und hätte sich den Sprengstoff um den Leib gebunden. Du hättest doch gar nicht die Möglichkeit gehabt, aus diesem Raum zu fliehen.«

»Willst Du mir weismachen, Du hättest den Anschlag nur deshalb misslingen lassen, weil Du mein Hundeleben nicht gefährden wolltest?«, fragte ich.

»Du bist wichtiger für mich, als du denkst«, antwortete die Stimme und wurde um einen Grad tiefer. »Weshalb glaubst du, lasse ich mich immer wieder von dir herbeizitieren? Weißt du, wo ich mich in Wahrheit befinde? Ahnst du auch nur, welche Strecken ich zurückzulegen habe, um eine so lächerliche Figur wie deinen Onkel Adolf in die ewige Verwandlung zu schicken?«

»Und durch mich am Gelingen gehindert zu werden. Willst Du das damit sagen?«

»Durchaus, durchaus.«

»Du mein einziger Allmächtiger, wenn Du es wirklich bist, der mich hier heimsucht, aus welcher Ecke der Erde habe ich Dich denn gerade herbeigerufen?«

»Erde? Aus welcher Ecke der Erde, fragt mich dieses Kind.«

Sein dunkeltönendes Lachen schwoll derart an, dass mir schwindlig wurde.

»Denk an meinen Kreislauf, Allmächtiger«, sagte ich leise, und mir war, als hätte ich meine lange vermisste menschliche Stimme wiedergewonnen. »Dein gewaltiges Organ ist für mich nur schwer auszuhalten. Dein liebster Knecht hat nicht einmal den Anblick Deines Rückens ertragen können.«

»Mit Meiner Stimme hatte er aber keine Schwierigkeiten«, antwortete Er.

»Dann bedenke, dass ich ein elender Hund bin, der sich im Prinzip nur auf seine Ohren verlassen muss, die Du selbst so empfindlich entworfen hast.«

»Das ist wahr, meine Liebe. Unter Umständen kann man auch von seinen Kindern lernen. Ich werde mich also in Zukunft ein wenig zurückhalten müssen, wenn ich mit deinesgleichen Verbindung aufnehme. Bist du denn wirklich der Meinung, dass ich mich von einem irdischen Kontinent hierherzitieren ließ?«

»Nein, diesen Grad der Wichtigkeit habe ich mir selbst in meinem Menschendasein nicht zugetraut.«

»Dann begreife bitte, dass ich aus entlegenen Universen hierhergeeilt bin. Du hast mich aus einer grandiosen schöpferischen Phase herausgerissen. Zum ersten Mal ist es mir, nach all den misslungenen Produktionen, gelungen, ein Universum nicht mit einem vehementen Knall, sondern in einer steten, gleichmäßigen Bewegung aufzublasen. Kein chaotisches Durcheinander in den überhitzten Phasen, so dass die notwendigen Lichtquellen viel kontrollierter gestaltet werden konnten. Diese elenden Gaslaternen in eurem Universum sind doch längst überholt. Dass sich ein Atom am anderen entzündet, ich nenne es das Kettenrauchersystem, mag ja ganz sparsam sein, ist aber noch nicht der Weisheit letzter Schluss. Ich bin gerade dabei herauszufinden, wie sich eine friedlichere, weniger lautstarke, weniger aggressive Lösung erschaffen lässt.«

»Ob Du es nun glaubst oder nicht, ich bin weniger an Deinen universaren Neubauten interessiert als daran, weshalb Dir so sehr an meinem nichtigen Dasein liegt«, insistierte ich.

»Das ist es ja eben.« Seine Stimme schwoll wieder beträchtlich an, und ich war versucht, mir die Pfoten vor die Ohren zu halten. »Immerzu mischen sich einige von euch in meine Angelegenheiten ein. Schon nach der Affäre mit dem goldenen Kalb habe ich feststellen müssen, dass ihr missraten wart. Doch da legte sich der Moses quer, überredete mich, es noch einmal mit euch zu versuchen.

Und was hatte ich davon? Meine Nahrung in der Wüste hat euch nicht behagt. Das euch zugedachte Gelobte Land war euch zu wenig paradiesisch, meine Propheten waren euch zu mickrig, deshalb wolltet ihr, wie die anderen Völker auch, einen König haben. Ihr wart doch mit nichts zufriedenzustellen. Ich gebe zu, am Anfang im Ägypterland wart ihr mir nicht sehr sympathisch. Versklavt und schmuddelig krocht ihr zwischen halbfertigen Pyramiden herum. Von den ehemaligen, kühnen Beduinen, die sich nahmen, was ihnen gefiel, war nichts mehr zu erkennen.

Eure gerissenen Stammesführer waren lange tot und weit und breit war kein gleichwertiger Mann in Sicht, der euch von eurer Sklavenseele hätte befreien können. Da nahm ich mir einen gewitzten Ägypter, der zu allem fähig war. Und zum Dank dafür schlug er sich bei jedem Streit zwischen euch und mir auf eure Seite, verteidigte euch, nannte euch Kinder, die noch erzogen werden müssen, und brachte euch schließlich in das Milch-und-Honigland.

So fanatisch war er, dass er euch nicht einmal im Stich ließ, als ich ihm eröffnete, er dürfe euch nicht dorthinbegleiten. Einsam stand er auf seinem Sandhügel und sah zu, wie ihr einmarschiertet. Das war der Augenblick, in dem ich mich verliebte. Ein Volk, das eine solche Liebe in einem so außergewöhnlichen Mann entzünden kann, muss doch auch ungewöhnliche Meriten haben.

Von da an war ich euer getreuer Herr. Ich gab euch in allem nach. Doch irgendwann hatte ich euch satt, schlug euch, demütigte euch, zerstreute euch und sah ein, dass die inzwischen uralte Anhänglichkeit zwischen uns nicht mehr rückgängig gemacht werden konnte. Stets standen neue Männer auf, die mich mit der euch angeborenen Beredsamkeit an unseren Bund gemahnten, sich auf das Versprechen, noch dazu auf ein göttliches beriefen, das ich euch gegeben hatte und mich zu neuen Unannehmlichkeiten verführten.

Dein Moses ben Maimon beispielsweise war ein solcher. Und du nun solltest Zeugin, gewissermaßen Chronistin einer einmaligen Selbstvernichtung sein. Solltest in einer höheren Sphäre davon berichten, dass ich keine Hand an einmal erschaffenes Leben gelegt hatte.

Doch du fährst mir ständig dazwischen. Glaubst du, dein zerfetzter Hundeleib neben den Überresten deines Onkel Adolf hätte mir in irgendeiner Weise nützen können?

Jede Störung könnte zur Folge haben, dass eine weitere Zeitfolge angehängt werden muss. Und das wäre auch für dich nicht spaßig. Also lass es dir eine Warnung sein. Eine nochmalige wird es nicht geben.«

»Soll das heißen, dass ich jetzt zusehen muss, wie Onkel Adolf seine Aufgabe vollendet?«, fragte ich voller Schrecken.

Doch ich bekam keine Antwort mehr. Nichts als das eintönige Geräusch der rollenden Räder, die allmählich ihr Tempo verlangsamten, war zu hören.

»Wenn doch dieser Zug entgleisen und einen steilen, bayerischen Berg hinunterstürzen würde. Das wäre die wahre, die humane Endlösung für mich«, dachte ich und döste noch einmal ein.

»Wenn ich nur nicht wieder in diese alptraumhaften Diskussionen hineingestoßen werde. Ich befürchte, all das wirre Zeug ist nur ein Produkt meiner ewigen jüdischen Furcht.«

Jetzt hatte ich es ausgesprochen. All meine Ängste rührten daher. Die Vergangenheit hatte mich eingeholt. Im weitesten Sinne. Jahrhunderte, vielleicht ein ganzes Jahrtausend, legten sich wie eine unerträgliche Last auf mich.

Die giftigen Kammern, die Zwischenwelten, die Wanderung durch meine Geschichte bis hinunter zum ägyptischen Gosen glänzten überhell wie Blitzlichter vor mir auf, schienen mich in ihrer schmerzhaften Klarheit verspotten zu wollen.

Kam Er diesen selbst für einen Gott unerhörten Weg hierhergereist, nur, um mich noch rechtzeitig unter dem schweren Eichentisch hervorzuziehen? Wenn Er wirklich vorhatte, die Vernichtung Onkel Adolfs zu fördern, hätte Er das nicht ebenso korrekt vorbereiten können wie beispielsweise Seine Schöpfung? Denn im großen und ganzen funktionierte sie doch noch.

Nein, das war nicht Er, der auf mich eingeredet hatte. Wann jemals hätte Er in der langjährigen Geschichte dieser Liebesbeziehung zwischen Ihm und Seinen Auserwählten einen Hund zum prophetischen Sprachrohr erwählt?

»Gewiss, je tiefer du dich erniedrigst, desto höher wirst du steigen.«

Nur, wer wollte sich denn erniedrigen? Freiwillig hätte ich mich nicht so behandeln lassen. Und wenn es ein Zufall oder Fehlgriff war, der mich verdammt hatte, wer konnte dann überhaupt noch Vertrauen zu dieser unfehlbaren Schöpfung empfinden?

Einerseits hat Er versucht, diesen »Irren aus Braunau« zu beseitigen, andererseits nicht verhindert, dass ich unter diesem Tisch neben besagter Tasche zu liegen kam.

Nun ja, wer hätte auch nur im geringsten ahnen können, dass Soldaten so inkonsequent mit dem Tod umgehen? Auf der anderen Seite ist der vernichtende Hass der Menschen, angeführt von den überaus suizidgefährdeten, in den Tod verliebten Deutschen, eine Basis, auf der man einen erneuten Versuch zur Selbstauslöschung in die Wege leiten kann.

Die Verachtung der göttlichen Schöpfung durch diese Zweibeiner ist ein bequemes Werkzeug zur Durchführung eines derartigen Plans. Dieses Mal scheint Er sich in seinem Hinrichtungsvorhaben nicht aufhalten lassen zu wollen. Wen wundert es also, wenn Er seine Lieblinge als erste von dieser verrotteten Kugel nehmen will, denn so traurig und grausam es auch sein mag, diesen Vernichtungsprozess mit ihnen zu beginnen, ihre schweren Leiden werden ein Gelächter sein im Vergleich zum Schicksal, das die übrigen Zweibeiner erwartet. Und wenn es Leuten wie Moses, den Propheten und letzten Endes auch Maimun nicht gelungen ist, Ihn davon abzuhalten, wer könnte zu dieser Stunde seinem Vernichtungsprozess Einhalt gebieten?

Etwa der unterwürfigste, degradierendste Gestus eines Hundes, der zu jeder Abbitte, zu jeder Demütigung bereit war?

»O Maimun, nun wird mir klar, mit welcher überirdischen Gerissenheit du vorgegangen bist. Nur du kannst in Gosen, nur du kannst neben mir im Gas gesessen haben. Nur du hast darauf kommen können, Gott durch seine gutmütigsten, unterwürfigsten Geschöpfe noch ein letztes Mal überreden zu wollen.

Musa ibn Maimun ibn Abdallah, du, dem ich so blindlings vertraut habe, hast mich in dieses Fell gesteckt, meine kostbaren, langfingrigen Hände in diese kurzen Krallenpfoten verwandelt. Lieber wäre ich zwei Mal im Gas verendet, als mit diesem grell funktionierenden Hirn in einen solchen Pelz eingekerkert zu sein.

Warum ausgerechnet mich diesem mörderischen Geschick ausliefern? Welches Signal hast du von mir empfangen, dass du mit dem Finger auf mich zeigen konntest? Ich, fast noch ein Schulmädchen, das sich schon mit seinem Tod abgefunden hatte? Ich soll bei unserem Gott noch einmal Mitleid erregen?

Und wie soll es jetzt weitergehen, Maimun? Antworte mir! Wird Onkel Adolf sein Ziel erreichen, oder werden wir am Ende wieder unser Lied ›Wir leben ewig!‹ anstimmen? Antworte mir, Maimun!«

Ich glaubte, meine Stimme wiederzuhören. Meine junge, uralte Mädchenstimme. Sie hallte durch einen riesigen Raum und schien das ganze Universum zu durchdringen.

Doch dann klang sie immer dünner, immer entfernter. War es das sich bereits auflösende Weltall oder mein fliehendes Organ, das mir so viel Furcht einflößte?

Ich fing wie rasend zu bellen an. Oder wollte ich nur

das metallische Rollen der Räder übertönen? Der riesige Raum war zu einem hölzernen Waggon zusammengeschrumpft, und mein Gebell klang wie ein krankhaftes Krächzen, das Rolf Biesterer durch fortdauerndes Schütteln zu unterbrechen versuchte. Seine Hände lagen auf meinem Rücken, und sein Kopf hing wie ein unreifer gelber Kürbis über meinen Augen. Ich war so erschrocken, dass ich sofort zuschnappte und ihn um ein Haar erwischt hätte.

»Du kannst aber ganz schön widerlich sein«, sagte er lachend, »von welchen Jagdtrophäen hast du denn nun schon wieder geträumt? Von Hasen, Hühnern, oder gar Füchsen?«

Er begann mich vorsichtig zu streicheln, und ich bemerkte, dass er mir den Fressnapf wieder hingestellt hatte. Es roch nach Kohl, Rüben, Brotkrumen und anderen mir verhassten Zutaten. Ich zog meine Nase zurück und legte meinen Kopf zur Seite.

»Friss wenigstens ein bisschen von dem Zeug, damit der Führer nicht denkt, du seist krank. Zuhause stecke ich dir dann ein gesundes Stück Fleisch zu.«

Ich rührte mich nicht, und hinter mir wurde die Schiebetür geöffnet.

»Wir müssen den Zug hier verlassen. Der Bahnhof sieht wüst aus, und der Führer ist schon in Augsburg von einer Wagenkolonne abgeholt worden«, sagte eine Stimme.

Ich war sofort auf den Beinen und sprang mit einem Satz auf die Gleise. Staubiger Wind fegte mir entgegen und machte die Luft fast undurchsichtig. Ich leerte Blase und Darm mit einem selbst für Vierbeiner enormen Tempo, und war im Begriff, mich für einen Stadtspaziergang bereitzumachen, da stand, wie aus dem Boden gewachsen, Biesterer vor mir.

»Brav, Blondi, feines Geschäft gemacht, ja? Und nun hinein in den Wagen. Es geht nach Hause.«

In diesem Augenblick hätte ich selbst ihm an die Kehle springen können, doch es war sinnlos, diesem dichten Überwachungsnetz entschlüpfen zu wollen. Mein bisher so erfolgreiches Mittel, Tornow und ihn zu verhexen, versagte ebenfalls. Ich besaß nicht die Ruhe, um meinen Augen die nötige Suggestionskraft zu geben.

Hilflos sah ich ihn an, während er nach meinem Halsband griff und mich über die Gleise zog. Irgendwann hatte er mich in ein geräumiges Auto bugsiert, und der Wagen setzte sich in Bewegung, bevor sich die Türen geschlossen hatten.

»Wir müssen den Stadtrand erreichen, ehe es mit dem Tagesangriff losgeht, sonst haben wir erst einmal keine Chance, von hier wegzukommen.«

»Nun gut«, dachte ich, »wenigstens auf Prinz und auf Wolf kann ich mich freuen. Möglicherweise auch auf ein saftiges Stück Rindfleisch, so lange der kleine SS-Bub mit meiner Versorgung betraut ist. Wenn ich bloß nicht wieder einschlafe.«

Der gut gefederte Wagen mit seinen sanften, wiegenden Bewegungen brachte mich in größte Gefahr.

»Nur keine Träume mehr!«

Mit eisernem Willen hielt ich meine Augen geöffnet und starrte dem Biesterer voll ins Gesicht. Sein Blick war über mich hinweg auf die Landschaft gerichtet. Doch dann fing ich ihn auf. Seine Versuche, sich von mir loszureißen, waren vergeblich.

Scheinbar hatte ich durch meine müde Gelassenheit meine Kraft wiedergefunden. Es war hübsch, ihn zu betrachten. Sein korrekt geschlossener Uniformrock, sein ordentlich frisiertes Haar und seine Stiefel, die mich in ihrer spiegelblanken Sauberkeit an ein Paar anderer Stiefel erinnerten, strahlten eine gewisse Geborgenheit aus.

»Während draußen das blutige, stinkende Chaos getobt hat und eine neue Welle im Begriff ist, über die Stadt hereinzubrechen, sitzen wir hier in einem weich schwingenden Gefährt, das uns in eine blühende, gut riechende Berglandschaft bringen wird. Findest du das nicht auch beruhigend?«

Ich ließ die Augen nicht von ihm, und er furzte entspannt lächelnd in die Polster.

»Siehst du, mein Kleiner«, fuhr ich fort, »so wohl könnte man sich immer fühlen, wenn man in eine andere, friedlichere Zeit hineingeboren worden wäre.«

Ich wurde durch das Lachen des Fahrers unterbrochen.

»Der Hund scheint sich überfressen zu haben, Untersturmführer, er furzt ja wie ein alter Landser.«

»Sehen Sie zu, dass Sie uns so schnell wie möglich ans Ziel bringen, und kümmern Sie sich nicht um Dinge, die Sie nichts angehen«, fuhr Biesterer ihn barsch an. »Außerdem bitte ich mir mehr Respekt aus. Das Tier, von dem Sie reden, ist der geliebte Hund unseres Führers und verdient es, mit Achtung behandelt zu werden.«

»Ich bitte Sie, Untersturmführer, ein Hund bleibt ein Hund. Es sei denn, er nimmt offiziell einen bestimmten Rang ein, dann bitte ich Sie, ihn mir zu nennen, damit ich das Hundchen gebührend ansprechen kann. Vielleicht Frau Oberleutnant, oder Frau Scharführerin …«

»Lassen Sie Ihre dummen Witze, und schauen Sie auf die Straße.«

Biesterer brach das Gespräch ab und wandte sich mir wieder zu. Ich legte meinen Kopf ein wenig zur Seite, weil ich wusste, dass diese Haltung für Zweibeiner etwas Unwiderstehliches hatte, und sie verfehlte auch diesmal nicht ihre Wirkung. Wieder versank er in meinem Blick, wieder entkrampfte sich sein Darm, und er ließ einen mächtigen Furz entweichen, der den Fahrer zu einem unterdrückten Kichern brachte. Doch wir ließen uns nicht mehr stören.

»Junge Menschen in Uniformen haben etwas Todgeweihtes an sich«, überlegte ich. »Sie riechen nach Erde, Blut und Urin und ihre bewegungslosen, hübschen Gesichter scheinen das alles zu ignorieren.«

Ich sah, dass Biesterer aschfahl wurde und erschrak. Sollte er mich verstanden haben? Das wäre fatal. Er hatte mir nichts getan. Seine Sanftmut widersprach so sehr seiner Kleidung, dass ich mich nicht wunderte, ihn zum Küchendienst abgestellt zu sehen.

Andererseits sah er wiederum so teutonisch gut aus, dass seine Attraktivität selbst auf diese Uniform wohltuend abfärbte.

»Ich darf ihn nicht allzu sehr bevorzugen«, warnte ich mich. »In seiner Eifersucht kennt Onkel Adolf keine Grenzen. Höchstens einen kleinen Handschlecker darf ich mir gestatten, der ihm zeigen soll, dass seine Gefälligkeiten auf fruchtbaren Boden gefallen sind. Ach, und wer kann wissen, wie es zur Zeit im Zwinger aussieht?«

In was für einem Zustand würde ich Wolf und Prinz wiederfinden? Wie sehr würde ich für sie sorgen müssen? Dennoch, ich hatte das Gefühl, nach Hause zu kommen, mit einer, wenn auch schwachen, familiären Zugehörigkeit empfangen zu werden.

Schon stieg meine Stimmung bis zum Übermut an. Ich sah, dass der kleine SS-Bub fest eingeschlafen war, und wünschte, es möge ihn kein widerlicher Traum stören. Allmählich wurde mir die Landschaft vertrauter, und als der Wagen sein Tempo verlangsamte, sah ich in der Ferne das schräge Dach und das gewaltige Fenster in der Sonne aufblitzen.

Wir wurden bis fast vor die Stufen des alten Gebäudes gebracht, auf denen Onkel Adolf schon zum Empfang bereitstand. Biesterer, der sich noch leicht mit der Hand über den Scheitel gefahren war, salutierte kurz und ließ mich vorbei.

Ich sprang sofort an Onkel Adolf hoch, wie ich es an anderen Hunden im Zwinger einmal beobachtet hatte, und legte ihm die Pfoten auf die Schultern. Onkel Adolf ging mit einer sentimentalen Geste in die Knie und schien sich vor Freude darüber nicht fassen zu können.

»Das hat sie ja noch nie getan«, wiederholte er immer wieder, während er mich umarmte und gleichzeitig zu streicheln versuchte.

»Wie schade, dass wir uns in ein paar Tagen wieder trennen müssen. Diesmal kann ich dich nicht mitnehmen, mein Hunderl.«

Ich wusste, dass ich ihm nicht über das Bärtchen lecken durfte, und so versuchte ich, seine Wange zu erwischen.

»Brav, meine Kleine, brav«, sagte er und sah den vor ihm stehenden Biesterer an. »So treu, so wahrhaft in seinen Gefühlen kann ein Mensch nie sein.«

»Jawohl, mein Führer!«

»Passen Sie mir gut auf sie auf, Untersturmführer, Sie bürgen mir für ihr Wohlergehen. Während meiner Abwesenheit hat ihr niemand Befehle zu erteilen. Achten Sie aber darauf, dass sie in ihrer sportlichen Ertüchtigung nicht nachlässt.«

Er klopfte mir leicht auf den Kopf und stand auf.

»In ein paar Tagen bin ich aus Ziegenberg zurück und werde dort hoffentlich einiges in Ordnung gebracht haben.«

Jetzt erst sah ich Sekretär Martin hinter dem Wagen auftauchen.

»Die Amerikaner sind nicht der Russe, mein Führer. Einer längeren Auseinandersetzung mit uns im Feld und unter Ihrer persönlichen Führung halten die auf keinen Fall stand.«

»Schwätzen Sie nicht, Martin, so weit ist es noch lange nicht. Ich werde lediglich dafür Sorge tragen, dass das Hauptquartier in Ziegenberg mit allen technischen Errungenschaften ausgestattet wird, die für den Nachrichtendienst benötigt werden, und dies auf keinen Fall irgendwelchen verräterischen Wehrmachtsoffizieren übertragen wird.

Halten Sie sich bereit, mich zu begleiten. Von dort geht es gleich wieder zur Wolfsschanze zurück. Und jetzt schaffen Sie mir den Dr. Morell heran. Ich fühle mich total zerschlagen und blute aus den Ohren.«

Während Onkel Adolf zum Haupteingang hinüberschritt und der Sekretär sich auf die Suche nach dem dicken Morell machte, wurde ich von Biesterer in den Zwinger begleitet. Man hatte die Auslauffläche davor erweitert und mit einem stabileren Maschendraht umgeben. Eine neue Tür, die im Augenblick offenstand, war auch eingebaut worden.

Biesterer blieb vor ihr stehen und ließ mir den Vortritt. Dann schloß er die Tür hinter sich und begleitete mich bis zum verschlossenen Zwinger.

»Sitz!«, befahl er und öffnete das Gitter.

»Nun beschnuppert euch erst einmal«, sagte er und zog sich ins Gelände zurück.

Langsam kamen sie aus dem Dunkel hervor und blieben in lauernder Haltung und einiger Distanz vor mir stehen.

»Herrschaften«, dachte ich, »seht ihr aber struppig aus. Wolf?«

Wo war er?

Und dann spürte ich ihn. Er stand dicht hinter mir und schnupperte intensiv an mir herum.

»Du warst nicht im Zwinger? Soll das heißen, dass du wieder deine Sonderstellung einnimmst?«

»Keine Bange«, antwortete er. »Ich habe dicht am Zaun gelegen, da, wo es fast kein Gras mehr gibt, und man hat mich anscheinend nicht bemerkt. Wir sollten uns beide dorthin begeben, bevor die anderen diesen Platz besetzen. Dort kann man seinen Bauch angenehm kühlhalten.«

»Was macht Prinz?«, fragte ich ihn, um keine weitere Verlegenheit aufkommen zu lassen.

»Älter geworden«, gab er knapp zurück, während wir uns auf die Sandnarben zu bewegten.

Ich blieb stehen. »Er wird doch wohl nicht am Verenden sein?«

»So weit ist es nun wieder nicht.«

»Du bist ja entzückend gesprächig und machst dir anscheinend enorme Sorgen um deinen Freund.«

Ich drehte mich um und trabte zum Zwinger zurück.

»Er schläft. Er schläft den ganzen Tag«, schickte Wolf mir hinterher.

Ich änderte meine Laufrichtung und zog einen bedrohlich engen Kreis um ihn.

»Nur zum Fressen kommt er aus seiner Ecke heraus.«

Wolf sah mich ruhig an und zog unmerklich die Lefzen höher.

»Seine gelben Augen sind blasser geworden«, stellte ich fest.

Schadenfreude kam in mir auf, und ich trat dicht an ihn heran.

»Dein Rückenfell ist wieder wie neu, aber deine Augen haben sich verändert.«

»Du wirst auch nicht jünger«, gab er zurück.

Plötzlich überkam mich die alte Zärtlichkeit, und ich fuhr ihm kurz mit der Zunge über die Nase. Doch er zeigte keine Reaktion. Also lief ich endgültig in den Zwinger hinein, um den alten Prinz zu begrüßen. Er lag in einer Ecke, da, wo sich Wand und Gitter trafen und die Luft am erträglichsten war. Hatte alle vier Läufe dicht an den Körper gezogen und öffnete nur kurz die Augen, als ich ihn milde bellend ansprach.

Überrascht betrachtete ich die komfortable Ausstattung seines kleinen Reviers. Auf einer grauen Decke hatte man viele schon etwas verschlissene Kissen hingelegt, von denen er eines regelrecht unter seinen Kopf geschoben hatte. Im Näherkommen wehte einem der strenge Geruch entgegen, der von ihm ausging.

»Bist du also doch noch zurückgekommen? Ich hatte dich bereits für verloren gehalten. Erschossen, aufgespießt, zerfetzt, vergiftet, aufgehängt.«

»Es reicht, Prinz!«, unterbrach ich ihn, wobei ich nach wie vor die wunderbare Artikulation seines Denkens bewunderte. Es erinnerte mich an aufblitzende Perlen, die sich in träge glitzernder Pracht aneinanderreihten. Es war einfach ein Genuss, ihm zuzuhören.

»Ach ja, vergast hatte ich vergessen.«

Er hob kurz den Kopf und ließ sich schnell wieder zurücksinken.

»Das soll ja heutzutage die große Hinrichtungsmode sein.«

Ich starrte ihn lange an, wartete auf weitere grausige Aufzählungen, doch er hatte seinen Denkvorgang abgebrochen und lag wie tot da. Ich sah seine nunmehr ganz graue Schnauze, seine von weißen Ringen umgebenen Augen und stellte traurig fest, dass Wolf mehr als recht gehabt hatte.

»Du bist ja geradezu überirdisch mager geworden«, vernahm ich ihn von neuem. »Hast du so viel trainieren müssen?«

»Man hat mich auf eine andere Kost gesetzt. Das heißt, ich bin nicht ganz freiwillig zum Vegetarier geworden.«

»Dann gib acht, dass deine Zähne nicht stumpf werden.«

»Keine Gefahr«, gab ich amüsiert zurück, »ich habe dort Bekanntschaft mit einem hübschen, blonden SS-Buben gemacht. Er versorgt mich, soweit er dazu imstande ist, mit dem Allerfeinsten. Euch hingegen scheint man die Rationen recht einschneidend gekürzt zu haben. Die Kollegen draußen sehen ja wie Borstentiere aus. Wolf macht mir einen zunehmend mutlosen Eindruck. Und du liegst hier wie eine heruntergekommene Ballettdiva herum!«

»Woher kommt dir denn dieses Bild?«, fragte er und hob energisch seinen Kopf. Seine Ohren hatten sich steil aufgestellt.

»Meinst du, ich war umsonst so lange mit den Zweibeinern unterwegs?«, wich ich aus.

»Davon kannst du mir doch sicher einiges berichten, oder?«

»Bis auf die Tatsache, dass man mich verkuppeln wollte, gibt es eigentlich nichts Aufregendes zu erzählen.«

»Und die frische Narbe an deiner Seite? Wer hat dich denn so fachmännisch rasiert?«

»Mein kleiner SS-Bub. Er hat sehr sensible Hände.«

»Und die Verletzung selbst?« Er ließ nicht nach.

»Oh, da habe ich mir einen Holzsplitter eingezogen.«

»Der ist anscheinend vom Himmel heruntergefallen,

nicht wahr? Oder hat dich jemand verprügelt?«

»Es war ein Stück von einer Baracke, wenn du es genau wissen willst. Und in dieser Baracke konferierte Onkel Adolf mit seinen Getreuen, ehe sie in die Luft flog.«

»Und du standest in der Nähe?«

»Ich war sogar darin, saß unter dem Tisch und bewachte eine Ledertasche, in der eine Art Höllenmaschine verborgen war.«

»Und wie bist du davongekommen?«

»Gott sei Dank verabschiedete sich der Täter rechtzeitig, kurz bevor es so weit war. Ich witschte hinter ihm ins Freie, aber wir hätten nicht mehr lange warten dürfen.«

»Wie sieht denn dein Onkel Adolf aus?« Prinz hatte sich langsam erhoben und trat dicht an mich heran.

»Er blutet immer wieder aus dem Ohr, und seine Wutanfälle steigern sich in unerhörte Dimensionen.«

»Das hört man nicht so gern.« Prinz schüttelte bedenklich den Kopf.

»Warum nicht? Hängst du immer noch an ihm?«

»Davon ist nicht die Rede«, antwortete er, »doch ein Attentat auf den Herrscher beweist nur die moralische Verkommenheit seiner Umgebung. Ganz gleich, wem sie den Treueeid geschworen hat, sie hat ihn nun einmal geschworen.«

Ich starrte vor mich hin und sagte nichts.

»Wenn sie sich aber dazu entschlossen hat, weshalb hat sie sich dann nicht effektiver vorbereitet? Es ist ein Jammer mit diesen Untergebenen. Ohne ausdrückliche Order sind bei ihnen stets nur halbe Taten zu erwarten. Gab es denn wenigstens Tote?«

»Ich habe sie nicht gezählt. Einige sterben immer noch an den Folgen.«

»Traurig, traurig.«

Gemächlich trabte er ins Freie und sah sich nicht einmal nach mir um. Neben Wolf blieb er stehen und rieb kurz sein Fell am Maschendraht.

»Was hat sie dir erzählt?«, hörte ich Wolf fragen.

»Nichts Aufregendes. Der Großmächtige blutet aus den Ohren, und seine Wutanfälle werden stärker.«

Der überraschend kühle, um nicht zu sagen, frostige Empfang meiner beiden Freunde hatte mich mehr als irritiert. Was war mit ihnen geschehen? Oder sollte ich besser fragen: Was war mit mir geschehen?

»Du riechst überall nach den Zweibeinern«, hatte mir Wolf noch zugerufen, bevor ich mich in den Zwinger begab.

»Nun, das ist ihr gutes Recht«, überlegte ich. »Sie misstrauen meinem Fell. Sie empfinden es als eine perfide Maskerade, unter der eine höchst hinterhältige Zweibeinerin ihre Gespräche belauschen, ihre eventuelle Gefährlichkeit für den Menschen ausloten will. Aber warum zerfleischen sie mich dann nicht? Es gibt genügend kampffähige Hunde unter ihnen, die mich mühelos zerreißen könnten, wenn Wolf sie anführen würde. Oder gibt es einen anderen Grund für das beleidigende Fremdeln der beiden?«

Seitenwechsel

Am nächsten Morgen wurde die Gartentür aufgerissen, und der dicke Rattenhuber kam mit schnellen Schritten auf mich zugelaufen.

»Blondi!«, rief er barsch und zeigte auf seine Fußspitzen.

Ich sah ihn verständnislos an.

»Los, hierher!«, befahl er schärfer.

»Wo ist denn mein SS-Bub geblieben?«, dachte ich.

Das gesunde Stück Fleisch, das er mir für den vorangegangenen Abend versprochen hatte, war auch ausgeblieben.

»Blondi, du verdammter Köter, ich ziehe dir eins über, wenn du nicht sofort folgst!«

Er war im Begriff, sein Koppel zu lockern.

»Tu ihm den Gefallen, er brät dir sonst wirklich eins über. Diese Koppelschnallen können unheimlich weh tun, und dieser Bursche hat sich schon öfter einen von uns gegriffen, wenn gerade niemand in der Nähe war.«

Ich drehte mich um. Wolf stand hinter mir und streckte warnend die Nase in die Luft.

»Ich darf ihm auf keinen Fall gehorchen, so lange er seine Befehle nicht ordentlich formuliert. Ich verliere sofort an Wert. Besonders in den Augen Onkel Adolfs.«

»Blondi hat Recht«, mischte Prinz sich ein. »Ein unordentlicher Befehl ist gar kein Befehl. Der Mann hat den Umgang mit uns zu lernen, oder er soll sich zum Teufel scheren.«

Rattenhuber hatte nun seinen Gürtel in der Hand und zielte mit dem Koppel nach mir.

»Vorsicht, Blondi, er ist sehr treffsicher und hat großen Spaß daran«, meinte Wolf hastig und sprang zur Seite.

Im selben Augenblick pfiff der Gürtel durch die Luft. Ich ließ mich platt auf den Boden fallen, rollte mich blitzschnell in die entgegengesetzte Richtung, und das Koppelschloss prallte auf den Boden. Obwohl mich meine Narbe immer noch schmerzte, sprang ich gleich wieder auf die Beine und ließ ihn nicht aus den Augen.

Langsam zog ich die Lefzen hoch und ließ ein scharfes Knurren hören.

»Du willst mir drohen, du miese Ratte, du verzogene Töle. Dir werde ich's zeigen!«

Er starrte mich eine Sekunde lang an, dann holte er aus und zielte direkt auf meinen Kopf. Ich hörte, wie der Riemen an meinem Ohr vorbeipfiff, als ich zurückwich und sprang dann nach vorn. Meine Vorderpfoten zielten direkt auf seine Brust, und mein Gewicht warf ihn zu Boden.

»Ein fetter, dumpfer Kloß«, dachte ich. »Ein Glück für ihn, dass jetzt keiner in der Nähe ist, der mir ›Saufetz‹ oder gar ›Judenfetz‹ ins Ohr flüstert.«

»Du lässt den Unsinn«, hörte ich Prinz hinter mir. »Ich an deiner Stelle würde nicht einmal auf ›Saufetz‹ reagieren.«

Sofort hatte ich meine Schnauze an Rattenhubers Kehle und knurrte wie Wolf, wenn er sein bekanntes Raubtiergrollen losließ. Langsam tastete Rattenhubers Hand nach seinem Gürtel, an dem das Pistolenhalfter befestigt war. Sofort sprang nun auch Wolf hinzu und brachte seine Schnauze in gefährliche Nähe der Rattenhuberschen Nase.

Nachdem wir eine längere Zeit auf ihm gesessen und ihn bedrohlich angestarrt hatten, mahnte uns Prinz, doch endlich von ihm abzulassen. Wir sollten jedoch darauf achten, dass er seinen Gürtel mitsamt der Waffe nicht wieder an sich nahm. Es würde ihn sehr in Verlegenheit bringen, den anderen Zweibeinern zu erklären, warum das Zeug in einem Hundezwinger herumlag.

Während ich meine Pfoten auf die Brust des dicken Mannes stemmte, zog Wolf in aller Ruhe Gurt samt Halfter in seine Ecke und setzte sich darauf. Danach zog auch ich mich zurück, und Rattenhuber, jede rasche Bewegung vermeidend, stand vorsichtig auf.

Sein Blick wechselte von Wolf zu mir und wieder zurück. Als der jedoch keine Anstalten machte, sich zu erheben und ich hin und wieder leise knurrend die Zähne fletschte, ging er zögernd dem Ausgang zu.

»Ich bin auf das Nachspiel gespannt«, meinte Prinz gleichmütig. »Sollte er jetzt mit Verstärkung zurückkommen, musst du sofort deinen Platz räumen, Wolf. Am besten, du stößt seinen Gurt wieder in die Mitte des Zwingers, dahin, wo er zu Fall gekommen ist. Lauft beide ins Gelände hinaus, und macht eure Morgenspaziergänge. Ich verspreche euch, genauestens zu berichten, was Rattenhuber sich hat einfallen lassen.«

»Verzeih mir, Prinz, wenn ich da anderer Meinung bin. Wie wäre es, wenn Wolf oder ich sich den Gürtel griffen und ihn durch die offene Gattertür bis zu den Stufen des Hauses tragen würden? Wir könnten ihn dort brav niederlegen und auf eine Wache warten, die ihn aufnähme. Es brächte Rattenhuber zumindest eine kleine Haftstrafe ein, seine Waffe so achtlos liegengelassen zu haben.«

»Ein beachtlicher Schachzug«, entgegnete Prinz, »wenn auch von abgrundtiefer Bosheit.«

»Er hat es verdient«, mischte sich Wolf ein. »Er ist ein Sadist, ein Tierquäler, ein Hundefolterer …«

»Der für seinen Großmächtigen durchs Feuer geht«, vollendete Prinz. »Es spielt keine Rolle, wes Teufels Kind er ist, wenn er nur seinem Führer treu ergeben bleibt.«

»Wie ein Hund«, wagte ich zu ergänzen.

Prinz sah mich lange und traurig an.

»Wie ein Hund«, wiederholte er dann. »Im übrigen bist du ein sehr mutiger Hund, der größten Respekt verdient.«

Damit drehte er sich um und schlich träge auf sein komfortables Lager zurück. Kaum hatte Wolf Gurt und Halfter in die von Prinz empfohlene Position gebracht, tauchte Onkel Adolf auf. Mit seinem Verbandskissen auf dem Ohr und der schwarzen Binde, in die er seinen Arm gebettet hatte, sah er recht angegriffen aus.

Wir Hunde hatten uns in den Schatten entlang der Wände zurückgezogen, und der Gurt samt Holster lag einsam in der Mitte des Zwingers, von einem Sonnenstrahl fast bühnengerecht beleuchtet.

»Rattenhuber!«, schrie Onkel Adolf außer sich und wandte sich zu seiner zahlreichen Gefolgschaft um, unter der mir nur der vierschrötige Sekretär und der kleine Krüppeldoktor auffielen.

»Wohin hat sich dieser Rattenhuber verkrochen? Und was für eine Pistole liegt hier herum? Hat denn hier jeder den Verstand verloren?«

Sein wulstiges Ohrenkissen, seine Armbinde im Verein mit seinem weit aufgerissenen, schreienden Mund, nahmen seiner Autorität jegliche gewohnte Wirkung und gaben ihm ein derart komisches Aussehen, dass eine augenblicklich aufkommende Heiterkeit nur mühsam unterdrückt werden konnte.

Um eine eventuelle Respektlosigkeit sofort zu unterbinden, war der Sekretär rasch in die Bresche gesprungen.

»Rattenhuber ist nicht ganz wohl, mein Führer«, sprudelte es aus ihm hervor. »Er hat sich anscheinend seines Gurtes entledigt und eine nahegelegene Toilette aufsuchen müssen.«

»Dann verlange ich, dass man mir auf dem schnellsten Wege eine ordnungsgemäße Krankmeldung vorlegt. Jeder noch so geringfügige Verstoß gegen die Disziplin in meiner Umgebung wird auf das Härteste bestraft. Außerdem gehört der Mann zu meiner Leibwache. Es besteht also Ansteckungsgefahr, und eine Darmgrippe hat meinem Gesundheitszustand gerade noch gefehlt.«

Ich bemerkte, wie sich das Ohrenkissen Onkel Adolfs langsam hellrot einfärbte und machte Wolf darauf aufmerksam.

»Blondi, Fuß!« rief Onkel Adolf jetzt.

Ich sprang augenblicklich an seine Seite.

»Wo ist der Tierarzt? Ich habe schon vor einer Stunde einen Tierarzt hierher bestellt!«

»Hier bin ich. Ludwig Brehme aus Salzburg. Guten Tag.«

Damit streckte er ihm die Hand hin, die Onkel Adolf geflissentlich übersah.

»Stellen Sie fest, ob dieser Hund hier trächtig ist. Er wurde vor etwa sechs Wochen gedeckt.«

Der Tierarzt sah mich einen Moment lang an, kniete sich an meiner Seite nieder und betastete vorsichtig meinen Bauch. Er schien sehr aufgeregt zu sein, denn sein Knie zitterte beträchtlich.

»Es gibt keinerlei Anzeichen dafür, Herr Führer«, sagte er nach einer Weile leise und stand auf.

Onkel Adolf presste die Lippen zusammen und gab ein kurzes unmissverständliches Zeichen mit dem Kopf, worauf der Sekretär den Arzt am Oberarm packte und ihn hinausführte. Nicht, ohne ihn auf dem Weg nach draußen unterwiesen zu haben, dass man Onkel Adolf gefälligst mit »Mein Führer« und nicht mit »Herr Führer« anzureden und ihn außerdem mit dem Deutschen Gruß und nicht mit »Guten Tag« zu begrüßen habe.

Kaum hatte der Sekretär mit dem Tierarzt den Zwinger verlassen, brach Onkel Adolf in ein schreckliches Gebrüll aus. Mit diesem Harras hätte man bewusst eine Niete ausgesucht, um meine Befruchtung zu boykottieren. Hier sei es doch um die Züchtung eines urdeutschen Hundes gegangen, dessen Urmutter Blondi hätte sein sollen. Eine Urmutter, deren Körperbau, Fell und

Intelligenz geradezu vorbildlich für eine solche Aufgabe sei.

Wer denn dafür verantwortlich gewesen wäre, dass die Wahl auf eine solche Niete gefallen sei? Selbstredend hätte Fegelein wieder seine Hand im Spiel gehabt. Er habe ihm die Hundehalterin vorgestellt und ihn, Onkel Adolf, sogar noch zu einer Kaffeestunde mit dieser Dame überredet, damit dieses unfähige Vieh zur Deckung ausgeliehen werden konnte.

Niemals wäre eine so heimtückische Sabotage klarer zu Tage getreten als diese. Ein Glück, dass er diesem Schwachkopf den Befehl erteilt habe, das unwürdige Vieh zu erschießen. Denn offenbar habe Fegelein ja an dem Köter gehangen. Er trage die alleinige Schuld an diesem Debakel. Man solle ihn sogleich degradieren und vor ein Kriegsgericht stellen.

Ich blickte zu Wolf in seiner schattigen Ecke hinüber. Er kehrte uns den Rücken zu und saß in so vorbildlicher Haltung da, als belausche und verstünde er jedes Wort, ja, als hätte er sich bewusst von uns abgewendet, um besser zuhören zu können.

Was, so fragte Onkel Adolf, könne man dem Fegelein denn noch antun? Nach diesem infamen Anschlag auf sein eigenes Leben wolle man offensichtlich auch jede rassische Verbesserung deutschen Hundelebens verhindern.

Onkel Adolfs Ohrenkissen hatte nun eine dunkelrote Färbung angenommen, und ein feines, blutiges Rinnsal zog sich an seinem Hals entlang, tropfte auf den weißen Hemdkragen und färbte auch ihn langsam rot ein.

»Wo bleibt denn dieser Rattenhuber?«, hörte ich Onkel Adolf weiterbrüllen. »Einen solchen Dünnpfiff gibt es doch gar nicht, der einen SS-Mann dazu bringen könnte, Koppelgurt und Revolver achtlos in einem Hundezwinger liegenzulassen. Und der Biesterer? Wo bleibt Untersturmführer Biesterer? Ich habe ihn eigens zur Aufsicht über Blondi abkommandiert. Der Hund lungert hier im Halbdunkel unter diesen mittelmäßigen Bestien herum, während der Mann es sich am Biertisch wohl sein lässt. Oder sind beide schon desertiert? Hat man ihnen weismachen wollen, dass wir den Krieg so gut wie verloren haben? Man wird sich noch wundern. Ein angeschlagener Wolf«, fuhr Onkel Adolf fort, »kann noch weitaus gefährlicher werden.«

Er unterbrach sich und schien seinen Worten nachzulauschen. Doch ehe er seine Rede fortsetzen konnte, trat Rolf Biesterer aus dem Gefolgschaftspulk heraus und schlug die Hacken zusammen.

»Untersturmführer Biesterer meldet sich zur Stelle, mein Führer!«

Onkel Adolf blickte ihn lange an. Ich begriff sogleich, dass dieser Blick durchbohrenden Charakter haben sollte. Heraus aber kam nur ein versonnenes Abschätzen seines Gegenübers.

»Wo waren Sie?«, kam es überraschend sanft aus Onkel Adolfs Mund.

»Ich habe, wie angeordnet, Blondi in den Zwinger begleitet und danach eine Dusche genommen.«

»So, Sie haben eine Dusche genommen.« Onkel Adolf starrte ihn ungeniert weiter an, als wolle er sich das Bild des unter der Dusche stehenden SS-Buben vergegenwärtigen. »Hat man Ihnen denn schon Ihre Unterkunft angewiesen?«, fragte er leise.

»Jawohl, mein Führer!«, antwortete Biesterer.

»Und, konveniert sie Ihnen?«

»Jawohl, mein Führer!«

»Dann tun Sie Ihre Pflicht, und erweisen Sie dem Hund

die ihm gebührende Fürsorge«, sagte Onkel Adolf mit schärfer werdender Stimme und drehte sich auf dem Absatz um.

Doch bevor er das Gatter erreicht hatte, wandte er sich noch einmal an Biesterer. »Sie werden zusätzlich dafür geradestehen, dass Blondi sobald als möglich vom Hund Wolf gedeckt wird. Er hat zwar keinen ganz einwandfreien Charakter, aber seine Statur ist makellos, und Blondi scheint einen Narren an ihm gefressen zu haben.

Falls Sie nicht wissen, wer Wolf ist, wird Blondi Ihnen schon den Weg zu ihm weisen. Im Augenblick sitzt er in perfekter Haltung dort drüben in der Ecke. Und falls Rattenhuber wider Erwarten doch noch vorbeischauen sollte, verlange ich eine einleuchtende Erklärung von ihm. Er hat sich umgehend bei mir zu melden.«

Damit verschwand er aus meinem Blickfeld, nicht ohne sich vorher mit einem leisen Klagelaut die Hand an das verletzte Ohr zu halten.

Der Sekretär war sogleich an seine Seite gelaufen und hatte ihm seine Schulter zur Stütze angeboten, während der übrige Pulk den beiden auf dem Fuße gefolgt war.

»Was denkt Wolf jetzt?«, fragte ich mich.

Er saß noch immer in seiner vorbildlichen Haltung da und hatte das Gesicht zur Wand gedreht.

»Er denkt gar nichts«, ließ Prinz mich höhnisch wissen. »Die Sprache der Zweibeiner macht ihm große Schwierigkeiten. Wäre er aber selber einer, so könnte man sagen, dass er die Hosen voll hat.

Die Stimme seines Herrn ist es, die ihn vor Angst steif werden lässt. Und wenn er jetzt dazu abkommandiert wird, dich trächtig zu machen, dann darf er natürlich nicht wissen, dass Harras, dieser Held, danach erschossen wurde, nicht wahr?«

»Du bist ein unbeschreiblich zynischer und bösartiger alter Köter«, dachte ich und sah zu Wolf hinüber, der sich immer noch nicht rührte.

Dann blickte ich Biesterer an, der wiederum zu Wolf hinüberstarrte. Jetzt fing er an, langsam auf ihn zuzugehen.

»Wenn er ihn zu streicheln versucht, ist er verloren«, überlegte ich und verlor keine Zeit.

Ich warf mich in seinen Weg und fing warnend zu bellen an, doch es war zu spät. Mit einem einzigen Satz war Wolf über mich hinweggesprungen und ging Biesterer an die Kehle. Der SS-Bub hatte blitzschnell die Hände vor das Gesicht geschlagen und war auf den Rücken gefallen, während Wolf auf ihm stand und mit rasendem Knurren versuchte, seinen Hals zu erreichen.

Ich biss voller Wut in Wolfs buschigen Schwanz, doch er schien meinen Angriff vollständig zu ignorieren und hatte sich anscheinend in Biesterers Hand festgebissen.

Jetzt wurde ich rabiat.

»Einverstanden«, dachte ich, »wenn er sich in solche Uniformträger verhakt, aber diesem harmlosen SS-Buben darf er das auf keinen Fall antun. Außerdem soll der ja, laut Führerbefehl, quasi unsere Trauung in die Wege leiten.«

Ich ließ Wolf für einen Moment los und schlug meine Zähne mit aller Kraft in seine Schwanzwurzel. Meinen Harrasbiss hatte ihn Fegelein genannt. Wolf jaulte ohrenbetäubend auf und warf sich herum.

Doch ich war zu schnell für ihn und wich ihm geschickt aus, ohne meine Zähne von ihm zu lösen. Er versuchte, mich gegen die Wand zu werfen, mich gegen sie zu pressen und meiner noch empfindlichen Seite eins auszuwischen. Aber ich sprang, sein Vorhaben vorausahnend, sofort auf die andere Seite und ließ Wolf, die Zähne fest in ihn verbissen, mit voller Wucht gegen die Wand prallen.

Schweratmend ging er zu Boden und jaulte wie ein verletztes Hundebaby vor sich hin. Vorsichtig löste ich meine Zähne und wich zurück, bereit zu einem Angriff, falls er den Kampf wieder aufnehmen sollte. Doch er machte keine Anstalten dazu, hatte die Augen geschlossen und sann trauernd seinem Schmerz nach.

Ich bewegte mich ein paar Schritte seitwärts, so dass ich Wolf und Biesterer im Auge hatte. Der SS-Bub saß am Boden und betrachtete staunend seine stark blutende Hand.

»Ebenfalls ein Baby«, dachte ich, ging auf ihn zu und leckte ihm blitzschnell über die Wunde.

Er sprang auf die Füße, sah auf seine Hand, auf meine heraushängende Zunge und fing lauthals zu schreien an. Dann rannte er wie besessen aus dem Zwinger hinaus, stolperte über das Gelände und lief durch die Zauntür.

»Man wird ihm sicher noch erklären, dass so ein Hundeschmatz eine wirkungsvolle Desinfektion ist«, ließ sich nun Prinz vernehmen.

»Du solltest deine greisenhafte Schandschnauze halten, denn deiner Bösartigkeit haben wir es zu verdanken, dass es hier um ein Haar zu einer folgenschweren Katastrophe gekommen wäre.«

»Das hast du blendend und sehr zweibeinig formuliert. Und dein Biss, wie nennt man ihn doch schnell, Harrasbiss, nicht wahr?, war imponierend. Er zeugt von genauer Kenntnis canesischer Anatomie. Brav, mein Kind, deine Anpassungsgeschwindigkeit ist enorm.«

»Worauf spielst du eigentlich an?«, fragte ich.

»Du bist ein kluges Mädchen«, antwortete er, »aber du darfst deswegen deine Gesprächspartner nicht unterschätzen.«

»Ich unterschätze dich weiß Gott nicht«, gab ich zurück und wandte mich wieder Wolf zu.

Er hatte den Kopf dicht zur Schwanzwurzel hingebogen und strich mit seiner extrem langen Zunge ausgiebig und mit wohligem Knurren über die Wunde, die ihm meine Zähne beigebracht hatten.

»Du hältst mich für einen extrem klugen Hund, der sein Leben lang vergeblich versucht hat, sich der Intelligenz der Zweibeiner anzunähern, nicht wahr?«

Prinz hatte sich langsam erhoben und stand mit leise zitternden Vorderläufen vor mir.

»Reg dich nicht auf, mein Guter«, beruhigte ich ihn. »In deinem Alter sollte man sparsam mit seinen Emotionen umgehen.«

»Deine semitische Arroganz kostet mich den letzten Nerv«, antwortete er und fing an, sich um seine eigene Achse zu drehen.

»Ich hätte es für redlicher gehalten, die Befehle Onkel Adolfs nicht in dieser perfiden Weise zu übersetzen«, meinte ich und sah zu Wolf hinüber.

»Um mich brauchst du dir keine Sorgen zu machen«, mischte er sich ein, »die Eifersucht hat mich noch nie sonderlich geplagt und außerdem: Befehl ist Befehl.«

»Welcher vierbeinige Satan hat dich dann geritten, auf den armen Biesterer loszuspringen? Du hättest ihn getötet, wenn ich nicht dazwischengegangen wäre.«

»Ich weiß es nicht.« Wolf blickte nachdenklich vor sich hin. »Er roch so unerträglich fremd, dass ich glaubte, den Harras vor mir zu haben. Außerdem«, er stockte und sah mich eigenartig an. Langsam zog er eine der unteren Lefzen so weit nach unten, dass sein Zahnfleisch sichtbar wurde, bis dahin, wo es in das dünne Kieferfleisch überging. Noch nie hatte er in meiner Gegenwart eine so hässliche Fratze gezogen.

»Außerdem?«, wiederholte ich ungeduldig und sah

vorsichtshalber zu Prinz hinüber, der sich immer noch um sich selbst drehte und so tat, als wolle er sich einen besonders bequemen Platz auf seinem Lager aussuchen.

»Außerdem«, meinte Wolf, »glaubte ich, das Wort gehört zu haben, das uns Hunden den Kopf verrücktmacht.«

Er war aufgesprungen, und seine Augen bekamen etwas von ihrer gelben Farbe zurück. Prinz fing an, von einem Vorderbein auf das andere zu treten, dann begab er sich zögernd in die Mitte des Zwingers, und Wolf robbte an ihn heran.

Prinz begann wieder mit seinen engen Umdrehungen, wobei er mit der Schnauze seine Schwanzspitze berührte, und Wolf federte hoch, als wolle er sich in seiner Kehle festbeißen. Die Drehungen des Prinz wurden immer rasender, und Wolf täuschte so geschickt das Hängen an seinem Hals vor, dass der Schatten, den beide an die Wand warfen, die perfekte Szene der Kälbchentötung wiedergab.

Ich setzte mich fassungslos hin. Dann hörte ich das tiefe Organ eines Menschen an meinem Ohr: »Sie hat geschochten. Sie hat nach jüdischem Ritus geschlachtet.«

Ich versuchte mit aller Gewalt, mich zu beherrschen, legte mich platt auf den Boden und fragte mich beinahe seelenruhig, wie lange sie das wohl eingeübt hatten.

»Nicht allzu lange«, flüsterte wieder die tiefe Stimme an meinem Ohr. »Das ist jedoch weniger wichtig. Es geht uns vielmehr darum, dir klarzumachen, dass auch wir um dieses Zauberwort wissen. Nur haben wir es nie anzuwenden brauchen. Du dagegen?«

Die Stimme brach ab, und ich warf einen zaghaften Blick zu Prinz hinüber.

»Wir sprachen von Anpassung. Erinnerst du dich? Ich bewunderte dich und deine Anpassungsfähigkeit, mein kleines Mädchen. Du solltest nur acht geben und nicht allzu unvorsichtig die Seiten wechseln.«

Ich sah ihn weiter stumm an. Auch seine Augen hatten sich verändert, gewannen wieder an eiskalter, bläulicher Tiefe und schienen mich in sich einsaugen zu wollen.

»Du begreifst noch nicht, was ich meine, nicht wahr?«, fuhr er fort. »Ich denke an den Seitenwechsel. Von der Seite des Opfers auf die Seite des Täters.«

Ich versuchte, meinen Kopf unter meinen Vorderläufen zu verbergen, die Augen zu schließen, doch nirgends entkam ich seinem Blick.

»Siehst du«, hörte ich wieder die Stimme an meinem Ohr, »das ist es, woran ich fortwährend denken muss. Wir kennen zwar die vernichtenden Waffen, doch wir vermeiden es, sie anzuwenden. Unter allen Umständen. Es ist stets besser, sich töten zu lassen, als selbst zu töten, mein Kind. Die tiefste Todesangst ist ein Glücksgefühl gegen das, was dich als Tötenden erwartet.

Nicht sogleich, oh nein. Der Tötende hat stets die Chance, ein zeitlich reicheres Leben zu führen. Doch dieser Reichtum ist es, der ihm zur Folter wird. Je länger das Leben, desto raffinierter die Variationen dieser Folterungen.

Deshalb auch die vielen Selbstmordversuche unserer Mörder, weil sie diesen Qualen entgehen wollen.«

»Nein«, schrie ich, »nein, das ist gelogen. Du willst mich zu tödlicher Buße verführen. Das hast du doch vor, oder? Du und der Wolf. Ich bin euch lästig geworden, weil ich euch die Liebe eures Großmächtigen geraubt habe.

Nicht der Harras hat dich eifersüchtig werden lassen«, wandte ich mich an Wolf, »dein Onkel Adolf ist es, dein blutsüchtiges Herrchen, das dir fehlt. Wie nichts anderes auf der Welt. Mich des Mordes an einem Kälbchen zu bezichtigen. Lächerlich!«

Ich hätte in Tränen der Wut ausbrechen mögen, wenn es meine Hundeaugen zugelassen hätten.

»Wie viele Tiere habt ihr denn schon gerissen? Wie vielen Hasen seid ihr nachgejagt? Oder wollt ihr mir weismachen, ihr hättet euch euer Leben lang nur von Büchsenfleisch ernährt?

Und genauso lächerlich ist eure Behauptung von der Existenz des mörderischen Gewissens. Es gibt sie nicht. Der ist ein Narr, der an sie glaubt.«

»Nennst du Gott einen Narren?«

»Ihr seid es, die behaupten, dass Er an sie glaubt. Wollt ihr mir etwa einreden, dass auch nur einer von den Zweibeinern, die uns hier umgeben, ein Gewissen hat?«

Langsam beruhigte ich mich wieder.

»Das macht aber auch ihren Charme aus«, fügte ich hinzu. »Ich glaube an das Raubtier im Menschen, an das Recht des Stärkeren, an die Blutsucht der überaus findigen Zweibeiner, denn sie sind nun einmal so erdacht und erschaffen worden. Und wir haben uns dem zu fügen.

Danken wir dem Schöpfer, dass den hiesigen Zweibeinern das Fleisch eines Hundes widerwärtig ist, und Onkel Adolf sogar dazu neigt, allen Tieren ihr natürliches Lebensende zu belassen, da er schon lange Zeit der vegetarischen Ernährung den Vorzug gibt.«

»Mit wem unterhält sie sich denn da?«

Ich hob den Kopf, und sofort wurde mir klar, dass ich meine beiden Gefährten schon lange aus den Augen verloren hatte. Sie waren zu Prinzens Lager zurückgetrabt und hatten sich einträchtig nebeneinander auf seiner Decke niedergelassen.

Prinz sah mich unverwandt an, während Wolf hin und wieder mit der Wurzel seines Schweifes beschäftigt war.

»Ihr habt mir soeben die hervorragende Nachahmung einer meiner Taten vorgespielt«, tastete ich mich behutsam an sie heran. »So weit ich mich entsinne, wart ihr aber doch gar nicht dabei.«

»Natürlich nicht. Aber deine Taten hallen durch alle Zwinger des Landes«, schmeichelte Prinz, »man beginnt bereits, Ruhmeshymnen auf sie zu heulen. Jedem Neugeborenen wird gleich von Anfang an die Blondi als Idol vorgehalten.«

»Das ist ja unglaublich«, dachte ich so unverbindlich wie ich konnte und schaute in die ebenso unverbindlichen Gesichter meiner Gefährten, die sich langsam dem Schlaf zuneigten.

Ja, mit wem hatte ich mich da gerade unterhalten, überlegte ich und dachte an das allererste Gespräch, das ich mit Prinz geführt hatte. War er damals nicht der Meinung gewesen, ich hätte seine Gedanken noch als menschliche Stimme wahrgenommen?

War es möglich, dass er dies nach Gutdünken anwenden konnte? Auch heute noch? Obwohl ich mich doch schon lange an die natürliche Form hündischer Kommunikation gewöhnt hatte und mit großer Selbstverständlichkeit beherrschte.

Ich war zu müde, um noch länger darüber nachzudenken. Nicht einmal die Kränkung, dass sie mich nicht auf ihre Decke eingeladen hatten, machte mir etwas aus.

Irgendwann würde ich schon herausfinden, weshalb sie mir das antaten, besänftigte ich mich und schlief ein.

Tierliebe

Am nächsten Vormittag hörten wir die mächtige Stimme Rattenhubers herumbrüllen. Er hetzte Biesterer vom Gelände in den Zwinger und wieder zurück, blieb selbst aber vorsichtshalber an der großen Tür zur Umzäunung stehen und beobachtete jeden Hund, der ihn passierte.

»Sie werden doch wohl noch einen Rüden von einer Hündin unterscheiden können«, schrie er den armen Biesterer an und trieb ein junges Tier mit seinem dicken Knüppel wieder ins Gelände hinein.

»Hat dieser fette Berserker Onkel Adolf wieder versöhnlich stimmen können?«, dachte ich bedauernd.

»Der soll sein unflätiges Maul nicht so aufreißen, sonst ergeht es ihm genauso wie dem Biesterer«, raunzte Wolf neben mir.

Er zog an mir vorbei, und auch Prinz trabte träge vorüber, erwies mir aber mit einem leichten Kopfnicken seine Referenz.

Hinter mir tauchte Biesterer auf und gab mir einen freundlichen Klaps auf den Hintern. Ich fuhr herum und bellte kurz. Er machte einen Satz rückwärts und sah mich erschrocken an.

»Diese Mistköter sind seit gestern ganz rebellisch«, hörte ich Rattenhuber ihm zurufen.

»Die Hunde sind tatsächlich sehr unruhig. Vielleicht liegt das auch an unserer eigenen Nervosität, Oberführer. Sie überträgt sich unweigerlich auf die Tiere«, rief Biesterer zurück.

»Donnerwetter! Sie hörten den Hundepsychiater«, spottete Rattenhuber. »Die Köter haben zu gehorchen, weiter nichts. Der Führerbefehl lautet, die Rüden von den Weibern zu trennen.«

»Prinz darf seinen angestammten Platz behalten, sagt der Führer. Er sei über das bewusste Alter hinaus«, warf Biesterer ein.

Doch Rattenhuber ließ sich nicht unterbrechen. »Laut Kalender sind die alle läufig. Nur der Wolf und Blondi dürfen, wohin sie wollen. Der Wolf soll ein großer Spezialist im Decken sein, und der Führer will endlich Nachwuchs sehen. Entweder er fickt sie, oder er wird erschossen.«

»Wahrscheinlich wird er so oder so erschossen«, dachte ich erschrocken und setzte Wolf nach, der sich Rattenhuber gefährlich genähert hatte.

»Er steht gerade vor Ihnen, Oberführer«, rief Biesterer und zeigte auf Wolf, der mit gesträubtem Rückenhaar vor Rattenhuber stand.

Der wich sofort zurück und stieß einen erschrockenen Schrei aus, hob aber Gott sei Dank nicht den Knüppel. Inzwischen hatte ich die beiden erreicht und baute mich dicht neben Wolf auf. Sein Leib schien zu einer Stahlsehne geworden zu sein. Langsam senkte er sein Hinterteil und bereitete sich zum Angriff vor.

Ich warf mich gegen ihn und brachte ihn fast zu Fall. Er strauchelte, drehte ab und schritt durch die geöffnete Zauntür ins Freie.

Rattenhuber machte Anstalten zu salutieren, als Wolf und ich nah an ihm vorüberstrichen, verhielt dann aber und blickte uns erstaunt nach, als ich ihn ebenfalls passiert hatte.

»Das ist die Blondi«, hörte ich Biesterer noch rufen, dann hatte ich Wolf eingeholt, und wir trabten einträchtig aus dem ersten Sperrkreis hinaus, erreichten den Wald mit seinen herrlichen Moosinseln und taten, wonach wir uns nach so langer Trennung von Anfang an gesehnt hatten.

Er fuhr wie eine Dampframme in mich hinein, und ich hatte den Eindruck, dass sein Penis umfangreicher geworden war. Er knurrte, grollte, sprang ab und im nächsten Moment wieder auf, rammelte wie von Sinnen und ließ erst ab, als ich ihn verärgert von mir schüttelte.

Er taumelte im Kreis herum, brach in die Knie, urinierte, ohne einen Baum zu suchen und zwar so vehement und andauernd, dass ich glaubte, er hätte sich die Blase zerrissen.

»Du bist ein ganz blödes Hundevieh«, schimpfte ich, »ein gottserbärmlich schlechter Liebhaber bist du! Hältst du mich für irgend so ein stumpfes Hundeloch, auf das du wie auf einen Rammbock losspringen kannst? Und wenn du dem Führerbefehl schon so unterwürfig nachkommen willst, dann solltest du doch wissen, dass man Kinder nicht mit dem Schlaghammer formen kann.«

Wolf hatte sich erschöpft auf den Boden gelegt und glotzte mich verständnislos an.

»Versuch es doch einmal mit einer etwas zärtlicheren Annäherung.«

Er sprang sofort auf.

»Ich meine, wenn du wieder in Form bist«, hielt ich ihn zurück. »Vielleicht haben wir ja dann Glück und Erfolg.«

Ich wälzte mich nach dieser langen Belehrung ausgiebig im Moos und hoffte, auf diesem weichen, kühlen Boden meiner Erregung Herr zu werden. Ehe ich mich versah, war ich eingeschlafen und träumte den Traum von einer langen Zunge, die über mein Fell strich und jedes einzelne Haar erreichte.

Halb verrückt vor Begierde wälzte ich mich auf den

Rücken und sehnte mich danach, dass die Zunge mir über den Bauch und die hinteren Eingänge fuhr.

Zwischendurch fühlte ich sie über Nase und Augen lecken und atmete den seltsam intimen Geruch ein, der eine Mischung zwischen mir und ihm zu sein schien. Langsam und zitternd kam ich auf die Beine, fühlte ihn in mir und dachte, dass der Traum doch noch ein wenig andauern möge.

Es war schon fast Nacht geworden, als wir vor unserem Gelände auftauchten. Rolf Biesterer lehnte am Zaun und hatte einen riesigen, bis zum Rand gefüllten Napf zwischen seinen angewinkelten Beinen stehen.

Wir machten uns über das Fressen her.

»Gutes Fleisch«, dachte ich erlöst. »Nichts Vegetarisches. Was für ein SS-Bub.«

»Gute Qualität«, stimmte mir Wolf zu und gab den Napf immer wieder frei, um mich die besten Brocken aussuchen zu lassen.

»Du bist ja ein Kavalier, mein Großer«, bewunderte ich ihn kauend. »Außerdem sieht dein Rückenfell wieder tadellos aus.«

Ich war so müde, dass ich mich im Zwinger gleich auf den Boden warf und gar nicht wahr nahm, wie Wolf sich widerwillig von Biesterer wegführen ließ.

»Ich habe mich tadellos betragen, obwohl ich den Kerl immer noch nicht riechen kann. Er durfte mich ungeschoren in den provisorischen Rüdenkäfig führen und mich sogar hinter den Ohren kraulen«, erzählte er mir später.

Mehrere Tage lang bekamen wir außer Biesterer niemanden zu Gesicht. Ich persönlich durfte mich frei bewegen, lief bis in den dritten Sperrkreis hinaus, stöberte im dichten Unterholz umher und wurde ab und zu von

Wolf begleitet, der mich immer wieder mit lang andauernder Zärtlichkeit überschüttete.

Enden tat das Ganze aber stets in einer stundenlangen Rammelei, die ihn vollends, mich aber nur selten befriedigen konnte. Gemeinsam war uns nur das Gefühl von überwältigender Müdigkeit.

Nach einem dieser anstrengenden Ausläufe wurden wir eines Abends eingefangen und ziemlich ruppig voneinander getrennt. Rattenhuber griff sich den Wolf, der in seiner Übermüdung gar nicht begriff, wer ihn da am Halsband gepackt hatte, derweil mein SS-Bub mich sanft an die Leine kettete und zur Treppe des Herrenhauses führte.

Dort wurde ich von fast allen Mitgliedern des inneren Kreises erwartet, die beinahe Spalier standen und mich triumphierend begrüßten.

»Was habe ich denn nun wieder angerichtet?«, überlegte ich, während ich taumelnd vor Müdigkeit in das Kaminzimmer geführt wurde.

Dort war eine Reihe von Sesseln in einem Halbkreis um den Kamin gruppiert, und Biesterer versuchte, mich dicht vor dem offenen Feuer zum Sitzen zu bringen. Doch immer wieder entwischte ich ihm und verkroch mich unter den Sesseln, die mich aber mit ihren schmalen Sitzflächen nicht genügend abzudecken vermochten. Oder ich flüchtete unter Beistelltische, auf denen ich die Gläser und Flaschen ins Wanken brachte und von den Damen mit albernen, spitzen Schreien gewarnt wurde. Endlich ließ man mich an der vom Feuer abgewandten Seite eines riesigen Sessels zur Ruhe kommen.

Kaum hatte mein Bauch den Boden berührt, schlief ich auch schon ein. Es war ein seltsamer, überaus hellhöriger

Schlaf. Ich vernahm, wie Freundin Eva in meiner Nähe Platz nahm und ihre beiden fuchsteufelswilden Terrier zu beruhigen versuchte. Immer wieder drückte sie sie unter ihren Sessel und rief ein über das andere Mal ihre Namen.

»Glauben Sie mir, die Blondi macht sie vollkommen narrisch. Foxi und besonders Stasi sind absolut friedliche Tiere, doch wenn sie die Blondi auch nur in der Nähe ahnen, machen sie einen tierischen Krawall. Was hat denn die Blondi überhaupt hier zu suchen? Der Führer fühlt sich gar nicht wohl und wird sich heute abend auf keinen Fall hier sehenlassen.«

»Ich habe Blondi auf ausdrücklichen Führerbefehl herbeiholen müssen und werte das als Zeichen zunehmender Gesundung unseres geliebten Führers«, erwiderte Biesterer.

»Reden Sie keinen Unsinn, Untersturmführer!«, rief Eva zunehmend erbost. »Ich komme eben von ihm und habe mich über eine Stunde seinem blutenden Ohr widmen müssen. Der arme Mann hat unerträgliche Schmerzen und hört fast überhaupt nicht mehr. Ich glaube, es erübrigt sich zu versichern, dass er anderes im Kopf hat, als hier herumzusitzen.«

»Jawohl, gnädige Frau!«

Der verwirrte SS-Bub verbeugte sich steif und übertrieben korrekt.

»Dennoch, ich musste den Befehl ausführen.«

Eva schien ihn sehr eingehend zu fixieren. Dann sagte sie: »Nun gut, jetzt setzen Sie sich her. Passen Sie auf, dass das Paradevieh keine Dummheiten macht.«

Nachdem Biesterer lautstark aus dem Sessel neben mir vertrieben wurde, in dem er sich schon halbwegs niedergelassen hatte, schwieg man eine Zeitlang und blickte ins Kaminfeuer.

Dann nahm der Sekretär das Gespräch wieder auf. »Sie werden es nicht für möglich halten, doch es hat Zeiten gegeben, in denen man Hunde kaltblütig gefressen hat.«

»Gehen Sie, Martin, das ist ja barbarisch, und davon will ich nichts hören.« Eva schüttelte sich angeekelt.

»Die alten Ägypter jedoch ...«

Wieder unterbrach ihn Eva. »Das sind doch auch Semiten, so viel ich weiß. Semiten verabscheuen alles Tierische, und am meisten verabscheuen sie die Natur.«

»Ich denke, unser Freund will uns da etwas anderes sagen«, mischte sich der kleine Krüppeldoktor ein, »denn die Ägypter sind beispielsweise Hundeanbeter. Ihre Göttergestalten besaßen fast alle hündische Köpfe und wurden mit großer künstlerischer Energie geschaffen. Es sind schon bemerkenswerte Skulpturen, und wir können sie heute noch bestaunen.

Dieses uralte Volk gehört keineswegs zur Gruppe der künstlerisch impotenten Semiten, im Gegenteil. Es war deren erbittertster Feind. Der Beweis dafür liegt auf der Hand, denn sie haben dem markantesten Semitenstamm, dem Judenvolk, schon frühzeitig den Platz zugewiesen, der ihm zukam: das Sklaventum.«

»Das ist aber sehr verwunderlich«, ereiferte sich Eva. »Wollen Sie damit sagen, Doktor, dass die Ideen und letztendlich auch Taten unseres Führers schon zu so früher Zeit vorweggenommen wurden?«

»Aber nein, liebe gnädige Frau«, das war das unpersönliche Organ des Überausglänzenden. »Damals handelte es sich um eine Art Versklavung dieser Rasse. Das, was der Führer gegen sie initiiert hat, kann mit der Sklaverei überhaupt nicht verglichen werden. Wir sind da einen gehörigen Schritt weitergegangen und insofern ...«

Das Frauenbein neben ihm stieß kräftig zu.

»Insofern haben unsere Arbeitslager eine ganz andere Kapazität erreicht«, ergänzte jetzt die neben ihm sitzende Dame. »Nicht wahr, Heinrich?«

Er nickte und begann unauffällig die Spuren des Damentritts von seinem rechten Stiefel zu wischen. Alle sahen ihm zu. Auch ich hatte den Kopf gehoben und beobachtete fasziniert, wie sich ein verlegenes, fast knabenhaftes Lächeln auf seinem Gesicht breitmachte.

»Selbstverständlich.«

Sein zustimmendes Kopfnicken wirkte unangenehm übertrieben.

»Dann haben also die Ägypter unserem armen Adolf die Schau gestohlen!«, rief Eva enttäuscht.

»Mit dem Unterschied, dass sie die Juden in ihrer Heimat zur Sklaverei zwangen und sich damit am Ende zugrunderichteten«, warf der kleine Krüppeldoktor ein. »Der Führer dagegen lässt sie im Ausland und unter härteren Bedingungen ihre Arbeit verrichten und wie man leicht erkennen kann, ist die Effektivität eine ungleich größere. Während sich das Judenvolk unter der ägyptischen Herrschaft ungestört und zahllos vermehren konnte, treibt ihnen unser System eine solche Vervielfältigung endgültig aus. Und hier, gnädige Frau, liegt der Unterschied zwischen den Ideen des Führers und denen der, im übrigen lobenswerten, Ägypter. Doch wir sprachen eigentlich von der Tierliebe der Menschen.«

»Oder von der Anbetung der Tiere durch den Menschen«, dachte ich. »Es ist doch seltsam, dass Tiere ihr Dasein heutzutage ungestörter, ja ungefährdeter leben können als Menschen.«

»Es ist bezeichnend, dass sich die Rassen durch ihre Liebe zum Tier unterscheiden«, mischte sich der Überausglänzende erneut ein. »Während die Juden ihrem blutgierigen Gott zuliebe das Opfertier auf barbarische Weise ausbluten und auf dem Altar verbrennen lassen, hat der Germane schon früh seine Liebe zum Tier gepflegt, es sogar zeitweilig zu seinem ebenbürtigen Stallgenossen erhoben.«

»Zum Stallgenossen?«, fragte Eva.

»Ja«, antwortete der Überausglänzende, »die Einfachheit der Lebensweise hat den Germanen schon in frühester Zeit ausgezeichnet. Und das Tier war sein gleichwertiger Lebens- und Leidensgenosse, wenn Sie so wollen.«

»Und meinem Onkel Adolf haben wir es zu verdanken, dass sich die Liebe zu uns ins Unermessliche steigerte«, ergänzte ich lautlos. »Während man uns in alter Zeit ausblutete und verbrannte, dürfen sich heutzutage lediglich die Zweibeiner auf die Schlachtbank legen. Allerdings zu Ehren Onkel Adolfs. Ob er nun aber das Blut seiner Spezies säuft und sich an ihrem verbrannten Fleisch ergötzt, kann ich so genau nicht sagen. Auf alle Fälle ist die Zahl der Opfer, die ihm zum Ruhme dargebracht werden, ungleich größer als das, was in Urzeiten vollbracht wurde.«

»Es ist daher nur natürlich, dass es in unserem neuen Reich keine Tierquälerei mehr geben wird«, fuhr der Überausglänzende fort, »aber auch hier behalten wir lediglich eine germanisch deutsche Tradition bei.

Als Friedrich der Große aus blutiger Schlacht heimkehrte und ihm mitgeteilt wurde, dass einer seiner Hunde gestorben sei, schloss er sich im Zimmer ein und weinte die ganze Nacht. Im Grunde hatten ihn die Menschen enttäuscht, und er trauerte nur noch um seine Hunde.«

»Neugierig bin ich, aus welcher blutigen Schlacht er

damals heimgekehrt ist«, fragte ich mich, »und ob er sie verloren oder gewonnen hat.«

»Auch Schopenhauer sagte schon«, ergänzte der Krüppeldoktor, »wer nie einen Hund gehalten hat, weiß nicht, was Lieben und Geliebtsein heißt.«

»Ein Mann von der Größe eines Bismarck«, übernahm nun wieder der Überausglänzende, »sagte einst von einem seiner Lieblingshunde, der nach einer wohlverdienten Züchtigung gestorben war, er habe nichts Lieberes in seinen Armen gehalten. Und noch über zwanzig Jahre später, auf seinem Sterbebett, erinnerte er sich voller Rührung an seinen treuen Wegbegleiter.«

»Ich will hoffen, dass Onkel Adolf seine Anhänglichkeit zu mir nicht in ähnlicher Weise zelebriert«, sinnierte ich und nickte wieder ein.

»Mein Gott!«, überfiel es mich im Halbschlaf, »gleich werde ich Ihn wieder am Hals haben.«

Das große, hallende Schwimmbad, das ich in meiner hauptstädtischen Kindheit so oft besucht hatte, stieg vor mir auf, mit einem vielstimmigen »Mein Gott!«, das sich als Echo an den Wänden brach, als sich ein zartgliedriges Kind vom Fünfmeterbrett in die Fluten gestürzt hatte, mit der Stirn auf der Wasseroberfläche aufgeschlagen und fast augenblicklich gestorben war.

Ein zufälliger, dümmlicher Tod, der mich an die herumfliegenden Kugeln und Granatsplitter erinnerte, die sich wahllos ihr Ziel suchten.

Solche Katastrophenbilder waren stets das erste Zeichen, dass Er sich mir näherte und mit seinem tiefen, raffiniert abgestimmten Organ meine Aufmerksamkeit erzwang.

»Mein armes, geschlagenes Kind«, würde Er beginnen, »du hättest deinem Onkel Adolf schon lange beibringen sollen, dass es seine Aufgabe ist, die Zerstörung der Schöpfung einzuleiten. Er ist der tödliche Bazillus dieser Welt, den ich ihr hinterlasse, wenn ich ihr endgültig den Rücken gekehrt habe.

Schon seit geraumer Zeit habe ich einen Vernichtungsprozess in Gang gesetzt, gegen den sich sein Wüten wie ein armseliger Ameisenschiss ausnimmt. Er ist nichts als ein bereits zur Seite geschobenes Werkzeug, das seine Aufgabe erfüllt hat.

All seinen Nachahmern wird noch genügend übrigbleiben, um ihre Wut befriedigend austoben zu können. Und es wird ein lautes Lachen über den Globus schallen, wenn ihr Tun in Selbstzerstörung mündet und ihre blutige Sucht vor ihrem eigenen Leben nicht Halt macht.

Schade nur, dass ich diesen Erdball dann längst verlassen und mich anderen, kostbareren Erfindungen zugewandt haben werde. Sage es ihm und lasse dich danach von mir einfangen, lass dich in neue, viel gelungenere Gefilde entführen, in denen die wohlschmeckendsten Hundekuchen, das Rindfleisch fettester Ochsen nur die geringsten Angebote einer befriedeten Welt darstellen.«

»Ich habe Hundekuchen schon seit Ewigkeiten nicht mehr angerührt, und das Paradies, in dem fettestes Ochsenfleisch enthusiastisch von Dir angeboten wird, ist sicher kein Paradies für die Ochsen«, stellte ich fest. »Eine Verheißung aber, die nur für einige Deiner Wesen das Paradies ist, trägt von vornherein den Keim der Zerstörung in sich und unterscheidet sich in keiner Hinsicht von Deinem hiesigen Erdball.

Nein, mir gefällt es doch ausnehmend gut auf Deinem blauen Diamanten, und wenn Du Onkel Adolf dazu bringen könntest, in den wohlverdienten Ruhestand zu treten, oder gar, sich von hier zu verabschieden, so wäre uns allen geholfen, wie ich glaube. Auch Dir, dem im Moment zu unserem stinkenden, qualmenden Planeten nichts mehr einfällt.

Wenn aber der Rauch sich einmal verzogen hat und die Sonne wieder auf unzerstörtes Gewächs trifft, wirst Du auf neue Weise von Deiner Schöpfung überzeugt sein und auch uns Hunden einen größeren Anteil an Mitspracherecht unter Deinen Lebewesen einräumen.«

»Gut gesagt, mein kleines Mädchen, mach nur weiter«, hörte ich jetzt die langersehnte Flüsterstimme an meinem Ohr. »Eines Tages wird sein Interesse an dir und deinen Vorschlägen über seine Vernichtungswut hinauswachsen. Er wird dir zu Willen sein, wie einst Miriam ihn überzeugen konnte. Lass nicht nach. Sein Volk wird es dir danken.«

»Ach, mein Maimun, liebt Er Sein Volk denn noch?«, fragte ich in die lichter werdende Dunkelheit hinein.

Ich bekam keine Antwort. Statt dessen zerrte etwas an meinem Ohr, und ein seltsam anschwellender Schmerz, verbunden mit einem kreischenden Dröhnen, ließ mich ruckartig auffahren.

Evas Hunde hatten sich an meinen Ohren festgebissen und ließen sich auch durch scharfe Befehle nicht dazu bewegen, von mir abzulassen. Kurz entschlossen schnappte ich nach Stasis linker Vorderpfote und biss leicht zu. Sofort war mein eines Ohr frei und ein langgezogenes Geheul erfüllte den Raum. Auch Foxi gab umgehend auf, nachdem ich mich ziemlich deutlich mit seiner dünnen Bauchbehaarung beschäftigt hatte.

Jetzt mischte sich Eva ein. Schimpfte mich ein »rabiates Kalb«, das sogleich zubiss und keinen Spaß verstand. Man könne die Hunde künftig nicht mehr zusammen in einem Raum lassen.

Währenddessen strich eine sehr feuchte, heiße und zittrige Hand unablässig über meinen Rücken, verteidigte mein Recht, mich zur Wehr zu setzen und stimmte seiner Freundin zu, die Hunde künftig auseinanderzuhalten. Auch unter ihnen gäbe es verschiedene Rassen und demzufolge ähnliche Probleme wie bei »unsereinem«.

Ob er glaube, dass ihre Terrier zu den minderwertigen Arten gehörten, wollte Eva wissen.

Sie seien nun einmal kleiner an Wuchs, und ihr gelocktes Fell ließe doch eher auf eine typisch südländische Herkunft schließen. Womit er nicht behaupten wolle, dass sie asiatischer Herkunft seien. Es gäbe ja auch noch Landstriche dazwischen. Beispielsweise die italienische oder auch die spanische Halbinsel.

Die Gesellschaft fing leise an zu kichern, und Eva stand auf.

»Dann werde ich wohl meine beiden kleinen Juden entfernen müssen«, sagte sie traurig und Onkel Adolf rief ihr nach, dass sie ihn ganz und gar missverstanden hätte. Nicht an das asiatische Gesocks, sondern höchstens an den schwarzgelockten Italiener hätte er gedacht, und diese Spezies sei ja nach wie vor mit ihm verbündet.

Eva verließ wortlos mit ihren Hunden den Raum, und sogleich brach ein schallendes Gelächter los, das sich Onkel Adolf nach einer Weile verbat. Man solle doch bedenken, argumentierte er, dass sich auch kleine Hunde nützlich machen könnten, sofern sie nicht einer allzu unbestimmbaren Sorte von Mischlingen angehörten.

Er selbst wisse, dass Terrier verbissene Jagdhunde seien, die, wenn fachmännisch dressiert, sogar für größere Hundearten gefährlich werden könnten. Man solle darüber nachdenken, ob es nicht bezüglich der heutigen, schicksalhaften Auseinandersetzung eine Möglichkeit gäbe, sie gemäß ihrer Eignung nützlich zu verwenden.

Onkel Adolfs Handbewegungen verstärkten sich zu einem zitternden Klopfen und enervierten mich derart, dass ich zur anderen Seite des Sessels wechselte, da sein in der Schlinge ruhender Arm noch bewegungsunfähig war.

Außerdem trug er noch immer seinen unförmigen Wattebausch am Ohr und seine Gesichtsfarbe hatte einen gelben Schimmer. Warum war er dennoch zum abendlichen Plausch im Kaminzimmer erschienen? Und weshalb hatte er mich hierher befohlen? Er, der so ausdauernd mit sich allein sein konnte?

Tage, ja Wochen sogar, hatte er mich aus seiner Nähe verbannt. Hatte getan, als gäbe es mich nicht. Und auf einmal hielt er es keine Stunde ohne meine Gegenwart aus?

Ständig suchte er den körperlichen Kontakt, fingerte in einer Tour an mir herum, ja, griff mir sogar in die Lefzen, weil er seine Hand nicht mehr so genau dirigieren konnte. Danach verzog er das Gesicht und wischte meinen Speichel an seinen Hosenbeinen ab.

»Ein seltsam liebebedürftiger Mann«, dachte ich und betrachtete ihn ohne jede tierische Scham.

Aus seinem aufgeschwollenen Gesicht quollen rotentzündete Augen, die trübe in die Runde starrten. Nichts war mehr von der eiskalten, stählernen Bläue zu sehen, die seinem ganzen Ausdruck die erschreckende Autorität verlieh.

Warum war er so anlehnungsbedürftig geworden? Und warum hatte er mich dazu ausgesucht? Mich, den Hund, das unterwürfige Wesen, dem er erst recht nicht seine wachsenden Sorgen mitteilen wollte? Oder war es der Zwitter in mir, die gefährliche Mischung aus tierischer und menschlicher Intelligenz, die ihn so anzog?

Prinz, dem ich meine zunehmenden Ängste vortrug, verweigerte das Gespräch. Hörte sich zwar alles, auf seiner bequemen Decke liegend, an, stellte aber nur einsilbige Fragen und schwieg, wenn ich nach seiner Meinung verlangte.

Die Tage waren von träger Ereignislosigkeit geprägt, obwohl wir Hunde unter immer größerer Spannung und Unruhe litten.

Meine Spazierläufe wurden großzügig akzeptiert, und hin und wieder wurde mir auch Wolfs Begleitung gestattet, da er sich wie ein leidenschaftlicher Liebhaber gebärdete und oft unerträglich und sehr ausdauernd jaulte, wenn er nicht mitlaufen durfte. Wir hatten unseren Spaß daran, die uns beaufsichtigenden Zweibeiner zu beunruhigen.

Oberführer Rattenhuber hatte seinen ehemaligen Posten als Chef des Sicherheitsdienstes wieder eingenommen. Reichshundeführer Tornow, endgültig von seinem Leitersturz genesen, war zurückgekehrt, ließ sich aber bereitwillig von Rolf Biesterer, meinem SS-Buben, assistieren.

Anfangs war ich recht peinlich berührt von unserem Wiedersehen, als ich aber feststellte, wie distanziert höflich Tornow sich gegen mich betrug und mit seinem mir so sympathischen Assistenten erschien, wenn er uns aufzusuchen hatte, ließ meine Beunruhigung nach. Ich gewöhnte mich daran, den SS-Bub als Mittler zwischen uns zu betrachten.

Eine Abwechslung bildeten lediglich die abendlichen Kamingespräche, zu denen ich stets geladen und herbeigeschafft wurde, da man immer annehmen musste, Onkel Adolf würde sich irgendwann im Laufe des Abends sehenlassen und seinen Platz in dem hohen Ledersessel einnehmen.

Seltsam, kaum hatte ich es mir unter seinem Sessel bequemgemacht, überkam mich diese wohltuende Trägheit, die mich auch oft während meiner Spazierläufe überfiel, so dass ich sie kurzerhand abbrach und in den Zwinger zurückkehrte. Ich fiel in einen oberflächlichen Schlaf, in dem ich mühelos der Unterhaltung um mich herum folgen konnte.

Kamingespräche

Die Sitzgelegenheiten waren nur spärlich besetzt. Eva war mir schon beim Betreten des Kaminzimmers mit ihren Lieblingen Stasi und Foxi begegnet, die von ihr hinausgeführt wurden. Ihre Schwester Gretel aber, so wie Gruppenführer Fegelein und Marga, die Frau des Überausglänzenden, hatte ich auf den übrigen Sesseln erkennen können.

Auch das zu kurz geratene Bein des kleinen Doktors nebst seiner Gattin fiel mir auf, als ich, fast schon im Halbschlaf, unter dem Sessel zum Liegen kam. Wieder standen ihre hellbestrumpften Beine fest auf dem Boden, während sein klobiger Fuß hilflos in der Luft baumelte.

»Es ist schon einzigartig«, hörte ich den Doktor sagen, »mit welcher Konsequenz Ihr Gatte sich der Rassenfrage widmet. Und welch unerhörter Erfolg seiner Arbeit beschieden ist. Wenn ich mir das strohblonde junge Volk mit seinem schlanken, hohen Wuchs in seinen Zuchtburgen betrachte, überkommt mich eine heilige Scheu vor der in uns wohnenden Glut, die er nur anzuhauchen braucht, um sie hell auflodern zu lassen. Dieses erkannt und belebt zu haben, wird ihm einen unauslöschlichen Platz in der Liste nationalsozialistischer Heldenverehrung verschaffen.«

»Je nun«, ließ sich Marga vernehmen.

Ihre Stimme hatte einen verheerend blechernen Klang und schien zusätzlich von einer Halskrankheit behindert zu sein.

»Je nun. Er ist nun einmal auf dem Lande groß geworden und hat sich vornehmlich der Viehzucht gewidmet, da lernt man ohne viel Aufhebens, was dazu nötig ist.«

»Und Sie glauben, dass die Aufzucht von Mensch und Vieh in einen Topf gehört? Das ist doch aber eine äußerst kühne, um nicht zu sagen, respektlose Idee, die Sie da hörenlassen.«

»Je nun, was entsetzt Sie denn daran so sehr, lieber Doktor?«, erwiderte Marga. »Es wäre doch geradezu von tartüffischem Gebaren, wollte man die Ähnlichkeit des Vorgangs abstreiten. Man hievt den Bullen auf eine Kuh und lässt ihn seine Sache verrichten. Man steckt den flachsblonden Jüngling ins Bett einer blonden Maid und lässt ihn ebenfalls seine Sache verrichten.

Allenfalls unterscheiden sie sich durch die Arbeitsstellung, die sie einnehmen, aber auch in dieser Hinsicht gibt es, je nun, oft überraschende Annäherungen.«

Hellwach hob ich den Kopf und spürte gleichzeitig ein leises Ziehen in der Bauchgegend.

»Nun, es mag gewisse Parallelen geben, die hin und wieder verblüffen, doch von der Größe der Idee her ist jeder Vergleich mit der Aufzucht von Schlachtvieh geradezu eine Blasphemie«, widersprach der Doktor nachdrücklich, »und solches Gedankengut sollte auf keinen Fall in die Öffentlichkeit getragen werden, liebe Frau Marga. Darüber hinaus wird Ihr Heinrich solche Gedanken auch nicht gerade zu schätzen wissen.«

»Mein Heinrich weiß sehr genau, wofür er seine lupenreine Zucht zu verwenden hat. Er mag zwar äußerlich ein wenig kurzsichtig wirken, je nun, aber das täuscht doch ungemein. Und was haben Sie dagegen einzuwenden, Doktor? Gewiss, der Mensch, vor allem der von germanisch deutschem Ursprung, kann zu Höherem verwendet werden, ist aber auch durchaus, wie sagten Sie so trefflich, als ›Schlachtvieh‹ zu gebrauchen. Denn was tun wir denn im Augenblick mit ihm? Gezwungenermaßen, je nun, aber wir tun es.«

»Der Ausdruck ›Schlachtvieh‹, den Sie so deplaziert verwenden, ist von mir ganz eindeutig gebraucht worden. Ich verbitte mir daher jede anderweitige Deutung Ihrerseits!« Der kleine Krüppeldoktor war empört aufgesprungen und stellte sich vor dem Sessel Onkel Adolfs auf, so dass ich Frau Marga nur noch durch seine Beine hindurch im Blick hatte.

»Mein Heinrich scheint da ganz erheblich unsentimentaler zu sein«, setzte Frau Marga ungerührt hinzu. Ich habe Ihnen eine ganz sachliche Frage gestellt, Doktor und bitte Sie, mir diese auch sachlich zu beantworten: Hat mein Heinrich diese Brutstätten zur Aufzucht von künftigen Soldaten eingerichtet? Ja oder nein?«

»Diese Frage ist schon deshalb Schwachsinn, weil wir das Geschlecht der Nachkommenschaft gar nicht steuern können«, wich der Doktor aus.

»Je nun, selbst eine nur fünfzigprozentige männliche Ausbeute wäre bei dieser Produktionsintensität doch ein enormer Erfolg. Das werden Sie nicht leugnen wollen, Doktor? Unser Führer selbst hat stets wiederholt, dass dieser Krieg einen Schicksalskampf unseres Volkes darstellt und sich durchaus über einen Zeitraum von etwa hundert Jahren hinziehen könne. Je nun, da gehört es doch gerade zur Pflicht unserer Bevölkerungsplaner, Masse und Qualität unseres Nachwuchses mit allen Mitteln zu steigern.«

»Formulieren Sie das, wie Sie wollen. Es mag ja unumgänglich sein, solche Produktionsstätten einzurichten, wobei ich auch da immer mehr auf die rassische Qualität, als auf Quantität setzen würde.«

»Auf beides, lieber Doktor, auf beides, würde Ihnen mein Heinrich antworten, wenn er jetzt anwesend wäre«, warf Frau Marga ein.

»Trotzdem werde ich niemals diesen scheußlichen Vergleich, den Sie hier so angelegentlich verteidigen, akzeptieren«, fuhr der Krüppeldoktor mit vor Erregung bebender Stimme fort.

»Ein Mensch bleibt immerhin ein Mensch und ein Hund«, er drehte sich um und zeigte auf mich, »bleibt ein Hund.«

Damit verließ er den Raum und schlug die Tür ziemlich kräftig hinter sich zu.

»Ich habe ihn weiß Gott nicht erzürnen wollen«, sagte Frau Marga nach einer Weile.

»Er hat aber auch ewig solche idealistischen Sprüche parat. Je nun, ich weiß nicht so recht, ob er sie selbst noch ernst nimmt.«

Das leise Lachen einer jungen Frauenstimme machte mich neugierig, und so schob ich meinen Kopf ein wenig unter dem Sessel hervor. Neben Fegelein saß eine junge, stattliche Dame, die im Laufe des Gesprächs stets mit Gretel angesprochen wurde. Fegelein hatte den Arm um sie gelegt und gab sich amüsiert.

»Hat sich denn der Reichsführer wirklich speziell für

die Viehzucht interessiert? So weit mir bekannt ist, war die Landwirtschaft doch nur eine Feierabendbeschäftigung für ihn«, wollte Fegelein wissen.

»Wäre er doch nur bei der Landwirtschaft geblieben, Fegelein«, seufzte Frau Marga.

»Er hätte sich zu einem tüchtigen Ökonomen entwickeln können. Sie glauben gar nicht, was für ein sanfter Mensch er war, als ich ihn kennenlernte. Erst seine spinnerten Ideen haben ihn zu dem gemacht, was er heute ist. Ich will zwar das ungewöhnliche Niveau dieser Ideen nicht bestreiten, aber es hätten niemals die seinen sein dürfen«, klagte sie. »Diese Einfälle, je nun, wie soll ich sie beschreiben, waren Einfälle, die einem geborenen Mörder gehören sollten, aber mein armer Heinrich ist das ja nun ganz und gar nicht, glauben Sie mir. Ich würde ihn eher«, sie stockte einen Augenblick, dann setzte sie hinzu, »je nun, als einen angelernten Mörder bezeichnen.«

»Wollen Sie damit sagen«, warf Fegelein lachend ein, »er sei so etwas wie ein Dilettant auf diesem Gebiet?«

»Nein, das träfe es nicht«, widersprach Frau Marga, »obwohl es dem, was ich meine, schon sehr nahekommt. Auch der Ausdruck ›Mörder‹ gibt nicht wirklich wieder, was ich sagen will. Sicher, wir brauchen die sogenannten Vollstrecker in diesem schweren Schicksalskampf. Aber mein Heinrich hätte sich, was das angeht, mehr zurückhalten sollen. Die Ideen hätten genügt.

Er hätte sie nicht auch noch in die Tat umsetzen dürfen. Das konnte niemals sein Terrain sein, verstehen Sie? Auf diesem Gebiet ist und bleibt er ein ›Angelernter‹. Einer, der nie in diese Nachtschwärze hätte eindringen dürfen. Das hätte er lieber dem Heydrich und seiner Frau überlassen sollen.«

»Ich glaube, Sie sind da völlig auf dem Holzweg, gnädige Frau«, ließ sich Fegelein vernehmen, während er die immer stärker kichernde Gretel im Arm hielt.

»Die stillen Heldentaten unserer Truppe hinterlassen zwar viele hässliche Spuren, sind doch aber die Konsequenz einer geradezu königlichen Ideologie.«

Er schien Gretel am Rücken zu kitzeln, denn sie kicherte immer stärker und versuchte, sich aus seinem Arm zu lösen.

»Das mag ja alles seine Richtigkeit haben. Ich wäre die letzte, die unserem Führer hässliche Dinge nachsagen würde. Diese Schmutzarbeit muss nun einmal gemacht werden. Aber, je nun«, sie seufzte und sah missmutig vor sich hin.

»Was wollten Sie denn sagen, gnädige Frau«, stichelte Fegelein, während Gretel jetzt kurz auflachte.

Frau Marga blickte erschrocken hoch.

»Was wollten Sie sagen?«, wiederholte Fegelein immer frecher.

»Je nun«, sagte Frau Marga schließlich, »man hätte meinen Heinrich nie damit betrauen dürfen.« Ihre Stimme wurde zunehmend tiefer. »Das hat ihn zu einem armseligen, aufgeblasenen Wicht werden lassen. Schauen Sie doch einmal hin, Fegelein, wie liebedienerisch er sich in Gegenwart unseres Führers aufführt. Wie er sich als martialischer Henker gebärdet, der er gar nicht ist. Das ist doch im höchsten Grade lächerlich.

Lachen Sie nicht so blöde, Fegelein. Er ist es doch, der seinen Mannen jederzeit und in jeder Hinsicht mit gutem Beispiel vorangehen will. Wenn er sich dann auch noch in sexueller Hinsicht wie ein Pfau aufbläst und alle Damen in seiner Umgebung schwängern möchte, so hat das doch ein immer peinlicheres Ansehen.«

»Bedenken Sie, gnädige Frau, was der Reichsführer fortwährend predigt: ›Ein Mann hat die Fähigkeit, zehn Frauen und mehr in nur einem Jahr zu schwängern. Die Frau dagegen kann es mit zehn Männern in einem Jahr doch nur zu einer Schwangerschaft bringen‹.«

»Das ist nun einmal in der Natur so vorgesehen«, ergänzte Gretel, »dagegen ist selbst der Führer machtlos. Welche Frau kann denn Zehnlinge werfen? Und selbst wenn sie das auf einen Schlag fertigbrächte, so wäre das doch stets die Ausnahme.«

»Bei einer Hündin wäre das der normale Ablauf«, dachte ich und spürte wieder dieses Ziehen in den Eingeweiden.

»Mäßigen Sie Ihren Spott!«, rief Frau Marga aufgebracht. »Ihre bedauernswerte Schwester hätte doch zu gern einen kleinen Adolf geworfen, wie Sie sich auszudrücken belieben, doch der Führer hat sich ja keineswegs an das nationalsozialistische Gebot vom Kinderreichtum gehalten.«

»Um der Einmaligkeit willen, gnädige Frau«, warf Fegelein lachend dazwischen. »Stellen Sie ihn sich mit einem sabbernden Säugling auf dem Arm vor, den er liebevoll abküsst, oder der es sich nicht nehmen lässt, dem Kind die Windeln zu wechseln. Halten Sie sich die bebilderten Artikel vor Augen: Der Führer säubert den Popo seines allerliebsten Sohnes, der ihm wie aus dem Gesicht geschnitten ist.

Damit ginge die einmalige Autorität des Führers restlos verloren. Ich kann mir nicht denken, dass es einen anderen Grund geben sollte, seinen Anteil an der Volksvermehrung zu verweigern.«

»Sie reden Unsinn, Fegelein«, entgegnete Frau Marga. »Auch mein Heinrich hat seinen Anteil an Kindern gezeugt. Mehr, als mir lieb war. Ich weiß bis zum heutigen Tag noch nicht, wie er das fertiggebracht hat, ohne dass jemand Genaueres davon mitbekommen hat.

Je nun, wenn meinem Reichsheini eine so konsequente Geheimhaltung gelang, hätte sie doch unserem Führer mindestens ebenso gut gelingen müssen. Sie wissen das sicher am besten, der Sie doch sein intimster Vertrauter sind.«

»Da bin ich nicht so sicher«, entgegnete Fegelein. »Auch wenn Sie Ihren Gatten als einen ›Angelernten‹ bezeichnen, so hat er es doch gehörig hinter den Ohren. Man weiß nie, mit wem er im Augenblick die geheimsten Themen diskutiert.«

»Machen Sie aus ihm nicht den lieben Gott. Er ist und bleibt der armselige, kleine Spießer, der er immer war«, warf Frau Marga hin, und Gretel quittierte das mit einem lautstarken Lachen. »Ja, mein Lieber, er ist ein ›Angelernter‹. Einer, dem seine Theorien und Taten über Kopf und Nerven gewachsen sind. Ich weiß ein Lied davon zu singen und wünsche meinem ärgsten Feind nicht, nachts neben ihm im Bett zu liegen, wenn ihn seine Alpträume überfallen. Haben Sie einmal einen Menschen kennengelernt, der im Schlaf glasklar zu formulieren imstande ist und seine Sätze mit unmenschlicher Lautstärke herausschleudert?«

Gretel fing wieder zu kichern an.

»Lachen Sie nicht«, wandte sich Marga direkt an sie. »Die Juden scheinen ihm mehr anzutun, als er sich am Anfang vorstellen konnte. Sie ziehen ihn in eine Hölle hinein, die er nicht verkraften kann. Nehmen Sie ihn also als das, was er ist, ein kleingewachsener, kurzsichtiger, zwischen den Beinen mittelmäßig bestückter Kerl, der sich zum Schöpfer der hochgewachsenen, blonden Herrenrasse aufspielt. Ich kenne ihn lange genug, um sagen zu können, dass er mich in all den Jahren unseres Zusammenlebens auf keinem Gebiet nachhaltig befriedigt hat. Es muss übel stehen um eine Bewegung, die auf solche Leitwölfe angewiesen ist.«

Ich fuhr herum und verbarg mich sofort wieder unter dem Sessel. Die Tür hatte sich rasch und beinahe lautlos geöffnet und der Überausglänzende war eingetreten.

Er sah sich hastig um und teilte danach leise mit, dass der Doktor schon seit einer ganzen Weile mit dem Führer im kleinen Konferenzzimmer zusammensitze. Er könne sich einfach nicht vorstellen, was die beiden Herren so lange zu besprechen hätten. Was der Hund denn im Augenblick hier zu suchen hätte?

Fegelein informierte ihn, dass ich auf Befehl des Führers hier herumlungere, wie er sich ausdrückte, da er vorhabe, der abendlichen Runde vor dem Kamin beizuwohnen, so es sein Gesundheitszustand erlaube. Und bisher sei noch keine gegenteilige Order gegeben worden.

»Dann möchte ich darum bitten, dass uns wenigstens die Damen für eine kleine Weile entschuldigen«, sagte der Überausglänzende und schritt unruhig im Raum umher.

Wieder konnte ich nur an seiner Kopfhaltung erkennen, dass er mich fortgesetzt beobachtete, denn seine Augen verbargen sich nach wie vor hinter der dickglasigen blitzenden Brille.

Ich fing an zu zittern. Was hatte dieser unscheinbare Mann nur an sich, dass mich bei seinem Anblick stets Panik erfasste, mich in seiner Gegenwart sofort diese todtraurigen Melodien überfielen, so dass ich mir am liebsten die Ohren hätte ausreißen mögen?

»Stell dich nicht so an, Heinrich«, fuhr seine Gattin auf. »Als wüssten wir nicht alle, dass der Kampf zwischen dem

Doktor und dir längst seine kritische Phase erreicht hat. Wenn du also klug bist, nimmst du am besten jede Hilfe an, die sich dir bietet.«

»Ich würde mich in die größte Verlegenheit bringen, wenn ich so schwerwiegende Vorentscheidungen in Gegenwart von Leuten ausspräche, die nicht zum engeren Kreis des Regierungsstabes gehören«, antwortete der Überausglänzende ungewohnt demütig und fügte hinzu, dass auch seine Frau seiner Bitte stattgeben und sich entfernen möge. Er bäte noch einmal um Verständnis.

Gretel erhob sich sofort, nachdem sie von Fegelein mit eindeutigen Gesten dazu aufgefordert wurde, während Frau Marga dicht an ihren Mann herantrat.

»Ich wünschte, wir könnten für eine Weile diesen Ort verlassen und nach Hause zurückkehren«, sagte sie und in ihrer Stimme schwang eine leise Warnung mit.

Dann hakte sie sich bei Gretel ein und verließ mit ihr zusammen den Raum.

Der Überausglänzende sah ihr mit spürbarem Missbehagen nach, dann fixierte er mich erneut und begann zu sprechen.

»Dieses Tier macht mich nervös«, sagte er leise. »Ich habe ewig das Gefühl, der Führer hält sich in der Nähe auf, wenn ich ihrer ansichtig werde.«

Ich lag starr am Boden und wagte kein Glied zu rühren.

»So manches Mal werde ich den Gedanken nicht los, Blondi könne jedes Wort verstehen, das wir von uns geben.«

Fegelein fing leise zu lachen an.

»Sie wieselt ja auch ständig um den Führer herum. Man könnte beinahe glauben, bei den beiden handele es sich um ein heimliches Liebespaar.«

»Ich verlange Respekt, Fegelein.« Der Überausglänzende sah ihn bedrohlich an. »Respekt vor unserem erhabenen Führer. Ich erwarte, dass Sie sich auf der Stelle für Ihre unverschämten Äußerungen bei mir entschuldigen«, sagte er schneidend.

»Ich bitte ergebenst um Entschuldigung, Reichsführer!« Fegelein nahm militärische Haltung an.

»Sehr gut, setzen Sie sich!«

Folgsam wie ein Kind suchte sich Fegelein einen Platz in meiner Nähe aus. Der Überausglänzende setzte sich ihm gegenüber auf den unbequemsten Stuhl des ganzen Raumes. Er machte den Eindruck, als berühre sein Hinterteil kaum die Sitzfläche.

»Gruppenführer«, begann er, »wir haben ein ernsthaftes Problem. Sie wissen, dass der Doktor nach dem Attentat auf den Führer auffällig lange schwieg, ehe er sich entschloss, die Nachrichten darüber öffentlich werden zu lassen. Trotz dringender und mehrfach wiederholter Aufrufe unsererseits hat er ungewöhnlich lange damit zurückgehalten.

Erst, als er sicher sein konnte, dass der Führer den Mordanschlag überlebt hat, ließ er diese Tatsache und seine gewohnten Kommentare in die Öffentlichkeit tragen. Ich denke, er tat das aus einem sehr einfachen Grund. Können Sie mir folgen?«

»Gewiss Reichsführer, gewiss«, versicherte Fegelein.

»Dann sagen Sie mir, was Sie davon halten?«

Der Überausglänzende fixierte mich von neuem, obwohl ich nicht ganz sicher war, wen von uns beiden er gerade im Visier hatte.

»Ich könnte mir vorstellen, dass der Doktor mehrere Fassungen vorbereitet hatte, die er entsprechend dem jeweiligen Ausgang nutzen konnte«, sagte Fegelein überaus eifrig.

»Können Sie sich weiterhin vorstellen, dass er auch ein geglücktes Attentat miteinbezog?«

»Das könnte ich mir vorstellen, Reichsführer.«

»Dann frage ich mich, wie sein Vorschlag einer Nachfolge unseres Führers gelautet hätte. Haben Sie eine plausible Idee?«

»Oh ja, aber ich wage nicht …«

»Wagen Sie es, Gruppenführer«, unterbrach ihn der andere, und sein Kopf schwenkte zu Fegelein hinüber.

»Wie gesagt, ich bin mir noch keineswegs sicher, aber alles deutet darauf hin, dass er die alleinige Lösung in seiner Person sieht«, vollendete Fegelein.

»Das haben Sie gesagt.«

Ich glaubte, ein leichtes Zucken um die Mundwinkel des Überausglänzenden wahrzunehmen.

»Wie auch immer«, fuhr er fort, »der Führer hört ihn stundenlang an, obwohl er um dieses geheimnisvolle Schweigen weiß, obwohl er sich in der Wolfsschanze maßlos darüber aufgeregt hat. Ich bin sehr beunruhigt, Gruppenführer.«

»Der Doktor muss sehr einleuchtende Erklärungen für sein Schweigen gefunden haben, denn der Führer ist seit dem infamen Anschlag äußerst misstrauisch geworden und verdächtigt mitunter sogar engste Mitarbeiter«, überlegte Fegelein.

»Was also glauben Sie, hätte diese Erklärung überzeugend machen können?«

»Da bin ich leider überfragt, Reichsführer.«

»Ließe sich das eventuell herausfinden?«

»Möglich, Reichsführer.« Fegeleins Stimme nahm einen immer reservierteren Ton an.

»Wie stehen Sie zum Doktor?«

»Neutral, Reichsführer.«

»Dann beauftrage ich Sie zu untersuchen, weshalb er so lange geschwiegen hat und wem er im Falle eines unglücklichen Ausgangs des Attentats die Führung des Reiches zuerkannt hätte. Ich werde Ihnen jeden Mann der Sicherheitspolizei, auf den Ihre Wahl fällt, zur Verfügung stellen.«

»Ich danke Ihnen, Reichsführer.«

Der Überausglänzende erhob sich und ging zur Tür.

»Eine Frage noch, Reichsführer.«

»Ja, bitte?«

Wieder hatte ich das Gefühl, dass er nur mich anstarrte.

»Haben wir den Krieg verloren?«, fragte Fegelein, und ich konnte seiner Stimme die Erregung anmerken.

Der Überausglänzende sah mich direkt an, und für einen kurzen Augenblick glaubte ich, seine Augen erkennen zu können, da er sich nicht geschickt genug ins Licht gestellt hatte.

»Kümmern Sie sich mit aller Kraft um das, womit ich Sie soeben beauftragt habe. Und schaffen Sie endlich dieses Tier hier raus.«

Er schloss die Tür hinter sich, und Fegelein bückte sich zu mir herunter.

»Na, du Raubtier, was macht dein Liebhaber?«, sagte er und versuchte, mich unter dem Kiefer zu kraulen.

Ich gab mein wirkungsvollstes Knurren von mir, und er stand sofort auf.

»Du willst mich doch nicht etwa auch in den Schwanz beißen?«, fragte er lachend und schritt zur Tür.

»Los, mach, dass du in deinen Zwinger kommst.«

Damit öffnete er die Tür, und ich machte mich auf den Weg zu meinen Genossen.

»Langsam beginne ich, zum öffentlichen Ärgernis für die Zweibeiner zu werden«, gab ich Prinz und Wolf zu verstehen.

»Niemand scheint mich dort drüben zu mögen. Wisst ihr, wessen man mich bezichtigt? Ich sei die Geliebte Onkel Adolfs. Einem Mann wie ihm so etwas in die Schuhe schieben zu wollen!«

»Sämtliche Gesetze würden sich dagegen aufbäumen«, stimmte Prinz mir zu. »Es sei denn, der Geschlechtsverkehr zwischen den Zwei- und Vierbeinern ist in ihnen ausdrücklich toleriert, woran ich zweifle, wenn du erlaubst. Der Kreis rassischer Vermischung unter den verschiedenen Abstammungen scheint mir doch zu eng gezogen zu sein, und ihre Verbote beziehen sich sogar schon auf ungleiche Hautfarben und Nasenlängen.«

»Wie sind dir denn solche Verbote zu Ohren gekommen?«, fragte ich, »mir sagen sie überhaupt nichts.«

»Oh, ab und zu hatte ich schon einmal die Gelegenheit, in Akten oder Bücher hineinzuschauen und mich über so manches aus der Zweibeinerwelt kundigzumachen.«

Wir sahen uns lange an, und wenn der Begriff »sprachlos« im canesischen Denken existiert hätte, würde ich ihn jetzt benutzt haben.

»Du bist der gelehrteste Hund, dem ich je begegnet bin«, meinte ich vorsichtig.

»Nun, dann scheint dein Bekanntenkreis unter den Hunden nicht allzu groß zu sein.«

Seine grauen Lefzen zogen sich zu einem leicht sardonischen Lächeln hoch.

»Mache dir nichts daraus, und erzähle lieber, weshalb du in Wahrheit diese Unterhaltung mit uns gesucht hast. Im Augenblick scheint dich doch ein ganz anderer Zweibeiner als der Großmächtige zu interessieren.«

Jetzt zog ich die Lefzen hoch.

»Du scheinst ja schon hinter den Gedanken herumzuschnüffeln. Da, wo sie eigentlich erst mühevoll entstehen.«

»Ach, Blondi, jetzt muss ich dir dein fragwürdiges Kompliment zurückgeben. Es ist so leicht, hinter deinen Gedanken die stets abwechselnden Bilder zu betrachten. Sie hasten vorüber, ohne dass du die meisten zu erkennen oder gar zu formulieren imstande bist.

Ich aber sehe sie ständig. Lasse mich von ihnen amüsieren, erschüttern, beleidigen und stürze mich stets aufs Neue in dieses spannende Abenteuer, wenn du wieder einmal bei uns auftauchst und dich von deinen anstrengenden Reisen erholen willst.«

»Willst du etwa behaupten, du sähest Bilder in meinem Kopf, die mir gar nicht erst ins Bewusstsein dringen?«

»Exakt«, antwortete Prinz, und beide Hunde betrachteten stumm meine mühsam beherrschte Erregung.

»Du auch?«, wandte ich mich an Wolf, der nicht gleich antwortete, »siehst du auch die Bilder in meinem Kopf?«

Mit äußerster Beherrschung verhinderte ich ein Bellen, das in mir hochkam.

»Nein«, Wolf schüttelte sich lange und ausgiebig. »Ich sehe gar nichts. Aber ich wünschte, ich sähe mehr von dem, was in deinem, mir so fremden Schädel vorgeht. Zumindest kann ich erkennen, dass du dich zu den Zweibeinern ganz außerordentlich, um nicht zu sagen, unnatürlich, hingezogen fühlst. Erzähle uns also von dem, der dich so zu fesseln scheint. Wie nennst du ihn noch gleich? Du trägst den Namen doch schon lange mit dir herum.«

»Ich nenne ihn den Überausglänzenden«, antwortete ich, »weil seinen Stiefeln nicht der geringste Schmutz anhaftet, selbst, nachdem er sie auf Kieswegen oder im

Sand getragen hat. Ich habe ihn oft beobachtet und darauf gewartet, dass er sie heimlich mit einem Staubtuch, einem Bürstchen oder irgendeinem anderen Reinigungsrequisit säubert. Aber ich habe ihn niemals bei dergleichen erwischen können.«

»Ein vorsichtiger Mann«, nickte Prinz. »Er weiß sehr genau, wo er hintritt. Wie sieht er aus?«

»Er ist ein ziemlich kleiner und schmächtiger Zweibeiner, trägt eine dickglasige Brille, die er als Tarnung zu benutzen scheint, denn er lässt sich nicht gern in die Augen sehen. Außerdem …«

Ich stockte. Beide Hunde blickten diskret zu Boden und kratzten ein wenig mit den Läufen auf der Decke herum.

»Außerdem?«, fragte Wolf schließlich.

»Er zieht eine so traurige Melodie hinter sich her. Wie eine Schleppe umgibt sie ihn. Manchmal scheint sie sich wie durch einen heimlichen Windstoß zu öffnen, und dann schüttet sie die grausigsten Bilder aus.«

»Kommen sie dir bekannt vor?«, wollte Prinz wissen.

»Oh ja«, gab ich eifrig zu, »sehr bekannt kommen sie mir vor, und doch kann ich sie nicht entziffern.«

»Wonach riechen sie? Kannst du mir das vielleicht beschreiben?«

Prinz sah mich plötzlich mit äußerster Spannung an.

»Beschreiben?«, fragte ich erstaunt.

»Du missverstehst mich.«

Prinz blickte mich nachdenklich an.

»Du sollst mir auf gut canesisch zu verstehen geben, was du im Augenblick, da sich die Schleppe öffnete, gerochen hast.«

Ich sah ihn an und fühlte, dass mir die Augen überliefen. Sie liefen und brannten so stark, dass ich nichts mehr sehen konnte.

»Blut habe ich gerochen. Dickes, schwarzes Zweibeinerblut und weiße, zerschnittene Köpfe, die der Wind wie dürre Blätter vor sich hertrieb. Eine Flut von Köpfen, die meine Läufe umspülte, wobei ihren weitgeöffneten Mündern diese tödliche Melodie entfuhr.

Jedes Mal, wenn ich diesen Mann zu sehen bekomme, muss ich mir sofort die Ohren zuhalten. Dann verschwinden die Bilder.«

»Ich kenne diesen Mann«, ließ Prinz sich nach einer Weile vernehmen, während Wolf dicht an mich heranrückte.

»Er war schon sehr früh da und bestürzte mich durch seine sanfte, mörderische Art. Er ist aus der Grauzone gebürtig, eine graue Seele aus der unergründlichen Materie der Formlosen. Man nennt sie auch die ›Nichtgewesenen‹. Ihnen gegenüber muss man sich sehr zurückhalten. Sie sind nicht ansteckend. Verstehe mich recht. Doch sie können einen hineinziehen in diese Grauzone, in der man sich nicht allzulange aufhalten darf, wenn man nicht …« Er verstummte.

»Ich fürchte mich unsagbar vor ihm, Prinz«, dachte ich so leise, dass ich annehmen konnte, er würde mich nicht verstehen.

Doch er blinzelte mir zu, als wolle er mir mitteilen, es gäbe keinen noch so tief versteckten Gedanken in einem Hundehirn, den er nicht herauslesen könne.

»Wie entkomme ich ihm?«, fragte ich beklommen.

Doch er schüttelte nur ganz unhündisch den Kopf.

»Weder entkommst du ihm, noch entkommt er dir. Ihr müsst euch beide damit abfinden. Sieh du nur zu, dass du den Großmächtigen nicht allzunahe an dich heranlässt. Das würde dir weitaus mehr schaden.

Der Überausglänzende hat sein Soll bereits erfüllt. Er

wird eines Tages in der Gräue verschwinden und irgendwo anders wieder auftauchen. Du aber hüte dich davor, solchen Leuten nahezukommen. Traue deiner Angst, deiner immer stärker werdenden Furcht. Das wird dich letztendlich am Leben erhalten.«

Prinz rollte sich, müde geworden, auf seine andere Seite und starrte die Wand an. Dann hörten wir seinen letzten Gedanken, bevor er einschlief.

»Es wird nicht mehr allzulange dauern, Kinder. Dann werden wir dem, was da um uns herum geschieht, hoffentlich unschuldig, entgehen können.«

Den ganzen folgenden Tag konnten wir uns austoben. Rasten wie die wilden Wölfe durch die Landschaft und wurden von niemandem zur Ordnung gerufen. Wolf jagte in seinem Übermut ein panisch gackerndes Huhn, das von einem der angrenzenden Höfe entwichen war. Er zerriss es und bot mir sogleich die Hälfte an.

Doch seltsam, während mich das blutig frische Fleisch aus dem Trog fressgierig machte, stieß mich der Körper dieses Huhns, das ich eben noch am Leben gesehen hatte, ab.

Wolf dagegen rupfte das Huhn so voller Lust, dass die Federn in alle Richtungen flogen. Dann machte er sich gierig über das Fleisch her.

»Ob er von meinem geschlachteten Kalb ebenso gierig gefressen hätte?«, dachte ich und fühlte einen immer größer werdenden Ekel in mir aufsteigen.

Nur nicht darüber ins Grübeln kommen. In letzter Zeit hatte ich immer öfter diese Anwandlungen. Plötzlich fing ich an zu laufen. Wolf, dem noch ein großes Stück Huhn aus dem Maul hing, rannte sofort hinter mir her, versuchte, sich durch Bellen bei mir bemerkbar zu machen und fing an, sich zu erbrechen. Er würgte so stark, dass er in die Knie gehen musste, derweil sich seine Nackenhaare steil aufrichteten.

Jetzt lag er flach auf dem Boden, begann, sich mit einer Pfote ins Maul zu fahren, sprang wieder auf und drehte sich wie besessen um sich selbst. Dann warf er sich erneut zu Boden, und während seine Läufe ziellos in der Luft herumzappelten, schienen seine Augen aus dem Kopf zu quellen. Sie sahen mich voller Angst und hilfeflehend an.

Seine Bewegungen wurden matter und seine Würgegeräusche immer leiser. Ich nahm einen kurzen Anlauf und sprang mit voller Wucht auf seinen Brustkorb. Mit einem grunzenden Bellen kam er hoch, und der Hühnerknochen fuhr ihm wie ein bösartiger Wurm aus dem Maul.

Mit zitternden Läufen lehnte er sich an einen Baum und röchelte aus tiefster Kehle.

»Hast du noch ein Stück im Hals?« fragte ich ihn.

Er bellte heiser und fing in kurzen Abständen zu husten an.

»Ich habe mir den Schlund verletzt«, antwortete er. »Es brennt ganz miserabel, aber ich kriege wenigstens wieder Luft.«

»Das kommt von deiner Schlingerei. Außerdem können dir die Hühnerknochen den Magen aufreißen, das habe ich einmal den SS-Bub sagen hören.«

»Mir haben sie noch nie geschadet«, gab er zurück.

»Weil die dämlichsten Hunde das größte Glück haben.«

Sofort sprang er auf mich los, doch ich war schneller und lief, was die Läufe hergaben. Wolf war noch allzu geschwächt. Er bellte hinter mir her und blieb immer weiter zurück. Als wir uns dem Zwinger näherten, blieb ich stehen und wartete auf ihn.

»Ich wäre beinahe erstickt«, dachte er, als wir nebeneinander hertrabten.

»Was tust du eigentlich mit sowas im Hals, wenn ich nicht dabei bin?«

»Ich sterbe.«

Er sah mich mit einem so rührenden Blick an, dass ich ihm voller Zärtlichkeit meine Zunge auf sein Auge legte. So standen wir eine lange Zeit. Als Rolf Biesterer an den Zwinger trat, wich Wolf leicht erschrocken zurück.

»Ich habe ein paar schöne Brocken für euch«, sagte Biesterer. »Du Blondi, musst schneller fressen. Eigentlich müsste ich mit dir nämlich schon unterwegs zum Kaminzimmer sein.«

Moses war kein Jude

Onkel Adolf wartete schon auf mich, als wir eintraten.

»Blondi, mein Führer«, sagte Biesterer.

Onkel Adolf antwortete nicht und deutete ihm mit der Hand an, dass er entlassen sei. Dann waren wir allein. Er hatte nur noch ein kleines Pflaster am Ohr. Sein Arm steckte auch nicht mehr in der Schlinge, zitterte aber mehr denn je, so dass er ihn ständig mit der rechten Hand festhalten musste.

Langsam setzte er sich auf seinen Sessel und deutete mir an, mich vor seinen Knien niederzulassen.

Ich senkte nach einer Weile den Kopf, doch er hob ihn wieder an.

»Ja, Blondi, wir werden wieder reisen müssen. Nicht

mehr so weit, das verspreche ich dir. Unser Reich schrumpft ja nun ständig zusammen. Fast sind es schon wieder unsere alten Grenzen, die wir zu verteidigen haben. Das erleichtert vieles.«

Er fing an, mich hinter den Ohren zu kraulen und bekam seinen versonnenen Blick.

»Auf Hessen kannst du dich freuen, Hunderl. Dort wirst du sanfte Hügel kennenlernen. Wir werden nicht mehr gegen den widerlichen Russen kämpfen müssen, sondern gegen die zivilisierten Anglo-Amerikaner.«

»Und die Neger«, dachte ich. »Die sind doch noch viel schwärzer als die Russen. Die müssten ihn doch noch weit elender machen.«

»Wenn diese Schwarzen nicht wären«, sagte Onkel Adolf, »könnte man beinahe überlegen, ob man sich nicht mit den Amerikanern verbünden sollte. Aber da sind ja auch noch die Juden, mein Hunderl.

Die Juden im Westen, die Juden im Osten. Sie umklammern mich. Sie nehmen mich in die Zange.«

»Wenn das Gottes Plan sein sollte, überschätzt Er Sein Volk sehr«, sinnierte ich und übersah völlig, wie aufmerksam Onkel Adolf in sich hineinhorchte.

»Ich schlage Sein Volk, doch ich meine Ihn«, sprach Onkel Adolf weiter. »Hätte Er sich mit uns eingelassen, wäre Er besser gefahren. Ein Volk von Berserkern hätte Ihm zu Füßen gelegen. Keine Macht der Welt wäre uns gewachsen gewesen. In mir wäre Ihm ein zweiter Moses entstanden, der die Welt in der Hand zerdrückt hätte.«

»Moses hat den Erdkreis gestreichelt, ihn sooft es ging, liebevoll umarmt.«

»Moses war kein Jude«, stellte Onkel Adolf laut fest. »Warum hat Er ihn bloß zu diesem stinkenden Nomadenvolk geschickt? Was haben sie, was wir nicht haben?

Warum hat Er ihn nicht zumindest zu den Ägyptern oder den Griechen gesandt?«

»Vielleicht, weil sie nicht so hilfsbedürftig waren«, entfuhr es mir. »Oh, Du Einziger dort oben, wenn es das ist, was Du von mir verlangst, dann ist es der Mühe nicht wert. Die Materie, aus der dieser Zweibeiner entstanden ist, hat eine so unsagbare Schwärze, dass sie mit irdischen Augen nicht mehr zu durchdringen ist.«

»Moses war kein Jude!«, schrie Onkel Adolf immer lauter.

»Nein, Moses war kein Jude«, wiederholte der eintretende Krüppeldoktor, »selbst ein so prominenter Hebräer wie dieser Sigmund Freud hat das zugeben müssen.«

Onkel Adolf betrachtete ihn aufmerksam, und seine Stimme bekam einen misstrauischen Unterton.

»Sie sehen übrigens auch aus wie ein Jude.«

»Meine lupenreine Abstammung hat Ihnen immer dann vorgelegen, wenn Sie wieder einmal diesen Verdacht gegen mich äußerten, mein Führer«, entgegnete der Krüppeldoktor und setzte sich beleidigt auf den für ihn bereitgestellten Stuhl.

Hastig traten nun auch die anderen Gäste der Kaminrunde ins Zimmer und entschuldigten sich verwirrt, dass sie ihren Führer hatten warten lassen. Er beruhigte sie kurz und distanziert, dass er vielmehr verfrüht hier gewesen sei, weil er ein wenig länger mit seinem Hund hätte allein sein wollen. Ich bemerkte den Blick, den sich der Überausglänzende und Fegelein zuwarfen, und nahm mir vor, Onkel Adolf in nächster Zeit auf irgendeine Art, die mir noch einfallen musste, zu warnen.

Nachdem er sich den Damen gegenüber charmant gezeigt hatte, eröffnete er ihnen allen, dass er schon am nächsten Morgen zum Adlerhorst in Ziegenberg aufbrechen werde. Man würde dort alle verfügbaren Generäle treffen, die an der Ostfront nicht dringend gebraucht würden, und mit ihnen den Plan eines gewaltigen Gegenangriffs ausarbeiten.

Er hoffe, die Alliierten bis zur Küste zurückzutreiben und das Reich endgültig für seine Nachfolger stabilisieren zu können.

»Sie, Heinrich, werden die Generalität weiterhin schärfstens im Auge behalten. Und Sie, Doktor, werden sich in der nächsten Zeit in die Hauptstadt begeben und dort die Stellung für mich halten. Dem hier leider nicht anwesenden Reichsmarschall ist umgehend mitzuteilen, dass er sich auf dem schnellsten Wege nach Ziegenberg zu begeben hat, um mich dort zu treffen. Ich würde gern von ihm erfahren, wieviel mir an Luftwaffe noch geblieben ist.«

»Das ließe sich auf viel kürzerem Wege feststellen, mein Führer«, bemerkte der kleine Doktor.

»Sie schlagen den direkten Weg nach Berlin ein, Doktor. Punktum. Und jetzt vergessen Sie Ihr beleidigtes Getue und den Juden, den ich Ihnen vorgeworfen habe.«

»Mein Führer«, mischte sich jetzt die Gattin des Doktors ein, »mein Mann hat sich da nichts vorzuwerfen. Ich wüsste keinen, der mit den Juden kompromissloser umgegangen wäre. Das ist doch wahrhaftig Beweis genug.«

»Wenn man das Wort schon für die Tat nimmt, sicher«, sagte Frau Marga leise, doch so, dass es alle hörten.

Stille.

Die Brillengläser des Überausglänzenden schienen alle Lichtquellen im Raum aufzufangen und glitzerten hämisch in die Runde.

»Nun«, meinte Onkel Adolf nach einer Weile, »wir werden sicher noch Gelegenheit haben, die Beweise von Ehre und Treue zu prüfen.«

»Ich habe Ihnen diese Treue doch tagtäglich demonstriert, mein Führer«, brach es nun aus dem kleinen Krüppeldoktor heraus, »nicht nur mit Worten, wie man mich hier lächerlich zu machen versucht, sondern auch mit Taten. Mit blutigen Taten sogar. Man denke doch nur an unsere Kampfzeit in Berlin. Ich erinnere daran, dass ich damals in vorderster Front zu finden war. Kann man das von jedem sagen, der sich danach so lautstark zu uns gesellte?

Wenn also jemand bewiesen hat, dass er weder jüdisch dachte noch handelte, dann werde das doch wohl ich gewesen sein.«

»Es ist genug, Doktor. Es ist genug. Ich entziehe Ihnen das Wort. Werfen Sie einen Blick in den Spiegel! Behaupten Sie dann noch, sie hätten keine Merkmale der jüdischen Rasse gefunden? Abgesehen davon, es gab einige bedeutende Juden, wenn man bei ihnen überhaupt das Prädikat ›bedeutend‹ anwenden kann, die sehr wohl wussten, wie minderwertig und hassenswert ihre Rasse und sie selbst waren«, versuchte er abzulenken.

»Denken Sie an den Wiener Juden Otto Weininger, dessen Intellekt und Lebensweg ich einigermaßen akzeptiere. Er hat den Juden als das niedrigste Wesen vor dem Tier bezeichnet und sich gerade noch früh genug, ich glaube mit dreiundzwanzig Jahren, das Leben genommen.

Einen Denkfehler kreide ich ihm aber doch an: Dass er den Hund nicht ausdrücklich vor dem Juden eingestuft hat. Nicht wahr, meine Blondi?« Er beugte sich zu mir herunter und strich mir über die Augen. »Das haben wir nicht verdient.«

Er unterbrach sofort aufkommendes Lachen.

»Ich meine es ernst!«, rief er, »denn was ist die Treue eines Menschen gegen die Treue eines Hundes? Denken Sie einmal darüber nach.«

»Er scheint sich nur sehr flüchtig mit diesem Weininger beschäftigt zu haben, sonst hätte er doch die Frauen erwähnen müssen, die er knapp vor den Juden plaziert hat«, überlegte ich.

»Die Frauen darf man auch nur mit Vorsicht genießen«, fuhr Onkel Adolf fort. »Die anwesenden Damen sind selbstverständlich ausgenommen. Aber wie wankelmütig sind sie doch, wie unerträglich in ihren Launen. Auch da könnte Weininger recht haben, wenn er die Weiber fast ebenso verachtet wie die Juden. Der gravierende Unterschied ist nur der, dass es bei den Frauen Ausnahmen gibt. Bei den Juden gibt es keine. Selbst der Weininger war keine, wie wir sehen. Folgerichtig hat er sich dann auch umgebracht.«

Onkel Adolf hielt erschöpft inne. »Im übrigen habe ich das Gezänk meiner engsten Mitarbeiter satt. Selbst wenn die Pflicht mich nicht nach Ziegenberg riefe, wäre das ein Grund, mich trotz meiner Liebe zum Berghof aus dem Staub zu machen.

Ich werde also morgen abreisen und bitte die Herren ebenfalls, ihren Pflichten nachzukommen. Die Damen werden wohl nichts dagegen haben, es sich hier noch so lange wie möglich bequem zu machen.«

Er riss die Tür auf und rief nach Untersturmführer Biesterer. Dann hörte ich, wie er ihn instruierte, alles Notwendige zur Reise für den Hund herzurichten und erschien noch einmal im Türrahmen.

»Mir wird noch genügend Zeit bleiben, mich von den Damen zu verabschieden. Wir werden die Reise erst morgen abend antreten. Im Schutz der Dunkelheit fühle ich mich sicherer als mit meinem sämtlichen Begleitpersonal. Gute Nacht also.«

Nachdem er mich gerufen hatte, schlug er die Tür hinter mir zu und verharrte einen Moment im Halbdunkel des Flures, den man wegen eventueller Luftangriffe in diffuser Beleuchtung ließ.

Von neuem tätschelte er meinen Kopf und flüsterte mir ins Ohr, dass wir wieder zusammen reisen würden. Er müsse sich schon jetzt dafür entschuldigen, dass er mich nicht in seinen Waggon lassen dürfe, da er die Reisezeit zu ausführlichen Besprechungen nutzen werde. Im Adlerhorst würde er aber für ein gemeinsames Schlafzimmer sorgen, in dem es weitaus mehr Platz gäbe als in der Wolfsschanze.

Damit war ich entlassen, und mein SS-Bub begleitete mich in den Zwinger zurück. Dort traf ich auf einen völlig verstörten Prinz und einen finster dreinblickenden Wolf, die mich mit der Nachricht empfingen, dass der Zwinger aufgelöst werden sollte.

»Man spricht sogar von der Exekution aller hier anwesenden Tiere«, gab Prinz mir zu verstehen.

»Und woher stammen diese Neuigkeiten?«, fragte ich.

»Rattenhuber und Biesterer haben sich vor dem Gitter darüber unterhalten«, erwiderte Prinz.

»Rattenhuber versicherte, er würde sich diebisch darauf freuen, uns ›Tölen‹ zum Abschuss freizugeben.«

»Das kann ich einfach nicht glauben«, meinte ich, »werde aber trotz allem versuchen, Onkel Adolf von dem Vorhaben wissen zu lassen.«

»Zwecklos«, ließ sich nun auch Wolf vernehmen. »Er ist es doch, der dieses ›Vorhaben‹, wie du es nennst, angeordnet hat.«

»Ich werde mich morgen früh darum kümmern. Jetzt bin ich zu erschöpft. Außerdem glaube ich, dass ich mehr als trächtig bin, Wolf.«

Nach dieser Nachricht trat eine andächtige Stille ein.

Fast schon im Tiefschlaf hörte ich Prinzens weise, tiefe Stimme an meinem Ohr.

»Wenn das keiner deiner Irrtümer ist, dann schlage ich vor, es noch einmal mit einer Überredung zu versuchen. Es müsste dir doch gelingen, den Großmächtigen davon in Kenntnis zu setzen, dass es dich sehr schmerzen würde, wenn er sein Vorhaben verwirklichte. Würde es dich schmerzen?«

Seine uralten Augen schauten mich voller Erwartung an. »Es geht hier nicht um mich. Meine Tage sind, weiß der Himmel, mehr als gezählt. Doch die jungen Tiere und der junge zukünftige Vater sind es, für die du dich einsetzen solltest.«

»Unsinn. Ein junger Hundevater kümmert sich in den seltensten Fällen um seinen Nachwuchs«, hätte ich beinahe gedacht, doch da hörte ich schon Wolfs Erwiderung.

»Du bist ein ziemlich arrogantes Stück Fell, meine entzückende Blondi. Aber in deiner Situation muss man nachsichtig mit dir sein. Wie viele trägst du denn mit dir herum? Was glaubst du?«

»Nach meinen Rückenschmerzen zu urteilen, mindestens zwanzig.«

»Dann hätte ich ja einen ganz einmaligen Schuss getan«, staunte Wolf und sah Prinz beifallheischend an.

»Und du Dummkopf freust dich auch noch darüber«, meinte Prinz kopfschüttelnd, »zwanzig Welpen, die sogleich ertränkt oder vergast werden.«

»Nun, vorerst bin ich noch da«, knurrte Wolf und richtete sich auf.

»Das wird sie sicher ängstigen«, entgegnete Prinz sarkastisch und sah mich an.

»Einzig Blondi kann es verhindern, und ich begreife nicht, weshalb sie sich so sträubt.«

»Ich sträube mich nicht, Prinz. Ich bin nur hundemüde und werde mir morgen überlegen, was zu tun ist. Schlaft also gut und lasst mir jetzt meine Ruhe.«

Ich suchte nach einer dunklen Ecke, aber sie waren alle schon besetzt.

»Du kannst dich auf meine Decke legen«, lud Prinz mich ein, »wir rücken so zusammen, dass du genügend Platz hast.«

Ich ließ mich nicht lange bitten, sondern fiel fast auf die Decke. Doch meine Müdigkeit war verflogen.

»Wie kann ich mich ihm gegenüber verständlich machen, ohne dass er begreift, wer mit ihm spricht?«, fragte ich nach einer Weile.

»Wie du es bisher getan hast.«

Prinz richtete sich auf, beugte seinen Kopf zu mir hinunter und sah mir in die Augen.

»Das ist ein sehr unhöfliches Benehmen für einen Hund«, meinte ich leise, »man schaut einander nicht in die Augen.«

»In diesem Fall geht es aber um Leben und Tod,« antwortete Prinz demütig.

»Nun gut. Wie also soll ich mich ihm verständlich machen? Bisher habe ich ihn nur mit indirekten Bemerkungen irritiert. Da ging es lediglich um die Probleme von Zweibeinern. Jetzt müsste ich mich aber direkt an ihn wenden. In einer reinen Hundeangelegenheit. Weißt du, wie er reagieren wird, wenn er erfährt, dass ein Hund seinen Gedankengängen folgen kann?«

Prinz legte sich zurück.

»Wenn man ihn nur in all seiner Größe wahrnehmen könnte, dann gäbe es vielleicht eine Möglichkeit.«

»Du wirfst wieder mit deinen dunklen Worten herum«, erwiderte ich. »Hat dieser Zweibeiner überhaupt Größe?«

»Jedes Wesen hat sie. Vom Wurm bis zum Hund. Vom Zweibeiner bis zum großen Geist. Sichtbar für uns ist nur ein geringer Teil. Doch unter der Oberfläche eines jeden ragt der bedeutendste Teil in die eigene Vergangenheit hinunter, deckt zuweilen jahrhundertealte Verbindungen auf, die ihm in der Gegenwart wiederbegegnen und sich dort vielleicht zu einer neuen Beziehung entwickeln.«

»Welche Vergangenheit meinst du?«, fragte ich jetzt beunruhigt.

»Die Vergangenheiten aller Wesen, die es jemals zu einer Existenz gebracht haben. Hast du schon einmal einen Eisberg gesehen?«

Ich gab keine Antwort mehr.

»Schade. Er wäre ein Symbol, das es dir verständlicher machen würde. Und es wäre sehr wichtig, wenn du dich dazu bereiterklären könntest.«

»Wozu?«, murmelte ich, schon halb im Schlaf.

»Uns das Leben zu retten«, antwortete er und kroch über mich hinüber, um mir in die Augen zu sehen.

Gegen Mittag des nächsten Tages rief Rolf Biesterer nach mir. Ich weigerte mich, den Zwinger zu verlassen und er konnte mich zwischen all den Hunden nicht ausmachen, die sich mit mir in einer hinteren Ecke zu einem Knäuel zusammengeballt hatten.

Tornow, der auch kurz hereinsah, meinte, dass man das dem Führer überlassen sollte. Er für seine Person hätte dieser Töle bereits einige Knochenbrüche zu verdanken, und wisse nicht einmal, wie sie das angestellt habe.

Biesterer verschwand daraufhin und kam mit Rattenhuber zurück. Das rief Wolf auf den Plan, der sich vor Rattenhuber aufpflanzte.

»Wolf!«, warnte ich ihn, »Der Mann hat jetzt jede Möglichkeit, dich umzubringen. Er rechnet damit, dass der Großmächtige dich nicht mehr schützt.«

Auch Prinz fing leise an zu knurren, obwohl er bis zu diesem Augenblick wie ein wenig interessierter Zaungast auf seinem Lager lag und dem allem mit geschlossenen Augen zuhörte.

»Wolf!«

Ich versuchte es ihm mit aller Kraft ein zweites Mal zu senden, doch er gab seine aggressive Stellung nicht auf. Im Gegenteil. Er fing an, sich langsam auf Rattenhuber zuzubewegen, und ich beobachtete mit Entsetzen, wie der zur Pistole griff.

»Was machen Sie da, Oberführer?« hörte ich Onkel Adolfs heiseres Organ, das Wolf sofort aus seiner Haltung trieb.

»Wollen Sie Blondi mit Pistolenschüssen aus dem Zwinger treiben?«

»Nur des Selbstschutzes wegen, mein Führer«, rief Rattenhuber zurück.

»Dieses eine Vieh, Pardon, dieser eine Hund dort, scheint immer einen Rappel zu bekommen, wenn er meiner ansichtig wird.«

»Na, dann zeigen Sie mir das Vieh einmal, Oberführer?«, rief Onkel Adolf und trat in den Zwinger.

»Wo ist es denn?«

»Es hat sich zurückgezogen, als es Ihre Stimme hörte.«

»So gehört sich das auch«, fuhr Onkel Adolf ihn an.

»Stecken Sie Ihre Pistole ein, und verlassen Sie das Terrain.«

Das Hundeknäuel löste sich plötzlich auf, und die einzelnen Tiere verließen in geduckter Haltung den Zwinger.

»Was ist denn hier losgewesen?«, schrie Onkel Adolf

nun Biesterer an und fixierte mich, die ich völlig allein ihm gegenüberstand.

Ich sah zu Prinz hinüber. Auch Wolf hatte sich auf die Decke zurückgezogen und täuschte Schlaf vor. Also tat ich einen gewaltigen Sprung und landete direkt zwischen ihnen. Mit einem lauten Aufjaulen zwängte ich mich zwischen sie und schob meinen Kopf unter Wolfs Bauch.

In der langen Stille, die darauf folgte, wurde ich doch neugierig und blickte über Wolf hinweg auf einen völlig fassungslosen Onkel Adolf, der beinahe Tränen in den Augen hatte.

»Ja, was hast du denn, mein Hunderl, mein Weibi? Was hat dich denn so aus dem Gleichgewicht gebracht?«

»Wie kann er denn überhaupt noch fragen, wenn er mich derart eingebettet bei meinen Freunden liegen sieht?«, dachte ich und schob meinen Kopf wieder unter Wolfs warmen Bauch.

»Nein«, hörte ich Onkel Adolf sagen, »du brauchst auf sie nicht zu verzichten. Wir werden nur zu einer kurzen Reise aufbrechen. Und wenn wir zurückkommen, das verspreche ich dir, werden dich deine Freunde mit triumphalem Gebell begrüßen.« Er war auf uns zugetreten und fing in knieender Haltung an, mit den Händen über unser aller Fell zu fahren.

»Jetzt nur nichts denken«, überlegte ich und hob ein wenig den Kopf unter Wolf hervor, »es ist ja alles erreicht. Nur nicht unbedacht etwas zerstören.«

Prinz öffnete halb seine Augen und zog die mir zugewandte Lefze hoch.

»Ihr seid doch alle meine Favoriten gewesen«, hörte ich Onkel Adolf weiterreden, »selbst dir altem Kerl«, wandte er sich an Prinz, »werde ich keinen Gnadenschuss geben.«

Er streichelte Prinz sehr sanft über den Kopf.

»Du musst doch schon mindestens zwanzig Jahre alt sein.«

Prinz stemmte sich hoch und blickte Onkel Adolf direkt an.

»Oder wenigstens achtzehn. Es ist jedenfalls mein unabänderlicher Entschluss, euch einen völlig natürlichen Tod zu garantieren.«

Damit stand er auf.

»Und jetzt komm, Blondi. Oder muss ich dich erst da herausholen?«

Ich kroch aus meinem Versteck, leckte beiden Hunden ausgiebig über Nasen und Ohren und verließ mit Onkel Adolf den Zwinger.

»Er hat uns einen natürlichen Tod garantiert«, rief ich Prinz im Weggehen zu. »Der Herr über Leben und Tod hat uns ein natürliches Ableben garantiert«, frohlockte ich, »es wird keine Hundehinrichtungen mehr geben.«

»Du bist eine sehr tüchtige Hundedame«, vernahm ich Prinzens immer leiser klingende Antwort, »und wenn dieses Hinrichtungsverbot auch nicht für alle Hunde gilt, so hast du unseren engeren Kreis doch zu retten vermocht. Lebe also wohl, und lass uns ein glückliches Wiedersehen feiern.«

Ich versuchte, meine Trauer mit unglaubwürdigen Zusprüchen zu überwinden, redete mir ein, dass ein Hundebewusstsein sich nach einiger Zeit abschalten und das pure Vergessen sich über jede größere Zeitspanne hinwegsetzen würde.

Onkel Adolf war stehengeblieben und sah auf mich herunter.

»Der Hund steht wie sein eigenes Denkmal da, und ich denke über die verschiedenen Zeitspannen nach, die zwischen Mensch und Tier bestehen. Es ist ein rein biologisches Problem.« Onkel Adolf schüttelte den Kopf. »Wie komme ich jetzt nur darauf?«

»Ein rein biologisches Problem«, bestätigte ich, sah ihn aber dabei nicht an.

»Es stellt sich die Frage: Was ist der Unterschied zwischen einem neunzehnjährigen und einem neunzigjährigen Todeskandidaten?«

Onkel Adolf war wieder stehengeblieben

»Können die Zeiträume, die ein Neunzigjähriger durchlebt hat, von einem Neunzehnjährigen ermessen werden?«, fuhr ich wagemutig fort.

Jäh wurde ich von den panischen Gedanken Onkel Adolfs unterbrochen.

»Meine Schizophrenie scheint ein gefährliches Stadium erreicht zu haben«, murmelte er leise, »ich werde mich um einen verschwiegenen Arzt kümmern müssen. Doch wen beauftrage ich damit? Hat nicht selbst Reinhard Heydrich einmal über mich geäußert ›Wenn der Alte schwachsinnig wird, bringe ich ihn um‹?«

»Er hätte sich einfach an das Gesetz des Stärkeren gehalten. So, wie du es gepredigt hast«, dachte ich.

»Wem aber kann man dann noch trauen?«, fuhr Onkel Adolf leise fort, »vor allem, wenn man einen Arzt braucht …«

»… der schweigen kann«, setzte ich hinzu.

»Die Verschwiegenheit eines medizinischen Vertrauten wird immer notwendiger, und Theodor Morell hat auf dem Gebiet nicht die nötigen Kenntnisse.«

»Auf der anderen Seite können Selbstgespräche wie dieses zu erstaunlichen Ergebnissen führen«, ließ ich mich noch einmal vernehmen.

Plötzlich schlug sich Onkel Adolf mit der Faust gegen die Stirn.

»Ich bin es doch. Wenn mir einer auf dieser Welt helfen kann, dann bin nur ich es!«, rief er. »Ich werde mich an den eigenen Haaren aus dem Sumpf ziehen. Ich werde diese Welt aufs Neue zum Brennen bringen! Und sollte ich dennoch die Tür hinter mir zuschlagen müssen, dann wird von ihr nicht mehr viel übrig sein.«

Er schritt mit aller Kraft aus. Wie in seinen besten Zeiten. Ich musste zum Trab übergehen, um ihm folgen zu können. Er sagte kein Wort mehr, doch seine Augen leuchteten und seine späteren Befehle klangen so scharf wie eh und je. Nach einem unverbindlichen Gespräch im taghellen Kaminzimmer, in dem auch die Damen verabschiedet wurden, verteilte man sich auf die Wagenkolonne, und die Reise begann.

Ich wurde auf die Hinterbank einer großen Limousine gesetzt, und neben mir nahm Reichshundeführer Tornow Platz. Er drückte sich an die gegenüberliegende, geschlossene Wagentür, um zwischen uns so viel Raum wie möglich zu lassen.

Mein kleiner SS-Bub und Untersturmführer lenkte den Wagen.

»Warum hast du das Gespräch so ängstlich abgebrochen?«, ließ Er sich wieder vernehmen.

Und obwohl ich wusste, dass ich eingeschlafen war, benahm ich mich wie ein hellwaches Hundemädchen, das im Begriff stand, einen langen Spazierlauf zu unternehmen.

»Du triffst mich zur ungünstigsten Zeit an«, erwiderte ich, »ich brauche frische Luft und bin keinesfalls zu irgendwelchen langwierigen Diskussionen aufgelegt.«

»Warum hast du das Gespräch abgebrochen?«, wiederholte Er hartnäckig, »du hattest doch schönste Anfangserfolge.«

»Nennst Du das einen Anfangserfolg, dass er seinem Hirn nicht mehr traut und in seiner Panik einen Arzt aufsuchen will?«

»Es ist zumindest eine sichtbare Verunsicherung, etwas, das bei ihm bisher völlig unbekannt war.«

»Oh«, dachte ich, »mit wem rede ich da?«

»Mit deinem Gott, der dir immer noch gewogen ist«, antwortete Er, »sie schlagen euch, aber sie meinen immer mich. Dieser törichte Mörder sieht das schon richtig. Und wenn du Mir auch nicht zutraust, ihn zu besänftigen, ihn gar zu zähmen, so darfst du Mir glauben, dass Meine Kenntnisse vom Menschen und seinen Schwächen genügen, um die Achillesferse so eines Blutsüchtigen auszuspähen und auf geschickte Weise zu nutzen.

Seine unbändige Liebe zum Hund hat Mich den richtigen Weg einschlagen lassen. Es ist nun einmal der Weg, den ein Gott wie Ich einer bin, einschlagen muss, um zum Ziel zu kommen. Erst der ärgste Notfall gibt Mir noch einmal andere Möglichkeiten in die Hand.«

»Und Du meinst, dass dieser Notfall noch nicht eingetreten ist?«, fragte ich erbost.

»Was weißt denn du schon von echten Notfällen, mein kleines Hunderl?«

»Nenne mich nicht so. Ich hasse es, wenn Du mich so nennst. Welcher Notfall muss denn eintreten, bis Du Deine anderen Möglichkeiten mobilisieren darfst?«

»Vorerst ist nur die Liebe gefragt«, erwiderte Er, »überlasse es bitte Mir, zu entscheiden, zu welchem Zeitpunkt andere Möglichkeiten eingesetzt werden müssen. Deine Sanftmut in Verbindung mit deiner grundgütigen Veranlagung wird es dir sicher erlauben, ihn, wenn nicht zu bekehren, so doch zumindest am Schlimmsten zu hindern. Seine Liebe zu dir wird dir dabei behilflich sein.

Fürchte also kein Erkennen und keine Auseinandersetzung mit ihm. Du wirst sowieso keinen Sieg davontragen. Aber denke auch daran, dass er dir nichts Endgültiges antun kann. So lange du dich nicht fürchtest und auf dümmliche Absicherungen verfällst, wird dir nichts geschehen, denn deine Väter und Mütter werden dir zur Seite stehen, wenn es zum Schlimmsten kommt.«

»Ich kann Deine Worte nicht entziffern!«, schrie ich Ihm zu.

»Sie werden dir im richtigen Augenblick verständlich werden«, hörte ich es noch raunen.

Dann wurde ich in den Waggon verladen. Bei der Ankunft in Ziegenberg blieb er ungeöffnet, und die beiden Männer um mich herum wurden immer unruhiger, zumal sie sich darüber im klaren waren, weshalb man die Wartezeit angeordnet hatte. Jede Art von Beleuchtung schien verboten worden zu sein. Ebenso jedes laute Geräusch. Scheinbar rechnete man mit einem Fliegerangriff, der aber nicht kommen wollte. Während der Tischgespräche am Kamin hatte ich immer wieder vernommen, dass in den amerikanischen Flugzeugen viele Juden steckten, die ihre Bomben vorzugsweise auf Onkel Adolfs Kopf zu werfen versuchten. Man hatte ihn in den höheren amerikanischen Kreisen, die ja zum größten Teil verjudet waren, zum Blattschuss freigegeben, wie sich Gruppenführer Fegelein einmal während eines Kamingesprächs auszudrücken beliebte.

Also saßen wir bei völliger Finsternis und in hoher Spannung da. Ab und zu verschaffte ich mir Bewegung, indem ich dicht an den Wänden entlanglief. Dabei machten meine Krallen einen solchen Lärm, dass Tornow leise vor sich hinfluchte und hin und wieder »Platz!« zischte.

Nach geraumer Zeit wurden endlich die Türen beiseitegeschoben. Nachdem ich heruntergesprungen war, erledigte ich umgehend mein Geschäft, und sah mich um. Spärlich beleuchtete Limousinen waren bereits an die Gleise herangefahren und warteten mit laufenden Motoren auf unseren Einstieg. Wir hatten auf freier Strecke gehalten, um eventuell anfliegende Maschinen nicht auf uns aufmerksam zu machen.

Im Quartier jedoch hörte ich noch, wie der uns empfangende Oberführer Rattenhuber bekanntgab, dass der Führer wieder erkrankt sei. Und obwohl ich den Schlaf auf Reisen so weit wie möglich zu vermeiden versuchte, schlief ich sofort vor Onkel Adolfs Schlafzimmer ein.

Gegen Mittag wurde ich vorsichtig beiseite geschoben, um die Tür für Onkel Adolf freizumachen. Ich war sofort wach und fühlte mich ausgeschlafen wie selten.

»Was«, so wunderte ich mich, »kann Ihn auf der Reise davon abgehalten haben, noch einmal mit mir zu reden.

Da ich auf Reisen nicht so genau zwischen Schlaf und Wachen unterscheiden konnte, gab Er meistens dieser Situation den Vorzug. Aber warum dieses Mal nicht? Mied Er mich etwa deshalb, weil ich mich in allzu großer Nähe von Onkel Adolf befand? War es am Ende Widerwillen, den er bei Ihm erzeugte? Vielleicht dünstete er einen bestialischen Seelengestank aus, den nur solche Lebewesen wie wir Vierbeiner nicht wahrnehmen konnten?

Ich jedenfalls roch nichts weiter in seiner Gegenwart, als die angenehme und vertrauenerweckende Zweibeinerausdünstung, die uns das Zusammenleben mit ihnen so begehrenswert machte.

Onkel Adolf stieß mir kurz und liebevoll die Schuhspitze in die Seite, zum Zeichen, dass er einen Spaziergang mit mir vorhatte. Sein Gesicht sah verwüstet aus, und an seinem Ohr klebte wieder ein dicker Wattebausch.

Langsam bewegten wir uns auf eine hügelige Landschaft zu, die sich unter meinen Pfoten sehr sanft, fast zärtlich anfühlte.

»Darum liebte mein Vater dieses Land so sehr und konnte sich trotz dringender Warnungen nicht von ihm trennen«, dachte ich und blieb wie vom Blitz getroffen stehen.

Auch Onkel Adolf verhielt seinen Schritt und sah sich nach mir um. Ich sah ihm sofort an, dass er meine Gedanken nicht mitgehört hatte. Wieder fiel mir auf, was für einen schrecklichen Anblick er bot. Ich erkannte auch, weshalb wir nur so langsam vorankamen. Er zog sein rechtes Bein hinter sich her.

»Vielleicht gehört es ihm gar nicht mehr«, dachte ich und schnüffelte daran herum, »hat Er etwa vor, ihn ganz langsam, Glied für Glied, absterben zu lassen?«

Wieder blieb ich ruckartig stehen und reckte den Kopf so weit wie möglich himmelwärts. Auch Onkel Adolf schaute nach oben. Sein Arm zitterte so stark, dass er ihn mit der rechten Hand umklammern musste.

»Ja«, sagte er leise, »so wird es wohl sein. Er hat den Kampf gegen mich aufgenommen. Er versucht, mich zu zerstückeln, mich Glied um Glied verdorren zu lassen. Er schiebt den Feind Meter um Meter an uns heran. Vom Osten und vom Westen her. Seine ›Auserwählten‹ laufen ihnen voraus. Den Mund voller Blut. Ist es das meine, oder das ihre?«

Er zitterte so sehr, dass er umzufallen drohte. Ich drückte mich ganz dicht an ihn heran und sah zu ihm hoch. Dann spürte ich, dass sein Zittern allmählich nachließ.

»Das sind nur Anfälle«, beruhigte er sich, »das Alter

wirft seine Schatten und trifft mich in der ungünstigsten Situation. Selbst der Hund beginnt, Angst um mich zu bekommen.

Ich hätte den Krieg viel früher beginnen sollen, dann wäre die Entscheidung längst gefallen, und wir hätten es schon hinter uns gebracht.«

»Noch eine Alterserscheinung. Vor einiger Zeit noch hätte er am liebsten sein ganzes Leben lang Krieg führen wollen«, dachte ich.

Er nickte beifällig.

»Ein großer Gegner ist Er«, sagte Onkel Adolf, nachdem er den Gang wieder aufgenommen hatte, »Er besitzt bereits die Frechheit, mit mir in meinem ureigensten Inneren zu diskutieren, zu streiten. Eine infame, jüdische Chuzpe, pflegte mein Wiener Judenkumpel zu sagen.«

Er schritt jetzt schneller aus, und sein Bein schien ihm fast wieder zu gehorchen. Ich blieb absichtlich hinter ihm zurück.

»Deine Zeitsprünge können uns teuer zu stehen kommen«, wandte ich mich an Ihn. »Was sollen die blitzartigen Überfälle? Warum zeigst Du mir einen Vater, den ich nicht kenne und den ich dennoch herbeisehne? Woher kommt denn in dieser Landschaft eine Vergangenheit, die so grell, so grausam kurz angeleuchtet, im nächsten Moment in ein undurchdringliches Dunkel zurücktaucht? Wessen Herkunft zeigst Du mir? Seine oder meine?«

So hing ich meinen Gedanken nach, bis wir wieder im Quartier waren.

Die Zeit schien plötzlich stehenzubleiben. Ich sah, wie Onkel Adolf sich zunehmend erholte. Seine Schritte während unserer Ausläufe wurden wieder energischer, und seine greisenhaft hohe Stimme gewann die alte aggressive Schärfe. Immer seltener traten das Ohrenbluten und das Armzittern auf.

Die Tage und Wochen im Ziegenberger Adlerhorst gestalteten sich zu einer einzigen Idylle. Er nahm sich viel Zeit für mich, bedrängte mich nicht mit seiner sinnlosen Eifersucht und lachte über meine Einbrüche in die Ställe fremder Bauernhäuser, auch wenn dabei einige Hühner draufgingen. Nicht, weil ich sie etwa gerissen hätte, sondern weil ihnen ihre sinnlose Aufgeregtheit zum Verhängnis wurde.

Selbst als ich mich mit einem Hofhund aus einem der Bauernhöfe anfreundete, ließ er mich gewähren, und so streunte ich oft ganze Tage mit meiner neuen Begleitung durch die Gegend, während Onkel Adolf mit der Generalität stundenlange Planspiele absolvierte.

Nachts befahl er mich in sein Schlafzimmer. Doch erst, wenn er sich ausgezogen und sein langes wollenes Nachtkleid übergeworfen hatte. Er stand mit nackten Füßen vor mir. Seine durcheinandergeratenen Haare, die den sonst so ordentlich gezogenen Scheitel verdeckten, gaben seiner Erscheinung das Aussehen eines Clowns. Er wirkte viel kleiner und sein Bärtchen unter der klobigen Nase kam mir mehr denn je wie eine zu groß geratene, angeklebte Fliege vor.

Mir war ein gutausgestattetes Lager in der Nähe seines Bettes vorbereitet worden, dem es an nichts fehlte. Selbst ein Wassernapf stand bereit, aus dem ich mich während der Nacht aber nicht zu saufen getraute. Mehrere Male war Onkel Adolf durch mein Geschlabber wachgeworden und hatte mich wortlos hinausgeschmissen.

Ich fand es angenehm, ihn beim Schlafen zu betrachten. Sein hilfloses Daliegen und Schnarchen drängte all die Angst zurück, die sich am Tage durch nichts auslöschen ließ. Ich begriff dann seine Umgebung nicht mehr, die sich ihm so gehorsam unterworfen hatte.

Ab und zu verweigerte er mir auch mein Ruhelager, wenn ich von den langen Ausläufen mit meinem Kameraden im feuchten Gras zurückkam. Mein Fell würde ganz scheußlich stinken, maulte er dann. Ich solle mit meinem Hundegefährten das Lager teilen. Damit schlug er mir die Tür vor der Nase zu.

Häufig kam ich dadurch zu einem fürstlichen Nachtmahl. Der SS-Bub konnte den Tag gar nicht erwarten, an dem ich wieder einmal ausgesperrt war. Er verwöhnte mich mit den schmackhaftesten Resten aus der Mannschaftsküche und ließ mich in einem der geheizten Zimmer übernachten. Tornow und Rattenhuber, meine potentiellen Feinde, bekam ich nur selten zu sehen.

Es war die geruhsamste Zeit meines sonst so angespannten Hundedaseins. Und wenn ich ab und zu an meinen Auftrag – so nannte ich ihn inzwischen – erinnert wurde, verdrängte ich ihn rasch in die hinterste Ecke meines hündischen Gewissens, indem ich voller Sentimentalität meinen vierbeinigen Genossen vom Obersalzberg nachtrauerte. Das schien mir denn doch erträglicher als diese ständigen Forderungen aus der irrealen Tiefe meiner so vielschichtigen Vergangenheit.

In diesem Jahr brach unversehens der Winter ein, und eines Morgens lag eine völlig veränderte Landschaft vor uns. Ich spürte Onkel Adolfs vibrierende Aufgeregtheit, als er mit langen Schritten durch den Schnee stapfte und mich antrieb, vor ihm herzulaufen. Ich wäre lieber hinter ihm geblieben, um meinen Gedanken besser nachhängen zu können. Doch er ließ das aus irgendeinem Grunde nicht zu.

So war ich also in einem fort seinen fiebrigen Selbstgesprächen ausgesetzt und gelobte im stillen, auf keines seiner Worte einzugehen. Es fiel mir also leicht, stumm zu bleiben und seinen Ergüssen nicht allzu aufmerksam zu lauschen.

Er hatte wohl zu einem gewaltigen Schlag gegen seine Feinde ausgeholt und versicherte sich immer wieder, dass die Entscheidung des Kampfes sich hier und jetzt anbahne. Den ganzen langen Weg über rechnete er Panzer gegen Panzer und Flugmaschine gegen Flugmaschine auf und kam zu dem Schluss, dass er den Kampf auf alle Fälle gewinnen werde.

Weshalb es dann doch nicht zu diesem sehnlichst erwarteten Sieg kam, habe ich nie so recht begreifen können, da er auf diesem hektischen Spazierlauf seine felsenfeste Überzeugung auf mich übertragen hatte.

Wie dem auch sei, wir brachen plötzlich bei Nacht und Nebel auf, nachdem sich ein Großteil der Mannschaft schon vorher abgesetzt hatte.

Ich reiste im gleichen Zug wie Onkel Adolf, und selbst mein liebenswürdiger Bewacher Rolf Biesterer wusste nicht genau, welchem Ziel wir entgegenfuhren.

Unsere überstürzte Flucht hatte mir nicht einmal Zeit gelassen, mich von meinem neuen Freund zu verabschieden. Hals über Kopf waren wir in unsere Waggons gebracht worden. Mein SS-Bub hatte keine Gelegenheit gehabt, eine anständige Verpflegung zusammenzustellen und sagte sich, man wisse ja wohl nicht, wie lange wir diesmal unterwegs sein würden.

Meine Trauer über den Ortswechsel wurde nur durch den Gedanken an die Freunde in den Bergen ausgeglichen, die ich am Ende der Reise wiederzusehen hoffte.

Ich sollte recht behalten. Man zog sich in die geliebte Berglandschaft zurück, und ich begrüßte voller Enthusiasmus meine alten Genossen. Doch auch Rolf Biesterers Misstrauen war nicht ganz unberechtigt. Schon ein paar Tage später hieß es, der Führer verweile hier nur für eine kurze Zeitspanne, da er seine Kommandobrücke in der Hauptstadt besteigen müsse.

Onkel Adolf zeigte sich nicht mehr, und ich ließ meine beiden Freunde nicht mehr aus den Augen. Wolf und ich gönnten uns lediglich kurze Ausläufe innerhalb des ersten Sperrkreises, um so schnell wie möglich wieder bei unserem alten Kameraden zu sein, falls ihm irgendeine Gefahr drohte.

Tornow und Rattenhuber schienen sich schon heimlich präpariert zu haben. Jeden zweiten Tag fehlten ein oder zwei Hunde aus dem Rudel, und Prinz verbreitete traurig die Nachricht, dass sie allem Anschein nach an die Bauern aus der näheren Umgebung verschenkt wurden. Merkwürdigerweise verschwanden sie immer, wenn wir zu unseren äußerst knapp bemessenen Ausläufen aufgebrochen waren.

An einem dieser Tage kam ich nieder und warf in schneller Reihenfolge fünf Welpen. Die Anstrengung war groß, die Freude noch größer. Onkel Adolf kam sofort herbeigeeilt, und betrachtete meine klebrigen kleinen Knäuel.

»Die sind ja schon ungewöhnlich kräftig«, meinte er und klopfte mir enthusiastisch auf den Kopf.

»Der Zwinger wird mit Ausnahme von Wolf und Prinz von den Hunden geräumt«, sagte er und sah Tornow an, »Sie übernehmen das. Für meine drei Lieblingshunde und die Welpen wird eine komfortable Unterkunft in der Reichskanzlei gebaut. Ich erwarte, dass sie in den nächsten Tagen zur Verfügung steht.«

»Mein Führer«, meldete sich nun auch Rattenhuber zu Wort, »wollen Sie wirklich diesen uralten Kerl mitschleppen?«

Onkel Adolf sah Prinz lange an, und Prinz gab diesen Blick ohne Scheu zurück. »Etwas wie Würde, wie hoheitsvolle Würde liegt darin«, dachte ich und betrachtete voller Bewunderung dieses für einen Hund so ungewöhnliche Mienenspiel.

»Ja«, sagte Onkel Adolf, »er wird mitgeschleppt. Ich habe mich für sein natürliches Ableben verbürgt. Diese Hunde werden mit mir leben oder mit mir zugrundegehen. Ist das verständlich genug?«

Er sah den dicken Rattenhuber böse an. Der schlug nur die Hacken zusammen und trat sofort in die Gruppe zurück.

»Tornow, sorgen Sie dafür, dass die Welpen einen besonderen Platz erhalten.«

Damit verschwand Onkel Adolf, und seine gesamte Eskorte folgte ihm. Nur mein SS-Bub blieb noch einen kurzen Augenblick und strich mir leicht über das Fell.

»Das hast du gut gemacht, Blondi. Der Führer ist sehr glücklich über deinen Wurf. Vielleicht wird ihn der wieder Hoffnung schöpfen lassen.«

Er drehte sich um und lief der Gruppe fast galoppierend nach.

»Siehst du«, gab ich Prinz zu verstehen, »er hat sein Wort gehalten. Jetzt kann uns doch nichts mehr trennen.«

Halb belustigt und halb traurig ließen mich beide Hunde wissen, dass unsere Mitbewohner wohl den Tag nach unserer Abreise nicht überleben würden. Und während meine kleinen Kobolde fröhlich an mir herumsaugten, dachte ich in melancholischer Stimmung über das Geheimnis von Geburt und Tod nach.

Was war mit mir geschehen? Ich hatte Kinder geworfen. Hatte ich sie geworfen oder hatte ich sie geboren? Mein Verstand hämmerte mir angstvoll ein, dass ich sie lieben müsse, aber liebte ich sie? Ich betrachtete sie voller Wehmut, leckte ständig an ihnen herum, wenn sie nicht gerade an mir saugten, und traute meinem Übereifer immer weniger. Wie wäre mir zumute gewesen, hätten sie keine schwarzen Nasen, sondern kahle weiße Gesichter besessen? Ich suchte nach dem Jüngsten, den ich schon gar nicht mehr erwartet und der so überraschend seinen Kopf ins Freie gestreckt hatte. Er lag meist zuunterst. Seine Geschwister nahmen keine Notiz von ihm, krochen über ihn hinweg und hätten ihn in ihrer Blindheit erdrückt, wenn ich ihn nicht immer wieder hervorgezogen hätte. Im Gegensatz zu den anderen hatte er seine Augen schon geöffnet, und oft erkannte ich ihn daran, dass er unter all den haarigen Gliedern hervorblinzelte.

»Du musst auf ihn acht geben«, meinte Wolf. »Eines Tages werden ihn seine Geschwister umbringen. Er ist der Schwächste!«

»Und der intelligenteste«, antwortete ich boshaft. »Spiel dich jetzt nur nicht als sorgender Vater auf. Hast du überhaupt bemerkt, dass ich trächtig war? Und hast du mich jemals nach meinem Befinden gefragt?«

Wolf sah mich lange an. »Hunde ›befinden‹ sich nicht«, meinte er und drehte mir sein Hinterteil zu.

Jetzt gingen mir die Nerven durch. Ich warf mich blitzschnell auf ihn und wendete meinen Harrasbiss an. Er war so überrascht, dass er keinen Laut von sich gab und wie erstarrt stehenblieb. Er drehte seinen Kopf nach mir und sah mich so traurig an, dass ich einen Moment glaubte, meinen letzten Vater vor mir zu haben. Müde trottete ich zu meinen Kleinen zurück und begann sie von neuem abzulecken.

Bereits am darauffolgenden Tag wurden wir in einem geräumigen Lastwagen zur nächstgelegenen Station gebracht und in vergitterte, aber sehr komfortabel eingerichtete Güterwagen verladen. Wir warteten bis zum Einbruch der Dunkelheit, dann fuhren wir die ganze Nacht durch. Einem Ziel entgegen, das mir geheimnisvoll und wie ein schwer blutendes Herz näherrückte.

Ich wachte erst in einer provisorisch eingerichteten Unterkunft in der Reichskanzlei auf. Wieder hatte Er von sich nicht hören lassen. Meine Erschöpfung musste so nachhaltig gewesen sein, dass ich wohl schlafend ins Quartier hineingetragen worden war. Meine Zitzen schmerzten entsetzlich, und die Kleinen waren wie vom Erdboden verschluckt.

Neben mir lagen nur Prinz und Wolf. Ich sah Prinz genauer an und erschrak. Seine ganze Haltung war die eines verendenden Tieres. Doch plötzlich schlug er die Augen auf.

»Keine Angst«, ließ er mich wissen, »es geht mir gar nicht so schlecht. Im Gegenteil. So ein bisschen Heimat zu schnüffeln, tut gut. Zu meiner Zeit roch es hier extrem anders, doch einige Gerüche sind mir durchaus noch bekannt. Um es kurz zu machen, mein Mädchen, ich fühle mich wohl und freue mich, wieder daheim zu sein.«

Ich sah ihn verständnislos an. Er zog seine Lefzen zu einem gütigen Grinsen hoch.

»Ich stamme aus dieser Gegend. Einige Kilometer von hier entfernt, habe ich lange Zeit gewohnt. Ich weiß genau, wo ich mich befinde. Du könntest mich hier absetzen, wo du wolltest, ich fände immer nach Hause.«

»Hast du mir nicht einmal erzählt, dass du im Bayerischen zur Welt gekommen bist und die Berge im Grunde nie verlassen hast?«

»So weit es das Zusammensein mit deinem Onkel Adolf angeht, mag das zutreffen.«

»Dann hattest du also vor ihm einen anderen Herrn?«

»Es mag sein, dass ich davor mein eigener Herr war. Vielleicht war ich es sogar zu sehr«, fügte er versonnen hinzu.

Seine Augen schienen durch mich hindurchzusehen. Eine große Ruhe entstand um uns herum, und so etwas wie ein Glücksgefühl schien uns für einen Augenblick auf ungewohnte Weise zusammenzuführen. Ich konnte mich gar nicht von ihm losreißen.

»Ach«, dachte ich, während alles um mich zu verblassen schien, »er hat diese todesähnliche Ohnmacht über mich gebreitet. Nicht das Werfen meiner Kleinen, er hat mir meine Sinne gestohlen, hat mich die lange Fahrt vergessen lassen. Wie dankbar bin ich ihm, dass er mich vor den ewigen Diskussionen mit Ihm bewahrt hat«, dachte ich, während der bleierne Schlaf mich von neuem überfiel.

»Der Großmächtige hat dir deine Welpen entführt. Doch ich bin sicher, er wird sie dir, nachdem er sie genügend bewundert hat, schnellstens zurückbringen«, vernahm ich Prinz weiter, »er greift momentan nach allem, womit er spielen, mit dem er sich wirkungsvoll ablenken kann. Uns steht nun die endgültige Katastrophe ins Haus. Hier wird es bald höllisch nach Pulverdampf riechen.«

Immer noch sah ich Prinzens sich tiefblau einfärbende Augen auf mich gerichtet. Und doch waren es nicht mehr die seinen. Zum ersten Mal hatte ich das Gefühl, dass Er es war, der mich mit seiner unendlichen Ruhe umgab, mich mit leisem Spott beobachtete und wieder hinter einem Hundeantlitz verschwand.

»Deine Welpen sollte er dir eigentlich nicht nehmen«, sagte Er. »Es muss doch ganz allein ihre Entscheidung bleiben, ob sie diesen verrückt gewordenen Hundezüchter akzeptieren oder nicht. Und dazu müssen sie ja erst einmal erwachsen werden.«

Ich hörte Ihn leise lachen.

»Was glaubst Du, wie seltsam ich mir vorkomme, Kinder in eine Welt zu setzen, die im Begriff ist unterzugehen«, klagte ich.

»Dann tu etwas dagegen«, antwortete Er, »habe die Courage, ein tatkräftiges Geschöpf zu sein. Es würde dir sicher nur einiges gelingen, aber du stündest mit großer Wahrscheinlichkeit nicht allein da. Selbst eine so armselige Existenz wie dein Wolf hatte den Mut, sich dem nicht zu Überwindenden entgegenzustellen. Und du siehst, er ist noch immer am Leben.«

»Wie kannst Du Wolf zu einer armseligen Existenz abstempeln«, empörte ich mich, »er verdient den ganzen Respekt unserer Rasse. Auch Onkel Adolf hat erkannt, dass er einen ehrwürdigen Tod verdient hat.«

»Du wirst Mir doch aber zugeben, dass die Zweibeiner euch Vierbeinern einen sehr beschränkten Platz in der Hierarchie der Lebewesen eingeräumt haben.«

Wieder hörte ich dieses leise Lachen, das mich zur

Weißglut trieb. Ich war mir nicht sicher, ob ich zu bellen anfing. Jeder Muskel in meinem Hals zuckte, rebellierte und ließ mich fast ersticken vor Zorn.

»Nichts wird mich dazu bringen, Dir überhaupt noch zu antworten. Ich werde meinem ungeheuren Schlafbedürfnis nachgeben und nach einer erquickenden Erholungspause ins Leben zurückkehren, um mir meine Welpen an den Bauch zu legen.«

»Dazu wirst du auch Gelegenheit haben«, erwiderte Er, »doch ich kann dir nicht garantieren, dass deine erträumte Zukunft von langer Dauer sein wird. Eines aber verspreche ich dir: Ich werde nichts tun, was Meinem Versprechen, dir und deinem Freunde gegenüber, zuwiderlaufen kann.«

»Meinem Freunde?«, fragte ich.

»Oder nennen wir ihn besser deinen Begleiter, der dich auf den wichtigsten Strecken deiner Daseinswanderungen unter seine Fittiche genommen hat. Entsinnst du dich seiner?«

Ich blieb stumm und glaubte, mein Herz aussetzen zu fühlen. Zuerst tauchten die wundervoll geschwungenen Augenbrauen vor mir auf, die großen, kugelrunden Augen, der ungewöhnliche Umfang seines Kopfes, die kleine, aber kräftige Gestalt, doch sein Mund blieb stumm.

»Bist du es, der zu mir spricht?«, fragte ich und horchte vergebens auf seine Stimme, die mir stets so wohlgetan hatte.

»Oder hat Er sich wieder in dir verborgen?«

Sein Blick schien mich zu erkennen und doch an mir vorbeizusehen, als betrachte er etwas hinter meinem Rücken, das ihn äußerst zu fesseln schien.

»Du scheinst dich seiner sehr gut zu erinnern. Das freut mich«, ließ Er sich erneut vernehmen, »höre nun mein

Gebot, das mir sehr viel bedeutet und auch deinem Wohlergehen zugute kommen wird, wenn du es erfüllst.

In nicht allzu ferner Stunde wird ein Nachtmahl auf dich zukommen, das man dir auf die Zunge legen wird. Wer immer es dir auch reichen sollte, kaue es, schlucke es, und sei trotz einiger unangenehmer Erfahrungen gewiss, dass dir werden wird, was du dir wünschest und dir bestimmt ist.

Habe Vertrauen zu dem, was hinter dir liegt, so wirst du auch dem vertrauen, was vor dir liegt. Das ist mein Gebot an dich und deinen in Zeitaltern erfahrenen Geist. Nichts kann dir geschehen, was nicht schon geschehen ist. Entsinne dich dessen und Desjenigen, der über dich kommen wird und sich nennt ›Ich bin der, der Ich bin‹.«

Ich konnte meinen Blick nicht von ihm losreißen. Von seinem Mund, der jetzt so stumm blieb und mich nicht anzusprechen wagte.

»Maimun,« rief ich, »wo bist du? Ist Er es, der sich deines Gesichts bedient, oder was hindert dich, das Wort an mich zu richten? Haben wir nicht gemeinsam in der Gaskammer gesessen? Haben wir nicht den Weg durch die polnischen Todeslandschaften angetreten? Den brennenden Juden in Spanien zugesehen, oder dem höllischen Vernichtungswillen des Nebukadnezar? Und hast du mich nicht endlich aus den Armen der ägyptischen Sklaverei befreit, nur um mich allein und ohne deine tröstliche Begleitung durch dieses furchteinflößende Tor ziehen zu lassen?

Sprich zu mir, mein Geliebter! Sage mir, was ich von diesem Gebot zu halten habe. Du, der du mir in diesem Augenblick mein uraltes Gedächtnis bis in seine entferntesten Winkel ausleuchtest und mich zu dem beförderst, was ich schon immer war: ein gefährdeter und überaus verletzlicher Zweibeiner, dem es lediglich die Sprache verschlagen hat und der nun nie und nimmer mehr aus dem Sinn verlieren mag, was ihm an Erfahrungen zuwuchs.

Öffne endlich deinen Mund oder lasse mich dich aus den Augen verlieren, damit ich meiner Schmerzen Herr werde und erkenne, wer in Wahrheit das Wort an mich gerichtet hat.«

Ich versuchte meine Pfoten zu seinem Gesicht emporzuheben, doch er verblasste ohne ein Lächeln des Wiedererkennens, und ich fiel ins Leere. So sehr, so nachhaltig, dass ich meiner nicht mehr ansichtig wurde und vergessen hatte, was um mich herum vor sich gegangen war.

Lediglich die Verteidigung meiner Welpen lag mir noch am Herzen. Ansonsten schlief ich, wo ich ging und stand. Hatte nur noch den Wunsch, dem Leben nicht mehr begegnen zu müssen.

Wenn Prinz hin und wieder meinte, sich an mich wenden zu sollen, zeigte ich ihm die kalte Schulter. Besonders, wenn er in seinen philosophischen Vorträgen von manchen Hunden sprach, die mit ihrem artfremden Bewusstsein sich und ihresgleichen zum Dauerproblem wurden.

Eines Tages zog der ganze Tross des Führers in die fertiggestellten Bunkerverliese der schon von Bomben stark ramponierten Reichskanzlei. Uns Hunden wurde im höhergelegenen Stockwerk, dem sogenannten Vorbunker, ein Raum mit einer dazugehörenden Toilette angewiesen, in der die Welpen untergebracht waren.

Prinz, der, wie umgewandelt, jede Kleinigkeit in Augenschein nahm, schien um Jahre verjüngt und begann, uns lange Vorträge über die Verteidigung von Zitadellen zu halten. Er monierte, dass man sich so früh in die, wie er es nannte, letzte Stellung zurückgezogen hatte, die einem noch geblieben war. Er an Stelle des Großmächtigen wäre immer wieder zu Großangriffen gegen den Feind aufgebrochen und hätte den Tod eher im freien Terrain und in frischer Luft gesucht.

Mit unseren Hundeohren könne man den Schlachtenlärm schon vernehmen, und es sei abzusehen, wann er sich verstärken und bis an die Tore der Zitadelle zu hören sein würde.

Wolf, den dies alles nur mäßig interessierte, beobachtete stets den Sockel oberhalb der Treppe, und oft gelang es ihm, durch die sich manchmal öffnende Tür in den Garten zu entwischen, nachdem er wie der Blitz die Treppe hinaufgejagt war.

Auch wenn Onkel Adolf mich zu den immer seltener werdenden Gängen in den Garten mitnahm, hörte man den unangenehmen Lärm der Kanonade, der von Tag zu Tag näherzukommen schien.

Eines Abends hatte Onkel Adolf zu einem Festessen in kleinem Kreis geladen. Man war dazu in die notdürftig hergerichteten Räume der Kanzlei gezogen und hatte sich dort an festlicher Tafel niedergelassen. Alle seine Kameraden aus großer Zeit saßen um ihn herum, und wir Hunde wurden in eine Ecke plaziert, aus der wir die Gesellschaft vollständig im Auge hatten.

Köstlich duftende Näpfe mit einladendem Fleischersatz wurden vor uns hingestellt, und Prinz meinte zu Wolf, dass die neu eingestellte tschechische Köchin wohl wieder ihre verlogenen Gerichte zubereitet habe, die sich dann als ungenießbar herausstellen würden.

Onkel Adolf machte seine Gäste im Laufe des Abends

auf ein überdimensionales Gemälde Friedrichs von Preußen aufmerksam.

»Dieser Mann«, betonte er, »hat den Russen vor den Toren der Hauptstadt noch in die Flucht schlagen können.«

»Um bei der Wahrheit zu bleiben: Nur der Tod der Zarin Elisabeth hat ihn vor der endgültigen Katastrophe gerettet«, meinte Prinz.

Ich fing an, die Lefzen hochzuziehen, und Wolf schüttelte sich.

Onkel Adolf ließ den Finger sinken und blickte verloren vor sich hin.

»Nun«, sprang der kleine Krüppeldoktor ein, »das Glück ist auf Seiten des Tüchtigen. Nach dem Tode des debilen Zaren bestieg die deutsche Katharina den Thron Russlands und beendete endgültig diesen unsinnigen Krieg gegen den großen König.

Im Namen des Führers habe ich Ihnen nun mitzuteilen, dass der Präsident der Vereinigten Staaten von Amerika und verjudete Kriegstreiber verstorben ist. Dem Führer des Reichs widerfährt damit die gleiche Hilfe, die Gott auch dem großen Friedrich widerfahren ließ.«

Die gesamte Gesellschaft erhob sich und stimmte die Nationalhymne an. Danach ergriff Onkel Adolf wieder das Wort.

»Ich habe mich in allem stets an die Charakterfestigkeit Friedrichs des Großen gehalten. Seine beispielhafte Haltung in den widrigsten militärischen Situationen und seine politische Umsicht waren für mich von Jugend an ein Vorbild. Die Ächtung fremden Einflusses, sei es in der Kultur oder in der Wirtschaft, hat vom deutschen Wesen lange Zeit alles ferngehalten, was sich als verderblich hätte erweisen können.«

»Das ist doch der bare Unsinn«, legte Prinz von neuem los, »im Staate des Königs konnte jeder nach seiner Fasson selig werden. Das war ein geflügeltes Wort.«

»Und«, fuhr Onkel Adolf nach einigem Nachdenken fort, »wenn sich jetzt jemand aus unserem Volk auf den berühmten Ausspruch des Königs berufen sollte, dass jeder nach seiner Fasson selig werden könne …«

Ich sah verblüfft zu Prinz hinüber. Er zog amüsiert eine Lefze hoch und würdigte mich keines Blickes.

»Dann erwidere ich darauf: einem deutschstämmigen Mann hätte das zugestanden.

Es war für unser Vorbild eine Selbstverständlichkeit, sich so und nicht anders zitiert zu wissen. Aber stellen Sie sich vor, meine Damen und Herren, dass jeder Zigeuner, jeder Wasserpolacke in unserem Land eine solche Erlaubnis bekommen hätte. Sie glauben doch nicht etwa, dass dies im Sinne des großen Königs gewesen wäre?«

Ich fing an, mir Sorgen um Prinz zu machen. Er hatte die Augen halb geschlossen, und seine Pfoten begannen, wie während eines lästigen Traumes, zu zucken. Einige Gäste der Gesellschaft fingen an, ihre Aufmerksamkeit auf ihn zu lenken, denn sein ganzer Leib wurde wie im Krampf geschüttelt.

»Willst du etwa hier verenden, du dummer alter Kerl?«, herrschte ich ihn an.

Er hörte sofort auf und öffnete die Augen.

»Was regt dich denn so auf?«, fragte ich und bekam keine Antwort.

Statt dessen stellte er die Ohren steif und lauschte, denn Onkel Adolf war nun in seiner Rede zur Militärpolitik des Preußenkönigs übergegangen.

»So hatte er«, hörte ich ihn sagen, »seine Rekrutierungen nur aus eigens dafür vorgesehenen Orten vorgenommen. Erst in den Wirren des Siebenjährigen Krieges griff er wahllos zu und nahm, was er kriegen konnte. Davor bevorzugte er Orte mit ganz bestimmten Namensendungen. Beispielsweise Drewitz, Dahlewitz, Gastrose-Kerkwitz. Aus letzterem kamen die besonders Missmutigen. Sie wurden in vorderster Linie eingesetzt. Ein freiwilliges Himmelfahrtskommando sozusagen. Dann Schortewitz, Kolkwitz, Kottwitz. Aus diesen Orten zog er seine Offizierskader heran. Denken Sie zum Beispiel an den alten Kottwitz. ›Diese Kerls haben den Witz mit Löffeln gefressen‹, pflegte der König zu sagen.

Aus Dörfern wie Teltow, Gudow, Gottow, Neu-Schadow, Bredow, Buckow, Dudow, Pankow, Rudow dagegen rekrutierte er sein Kanonenfutter. Beachten Sie die Endsilben dieser Orte. Diese Burschen hatten alles in den Muskeln und nichts im Kopf.«

Das leise aufkommende Gelächter übertönte Onkel Adolf, indem er schrie: »Ideales Kanonenfutter! Das versichere ich Ihnen. Mit diesen Fleischbergen hat er seine in der Überzahl angreifenden Feinde zur Verzweiflung gebracht.

Die größten Pflaumen aber hatte er dem Ort Dummestorf entnommen. Da konnte er in erstaunlich kurzen Abständen immer wieder zugreifen. Die wuchsen dort wie die Kohlköpfe.«

Jetzt brach ein Höllengelächter los. Der dicke Hermann schob seinen Stuhl zurück und schlug sich auf die Schenkel. Der kleine Doktor riss seine Frau Magda von ihrem Sitz und rief ekstatisch, dass dieses wieder so recht ein genialer Einfall des Führers wäre und man es heute ebenso halten müsse, dann könne ja der Krieg gar nicht verlorengehen.

»Denn Dumme würden doch stets wieder nachwachsen.«

Ich sah ihm voller Verwunderung zu. Wobei ich nicht beurteilen konnte, ob es nun Verzweiflungstränen oder Lachtränen waren, die ihm über die Wangen liefen. Auch Frau Magda schien sich nicht so ganz im klaren darüber zu sein, also lief sie einfach auf Onkel Adolf zu und küsste ihm voller Inbrunst die Hand.

Prinz gab ein leises Stöhnen von sich. Ich schob ihm kurz meine Schnauze unter den Bauch.

»Was hast du?«, fragte ich, »du gibst so befremdende Laute von dir, und deine Augen scheinen sich in Wasser aufzulösen. Worüber regst du dich so ungewöhnlich auf?«

Prinz gab keine Antwort, sondern versuchte mit seinen wie erblindet wirkenden Augen die Gesellschaft zu fixieren. Man war inzwischen im Gespräch bei der heutigen Jugend und ihrem Mangel an soldatischer Haltung angelangt. Onkel Adolf prangerte lautstark den allzugroßen Bildungseifer an, der von der Lehrerschaft noch geschürt würde.

Der Schwerpunkt in der europäischen Erziehung läge nach wie vor auf der schöngeistigen Ausbildung junger Burschen. Er verstünde ja noch am ehesten, wenn man der jungen Weiblichkeit eine solche Bildung angedeihen ließe. Die jungen Kerle aber hätten den Vorrang zu allererst auf das Physische zu legen.

Vor allem in solchen Krisenzeiten, in denen die Nation um ihre Existenz ringe. Er werde nach gewonnenem Krieg für eine rigorose Veränderung im Denken der Lehrkräfte eintreten – wobei er dem Wort rigoros einen besonders rollenden Ausdruck verlieh – und so wenigstens im großgermanischen Raum rapide für eine Umwälzung auf diesem Gebiet sorgen.

Nun meldete sich ein Mann zu Wort, der in liebenswürdiger Weise Onkel Adolf zuzustimmen schien, und dennoch glaubte mein in letzter Zeit zu äußerster Hellhörigkeit geschultes Ohr einen leisen Missklang herauszuhören. Aber trotz größter Aufmerksamkeit gelang es mir nicht, herauszufinden, wie es zu meinem Eindruck kam.

»Selbstverständlich stimme ich Ihnen voll und ganz zu, mein Führer«, sagt dieser Mann, »denn was haben wir auf dem Gebiet der Feingeistigkeit noch zu erwarten? Durch den uns aufgezwungenen Krieg ist doch, nur, um ein Beispiel zu nennen, in der Musikpflege und der Heranbildung musikalischen Nachwuchses unfassbar Zerstörerisches angerichtet worden.

Äußerste Verwüstung ist auf Jahre hinaus zu beklagen. Und der Tag, an dem das Stimulans künstlerischen Eindrucks unserer kommenden Generation wieder verfügbar sein wird, ist ein sehr ferner.«

»Sehr richtig, Professor«, unterbrach ihn Onkel Adolf, »denn was hätten im Falle eines gegnerischen Sieges diese Alliierten an Kulturellem zu bieten? Nehmen Sie, beispielsweise, das Lied ›Lilli Marlen‹. Dass die Feinde des Reiches ihre Truppen deutsche Soldatenlieder singen lassen, weil ihnen die eigenen begabten Komponisten fehlen, ist doch der Gipfel an Schamlosigkeit. Scheußlich, daran zu denken, dass sich diese rassisch verseuchten Angelsachsen mit unseren Liedern zum Kampf gegen uns motivieren.«

»Wie recht Sie haben, mein Führer«, setzte der Professor seine Rede fort. »Wir sollten unter keinen Umständen dem Feinde den Triumph gönnen, uns aller geistigen Tradition zu entblößen und uns auf den Stand von Hottentotten zurückzuentwickeln. Nie in der Geschichte der Menschheit ist ein Krieg zu Ende gegangen – und jeder

Krieg ist einmal zu Ende –, ohne dass sich einschneidende Veränderungen daran geknüpft hätten. Wie immer sie auch ausgesehen haben mögen.

Sie, mein Führer, haben doch selbst so mächtige Impulse auf dem Feld der Kunst gegeben. Ihnen muss ich doch nicht ins Gedächtnis rufen, dass Kunst einen machtvollen Anteil an der Identität einer Nation haben sollte. Vorausgesetzt«, er stockte und sah versonnen auf den Tisch hinunter.

Niemand wagte es, auch nur ein Wort dazwischenzuwerfen. Selbst Onkel Adolf blickte voller Neugier zu diesem Mann hinüber, und es dauerte lange, bis er ihn endlich aufforderte, weiterzusprechen.

»Vorausgesetzt«, fuhr der Mann fort, »man kann unsere vielfältigen Feinde daran hindern, uns die Seele zu stehlen. Die Kunst und die Wissenschaften sind unverzichtbare Ingredienzien unserer völkischen Psyche und als solche die wichtigsten und verletzlichsten Angriffsziele des Feindes.

Deshalb, mein Führer, stimme ich Ihrer Forderung nach äußerster Wehrhaftigkeit zu, appelliere aber gleichzeitig an Ihr so hochentwickeltes Nationalgefühl, diese unsere Identität nicht aus den Augen zu verlieren. Denn wo blieben die Zukunftsträume unseres Volkes, würde es nicht an den genialen architektonischen Entwürfen Ihres Geistes Halt finden können.

Und schauen Sie als letztes auf unsere tödlich verletzten Städte. Wer sollte ihnen einmal ihr imposantes Gesicht zurückgeben, wenn nicht Sie, mein Führer.«

Niemand wagte, das Schweigen zu durchbrechen. Onkel Adolf saß hochaufgerichtet und bewegungslos auf seinem Stuhl. Einzig die Tränen, die ihm über das Gesicht liefen, ließen eine Regung erkennen.

Plötzlich stand er auf, ging gemessenen Schrittes um den Tisch herum und ergriff die Hand des Mannes. Dann zog er den erschrocken Aufspringenden wortlos an sich, sah ihm lange in die Augen und verließ schließlich den Raum.

»Das ist der Mann, der mir meine Karriere verdorben hat«, ließ sich Wolf an meiner Seite vernehmen, »ein hinterhältiger Zweibeiner, dessen Augen nicht zu trauen ist.«

»Von überragender Intelligenz«, bemerkte Prinz, und obgleich sein Zittern andauerte, schien er sich wieder gefangen zu haben.

Der kleine Krüppeldoktor durchbrach das Schweigen nach dem Abgang Onkel Adolfs.

»Sie scheinen auf dem Gebiet der seelischen Manipulation ebenso bewandert zu sein wie auf dem der physischen. Mein Kompliment. Hören Sie eigentlich oft meine Reden?«

»Selten, Herr Minister, sehr selten. Mein ständiger Bereitschaftsdienst besetzt praktisch meinen gesamten Tagesablauf. Doch Ihre Artikel in der Wochenzeitschrift lese ich sehr fleißig.«

»Zu fleißig, Professor?«

»Ich würde eher sagen, sehr intensiv. Ihre Kunst der Formulierung ist eine seltene Gabe, Herr Minister.«

»Dieses Kompliment kann ich nur zurückgeben«, erwiderte der Krüppeldoktor, »Ihre Rede aus dem Stegreif hat mir imponiert. Dieses zwiegesichtige Geschick, diese famose Doppelbödigkeit, gibt Ihrem Sprachgebaren etwas geradezu Hinterhältiges. Und wenn man nicht wüsste, dass Ihre Ansprache an den Führer eine spontane Reaktion, also gewissermaßen aus dem Augenblick geboren war, könnte man auf sehr seltsame Gedanken kommen.

Doch da Sie erst vor wenigen Stunden auf Ersuchen des Führers hier eingetroffen sind, muss ich wohl meinem berechtigten Misstrauen zum Opfer gefallen sein.«

»Ich verwahre mich gegen diese Art von Anschuldigung, Herr Minister!« Der Professor war mit hochrotem Kopf aufgesprungen. »Ich bin aufgrund eines bronchialen Infekts des Führers hierher beordert worden, der sich übrigens als harmlose kleine Erkältung herausgestellt hat. Und wäre schon längst wieder in der Charité, wenn die Stadt nicht voller kriegerischer Unruhe wäre.

Mein Kollege Morell hat bestimmt keine Mühe damit, die Unpässlichkeit des Führers in den Griff zu bekommen. Wenn sich die Situation draußen beruhigt hat, werde ich die erstbeste Möglichkeit wahrnehmen, um an meinen Arbeitsplatz zurückzukehren.«

»Na, dann ist ja alles in bester Ordnung, Professor«, sagte der kleine Doktor und stand seinerseits auf, »ich werde dafür sorgen, dass Sie wohlbehütet Ihre Pflichten wahrnehmen können. Allerdings werden Sie sich noch ein wenig gedulden müssen, bis ich das endgültige Einverständnis des Führers habe.«

»Zwei hochqualifizierte Schlitzohren«, hörte ich Prinz an meiner Seite, »ich hätte nicht gedacht, dass sich innerhalb einer so verwilderten Generation noch so viel intrigante Intelligenz findet.«

Ein paar Stunden später hatten wir uns endgültig in den Bunker zurückgezogen. Der Kriegslärm aus der Luft war so strapaziös geworden, dass viele aus der sonst so selbstsicheren Umgebung Onkel Adolfs in Panik gerieten.

Onkel Adolf selbst schrie in kurzen Abständen nach dem Reichsführer, und als statt seiner Hermann Fegelein auftauchte, brüllte er, ohne ihn zu Wort kommen zu lassen, dass er sich mit so minderwertigem Ersatz nicht abfinden werde. Der Reichsführer habe sofort bei ihm zu erscheinen.

Fegelein blieb erstaunlich gelassen und entschuldigte das Fehlen des Reichsführers damit, dass er im Norden des Reiches mithelfe, eine neue Elitetruppe zusammenzustellen, die den befürchteten Ring des Russen um Berlin aufsprengen solle.

Onkel Adolf wurde plötzlich ganz ruhig und setzte sich auf einen der Schemel des dunklen Ganges, in dem wir Hunde untergebracht waren.

»Ich habe nun drei Mitteilungen an Sie, mein Führer, die mir von höchster Wichtigkeit zu sein scheinen. Fräulein Eva Braun ist soeben im oberen Bunkergeschoss eingetroffen und wird im Augenblick von Frau Magda betreut.

Des weiteren lässt Ihnen der Reichsführer ausrichten, dass er alles Nötige veranlassen wird, um Berlin zu entsetzen und Sie in Ihr Stammhaus am Obersalzberg zu überführen.«

»So ein Schwachsinn!«, rief Onkel Adolf und versuchte sich zu erheben, doch die Beine schienen ihm zu versagen.

»Vor allem aber, mein Führer«, Fegelein baute sich jetzt dicht vor ihm auf, »vor allem jedoch habe ich Ihnen die Nachricht zu überbringen, dass der Russe heute morgen zum Großangriff auf die Hauptstadt angetreten ist.«

Fegeleins Augen schienen für einen Moment wie im Triumph aufzuleuchten, doch Onkel Adolf nahm nichts mehr wahr. Er saß zusammengesunken auf seinem Schemel und machte den Eindruck, als lausche er einer inneren Stimme.

»Das ist das Ende«, hörte nun auch ich den Gedanken

Prinzens zu, »dieses Mal wird kein Zar zur Stelle sein, um dir aus deinem elenden Schlamassel zu helfen.«

»So ein Unsinn«, sagte Onkel Adolf und sah auf.

»Mein Führer, diese Nachricht ist eindeutig belegt«, widersprach Fegelein.

»Das meine ich gar nicht«, sagte Onkel Adolf, »die Offensive des Russen habe ich längst erwartet. Aber warum hat man die Reise des Fräulein Braun hierher nicht verhindert?«

»Sie will an Ihrer Seite sein, wenn es zum Letzten kommt.«

Onkel Adolf starrte Fegelein sehr lange ins Gesicht.

»Neugierig war ich, was der Herr Fegelein mit dem ›zum Letzten‹ meint«, dachte ich.

»Das kannst du seinen Augen ansehen«, antwortete Prinz, »aber er soll den Spaß nicht zu weit treiben.«

»Sie halten sich zur Verfügung, Gruppenführer. Ich will über jeden Schritt unterrichtet werden, den der Reichsführer unternimmt. Lassen Sie Fräulein Braun in meine Räume bringen und richten Sie ein paar Zimmer für sie ein. Komm, Blondi!«

Er griff nach mir und zog mich mühsam am Halsband hinter sich her. Ich blickte kurz zu Wolf hinüber. Er lag in seiner üblichen Stellung auf dem Boden und sah mich mit weitgeöffneten Augen an.

Onkel Adolf hatte mich kurz vor der Treppe, die in das untere Stockwerk und zu seiner Bunkersuite führte, von der Hand gelassen, und ich trabte missmutig hinter ihm drein. Meine Welpen waren in der Toilette des oberen Stockwerkes eingesperrt, und ich hatte sie seit dem frühen Morgen nicht mehr zu Gesicht bekommen.

Vor allem ging mir mein kleiner Sohn Wolf ab, in den sich anscheinend auch Onkel Adolf verliebt hatte und der jetzt zusammen mit den anderen Kleinen der zweifelhaften Obhut des Reichshundeführers übergeben worden war. Ich konnte mir das nur damit erklären, dass Onkel Adolf seine Umgebung immer weniger wahrnahm und seine Angst vor dem Ende seltsame Formen angenommen hatte.

Vor dem Eingang zu seinen Privaträumen erwarteten ihn schon sein ständiger medizinischer Betreuer Dr. Morell und der Professor, der nach abschließender Untersuchung in der Nacht noch in sein Krankenhaus zurückwollte, in Erwartung der vielen Blessierten, die in Kürze wieder eingeliefert werden würden.

Die beiden Herren begleiteten Onkel Adolf in das sehr kärglich eingerichtete Schlafzimmer und schlossen die Tür hinter sich. Doch schon im nächsten Moment wurde sie wieder aufgerissen, und Onkel Adolf stand vor mir. Mit einem leisen Pfiff bedeutete er mir, ebenfalls ins Schlafzimmer zu kommen und an der Wand gegenüber des Bettes Platz zu nehmen.

Dr. Morell schien das heimlich zu missbilligen, doch der Professor betrachtete mich wohlwollend und strich mir mit einer sich sehr weich anfühlenden Hand über den Kopf. Danach forderte er Onkel Adolf auf, den Oberkörper freizumachen, und ich konnte zum zweiten Mal den unkostümierten Mann betrachten. Oder zumindest die obere Hälfte.

Ich bemerkte voller Überraschung einen anomal entwickelten rechten Oberarm, der aussah, als wäre er aufgeblasen worden. Der noch geschlossene Hosenbund wurde von enorm breiten Hüften aufgehalten.

»Ach ja«, dachte ich, »eine so unterentwickelte Brust hätte ich bei ihm nicht erwartet. ›Hühnerbrust‹ nannte man das in früheren Zeiten.«

Ich stockte und schmiegte mich so lautlos wie möglich an den Fußboden.

»Ja«, bestätigte ich mir nach einer Weile, »›Hühnerbrust‹ nannte man das in der Hauptstadt. ›Hühnerbrust‹ hatte das auch mein jüngster Vater genannt, mein Hauptstadtvater, wie ich ihn seit kurzem für mich selbst bezeichnete.«

Nachdem der Professor den Umfang von Onkel Adolfs rechtem Oberarm befühlt hatte und sich von ihm erklären ließ, dass er in seinen besseren Zeiten diesen Arm bis zu drei Stunden ohne Unterbrechung, ohne Anzeichen von zitternder Schwäche und ohne heimliche Stütze zum Deutschen Gruß in die Höhe gehalten habe, hörte der Professor flüchtig die Atemwege ab, um sich dann mit allen guten Wünschen zu verabschieden.

Während er an mir vorbei zur Tür ging, wollte sich Dr. Morell ebenfalls aus dem Staub machen, wurde aber von Onkel Adolf zurückgehalten. Er erbäte sich noch eine weitere Konsultation. Eine sehr heikle und intime Untersuchung.

Onkel Adolf zeigte mit einer vagen Geste auf seinen Unterleib.

»Ich habe mich endgültig dazu entschlossen, mein natürliches Schamgefühl zu überwinden, und Sie, Morell, werden sich die Mühe machen, mir meine widerlichen Schmerzen zu nehmen.«

Ich sah Dr. Morell an, dass auch ihm die Situation zu schaffen machte. Er zog ein Taschentuch hervor, betupfte damit fortwährend seine Stirn oder trocknete sich seine schweißtriefenden Hände ab. Nach einer Zeit stummen Wartens, während der man nur das Geräusch der Reibung zwischen Haut und Leinen vernahm, steckte Morell das Tuch wieder ein und bedeutete Onkel Adolf, den Unterleib zu entblößen.

Zögernd und sich am einzigen Stuhl im Raum festhaltend, stieg Onkel Adolf aus Hose und Unterhose, hielt die Schenkel dicht zusammen und fixierte Morell mit einem Gemisch aus Angst und Misstrauen.

Ich wagte anfangs gar nicht hinzusehen. Aber nach einem kurzen Aufschrei Onkel Adolfs tat ich es unwillkürlich doch und wusste mich vor Verwunderung nicht zu lassen.

Ich blickte auf zwei knochig hervorstehende Hüften, einen faltigen Bauch und Genitalien, die sich hinter langen schwarzen Haaren zu verstecken schienen. Ich sah deutlich, dass Onkel Adolf ein echter Eineiiger war, weshalb der Hodensack ungewöhnlich tief zur rechten Seite herunterhing und der Penis fast unter einer seiner Bauchfalten verschwand.

Dieser Penis aber hielt die größte Überraschung für mich bereit. Er war beschnitten. So schien es jedenfalls. Und zwar absolut fachmännisch. Wenn es kein Zufall war und Dr. Morell im Laufe der Untersuchung nicht die Eichel von der Vorhaut entblößt hatte, dann stand hier der Führer aller Germanen mit dem Symbol des Alten Bundes vor mir.

Wie Luzifer, der sich gerade vom Ewigen losgesagt hatte und dennoch die Insignien des Alten nicht hinwegzaubern konnte.

War es eine Art von amüsiertem Ekel, der mich mit einem Mal aufheulen ließ? Die beiden Männer erschraken, und Onkel Adolf zischte mir das Wort »Ruhe!« zu. Dann steckte Morell ihm eine ziemlich lange Nadel in den Hintern, und Onkel Adolf stöhnte auf.

Morell hielt einen kleinen Vortrag über den lästigen Schmerz von Leistenbrüchen und empfahl das Hinzuziehen eines Chirurgen oder zumindest eines Orthopäden.

Onkel Adolf stand immer noch mit auf den Knöcheln

ruhenden Hosen da und streifte sie, nachdem Morell das Zimmer verlassen hatte, ab. Er stellte die Schuhe ordentlich vor das Bett, hängte Uniform und Unterzeug über die Stuhllehne und zog ein langes Leinenhemd über den Körper.

Plötzlich pfiff er vor sich hin, bückte sich umständlich und zog schweratmend meinen kleinen, völlig verängstigten Wolf unter seinem Bett hervor. Ich sprang ihm sofort zur Seite, doch er scheuchte mich mit einer herrischen Bewegung auf meinen Platz zurück, legte sich mit dem zitternden Wolf an seiner Brust zu Bett und begann ihn zu streicheln.

Wolf versuchte nach einer Weile, an einem seiner Finger zu saugen, doch das stieß ihn ab.

»Warum begreift dieses Untier denn nicht, dass der Kleine Hunger hat?«, überlegte ich wütend und fletschte die Zähne.

Unvermittelt holte Onkel Adolf aus und schmiss mir Wolf vor die Pfoten. Der Kleine jaulte auf, schien sich aber nichts getan zu haben, denn er suchte sofort meine Zitzen und fing gierig an zu saugen.

Am nächsten Morgen wurden wir früh aus dem Zimmer gewiesen und sprangen sogleich ins nächste Stockwerk hoch. Nachdem ich die anderen Kleinen in der Toilette gesäugt hatte, sah ich mich nach Wolf um. Prinz, der wieder seinen Posten vor der offenen Toilettentür eingenommen hatte, gab mir zu verstehen, dass Wolf schon am frühen Morgen den Bunker verlassen hatte und seitdem nicht wieder aufgetaucht sei.

»Der Garten dort draußen soll ja sehr weitläufig sein«, meinte er, »doch bei diesem Beschuss kann selbst ein dringend benötigter Auslauf nicht das wahre Vergnügen bedeuten.«

Ich lief sofort zum Treppenaufgang, arbeitete mich an den schwerbewaffneten Posten vorbei bis zur Außentür hoch und zuckte zurück. Die Tür wurde von außen aufgerissen und ein völlig aufgelöster Tornow stürmte herein.

»Der Biesterer wollte der Töle einen Morgenspaziergang gönnen«, schrie er, »jetzt hat es ihn erwischt. Man kann noch nicht einmal an ihn herankommen. Der Russe pflügt gerade den ganzen Garten um!«

Ich war zwischen seinen Beinen hindurch zur Tür hinaus in den Garten gelaufen, ohne dass es jemand auch nur bemerkt hätte. Vor mir riss die Erde auf. Über mir pfiff es wie bösartiges Getier, das sich auf mich stürzen wollte, und ich jagte todesmutig, ständig Haken schlagend, auf dem verwüsteten Gelände umher, stürzte in tiefe, mit Wasser gefüllte Löcher, arbeitete mich mühsam wieder nach oben und fiel ins nächste.

In einem dieser Löcher sah ich Biesterer mit ausgebreiteten Armen auf dem Wasser liegen. Ohne Kopfbedeckung, mit vom Tümpel grau eingefärbten Haaren, sah er um Jahre gealtert aus. Unter ihm aber schien es schwarz und schmutzig gelb zu mir herauf.

Zwei stumpfe, gelbbraune Augen blickten ins Leere, und ich sprang mit schreiendem Bellen ins Wasser hinein. Ich drückte Biesterer beiseite, zog Wolf unter ihm hervor und versuchte, ihn an die Oberfläche zu schleppen, doch plötzlich hatte ich nur noch seinen Kopf im Maul. Wolfs Leib schien durch mein Anpacken auseinandergefallen zu sein.

Ich versuchte, mit dem Kopf zurück in den Bunker zu laufen, doch der Lärm der einschlagenden Geschosse wurde so unerträglich, dass ich mich hektisch nach einer schützenden Deckung umsah. Schließlich fand ich eine Nische zwischen herabgefallenem Mauerwerk und verkroch mich darin, den Kopf des armen Wolf vorsichtig vor mich her schiebend.

Während der Lärm immer wütender über mir tobte, lag ich da und blickte in die leblosen Augen meines treuen Freundes und Vaters meiner Kinder. Diese Augen, die einst so schön gelb aufleuchten konnten, waren in ihrer Farblosigkeit nicht wiederzuerkennen.

Ich heulte auf. Hemmungslos. Ohne Rücksicht auf die mich umgebende Hölle. Totengebete fuhren in wildem Durcheinander durch mein Gedächtnis und verloren sich in den ohrenbetäubenden Detonationen um mich herum. Doch eines in fremder Sprache kam mir sehr vertraut vor.

Ich wiederholte es immer wieder, schaute auf den leblosen Kopf hinunter, betete immer besessener, immer rasender und wünschte mir nichts sehnlicher, als dass Wolf mich hätte hören können.

»Wenn ich doch nur weinen, nur ein paar erlösende Tränen auf diesen Kopf fallen lassen könnte«, dachte ich.

Und dann kamen die Tränen. Sie tropften in immer größerer Zahl, fielen auf Wolf herab, blieben an seinen Schnurrbarthaaren hängen und rollten schließlich in seine schlaffen Lefzen hinein.

»Wir haben Ähnliches vielleicht noch vor uns, wenn wir uns nicht schnell aus dem Staub machen«, ver nahm ich das rasche und präzise Denken Prinzens hinter mir.

Ich sah mich nach ihm um. Er hatte den Kopf in die Nischenöffnung hineingesteckt und schaute mich mit hellwachem Blick an. Seine Augen hatten wieder die eisblaue Farbe angenommen, als seien es die Augen eines anderen, eines tief in seinem Innern sitzenden Wesens, das mich durch ihn hindurch anschaute.

»Dir kann jeden Augenblick der Leib weggerissen werden«, rief ich entsetzt und mir war, als hätte sich meine Zunge bewegt.

»Das ist wahr. Aber hier drinnen ist für einen zweiten Hund kein Platz. Der Rückweg ist uns auch versperrt. Die Außentür wurde durch eine schwere Explosion aus den Angeln gerissen, weil sie nicht akkurat verschlossen war, aber damit hatte ich die Möglichkeit, dir hinterherzulaufen«, erklärte Prinz. »Jetzt ist sie wieder verriegelt. Den Geräuschen nach zu urteilen, hat man sie wahrscheinlich von innen mit eisernen Stangen verbarrikadiert.

Ich rate deshalb an, dass wir uns zur Siegerseite durchschlagen. Vielleicht gibt es dort neben der vagen Möglichkeit des Überlebens auch noch ein paar Zweibeiner, bei denen man in Ruhe und ohne gleich geköpft zu werden, sein Leben beenden kann.«

Ich nahm vorsichtig Wolfs rechtes Ohr zwischen meine Zähne und wandte mich nach draußen. Doch Prinz hielt mich zurück.

»Den Wolf lässt du am besten hier. In ein paar Stunden wird er anfangen, unsäglich zu stinken, und du hättest einen sehr schlechten letzten Eindruck von ihm.«

Also machten wir uns auf und verließen, immer dicht am Boden kriechend, das Gelände der Reichskanzlei. Der Beschuss hatte nachgelassen, und wir kamen, nachdem wir uns weit genug entfernt hatten, erstaunlich rasch voran. Trotz wüstester Zerstörung stürzte nun die Erinnerung auf mich ein. Ich hätte jeden Straßenzug benennen können.

Prinz machte mir noch einmal klar, dass wir uns in Richtung Osten absetzen müssten, wenn wir uns dem feindlichen Freund in die Arme werfen wollten. Wir hasteten also die Linden entlang, nutzten jede Deckung aus, sprangen oder kletterten über am Boden verstreute Fassadenteile und hatten fast schon den Schlossplatz erreicht, da passierte es.

Hinter der Oper brach plötzlich ein riesiger Panzer hervor, rollte über einen gigantischen Schuttberg und machte den Eindruck, als wüchse er in den Himmel. Prinz hatte nur noch Augen für das enorm lange Kanonenrohr, das ebenfalls in die Höhe ragte, und jagte über die Straße.

Ich warf mich sofort hinter einen Säulenbogen, da knatterte auch schon die kleine, bösartige Bordkanone los. Prinz wurde von der Straße geschleudert, raffte sich schwerfällig wieder auf und lief auf die Schlossruine zu. Der Panzer schwenkte herum und nahm Kurs auf das Stadttor.

Ich hetzte Prinz hinterher. Er wurde zusehends langsamer und brach kurz vor den Trümmern des Schlosses zusammen.

»Wenn du es schaffen könntest, mich durch das Tor zu ziehen, wäre ich dir sehr dankbar.«

Seine sonst so präzisen, gedanklichen Formulierungen waren so schwammig, so konturlos geworden, dass ich mich augenblicklich nach seiner Verwundung erkundigte.

»Zieh mich in das Schloss«, antwortete er, »dort drinnen finde ich mich schon zurecht.«

Kurz entschlossen ergriff ich ihn im Nacken, zerrte ihn, so schnell ich es vermochte, zur Ruine hin und hoffte nur, nicht auch noch seinen Kopf im Maul zu haben. Er stöhnte entsetzlich, forderte mich aber gleichzeitig auf, nicht aufzugeben.

Doch bevor wir das Ziel erreicht hatten, brachen wir ein. Prinz hatte mit seinem immer schwerer werdenden Leib die Sicht auf das tiefe Loch verdeckt, das sich in der Asphaltdecke auftat. Wir stürzten nicht allzu tief hinunter und landeten sehr unsanft auf einer Unterlage, die sich durch den aufwirbelnden Staub und Schutt hindurch nicht sofort erkennen ließ.

Prinz drückte sich, wild, fast menschlich stöhnend, an den Boden, und unter seinem Bauch breitete sich ein schwarzer Fleck aus. Es roch nach frischen Exkrementen. Wir sahen uns stumm an.

»So also muss es mit mir enden.«

Seine Augen schienen immer größer und durchsichtiger zu werden, und ihre stahlblaue Farbe nahm einen ganz und gar untierischen Ausdruck an.

»So also muss es mit mir enden«, wiederholte er immer schwächer werdend, »ich krepiere in meinen eigenen Ausscheidungen. Aufgrund eines Bauchschusses, den ich schon zu meinen glorreichen Lebzeiten gefürchtet habe.«

Ich muss ihn voller Trauer, so unfähig zu einer Antwort angesehen haben, dass er, sich spürbar zusammenreißend, fortfuhr.

»Ich habe es mir in jenen Zeiten nicht nehmen lassen, vor meiner Truppe herzumarschieren, obwohl ich mich oftmals wegen meiner Gicht nur noch mit dem Krückstock fortbewegen konnte.«

Ich sah auf den inzwischen riesigen Fleck unter seinem Bauch und erkannte, worauf er sich ausgebreitet hatte. Vorsichtig kroch ich näher an ihn heran.

»Lass nur«, meinte er, »wenn ich mich nicht bewege, sind die Schmerzen am erträglichsten. Außerdem scheine ich auf den kostbaren alten Teppichen zu liegen, die ich schon damals nicht ausstehen konnte. Aber was muss man von den Frauen nicht alles ertragen. Heimtückisch setzen sie stets ihren eigenen Geschmack durch.«

Er versuchte vergeblich, eine Lefze hochzuziehen, doch mehr als ein kaum sichtbares Zucken kam nicht dabei heraus.

»Wenigstens sind sie jetzt bis zur Unkenntlichkeit verschmutzt. Man hat sie wohl vor dem Krieg hier auslagern wollen. Ich habe mich in Potsdam immer wohler gefühlt und bin sicher, diese Katastrophe hier hätte nie stattgefunden, wäre der Regierungssitz in Potsdam verblieben.«

Sein Atem ging immer mühsamer, und auf seinem Hundegesicht machte sich ein sehr unvorteilhafter Ausdruck breit. Etwas, dem Prinzen Fremdes, schien da durchbrechen, sich auf dämonische Weise befreien zu wollen.

Ich sah diesem Kampf fasziniert zu. Seine Augen quollen bedrohlich hervor, seine Lefzen zogen sich zusammen und schienen die hervorspringende Hundenase zurückzudrängen. Das Fell schob sich von den Augen bis auf den Hinterkopf zurück und zog die Ohren nach unten.

Was sich da unter anscheinend entsetzlichen Qualen herausarbeiten und ans Licht gelangen wollte, schien jedoch nicht genügend Energie aufbringen zu können. Wieder und wieder fiel es in die fatale Fesselung des Hundeleibes zurück und stieß Laute aus, die einem Gemisch aus menschlicher Sprache und krächzendem Gebell ähnelten.

Bei alledem alterte die auseinanderbrechende Physiognomie in Sekundenschnelle. Der Kopf wurde wie von unbekannten Kräften hochgerissen, auf den Boden zurückgeworfen und von Prinz unter schwerem Keuchen zurück in die Ausgangsstellung gebracht.

Doch all diese Krämpfe konnten die Disziplin dieses seltsamen Wesens, das sich da aus dem Hundeleib herausschälen wollte, nicht beeinträchtigen. Nahezu ohne Unterbrechung quoll der Redefluss aus seinem Mund, bahnte sich den Weg über eine immer flinker werdende

Zunge und wuchs, trotz mühseliger werdenden Atmens, zu mächtiger Wortgewalt heran.

»Man glaube ja nicht, dass ich diesen katastrophalen Untergang vorausgeahnt habe. Zugegeben, ich habe meine Kriege geführt, habe meine langen Kerls gezüchtet, aber doch nur mit dem Ziel, Preußens Grenzen und seinen Lebensraum zu erweitern.«

»Nichts anderes hat auch Onkel Adolf versucht«, erwiderte ich.

Das Wort Majestät kam mir einfach nicht über die Lippen.

»Sicher, sicher«, sagte Prinz, »mit dem einen Unterschied: Mir ist es gelungen. Der Sieg heiligt die Tat.«

»Lieber Prinz«, gab ich nun selbstsicherer zurück, »dieses Argument habe ich nie ausstehen können. Das sich Hinwegsetzen über fremdes Leben ist mir ein Greuel.«

»Verständlich, verständlich«, krächzte er, »doch in meinem Reich war der Ausspruch ›jeder kann nach seiner Fasson selig werden‹ nahezu Gesetz. Für meine Juden gab es keine Vernichtungslager. Jeder Zigeuner, wenn er nicht gegen das Gesetz verstieß, hatte bei mir seine Existenzberechtigung.

Mit welchem Recht beschuldigt man mich, der geistige Vater dieses bluttriefenden Ungeheuers zu sein? Könntest du dir vorstellen, mich in solch einer geschmacklosen Uniform herumlaufen zu sehen?

Mach jetzt keinen Fehler, mein kleines, jüdisches Mädchen!«

»Jedenfalls waren Ihre langen Kerls Vorbild für die Leibgarde des Onkel Adolf. Ihre erfolgreichen Kriegszüge haben sein begrenztes Hirn begeistert. Er hat Ihr Bild beinahe in allen seinen Räumen hängen. Und wenn Sie auch nicht wussten, dass es ihn einmal geben würde, so hätten Sie doch damit rechnen müssen, dass er irgendwann in irgendeinem Jahrhundert auftauchen würde.«

»Wer denkt an künftige Jahrhunderte, so lange er dabei ist, sein eigenes zu prägen? Dein typisch jüdisches Geschichtsbild langweilt mich. Du könntest taktvoller sein und mich in der Stunde meines Sterbens damit verschonen.

Weißt du, wie bitter es für mich ist, den endgültigen Untergang meines Reiches mit anzusehen? Schon einmal hat jemand seine Möglichkeiten überschätzt, doch da handelte es sich wenigstens um meinen Nachkommen. Dieser aber«, er brach in einen beängstigenden Hustenanfall aus, »dieser aber«, wiederholte er nach einer Weile, »dieser Parvenü, diese kulturlose Null, die lediglich die miserable wirtschaftliche Lage der Nation ausnutzte, hat mit mir und meiner Tradition nicht das geringste zu tun. Und dass er sich ständig auf mich beruft, mein Gott, dagegen kann ich mich nicht wehren.

Ich versichere dir aber, dass ich ihn zutiefst verachte, dass er mich und mein Preußentum zutiefst beleidigt hat.«

»Warum hat Er Sie dann in einen Hund verwandeln lassen?«

»Das, mein Kind, ist das Resultat eines unendlichen, göttlichen Hasses. Er schiebt mir die Schuld am gegenwärtigen allgemeinen Unglück zu. Er hat, ebenso wie du, von mir verlangt, dass ich es hätte voraussehen müssen. In einem raffinierten Strafverfahren hat er mich zum hündischen Begleiter dieses Satans werden lassen.

Uralt bin ich an seiner Seite geworden. Man könnte mich den Methusalem der Hundewelt nennen. Im Gegensatz zu dir kenne ich nicht nur meine Vergangenheit, sondern sehe auch meine demütigende Zukunft voraus. Offensichtlich haben meine Windspiele Ihm die Idee meiner hündischen Daseinsform eingegeben.«

Er stockte und sah mich an.

»Warum aber dir und deinem makellosen jüdischen Stammbaum diese qualvolle Zumutung?«

Ich trat unruhig von einer Pfote auf die andere.

»Ich hoffe, mir bleibt noch genügend Zeit, Ihn darüber zu befragen«, antwortete ich.

Er richtete sich mit unendlicher Mühe auf.

»Ich hoffe für dich, dass sich unsere Wege nicht mehr kreuzen werden, mein kleines jüdisches Mädchen.«

Seine Augen schienen sich ganz tief in ihre Höhlen zurückzuziehen. Die wundervolle blaue Farbe verblasste, und mir war, als lege sich eine staubige kleine Hand darüber.

»Du hast dein Grab gefunden«, dachte ich und sah mich um.

Dann entdeckte ich eine vom Schutt fast verdeckte Treppe, die ins Erdgeschoss hinaufführte. Oben hatte sich der Lärm derart gesteigert, dass ich vor Aufregung jede Vorsicht außer acht ließ.

Ich bahnte mir meinen Weg über riesige Ruinenfelder und wurde mir plötzlich darüber klar, dass ich im Begriff stand, in den Kanzleibunker zurückzukehren.

»Diese überflüssige Mutterpflicht lässt sich getrost ignorieren«, dachte ich, »es sind Hundebabys, und selbst mein kleiner Wolf, der mir besonders ans Herz gewachsen ist, stellt nichts als ein charmantes, niedliches Wollknäuel dar, das einem mir aufgezwungenen Leib entsprungen ist. Mag geschehen, was will. Ich muss auf den Spuren meiner jüngsten Vergangenheit bleiben.

Da nun alle Vorhänge beiseite gezogen sind und ich mich jedes Hauses, jedes Straßenzuges dieser, meiner

Hauptstadt entsinne, will ich wenigstens die Stätten meiner geliebten menschlichen Kindheit noch einmal sehen, bevor ich wiederum in den Boden gestampft werde. Den glücklichen Umstand, dass ich mich meiner vier schnellen Hundepfoten bedienen kann, darf ich sogar als eine göttliche Fügung ansehen.«

Ich überquerte mit ein paar raschen Sprüngen die Linden, lief an den Ruinen der Häuser vorbei und kam, jede Deckung ausnutzend, zum Stadttor. Es stank nach totem, süßlichem Fleisch. Ein Geruch, der mich bis vor kurzem noch nicht so angewidert hätte.

Ich sah dunkle Schatten an den Häuserwänden entlang schleichen. Sie hielten unförmige Rohre in den Händen, die sie auf die Haustore richteten. Flammende Zungen schossen aus ihnen hervor und setzten alles in Brand, was ihnen in den Weg kam. Das also waren Onkel Adolfs Feinde. Zu ihnen wollte sich Prinz hinüberretten, um in ihren Armen einen natürlichen Tod zu sterben.

Panik trieb mich weiter. Hinter dem Stadttor musste der große Park liegen, den mein Hauptstadtvater so geliebt hatte. In kurzen, hektischen Sätzen näherte ich mich ihm, kroch zwischendurch in Deckung und hatte endlich die schützenden Bäume erreicht. Ich hetzte zwischen ihnen hindurch und nahm nur nebenbei wahr, dass sie teilweise am Boden lagen und ihre jungen Blätter hängenließen.

»Mein Orientierungssinn hat mich nicht verlassen«, dachte ich staunend. »Nach so langer Zeit!«

Doch so viel Zeit war ja gar nicht vergangen. Meine Abwesenheit, meine lange Wanderung war doch keinem Zeitkontinuum unterworfen. Der Krieg war schon lange imgange, als ich in den Osten transportiert wurde, und das Rollen der Räder auf den stählernen Schienen hatte mich fast umgebracht.

Ich jagte aus dem Park hinaus, umging die mit Wasser gefüllten Bombentrichter und stand vor dem völlig unbeschädigten Haus meiner Familie. Es schien bis vor kurzem noch bewohnt gewesen zu sein. Ich starrte auf die buntkarierten Gardinen, die aus den offenen Fenstern wehten.

Ich schüttelte mich. Nie hätte Mutter die Fenster offenstehen lassen, wenn sie aus dem Haus gegangen wäre. Sollte sie ihre Gewohnheiten so verändert haben? Und was würde sie zu meiner äußeren Erscheinung sagen? Würde sie mich überhaupt erkennen können? Oder mein Vater? Irgendeiner aus meiner Familie? Im selben Augenblick begriff ich, dass sie alle mit mir in den Zug gestiegen waren. Wenn auch nicht in denselben Waggon.

Fremde hatten unser Haus übernommen. Fremde verweigerten mir meine letzte Zuflucht.

Blicklos trabte ich durch den Vorgarten an die Eingangstür. Ich lauschte auf etwaige Stimmen, versuchte, einen mir bekannten Geruch zu ergattern, dann drehte ich mich um und verließ das Grundstück, das meinem Vater der liebste Besitz gewesen war. Ich nahm nicht zur Kenntnis, dass ich den Weg zurück eingeschlagen hatte.

»Sollte der Bunker des Onkel Adolf mein einziges, mir noch verbliebenes Zuhause sein?«, dachte ich resigniert, als ich mir dessen bewusst wurde.

Ich näherte mich wieder zerstörten Häuserzeilen, registrierte auf dem Weg die verstümmelten Soldaten, roch den fauligen Ausstoß aus männlichen Gedärmen, der sich mit dem Geruch durchnässter Militärkleidung mischte und floh vor dem erneut näherrückenden Beschuss.

»Nun gut, so will ich denn meinen Heimweg antreten«, sagte ich mir und fühlte, wie meine Lefzen den Versuch eines Lächelns wagten.

Das Sperrfeuer hatte mich zu ermüdenden Umwegen gezwungen und trieb mich, das Stadttor umgehend, bis zur Hausvogtei und schließlich auf das Kanzleigelände zurück. Der Russe hatte sich so sehr auf diesen Abschnitt konzentriert, dass ich es als ein Wunder nahm, mich vor der Bunkertür wiederzufinden. Erschöpft warf ich mich zu Boden und fing leise zu heulen an.

Sofort griff eine muskulöse Hand nach mir und bekam mich am Halsband zu fassen.

»Du blöde Töle«, hörte ich es dicht neben mir flüstern, »die ganze letzte Nacht und den heutigen Tag hocke ich hier unter höllischem Beschuss und habe Befehl, mich nicht ohne deinen Kadaver wieder sehen zu lassen. Was glaubst du, wer du bist, du widerliches Mistvieh?

Treibst es mit dem Führer und glaubst, dir so ausgedehnte Spaziergänge leisten zu können, während deine Welpen vor Hunger den ganzen Bunker zur Raserei brachten. Sieh sie dir in ihrem stinkenden Klosett noch einmal an, bevor ich sie in einen Granattrichter werfe. Nie habe ich mit solchem Vergnügen Kehlen durchgeschnitten.«

Seine übernächtigten Augen liefen vor Schadenfreude fast über. Er zog mich dicht an sich heran, umfasste mit der anderen Hand meine Schnauze und drückte, so fest er konnte, zu. Dann bog er seinen Kopf ein wenig zurück, als wolle er ausholen und spuckte mir mit aller Kraft ins Gesicht. Ich riss mich los, versuchte, mit der Zunge meine Augen freizubekommen und konzentrierte mich auf seinen Hals. Scheinbar war seine Kehle vom Staub so ausgetrocknet, dass sein Kehlkopf durch Schluckzwang in ständiger Bewegung war.

»Das ist es, was uns Hunde an den Kehlen der Zweibeiner so fasziniert. Dieser bewegliche, hin- und herspringende Knorpel, der sich so frech und herausfordernd unter der Haut bemerkbar macht. Sicher ist ihm bei meinen armen Babys auch das böse Wort ›Judenfetz‹ in den Sinn gekommen, bevor er ihnen die Hälse durchgeschnitten hat.«

Ich war ihm jetzt so nahe, dass es gar keiner besonderen Anstrengung bedurfte, ihm die Zähne in den Hals zu schlagen. Mit eiskalter Wut verbiss ich mich in ihn und hielt meine Zähne so lange zusammen, bis er mit seinem Röcheln zu Ende war und seine Hände an meiner Brust schlaff wurden. Zur Vorsicht riss ich ihm noch den Kehlkopf heraus und legte ihn ordentlich auf den Boden.

Danach konnte ich nichts weiter tun als warten, dass irgendwann die Tür geöffnet und ich endlich zu meinen armen Kleinen hineingelassen wurde. Wenigstens wollte ich sie säubern und ihnen eine anständige Bestattung ermöglichen, nachdem ich sie aus der Toilette befreit haben würde.

»Warum hast du das getan?«, fragte ich die dunkelrot herausquellenden Augen. Dann drehte ich ihm mein Hinterteil zu und fing an, ihm Staub ins Gesicht zu werfen.

Ich scharrte wie wild, und der von den Granaten durchpflügte Boden machte es mir leicht. Schon bald waren von seinem Gesicht nur noch die Konturen zu erkennen. Als sich die Stahltür endlich ein wenig geöffnet und ich mich durch den schmalen Spalt gezwängt hatte, riss ein Granatsplitter seinen Leib hoch und die Wache, die im Begriff war, mich einzulassen, stieß einen erschrockenen Seufzer aus.

Ich raste durch den Lagervorraum, durchquerte die Gasschleuse und brach in die Toilette ein. Keine Spur von meinen toten Welpen. Ich durchsuchte den Waschraum. Ebenfalls nichts. Es stank nach Urin, nach menschlichen Exkrementen, doch ich fand nirgends Blutspuren oder Reste von Haaren meiner Kinder. Alles schien fein säuberlich gereinigt worden zu sein. War dies am Ende mit Onkel Adolfs Genehmigung geschehen?

In meiner Verzweiflung durchstöberte ich sogar den Maschinenraum, jagte an ganzen Gruppen von Diensthabenden vorbei und wurde auf dem Gang nach draußen in der Gasschleuse zurückgehalten.

Vor mir standen Otto Günsche und Oberführer Rattenhuber, die mir den Weg zum Ausgang versperrten. Ich wich zurück und fletschte drohend die Zähne. Die Offiziere zogen sofort ihre Pistolen.

»Weg mit den Waffen!«, schrie Onkel Adolf.

Er war geräuschlos hereingetreten und fuchtelte mit einem Krückstock vor den Gesichtern der beiden herum.

»Sie hat den Reichshundeführer regelrecht zerfleischt und ihn dann mit Sand zugedeckt«, meldete Otto Günsche, »man kann nie wissen, ob so ein Tier sich nicht unterwegs mit der Tollwut angesteckt hat, mein Führer.«

»Kann sie auf irgendeine Weise erfahren haben, dass Tornow ihre Welpen getötet hat?«, fragte Onkel Adolf, ohne auf Günsches Warnung einzugehen.

»Ich denke nicht«, schaltete sich nun auch Rattenhuber ein, »er muss sie draußen abgefangen haben.«

»Ich hätte es wissen müssen«, dachte ich und sah Onkel Adolf an.

Er stand vornübergebeugt vor mir und zitterte so stark, dass sein Krückstock ständig unter ihm wegrutschte und sein Gleichgewicht ins Wanken kam.

»Seltsam«, sagte ich mir, »keiner der beiden macht auch nur Anstalten, ihm beizuspringen.«

Er musste mit der Hand auf einen an der Wand stehenden Schemel zeigen. Dann erst wurde ihm die Sitzgelegenheit von Rattenhuber hingeschoben.

»Der Reichsführer hat also tatsächlich Verhandlungen mit dem Schweden aufgenommen?«, fragte Onkel Adolf. »Diesen gemeinen Verrat, diese Kungelei mit dem Feind, hätte er sich sparen können. Warum hat er sich denn nicht den Verbrechern vom 20. Juli angeschlossen? Das wäre doch effektiver gewesen. Mein getreuer Heinrich!«

Sein rechtes Bein zitterte derart, dass er ständig mit dem Absatz auf den Boden schlug.

»Mein ›Bruder im Geiste‹, wie er sich nannte, dieser widerliche Schuft, dieser politische Schwerverbrecher. Stets hat er sich übergeben müssen, wenn er gezwungen war, den Massenhinrichtungen zuzusehen. Einer, der sich das heroische Mördertum anexerzierte und den ›harten Mann‹ wie ein mäßiger Schauspieler mimte.

Und ich hatte die hirnverbrannte Idee, ihm meine intimsten Wünsche anzuvertrauen. Er soll ergriffen und ohne Umstände sofort erschossen werden!«, schrie er unvermittelt.

»Dieser Fegelein ist ebenfalls sofort zu erschießen. Vorher soll man ihn jedoch verhören. Der Mann ist der engste Vertraute des Reichsführers. Quetscht ihn aus, bis ihm das Blut aus dem Arsch quillt!«

Onkel Adolfs Gesichtsfarbe hatte einen bläulichen Schimmer angenommen. Seine Augen sprangen ihm vor Hass fast aus den Höhlen.

»Das also ist von meinen alten Kämpfern geblieben. ›Reichsführer‹ hat er sich nennen müssen. Wenn nur das Wort ›Führer‹ darin enthalten war. Und dieser verfettete Hermann? Mit Mühe konnte ich ihm den Titel ›Reichsmarschall und Führer der Luftwaffe‹ ausreden. Zu guter

Letzt aber hat er mir doch noch den inoffiziellen Titel ›Reichsluftwaffenführer‹ abgerungen. Jetzt sitzt er auf dem Obersalzberg und will nichts mehr mit mir zu tun haben.

Aber keiner meiner Getreuen ist bereit, dort hinzufahren und ihm eine Kugel in den dicken Wanst zu jagen.«

»Mein Führer«, unterbrach ihn eifrig der fette Rattenhuber, »ich wäre sofort dazu bereit. Wir, die jüngere Generation, stehen fest und treu zu Ihnen. Sie sollten uns mehr Vertrauen schenken, nachdem Sie so von Ihren alten Getreuen enttäuscht worden sind. Probieren Sie mich aus.«

Onkel Adolf stand plötzlich kerzengerade vor seinem Schemel und sah ihn scharf an. Dann winkte er ab.

»Sie wollen doch auch nur verschwinden, bevor es zu spät ist.«

Er bedeutete mir, ihn zu begleiten, und betrat seinen Wohnbunker. Auf dem Boden neben seinem Bett war eine Decke ausgebreitet worden, Fress- und Trinknapf standen daneben, und ich nahm sofort Platz.

Er drohte mir leicht mit dem Stock.

»Morgen werden wir uns über dein Verschwinden unterhalten.«

Er öffnete die Tür zum Schlafzimmer, drehte sich noch einmal um und sah mich mit leuchtenden Augen an.

»Hast du den Tornow wirklich hingerichtet?«, fragte er.

»Morgen«, dachte ich, »morgen werde ich darüber nachdenken, was sie mir angetan haben.«

Ich drehte mich ein paar Mal um die eigene Achse, auf der Suche nach der bequemsten Lage, und betete im Einschlafen: »Großer Gott, lass mich hier nicht verenden und in ein neues, womöglich noch elenderes Dasein gestoßen werden.«

Im selben Augenblick machte Er sich auch schon bemerkbar.

»Ich will ein Ende machen«, hörte ich Ihn klar und deutlich über mir, »ich will diesem Satan in den Arm fallen und Dinge tun, vor denen ich bisher zurückgeschreckt bin.«

»Zu spät«, knurrte ich, »das hättest du vor zwölf Jahren tun sollen.«

»Wer hätte denn ahnen können, dass dieser lächerliche Komödiant sich zu einem solchen Monstrum auswachsen würde.«

»Nicht einmal Du?«, fragte ich.

»Nicht einmal Der, der Ich bin«, antwortete Er, »selbst als er schon in seiner unsinnigen Weise zu wüten anfing, verließ ich mich noch auf den innersten Kern im Menschen, von dem man sagt, dass er mir ähnlich sei.

Denn Ich bin Der, den man die ›Vernunft‹ nennt, Der, der die Güte und die Liebe in die Welt gesetzt hat.

Sogar deinen Onkel Adolf habe ich für einen solchen Menschen gehalten. Und als Ich erfuhr, dass sich seine Liebesfähigkeit nur an Hunden entzünden konnte, schickte ich ihm eine solchen. Dich. Die Mir in Wahrheit als die personifizierte Menschlichkeit erschien, die unendliche Leidensfähigkeit aufbrachte und Mein Volk auf eine würdige, traditionelle Weise vertreten könnte. Ich will dir jetzt etwas verraten. Ich hatte die heimliche Hoffnung, du könntest deine Liebe zum Leben auf ihn übertragen.

Deshalb habe Ich dir diesen sogenannten Genfehler impliziert, dir Meinen Maimonides zur Vorbereitung als zeitweiligen Wegbegleiter gesandt und dich am Ende in das Hundefell gesteckt.

Du schienst Mir diejenige zu sein, die ihn mit ihrem Witz, ihrer Erfindungsgabe, ihrem hellen Charakter zu einer humaneren Haltung hätte überreden können. Ich hatte aber ganz und gar vergessen, dass zwischen Hunden und Menschen nur eine sehr begrenzte Kommunikation möglich ist.«

»Ist das der wahre Grund meiner Verwandlung gewesen?«, insistierte ich. »Halte mit Deiner Güte nicht zurück und sage mir die ganze Wahrheit. Es war doch nicht nur Onkel Adolf, der mir gesandt worden ist. Es gab so viele Onkel Adolfs in all den Zeitläuften. Ich allein bin schon mehreren begegnet. Du hast mir, vielleicht ungewollt, einen erschütternden Geschichtsunterricht zuteil werden lassen. Und ich habe immer wieder nur den einen Schluss daraus ziehen können, dass Deine Anschläge auf unser Volk von Mal zu Mal wütender wurden.

Wenn wir sie bisher überlebt haben, so hatten wir das nur unserer Zähigkeit, unserer Liebe zum von Dir gespendeten Leben und letztlich unserer unerschütterlichen Treue zu Dir zu verdanken.

Du dagegen hast uns ins offene Feuer greifen, zum schlechten Gewissen der übrigen Welt werden lassen. Nicht Dich haben sie gemeint, wenn sie uns schlugen. Wir waren es, an denen sie ihre Wut ausließen. Bis zum heutigen Tag.

Dich haben sie von uns abgesondert, Dir einen neuen

Namen gegeben, obwohl sie es nicht verhindern konnten, dass Dein Urname selbst in ihren Gotteshäusern noch in Originalschrift auftauchte.

Unser Schild warst nicht Du, wir waren das Deine. Der letzte Anschlag jedoch hat uns in die vollkommene Erschöpfung getrieben. Und wenn wir ihn wider Erwarten überleben sollten, dann nur, weil auch wir, verständlicherweise, zu Mördern werden mussten.

Das Volk des Moses und des Jesus. Was hast Du aus ihm werden lassen? Sein Sündenfall ist Deine Bankrotterklärung. In ihm ging Dein Innerstes verloren. Ein unaufhaltsamer Prozess von Zersetzung und Verstaubung bis in die völlige Seelenlosigkeit hat begonnen.

Was für ein Gott bist Du? Woher diese göttliche Verruchtheit, dieser Turnus, der uns alle fünfzig Jahre mit einer neuen Attacke auf unser Leben konfrontiert. Wenn Du dieses Volk, das Dich auf Deiner Erde bekanntgemacht hat, so sehr hasst, dann verdienst Du es nicht. Und sein tiefer Glaube an Dich sollte Dich beschämen. Du hast es nicht verdient!«

»Oho, entpuppst du dich als Israelitin, als die mit Gott Streitende«, vernahm ich Seine Stimme jetzt ganz dicht an meinem Ohr. »Du hast eigentlich nicht verdient, dass ich dir zuhöre, aber eine Antwort will ich dir dennoch nicht vorenthalten. Als ich unter anderem auch die Erde erschaffen hatte, nahm keines meiner mit Intelligenz begabten Geschöpfe Notiz davon. Niemand versuchte auch nur, sich vorzustellen, welch ungewöhnliches Maß an Arbeit damit verbunden gewesen war. Der später auftauchende Begriff der Siebentagesschöpfung war doch eine lächerliche Auslegung, denn was bedeutet eine meiner Minuten in eurer Zeitrechnung, wenn nicht eine Ewigkeit.

Das allmähliche Heranwachsen der verschiedenen Wesensarten auf diesem Planeten geschah ohne mein besonderes Zutun. Niemals griff ich ein, obwohl es oft mehr als nötig gewesen wäre. Aber es hat mich auch interessiert, was mir da vielleicht allzu frühzeitig aus den Händen gefallen war.

Dann aber hatte dieser kleine Viehtreiber aus Ur seine zündende Idee. Es hätte ebenso gut jemand aus einem anderen Volksstamm sein können. Etwa ein Bantuneger, ein Eskimo, ein Germane oder ein Slawe. Doch es war nun einmal der Abram aus Ur. In seiner Begeisterung hieb er all die primitiven Statuen in Stücke, denn in seinen Augen konnten sie kein Abbild desjenigen sein, der seine Umwelt so einleuchtend, so logisch und dabei so facettenreich gestaltet hatte, wie er mir später einmal gestand.

Also fing er an, unter jedem Feldstein nach mir zu suchen, ihn um und umzudrehen und ihn auf etwaige Spuren meiner Anwesenheit hin abzutasten. Er fiel auf die Knie und betete mich an, ohne mich zu erkennen, bat in rührender Weise um ein kleinstes Zeichen meiner Gegenwart. Wie hätte ich dem lange widerstehen sollen?

Also kam der kleine Abraham aus Ur mir auf die Schliche und entdeckte einen Teil meiner Größe. Er war es, der meine Existenz anerkannte und meinen ersten, wenn auch noch recht kindlichen Gesprächspartner abgab. Nicht zum Besten seiner Nachkommen, wie ich heute feststellen muss.

Nun gut, ihm konnte ich mich mitteilen, ihm das ganze Ausmaß meiner Anstrengungen schildern und ihm klarmachen, dass ich es war, dem er sein Dasein zu verdanken hatte.

Wie unkompliziert waren doch diese Zeiten!

Meinst du, es ist ein schöner Anblick, all dem wüsten

Treiben zuzusehen, dem man heutzutage ausgesetzt ist und in dem sich niemand ernsthaft mit den Geheimnissen seiner Herkunft beschäftigt? Welche Kränkungen musste ich nicht schon erdulden, wenn die Nachkommen meines alten Abraham mich wieder aus ihrem Gedächtnis löschen wollten und sich statt dessen der gängigen Anbeterei von Tierköpfen widmeten?

Oh, ich bitte um Entschuldigung. Anwesende selbstverständlich ausgenommen.

Ich bin mir nicht sicher, wie es um die Existenz dieses Erdenrundes stünde, wäre nicht immer wieder einmal ein Zweibeiner aufgetaucht, der seine hellwachen Sinne auf mich ausgerichtet und, mit der Gabe des Sehers beschenkt, von mir berichtet hätte.

Was wurde in meinem Namen nicht alles an Kirchen gegründet, reformiert, gegenreformiert, verworfen und neu entdeckt. Meistens mit fanatischem Schaum vor dem Mund. Wundert es dich da, wenn ich mich zeitweilig abwandte, mein Gesicht verhüllte und mir jede Information versagte, die euch betraf? Und wenn ich meinen Blick nach kurzer Zeit wieder auf euch richtete, was musste ich sehen?

In meiner Verzweiflung versuchte ich, euer Interesse auf andere Wege zu lenken. Ich lockte euch mit den Wissenschaften, den besänftigenden Künsten. Ich gab euch den Einstein und, in tiefster Depression, sogar die Ersatzreligion des Karl Marx. Meine hervorragendste Erfindung, euer schmerzempfindlicher Leib, der euch wachhalten, euch jederzeit spüren lassen sollte, wenn ihr auf Abwege geraten würdet – nichts fruchtete am Ende.

Ich konnte diese gewaltige Fehlentwicklung nicht unterlaufen. Kannst du es mir da verübeln, wenn ich nun daran denke, euch allesamt aus der Welt zu schaffen?

Immer aber siegt meine Güte über meinen berechtigten Zorn. Darum bin ich deinem Onkel Adolf in den Arm gefallen. Habe deine kindliche Seele im Hundefell verborgen und zu ihm geschickt, um ihn zu besänftigen, zum Menschen werden zu lassen.

Was sollte ich auch sonst tun? Eure Waffen sind nicht die meinen. Vielleicht hat meine allzu lange Abwesenheit es zugelassen, dass solche deformierten Monster heranwachsen konnten. Mein Zeitverständnis für das eurige zu halten, das mag mein großer Irrtum gewesen sein.«

»Wie danke ich Dir dafür, dass Du meine Zunge als einen schlaffen Lappen in meiner Mundhöhle hast wachsen lassen, sonst würde ich Dir sagen können, wie sehr ich Dein geschwätziges Selbstmitleid verachte. Doch beantworte mir nur die eine einzige Frage, mit der wir uns bis zum heutigen Tag an Dich klammern: Warum hasst man uns so infernalisch und aus tiefster Seele, mit einer so unendlichen Ausdauer? Nenne mir den Grund, weshalb wir mit dieser Bürde auf die Welt gekommen sind? Nur, um wieder in den Boden gestampft zu werden, um aller Welts Amboss zu sein, auf dem man brutal herumhämmern kann?«

»Bedanke dich bei deinem Erzvater, dem Mann aus Ur«, antwortete Er, »er hat den Stab aufgenommen. Und seine Nachkommen haben ihn in dem wirren Glauben weitergetragen, die Auserwählten der einzigen Wahrheit zu sein. Meine Auserwählten. Dass es jedoch eine unerträgliche Last für sie werden würde, daran haben sie nicht gedacht.«

»Weshalb dieser Hass? Du beantwortest meine Frage nicht.«

»Ich will dir ein Geheimnis verraten«, erwiderte Er, »ich weiß es auch nicht. Ich habe zwar geahnt, dass euch die Arroganz des Wissens um die ewigen Dinge einmal zu schaffen machen würde, und habe versucht, euch deshalb von mir fortzudrängen, doch ihr habt immer wieder zu mir zurückgefunden. All mein Mitleid konnte euch davon nicht abhalten. Ihr habt euch so aufdringlich an mich geklammert, dass ich euch einfach nicht mehr losgeworden bin.

Eine Zeitlang war ich euch untreu, habe mit anderen Stämmen angebandelt, doch das Geschrei dieser Leute war fürchterlich. Ihre wahnwitzigen Bauten, mit denen sie in den Himmel stachen, die Glocken, deren Läuten einem die Ohren sprengte – nein, das war nicht nach meinem Geschmack.

Ich sehnte mich nach den Gerüchen Eurer Speisen, nach den herrlichen Nudelsuppen, dem auf der Zunge zergehenden Fleisch des Rinds, der Piroggen …«

»Warum hasst man uns so?«

Mein Bellen ging jetzt in ein Schreien über.

»Warum nur? Warum gibst Du mir keine Antwort darauf. Du ewig Ausweichender, nie zu Fassender. Wozu brauche ich Dich? Für die Qualen, bei denen Du mir zusiehst? Damit verdoppelst Du sie nur. Wende Dich von mir ab. Ich brauche Deine gierigen Blicke nicht. Meine Qualen sollen Dir keine Lust verschaffen.«

»Siehst du, siehst du, dieses ewige Gezänk, diese Streiterei mit mir, diese Anklagen, dieses Widersprechen, damit seid ihr mir schon oft zuwider gewesen.

Ich schreibe es deiner besonderen Situation zu, dass du ein wenig aus dem Rahmen gefallen bist. Es ist wahr, ich habe euch wegen gewisser Vorfälle eine Zeitlang aus den Augen verloren. Nie aber habe ich euch gehasst, euch wissentlich überfallen lassen oder euch mit Anschlägen heimgesucht. Lass dir solchen Unsinn nicht noch einmal einfallen.

Denke daran, dass ich ein Ende machen will und dich nochmals daran erinnere, alles, was in deinen Mund gelegt wird, ohne Widerstand zu ertragen. Wehre dich nicht, und es wird dir gut gehen.«

»Seltsam«, dachte ich, »wie ist es möglich, dass ich mich mit einem Wesen unterhalte, das nicht von dieser Welt ist, und gleichzeitig diesen hinfälligen Onkel Adolf vor mir stehen sehe.«

Er hatte mich anscheinend mit seinem Krückstock in den Bauch gestoßen. Als er ihn zum zweiten Mal anhob, sprang ich auf und sah ihn ruhig und ohne unterwürfiges Hundegebaren an. Einen Augenblick glaubte ich, Unsicherheit in seinem Blick zu erkennen, dann aber ging er in sein Arbeitszimmer hinüber und winkte mir, ihm zu folgen.

Die wahre Vorsehung

»Was waren das für widerliche Laute, die der Hund da eben ausgestoßen hat?«, überlegte Onkel Adolf, ohne einen Blick auf Blondi zurückzuwerfen, »es klang, als würde sie von einem ihr überlegenen Tier angegriffen und lebensgefährlich bedrängt werden.«

Er drehte sich langsam zu ihr herum. Der Hund sah ihm ruhig ins Gesicht.

»Blondi nimmt sich viel heraus«, dachte er.

Kein Hund hatte es bisher gewagt, ihn so offen, so unhündisch anzuschauen. Durften Hunde das überhaupt? Waren menschliche Blicke für sie nicht eher unerträglich?

»Warum hast du dem Tornow den Kehlkopf herausgerissen?«, fuhr er sie plötzlich an, »und wo hast du dich die ganze Zeit herumgetrieben? Deine schöne, leuchtende Blondheit ist dir völlig abhanden gekommen. Du siehst wie ein stammbaumloser mistiger Mischling aus.«

Blondi hatte ihren Blick einem großen, farbigen Bild zu gewandt. Der Mann auf dem Gemälde trug einen ähnlichen Krückstock wie Onkel Adolf ihn in der Hand hatte.

»Was hat der Hund nur? Bin ich ihm fremd geworden?«

Er setzte sich in einen klobigen Holzsessel und befahl Blondi an seine Seite.

»Platz«, sagte er.

Sie ließ sich gehorsam neben ihm nieder und schloss halb die Augen. Seine zitternde Hand fuhr unbeholfen über ihren Rücken.

»Ich werde sie baden lassen müssen«, dachte er leicht angewidert und wandte sich dem Bild zu.

»Der große König hat auch mit dem Gedanken gespielt, sich das Leben zu nehmen«, sagte er zu sich, »war das nach Kunersdorf?«

»Es war in dem Augenblick, als der Russe schon halb Berlin geplündert hatte.«

Onkel Adolf warf sich herum.

»Wie bitte?«

Sein Blick schweifte zur offenen Tür und blieb an Blondi hängen. Sie sah ihn mit halbaufgerichtetem Oberkörper an und hatte ihren Kopf etwas schräggestellt.

»Charmant«, dachte er, »sehr charmant.«

Trotz ihres verdreckten Zustands strahlte sie einen unwiderstehlichen Charme aus. Wenn die Windspiele des alten Fritz nur halb so anziehend gewesen waren wie seine Blondi, konnte er ihm seine Zuneigung zu ihnen nicht verdenken.

Er versank in einen fast tranceartigen Zustand und hatte die Hände wie zum Beten gefaltet.

»Du bist doch auch schon am Rande des Todes gewesen«, sprach er das Bild an, »unverrichteter Sache ist der Feind abgezogen, weil die Vorsehung dein großes Preußen bereits eingeplant hatte. Sie hat die Anführerin des Feindes sterben lassen und ihm auf diese Weise den Kopf abgeschlagen.«

Er dachte daran, dass ihm jetzt, in ähnlicher Situation, auch der Feind weggestorben war.

»Einer von ihnen.«

Er wandte den Blick vom Bild weg und senkte den Kopf. Dennoch war seinem potentesten Feind das Leben genommen worden, beruhigte sich Onkel Adolf. Das würde den Russen sehr entmutigen. Denn was war auf die Dauer der Russe ohne die Waffenlieferungen der Amerikaner.

»Was wäre der Amerikaner ohne die Front im Osten?«

Onkel Adolf nickte, doch seine Unruhe stieg. Nun fing auch noch sein Kopf an zu wackeln.

Er versuchte, Blondi zu fixieren, doch sie schien im Raum zu tanzen, tauchte mit schräggestelltem Kopf in verschiedenen Ecken auf und saß dann wieder auf ihrem alten Platz. Wieder wandte er sich zum Mann auf dem Bild und versuchte, ihn davon zu überzeugen, dass er, sein würdiger Nachfolger, ein ähnliches Schicksal wie der große König verdient hätte.

Doch spätestens hier setzte ein höhnisches Gelächter ein.

»Du bist nichts als ein beiseite geschobenes, spießiges Werkzeug deiner eigenen Erfindung«, hörte er, »und es ist deine Vorsehung, die dich zu einer großangelegten Vernichtung verleitet hat. Bei Gott, dem Einzigen warst du am Allerwenigsten vorgesehen. Gott und deine Vorsehung sind zwei verschiedene Paar Schuhe, Onkel Adolf. In die Auseinandersetzung mit Seinem Volk warst du nie eingeplant. Dich hat die Vorsehung gar nicht vorgesehen.«

Onkel Adolf starrte fasziniert auf das Wandbild.

»Wer ist Onkel Adolf?«, murmelte er und fasste sich an die Brust.

Draußen näherten sich rasche Schritte, und gleichzeitig erschütterte eine ohrenbetäubende Explosion den ganzen Bunker.

Otto Günsche erschien in der Tür.

»Was war das?«

»Russische Panzer stehen in einer Entfernung von wenigen hundert Metern und schießen sich auf uns ein, mein Führer«, erwiderte Günsche in strammer Haltung.

»Sind sie schon so nahe?«, fragte Onkel Adolf in fast schläfrigem Ton.

»Es scheint so.«

»Treten Sie weg. Aber bleiben Sie in der Nähe, und lassen Sie dem Doktor ausrichten, dass es Zeit ist.«

»Jawohl, mein Führer.«

Günsche entfernte sich schnell.

»Du weißt also, dass es mit dir zu Ende geht. Wahrscheinlich hast du längst dein Testament gemacht. Und wie ich höre, sollst du sogar noch versucht haben, eine Familie zu gründen.«

Onkel Adolf vernahm ein leichtes Kichern und drehte sich langsam in seinem Sessel um. Günsche hatte die Tür zum Vorzimmer geschlossen, und er fand sich mit Blondi allein im Raum. Sie sah ihn wie vorher an, mit angewinkeltem Kopf, und schien sich nicht von der Stelle gerührt zu haben. Sie hatte die Augenlider halb geschlossen, und er konnte erkennen, dass sich ihre Augäpfel unter den Lidern bewegten.

»War es purer Zufall, dass du diese braune Uniform für dich und deine Bewegung gewählt hast? Oder war es die Vorsehung, die dich diese kotige Farbe hat wählen lassen.«

»Wer spricht da mit mir?«, schrie Onkel Adolf und schlug mit dem Stock nach Blondi.

Sein Rufen ging in ein unartikuliertes Schreien über.

»Schade, dass dir das Wort ›Judenfetz‹ nicht einfällt. Das könnte jetzt außerordentlich nützlich sein.«

Onkel Adolfs Schreien brach abrupt ab. Er starrte den Hund an, der immer noch mit seinem schräggeneigten Kopf vor ihm stand.

»Keine Angst, ich werde mir nichts zuschulden kommen lassen. Es ist auch nicht mehr nötig.«

Gleich darauf stürmten Otto Günsche und der außer Atem geratene dicke Rattenhuber herein.

»Nehmen Sie den Hund an die Leine und halten Sie ihn beide fest. Sie hat mich bedroht«, sagte Onkel Adolf tonlos und sah Blondi mit stumpfen Augen an.

»Wenn es Ihnen gelingt, sie zu fassen, ketten Sie sie im Vorzimmer an. Aber so, dass ich sie von der Couch aus beobachten kann. Und bringen Sie mir den kleinen Wolf.«

Die Offiziere verschwanden sofort, nachdem sie Blondi provisorisch an den Fuß des schweren Eichentisches gebunden hatten.

»Der Hund sieht mich unverwandt an«, dachte Onkel Adolf, »er hat begriffen, dass einer seiner Welpen am Leben geblieben ist. Jetzt versucht er, sich aufzurichten. Das ist nicht mehr meine Blondi, das ist ein mieser, gelbgefärbter Köter.«

»Das ist ein mieser, gelbgefärbter Köter«, äffte der Hund ihn nach.

»Entweder«, sagte sich Onkel Adolf, »verliere ich den

Verstand, oder dieses Vieh schleicht sich in meine Gedanken ein, ehe mich das tatsächliche Ende erreicht.«

»Darauf brauchst du nicht mehr lange zu warten«.

Der Hund wollte sich jetzt ganz aufrichten, doch die kurze Lederleine zog ihn immer wieder nach unten.

Onkel Adolf schaute Blondi fasziniert an.

»Wer ist es, der mit mir spricht?«, fragte er noch einmal.

Er versuchte sich schwerfällig zu erheben, doch das starke Zittern seiner Arme verhinderte, dass er sich kräftig genug abstützen konnte. Er musste sich wieder zurückfallen lassen.

»Der Verräter Heinrich hat mich frühzeitig gewarnt«, sagte er, »er hat dich stets als abartig empfunden.«

Der Hund sah ihm von unten her ins Gesicht.

»Spare dir deine gehässigen Blicke«, höhnte Onkel Adolf, »was ich getan habe, wird sich denen, die nach mir kommen, bis ins tausendste Geschlecht einprägen. Das ist immer noch meine Antwort auf die mosaische Gesetzgebung. Und was meinen Fäulnisprozess betrifft. Du würdest staunen, wenn du ihn verfolgen könntest.

Schon als Halbwüchsiger hatte ich das Gefühl, dass mein Blut eine andere Farbe als das anderer Menschen hat. Also trachtete ich danach, sie zu verletzen, ihnen hinterrücks Wunden beizubringen, um zu überprüfen, was sie in ihren Adern hatten. Etwas Tintenähnliches vielleicht, dachte ich. Denn auf keinen Fall konnte es mit meiner Farbe identisch sein. Für mich war es die Bestätigung einer gewissen Einmaligkeit, eines Auserwähltseins.

Wer kann es mir übelnehmen, dass ich diese Form von Überprüfung immer wieder einmal durchführen wollte? Vor allem bei Menschen minderwertiger Herkunft.«

»Das reine Blut des Germanenführers, nicht wahr?«

Blondi führte einen nervösen Tanz mit ihren Vorderpfoten auf.

»Eher doch ein Scherz Gottes. Eine Witzfigur. Mit diesen Frauenhüften, den schmalen Schultern und der mäßigen Größe. Oder deine Kumpane. Sind sie etwa die Idee deiner so viel gepriesenen Rasse?

Das Fettgebirge in Operettenuniform? Oder der kleinwüchsige Krüppeldoktor? Das sollten also die Ingenieure deiner blonden Recken sein?

Wie konnte ein Volk mit einer kulturellen Tradition bloß auf ein so lächerliches Dreiergespann hereinfallen?«

»Entweder ist der große jüdische Gott doch ein übermächtiger Bursche, oder mein Genie fängt tatsächlich an, in den Wahnsinn abzudriften«, überlegte Onkel Adolf äußerst erregt.

Er starrte Blondi an und seine Augen traten immer mehr aus den Höhlen.

»Sie ist ein jüdisches Vieh!«, rief er plötzlich. »Dieses gelbe Fell bedeutet nicht etwa eine besonders gelungene Farbe des Deutschen Schäferhundes, es ist die Farbe des Judensterns!«

Er schrie nach Günsche, und es gelang ihm endlich, sich aufzurichten. Blondi hatte ihren Kopf soweit wie möglich in ihre unwiderstehliche Schieflage gebracht, und Onkel Adolf sah sie entgeistert an.

»Ach Unsinn,« dachte er, »sie ist ein armes verdrecktes Hundevieh, aber aus irgendeinem Grund stachelt sie meine aus den Fugen geratene Fantasie immer mehr an.«

Er ging zur Tür und öffnete sie ohne Schwierigkeiten. Im Konferenzraum warteten der Sekretär, Rattenhuber und Adjutant Günsche.

Nachdem Onkel Adolf sie leise gebeten hatte, den Hund an die Kette zu legen, stürzten sich Letztere auf

Blondi. Rattenhuber schlang ihr seinen Koppelgurt so fest ums Maul, dass er ihr fast den Kiefer gebrochen hätte, während der Sekretär ihr brutal die Hinterläufe wegzog und zusammenband.

Sie wehrte sich dennoch mit aller Kraft, so dass eine zusätzliche Wache auf ihren Rücken springen musste und sie dabei verletzte. Dann sah sie, dass Otto Günsche den kleinen Wolf auf dem Arm hereintrug und ihn Onkel Adolf hinhielt.

»Sperren Sie ihm das Maul auf, Günsche.«

Günsche griff mit seinen Fingern in das Mäulchen und zog den Kiefer auseinander, während Wolf Blondi anstarrte und leise zu jaulen anfing. Ihr Körper schien auseinander gebrochen zu sein. Ihr Maul wurde wie mit eisernen Klammern zusammen gehalten, dennoch gelang es ihr, sich loszureißen und langsam auf Günsche zuzukriechen.

»Haltet sie fest!«, schrie der Adjutant, und die drei anderen sprangen sogleich auf Blondi zu.

Während sie mit ihren Zähnen versuchte, die Hände ihrer Peiniger zu erwischen, zog Onkel Adolf eine kleine weiße Kapsel aus der Tasche und warf sie dem kleinen Wolf in den offenen Rachen. Günsche drückte ihm sofort den Kiefer zusammen, und Wolf schien wie vom Blitz getroffen worden zu sein.

Sein schöner kleiner Kopf hing von Günsches Arm herunter, und seine Augen, die er bis zuletzt auf Blondi gerichtet hatte, waren gebrochen.

»Dies ist mein erster Selbstmordversuch«, sagte Onkel Adolf. »Wolf war mein Deckname vor der Machtergreifung und gleichzeitig ein Kosename, den nur meine engsten Vertrauten benutzen durften. Winifred spricht mich bis zum heutigen Tag so an.«

Jetzt gab Blondi ihren Widerstand auf, ließ jedoch Onkel Adolf nicht aus den Augen. Er schien sie gespannt beobachtet zu haben. Dann wandte er sich wieder an seinen Adjutanten.

»Den kleinen Kadaver können Sie in den Abfall schmeißen. Wo bleibt meine Gattin?«

»Sie muss jeden Augenblick erscheinen, mein Führer«, sagte der Sekretär, »sie ließ sich nicht davon abbringen, die Kleidung zu wechseln.«

Der Lärm der Kanonade wurde unerträglich.

»Sie muss sich sputen«, sagte Onkel Adolf, auf den Geschützdonner lauschend, »wenn sie sich schon entschlossen hat, mich zu begleiten, sollte sie wenigstens pünktlich sein. Eine Verabredung ist eine Verabredung.«

Er war langsam auf ein Sofa zugegangen und hatte sich darauf niedergelassen. Sein Zittern war wieder stärker geworden.

»Sie brauchen den Hund nicht mehr anzuketten. Man hat ihr offensichtlich das Rückgrat gebrochen. Bormann, machen Sie ein Ende mit ihr. Und schaffen Sie sie danach nicht nach draußen. Sie soll zusammen mit meiner Frau und mir verbrannt werden. Denn falls der Himmel doch rechtgehabt haben sollte …«

Er sah Blondi aus verschwommenen Augen an, während seine Hände sich fast verselbständigt zu haben schienen.

»Was ist übrigens mit dem Reichsführer? Verhandelt er immer noch?«

»Wir wissen es nicht, mein Führer«, antwortete der Sekretär, »die Verbindung nach draußen ist vollkommen abgerissen.«

»Und was ist mit Fegelein?«

»Er wurde bereits vor gut zwei Stunden erschossen.«

»Recht so«, sagte Onkel Adolf und begegnete dem Blick Blondis, die ihn unverwandt anstarrte.

»Machen Sie endlich ein Ende mit ihr, Bormann. Ich möchte nicht, dass meine Gattin eventuell einem unappetitlichen Todeskampf des Hundes zusehen muss.«

Bormann gab Rattenhuber und Günsche ein Zeichen, worauf die beiden Blondi das Maul aufrissen und ihr die gleiche Tablette in den Rachen warfen, die auch ihren Sohn getötet hatte. Dann drückten sie ihre Kiefer fest zusammen.

Blondis Ungehorsam

»Jetzt nur nicht schlucken«, dachte ich, »keinen Speichel in den Mund lassen. Und vor allem, die Kapsel so weit wie möglich nach hinten schieben. Kein scharfer Zahn darf ihr zu nahe kommen.«

Ich ließ den Kopf so fallen, wie ich es bei meinem kleinen Wolf beobachtet hatte, und schloss die Augen. Das war das einzig Riskante, bei dem sie mir noch auf die Schliche kommen konnten. Doch mir blieb keine Wahl, wenn ich meinen ungebrochenen Blick verbergen wollte.

Das Letzte, was ich wahrnahm, war die eintretende Eva und Onkel Adolfs befriedigter Blick, als er meinen Kopf zur Seite fallen sah.

»Ein sehr kleidsames Kostüm«, dachte ich.

»Ist der Hund tot?« fragte sie.

»Ja«, hörte ich Onkel Adolf bestätigen.

»Ich habe ihn nie richtig leiden können«, sagte sie.

»Es könnte sein, dass du eine viel feinere Nase hast als

ich, was das Gespür für, nun, sagen wir einmal, Lebewesen betrifft.«

»Bitte lass uns von allen kurz Abschied nehmen«, hörte ich Eva flüstern, »der Russe scheint ja beinahe vor dem Kanzleigebäude zu stehen.«

Nachdem es ein dreimaliges Hackenzusammenschlagen gegeben hatte, schloss sich die Tür endgültig. Ich öffnete ein wenig die Augen und sah Eva und Onkel Adolf auf dem Sofa sitzen. Beide hatten sich in die entgegengesetzten Ecken gedrückt und schienen auf etwas zu warten.

»Wenn sie sich nur nicht zu viel Zeit nehmen«, bangte ich, »allzu lange kann ich den Speichel nicht mehr zurückhalten. Außerdem ist der Russe schon so gut wie über uns.«

»Ja«, nickte Onkel Adolf, »der Russe scheint schon direkt über uns zu sein.«

Er warf einen schnellen Blick auf mich, und ich schloss rasch wieder die Augen.

»Großer Gott, es funktioniert immer noch.«

»Wie machen wir es?«, hörte ich Eva zögernd fragen.

»Wir schießen uns durch den Kopf und nehmen sicherheitshalber jeder noch eine Kapsel.«

»Das geht nicht.«

»Warum nicht?«

»Wir müssen die Kapsel vorher nehmen.«

»Ich hasse Gift. Es ist kein männlicher Tod.«

Ich zog ein wenig die Lider hoch. Onkel Adolf zitterte jetzt so stark, dass das Sofa anfing, sich zu bewegen.

»Wirst du es denn schaffen?«

»Ich denke schon.«

»Warum hast du Hermann Fegelein erschießen lassen?«, seufzte Eva.

Langes Schweigen.

»Wir sollten uns endlich entschließen«, sagte Eva.

Onkel Adolf hatte plötzlich eine großkalibrige Pistole in der Hand. Seine Finger zitterten so stark, dass er unversehens abdrückte. Die Kugel fuhr in die Decke, und Eva rief, er müsse sich den Lauf an die Schläfe drücken, das würde seiner Hand den nötigen Halt geben.

»Kümmere du dich um deine Kapsel, und lass mich nur machen.«

Er hob von neuem die Hand, um sich den Lauf in den Mund zu schieben, doch wieder blieben ihm seine Finger den Gehorsam schuldig. Diesmal riss der Schuss ein kleines Loch in die Betonwand, und ein Querschläger surrte durch den Raum.

»Pass doch auf, Adolf. Du ruinierst ja das ganze Zimmer und triffst am Ende noch mich.«

»Na, wenn schon«, knurrte er verzweifelt und versuchte auf gut Glück seinen Kopf zu treffen.

Aus allen Ecken pfiffen die Splitter und schienen auch Eva getroffen zu haben.

»Siehst du, ich hab's dir ja gesagt«, rief sie und sprang auf.

»Nimm endlich deine Kapsel«, schrie er wütend und hielt die Hand mit der Pistole in ihre Richtung.

»Lass es jetzt«, sagte sie totenbleich, während er wieder abdrückte.

»Jetzt hast du mir in die Wade geschossen«, stöhnte sie und fiel auf das Gesicht.

»Gib mir die Pistole«, sagte sie nach einer Weile und stand auf, »die Leute draußen werden nicht wissen, was hier vorgeht, und am Ende noch hereinstürzen.«

Sie humpelte auf ihn zu und nahm ihm die Pistole aus der Hand. Er machte den Mund auf. Wie ein Baby, das seinen Brei wollte. Sie schob ihm fürsorglich den Lauf hinein und führte seine Hand an den Abzug.

Dieser Schuss klang ganz anders als die vorhergegangenen. Sehr hohl, sehr dumpf. Onkel Adolfs Kopf war auseinandergeborsten und Eva über und über mit seinem Hirn bespritzt. Ruhig kehrte sie zu ihrer Sitzecke zurück, schob sich die Kapsel in den Mund und biss kräftig zu.

»Du hast meine Anordnung missachtet«, hörte ich die mir bekannte Stimme an meinem Ohr.

»Ja, denn das wollte ich um jeden Preis erleben.«

»Als die Israeliten in der Wüste nach Wasser schrien, befahl ich Moses, zu einem Felsen zu sprechen, damit Wasser aus ihm fließe. Erinnerst du dich?«

»Ja, ich erinnere mich.«

»Doch Moses sprach nicht zu dem Felsen, sondern schlug mit dem Stab auf ihn ein. Erinnerst du dich?«

»Ja, ich erinnere mich. Es hat aber dennoch geklappt.«

»Das Wasser kam, doch das Volk glaubte, er hätte eine geheime Ader getroffen, und bewunderte seine Geschicklichkeit im Auffinden von unterirdischen Wasservorräten.«

»Worin liegt da der Unterschied?«, fragte ich und spürte, wie sich mein Mund langsam mit Speichel füllte.

»Darin, dass ein gesprochenes Wort das Volk niemals auf solch einen Gedanken gebracht hätte.«

»Das verstehe ich.«

»Er durfte seinen Leuten also nur zuschauen, als sie das Gelobte Land betraten. Er selbst starb nahe der Grenze.«

»Soll das heißen, dass ich immer noch nicht in die endgültige Abwesenheit eintauchen darf? Dass mir ein neues Abenteuer auf Erden bevorsteht?«

»Ich werde dir beweisen, dass der Kreislauf weder Anfang noch Ende hat.«

»Ich kann Dich fast nicht mehr verstehen!«, schrie ich und versuchte, die wütenden Krämpfe im Bauch zu ignorieren.

»Verzeih«, rief er aus großer Entfernung. »Ich vergaß, dir deine Schmerztablette zu reichen.«

Er sprach manches, von dem ich nichts mehr verstand. Ich vernahm noch lange ein seltsames Rumoren, das sich wie entferntes Möbelrücken anhörte und langsam von einer überirdischen Melodie verdrängt wurde.

»Was für ein Rhythmus«, jubelte ich und bewegte mich in seinem Takt auf eine glänzende Wasserfläche zu, »jetzt die Arme um den Hals meines Maimun legen, im Dreivierteltakt über diese leuchtende Fläche schweben und seine herrlichen Brauen küssen.«

Und nicht eintauchen zu müssen in diesen sich bläulich verfärbenden Wasserspiegel, der meine tanzenden Beine immer schwerer zu machen schien und meinen Atem immer rauher und keuchender.

Das Wiedersehen

Als junges Mädchen bin ich zweimal in der Woche zur Tanzstunde gegangen. Natürlich hat man in Wien immer besonderen Wert auf den Walzer gelegt. Auf diesem Wege hatte ich eine Perfektion in der Links- wie in der Rechtsdrehung erreicht, die ihresgleichen suchte, so dass nur die versiertesten Herren es wagten, mich bei öffentlichen Veranstaltungen aufzufordern.

Vor allem meine Kolleginnen in der Tanzakademie beneideten mich um mein Talent und ließen keine Gelegenheit aus, mir meinen aufdringlichen Ehrgeiz vorzuwerfen.

»Typisch jüdisch!«, flüsterten sie hinter meinem Rücken. Oder »wenn man sie alle umgebracht hat, warum sieht man dann schon wieder so viele unter uns? In kürzester Zeit haben sie ein Geld zusammengerafft, dass bei unsereinem ein berechtigter Neid aufkommen muss.«

Selbst heute, mit meinen allzu schwergewordenen Beinen, mochte man mich nicht besonders, und ich konnte einigen meiner früheren Kolleginnen die heimliche Schadenfreude ansehen, wenn sie von meinem Leiden erfuhren und mit ihrem geheuchelten Mitleid auf mich zukamen.

Das langsame Schwinden meiner Knochensubstanz hatte mich jedenfalls reichlich früh gezwungen, meine Tätigkeit an der Staatsoper aufzugeben, und ich war, gegen den Willen meiner Eltern, in die sozialdemokratische Partei eingetreten, um die Zeit, die mir noch blieb, der Auseinandersetzung mit dem neu aufkeimenden Faschismus zu widmen.

Am liebsten setzte ich mich in die immer frecher werdenden Veranstaltungen der jungen Neonazis, verschaffte mir auf Umwegen sogar Zutritt zu ihren geschlossenen Versammlungen und wagte es eines Tages, trotz meiner fortschreitenden Krankheit, einer ihrer Demonstrationen auf dem Heldenplatz beizuwohnen.

Man stand dicht beieinander auf dem riesigen Areal und hörte der Rede eines jungen Mannes zu, der sich darüber ausließ, wie verächtlich man heutzutage wieder mit dem Schicksal der Soldatengeneration aus dem Zweiten Weltkrieg umginge, wogegen man rassischen Minderheiten Zucker in den Arsch bliese.

Ich traute meinen Ohren nicht. Sprach er tatsächlich von »rassischen Minderheiten«? Obwohl mir das Stehen immer schwererfiel, versuchte ich, konzentriert zuzuhören, und machte sogar Anstalten, mich durch die vor mir stehende Menschenmauer zu drängen, um diesen Redner auch sehen zu können. Es gelang mir beinahe.

Doch da stieß ich auf einen ziemlich breitschultrigen Mann, an dem ich nicht vorbeikam, obwohl es zwischen ihm und seinem Nachbarn eine komfortable Lücke gab. Ich schaute nach unten und wurde eines sehr großen, grauen Hundes mit buschigem Schwanz gewahr, an dessen Halsband man eine stählerne Kette befestigt hatte.

Das andere Ende der Kette lag in der Hand des Mannes, der mir die Aussicht auf den Redner nahm. Ich wollte ihn gerade bitten, seinen Hund an die andere Seite zu nehmen, da sah ich seine Stiefel. Die Schäfte reichten fast bis an die Knie und glänzten so sehr, dass sich die Kette, an die der Hund gebunden war, in ihnen spiegelte.

Aus einem unerklärlichen Grund bekam ich ein derartiges Herzklopfen, dass ich mich unwillkürlich nach einer Sitzgelegenheit umsah und dabei nach der Schulter des Mannes griff. Langsam wandte er sich mir zu, und ich sah in sehr dicke Brillengläser, in denen sich für einen Augenblick die Sonne fing.

Dann änderte er seine Stellung, und ich blickte in zwei kleine, runde, etwas stechende Augen, sah einen leicht verkniffenen Mund, der zu lächeln versuchte.

Der Redner war gerade dabei, den »jüdischen Jesus« mit »Baldur, dem Lichtkind« zu vergleichen, und betonte, dass der letztere zumindest auch anbetungswürdig, ja von verwandter Herkunft sei, als ihn der Mann vor mir bekräftigte.

»Sehr vernünftig, was der Redner sagt. Finden Sie nicht, gnädige Frau?«

Ich sah ihn stumm an.

»Stört Sie der Hund vielleicht?«, fragte er weiter.

Er streichelte ihn zärtlich, während der Hund mich gleichmütig ansah, mir aber dabei in jedem Augenblick das Gefühl gab, auf das Genaueste von ihm beobachtet zu werden.

»Seine Herkunft ist nicht ganz sauber. Es ist leider ein wenig Wolfsblut dazwischengeraten. Aber keine Sorge! Er ist trotz seiner imposanten Größe völlig friedlich. Mein Bruder wollte ihn Wolf nennen, aber das fand ich dann doch zu beängstigend. Deshalb hört er auf den Namen ›Adi‹. Das klingt harmloser und entspricht mehr seinem Charakter.

Darf ich Sie zu einer Tasse Kaffee einladen? Wir kennen die Sprüche dieser Jungmannschaft zur Genüge, und Sie scheinen Probleme zu haben. Jedenfalls habe ich den Eindruck, als würde Ihnen das Stehen schwerfallen.«

Ich sah auf seine überaus glänzenden Stiefel hinunter, und das nahm er wohl für mein Einverständnis. Er zog den Hund an seine andere Seite und hakte mich unter.

»Es gibt hier in der Nähe ein beliebtes Café. ›Griensteidl‹ heißt es. Waren Sie schon einmal dort?«

Ich war außerstande zu antworten und ließ mich willenlos mitziehen.

»Es muss früher einmal in jüdischen Händen gewesen sein. Dem Namen nach. Den hat man aus geschäftlichen Gründen nicht wechseln wollen. Es war, wie gesagt, ein sehr beliebtes Café. Ich hatte, im Gegensatz zu unserem jungen Redner gerade eben, nie etwas gegen Juden einzuwenden.

In meinem Elternhaus sind jüdische Menschen stets

willkommen gewesen, sobald sie in der Lage waren, ein gepflegtes Deutsch zu sprechen. Verzeihen Sie, ich vergaß, mich vorzustellen. Heinrich Hundt mein Name. Aus Bayern.«

Wir saßen im »Griensteidl«, und er erzählte mir von seiner Kindheit in einer bayerischen Kleinstadt. Sein Vater sei Lehrer gewesen und habe sich sehr für die Kunst interessiert. Vor allem für die Oper.

»Sie haben es zwar nicht für nötig gehalten, sich vorzustellen, doch seit ich in Wien lebe, habe ich öfter die Oper besucht und kenne Sie sehr gut. Sie waren doch Solotänzerin in der Staatsoper, nicht wahr? Seit geraumer Zeit habe ich Sie nicht mehr bewundern dürfen. Ich kann nur vermuten, dass Sie sich eine Verletzung zugezogen haben. Haben Sie es etwa im Rücken? Diese Art der Verletzung soll ja in Ihrem Beruf an der Tagesordnung sein. Jedenfalls ist man es nicht wert, sich in Wien aufzuhalten, wenn man seine Theaterlieblinge nicht wenigstens dem Namen nach kennt.

Sie werden mir also verzeihen, dass ich Sie so geradewegs zu einer Tasse Kaffee gebeten habe. Es ist immer noch ein Ereignis für einen Normalbürger wie mich, so prominenten Menschen gegenüberzusitzen und sich so zwanglos mit ihnen zu unterhalten.«

»Ich habe bis jetzt kein Wort gesprochen«, dachte ich, »von welcher Unterhaltung spricht er?«

Er hatte nach der Kellnerin gerufen, war aufgestanden, nachdem er bezahlt hatte, um sich dann förmlich von mir zu verabschieden.

»Der Hund hat Sie doch nicht belästigt?«, fragte er, »es ist ein sehr wohlerzogenes Tier. Ich habe viel Geld für seine Abrichtung ausgegeben.«

Er wandte sich dem Ausgang zu und drehte sich noch einmal um

»Übrigens gibt es bei Ihnen einen beinahe geflügelten Satz, ich kenne zwar den genauen Wortlaut nicht, aber er beschreibt wohl den fünfzigjährigen Rhythmus, mit dem sich die Attacken auf Ihre Art wiederholen. Es muss weiß Gott nicht immer Deutschland oder Österreich sein. Da sollte man sich in Ihrem Fall genau überlegen, wohin man auswandert, wenn man auswandert.«

Er setzte sein verkniffenes Lächeln auf, und ich war unfähig, ihm zu antworten. Seine Brillengläser reflektierten wieder die Sonnenstrahlen und machten sie vollkommen undurchsichtig.

Fast schon zur Tür hinaus, wurde er von seinem Hund zurückgehalten. Das große, graue Tier sah mich an und zog langsam die Lefzen hoch. Dann verschwanden sie.

Lange noch grübelte ich darüber nach, ob es sich um ein leichtes Lächeln oder eine Drohgebärde gehandelt hatte.